Royce Buckingham

DIE KLINGE DES WALDES

ROYCE
BUCKINGHAM

DIE KLINGE DES WALDES

Roman

Deutsch von Michaela Link

blanvalet

MIX
Papier aus verantwortungsvollen Quellen
FSC® C083411
FSC www.fsc.org

Verlagsgruppe Random House FSC® N001967

1. Auflage

Published in agreement with the author,
c/o BAROR INTERNATIONAL, INC., Armonk, New York, U.S.A.

Neumarkter Straße 28, 81673 München
Redaktion: Alexander Groß
Umschlaggestaltung und -illustration: © Max Meinzold, München
Karten: © Andreas Hancock
JaB · Herstellung: sam
Satz: GGP Media GmbH, Pößneck
Druck und Bindung: CPI books GmbH, Leck
Printed in the Czech Republic
ISBN 978-3-7341-6171-1

www.blanvalet.de

TEIL I

PRINZESSIN

Kapitel I

Der lange Sturz

Flora nickte so unverbindlich und nichtssagend, wie sie es immer tat, wenn ihre ältere Schwester einen ihrer Vorträge hielt – selbst wenn sie nicht deren Meinung war. Wer nicht den Thron erbte, verhielt sich besser umgänglich.

»Wir sind Prinzessinnen«, fuhr Amora fort. »Wir können tun, was immer uns beliebt.«

Flora lächelte hinter vorgehaltener Hand leicht spöttisch. *Dann könnte ich also in die Luft springen und fliegen? Oder davonlaufen und mich einem Wanderzirkus anschließen? Oder wenn es mir gefiele, hier und da Vaters Klinge gürten und jemanden töten?*

Flora stand mit diesen lächerlichen Gedanken im Kopf an dem runden Fenster, das in die drei Handbreit dicke hölzerne Außenwand des Thronerbenturms eingelassen war, des zweithöchsten Wohnturms auf der Lichtung. Es bot ihr einen hervorragenden Ausblick auf die freie Fläche. Nur der Königsturm war höher, und obwohl sie und Amora in seinem Schatten lebten, genossen sie mehr Sonne als irgendein niederer Adeliger auf der Lichtung – *wie es unser gutes Recht ist* –, zumindest bei den seltenen Gelegenheiten, da die gelben Strahlen der Sonne die hartnäckige stratanische Wolkendecke über ihren Köpfen durchdrangen. *Es ist ein großartiger Turm*, dachte Flora. *Besser als die Türme der anderen adeligen Familien.*

Um einen lebenden Tuftorbaum herum erbaut, der als zentrale Säule diente, erhob sich der Thronerbenturm hoch in die Baumkronen des Waldes, und die Kammern der Schwestern befanden sich im obersten Stockwerk – runde Räume, die aus den tiefen Holzwänden herausgeschlagen worden waren. Ähnlich gerundete Flure zweigten wie Speichen vom zentralen Innenhof mit seinem Tuftorherzen ab. Drei Ausgänge führten auf schmalen Stegen zum angrenzenden Königsturm, zum Mönchsturm und hinunter zur Lichtungshalle. Aber die Äste der Bäume, die durch die stratanischen Gebäude und zwischen ihnen wuchsen, boten einem klugen und geschickten Mädchen alternative Pfade. *Einem Mädchen wie mir!* Das Astwandeln war keine einfache Sache, und ihr Vater hasste es, wenn sie es tat – er sagte, er werde sie gewiss eines Tages wie eine gewöhnliche Verbrecherin tot am Fuße des Baums auffinden. Aber Flora liebte es, in den Ästen und Blättern herumzuklettern. Sie brauchte nur die kleinsten Vorsprünge, um sich festzuhalten, dann konnte sie auf fast alles klettern. Jeden Tag suchte sie nach einer anderen Route durch das Labyrinth der Äste, die sich bogen und krümmten, sich im nassen Frühling nach der schwer fassbaren Sonne reckten oder sich im Winter gegen die Kälte einrollten.

Amora kletterte nicht, nicht in ihren hübschen Kleidern. Stattdessen verbrachte sie ihre Zeit damit, durch Stratas Türme und Hallen zu wandern, müßiges Geschwätz aufzuschnappen und weiterzutragen, damit es Wurzeln schlug und wuchs. *Als würde sie Gerüchte züchten.* Sie mochte besonders den Läuferturm, das Zuhause des Herzogs und der Herzogin Läufer und ihrer fünf Töchter, die die größten Ohren auf der Lichtung hatten – ihre riesigen Lauscher hörten alles, weshalb Amora sie so mochte und viele andere sie hassten. Ihr Turm war etwas niedriger, aber nicht viel. Floras eigene königliche

Gemächer im Thronerbenturm lagen nur ein klein wenig höher als die der Läufers – nah genug, dass Amora auch zu den ungewöhnlichsten Stunden augapfelgroße Tuftorsamen durch Emerly Läufers Fenster werfen konnte.

Wichtiger noch, sie befanden sich weit über all den viehischen Dingen tief unter ihnen im Dreck: furchterregenden Großkatzen, schmuddeligen Grundlingen und blutrünstigen Eindringlingen. Obwohl seit der Zeit vor Floras Geburt keine Armee mehr durch die Wälder von Strata bis zur Lichtung vorgedrungen war, waren die Geschichten über die Gemetzel und Plünderungen während der Holzkriege erschreckend. Und obwohl sie täglich kletterte – geschickt über schmale Äste lief und sich von herabhängenden Zweigen schwang, was ebenso dem Spaß diente wie der Fortbewegung zwischen den Türmen –, ließ sie sich nur noch selten bis zum Boden herunter. Mägde und Laufburschen hievten nach oben, was sie und Amora brauchten, und die beiden lebten monatelang näher an den Baumwipfeln als am Boden und ohne den Dreck je zu berühren. In der Tat sagten ihnen die stratanischen Mönche, dass sie in ihrem Thronerbenturm, hoch oben zwischen den majestätischen Tuftorbäumen, »den Göttern nahe« seien. Amora versuchte, Flora davon zu überzeugen, dass die Mönche gesagt hätten, sie beide seien »nahezu göttlich«.

Aber Flora fühlte sich nicht wie ein Gott, als sie an dem großen polierten Wasserbecken stand, das in das dicke Sims ihres Fensters eingelassen war, noch hatte sie das Gefühl, tun zu können, was immer ihr gefiel. Stattdessen fühlte sie sich wie ein glücklich verschwitztes Mädchen von knapp fünfzehn Jahren, das sein verschmiertes Gesicht waschen musste, bevor es sich in einem Spinnenseidenkleid als eine der Töchter des Königs in der Öffentlichkeit präsentierte.

Das von der Zeit blank gescheuerte Wasserbecken war so

breit wie die Spanne ihrer Arme. In den Baumkronen darüber sammelte sich in ausladenden, zusammengenähten Blättertrichtern frisches Regenwasser; dünne, schlauchartige Ranken wanden sich von diesen Blatt-Kollektoren aus nach unten wie Schlangen, die sich um den zentralen Tuftorstamm schlängelten, bevor sie das gewonnene Wasser in Floras Waschbecken pumpten. Ein kleines Abflussloch, das ihre Dienerin Eggie in den Boden eingearbeitet hatte, sorgte dafür, dass das Wasser stetig abfloss – jedoch nicht so schnell, dass sich das Becken je leerte. Eggie war ein linkisches, hässliches Mädchen mit dicken Gliedmaßen und einer flachen Stupsnase. Tatsächlich hatte Amora sie »unbeholfenes Rindvieh« genannt, als sie Amoras Haarbürste aus Wildschweinborsten zwischen den Ästen bis ganz nach unten in den Dreck hatte fallen lassen. Aber Flora fand, dass Eggie auch schlau war – sie konnte Dinge reparieren. *Wie brackige Wasserbecken.* Und Eggie hatte Amora eigenhändig eine neue Bürste aus Kiefernnadeln gefertigt, die noch besser war als die aus Wildschweinborsten.

Flora hielt sich ihre dicken, rabenschwarzen Locken hinter dem Kopf zusammen und tauchte das Gesicht ins Wasser. Während sie sich nach ihrer morgendlichen Kletterpartie den Schweißfilm von der Stirn wusch, öffnete sie unter der Oberfläche die Augen, um zu beobachten, wie das Wasser in einem Strudel durch Eggies schlaues Loch abfloss. Sie konnte nicht wirklich sehen, wie die Flüssigkeit aus dem Holzbecken entkam, aber sie spürte den Sog an ihrem Kinn und ihren Lippen, als würde das Wasser versuchen, sie durch den Abfluss zur Erde zu ziehen. Als sie auftauchte, tropften kristalline Perlen von ihr herab, und sie sah ihre Schwester schelmisch grinsen.

»Und was mir heute beliebt«, fuhr Amora fort, als hätte Flora sie nicht die ganze Zeit ignoriert, »wartet gerade in meinem Zimmer und hat seine Tunika über meinen Bettpfosten gehängt.«

Flora schnappte nach Luft und spie einen nassen Sprühnebel aus dem Mund. Sie versuchte, schneller zu reden, als ihre Zunge es vermochte. »Ein Junge? In deinem Zimmer? Du kannst nicht … er kann nicht … aber … wer? Wer? Wer?«

Amora lachte. »Du klingst wie eine stotternde Eule, kleine Schwester.« Sie warf Flora ein Handtuch ins nasse Gesicht. »Enic, der Stallbursche, wenn du es unbedingt wissen musst. Der mit der Narbe auf der Wange.« Amoras Gegacker war ganz anders als Floras mädchenhaftes Kichern; es hatte scharfe Kanten, die sich mit zunehmendem Alter auch in Floras Lachen entwickeln würden, so stellte sie es sich jedenfalls vor. Mit über sechzehn Jahren war Amora fast zwei Jahre älter. Sie war außerdem die Erste in der Thronfolge; Flora würde nicht Königin werden. Ihr königlicher Vater hatte bei ihrer älteren Schwester hinten im Nacken das verschlungene Mal der Evangelins eingebrannt und in Floras Nacken zwei Male, sodass es, sollte er eines Tages fallen, keinen Irrtum geben konnte, keine unrechtmäßigen Ansprüche, keine Kämpfe innerhalb der Familie. Sie waren beide Thronerbinnen, aber das einzelne Mal kam zuerst.

Doch seine Vorsichtsmaßnahmen waren unnötig, denn sosehr sie einander ärgerten, liebten sie einander auch. *Wie es bei den meisten Schwestern der Fall ist, nehme ich an.* Tatsächlich hatte Amora eines Nachts einen heimlichen Pakt mit Flora geschlossen, während sie ihnen ihre Katzenfelldecken über die Köpfe gezogen hatte, als sie eigentlich hätten schlafen sollen. Amora hatte Flora einen Platz an ihrer Seite versprochen, wenn sie den Thron bestieg, mit fast gleicher Machtbefugnis. *Fast.* Sie würden auf den zwei Thronen in der Lichtungshalle als Schwester-Königinnen sitzen, während ihre Ehemänner –

wer immer die sein würden – in der zweiten Reihe saßen. Amora sagte ihr, dass ihre gemeinsame Herrschaft eine köstliche Überraschung für ihren zutiefst traditionellen königlichen Vater sein würde – einen Mann, der sich mit Überraschungen entschieden unwohl fühlte –, wenn Amora ihm ihre Idee in ein paar Monden an ihrem siebzehnten Geburtstag präsentierte. Amora würde ihr Vorhaben mit einer rechtsgültigen Erklärung offiziell machen, einer Erklärung, die Flora schreiben würde – sie konnte besser mit Buchstaben umgehen, obwohl sie zwei Jahre jünger war.

»Keine Tunika?«, fragte Flora fasziniert. »Was hat er denn dann an?«

»Gar nichts, vermute ich, wenn er meine Anweisungen verstanden hat. Er ist nicht der Hellste.«

»Amora! Du bist schrecklich. Und du hast ihn einfach dort allein gelassen?«

»Wenn man sie warten lässt, sind sie umso bemühter. Das hat uns unsere liebe königliche Mutter gelehrt, nicht wahr?«

»Sie meinte, man solle sie auf die Hochzeit warten lassen.«

»In beiden Fällen sind sie um die gleiche Sache bemüht. Die Ehe ist lediglich die offizielle Methode, sie zu bekommen.« Amoras bewegliche Augenbrauen wackelten wie Schleiertänzerinnen. »Aber es gibt auch andere Methoden.«

»Nicht für die Tochter eines Königs. Erst recht nicht für die Tochter eines so strengen Königs. Vater würde einem Jungen die Hand abschlagen, wenn er sie unter deinem Kleid fände.«

»Ach, die Gefahr macht es ja gerade so amüsant. Außerdem hat Enic noch eine zweite Hand.«

»Wie lange wirst du ihn warten lassen?«

»Ich glaube, es ist jetzt fast eine Stunde, aber ich verliere leicht den Überblick. Eine weitere Viertelstunde wird genügen. Bis dahin sollte er reif sein. Ich hoffe nur, dass er nicht ohne mich anfängt. Er hat schließlich noch seine Hände.«

Flora errötete, verlegen und schockiert, aber insgeheim erfreut darüber, in das unanständige Geheimnis ihrer Schwester eingeweiht worden zu sein – Amora hatte die besten Geheimnisse auf der Lichtung. *Und die schlimmsten.* Flora beugte sich weit über den Rand des Beckens, um die saubere, feuchte Waldluft tief einzuatmen.

»Seltsam. Das niedere Volk versammelt sich auf dem Treppenabsatz.«

»Grundlinge? Auf dem Treppenabsatz? Wird jemand gebäumt?« Amora trat neben sie und blickte auf die Menschenmenge in schlichten Tuniken und Überwürfen hinab – die Bauern, die Bewohner des Drecks. *Die Grundlinge.* Sie lungerten herum und starrten zu ihnen herauf.

»Ich glaube nicht, dass das heute stattfindet«, sagte Flora.

»Es muss so sein, wenn der Pöbel sich auf dem Treppenabsatz versammelt. Der älteste Bruder der Rackel-Brut, der Fette, wartet jetzt seit Wochen auf sein Schicksal auf den Balken. Vater muss endlich beschlossen haben, ihn bäumen zu lassen.«

»Ich dachte, die Verzögerung würde bedeuten, dass er nicht gebäumt wird. Normalerweise entscheidet Vater binnen Augenblicken über das Schicksal eines Mannes.«

»Aber ja, binnen *zorniger* Augenblicke. Sieh sie dir an, wie sie herumwimmeln wie Fleischaffen, grunzend und kreischend. Sie sind gekommen, um zu sehen, ob Rackel den Sturz überlebt, ich sage es dir.«

»Wie hoch in den Richtbaum werden sie ihn bringen?«

»Ich wette, bis ganz nach oben. Der fette Rackel hatte sich mit dem Wüstenvolk verschworen, um den Federsee trockenzulegen. Diese sandfressenden Wüstengrundlinge wollen ihren dreckigen Sand mit unserem sauberen Nass bewässern.

Vater hat ein Truppenkontingent geschickt, um ihre Ingenatoren und Schaufler zu vertreiben, und dabei die Verschwörung aufgedeckt. Der fette Rackel verdient jeden Ast, den er trifft.«

»Ganz nach oben?«

»Gewiss. Falls sie seinen fetten Arsch so weit hinaufhieven können.«

»Er wird direkt an unserem Fenster vorbeifallen!«

Ihre lange dunkle Mähne hing über den Rand des Beckens, und sie beobachtete die Grundlinge. Sie wuselten so weit unter ihr herum, dass sie weniger Bedeutung zu haben schienen als Nagetiere, doch warteten sie auf das gleiche tödliche Spektakel und waren ein ebenso gewolltes Publikum wie sie und ihre königliche Schwester. *Sogar noch mehr.*

»Der Pöbel ist neugierig auf die Welt über ihm«, überlegte Amora laut. »Sollen wir sie anspucken?«

»Es regnet. Sie werden es nicht bemerken.«

»Genau. Sie werden ebenso lächerlich unwissend sein wie immer.« Amora hustete einen Mund voll Schleim hoch.

»Du bist wirklich gemein.«

Amora spuckte zweimal aus und ermutigte Flora, es ebenfalls zu versuchen, was diese auch tat. Es war nicht so befriedigend, wie ihre Schwester es angedeutet hatte; die Menschen waren zu weit entfernt, um zu erkennen, ob sie sie getroffen hatte. Wenn ja, reagierten sie nicht, und es machte wohl kaum Spaß, Grundlinge anzuspucken, die nicht reagierten.

Bei einem Geräusch von oben hoben sie die Köpfe – irgendetwas ging in dem nahen Baum, dem Richtbaum, vor sich. Das Geschehen wurde von Ästen und Blättern verdeckt, war aber laut genug, dass Flora wusste, dass stratanische Lichtungswachen einen Mann auf die Büßerplattform zerrten, die oberhalb der höchsten Äste aus dem Baumstamm ragte. *Ein dummer*

Name, dachte Flora. *Es zählt nicht, etwas zu bereuen, wenn man gleich in den Tod gestoßen wird.* Der Sturz von der Plattform war tief, bevor irgendwelche Äste dem Verurteilten eine Chance boten, nach Rettung zu greifen. Es geschah selten, dass jemand seinen Sturz bremste, aber im Laufe der Geschichte der Lichtung hatten einige es geschafft, und sie waren begnadigt worden. Graf Dörrtal, der wegen der Ermordung seiner eigenen Frau verurteilt worden war, hatte sich mit einem berühmt gewordenen Hüpfer gerettet, als er mitten auf einem dicken Ast gelandet war, mit seinem gleichermaßen dicken Bauch, oder zumindest ging so die Geschichte. Die Tötung seiner Frau war als gerechtfertigt erklärt worden – oder warum hätten die Götter ihn sonst verschont? Flora hatte zu ihren Lebzeiten noch niemanden davonkommen sehen. Da sie selbst eine Kletterin war, hatte sie sich jedoch im Kopf zurechtgelegt, wie es zu bewerkstelligen wäre: *den Sturz zu Beginn abbremsen, indem man mit den Beinen die ersten Äste trifft – die stabilsten Äste, bei denen die Wahrscheinlichkeit am geringsten ist, dass sie beim Aufschlag abbrechen –, dann die Arme ausbreiten und den nächsten Ast packen und daran schwingen, um den Abwärtssog in eine seitliche Richtung umzulenken, darauf hoffend, dass die Handgelenke nicht gebrochen sind und man noch zupacken kann.* Danach war es reines Glück. Ein beherzter Eichhörnchengriff vielleicht. Überlebende blieben nicht in Strata, nachdem sie gebäumt worden waren; in diesem Punkt waren die Archive eindeutig. Traditionellerweise flohen Überlebende der Bäumung nach der Demütigung, von oben heruntergeworfen worden zu sein wie der Inhalt eines Nachttopfes – den Floras Familie und andere Adelige vom entferntesten Ast des Stinkbaums in den Sumpf leerten. Überlebende einer Bäumung nahmen ihre verräterischen Narben und gebrochenen Glieder mit sich und kehrten nie mehr zurück.

Eine Trompete wurde geblasen. *Der Ruf der Gerechtigkeit.*

Amora klatschte erwartungsvoll in die Hände. »Sollen wir hinausklettern, um besser sehen zu können?«

»Die Aussicht von hier ist gut genug«, antwortete Flora. »Außerdem, was ist, wenn er in unsere Richtung fällt? Ich habe gehört, ein gebäumter Mann habe einmal auf seinem Weg in die Tiefe eine übertrieben neugierige Herzogin mitgerissen.«

»Das ist bloß eine Geschichte. Ich habe sie ein Dutzend Mal gehört, und mit jeder Schilderung verändert sie sich. Einmal war es eine Baronin, die umgerissen wurde, und einmal war es eine uns besuchende Königin!«

Flora schnaubte. »Ein paar unterschiedliche Einzelheiten bedeuten nicht, dass die Geschichte nicht wahr ist.« Sie kannte die verschiedenen Versionen ebenfalls, aber sie genoss es immer wieder, sie zu hören. Tatsächlich liebte sie Geschichten, vor allem die unmöglichen. »In allen Geschichten steckt ein Körnchen Wahrheit, selbst in den Mythen.«

Nachdem sie über ihren Aussichtsplatz entschieden hatten, setzten sie sich hin, um zuzusehen. Es war sehr aufregend. Der lange Sturz des Verurteilten lockte immer eine Menschenmenge an. Es war Gerechtigkeit. Es war Leben. Aufstieg und Fall. Wachstum und Tod. Leben erhob sich aus dem Boden und wuchs; und wenn es verfault war oder starb, fiel es herunter und kehrte zur Erde zurück.

Der Verurteilte stand jetzt auf der Plattform, dem höchsten Punkt im Baum der Gerechtigkeit, der das Gewicht von zwei Wachen und einem glücklosen Gefangenen tragen konnte. Von dort, wo die Schwestern sich auf den Rand von Floras Wasserbecken lehnten, war der Mann eine ferne Silhouette. Zwei massige stratanische Lichtungswachen flankierten ihn, so muskelbepackt, dass ihre Leiber erkennbar waren, obwohl sie eigentlich nur Schatten vor dem Hintergrund des Himmels waren – Fichtan und Eicham Krud, die Amora »die Fichte-und-Eiche-Brüder« nannte. Neben ihnen sah der verurteilte Rackel klein aus. *Aus dieser Entfernung wirkt er eigentlich nicht besonders fett.* Die Gebrüder Krud zerrten ihn zum Rand und stützten ihn, damit er nicht zusammenbrach oder sich wie ein panischer Affe an die Plattform klammerte. Auch ihr königlicher Vater war mit dort oben, um das Urteil zu verkünden. Es wurde etwas gesagt, zu leise, um es zu verstehen, dann warfen die Brüder den Gefangenen ohne viel Federlesens über den Rand.

Flora und Amora schnappten gleichzeitig nach Luft. Der Verurteilte verdrehte die Glieder, um zu versuchen, sich zu retten. Er war beweglicher, als Flora erwartet hatte, und seine Hände waren nicht gefesselt. Er ruderte mit den Armen, um die ersten Äste abzuwehren. *Nein!*, dachte Flora. *Er sollte sich daran festhalten.* Oben waren die dünnen Zweige der Baumkronen, die ohne Verletzungsgefahr genutzt werden konnten, um die Wucht des Sturzes zu bremsen, aber Rackel mied sie und nahm stattdessen Geschwindigkeit auf. Als er auf Floras Fenster zustürzte, verfing sich sein Bein an einem größeren Ast und ließ ihn unkontrolliert herumwirbeln. Seine bloßen Arme und Beine flogen in alle Richtungen.

»Er ist nackt!«, quiekte Amora mit einer Mischung aus Entsetzen und Erheiterung.

Und dünn. Flora runzelte die Stirn. *Und jung.*

Der nächste Ast traf ihn in die Rippen und trieb ihm mit einem *Wusch*, das sie von weit unten hören konnten, die Luft aus der Lunge. Aber der Ast verlangsamte seinen Sturz nicht; nicht genug. Als sein Kopf gegen einen anderen dicken Ast schlug, ertönte ein scharfer Laut, als würde ein Fleischaffe auf einem Stein eine Tuftornuss knacken. Er war jetzt direkt über ihnen und fiel immer noch sehr schnell. Schließlich konnte Flora sein Gesicht erkennen.

»Amora, das ist nicht der fette Rackel. Das ist …«

Enic, der Stallbursche, schoss vorbei, erschlafft von einem vernichtenden Schlag gegen den Schädel. Aus dem offenen Loch in seinem Kopf spritzte fettige Flüssigkeit in Floras sauberes Wasserbecken. Er würde während der verbleibenden Reise zur Erde keinen Ästen mehr ausweichen. Er war bereits tot.

Kapitel 2

Könige und Königinnen

»Bist du zornig, Vater?«, fragte Flora.

»Nein«, antwortete König Leonard Evangelin.

Mit siebenunddreißig Jahren war ihr königlicher Vater körperlich immer noch kräftig, nun aber eher sehnig als muskulös. Obwohl er früher ein schwergewichtiger Mann gewesen war, klagte Floras Mutter, dass sein Appetit in letzter Zeit vor Sorge gelitten habe. Das Herrschen hatte den Großkater, wie seine Waldkrieger ihn nannten, altern lassen. Sie respektierten ihn, denn er war ein zuverlässiger, entschiedener und gerechter Mann. Aber nun saß er rastlos vor seiner Tochter auf dem Thron in der Lichtungshalle wie ein Kater, der sich bereit machte, sich auf jemanden zu stürzen oder zu fliehen oder einfach frustriert zu miauen.

Natürlich ist er zornig, dachte Flora. *Er hat gerade den Befehl gegeben, einen Jungen von einem Baum zu werfen!*

»Ich muss dir lediglich eine Frage stellen«, fuhr er fort. »Man hat einen Jungen aus dem gemeinen Volk unbekleidet im Zimmer deiner Schwester gefunden, wo sein unteres Glied steif wie ein Ast hervorragte. Amora sagt, eine deiner Dienerinnen habe ihn dort hingebracht. Die kleine Egmont. Das Mädchen bestreitet es. Was hast du dazu zu sagen?«

»Er ist tot, nicht wahr?«

Der Großkater knurrte. Es war nicht die Antwort, die er hören wollte. »Er ist verurteilt worden. Er gehört der Vergangenheit an. Es ist passiert. Und zu Recht, wie es mein Gesetzesgeber bestätigt hat.« Er deutete auf den Mann in Amtsrobe an seiner Seite, Benavere Schuster, der zurücknickte. »Jetzt erklär mir, wie ein nackter Grundling im Zimmer einer Prinzessin auftauchen konnte.«

»Ich habe ihn nicht dort hingebracht.«

»Natürlich nicht. Nicht du. Das weiß ich. Du bist mein zarter grüner Zweig. Aber ich wette, du weißt, wer es getan hat … nicht wahr?«

Flora sah, dass er darum kämpfte, vor seinem beträchtlichen Publikum ruhig zu bleiben – vor Amora, Schuster, seiner Lichtungswache, dem irritierenden Meistermönch, der Flora immer auf die Finger schlug, wenn sie im Unterricht uralte Namen falsch aussprach. *Und vor meiner Mutter.* Es waren nicht sehr viele Menschen, aber sehr wichtige. Auch Eggie war da. Das Fehlen von Enics Familie fiel auf. Ihr königlicher Vater würde sich später persönlich mit ihnen treffen, um das Urteil und die schnelle Bestrafung zu erklären. *Allzu schnell – Enic hätte dir sagen können, wer ihn nach oben gebeten hat, wenn du ihn nicht getötet hättest, du verrückter Kater!* Die Familie bekam erst Gelegenheit, Beschwerden zu äußern, nachdem das Urteil bereits vollstreckt war. *Aber wie sollen sie sich beschweren?* Ein Stalljunge hatte nichts im Zimmer einer Prinzessin zu suchen – schon gar nicht *nackt.* Außerdem würde ihr Vater dafür sorgen, dass Enics Familie alle ausstehenden Löhne bekam, die der Stalljunge verdient hatte. *Er ist ein guter, gerechter Mann,* dachte Flora, *aber auch ein Mann voller Launen.* Es war klug, das nicht zu vergessen.

Eggie stand starr und mit steinerner Miene da – *steif wie ein Ast.* Sie wurde von einer Lichtungswache flankiert, deren riesige Hand auf ihrer Schulter lag. Sie betrachtete Flora mit dem gleichen intensiven Blick, wie wenn sie darüber nachgrübelte, wie man ein Schubkarrenrad reparieren konnte. *Oder ein Becken mit stehendem Wasser.* Amora saß krumm wie eine gescholtene Hündin vor ihrer königlichen Mutter, die ihr beruhigend den Rücken tätschelte. Ihre Wangen waren tränenüberströmt, und sie sah Flora mit flehenden Augen an. Die Konsequenzen waren ernst. Ein Junge war tot. *Nur ein Junge aus dem niederen Volk, den Göttern sei gedankt, aber trotzdem ...* Amora sollte sich ihre Unschuld für einen Prinzen aufsparen, der eines Tages kommen würde, nicht für irgendeinen Grundling mit einem steifen Ast. Eggie kam aus dem Volk. *Wie Enic.* Ihre mögliche Strafe würde sich von der Amoras ebenso gewaltig unterscheiden wie ihrer beider Geburtsrechte.

Flora wünschte, sie könnte so schnell Worte finden wie ihr königlicher Vater. Er hatte sie gelehrt, dass ein guter Herrscher entschlossen sein musste. Aber Impulsivität, Instinkt und Zorn halfen ihr nicht, so wie sie ihm halfen. Sie litt an der Unentschlossenheit, die aus Vorsicht und Nachdenklichkeit geboren war, und jetzt verließ sie auch noch ihre träge Vernunft. *Alle schauen her.* Sie stand mitten auf der Bühne vor einem gebannten Publikum, das auf ihre nächste Zeile wartete, wie bei einer Wanderschauspielerin in einem Drama. *Die Wahrheit ist fast immer die richtige Antwort.* Flora öffnete den Mund, um zu sprechen. Aber die Worte blieben ihr im Hals stecken, als ihr ein anderer Gedanke durch den Kopf schoss – *Schwestern geben einander Rückendeckung.* Es war ein weiterer heimlicher Pakt, auf den Amora sie in tiefster Nacht eingeschworen hatte – einer Zeit, zu der Floras Schwester viele ihrer Lebensregeln formulierte. Und wieder hatte Flora alles abgenickt, ob sie es glaubte oder nicht.

»Eggie mag Jungen«, sagte Flora schließlich. Das stimmte durchaus – Eggie war ein Mädchen, und Amora zufolge mochten alle Mädchen Jungen. Und tatsächlich hatte Eggie mit ihnen beiden einmal über Neve, den Küchenjungen, gekichert. Und Eggie hatte Enic wahrscheinlich gekannt, obwohl sie keine Unzucht mit ihm getrieben haben würde, da sie der königlichen Familie in den Türmen diente und er ein Grundling war, der Pferdescheiße schaufelte. »Und ich denke, sie hat den nackten Jungen gekannt. Sie sind schließlich beide Diener«, fügte Flora hinzu. Dann zuckte sie die Achseln, als lade sie das Publikum ein, die Verbindung selbst herzustellen.

Die Stimme ihres königlichen Vaters hob sich um eine Oktave. »Und sie hat einen nackten Jungen, den sie kannte, in das Schlafzimmer einer Prinzessin gebracht?«

»Ich weiß es nicht. Aber wie sollte er sonst dort hingelangt sein?«

Sie beobachtete ihr Publikum. Einige Männer und Frauen nickten. Andere seufzten wissend – *vulgäre junge Grundlinge würden auf einem Esstisch rammeln, wenn man ihnen die Gelegenheit dazu bot,* überlegten sie. *Warum sollten sie es nicht in einem eleganten königlichen Schlafzimmer tun?* Floras Andeutung reichte. Und sie hatte es ohne eine tatsächliche Lüge geschafft.

Ein erleichterter Ausdruck huschte über Amoras Züge, dann erschien der Anflug eines Lächelns auf ihrem Schmollmund. Sie machte eine dezente Handbewegung, zwei zusammengedrückte Finger. *Schwestern.*

Flora wollte Eggie nicht ansehen, aber ihre Dienerin stand nahebei, direkt neben dem Thron. Ihre Lippen waren zusammengepresst, und ihre Schweinenasenflügel blähten sich. *Wenn sie das tut, ist sie besonders hässlich.* Aber statt sich zu verteidigen oder zu protestieren, blinzelte sie nur. *Ein Zeichen?* Wer konnte das wissen?

Flora war erleichtert. Es hätte schlimmer kommen können. Eggie hätte »Lügnerin!« schreien können. *Nein, hätte sie nicht,* denn Flora hatte nicht gelogen. Außerdem war Flora die Tochter eines Königs.

Und eine Prinzessin kann tun, was immer ihr beliebt.

Königin Evita Evangelin stand auf dem geschwungenen Balkon des Königsturms mit Blick auf die Lichtung, und ihr pechschwarzes Haar fiel ihr wie ein Schleier halb übers Gesicht.

Es ist auch der Königinnenturm, dachte Flora – ihre königliche Mutter war ebenso Herrscherin über Strata wie ihr königlicher Vater. Aber da sie in der Öffentlichkeit niemals stritten, war ihre Doppelherrschaft für das gewöhnliche Volk nicht sichtbar. Flora hörte gelegentlich Geschrei hinter der dicken Tuftortür mit dem goldenen Katzenkopfklopfer, größtenteils von ihrem Vater, aber sie wusste, dass ihre Mutter mit ihrer kühlen Logik ebenso oft gewann, wie sie verlor. Und wenn sie nach einer privaten Beratung wieder auftauchten, benahmen sie sich, als wären sie die ganze Zeit einer Meinung gewesen.

Flora stützte sich mit ihrer Mutter auf das geschwungene hölzerne Geländer, ganze zehn Etagen über dem Boden. *Ein langer Sturz für eine Prinzessin.* Doch es bestand keine Gefahr, dass das königliche Geländer nachgeben würde – die Zapfenverbindungen waren zwei Generationen zuvor von einem stratanischen Handwerksmeister maßgefertigt worden, als Königin Tetra Evangelin den Turm um vier Etagen hatte erweitern lassen, damit er das höchste Gebäude auf der Lichtung wurde. Königin Tetra mochte die elegante Spiralstruktur lieber als den Festungsklotz ihres Mannes etwas weiter nördlich, der jetzt die Lichtungshalle war – ebenfalls ein hohes Gebäude, aber älter und erbaut, bevor die stratanische Architektur lebende Bäume einbezogen hatte. Tetra hatte ihren Ehemann nicht besonders gemocht, hieß es, und sie hatte den zauberhaften gewundenen Anbau ihres neuen Heims in gleichem Maße befohlen, um die Erinnerung an ihn und das Leben in der Lichtungshalle hinter sich zu lassen, wie um sich in der Waldhauptstadt Strata einen Namen zu machen.

Wie Floras eigener Turm folgte Tetras Meisterwerk einem himmelhohen Tuftorbaum in die Wolken. Der Turm schlang sich um den Baum wie eine Wendeltreppe mit stabilen geschlossenen Plattformen auf jeder Etage. Flora wurde gern in den Turm ihrer Eltern gerufen. Wenn sie auf einen Ausguck stieg, den eine Königin entworfen und gebaut hatte, bot ihr das eine andere Perspektive, *die Perspektive einer Königin.* Vor allem war er ein wenig höher als Floras eigener Turm, und es gab weniger Blätter dort oben, die die Aussicht versperrten. Die Sonne schien kräftiger, und sie konnte weiter und klarer sehen. Ihre Schwester dagegen beklagte sich, dass sie sich schutzlos fühle, wann immer sie sich dort aufhielt. »Als würde ich von einem übereifrigen Mönch aus einem kühlen dunklen Raum ins grelle Morgenlicht gezerrt, nachdem ich mir am Abend zuvor zu viele Becher Wein einverleibt habe.«

»Vater hat einen unschuldigen Jungen getötet«, sagte Flora ohne jede Einleitung.

Ihre Mutter sah sie nicht einmal an. Und sie wirkte auch nicht überrascht, obwohl Flora vorgehabt hatte, sie zu erschüttern.

»Ach ja?«

»Ja. Er hat einen Tobsuchtsanfall gehabt und ihn ohne Untersuchung bäumen lassen.«

»Hast du ihn toben hören?«

»Ich kann ihn im Geiste hören.«

»Der Junge ist verurteilt worden. Ja. Es war ein hartes Urteil. Aber war es wirklich die Entscheidung deines Vaters?«

»Wessen Entscheidung soll es denn sonst gewesen sein?«

Ihre königliche Mutter tätschelte ihr geistesabwesend die Hand und fuhr fort, die Aussicht zu betrachten. »Ja, wessen Entscheidung, in der Tat?«

Flora starrte sie ungläubig an. »Was? Du? Nein. Das würdest du nicht tun!«

»Channeri Läufer hat ihn im Zimmer deiner Schwester gefunden. Ich nehme an, Channeri ist in die Stadt gekommen, um ein wenig eigenen Turmtratsch zu verbreiten. Und da saß er, wartete nackt auf dem Bett, eine saftige Portion Klatsch für den Hof – und wertvoll. Verstehst du, Channeri redet viel, und sie war schon immer eifersüchtig auf Amora, und deine Schwester trägt wenig dazu bei, sie davon abzubringen. Channeri hätte allen in Strata erzählt, die Thronerbin sei unkeusch. Der Wert deiner Schwester als Ehefrau wäre in den Augen möglicher Bewerber dramatisch gesunken.«

»Ihr Wert?« Flora schäumte. Sie war zornig. *Aber auf wen?* Es war leicht, böse auf ihren aufbrausenden Vater zu sein, aber es fiel ihr schwer, ihrer vernünftigen Mutter zu zürnen. Noch konnte sie auf Enic wütend sein, weil er sich seinen Tod eingehandelt hatte. Er war ein netter Junge gewesen, wenn auch ein wenig stumpfsinnig. Er hatte ihr einmal einen Rat gegeben, als sie ausgeritten war. »Nehmt nicht das Pony«, hatte er gesagt. »Ein Mädchen mit Mumm, wie Ihr es seid, wird auch mit der Stute fertig.« Das hatte ihr gefallen. *Und er hatte recht.* Sie war mit der Stute so gut fertiggeworden wie eine doppelt so alte Reiterin. Enic war das Opfer ihrer Schwester und der großmäuligen Channeri. *Und das Opfer meiner königlichen Mutter.*

»Vielleicht hättest du Channeri vom Baum werfen lassen sollen.«

»Es wurde erwogen«, antwortete ihre Mutter zu Floras Überraschung. »Aber Channeri ist die Tochter eines Herzogs. Man hätte zu viel erklären müssen. Außerdem war sie bereits in die Küche gelaufen, um die Nachricht dort zu verbreiten. Wir mussten die Geschichte unter Kontrolle bekommen, und sie hatte ihre Version davon bereits erzählt. Eine Lichtungswache hat den Jungen gepackt, bevor er noch seine Kniehose hochziehen konnte. Wir haben ihn daran gehindert, ihre Geschichte zu bestätigen.«

»Warum habt ihr ihn nicht einfach dazu gezwungen, alles geheim zu halten. Damit *gedroht,* ihn zu bäumen?«

»Oh, mein liebes Mädchen. Junge Menschen können keine Geheimnisse hüten. Nur Alter und Erfahrung lehren Menschen, den Mund zu halten. Wie gesagt, die Information war zu wertvoll – er hätte sie irgendwann ausgeplappert, vielleicht betrunken bei einem Kartenspiel. Aber halte mich nicht für ein Ungeheuer. Wenn ich ihn gefunden hätte, hätte ich ihn seiner Wege geschickt; niemand würde einem Grundling aus den Ställen glauben, der mit einem Ausflug in die Gemächer einer Prinzessin prahlt. Zwei Kupfermünzen kaufen dir in einer Taverne ein Dutzend dieser ›erstaunlichen‹ Geschichten. Aber Channeri ist die Tochter eines Herzogs. Hätte er ihr Gerücht bestätigt, hätte die Geschichte die Runde gemacht. Nein, wir konnten nicht darauf vertrauen, dass er diesen Leckerbissen für sich behielt. Doch bei den Toten kann man sich immer darauf verlassen, dass sie ein Geheimnis wahren.«

Flora nickte. Es war eine Lektion. Ihre Mutter erteilte sie ihr. »Hast du Vater damit überzeugt?«

»Nein. Das war viel einfacher. Wie du gesagt hast, er ist leicht zu erzürnen, und der Gedanke, dass ein Grundling das Bett seiner Tochter besudelt hat, war Anlass genug. Er glaubt, die Tugend deiner Schwester wäre immer noch unversehrt.«

Floras leerer Blick verriet ihrer Mutter, was sie wissen musste.

»Bist du genauso naiv wie er? Was denkst du, weshalb ich Neve, den Küchenjungen, vor drei Monaten fortgeschickt habe?«

»Oh.«

»Ich war diejenige, die diesen Jungen zwischen den Beinen deiner Schwester gefunden hat, und so konnte ich ihn vor dem Abgrund retten.« Die Königin entfernte sich von dem Geländer und füllte sich einen hölzernen Kelch mit Apfelwein aus einem geschnitzten Schwanenkrug. Sie schenkte auch Flora einen Becher ein, wenn auch nur halb voll. »Fremdländische Prinzen können wählerisch sein, was ihre Verlobten betrifft. Man lehrt sie, ›Tugend‹ zu verlangen, aber was sie eigentlich meinen, ist eine Furche, die noch kein Mann gepflügt hat. Natürlich ergibt das keinen Sinn. Diese geilen Jungen erwarten, dass junge Mädchen das Lager mit ihnen teilen. Und doch erwarten sie, wenn sie Männer werden, eine Frau zu bekommen, die ihrerseits mit keinem Jungen das Lager geteilt hat. Und so müssen wir die Jungen zurückweisen oder die Männer belügen. Und deine Schwester ist eine begnadete Lügnerin.« Ihre Mutter warf sich ihr langes Haar über die Schultern und lachte leise. »Schön und gut – wer will schon ablehnen, wenn er jung ist. Aber sie hätte keinen Jungen in ihrem Zimmer lassen dürfen, wo ihre schwatzhafte Freundin ihn finden konnte. Unvorsichtig. Dumm. Sie hätte sich mit ihm in den Ställen treffen sollen, wo niemand einem Zeugen geglaubt hätte, selbst wenn ein Mann oder eine Frau aus dem gemeinen Volk sie gesehen hätte. Und sie hätte sich eine weniger nützliche Dienerin aussuchen sollen, um ihr die Schuld in die Schuhe zu schieben. Es sind Entscheidungen wie diese, die sie zu einer schwachen stratanischen Königin gemacht hätten.«

»Gemacht hätten?«

»Deine Schwester wird heiraten.«

Flora schnappte nach Luft. Es hatte gar keine Gerüchte über einen Bewerber gegeben. Kein Gerede. Keine förmlichen Besuche seit dem des kleinen Sohnes des Obstgarten-Herzogs vor zwei Jahren, und der war noch ein Kind gewesen. Es gab nicht einmal einen passenden Kandidaten auf der Lichtung, oder? Flora ging im Geiste die heiratsfähigen Adeligen durch. »Heiraten? Ich dachte, sie würde Ärger bekommen!«

»Den bekommt sie. Glaub mir, diese Heirat ist keine Belohnung für ihr Verhalten. Sie soll Prinz Ulgar vom Wüstenvolk heiraten. Dein Vater hat Iain Rackel gleich nach diesem Zwischenfall ausgeschickt, um die Verbindung einzufädeln.«

»Der fette Rackel, der unter Bewachung stand?«

»Ja. Er kennt das Wüstenvolk. Er wird deine Schwester anbieten, um unsere Königreiche zu einen und einen Krieg wegen des Federsees zu verhindern. Sie wird eine Königin des Sandes sein.«

»Aber das bedeutet …«

»Ja. Du wirst Königin des Großen Waldes von Strata werden.«

Flora konnte den Gedanken kaum fassen. *Ich werde Strata regieren.* Einfach so, alles an einem einzigen Tag. Doch nagende Schuldgefühle überschatteten ihre Aufregung. Ihre Schwester würde weggeschickt werden, um ihr den Weg freizumachen, und ihr Pakt, gemeinsam über Strata zu regieren, würde gebrochen werden. Enic, der Stallbursche, war gestorben, um Floras Thronfolge zu ermöglichen, und …

»Was wird aus Eggie?«, fragte sie.

»Du hast recht daran getan, für deine Schwester zu lügen.«

»Ich habe nicht gelogen. Nicht direkt.«

»Du hast sehr wohl gelogen. Wie eine Königin. Es ist die eine königliche Fähigkeit, die deine Schwester und du tatsächlich zu teilen scheint.«

»Es ist keine Fähigkeit, die ich teile. Ich meine, es ist keine Fähigkeit, die ich besitze. Es war schwer für mich, diese Dinge zu sagen. Es hat mir nicht gefallen.«

»Dann schlägst du nach deinem Vater. Er könnte die Wahrheit nicht mal beschönigen, wenn es um sein Leben ginge. In der Tat, ich denke, es wird eines Tages sein Verderben sein.«

»Aber Eggie …«

»Oh ja. Die Dienerin wird nach unten geschickt werden, wenn auch nicht vom Baumwipfel aus. Keine Sorge. Sie hat uns jahrelang gut gedient, kluges Mädchen. Ihre Großmutter hat sich um mich gekümmert, als ich jung war, und sie hatte sich von den Tuftorwurzeln hochgearbeitet, um sich und ihrer Familie einen Platz in den Baumkronen zu sichern, wo sie dem Adel diente. Eggie wird nicht gebäumt werden.«

Flora stieß einen Seufzer der Erleichterung aus. »Wohin wird man sie dann schicken?«

Ihre Mutter verdrehte die Augen, als wäre dies die geringste ihrer Sorgen.

Und wahrscheinlich ist das auch so, dachte Flora. Viel war an diesem Tag geschehen.

Evita Evangelin zuckte mit ihren königlichen Schultern. »Wie ich höre, ist in den Ställen eine Position frei geworden: Scheiße schaufeln.«

Kapitel 3

Beunruhigende Briefe

Der erste Brief von Amora kam zehn Tage nachdem sie in einen sonnengebleichten Wagen verfrachtet worden war. In ihrem absurden grünen Hochzeitsgewand mit der belaubten, zehn Fuß langen Schleppe war sie von einem schwankenden Gespann mit vier buckeligen Pferden in die Wüste gekarrt worden.

Flora nahm das versiegelte Papier von dem Kurier entgegen, stopfte es unter ihre Schärpe und kletterte in die Äste hinauf. Der Kurier – Kouglas war sein Name – rief ihr etwas nach, aufrichtig besorgt. Jede Lichtungswache war verantwortlich für ihr Wohlergehen, und es war keine ganz ungefährliche Angewohnheit, durch die Tuftorbäume zu klettern, jedenfalls nicht für ein durchschnittliches stratanisches Mädchen, das vielleicht hinunterfallen und sich das Genick brechen würde.

Aber ich bin kein durchschnittliches stratanisches Mädchen!

In der Tat wäre es für jeden tödlich gewesen, der nicht so geschickt darin war wie sie, über die Äste zu laufen, aber Flora lebte in der Baumkrone und war seit frühester Kindheit von Ast zu Ast gehüpft. Sie lief über die drei Handbreit dicken gegabelten Pfade drei Ebenen über der Erde. Kouglas folgte ihr, aber er war ein Renner, kein Kletterer. *Ein Grundling.* Sie führte ihn an der Nase herum, und er rannte unter ihr her und schrie Warnungen, die sie ignorierte, bis das dichter werdende Unterholz ihn bremste.

Flora schlängelte sich weiter durch die Bäume, den ganzen Weg zu den Ruinen von Wychwald, wo sie sich anmutig von den Ästen auf die bröckelnde Steinmauer fallen und dann die Beine baumeln ließ. Der nasse Wychwald tropfte vom ewigen leichten Nebel. Er war nicht weit von der Lichtung entfernt, aber er stand in den Vorhügeln des zerklüfteten Rabenkamms, und die grauen stratanischen Wolken entließen ihre Bürde auf seine Hänge, wenn sie über die gezackten Gipfel zu klettern begannen. Der Nebel verlieh den Ruinen eine gewisse Stille, als hinge ein dünner Vorhang über ihnen.

Flora beugte sich über den Brief, um ihn gegen die Feuchtigkeit zu schützen, und brach sein Wachssiegel. Das Papier war ein dünnes Pergament, hochwertiger, als sie es von dem wilden Sandvolk erwartet hätte. Mattias Ospringer, ein Bibliothekslehrling von der Lichtung, hatte ihr einmal erzählt, dass das Wüstenvolk, weil es in seiner staubigen Welt keine Bäume habe, Papier aus der Haut geschlachteter Lagerhunde mache. *Oder es stahl* – die Wüstenbewohner waren außerdem berüchtigte Räuber. Flora hatte die Geschichten über blutige Plünderungen von Karawanen gehört, die den Sand zwischen Strata, Tiborin und Schmutz durchquerten.

Bei den Buchstaben im Brief handelte es sich offensichtlich um Amoras abgehacktes Gekritzel, verfasst in der Sprache der Evangelins, die Floras Großtante Hilda sie gelehrt hatte. Die Sprache war für alle außerhalb ihrer eigenen Familie unleserlich. Die Geheimschrift war jedoch nicht gänzlich unknackbar; einmal hatte ein Gelehrter aus dem Bibliotheksturm sie entschlüsselt, der hinreichend klug gewesen war – nicht Mattias. Aber dieser Gelehrte war *zu* klug gewesen. *Man hat ihn gebäumt,* erinnerte sich Flora, als sie den Brief ihrer Schwester auseinanderfaltete.

Liebe, süße Flora,

mein Leben ist erbärmlich. Ein Albtraum im Wachzustand. Ich kann so nicht weitermachen!

Ich bin mit einem Wahnsinnigen verheiratet worden, der jede Nacht in mein Bett kommt, um mich zu schänden und zu demütigen. Und es ist nicht der Prinz, dem man mich versprochen hatte! Der alte, verlebte König hat mich seinem eigenen Sohn gestohlen und mich zu seiner zweiten Braut gemacht. Sein Sohn soll jetzt stattdessen irgendein Miststück von den Hügelvölkern heiraten.

Ich bin unglücklich und staubig und allein. Ich kann das Grunzen und Murmeln meiner neuen Diener in ihrer hässlichen Sprache kaum verstehen. Überall um mich herum nur Dreck und Sand. Meilenweit kein Baum. Hier sind alle Grundlinge.

Mutter und Vater haben auf meinen ersten Brief nicht geantwortet. Wirst du mir helfen? Du musst! Hol mich nach Hause. Für uns. Wir wollten Strata gemeinsam regieren. Du hast es geschworen!

Außerdem vermisse ich dich.

Deine dich liebende Schwester,

Amora

Flora ließ auf der einzigen Steinmauer in ganz Strata die Schultern hängen. Der Brief rührte sie zu Tränen, die Ungerechtigkeit des Ganzen weckte ihren Zorn, und ihre Hilflosigkeit wurde zu Verzweiflung.

»Ahhhh!«

Ihr menschlicher Schrei hallte durch den tropfenden Wald, dann senkte sich eine unheimliche Stille herab, als hätte sie bei der Kuttenzeremonie eines Mönchs eine unpassende Bemerkung gemacht, und alle hätten sich umgedreht, um sie anzustarren. Sämtliche Tiere lauschten, warteten, beobachteten sie. *Sie lauern.* Flora hatte ihre Aufmerksamkeit auf sich gelenkt. Es raschelte im Gebüsch, und sie sprang auf, während in ihrem Kopf Bilder von Panthern, Tigern und den sagenumwobenen Mynx erschienen – Letztere waren legendäre, pferdegroße Mörderkatzen mit gebogenen Reißzähnen, die angeblich »flinker als ein Fuchs und stärker als ein Ochs« waren.

Flora spannte die Muskeln an, um in die Bäume zu springen und um ihr Leben zu rennen. Ihr Herz hämmerte wie eine Trommel, doch die Kreatur, die aus dem Blätterwerk brach, war eine andere Art von Großkater als der Mynx.

»Vater?«

Flora wusste nicht, ob sie erleichtert darüber war, dass ihr königlicher Vater gekommen war und nicht der Albtraum irgendeiner Kindergeschichte. *Er wird zornig sein.*

Leo Evangelin erschien mit einem Stampfen seiner Affenfellstiefel auf Wychwalds uralten Pflastersteinen, die rissig und grün von einem Teppich aus Moos waren. Der Umhang aus dem gestreiften Fell des großen Tigers, den er als Junge erlegt hatte, um sich seinen Namen zu verdienen, flatterte hinter ihm her. Flora war der Wirbel peinlich, den sie mit ihrem Schrei verursacht hatte; sofort erschienen drei weitere Lichtungswachen, darunter Kouglas, der zweifellos Ärger bekommen würde, weil er sie aus den Augen verloren hatte. *Selbst schuld, lahmer Schneckengrundling.* Als Leo sah, dass sie unversehrt war, schnaubte er in wortlosem Ärger und scheuchte seine Wachleute schroff zurück auf die Lichtung. Dann seufzte er und kletterte die zerbrochenen Steine zu ihr hinauf. Es hatte keinen Sinn zu fliehen.

Ich sitze in der Falle, dachte Flora, als König Leo Evangelin sich auf die gewaltigen Grundmauersteine hievte, die halb in der Erde begraben lagen, und dann den Schutt der Bresche bestieg, die vor Urzeiten gewaltsam in den Hauptwall der Festung geschlagen worden war.

Die steinernen Ruinen der uralten Stadt erhoben sich wie riesige Grabsteine zwischen den Fichten, Kiefern und Tuftors, fast gänzlich vom Wald zurückerobert, verdeckt durch Bäume, Gräser und Farne, Hunderte von Jahren nachdem die grauen Mauern brutal in die neblige grüne Landschaft eingedrungen waren.

Während ihr Vater kletterte, staunte Flora über das schiere Ausmaß der Steinbauten. *Wie lange muss es gedauert haben, das alles zu erbauen?* Ein halbes Jahrhundert, hatte sie gehört. *Ein ganzes Leben.* Der durchbrochene Wall schlängelte sich zwischen den gewaltigen Tuftors hindurch wie ein hoher gepflasterter Pfad, der einen großen Kreis bildete. Er war jetzt natürlich verfallen und verlassen, abgesehen von hungrigen Katzen und Fleischaffen, aber seine Überreste würden stehen, solange Flora es sich vorstellen konnte. *Viele Generationen lang.* Darin lagen Stolz und Schande. Mutige Menschenhände und geniale Ingenatoren hatten das Steinwunder mitten in der unwirtlichen Landschaft des nassen Waldes errichtet, und sie hatten sich seinen wilden Bewohnern gestellt, um ein mächtiges Zeugnis menschlicher Stärke zu erschaffen.

Und meine Stratanischen Vorfahren haben es niedergerissen.

Es gab dazu natürlich eine Geschichte, und Flora kannte sie sehr gut. Stratanische Axtkrieger hatten Stein mit Holz besiegt. Sie hatten im Morgengrauen angegriffen und waren mithilfe hölzerner Gerüste in Massen über die Mauern gekommen. Der Wall war zu nah an dem dichten Blätterwerk von Wychwald gebaut worden, und die Mauerwache hatte das nächtliche Nahen der Feinde erst sehen können, als es zu spät gewesen war. Leitern waren zum Einsatz gekommen, bevor die

Wychmänner ihre Bogenschützen zu den Schießscharten schicken konnten. Als die Bedrohung durch die Bogenschützen erst zunichtegemacht worden war, brachte man Rammböcke aus Tuftorbäumen herbei, um Löcher in die Mauern zu schlagen. Die Niederlage folgte schnell und unmissverständlich und legte die Schwäche einer massiven Felsfestung im tiefen Wald bloß. Steinerne Mauern und Burgen waren Bauten fürs offene Gelände – wie die Wüstenoase oder die Küstenstadt Schmutz. Es hatte ein halbes Jahrhundert gedauert, die Festung von Wychwald zu erbauen, und eine einzige Nacht, sie zu zerstören. Die Strataner hatten demonstriert, dass steinerne Bauten keinen Platz in ihrem dichten Wald hatten, zum blutigen Kummer der Wychmänner. Sie wurden von ihrer eigenen Schutzmauer geworfen – in einer primitiven Vorform moderner Bäumungen –, und das Zeitalter der Holztürme hielt das Vorrücken des Steins auf.

»Du machst mir Angst, Prinzessin«, sagte ihr königlicher Vater, als er zu ihr auf den Wall trat. Er hatte sich angewöhnt, sie »Prinzessin« zu nennen, jetzt, da ihre Schwester fort war. Vorher war es immer »Zweig« gewesen. Amora hatte er »Knospe« genannt, bis sie das Alter ihrer ersten Blutung erreichte, und anschließend »Prinzessin«, wie es sich für eine junge Frau geziemte, die alt genug war, um auf einem Thron zu sitzen. »Du bist jetzt Stratas Thronerbin. Du darfst kein impulsives Kind mehr sein.«

Flora wedelte mit Amoras Brief vor seiner Nase, als wollte sie ihn damit schlagen. »Amora hat dir eine Nachricht geschickt! Du hast sie ignoriert. Warum?«

Er seufzte. Offensichtlich war das ein wunder Punkt. *Er hat wahrscheinlich schon mehrere entnervende Beratungen zu diesem Thema mit meiner königlichen Mutter durchlitten.*

»Wir haben mit dem Wüstenvolk Frieden geschlossen. Ein

guter, praktischer Handel. Ich werde diesen Frieden nicht stören, weil deiner Schwester irgendetwas nicht behagt.«

»Nicht behagt? Du hast sie an einen alten Mann verkauft!«

»König Ulag ist fünfunddreißig. Er ist jünger als ich und kaum alt zu nennen.«

»Mehr als doppelt so alt wie sie. Und schrumpelig.«

»Er hat Wüstenhaut – gesunde Runzeln von der Wüstensonne, nicht von hohem Alter.«

»Und du wirst zusehen, wie der Traum deiner erstgeborenen Tochter, über unser eigenes Königreich zu herrschen, in diesem trostlosen Ödland ebenfalls dahinschrumpelt?«

»Ja.«

Flora schob die Unterlippe vor und verlangte mit ihrem Schmollmund eine bessere Erklärung.

»Ich werde zu meinem Wort stehen, wie ein König es tun muss.« Er hielt inne und blickte sie vielsagend an. »Wie eine Königin es tun muss.«

»Ich habe *mein* Wort nicht gegeben.«

»Dann ist es gut, dass du noch keine Königin bist und keine Soldaten befehligst. Es wäre närrisch zu versuchen, sie zurückzuholen. Er ist ein stolzer Mann. Du müsstest ihn töten. Könntest du das tun, Zweig?«

»Ja!«

»Ha, er würde dich einfach ebenfalls töten. Und wo wärst du dann?«

»Unsere Armeen können siegen.«

»Ein Krieg wegen eines einzigen Mädchens?«

»Einer einzigen Prinzessin.«

»Einer einzigen Prinzessin, die sich schlecht benommen hat. Dieser staubige alte König tut mir beinahe leid. Außerdem habe ich noch eine andere Prinzessin.«

»Amora ist dein eigen Fleisch und Blut und deine Thronerbin.«

»*Du* bist jetzt meine Thronerbin. Würdest du das und das Leben all dieser Soldaten aufgeben?«

»Ja. Mit Freuden, wenn es meine Schwester nach Hause brächte. Jeder loyale stratanische Soldat würde für die Ehre seiner Prinzessin sterben.«

»Sei dir da nicht so sicher. Loyalität ist eine gute Sache, aber sie muss verdient werden, bevor man sie bekommt. Eine gute Königin ist besonnen genug, ihre Untertanen nicht in den Tod zu schicken, weil ein Mädchen in einem Brief irgendeine Geschichte ausbrütet. Jetzt lass uns nach Hause zurückkehren.«

»Ich bleibe noch ein Weilchen. Es ist schön hier, und ich will mich darin üben, besonnener zu sein.«

»Denk auf dem Heimweg darüber nach. Hier ist es nicht sicher. Du hast dich nicht bewaffnet, bevor du davongelaufen bist und es Kouglas überlassen hast, seinem König zu berichten, dass die Prinzessin ihn abgehängt habe. Er hat gezittert wie Espenlaub.«

»Es scheint, dass ich ihn nicht gründlich genug abgehängt habe.«

»Komm. Sonst wirst du noch von einem Mynx gefressen.«

»Die gibt es nicht wirklich«, erklärte Flora. »Oder doch?«

»Dann von einem mädchenfressenden Tiger. Der Fellumhang, den ich trage, ist echt. Ich habe in ebendiesem Wychwald die Kehle dieses großen Tieres durchgeschnitten, als ich …«

»Als du ein Junge warst. Ich kenne die Geschichte.«

»Es ist keine Geschichte. Es ist wirklich passiert. Dieses Fell ist der Beweis. Du kannst es berühren. Du kannst es fühlen. Ich war mit einer Klinge ausgerüstet, als ich jung war, nicht mit Tagträumen und mürrischen Launen. Ich habe mich nicht vom schönen Schein der Welt täuschen lassen. Ich lebe noch, und dieses Tier ist tot, weil ich nach Fährten auf dem Boden gesucht habe, nach Klauenspuren an Baumstämmen und nach Blutstropfen auf Blättern. Dein Aufstieg zum Thron wird schwierig werden, wenn du nicht den Unterschied lernst zwischen einer fantastischen Geschichte und dem, was real ist.«

Kapitel 4

Eine fantastische Geschichte

Es kamen drei weitere Briefe, jeder eindringlicher als der vorangegangene. Beim Lesen konnte Flora beinahe die Stimme ihrer Schwester hören, mit ihrem vertrauten schrillen Ton, bei dem sie immer zusammenzuckte. Und die Nachrichten waren schlimm. Man hatte Amora gezwungen, Insekten zu essen! Und all ihre stratanischen Kleider wegzuwerfen. Wie die stinkenden Wilden, unter denen sie lebte, konnte sie oft tagelang nicht baden. Und der Sand fand seinen Weg in jede Nische und jede Ritze ihres Körpers, schrieb sie. »Nicht unähnlich meinem lüsternen Gemahl!« Sie nannte ihn sogar »Sandmann«.

Ich muss sie retten, dachte Flora, als sie sich auf ihren Stuhl an der gewaltigen Festtafel in der Lichtungshalle setzte. Ihr königlicher Vater und ihre königliche Mutter saßen am Kopfende des Tisches, flankiert von ihren Ratgebern. Flora nahm weiter unten Platz, wo sie sich nicht in ihrem direkten Blickfeld befand. Sie lächelten, tunkten Nüsse in Seetaucherleberöl und warteten mit beschämend guter Laune auf das Unterhaltungsprogramm des Abends, als wäre die Vergewaltigung ihrer ältesten Tochter ihre geringste Sorge, als würde Amora nicht in der heißen Wüste gefoltert und entehrt, während sie sich inmitten munterer Gäste in einer kühlen Halle an frischem Gemüse und Wildbretpasteten gütlich taten. Es war der Tag der Dankbaren Ernte, aber die Feier fühlte sich für Flora so hohl an wie der Turm der Thronerben ohne ihre Schwester.

»Da kommt der Barde!«, rief Graf Wanken, der weiter unten in der Mitte der Tafel saß. Wanken war ein fetter Mann, der Floras Meinung nach Feste ein wenig zu sehr genoss.

Zuerst fragte sie sich, ob Wanken den Ausrufer ihres Vaters meinte, Schnickschnack, der neben dem Thron stand. Schnickschnack fungierte auch als Hofnarr des Königs, und sie hatte ihn als Kind ungemein witzig gefunden – oft hatte sie sich vor Lachen gekrümmt, wenn er seinen Schlapphut aufgesetzt hatte und herumgetollt war, während er so tat, als wäre er ein Affe oder ein Löwe. Doch seit sie älter als zehn war, hatte sie festgestellt, dass sie all seine Witze schon aufsagen konnte, bevor er sie ausgesprochen hatte, und statt lustig fand sie ihn jetzt ermüdend oder sogar ärgerlich. Aber Schnickschnack rührte sich nicht von der Stelle. Stattdessen klammerte er sich am Thron fest, wie ein Kind, das befürchtete, man könnte ihm sein Spielzeug wegnehmen.

»Wo ist sie?«, rief Floras Onkel Vernon ein wenig zu laut. Vernon war der jüngere Bruder ihres Vaters und nach Flora der Nächste in der Thronfolge, nun, da Amora fort war. Er beugte sich über den Tisch, stieß Kelche um und grölte.

Sie? Barden waren doch immer Männer, dachte Flora. *Vielleicht hat mein Onkel bereits zu viele Becher genossen.* Er war ein berüchtigter Trinker. Amora hatte Vernon sogar »Trunkel« getauft. Es gab eine Geschichte, nach der er einmal bei einer Hochzeit, ohne hinzuschauen, aus einem Fenster der Lichtungshalle gepinkelt hatte, genau auf die Mutter des Bräutigams. Flora war sich nicht sicher, wessen Hochzeit es gewesen war, aber so ging die Geschichte.

Flora wartete darauf, dass der Barde erschien und sich als ein mittelmäßiger Jongleur oder wenig witziger Hofnarr entpuppte. *Oder vielleicht ein glanzloser Magier, der Hühner unter seinem Umhang hervorzaubert.* Sie hoffte, dass es ein Axtwerfer oder Feuerschlucker sein würde – *wenigstens sorgt es für etwas Aufregung, wenn er schlecht ist.* Aber es war für gewöhnlich immer die gleiche Art von Darbietung, und es war anzunehmen, dass es die gleiche Art von Langeweile wie immer werden würde.

Schließlich schob Schnickschnack die Brust vor und trat nach vorn, um seine Rolle als Stratas Ausrufer zu erfüllen, aber er ließ eine Hand auf dem Thron liegen. »Edelleute von Strata, geehrte Gäste und ...«

»Halt! Halt-Halt-Haaaalt!« Eine lauter werdende Stimme übertönte von den großen Doppeltüren der Lichtungshalle her selbst Schnickschnacks Bellen. »Ich stelle mich selbst vor!«

Flora konnte den schweren Akzent nicht einordnen. Natürlich war sie noch niemals außerhalb von Strata gewesen, daher waren die Stimmen der anderen Königreiche ihr größtenteils ein Rätsel. Nur jene Reisenden, denen es gestattet war, die Lichtung zu passieren, boten ihren Ohren eine Auswahl verschiedener Redeweisen, die anders waren als die der Waldbewohner. Die meisten Reisenden von außerhalb des Waldes stammten aus dem nahen Tiborin, dessen Sprache harsch und abgehackt war. Der seidige Ton und der fließende Rhythmus dieser Worte unterschieden sich von allem, was Flora je gehört hatte.

Und mein Trunkel hatte recht – die Sprecherin ist eine Frau.

Diese Frau war erschreckend hochgewachsen, mit kastanienbraunem Haar, üppig und lang. *Sie hat keine Diener.* Sie trug hochhackige Reitstiefel unter ihrem Gewand, statt der geziemenden Abendschuhe, und dadurch war sie die erhabenste Frau in einem Raum voller Liebhaber von Höhen. Das Gewand schimmerte im Fackellicht wie ihr Haar. Und sie war schön. *Nein.* Ihr Gesicht war nicht weich und zart – die Frau war atemberaubend, nicht hübsch. Flora erhob sich auf ihrem Stuhl auf die Knie, um besser sehen zu können. Das scharfe Kinn der Frau ragte aus ihrem eckigen Kiefer hervor, verlangte Aufmerksamkeit und trug ihr interessierte Blicke von den Männern ein. Ihre Gestalt war imposant – ein stämmiges Stundenglas mit üppigen Brüsten, langen Beinen und einer geschnürten Taille. Ihr Hintern wölbte sich dramatisch, und sie wackelte damit hin und her, als hätte sie dort eine Ansammlung dekorativer Federn, während sie durch den königlichen Bankettsaal der Lichtungshalle schritt.

»Brave Leute von Strata! Und auch die weniger Braven unter Euch. Ich bin Anjali!« Sie grinste, hielt inne und ließ ihre Worte wie silbrigen Staub über die Menge rieseln. Sie nannte keinen Familiennamen, der vielleicht auf die Güte ihrer Abstammung hingedeutet hätte. Daher fragten sich alle, wer sie sei.

»Fahret fort, werte Dame«, donnerte König Leo. »Unterhaltet uns!«

»Oh nein, ich spiele nicht die Närrin. Obwohl Ihr Waldeichhörnchen *mich* durchaus unterhaltet.«

Onkel Vernon quatschte begierig dazwischen: »Seid Ihr dann hier, um uns einen wollüstigen Tanz darzubieten?«

»Auch das nicht. Obwohl Euer eigener Ausrufer das vielleicht tun könnte, wenn ich fertig bin.«

Das trug ihr ein Lachen ein, wenn auch nicht von Schnickschnack, der mit schmalen Lippen, in sich zusammengesunken und sehr wenig wollüstig dastand und die Armlehne des Throns seines Königs immer noch fest umklammert hielt.

»Nein. Ich lasse mich nicht als dressierten Affen von Euch Leutchen von den hohen Zweigen begaffen. Ich bin hier mit einer Geschicht … und Ihr mögt zuhören oder auch nicht.«

Bei diesen Reimen verstummten alle im Saal. Die Ohren der Gäste waren gespitzt, als die fremdländische Stimme ihren Rhythmus fand und sich im Gesang erhob.

»In der fernen Stadt Schmutz
Gab's schöne Damen im Seidenkleid,
Edle Damen in tiefem Leid.
In der glänzenden Stadt Schmutz. Oho!
Gab's einen Herzog mit verdorbenem Sinn,
Verführte und nahm ihre Ehre ganz hin,
Belog sie und machte die Bäuche dick.
In der trügerischen Stadt Schmutz. Aha!
Selbiger Herzog verlieh Gold zuhauf
An Handwerksleute landab, landauf,
Wenn verspätet sie zahlten, kam ein Ohr obendrauf!
In der netten Stadt Schmutz. He, he!
Sein übles Tun, es war zum Kotzen,
Sein Volk rief: ›Wer kann schon einem Herzog trotzen?‹
›Unsren Herrn müsste man einmal scharf anmotzen!‹
In der brutalen Stadt Schmutz. He, he!«

Flora staunte über Anjalis Lied. Obwohl es einfach und zotig war wie ein Gassenhauer zum Mitsingen, verlieh ihre anschwellende Stimme dem Lied Glaubwürdigkeit. Flora konnte sich den bösen Herzog beinahe vorstellen, der sich über Geld die Hände rieb, Ohren abzuschneiden befahl und Frauen mit seinen Bastarden wegjagte. Anjali wechselte vom Scherzhaften mühelos zu Ernsthaftigkeit und erntete erst Gelächter und dann ernstes Schweigen. Sie sang aufgrund ihrer Größe mit Autorität, und dadurch erschien die Geschichte wahrhaftig und real. *Wie könnte sie sonst eine Geschichte mit so viel Gefühl erzählen, wenn sie nicht der Wahrheit entspräche?*

Sie sang weiter:

»Doch mein tragisches Lied nimmt eine Wende,
Einen Mann gab's, der machte dem Unrecht ein Ende.
In der wunderbaren Stadt Schmutz. Aha.
Ein Mann, der sich selbst ›Ratte‹ nannte,
Dies sag ich mit allem Respekt, den ich kannte.
Es spuckte und grinste dieser edle Knappe,
›Für Geld fütt're ich dem Herzog die Kappe.‹
In der fernen Stadt Schmutz, oho!
In der fernen Stadt Schmutz, aha.
In der reizenden, ätzenden, netten und fetten, schönen, dröhnenden,
beflissenen, beschissenen, fernen Stadt Schmutz, he, he!«

Ihre Stimme erhob sich abwechselnd wie ein hoher Tuftor und wurde dann wieder zu einem Tröpfeln wie der süße Saft der Zuckerweide. Die Worte füllten die Halle, und die Frau bewegte sich mühelos zwischen den Tonlagen, jede Note kristallklar und doch mit der nächsten verschmelzend. Sie benutzte sogar die Akustik des riesigen Saals, um sich selbst zu begleiten, indem sie ihre Stimme von den Wänden und der Decke widerhallen und in düsteren Momenten wiederkehren ließ – kurz bevor ein armer Hutmacher in der Geschichte sein Ohr verlor –, um ein gruseliges Echo in ihrer Geschichte zu schaffen.

Und der Liedtext selbst ist von genialer, grausamer Schläue, dachte Flora. Die Geschichte enthielt Schönheit und Gefahr, Seidenkleider und einen bösen Adeligen. Verführung und Schande. Lust und Mord. *Genug, dass die Ohren einer Prinzessin rot werden!* Das Lied ging weiter und erzählte mehr über den mysteriösen, ehrenhaften Meuchelmörder, der für einen Preis dem Unrecht ein Ende machte. *Die Ratte.* Er tötete den Herzog natürlich und ließ ihn seine eigene Kappe fressen, bevor er ihm die Achillessehnen durchtrennte, und der Herzog taumelte, bis alles Blut aus ihm herausfloss. *Aber der abscheuliche Edelmann hat es verdient.* Und in einem Anfall von ausgleichender Gerechtigkeit wurden die Bastarde der entehrten Damen in den Adelsstand erhoben. Sie erließen umgehend allen ihre Schulden an den Thron, und der Handel blühte in der Stadt auf. Alle lebten danach glücklich bis ans Ende ihrer Tage – bis auf den Herzog natürlich, der überhaupt nicht mehr lebte –, und Flora war entzückt.

Es folgte ein Moment der Stille, als Anjali fertig war. Sie war nicht herumgehüpft oder hatte sich oder andere zur allgemeinen Erheiterung mit Messern in Gefahr gebracht. Es gab keine Possen, kein Jonglieren mit Äxten. Stattdessen hatte sie einem Saal voller tratschsüchtiger Aristokraten einfach eine Geschichte vorgesungen. Ob sie ihnen gefiel oder nicht, war für die Fremde offenbar ohne Bedeutung. Sie wartete nicht einmal ab, ob man applaudierte, sondern ging sofort an den Tisch mit den Speisen und nahm sich ein geröstetes Baumhuhnbein.

Flora starrte sie an. *Sie ist unglaublich!*

Dann begann ihr königlicher Vater zu klatschen, und plötzlich brach die ganze Halle in Applaus aus, schlug mit Krügen auf Tische und johlte herzhaft. Der Jubel erschütterte die Lichtungshalle, als fast alle einstimmten. Nur Schnickschnack rührte sich nicht, wie Flora bemerkte. Der Ausrufer schien sich unwohl zu fühlen, sein Gesicht verzerrt, als müsse er dringend pinkeln. Seine traditionellen Mätzchen waren im Vergleich altmodisch und stümperhaft. Er hatte nie solch begeisterten Beifall erhalten, soweit Flora sich erinnern konnte. Der königliche Ausrufer-Barde-Hofnarr blickte sich mit großen Augen um, eher von dem wilden Beifall erschüttert, den man der fremdländischen Grundlingsfrau zuteilwerden ließ, als von ihrer erstaunlichen Darbietung.

Als das Klatschen und Rufen verebbte, ging die Mahlzeit weiter, und König Leo lud ihre Gastsängerin ein, sich nach Herzenslust an den Speisen zu bedienen, was in der Lichtungshalle Sitte für jene war, die genügend Applaus empfangen hatten. Anjali war fast fertig mit dem Hühnerbein und musterte das aufgeschnittene Fleisch und das Brot. *Keinerlei Zweifel in ihr.* Die adeligen Herren umschwärmten sie, um sie an ihre Tische einzuladen. Sie hatten Freude an ihrer Geschichte und ihrem Talent gehabt. Sie machte die Runde durch den Saal und lachte und nahm ihre Bewunderung entgegen, und wenn Münzen angeboten wurden, ließ sie sie in eine versteckte Tasche in ihrem Kleid gleiten. Selbst als Floras Trunkel sie begrapschte, blieb sie vollkommen gelassen. Sie schob seine Hand von ihrem Hintern, aber sie flüsterte ihm auch etwas ins Ohr und küsste ihn auf die Stirn, sodass es nicht den Eindruck machte, als verschmähe sie ihn gänzlich.

Eine Bewegung auf dem Podest erregte Floras Aufmerksamkeit. Der offensichtlich erschütterte Schnickschnack ließ den Thron langsam und vorsichtig los. Dann trat er vom Podest herunter auf den Boden der Lichtungshalle. Flora wand sich, als er sich in der Mitte des Saals aufbaute. *Nein. Das sollte er nicht tun!* Aber er tat es.

»Edelleute von Strata«, verkündete der ignorierte Ausrufer. »Mein Volk und meine getreuen Schutzherren.«

Die Aristokraten der Bäume blickten von ihren Tellern und Gesprächen auf, und ein Raunen lief durch die Reihen, als fragten sie sich, warum Schnickschnack ihr Mahl unterbrach.

»Auch ich habe ein Lied!«

Sie verstummten mehr vor Überraschung denn vor Respekt, und im nächsten Moment begann Schnickschnack zu singen. Aber es war kein Lied. Nicht direkt. Es war eine Art Gedicht. Eigentlich eher eine gereimte Beschwerde, obwohl er versuchte, sie zu singen. Flora hatte das Lied noch nie gehört, und als niemand mitsang, was man sonst immer tat, wurde klar, dass auch die anderen Anwesenden das Lied nicht kannten. Schnickschnack kämpfte sich durch zwei stockende Verse, bevor Flora begriff, was er tat. *Er erfindet es aus dem Stegreif.* Und es war schrecklich. Es reimte sich an den falschen Stellen und war zotig, ohne schlau zu sein. *Die denkbar schlimmste Kombination.*

Das Raunen setzte wieder ein und schwoll an, bis es drohte, ihn zu übertönen. Seine Stimme geriet ins Stocken. Floras königliche Mutter klopfte unruhig mit den Fingern, und ihr königlicher Vater wand sich. *Er wird ihn unterbrechen.* Schnickschnack war noch nie unterbrochen worden, obwohl er schon seit Jahren nicht mehr komisch war. Seine Stimme war nie schön gewesen. Er jonglierte mittelmäßig. Seine Akrobatik war inzwischen ein Witz. Trotzdem, man hatte ihn noch nie mitten in einer Vorstellung unterbrochen. Aber dies war nicht seine Darbietung, und Flora kannte das Temperament ihres Vaters. Er war entschlossen und streng. Er hatte andere Künstler unterbrochen – es war so, als rettete man einen unterlegenen Soldaten aus einem Scharmützel, um zu verhindern, dass er verstümmelt oder getötet wurde. Es war demütigend und ehrlos, und kein Künstler, der unterbrochen worden war, hatte je wieder in der Lichtungshalle einen Auftritt gewagt. Doch Schnickschnack kämpfte sich weiter und schien die Gefahr nicht zu erfassen, in der er sich befand.

Er sollte einen Witz erzählen, Purzelbäume schlagen, alles, nur nicht singen!

Aber gerade als Floras königlicher Vater den Finger hob, um die Existenz seines eigenen Ausrufers zu ruinieren, fiel eine andere Stimme in Schnickschnacks »Lied« ein, glich sich an, fand den schwankenden Ton des Ausrufers und unterstützte ihn. Die Menge beruhigte sich und hielt Ausschau nach der Stimme, aber Flora wusste bereits, wem sie gehörte.

Anjali.

Die Grundlingsfrau stand mit einem fettigen Stück Fleisch in der Hand da und wiederholte Schnickschnacks Worte perfekt. Es half. Es hielt tatsächlich den entscheidenden Finger ihres Vaters in Schach. Anjali gab dem Lied ein wenig Atmosphäre und reimte amüsant ein Wort. Schnickschnack schien den Fingerzeig endlich zu verstehen. Der Ausrufer brachte das Lied schnell zu Ende, und lauwarmer Applaus folgte.

Sie hat ihn gerettet.

König Leo nickte geringschätzig und bedeutete seinen Gästen, ihr Mahl fortzusetzen. Flora stieß einen Seufzer der Erleichterung um Schnickschnacks willen aus. Wenn er sich seine Mahlzeiten nicht verdiente, indem er Ankündigungen machte und in den Baumwipfeln für Unterhaltung sorgte, würde man ihn nach unten schicken. Er würde zu einem alternden Grundling werden, der außerhalb des Palastes keine nützlichen Fähigkeiten besaß, geschmäht von den hart arbeitenden Waldmännern Stratas. Der Winterwald war gleichermaßen unbarmherzig: Der Ausrufer würde erfrieren oder verhungern. Aber sein Unglück war abgewendet worden – er war immer noch Ausrufer. *Noch.*

Für den Rest des Abends richtete Flora ihre Aufmerksamkeit auf Anjali, und sie beobachtete jede Bewegung dieser faszinierenden Sängerin.

Kapitel 5

Die ferne Stadt Schmutz, he, he!

Die Bardin wurde in einer stabilen Hütte auf dem Schattenseitenanger am Rande der Lichtung untergebracht. Kein vornehmes Quartier, aber angemessen und sauber, wie es einer guten reisenden Darstellerin zukam. Flora schlich sich zu der Hütte und hielt sich in den Schatten am Waldrand, abseits des von Fackeln beleuchteten Angers. Zu ihrer Überraschung traf sie auf dem Pfad ihren Trunkel, der in die entgegengesetzte Richtung schlurfte, und sie musste sich ihren Umhang halb übers Gesicht ziehen, um ihre Identität zu verbergen. Nach seinem Stolpern zu urteilen, würde er sich nicht an viel von dem erinnern, was er sah, und er schien ebenfalls nicht erpicht darauf zu sein, gesehen zu werden, obwohl sie seinen weinseligen Gang überall erkannt hätte.

Flora klopfte schüchtern und unangemeldet an die Tür. Anjalis Antwort war weniger schüchtern.

»Wer klopft da? Wenn du ein weiterer geiler Schnallenstanzer bist, den meine weiblichen Kurven verzaubert haben, wirst du vier Silbermünzen unter der Tür hindurchschieben müssen, bevor ich sie öffne.«

»Ich bin kein Schnallenstanzer«, kiekste Flora. *Was immer das sein mag.*

Die Tür schwang auf, und Anjali starrte funkelnd in die

Nacht hinaus. Die Sängerin trug einen Hausrock, der ihren Körper bedeckte, aber ihre kräftigen Beine und ihr breiter Nacken waren darunter nackt. Um ihr Haar war ein Handtuch geschlungen. Sie musterte Flora von Kopf bis Fuß.

»Hmph. Mein Preis könnte für ein neugieriges Mädchen etwas niedriger sein.«

»Ich bin nicht bloß irgendein Mädchen«, erwiderte Flora entrüstet.

Anjalis bemalte Augenbrauen zuckten in die Höhe. »Oh! Einen Moment … die kleine Prinzessin? Entschuldigung, Hoheit. Alles, was ich gesagt habe, war natürlich ein Scherz.«

»Es ist keine Entschuldigung notwendig. Ich trachte nach einem offenen und ehrlichen Gespräch. Bitte, lasst mich herein, bevor mich irgendjemand sieht.«

»Ah, ein offenes und *heimliches* Gespräch, wie es scheint. Tritt ein, Kind … ähm, tretet ein, Hoheit.«

Aus Respekt legte Anjali sich über dem Hausrock noch ein Umhängetuch um. Sie schloss es mit einem Glashaken, der wie ein Finger geformt war.

»Was ist das?«

»Dieses kleine glitzernde Ding? Zu Glas gewordener Sand aus dem Blitzwald in der tiefen Wüste. Das Geschenk einer Herzogin aus den tiborinischen Hügeln östlich des Sands, für ein besonders schlaues Lied, das ihrem herzoglichen Ehemann in den fetten Hintern treten sollte. Ihm hat es weniger gefallen. Von ihm habe ich nichts als stechende Blicke bekommen.«

»Ihr habt für den Adel in Tiborin gesungen. Wie glanzvoll! Ich würde liebend gern Sängerin bei einer Vorstellung in einer prächtigen Stadt sein.«

Anjali lachte. »Oh ja, recht glanzvoll. In Tiborin werfen die Menschen Kupfermünzen, wenn man gut ist, und Holzlöffel, wenn man es nicht ist. Gabeln, wenn man über besonders wenig Talent verfügt. Aber ich bin an vielen Orten gewesen. Überall wird für ein gutes Lied weniger bezahlt, als man denken sollte. Und man kann einen Glasfinger nicht essen, Prinzessin.«

Flora schaute sich in der nur aus einem einzigen Raum bestehenden Hütte um. Eine Truhe mit Kostümen stand offen, und zwei Kleider hingen an Haken an der Wand. Drei Perücken lagen herum, eine davon die kastanienbraune, die Anjali beim Abendessen getragen hatte. Es gab keine jüngeren Begleiter.

»Wo ist Eure Zweitbesetzung?«

»Die kosten mehr, als sie wert sind. Man muss sie füttern, sonst sind sie schnell weg.«

»Ihr gehört nicht zu einer Truppe?«

»Um dann meine Einkünfte teilen zu müssen? Ich verzichte bewusst auf eine Truppe.«

»Ihr reist allein?«

»He, ich habe Freunde in jeder Stadt. Oder ich finde schnell welche. Ich schließe mich manchmal Reisenden an, die in meine Richtung gehen.«

»Ihr müsst auf diese Weise viele aufregende Abenteuer erlebt haben.«

Anjali dachte einen Moment lang darüber nach. »Ich habe einmal eine unkluge Reise zu der kleinsten der Irreninseln unternommen. Alle Männer in meiner Gruppe wurden von dort ansässigen Irren getötet, die selbst in diesen aufgeklärten Zeiten im Herzen Wilde sind. Doch ich habe die Irren von meiner Keuschheit überzeugt, und man hat mich auf einem Altar geopfert, statt mich direkt zu töten. Das war in der Tat ziemlich aufregend. Sie haben mich dort für ihren Gott zurückgelassen, für Thule. Aber Thule kam nie. Irgendwann habe ich mich befreit und davongemacht. Ich habe zerrissene Seile zurückgelassen, damit sie dachten, Thule hätte mich geholt, und nicht nach mir suchten. Ich bin mir sicher, dass sie glaubten, was immer sie in dem Jahr an Ernte einbrachten, wäre das Resultat meiner Opferung gewesen.«

»Ich habe solche Geschichten auch schon gehört! Keusche Frauen, die für die Gunst blutrünstiger Götter geopfert wurden.«

Anjali lachte. »Keusch? Ha! Vielleicht ist Thule deshalb nicht gekommen.«

»Dann seid Ihr es nicht?«

»Oh, Kind. Wie alt seid Ihr? Vierzehn?«

»Fünfzehn.«

»Also hattet Ihr bereits das Bluten?«

Flora errötete; sie wusste nicht, warum sie dieser Fremden etwas so Intimes erzählen sollte, aber sie verspürte eine seltsame Vertrautheit mit der Reisenden, als hätten sie Geheimnisse miteinander. Wie Schwestern.

Sie findet wirklich schnell Freunde.

»Ja«, bestätigte Flora nicht ohne einen gewissen Stolz. »Ich bin eine Frau, wie Ihr.«

»Oh, ich bezweifle, dass Ihr eine Frau wie ich seid. Wie auch immer, Ihr seid nur einen einzigen geilen adeligen Jungen davon entfernt, selbst ein gebuttertes Brötchen zu sein, Prinzessin, wenn wir offen und ehrlich reden wollen.«

»Die Jungen bemerken mich nicht.«

»Das werden sie noch. Ihr kleidet Euch einfach noch nicht richtig. Das Geheimnis ist, wie Ihr Euch präsentiert, Prinzessin.« Anjali griff nach den Trägern von Floras Hemdkleid. Sie zog sie hoch, kreuzte sie über ihrem Kopf und hob damit ihre bescheidenen Brüste an und quetschte sie zusammen. Dadurch entstand ein Tal zwischen ihnen, wo zuvor nur ein flaches Brustbein gewesen war. Anschließend strich sie Flora das Haar aus dem Gesicht und hinter die Ohren und fuhr mit den Fingern durch die langen, dunklen Strähnen.

»So ein schönes Mädchen. Aber Ihr wisst es noch nicht, habe ich recht?«

»Meine Schwester war die Schönere.«

»Oh, das bezweifle ich.« Anjali umfasste mit beiden Händen Floras Kopf und untersuchte ihr Gesicht. »Wisst Ihr, es ist gefährlich, schön zu sein, denn Schönheit gilt an manchen Orten sehr viel. Und dazu seid Ihr auch noch eine Prinzessin ...«

»Ich habe nicht das Gefühl, viel wert zu sein. Tatsächlich fühle ich mich vollkommen wertlos. Ich kann nicht einmal meiner Schwester helfen.« Flora löste sich von der fremden Frau. »Das ist mein wahres Anliegen hier. Darf ich offen und ehrlich sein?«

»Ich bin es. Ich sehe keinen Grund, warum Ihr es nicht sein solltet.«

Flora holte tief Luft. »Ich brauche ›einen Mann, der machte dem Unrecht ein Ende‹.«

Anjali legte die Stirn in Falten. »Ihr braucht einen Mann? Deshalb seid Ihr zu mir gekommen?«

»Aus dem Lied.«

»Aus meinem Lied beim Abendessen?«

»Ja! Die Ratte. Könnt Ihr mich zu ihm bringen?«

Anjali verdrehte die Augen und lachte, tief und lang. »Es ist ein Lied, Prinzessin. Eine Geschichte.«

»Ich muss ihn in meinen Dienst nehmen.«

Anjalis Lachen erstarb schnell. »In Euren Dienst nehmen, sagt Ihr?«

»Ich besitze mein eigenes Gold.«

Die Augenbrauen der Reisenden hoben sich, und sie dachte kurz darüber nach. Sie musterte Flora von Kopf bis Fuß. »Wer weiß, dass Ihr hier seid?«

»Niemand. Der Zweck meines Besuchs verlangt äußerste Geheimhaltung.«

»Wiederholt mir Euer Anliegen, damit wir hier so kristallenen Klartext reden wie im Glasbezirk.«

»Ich muss in die Stadt gehen und die Ratte in meinen Dienst nehmen.«

»Nun denn, in diesem Fall werden wir Euer Gold gewiss benötigen. Habt Ihr Euer eigenes Pferd?«

»Einen ganzen Stall voll.«

Anjali nickte, und der Anflug eines Lächelns umspielte ihre bemalten Lippen. »Sehr gut. Wenn Ihr Gold sowie den Wunsch habt, nach Schmutz zu gehen, bin ich die Richtige für Euch.«

Kapitel 6

Beflissen und beschissen

Der Adel von Schmutz traf sich in dem gewaltigen neuen Turm der Gewebe im Gewänderbezirk. Die kunstvolle Fassade des Turms bildete mit diagonal schraffiertem Blaustein – von den besten Steinmetzen des Steinbezirks bearbeitet – das gewebte Muster nach, dessen Namen er trug, und hatte diamantförmige Fenster. Die persönlichen Handwerksmeister von Herzog Glas hatten die einzigartig geformten und sehr teuren Scheiben geliefert. Das Bauwerk war zauberhaft.

Und die Bewohner des Bezirks hassen es, dachte Glas.

Das niedere Volk, mit dessen erdrückenden Steuergeldern der Turm finanziert worden war, nannte ihn den »Turm der Diebe«. Herzogin Gewand hatte das gleiche Problem wie sie alle – ihre gebeutelten Untertanen verabscheuten sie. Je ärmer sie waren, desto größer war ihr Hass. Nur einer von einem Dutzend konnte sich Fleisch leisten, und das auch lediglich einmal in der Woche. Während Herzog Glas sich wegen des schwindenden Wohlstands seines eigenen Volkes quälte, war Gewand dies vollkommen egal, und ihr luxuriöser neuer Turm war das jüngste Zeugnis ihrer enormen Gleichgültigkeit.

Man wird sie irgendwann mit ihrer eigenen goldenen Schärpe aufknüpfen.

Gewands Ausrufer trug ein fließendes Seidenhemd mit polierten Silberknöpfen. Ein Edelstein, der mehr wert war als sein Leben, hielt seine Schärpe an der Schulter zusammen. *Ich würde ihn in dieser Aufmachung gern einmal durch den Irrgarten laufen sehen.* Der aufgehübschte Mann kündigte alle Herzöge und Herzoginnen einzeln mit Namen an, und sang einen Vers aus dem jeweiligen Lied ihrer Bezirke, wenn sie eintraten. Seine Stimme war so hoch, dass Glas sich fragte, ob der Mann als Junge für die Aufgabe kastriert worden war.

»Herzog Schaf ... Herzog Stein ... Herzogin Fluss ...«

Witwe Fluss, wird sie genannt, dachte Glas. Herzogin Fluss hatte ihren eigenen Ehemann im Königinnenarm ertränken lassen – die bevorzugte Hinrichtungsmethode in ihrem Bezirk. Ihr herzoglicher Ehemann war nackt mit ihrer eigenen Tochter erwischt worden, ein unverzeihliches Verbrechen am Fluss, obwohl das nicht in jedem Bezirk so war. Sie hatte keine andere Wahl gehabt, als sein Schicksal mit ihrem eigenen Wachs zu besiegeln. Sie hatte gejammert, als sie das Todesurteil unterzeichnete, obwohl einige Leute behaupteten, Witwe Fluss sei froh darüber, den Mann los zu sein und seinen Platz einnehmen zu können. Sie tuschelten, dass sie das empörende Geschehen vielleicht selbst eingefädelt habe, denn Herzog Fluss hatte, als er ins Wasser ging, schreiend seine Unschuld beteuert und sie als eine teuflische Frau verunglimpft.

Sie trafen jetzt immer schneller ein, und in Gruppen.

»Herzog Elfenbein ... Herzogin Gelehrt ... Herzog Kürschner ... Herzogin des Knochenackers ... Herzog Schiffbauer ... Herzog Zimmermann ... Herzog Stahl.«

Stahl war ein breiter, mächtiger Mann, der immer irgendeine Form von Rüstung trug, wo er auch hinging, um alle daran zu erinnern, dass er in der Kleinen Rebellion heldenhaft gekämpft hatte. Heute Abend trug er ein funkelndes Kettenhemd über seinen Seidengewändern.

»Lächerlich«, murmelte Glas vor sich hin.

Stahl kam mit Zimmermann und Schiffbauer an, und die drei stolzierten Seite an Seite einher, damit keiner sich weniger wichtig fühlte als der andere. Weitere Adelige folgten dicht hinter ihnen. Selbst Gewands exzellenter Ausrufer hatte Mühe, schnell von Lied zu Lied zu wechseln. Die *Lange Nacht des Schlafes* ging in *Der Fröhliche Seemann* über und wurde dann zu *Bauen-Bauen-Bauen*, und es gab kaum mal eine Atempause für den Mann. Glas hielt nach seinen Verbündeten Ausschau. Das waren einige, aber nur wenige, denen er vertrauen konnte, daher war er erfreut zu sehen, dass sein Favorit bereits auf dem Weg zu den Käseplatten war.

Herzog Wein war kein Edelmann; er war nicht auf traditionelle Art an die Macht gekommen, sondern mit ein wenig stiller Hilfe von Glas und anderen. Sein Bezirk hatte das Einfühlungsvermögen eines Kaufmanns gebraucht, kein schales Adelsblut. Er war jedoch etwas empfindlich, was seine niedere Herkunft betraf.

Glas trat hinter ihn. »Ich sehe, man lässt jetzt auch einfaches Volk herein.«

Wein fuhr herum, bereit, sich beleidigt zu fühlen. Doch dann sah er, wer ihm das Salz in die Wunde gestreut hatte. »Glas, ich hätte die Stimme erkennen müssen, aber Ihr seid so unvorteilhaft gealtert.«

Sie grinsten und schlugen einander auf den Rücken.

»Ich habe zu viele Sorgen«, gestand Glas.

»Ja. Und zu viel Kummer. Möge Euer Cousin Trost finden in der langen Nacht des Schlafes.«

»In der Tat. Meinen Dank für Euer Beileid. Wir haben Eure Beileidsbekundung und Gaben empfangen. Möge Friede unter uns herrschen.«

»Möge Friede unter uns herrschen.«

»Aber genug von meinem traurigen Leben. Welche Neuigkeiten gibt es bei Euch? Wie geht es Eurer herzoglichen Gemahlin?«

»Ich habe geschworen, sie zu lieben, und so werde ich weiter trinken, bis ich es tue.«

Sie lachten einvernehmlich, während Wein sich im Raum umschaute. »So viele treffen ein. Wie viele Bezirke haben geschworen zu kommen?«

»Dreißig von fünfunddreißig.«

Wein hustete ein Stückchen Käse aus. »Das ist wirklich außergewöhnlich! Flutet der Königinnenarm die Stadt, oder ziehen wir in den Krieg?«

Es gab keine stadtweite Flut, auch kein Feuer, noch irgendeine andere Naturkatastrophe, die die Aufmerksamkeit aller Bezirke erforderte. Es war *Krieg*, über den sie sprechen würden, und sie alle wussten es. »Keine Sorge, es gibt keinen Grund für das gemeine Volk, einen Krieg zu unterstützen«, versicherte ihm Glas.

»Noch nicht. Aber wenn bestimmte Leute ihn wollen, finden sie einfach einen beliebten Herzog, töten ihn, und dann schieben sie unseren Feinden die Schuld in die Schuhe, um die ungebildeten Massen aufzustacheln.«

»Götter! Ich hoffe, sie töten nicht mich«, sagte Glas.

»Keine Sorge, Ihr seid nicht so beliebt.« Wein grinste. »Außerdem gibt es andere, bessere Alternativen, wenn Ihr es schafft, Euch nicht vor einen ins Rollen geratenen Wagen zu werfen. Da wir gerade von anderen sprechen, wenn dreißig kommen, wer kommt dann nicht? Ich nehme an, es wird niemand aus dem Schlachterbezirk da sein. Nicht, bis das Volk jemanden aus seiner Mitte gewählt hat, um den Platz einzunehmen, den sie geschaffen haben, als sie alle ihre Adeligen getötet haben.«

»Eine Lektion für uns alle.«

»In der Tat.«

»Auch keine Hügelgipfler – irgendein heiliger Tag oder so was bei denen.«

»Wie immer. Die haben mehr heilige als nicht heilige Tage.«

»Der Schmiedebezirk hat erst vor zwei Tagen gebrannt – sie räumen immer noch den Schutt weg und begraben ihre Toten. Und keine Muschis natürlich. Und Bäcker hat schreckliche Angst, dass er eine Ratte trifft, wenn er seine Festung verlässt.«

»Ich kann ihm daraus keinen Vorwurf machen. Die Ratten sind in dieser dunklen Zeit sehr zahlreich in der Stadt.«

»Er denkt, Herzog Stallungen versuche, ihn töten zu lassen.«

Wein zuckte die Achseln. »Stallungen hasst ihn wirklich, und einige Leute würden sagen, aus gutem Grund.«

Glas kostete ein kleines Stück von Weins schärfstem Käse, aber seine beunruhigenden Gedanken hinderten ihn daran, den exzellenten Leckerbissen seines Freundes zu genießen. »Die Expansionisten – Zimmermann und Stahl und ihresgleichen – werden sagen, Strata sei unser Feind.«

»Die waldigen Baumbumser? Das ist nur ein Vorwand für Zimmermann, ihr Holz zu nehmen. Und Stahl würde gegen seine eigene Mutter Krieg führen.«

»Die Verzweiflung unserer eigenen hungrigen Massen ist die eigentliche Bedrohung. Sie ist der Grund, warum man als Ablenkung einen Krieg vorschlagen wird. Ich nehme an, der Eiserne Rat meines Cousins steckt dahinter. Ihr werdet sehen, dass der das Thema auf den Tisch bringen wird.«

»Sie werden es über einen Mittelsmann tun«, sagte Wein. »Einer der schwächeren Bezirke wird es vorschlagen.«

»Einer wie Euer Bezirk«, witzelte Glas.

»Ich brauche keinen Krieg. Ich bin durchaus beliebt bei meinem Volk.«

»Weil Ihr einer von ihnen seid«, stachelte Glas ihn auf.

»Weil ich den Wein bringe!« Herzog Wein zeigte auf die Schlange vor dem Fass.

Genau in dem Moment hörte man in der Nähe der breiten Türen zur Tuchhalle gedämpften Aufruhr, Getuschel und Gemurmel. Köpfe drehten sich. Der Ausrufer wirkte verwirrt.

»Wer ist das?«, fragte Wein.

Die Menge teilte sich, und eine Frau trat ein. Sie sah nichtssagend aus, nicht jung, aber auch noch nicht altersschwach. Drahtig und muskulös, musterte sie mit wachen Augen eingehend die Gesichter um sich herum. Sie hatte sich offenbar Zeit genommen, sich für den Anlass zu kleiden, aber ihr Gewand war schlicht, eigentlich nur ein einfaches Hängerkleid. Eleganz bedeutete ihr offensichtlich nichts.

»Klippenbezirk«, vermutete Glas.

»Nein! Doch nicht …?«

»Doch. Ihre Herzogin, wenn ich mich nicht irre, obwohl ihre eigenen Untertanen sie Große Schwester nennen.«

»Aah. Jetzt wird es lustig.«

Glas legte die Stirn in Falten; ihr Auftreten war ein schlechtes Zeichen. Die Klippen waren ein Bezirk, der durch seine Geografie und eine gewaltige Ringmauer isoliert war. Die Menschen, die die Herzogin führte, nahmen selten direkt Anteil an der Politik der Männer von Schmutz. *Und man kann ihnen kaum einen Vorwurf daraus machen,* dachte Glas.

Vor fast hundertfünfzig Jahren hatte der arrogante Herzog des Klippenbezirks ein Gesetz erlassen, nach dem jeder Adelige jede unverheiratete Frau aus dem niederen Volk nach Belieben vergewaltigen durfte, solange er sie nicht schwängerte, wofür die Strafe zwanzig Goldmünzen betrug. Die Tat selbst solle als »Ehre« für die Frauen angesehen werden, hatte er erklärt. Da Glas einige der stumpfsinnigen überlebenden Nachfahren jener Adeligen der Klippen kannte, sah er nicht viel Ehre darin, mit ihnen zu vögeln. Ebenso wenig hatten das die Frauen aus dem niederen Volk im Klippenbezirk getan, nachdem sie und ihre Töchter über eine Generation hinweg vergewaltigt worden waren. Es hatte auch nicht geholfen, dass einige der weniger gut betuchten edlen Herren es sich angewöhnt hatten, ihre schwangeren Opfer oder die daraus hervorgegangenen Kinder zu töten, statt die hohe Strafe zu bezahlen. Die Frauen hatten sich aufgelehnt, den Bezirk übernommen und die Männer verstoßen. Aber nicht bloß die Adeligen. Alle Männer. Einige Frauen flohen mit ihren Ehemännern und Söhnen, aber es blieben genug zurück, um den mächtigen Bezirk für sich selbst zu beanspruchen. Eine Truppe der besten Soldaten aus dem benachbarten Salzbezirk war mit den verstoßenen Klippenmännern losgezogen, um das Gebiet zurückzugewinnen. Sie wurden besiegt, kastriert und über die Mauer geworfen. Die Familie Salz hatte sich nie vom Verlust dieser Soldaten oder von der Demütigung erholt, und ihr Bezirk hatte einen niederen Status eingenommen. Seitdem hatte niemand mehr versucht, die Mauer zu durchbrechen. *Die inneren Angelegenheiten eines Bezirks gehen nur ihn selbst etwas an,* dachte Glas – das war jetzt das Gesetz. Salz hatte den Fehler gemacht, sich einzumischen, und seine Soldaten hatten einen hohen Preis dafür gezahlt. Und so waren die Klippen seit mehr als einhundert Jahren den Frauen überlassen.

Wein und Glas nickten beide, als sie vorbeiging, und traten nervös von einem Fuß auf den anderen. Es gab jene, die die Klippen den Muschibezirk nannten, aber sie waren dreist und nur wenige, und sie sagten es nicht in einer Entfernung von weniger als zwanzig Schritt von der Mauer. Es gab Geschichten von Männern, die sich zu nah herangewagt oder versucht hatten, sich hineinzuschleichen, weil sie sich vorstellten, dort

Jungfrauen vorzufinden, die sehnsüchtig auf männliche Gesellschaft warteten. Den Geschichten zufolge waren diese Männer verschwunden. Einige sagten, die Klippenfrauen würden Eindringlinge zum Vergnügen und zur Zucht entführen. Aber so verführerisch die Theorie auch war, nur wenige geile und betrunkene Männer testeten sie von Zeit zu Zeit, und sie wurden nie wieder gesehen.

Herzog Stahl war ein kühner Mann und konnte die Klippenherzogin nicht ohne einen Kommentar vorbeigehen lassen. »Wann werdet Ihr einige gute Stahlmänner in den Dienst Eurer Jungfern treten lassen, Muschi?«

»Wenn ich die Eier Eurer Männer brauche, werde ich sie mir holen«, erwiderte sie und ging, ohne ihren Schritt zu verlangsamen, zu ihrem Stuhl. »Bis dahin möge Friede unter uns herrschen.«

»Ja«, brachte Stahl heraus, dem keine schlauere Erwiderung einfiel, »Friede unter uns.«

Wein musste ein Kichern hinter vorgehaltener Hand verbergen, und Glas beobachtete andere Herzöge, die einer nach dem anderen geistesabwesend ihre Lenden bedeckten, als sie vorbeiging. Selbst der mutige Stahl, Held der Kleinen Rebellion, konnte es sich nicht verkneifen, seine behandschuhte Hand schützend vor seinen übergroßen ledernen Hosenbeutel zu halten, bis sie ein gutes Stück entfernt war.

Wein richtete seine Aufmerksamkeit wieder auf die Tür. Die Faszination über die Neuankömmlinge entsprach eher seinem Geschmack als Gerüchte über Kastration.

»Ach je!«

»Was?«

»Lehm.«

»Welcher?«

»Beide.«

Der Lehmbezirk war kaum mehr als ein schlammiger Hügel – eigentlich vollkommen belanglos –, doch die Gebrüder Lehm kämpften seit dem Tod ihrer Mutter grimmig darum. Sie waren Zwillinge, und ihre Eltern hatten beschlossen, den Erstgeborenen nicht zu kennzeichnen. Doch statt dadurch eine faire und gleiche Behandlung zu gewährleisten, führte der Mangel an Klarheit hinsichtlich der Thronfolge zu einem lebenslangen Streit zwischen ihnen. Jetzt verschanzte sich einer auf der Lehmburg, einem absackenden Ziegelsteinding am nördlichen Rand des Bezirks, und der andere hielt die Schlammige Festung im Südosten. Die Bürger scharten sich um denjenigen selbst ernannten Herzog, der ihnen zu essen gab, denn der Lehmbezirk war arm und landumschlossen, zu weit entfernt vom Königinnenarm, um hinreichend Zugang zu Süßwasser zu haben, und zu weit entfernt vom Meer, um gewinnträchtig Handel zu treiben. Die meisten seiner Bewohner waren in andere Bezirke ausgewandert. Die Mutter der Zwillinge hatte verhindert, dass die Schatztruhen sich gänzlich geleert hatten, indem sie eine enge Beziehung zu dem wohlhabenderen Herzog Stein im Nachbarbezirk gepflegt hatte, obwohl sie sich weigerte, ihn zu heiraten und das Gebiet ihrer Vorfahren mit dem seinen verschmelzen zu lassen. Aber nun war sie tot, und ihre Söhne konnten Stein nicht vögeln, um sich seine Unterstützung zu sichern.

»Welchen der Jungen wird Gewand wohl vorziehen?«, überlegte Glas laut.

»Nicht den aus der Schlammigen Festung«, vermutete Wein. »Der, der die Lehmburg hält, ist der Hübschere von beiden.«

»Für mich sehen sie beide gleich aus.«

»Weil Ihr die feineren Merkmale hübscher Männer nicht zu schätzen wisst. Aber Gewand tut es.«

Der Ausrufer rief die Edelleute auf ihre Plätze. Gewaltige Vorhänge teilten sich, und auf einer großen hölzernen Empore, die mit üppigen Seidenstoffen ausstaffiert und mit Bannern behängt war, fand sich ein Stuhl für jeden der fünfunddreißig Bezirke. Die leeren Plätze würden auf die fehlenden hinweisen.

Glas und Wein saßen nebeneinander. Herzog Zimmermann hockte unbehaglich neben Herzogin Klippen, was Wein sehr erheiterte. Und Gewand saß als Gastgeberin in der Vermittlerloge am Kopfende der Empore. Die Lehms erreichten ihren Stuhl gleichzeitig und funkelten einander an.

»Der Junge von der Lehmburg ist tatsächlich der Hübschere«, bemerkte Glas leise zu Wein. »Jetzt sehe ich es. Schlammis Gesicht ist ein wenig verunstaltet.«

»Das liegt an seiner gebrochenen Nase. Ich lasse Euch raten, wer das getan hat.«

Gewand bemerkte, dass die Gebrüder Lehm noch standen. Zu Glas' Überraschung gab sie keinem von beiden den Vorzug.

»Es gibt nur einen Platz«, sagte die Gastgeberin geringschätzig. »Wer immer dort sitzt, spricht für den Bezirk.«

Es folgte ein Moment der Stille, dann stieß der attraktivere Lehmburgler seinen Bruder beiseite und machte Anstalten, sich zu setzen. Schlammi Lehm wollte sich nicht so einfach verdrängen lassen und trat den Stuhl unter ihm weg, sodass sein Bruder auf dem Hintern landete. Schlammi riss den Stuhl von seinem benommenen Bruder weg, stellte ihn wieder auf und setzte sich. Die Menge lachte zuerst nervös, aber dann schnappten die Leute nach Luft.

Jemand brüllte: »Er hat einen Abstecher!«

Burg war auf den Füßen und taumelte, aber er stand. Er hielt eine Stiefelklinge in der Hand. Waffen waren bei Zusammenkünften offiziell verboten, aber Glas wusste, dass einige

Adelige trotzdem heimlich eine kleine Klinge bei sich trugen. Eigentlich war es kein großes Geheimnis. Er trug selbst eine.

Schlamm riss den Stuhl hoch, um sich zu verteidigen, und fing den ersten Stich ab.

Stahl stapfte nach vorn, um einzugreifen, und musste für seine Mühe einen Streifhieb von dem zweiten Stich einstecken. Die Klinge rutschte an seinem Kettenhemd ab.

Gewand war schnell auf den Beinen und befahl Stahl, sich zurückzuziehen. »Kein Bezirk mischt sich in die inneren Angelegenheiten eines anderen Bezirks ein!« Ihre Stimme klang zornig, aber ein dünnes Lächeln umspielte ihre Mundwinkel.

Sie genießt das Drama, dachte Glas. Andere Herzöge und Herzoginnen wichen zurück und schufen rund um die Lehmjungen einen Kreis.

»Es ist wie eine kostenlose Darbietung«, bemerkte Wein. »Ein Hahnenkampf oder ein Kampf mit bloßen Fäusten.«

»Nur dass einer mit einem Abstecher bewaffnet ist und der andere mit einem Stuhl.«

»Dann eine Großkatzenvorstellung mit einem scharfzahnigen Löwen und einem stratanischen Bändiger.«

Die Lehms kämpften verbissen, und niemand hielt sie auf. Ohne ihre Verwalter oder treuen Lehmwachen war niemand da, der sie beschützte. Der Abstecher schoss immer wieder vor, und Schlamm wehrte ihn mit dem schweren Stuhl ab. Seine verunstalteten Nasenflügel blähten sich vor Anstrengung. Burgen-Lehm grinste, während er seinen Bruder rückwärts trieb. Er hatte die echte Waffe, und es sah aus, als würde er ihre Fehde nun beenden.

»Ein Stuhl ist zum Sitzen da, nicht um damit herumzufuchteln«, spottete er. »Gestehe das vor dieser edlen Versammlung ein, Bruder, dann töte ich dich nicht, zumindest nicht heute.«

»Mich töten mit dem Abstecher, den du zu dieser friedlichen Beratung mitgebracht hast?«

»Das Gesetz verlangt keinen Frieden zwischen dir und mir«, entgegnete Burg und verhöhnte damit die traditionelle Grußformel unter Herzögen.

Schlamm sah sich Unterstützung heischend um, aber dass er das Verbrechen seines Bruders kundtat, führte nicht zu dessen Gefangennahme, wie er es sich erhofft hatte. Er legte die Stirn in Falten, dann stürmte er vor und rammte seinem gut aussehenden Bruder den Stuhl in die Brust. Burgs höhnisches Grinsen verschwand, als er zu Boden ging. Der Stuhl und der Schlammige Bruder landeten auf ihm, und die Beine des Stuhls hielten seinen Oberkörper fest. Schlamm trat auf das ausgestreckte Handgelenk seines Bruders, was ein übelkeiterregendes Knirschen erzeugte, und der Abstecher fiel klappernd zu Boden. Schlamm setzte sich schnell auf den Stuhl und nagelte den hübscheren Lehm damit fest. Als sein Bruder sich wand und protestierte, verpasste Schlamm ihm einen weiteren Tritt mit dem Stiefel, diesmal ins Gesicht. Das knirschende Geräusch von Hübschs Nase konkurrierte mit dem, das sein Handgelenk gemacht hatte, und es sprudelte eine rote Fontäne hervor.

Schlamm ließ sein Hinterteil auf den schweren Holzstuhl sinken und überzeugte sich davon, dass sein Bruder zuverlässig unter ihm gesichert war. Der Rest der Empore hielt den Atem an und fragte sich, ob er ihn töten würde. Er tat es nicht.

Zumindest nicht heute, dachte Glas.

Wein betrachtete stirnrunzelnd die lädierte Nase von Hübsch. »Wie sollen wir sie jetzt auseinanderhalten?«

Gewand konnte sich nicht mehr beherrschen – sie lachte. Die Anspannung verflog, und die Empore murmelte und tuschelte aufgeregt, wie eine Schar von Schulkindern, die gerade eine Rauferei auf dem Hof miterlebt hatte. *Da hat sie ihr Drama,* ging es Glas durch den Kopf. *Es ist eine gefährliche Frau, die einen Kampf genießt – sie wird mit den Kriegstreibern paktieren.* Seine Gastgeberin gab ihrem Ausrufer ein Zeichen, der daraufhin zwei Dienerinnen in den Raum winkte, die das Blut von dem polierten Boden aufwischten. Als sie fertig waren, huschten sie wieder hinaus.

»Mir scheint, der Stuhl gehört Euch, Herzog Lehm. Können wir nun anfangen?«, sagte Gewand.

»Entschuldigt die Verzögerung, Herzogin«, erwiderte der frisch ernannte Herzog. »Ich bin bereit, mich zu beraten. Möge Friede unter uns herrschen.«

Stahl beugte sich vor, um Glas auf die Schulter zu schlagen. Es hätte eine freundliche Geste sein können, wäre der Schlag nicht so kräftig gewesen. *Dort wird am Morgen ein blauer Fleck prangen.* Stahl zeigte auf den Kratzer an den Ringen seines Kettenhemdes, den die Spitze von Hübschs schmalem Abstecher dort hinterlassen hatte.

»Ihr versteht, Glas. Es ist immer nützlich, eine gute Rüstung zu tragen. Ich weiß, Ihr macht Euch über mich lustig, aber Ihr werdet bemerken, dass ich nicht verletzt bin.«

»Noch bin ich es. Meine Strategie besteht darin, Kämpfen aus dem Weg zu gehen.«

Herzog Zimmermann bekam von Gewand die Erlaubnis zu sprechen, und er erhob sich, um das Wort zu ergreifen. Er war ein selbstsicherer Mann. *Und nicht der schlechteste der Herzöge, um die Wahrheit zu sagen.* Aber Glas war davon überzeugt, dass er nicht mit dem übereinstimmen würde, was sein holzfällender Adelsbruder vorzubringen im Begriff stand.

»Unsere Mütter und Väter haben uns gegenüber versagt«, begann Zimmermann und beleidigte alle im Raum gleichzeitig. Die Menge brach in Raunen aus.

»Er fängt nicht besonders geschickt an«, flüsterte Wein Glas zu. »Dies könnte schneller vorbei sein, als wir dachten.«

»Da bin ich mir nicht so sicher«, erwiderte Glas. »Hört zu …«

Zimmermann ließ das Gemurmel ersterben und fuhr dann fort. »Unsere Vorfahren haben dem Waldvolk erlaubt, uns unser Schicksal zu diktieren und unsere einst große Stadt zu schwächen und verarmen zu lassen. Jetzt verbünden sich andere Länder mit Strata, um uns die Rohstoffe zu verwehren, die wir benötigen, und um uns auszuhungern. Früchte. Erz. Nutzholz. Irre ich mich? Nein! Dann ist es an uns, den Krieg zu führen, der sich, wie wir wissen, seit Generationen anbahnt.« Als das Murmeln wieder einsetzte, übertönte Zimmermann es einfach. »Doch ich habe großartige Neuigkeiten! Ich habe neue Waffen entwickelt, um unseren Sieg zu sichern, und ich lade Euch in meinen Bezirk ein, damit Ihr sie Euch ansehen könnt.« Er hielt inne, aber nur um Luft zu holen. Das Publikum lehnte sich auf seinen Stühlen vor – er hatte ihre ungeteilte Aufmerksamkeit, und sie wurden von seinem Schwung mitgerissen. »Der Große Wald hat die Bäume, die uns helfen werden, Schmutz wieder groß zu machen. Es ist Zeit, meine Freunde, unseren Anteil an der Ernte dieses Landes zurückzufordern. Es ist Zeit, in Strata einzumarschieren!«

Kapitel 7

Auf der anderen Seite des Waldes

Es ist Zeit, dass ich Strata verlasse, dachte Flora.

Eine nie gekannte Aufregung ließ sie erschauern – die Kühle des feuchten Morgens war nicht der einzige Grund für die Gänsehaut auf ihren nackten Armen, für ihre kribbelnden Finger und ihre vorwitzig steifen Brustwarzen. Immer hatte ihre Schwester ihre geheimen Abenteuer geleitet, und selbst die hatten sie nur zu Zielen innerhalb des Waldes geführt – Orins Wasserfall, den verborgenen Höhlen, den Ruinen von Wychwald.

Dieses Abenteuer ist größer und ganz und gar mein eigenes. Besser noch, es würde ihre Schwester retten.

Flora traf Anjali vor Morgengrauen im Mondschein im Schatten des alten Ahornbaums, während der Tau noch schwer auf seinen breiten Blättern lastete. Die umherziehende Bardin hielt Kleidung für sie bereit: Sie gab Flora eine Ledermontur, die ihre Brüste und ihren Hintern flach quetschte, und eine abscheuliche bestickte Eichelkappe, in die sie ihr Haar stopfen konnte. Damit sah sie aus wie ein Bauernjunge. Flora bestaunte stirnrunzelnd die ungeheure Hässlichkeit.

»Zieht kein Affengesicht«, mahnte Anjali. »Ich habe mir für die Freiheit, allein zu reisen, mein schönes Haar ganz abgeschnitten.«

Sie lüpfte ihre Kappe, um ihren kurz geschorenen Kopf zu zeigen. Flora keuchte. Anjali sah ohne ihre Perücken beinahe aus wie ein kahl werdender Mann. *Es ergibt Sinn,* überlegte Flora. Die Sängerin gab sich eine uninteressante Erscheinung, damit sie entlang der Straßen zwischen Strata und den gesetzlosen Königreichen reisen konnte, ohne ungewollt aufzufallen. Flora hatte gehört, dass ruchlose Männer nach eleganten Frauen Ausschau hielten, die allein unterwegs waren. Mit ihrem zotteligen kurzen Haar und der schlichten Tunika sah Anjali eher aus wie ein hartgesottener Grundling denn wie die reizvolle Sängerin, die sie war, und so war es weniger wahrscheinlich, dass man ihr auflauerte und Gewalt antat.

»Ihr wart gestern Abend so hübsch«, bemerkte Flora.

»Und ich kann es binnen eines Wimpernschlags wieder sein. Gebt mir eine Perücke, ein Kleid und schummrige Kerzen, und ich bin eine Jungfer, wegen der man einen Krieg anzettelt.«

Anjali stieg mit der geschmeidigen Bewegung einer geübten Reiterin auf ihr Pferd. Der Traber war ein respektables Ross – stämmig und ausdauernd –, aber nicht annähernd von so edler Abstammung wie Nachteule, Floras Waldstute.

»Das Tier ist beinahe zu stolz, um durch die Straßen zu traben«, bemerkte Anjali. »Es gibt Leute, die uns nur um Eures Rosses willen ausrauben würden.«

»Falls sie es einfangen könnten«, entgegnete Flora. Sie ritt, seit sie alt genug war, in den Sattel hinaufzuklettern. Nachteule konnte auf Straßen leicht gewöhnliche Pferde abhängen, und sie würde mühelos jedes Rennen durch den dichten Wald gewinnen.

»Eure Feinde werden Euch wohl eher überlisten oder überrumpeln, als hinter Euch herzujagen«, warnte Anjali sie. »Verrat kommt viel häufiger vor als ehrliche Überfälle.«

»Dann sollten wir Nachteules Mähne vielleicht auch unter einer Kappe verstecken.«

Anjali lachte darüber. Flora sattelte kurz nach ihr auf, und plötzlich waren sie abmarschbereit. Flora schaute auf die vom Mond beschienene Lichtung.

»Ich bin noch nie außerhalb von Strata gewesen.«

»Wird Euer Vater Soldaten hinter Euch herschicken?«

»Nein.«

»Gut.«

»Mein Vater wird höchstpersönlich hinter mir herkommen. Es ist meine königliche Mutter, die die Soldaten ausschicken wird. Aber sie werden denken, ich wäre irgendwo im Wald, nicht auf der Straße nach Schmutz.«

Anjali verzog das Gesicht. »Wenn sie uns einfangen, müsst Ihr ihnen sagen, Ihr hättet mir Euren königlichen Befehl gegeben und mich gezwungen, Euch nach Schmutz zu bringen.«

»Ich befehle Euch hiermit, mich nach Schmutz zu bringen«, erwiderte Flora selbstbewusst.

»Und Ihr habt die Bezahlung arrangiert?«

»Ja. Ich trage nur wenige Münzen bei mir, wie Ihr vorgeschlagen habt. Der Rest wird in Form eines Kredits in Schmutz auf mich warten.«

»Nehmt nur gerade genug mit, um einen Räuber zu überzeugen, dass es alles ist, was Ihr besitzt. Es hat keinen Sinn, sich auf der Straße um einer fetten Börse willen umbringen zu lassen. Ich setze hier mein Leben aufs Spiel, besonders da ich die Tochter eines Königs aus ihrem Königreich fortbringe.«

»Ihr bringt mich nicht fort. Ich gehe, und ich befehle Euch, mir zu helfen.«

»Genau. Vergesst das nicht.«

Sie ritten zuerst schnell über die Waldstraßen von Strata, um Abstand zwischen sich und die Lichtung zu bringen, dann verringerten sie das Tempo ein wenig. Flora kannte die Wege auswendig, während sie Anjali durch Erzählungen und Landkarten vertraut waren. Sie hatte eine Röhre mit zusammengerollten Karten in ihrem Umhang stecken. Eine große Karte bildete die ganze bekannte Welt ab, und einige kleinere zeigten Details von jedem Königreich, das sie zu bereisen beabsichtigte. Ihre Qualität variierte zwischen kindlichen Zeichnungen und kunstvoller Kartografie.

»Teuer, diese da«, bemerkte Anjali zu der detaillierten Karte der fünfunddreißig Bezirke von Schmutz. »Die Stadt verändert sich ständig, daher ist die Karte fast so unzuverlässig, wie sie unverzichtbar ist. Schmutz dehnt sich in alle Richtungen viele Wegstunden weit aus.«

»Nur nicht ins Meer, oder? Also nicht in alle Richtungen.«

»Stimmt. Seine westliche Grenze verläuft parallel zur Küste. So freundlich von Euch, mich zu korrigieren.«

»Es muss atemberaubend sein.«

»Nun ja, der Geruch kann gewiss atemberaubend sein.«

»Ist der Palast unglaublich?«

»Es gibt dort viele Paläste! Jeder Bezirk hat seinen eigenen, und sie sind gewiss prächtiger als alles, was Ihr je gekannt habt.«

»Ist es so wie die anderen Städte, die Ihr gesehen habt?«, fragte Flora wissbegierig.

»Wie andere Städte, aber zehnmal so groß.«

»Wie zehn Lichtungen?«

Anjali lachte, eine Angewohnheit, in die sie immer öfter verfiel, wenn Flora sprach. »Oh nein, Kind. Nicht einmal wie fünfzig Lichtungen. Wie fünfzig *richtige* Städte.«

Flora ritt eine Zeit lang schweigend weiter und versuchte zu entscheiden, ob sie erstaunt oder beleidigt sein sollte. *Die Lich-*

tung ist doch eine richtige Stadt, oder? Es standen Hunderte Holzhäuser auf der Freifläche in der Mitte von Strata. Es gab Dutzende Händler und drei Schmieden. Sieben prächtige Adelshäuser erhoben sich hoch in die Baumwipfel, und Grundlinge bevölkerten den umliegenden Wald in einer gesetzlich vorgeschriebenen Dichte von zwanzig Behausungen pro Wegstunde in alle Richtungen. Es war nichts *Un*richtiges an der Lichtung. Flora vermochte nicht zu sagen, ob ihre Gefährtin bloß keine Manieren hatte oder ihr Zuhause absichtlich beleidigte, aber je weiter sie sich davon entfernten, desto respektloser wurde die Bardin und bezeichnete die Lichtungshalle an einem Punkt als »Affenhaus«. Es war unhöflich, gewiss, aber sie sagte es auf eine so amüsante Art, dass Flora mit ihr lachte – Anjali war schließlich eine Bardin.

Obwohl sie im Wesentlichen über die Waldstraße reisten, mieden sie Wachposten und Stadtzentren, wo Strataner ihre Prinzessin vielleicht erkannt hätten. Die Umwege über schattige, schlammverklebte Pfade machten Flora mehr Spaß als Mühe, und sie sah Häuser in ihrem eigenen Königreich, von denen sie nicht gewusst hatte, dass sie existierten, Siedlungen ohne einen Repräsentanten bei den Versammlungen auf der Lichtung, obwohl die Steuereintreiber ihres königlichen Vaters vermutlich mit ihnen vertraut waren. Drei Grundlingsmädchen in ihrem Alter starrten sie beide und ihre Pferde von der Tür ihrer Hütte an, so arm, dass sie selbst gewobene Blätterröcke trugen.

Was für ein eigenartiges Leben das sein muss, dachte Flora.

Es gab Städte, in denen Anjali begeistert begrüßt wurde, und Städte, denen sie auswich.

»Warum macht Ihr einen Bogen um Holzbrand?«, fragte Flora, als die Hufe ihrer Pferde über einen steinigen Pfad auf den Klippen mit Blick auf das Dorf klapperten.

»Ich bin dort einmal aufgetreten. Anschließend bin ich von enttäuschten Männern verprügelt worden.«

»Hatte ihnen die Vorstellung nicht gefallen?«

»Sie hielten mich für etwas, das ich nicht war. Ich musste mich zusammenrollen und ihre Schläge auf meinem Rücken erdulden, um sie daran zu hindern, mein schönes Gesicht zu beschädigen. Ich kann mich immer noch nicht bequem hinhocken, um mein Geschäft zu verrichten. Ihr Waldis und Eure verfluchten Äste.«

»Warum sollte man eine schöne Frau verprügeln?«

»Ja wirklich, warum …?«

In Heckenwald bezahlte Anjali mit Floras Münzen zwei Mahlzeiten und ein Zimmer mit einem Bett in einem Gasthaus, das sie kannte. Sie schickte Flora direkt aufs Zimmer und trug ihr auf, unterwegs den Kopf gesenkt zu halten. Wenn ein Wirt oder ein neugieriger Gast ihre königlichen Züge erkannte, würde das ihrer Reise ein jähes Ende setzen, warnte sie. Das Quartier war schlicht – eine mit Stroh gefüllte Matratze auf einem hölzernen Podest, ein Holzklotz, der als Tisch diente, und eine Öllampe. Sie fragte sich, wo Anjali schlafen würde. Nach einer Weile brachte die Bardin ihr einen Topf mit geräuchertem Kaninchenfleisch und Rettichen unter einer Decke aus Brot, damit das Gericht warm blieb.

»Rettiche …?«

»Das ist das, was sie haben. Wir sind hier nicht in einem Palast, Prinzessin.«

Flora nahm den Topf in Empfang und aß den Inhalt mit einem hölzernen Löffel, der aussah, als hätte ein Fleischaffe die Zähne daran gewetzt, während einige harte Strohhalme aus den Löchern in der abgenutzten Matratze ragten und ihr in den Hintern stachen. Bisher fühlte die Reise sich an wie ein munterer mehrtägiger Ausflug in den Wald ohne Diener – es war urig und irgendwie spaßig, Grundlingsquartiere auszuprobieren, die beinahe primitiv waren. Die Menschen würden ihre Untertanen sein, wenn sie Königin wurde, rief sie sich ins Gedächtnis. *Ich sollte sie in Erinnerung behalten.* Sie würde Handwerker von der Lichtung herschicken, um ihnen beizubringen, wie man bessere Hütten baute, beschloss sie. Und vielleicht würde sie ihnen ein paar bequemere Matratzen zukommen lassen.

In der Zwischenzeit kam sie sich sehr tollkühn vor, als verstecke sie sich bei dem Spiel »Finde die Nuss«, und Anjali wäre ihre schelmische ältere Spielkameradin – sie stand ihr nicht so nah wie ihre Schwester, war aber aufregender. *Vielleicht eher wie eine verwegene Cousine* – eine, die Flora selten sah und kaum kannte, der sie sich aber verbunden fühlte, wie den Pinkneys aus Hochzweig am fernen östlichen Rand von Strata. Sie nickte anerkennend, aß ihr Kaninchen mit Rettich und beschloss, dass sein bitteres Brennen auf ihrer Zunge nach Abenteuer schmeckte.

Anjali verließ den Raum, als Flora zu Bett ging, und kehrte bei Sonnenaufgang zurück, um sie zu wecken.

»Wo seid Ihr gewesen?«, fragte Flora.

»Der Gastwirt weiß eine gute Sängerin zu schätzen.«

»Ihr seid die ganze Nacht aufgeblieben und habt gesungen?«

»Nicht die ganze Nacht. Tatsächlich habe ich recht angenehm geschlafen, als ich mit dem Singen fertig war. Und ich habe uns die Kosten für Euer Zimmer gespart.«

»Ihr habt mein Geld zurückbekommen?«

»Habt *Ihr* gesungen?« Anjali machte keine Anstalten, die Münzen zurückzugeben.

Ich nehme an, sie hat sie sich verdient, dachte Flora, obwohl sie sich fragte, ob Anjali ein Zimmer mit einer besseren Matratze bekommen hatte.

Sie reisten ohne Zwischenfall weiter und kamen durch Dörfer und Vorposten, die die Waldstraße säumten. Den Wachposten nickten sie lediglich zu. Selbst wenn sie für die Nacht ein Quartier nahmen, erkannten die Gastwirte und treuen Soldaten des Großkaters Flora nicht, was wohl vor allem an der grässlichen Eichelkappe lag. Es überraschte sie, dass es so einfach war, ein Niemand zu werden, und mit jeder Wegstunde, die sie sich von der Lichtung entfernten, fühlte sie sich weniger wie eine Prinzessin. Es gab jedoch Menschen, die Anjali erkannten. Einige lächelten, aber bei den finsteren Blicken anderer trieb Anjali Flora dazu an, ein wenig schneller zu reiten.

»Dort ist die Grenze von Strata!«, platzte Flora mit vielleicht etwas zu viel Begeisterung heraus, als die Sonne gerade sank. Sie hatte die Grenze zuvor nur ein einziges Mal gesehen, als kleines Kind – eine gerade Linie aus schmalen Pappeln, die sich viele Wegstunden weit nach Norden und Süden erstreckte. Sie schirmte die gewaltige Garnison der Westgrenze vor Blicken und vor dem Wind ab. Eine fünf Wagen breite Lücke in den Bäumen bildete den prächtigen Eingang zur Waldstraße. Die Öffnung gab den Blick auf baumlose Ebenen frei, die bis zum fernen Meer reichten. Es sah leer aus, dachte Flora. *Karg.*

»Letzte Bäume, nennen wir es«, sagte Flora.

Anjali grinste. »Wir nennen es Erste Bäume, wenn wir aus der anderen Richtung kommen.«

»Dies ist die Stelle, an der wir sie aufgehalten haben«, begriff Flora und dachte an ihre Geschichtsstunden.

»Wen aufgehalten?«

»Das Schmutzige Volk. Sie hatten ihre ganzen eigenen Bäume am Meer gefällt und kamen dann landeinwärts, um sich unsere zu holen. Sie fällten unsere Bäume für ihre Städte und Schiffe. Sie holzten jeden Klafter Boden ab, den sie nahmen, und verbrannten dann die Stümpfe und das Unterholz.

Als wir ihre Baumfäller verjagten, schickten sie eine Armee. Wir waren in der Unterzahl, zehn zu eins. Die Reihe der Pappeln markiert die letzte Schlachtlinie.«

»Ah ja, ich habe dieses alte Lied gesungen.« Anjali warf den Kopf in den Nacken und ließ ihre melodische Stimme ertönen.

»Die Soldaten standen dicht gepackt,
Wie die Bäume, die sie abgehackt.
Ein Wald von Mannen auf freiem Feld,
Nicht lang mehr in glänzende Bronze gestellt.
Ihre Zeit zum Sterben war gekommen,
Feig hatten die Waldmänner Deckung genommen,
Unter Zweig und Blatt, um dem Tod zu entkommen.
Dann schoss durch die Bäume von Strata
Der Schmutz wie ein blutiger Satan.
Ihre Zeit zum Sterben war gekommen.
Eine Zeit für Helden.
Eine Zeit für Ruhm.
Eine Zeit, als ew'ge Legende zu ruh'n.
Eine harte Zeit. Eine sterbende Zeit. Die Schlacht auf dem Freien Feld.«

»Es ist die ›Schlacht der Bäume‹«, bemerkte Flora. »Und ich habe die Geschichte anders gehört.« Aber ihr Einwand hinderte Anjali nicht daran, den nächsten Vers zu singen.

»Die Strataner trafen die Männer aus Schmutz,
Versteckt in den Bäumen der Echoschlucht.
Der Hinterhalt raubte den Schmutzen den Schutz …
… Ihre Zeit zum Sterben war da.
Eine weinende Zeit. Schreckliche Zeit.
Zeit, um zu fallen und zu sterben.
Die Schlacht auf dem Freien Feld.«

»Ihr könnt aufhören. Ich kenne das Ende. Strata hat gegen eine überwältigende Streitmacht gekämpft und gesiegt. Wohl kaum feige.«

»Seid nicht beleidigt, kleine Prinzessin. Dies ist lediglich die Version, die ich in Schmutz singe. Lieder werden je nach Publikum anders gesungen. Niemand will etwas über Geschichte hören, wenn es ihn schlecht dastehen lässt. Nun runzelt die Stirn und winkt der Garnisonswache zu, wenn wir gehen.«

»Ich soll die Stirn runzeln?«

»Ein Lächeln ist immer leichter wiederzuerkennen. Das wissen alle Schausteller.«

Flora runzelte die Stirn, obwohl die Wachposten der Garnison sie wahrscheinlich nicht erkennen würden, ob sie nun lächelte oder nicht. Die beiden Frauen ritten hinaus ins offene Land, und der Wachposten, der im höchsten Baum stand, winkte kaum zurück und runzelte seinerseits die Stirn. Es war eine große Ehre, als Wache in der Garnison zu dienen, aber es hatte länger keinen Krieg gegeben, als das junge Leben des Soldaten Jahre zählte, daher waren das Aufregendste, nach dem er Ausschau zu halten hatte, die Großkatzen oder Banditen, die sich in den Wald schlichen, um Großholz und die Försterschlucht zu überfallen – die früher einmal den Namen Echoschlucht getragen hatte. Die Banditen, die sich selbst Vagabunden des Freien Feldes nannten, stellten die größte Sorge dar, aber es war unwahrscheinlich, dass irgendein Bandit in der Nähe der schwer bewachten Waldstraße lauern würde. *Und gewiss hätten sie kein Interesse an einem massigen Mann und einem Jungen mit einer hässlichen Eichelkappe,* dachte Flora, die sich nervös umsah. *Oder?*

Das Freie Feld erstreckte sich, so weit Flora sehen konnte – ein Ozean aus sich wiegenden Gräsern, Grün, das zu Gelb verblasste und wieder leuchtender wurde, während es in der Brise wogte.

»Es gibt keinerlei Deckung«, bemerkte Flora.

»Natürlich gibt es die. Diese ganze weite Fläche ist ein Versteck. Ganze Lager verbergen sich zwischen den Halmen. Und keins Eurer ausgebildeten Eichhörnchen bewacht die Feldstraßen. Wir sind von hier bis Schmutz ungeschützt.«

Flora hatte das Gefühl, als wäre sie nackt ausgezogen worden, wie eine Schnecke, die plötzlich ohne ihr Haus dastand. *Wie ein Grundling.*

»Was soll ich tun?«

»Haltet Eure Zügel in der Hand und zieht Eure Kappe herunter.«

Flora war schon früher auf Wiesen und Lichtungen geritten, aber nie außer Sichtweite von Bäumen. Nachteules Kopf schwang hin und her, während sich das Pferd nervös durch die hohen Gräser bewegte. Wie ein Reh ohne Dickicht als Zuflucht würde Flora nichts zum Schutz haben, wenn eine Großkatze sich ihr näherte, außer Flucht oder Kampf oder Anjali. Die Aussicht auf den Schutz einer Bardin tröstete sie nur wenig. Flora hatte einen langen Abstecher unter den Besitztümern der Frau gesehen, konnte sich aber nicht vorstellen, dass der Singvogel ihn benutzte. *Obwohl sie kräftig ist.* Ihre Arme waren wirklich bemerkenswert dick und muskulös für eine Sängerin.

Sie durchquerten die wogende Graslandschaft mit wachen Augen und beobachteten die Straße und die Spitzen der hohen Halme. Flora hatte das Gefühl, als könnte sie gleichzeitig alles und nichts sehen. Sie tätschelte Nachteule, eine Geste, die mehr dazu diente, sich selbst zu beruhigen als das Pferd.

»Hier sind keine Häuser. Keine Bauernhöfe.«

»Es wäre töricht, sich hier im Zwischenraum niederzulassen. Die Erde ist trocken und hart, und Häuser außerhalb der Stadt würden überfallen werden.«

»In Strata gibt es auch Häuser zwischen den Städten. Wir garantieren für ihre Sicherheit.«

»Ha! Schmutz kann seinen Bewohnern keine Sicherheit von einer Straße zur nächsten garantieren, geschweige denn außerhalb seiner Mauern auf dem Freien Feld.«

Sie ritten tagelang, ohne einen Baum zu sehen. *Dies alles war einmal jungfräulicher Wald*, dachte Flora. *Vor dem Holzkrieg.* Das Gefühl von Verlust war plötzlich überwältigend, und sie weinte um die ermordeten Bäume, wenn Anjali nicht hinschaute. In den kühlen Nächten schliefen sie in der spärlichen Deckung hoher Gräser, die Pferde festgepflockt, sodass sie flach auf dem Boden liegen mussten. Ihre singfreudige Gefährtin und Flora blieben unter dem klaren Himmel abwechselnd wach und entzündeten keine Feuer, und der strahlende Mond erhellte die endlose Landschaft, sodass sie sich ihnen in grauen, silbernen und schwarzen Tönen präsentierte. Durch Glück oder Umsicht oder Anjalis Instinkte als Reisende trafen sie auf keine Banditen. Während Floras Schichten schienen das ferne Gezirpe unsichtbarer Insekten und das Rascheln junger, geschmeidiger Grashalme mit der sonstigen Stille in Einklang zu sein. Sterne sprenkelten den Nachthimmel, ihre Lichtfinger tasteten über die Ränder der Erde hinaus, und Flora fühlte sich nackt ohne den Schutz ihres Waldes – entblößt und frei, verängstigt und befreit, klein und unbedeutend und seltsam erregt, alles zugleich. Die abwechselnd pudrigen und moschusartigen Gerüche verschiedener Pollen berauschten ihre Nase, und das Gras des Freien Feldes hob und senkte sich in dem warmen Wind, der über sie hinwegwehte, wenn sie auf dem Boden lag, und der sie liebkoste wie eine Seidendecke in einem endlosen, rhythmischen Traum. Nur dass der Traum durchaus ein Ende hatte, wie alle Träume ein Ende haben mussten.

»Es ist jetzt nicht mehr weit bis nach Schmutz«, murmelte Anjali am nächsten Tag, als ihr Reittier den Schwanz hob und eine gewaltige Kaskade von Scheiße losließ, direkt vor Flora, die auf Nachteule hinterhertrabte. Das Tempo war weder ganz Schritt noch ganz Trab, sondern etwas dazwischen, das sie bei jeder Bewegung durchschüttelte und ihrem vom Sattel wundgescheuerten Hintern stechende Schmerzen bereitete.

»Ja, ich sehe, dass die Straße vorne breiter wird, wo Pfade aus anderen Richtungen in sie einmünden. Außerdem steigt in der Ferne Rauch auf.«

»Ihr seid ein scharfsichtiges kleines Eichhörnchen. Wir werden jetzt jeden Moment die Mauern sehen. Doch ich warne Euch, wenn Ihr die Stadt betretet, ist die Veränderung ziemlich drastisch. Ihr habt veranlasst, dass Geld vorausgeschickt worden ist, ja?«

»Das fragt Ihr jetzt zum fünften Mal.«

»Danke fürs Mitzählen. Bedeutet das …?«

»Ja. Meine Antwort hat sich nicht geändert. Ich habe durch einen Boten einen Kreditbrief schicken lassen, und das Gold wird auf uns warten.« Flora strengte sich an, über die nächste Anhöhe zu blicken, und die Vorfreude machte sie ungeduldig. »Wird es dort Ziegelsteintürme geben, die so hoch wie Bäume sind?«

»Viele.«

»Und steinerne Mauern, so hoch wie Klippen?«

»Ja.«

»Und Ratte. Kennt Ihr ihn?« Jetzt, da ihr Ziel nah war, dürstete Flora plötzlich nach Informationen über den Mann, den sie in ihren Dienst nehmen würde. Ihr Vater sagte immer, es sei das Beste, eine Person zu sehen und sprechen zu hören, bevor man entschied, ob man mit ihr Geschäfte machen wollte, aber Ratten arbeiteten so nicht, soweit sie über deren Geschäfte Bescheid wusste, und sie wusste nur sehr wenig.

»Niemand kennt ihn«, antwortete Anjali.

»Wo werden wir ihn finden?«

»Er ist schwer zu fassen. Sobald wir Euer Geld für seinen Vorschuss und mein Honorar abgeholt haben, werden wir jene fragen, die wissen werden, wen wir fragen müssen.«

»Und wer ist das?«

»So viele Fragen. Wir werden auf dem Kai anfangen. Menschen beobachten dort das Kommen und Gehen. Informationen werden schnell weitergegeben. Man kann zwischen zwei beliebigen Menschen auf der Welt eine Kette finden, die sie verbindet, und man braucht bloß eines der Kettenglieder zu entdecken.«

Flora nickte, war aber unzufrieden. Anjali schien weniger über Ratte zu wissen, als sie gesungen hatte. Doch eines wusste die Bardin mit Sicherheit – wenn sich die Mauern von Schmutz aus dem Grasmeer erhoben, würde sich Floras gesamte Welt verändern.

Kapitel 8

Versammlung

»Und das ist der Grund, warum ein Krieg unvermeidlich ist«, beharrte Herzog Zimmermann vor der fast vollen Empore.

»Ihr hört es«, flüsterte Wein Glas zu. »Der Zimmererbezirk grenzt direkt an den Eisenbezirk. Der Rat Eures Cousins Eisen drängt auf Krieg, und Zimmermann braucht das Nutzholz. Als Nächstes wird er vorschlagen, einen Hauptteil aus dem Großen Wald zu nehmen.«

»In der Tat«, stimmte Glas zu. »Aber Zimmermann ist kein schwacher Bezirk, wie Ihr vorausgesagt hattet. Sein führender Ingenator ist der schlaueste in ganz Schmutz – so brillant, dass Zimmermann ihn vor dem Rest der Welt wegsperrt.«

»Irgendjemand würde ihn stehlen, wenn er bekannt wäre«, erwiderte Wein. »Ich zum Beispiel.«

»Er hat die Handbürste für das Putzen der Zähne erfunden.«

»Das kleine Holzding mit den Mühlenkatzenborsten?«

»Genau das meine ich. Jetzt werden sie ihn Waffen für den Krieg erschaffen lassen.«

Wein zuckte die Achseln. »Meine Waffe ist Wein, und der führt Krieg mit meinen Zähnen. Es ist ihnen bestimmt, purpurn zu sein, ganz gleich, womit ich sie schrubbe.«

»Mein Punkt war der, dass der Rat Eisens stärker auf Krieg drängt, als Ihr gedacht hattet.«

Zimmermann sprach weiter. »Nutzholz wird langsam rar. Der Vorrat schrumpft, die Kosten steigen. Das macht uns arm und schwach. Mit einem gewaltigen Wald nur wenige Tage östlich von uns ist es lächerlich, dass wir Holz aus Übersee kaufen. Außerdem hat niemand sonst die hohen Tuftorbäume für den Schiffsbau. Mit guten Schiffen könnten wir den Insulanern die Herrschaft über den Seehandel streitig machen, bevor sie uns mit ihren Preisen ruinieren.«

»Mein Bezirk ist bereit für den Krieg!«, rief Stahl von seinem Stuhl aus.

Natürlich ist er das, dachte Glas. Die Stahls hatten seit Jahrhunderten Rüstungen und Waffen für Schmutz angefertigt. Alle Jungen der Stahls mussten sich zwei Jahre lang dem Stahlunternehmen verpflichten, bevor sie andere Berufe ergriffen, und so war jeder Stahl ein ausgebildeter Soldat. Die Stahls waren immer bereit für Krieg. *Und bereit, davon zu profitieren.*

»Leichte Beute«, flüsterte Wein.

»Stahl bietet ihnen einen sicheren Ort, um das Ganze in Gang zu bringen. Wir haben gewusst, dass er sich auf ihre Seite schlagen würde. Aber andere werden zögern. Wir müssen schnell handeln, um diesen Strom einzudämmen, bevor er zu einer Flut wird.«

Glas beobachtete, wie der Repräsentant des Eisernen Rates im Hintergrund nickte – der Truchsess des Eisenbezirks. *Die eigentliche Macht hinter alldem.* Der Truchsess repräsentierte den Kindherzog des Bezirks, den Eisenjungen. *Den Sohn meines toten Cousins.* Als Stellvertreter des Jungen nahm der Truchsess an Versammlungen teil, bis der Knabe volljährig wurde, aber er hatte keine Stimme – nur der Junge konnte abstimmen.

Der Truchsess hatte dem Haushalt der Gießereifamilie vorgestanden, bevor er Truchsess wurde und den Platz am Kopfende des Eisernen Tisches einnahm. Die Gießereis waren die größte Familie unter den Eisenleuten, und sie rühmten sich eines Konglomerats von Brüdern, Schwestern, angeheirateten Verwandten und Cousins und Cousinen. Glas hatte Mühe, den Überblick darüber zu behalten, wer ein echtes Anrecht auf die Führung ihres Hauses hatte. Als ihr Patriarch Truchsess wurde, war eine Lücke in der Familie entstanden, und sie stritten noch immer darüber, wer sie ausfüllen und die Familie führen sollte.

Glas wusste, dass der Truchsess dem Jungen treu ergeben war, und das war auch gut so. Aber der Truchsess verabscheute außerdem Glas. *Und das ist nicht gut.* Glas hatte seinem Cousin Dane, dem Eisenherzog, davon abgeraten, Gießerei einen Sitz im Rat zu geben – die Gießereifamilie war zu groß und zu gefährlich, hatte er gesagt –, aber Dane hatte Graf Gießerei trotzdem in den Eisernen Rat berufen, und jetzt, da Dane tot war, machte das Glas seinen Umgang mit Gießerei schwer.

Der Truchsess verzog keine Miene, während Zimmermann und Stahl die historischen und die eingebildeten Vergehen aufzählten, die Strata während und seit dem Holzkrieg begangen hatte. *Sie sind wie zwei mürrische alte Männer, die mit Rückenschmerzen auf ihren Gartenstühlen sitzen und sich gegenseitig in ihren Klagen bestärken.* Sie sprachen von dem Stolz, den die Bewohner von Schmutz empfinden würden, wenn ihre Armeen losritten, um ihnen Genugtuung für diese alten Schandtaten zu verschaffen. Und als die Dämonisierung Stratas den kritischen Höhepunkt erreichte, stand Zimmermann auf und schlug mit der Faust gegen die Rückenlehne des Stuhls der Witwe Fluss.

»Krieg ist das Huhn, das zwei Eier legt!«, erklärte er.

»Ah, Hühner-Philosophie«, flüsterte Wein. »Die tiefschürfendste Art von Philosophie.«

Zimmermann sah Wein verärgert an und wartete, bis es wieder still war. »Zwei Eier, wahrhaftig – wir füllen unsere Rohstoffbestände wieder auf und dazu noch die Loyalität unseres Volkes.«

»Nur die Loyalität jener, die noch leben, nachdem der Krieg ausgefochten ist«, bemerkte Herzogin Gelehrt. Die Hüterin der großen Bibliothek von Schmutz sprach leise, aber alle hörten zu. »Die Loyalität der Toten bedeutet wenig. Und Witwen und Waisen sind vielleicht weniger loyal, als Ihr hofft.«

»Ihr seid kein Soldat, Gelehrt«, entgegnete Stahl angewidert.

»Nein. Ich befasse mich lediglich mit Geschichte. Strata ist eine natürliche Festung. Der gesamte Wald ist seine Burgmauer – eine Mauer, die mehrere Wegstunden dick ist, mit Schießscharten auf jedem Schritt. Selbst wenn wir siegten, wären die Verluste gigantisch. Und ich sollte Euch nicht daran erinnern müssen, dass wir beim letzten Mal *nicht* gesiegt haben. Tatsächlich habt Ihr den Großteil der letzten Stunde über unsere demütigende Niederlage gejammert.«

Sie hat recht, verleiht ihrem Widerspruch aber zu laut Ausdruck, dachte Glas. *Man kann sie zu leicht ersetzen.*

»Wir müssen unsere Untertanen auf diese Sache einschwören«, beharrte Zimmermann. »Aufrührer stiften bereits Unruhe. Wenn wir nichts tun, damit das gewöhnliche Volk loyal ist, werden wir alle wie die Schlachters enden.«

»Aufruhr ist *Euer* Problem, Zimmermann«, murrte Elfenbein. »Einige von uns haben ihre Bezirke durchaus unter Kontrolle.«

»Es breitet sich rasend in der ganzen Stadt aus, Stoßzahn«, entgegnete Zimmermann. »Meine Quellen berichten, dass sich heute Abend auf dem Glasplatz eine Menschenmenge versammeln wird.«

Glas war entsetzt, bewahrte aber Ruhe, als sich ihm ein Meer von Gesichtern zuwandte. Er zuckte die Achseln. »Gut zu wissen. Ich hätte gedacht, dass jegliches unzufriedene Volk auf meinem Platz mein eigenes sein würde. Es ist erleichternd zu hören, dass es anderer Leute Pöbel sein wird. Dann kann ich weniger zurückhaltend mit ihm umspringen.«

Zimmermann wedelte mit einem Finger. »Das ist das Tückische daran, Glas, mein Freund – dieses unruhige Volk wird zum Großteil Euer eigenes sein, jedoch zum Aufruhr angestachelt von diesen umherziehenden Aufwieglern.«

»Habt Ihr schon Namen, Herzog Zimmermann?«, fragte Gewand.

Zimmermann runzelte die Stirn. »Wir haben erst einen gefangen. Aber der hat noch sieben weitere dieser abscheulichen Tiere benannt.«

»Zweifellos nachdem man ihm die Daumen zurückgebogen hat«, sagte Wein.

»Meine Gefängniswärter haben etwas schmerzhaftere Befragungskünste angewandt. Na und?«

»Ein gefolterter Mann nennt möglicherweise den Namen irgendeines abscheulichen Tieres. Als Nächstes wird er zwei aufmüpfige Schweine und eine ungebührliche Ziege identifizieren.«

Auf der Empore brach Gelächter aus. Stahl schlug Wein gutmütig und zu fest auf den Rücken. Zimmermann lachte nicht, und der Lehm, der unter dem Stuhl seines Bruders eingeklemmt war, lachte natürlich auch nicht. Auch Klippen blieb ernst, da sie mit den Leuten noch nicht vertraut war und sich im Stillen erst ein Bild von ihnen machte.

»Seine Informationen sind vielleicht nicht so zuverlässig, wie wir es gern hätten«, räumte Zimmermann ein. »Aber wir fahnden trotzdem nach diesen sieben.«

»Zehn, wenn Ihr die Schweine und die Ziege mitzählt«, ergänzte Glas unter dem Gebrüll seiner Adelsbrüder.

Gewand lächelte, aber Glas sah, dass sie im Stillen Stimmen für und gegen einen Krieg mit Strata abzählte. Als ihr Blick auf ihn fiel, ergriff sie das Wort.

»Was sagt Ihr, Glas? Seid Ihr mit einem Krieg einverstanden?«

»Ich bin nicht …« Glas zögerte. Er blickte sich um und versuchte, die Mienen der um ihn herum versammelten Menschen zu deuten. Viele waren angespannt. Es waren harte Zeiten, und sie wollten alle eine Lösung. Er verfluchte sich dafür, dass er keinen besseren Vorschlag zu bieten hatte. Krieg war Idiotie, aber seine eisernen Räder drehten sich bereits. *Und es ist gefährlich, sich einem rollenden Wagen in den Weg zu stellen.* »Ich bin nicht … *nicht* einverstanden.«

Kapitel 9

Eine Prinzessin in Schmutz

Es gab so viel zu sehen, dass Floras Kopf hin und her schwang wie der einer hölzernen Marionette an einem Drehgelenk. Drei Händler riefen ihr gleichzeitig etwas zu, um Teppiche, Seidenstoffe oder Spielzeuge zu verkaufen, die sich drehten, wenn man mit einem Stock dagegen schlug, aber sobald Flora wegschaute, richteten die Händler ihre Blicke und Rufe an die nächste Person, die des Weges kam. Auf Gestellen in den überfüllten Straßen wurde gesalzenes Pferdefleisch geräuchert, während knochendürre Straßenkinder in der Nähe herumschlichen und auf Abfälle lauerten. Peitschen, Sättel, Decken und Dutzende anderer Dinge, die mit Pferden zu tun hatten und die Flora noch nie zuvor gesehen hatte, hingen von Ausstellungsständern an den Seiten der Gebäude. Ein Mann, der ein Apotheker zu sein schien, bot Flora heiße Steine an und garantierte ihr, dass sie all ihre Schmerzen und Gebrechen heilen würden.

»Sie sind die neueste Arznei gegen einen Schmerz im Kopf.«

»Meinem Kopf geht es gut.«

»Dann Eure Füße. Euer Rücken. Euer wunder Hintern! Ihr seid geritten, ja?«

»Nun, das stimmt, ich …«

»Redet nicht mit ihnen«, blaffte Anjali und riss sie weg, »sonst verfolgen sie Euch bis an Euer Grab.«

Ein weiterer Händler schien Flora kaufen zu wollen, aber er hatte einen starken Akzent und war schwer zu verstehen. Anjali versicherte Flora, dass er meinte, er wolle sie beschäftigen, nicht sie kaufen, aber dann führte sie Flora schnell weg, und Flora fand nicht heraus, für welche Arbeit er sie hatte beschäftigen wollen. Sie sah sorgfältig bewachte Kisten mit Wurzelgemüse und abgegriffene Schriftrollen zum Verkauf, die sich höher auftürmten als auf den Regalen der Bibliothek der Lichtung. Flora verlor schnell den Überblick über die Zahl der Verkäufer. Es gab tatsächlich mehr Händler in einer einzigen breiten Straße, die zum Hauptplatz führte, als auf der gesamten Lichtung, und als sie den gewaltigen Ostmarkt betraten, enthielt er das Fünffache dieser Zahl.

»Ihr wirkt verwirrt, Eichhörnchen.« Anjali grinste. »Und wir haben gerade erst das Osttor passiert. Dies ist bloß der Marktplatz des Stallungenbezirks.«

»Es gibt zu viel zu sehen!«

»Ja. Aber schaut Euch nur das an, was Ihr zu finden wünscht. Anderenfalls werdet Ihr wahrscheinlich bloß Ärger finden.«

»Verstanden. Wir müssen uns auf unsere Aufgabe konzentrieren – ich bin wegen meiner Schwester hier. Wo finden wir Ratte?«

»Wir sind im Stallungenbezirk – dem Reich des Herzogs von Pferden und Eseln, obwohl manche ihn einfach den Pferdearsch nennen. Die Stadt ist unterteilt in fünfunddreißig solcher Bezirke … manchmal sind es vielleicht ein paar mehr oder weniger, je nachdem, wer in letzter Zeit gestürzt wurde. Auf meiner Karte von Schmutz sieht man, dass all diese Bezirke im Laufe der Jahrhunderte zusammengewachsen sind. Jetzt ist alles eins, aber es gibt nach wie vor Gemeinden, Provinzen, Regionen und Territorien innerhalb von Schmutz –

einige würden sich immer noch Königreiche nennen, wenn sie könnten. Ganz gleich, wie toll sie sich jeweils selbst finden, jeder Bezirk ist einzigartig, und jeder wird von einem anderen Herzog regiert, einer Herzogin oder einem Rat. Ein skrupelloser Mörder würde sich höchstwahrscheinlich im Irrgarten aufhalten.«

»Irrgarten?«

»Ein gesetzloser Ort zwischen den großen Bezirken Gewand, Glas und Hafen. Der Irrgarten wird von niemandem regiert und ist voller Gassen, die jeder Vernunft trotzen. Weder Schmutzwache noch Bezirkswachtmeister patrouillieren dort regelmäßig. Es ist ein Ort, an dem Ihr Euch nicht allein oder nach Einbruch der Dunkelheit wiederfinden wollt. Wir werden versuchen, ihm über einen Kurier eine Nachricht zukommen zu lassen. Aber zuerst Euer Geld. Kennt Ihr den Bezirk, die Straße und den Namen des Bankiers?«

»Nein. Man hat mir gesagt, ich solle dort hingehen, wo die Banner gelb seien. Ich muss die Losungsworte sagen, und sie geben mir das Gold. Aber dieser Markt ist so groß. Wie sollen wir gelbe Banner finden?«

»Ach Kind, dies ist bloß ein kleiner Markt. Der Markt im Hafenbezirk ist fünfmal so groß. Außerdem sind die gelben Banner nicht hier. Sie befinden sich jenseits des Irrgartens im Kürschnerbezirk – es leuchtet ein, dass Ihr dort Kredit hättet, Ihr mit Euren waldigen Großkatzen- und Wolfsfellen, mit denen Ihr Handel treibt. Wir werden unser Anliegen vom Hafenbezirk aus in den Irrgarten schicken. Zuerst nennt mir aber die Losungsworte für den Bankier, damit ich mich anschließend in den Kürschnerbezirk begeben kann, um mir mein Honorar abzuholen.«

»Nicht bevor ich die Ratte getroffen habe.«

»Recht und billig. Und so gescheit, Prinzessin. Es ist weise von Euch, in Schmutz vorsichtig zu sein, selbst mir gegenüber.«

Aus dem Augenwinkel fiel Flora eine Frau in der Menge auf, die zornig in Anjalis Richtung gestikulierte. »Diese verärgerte Frau dort versucht, Eure Aufmerksamkeit zu erheischen.«

»Befindet sie sich vor uns?«

»Nein.«

»Dann ignoriert sie.« Anjali ging schneller und drängte ihr Pferd durch die Menge, wobei sie gelegentlich Leute zur Seite stieß.

»Kennt Ihr sie?«

»Sie hat mich womöglich mit jemand anderem verwechselt.«

»Das bezweifle ich. Ihr seid die größte Frau, die ich je gesehen habe. Leute haben Euch überall entlang der Waldstraße erkannt, selbst ohne Eure Perücken.«

»Dann eben eine unzufriedene Zuschauerin. Es gibt immer irgendjemanden, dem ein Lied nicht gefällt.«

Sie ließen die Frau in der wuselnden Menschenmenge hinter sich, und als sie sich langsam lichtete, hatte Flora in dem Gewirr schmaler Gassen die Orientierung verloren. Häuser ragten über ihr auf, die eine unüberschaubare Anzahl namenloser Einwohner von Schmutz beherbergten, von denen einige sich aus den Fenstern lehnten, während andere durch die Türen hinein- oder herausströmten. Leute drängten sich aneinander vorbei, und doch schien jeder einzelne Mann seines Weges zu gehen und jede einzelne Frau mit ihren eigenen Besorgungen beschäftigt zu sein. Hübsche Damen in kräftig gefärbten Kleidern rauschten vorbei, ohne Flora auch nur eines Blickes zu würdigen, während in Lumpen gekleidete Bettler in Ecken und Nischen hockten und ihr hölzerne Gefäße entgegenstreckten. Das dumpfe Brodeln der Menschheit summte ihr in den Ohren, durchbrochen vom Geräusch der klappernden Hufe von Nachteule auf den harten und unebenen Pflastersteinen der Straße.

»Es gibt Tausende von ihnen«, bemerkte Flora.

»Von wem?«

»Pflastersteine. Wo kommen die alle her?«

»Von Fuhrwerken.«

»Und die Fuhrwerke, wo kommen die her?«

»Von Stellmachern?«

»Aber die Steine müssen irgendwo abgebaut worden sein. Gibt es einen Steinbruch in der Stadt?«

Anjali schüttelte den Kopf. »Schmutz würde nicht seine eigenen Steine abbauen, albernes Eichhörnchen. Die Steine kommen per Schiff. Man kann mit der Ladung einer einzigen Galeere eine ganze Straße pflastern.«

»Schiffe voller Steine? Wie können die schwimmen?«

»Die Schiffe von den Inseln sind Wunderwerke moderner Baukunst, beladen mit allem, was Ihr Euch vorstellen könnt. Steine aus Königreichen, die reich an Gestein sind, Seide aus Königreichen, die reich an Seide sind, und Nahrungsmittel aus riesigen Ackerlandgebieten jenseits der Meerenge.«

»Man baut hier nichts an?«

»Schmutz baut nichts an, Prinzessin, es verschlingt nur.«

Flora starrte auf die scheinbar endlose Reihe der hölzernen Häuser am Straßenrand. Auf jedes Gebäude kamen sechs große Tannen, schätzte sie, manche davon blutig erkämpfte Stämme aus dem Holzkrieg vor vielen Lebzeiten.

»Zum Beispiel stratanische Bäume.«

»Richtig. Stratanische Bäume, irgendwann einmal. Heute schlagen sie ihr Bauholz jenseits der Meerenge auf Inseln ab und flößen sie mithilfe von Barken hierher. Aber die Qualität des Holzes ist schlechter, und es ist ein langsamer und riskanter Prozess – die Hälfte geht durch Stürme verloren, und selbst wenn das Holz sicher ankommt, es ist enorm teuer. Läden und Häuser zu bauen ist teuer. Ingenatoren sind in einigen Stadtteilen wieder zu Ziegelsteinen zurückgekehrt. An Nahrung zu kommen ist fast ebenso schwierig. Die schiere Menge an Menschen macht es schwer, in der Stadt zu überleben, und die Armen vermehren sich trotz der Mängel. Eine anständige Frau kann sich kaum ein Dach überm Kopf und eine Mahlzeit in einem verrotteten Gasthaus am Kai leisten.«

Flora verzog das Gesicht bei dieser Aussicht, aber als es Nacht wurde, fand sie sich genau dort wieder.

Kapitel 10

Der Hafenbezirk

Nachdem sie Ihre Reittiere in einem Stall untergebracht und eine Fackel entzündet hatten, liefen sie durch die krummen gepflasterten Straßen, bis sie am Kai ankamen. Obwohl ihre Waldfüße davon schmerzten, anscheinend über eine Wegstunde lang auf Steinen gelaufen zu sein, hatten sie nur einen von Schmutzens fünfunddreißig Bezirken durchquert. Die Luft veränderte sich, als sie sich den Kais näherten. Ein salziger Geruch stach in Floras empfindliche, Waldluft gewohnte Nase, und eine feuchte Kälte fand ihren Weg durch die Fellweste und kribbelte auf ihrer Haut. Von irgendwo entlang der Küste hallte ein rhythmisches Krachen wider – ein mächtiges Geräusch, das sie noch nie zuvor gehört hatte. Als fiele irgendwo im Wald ein riesiger toter Tuftorbaum um und schlage am Boden auf, allerdings in einem bestimmten Rhythmus und immer wieder und wieder. Jenseits der Hafenanlagen war die Welt schwarz, und sie hatte das Gefühl, an einem Abgrund zu stehen. Sie hatte das Meer noch nie gesehen, aber sie konnte seine gewaltigen Ausmaße vor sich spüren, wie einen sternenlosen Nachthimmel. Tief liegende Schiffe aller Formen und Größen schaukelten auf dem Wasser an den Landungsstegen, und ihre schattenartigen Masten glichen sich wiegenden Türmen über den gelblichen, von Flechten verkrusteten Piers. *Die*

Masten kommen so etwas wie Bäumen am nächsten, seit wir Strata verlassen haben. Sie keuchte auf, als sie bemerkte, wie groß die Schiffe waren, die am Ende der Hafenanlage im Wasser lagen, wo es sehr tief war. Eins davon war größer als die Lichtungshalle. Ein anderes ragte so hoch auf wie der Mönchsturm. Aber viele der verzogenen, knarrenden Dinger sahen ganz und gar nicht aus wie Wunder moderner Baukunst. Sie sahen alt aus.

»Schmutz hat nur wenige hohe Bäume, um Schiffe daraus zu bauen, falls es das ist, worüber Ihr nachdenkt«, sagte Anjali. »Die guten neuen Schiffe sind Inselschiffe. Schmutz kann keine eigene Flotte bauen, um es mit der der Insulaner aufzunehmen; das ist einer der hartnäckigeren Dornen in dieser Tigerpfote.«

Sie gingen weiter. An Ladenfronten entlang der Kais hingen primitive Schilder, die mit Kreide beschriftet worden waren, und priesen düstere Lokale an. Auf einem Schild stand einfach: »Netze«. Durch die Tür sah Flora einen vornübergebeugten Netzmacher. Seine Hände flogen, und seine fette Nadel flitzte zwischen Seilschlaufen umher. Ein Schild, auf dem »Fleisch« stand, schien auf einen Schlachter hinzuweisen, aber die Tür war fest verschlossen, und Flora fragte Anjali nach dem Grund.

»Kunden klopfen an und nennen ihre Namen«, erklärte die Sängerin. »Fleisch ist zu wertvoll, um eine Tür für den Pöbel offen zu lassen, der vielleicht durch diese rauen Straßen spaziert.«

»Ihr meint Leute wie uns?«

»Alle anderen Leute *außer* uns. Das ist der Grund, warum wir unsere Pferde in den Ställen gelassen haben. Es ist teuer, aber sicherer, als sie hier festzumachen. Wertvolle Dinge, die man auf den Kais lässt, landen auf Schiffen.«

»Und wohin fahren diese Schiffe?«

»Nach Delebos, zu den Irreninseln oder noch schlimmer, zur Gescheckten Küste – jenseits der Meerenge, wo man sie nie wiedersieht. Versteht Ihr, richtige Piraten greifen nicht andere Schiffe an – das Risiko ist zu groß –, sie segeln als Kaufleute getarnt in den Hafen, nehmen, was sie kriegen können, und segeln davon, bevor jemand es vermisst. Die Chancen, dass ein Schmutziges Schiff ein Piratenschiff fängt, wenn es erst draußen in der Meerenge ist, sind so gering, dass sich die Hafenwachtmeister in ihren schnellen Booten nicht die Mühe machen, hinter ihnen herzujagen, sobald sie die Bucht verlassen haben.«

Anjali führte Flora an den Läden mit den Schildern vorbei zu einer nicht gekennzeichneten Tür und klopfte zweimal an. Ein runzliger Mann öffnete die Tür, musterte Anjali und Flora und schickte sie sofort weg. Sie klopften an fünf solcher Türen, von denen keine sich allzu sehr von der vorigen unterschied. Bei einigen drehte Anjali sich einfach um und ging davon, wenn ihr der Bewohner nicht gefiel. Bei anderen sprach sie kurz mit der Person, die sie an der Tür trafen, und ließ beiläufig das Wort »Ratte« in das Gespräch einfließen. Jedes Mal drehte sie sich danach unverzüglich um und ging weiter. Eine gebeugte alte Frau sprach keine gängige Sprache. Ein anderer Hausbesitzer zog einen Abstecher, was Flora nicht davon abhielt, ihn zu unterbrechen und ihn zu fragen, ob er »in letzter Zeit irgendwelche Ratten gesehen« habe? Anjali schob sie hastig weiter. Irgendwann bemerkte Flora, dass ihnen ein stachelhaariges Straßenkind folgte, und nachdem es entdeckt war, streckte das Mädchen die knochenmagere Hand aus und bettelte um Geld. Flora drehte sich um, um dem Mädchen zuzuhören, aber Anjali warnte Flora, dass sie Abstand halten solle. »Sie wird Eure Taschen leeren, wenn Ihr sie in Eure Nähe lasst.«

Es wurde tiefe Nacht, bis Anjali eine unverschlossene Tür fand, die ihr gefiel. Die Stufen führten nach unten, und die Steinmauern weinten Wassertropfen auf sie herab, als sie hinunterstiegen. Der Boden des unteren Treppenabsatzes war feucht. *Meerwasser sickert herein.* Der Gemeinschaftsraum roch vergammelt, und die gelben Flechten des Hafenbezirks hatten sich in den Holzbalken über ihnen breitgemacht, in den aufgebockten Tischen und selbst in den grob geschnitzten Stühlen.

»Werden wir ihn hier finden?«

»Nachdem wir an so viele Türen geklopft haben, ist es wahrscheinlicher, dass er uns finden wird. Aber vielleicht haben wir Glück; dies ist die Art von Ort, an den man geht, um jene zu finden, die nicht gefunden werden wollen. Doch vor allem sind wir hier, um etwas zu trinken. Ich bin eine müde, durstige Frau.«

Die anderen Gäste waren ebenso dreckig wie die vermodernden Möbel. Zehn oder zwölf Männer vom Hafen stanken nach Fisch, Salz oder Seetang. Außer ihr und Anjali war keine andere Frau im Raum. Zum Glück sah die Bardin mit ihrem kurzen Haar selbst beinahe wie ein Mann aus. Flora rückte ihre hässliche Kappe zurecht und vertiefte die Falte zwischen ihren Brauen. Der namenlose Ort war weder gänzlich eine Taverne noch gänzlich ein Laden. Noch war es ein Zuhause. Das Gastzimmer schien ein Treffpunkt mit Ecken und Nischen für stille Gespräche zu sein. Die Männer saßen in Gruppen zu zweit oder dritt da, die Köpfe gesenkt, die Stimmen leise, größtenteils Matrosen in Leder, aber einer trug eine Weste, auf die Metallringe genäht waren – *der Kettenpanzer eines armen Mannes* –, oder vielleicht war die Weste mit weniger Ringen versehen, damit er nicht auf den Meeresboden sank, wenn er über Bord ging.

»Was tun wir jetzt?«, fragte Flora Anjali.

»Wir trinken.«

Flora setzte sich, aber bevor sie um eine Flasche bitten konnten, erhob sich hinten im Raum ein Mann und kam zu ihnen. Er hatte keine Zähne, soweit Flora es sehen konnte – eine verbreitete Strafe für die Schmähung eines Adeligen –, und die Finger seiner rechten Hand waren deformiert, verbogen und nutzlos, wie es aussah. Eine verstümmelte Hand war ein weiteres Merkmal für ein begangenes Verbrechen – Diebstahl oder das Begrapschen einer adeligen Dame. *Oder vielleicht hat er sich die Hand einfach verbrannt.* Er trug an seiner linken Hüfte ein schlichtes Abhäutemesser mit Holzgriff, eine dünne, gebogene, einschneidige Klinge, die fast zwei Hände lang war. Flora fragte sich, ob er der Mann war, nach dem sie suchten. *Er hat das Aussehen eines wettergegerbten Meuchelmörders.* Gewiss hätte er ihr Angst gemacht, wenn sie nicht seine mögliche Arbeitgeberin gewesen wäre.

»Euer Gefäft?«, murmelte er zahnlos.

»Nagetiere«, erwiderte Flora, die instinktiv als Erste sprach, wie es ihrer Position als Prinzessin zukam.

»Waf für Nagetiere?«

»Ein bestimmtes Nagetier. Eine Ratte. *Die* Ratte.«

Anjali warf einen Arm um Floras Mund, dämpfte ihre Worte mit dem Ärmel und sprach für sie beide. »Oder einen Hund. Oder Katzen, wenn Ihr wisst, was ich meine. Jedes kleine Tier, das zu kochen sich lohnt.«

»Vielleift würde ef Euf einige Türen weiter unten beffer ergehen. Da verkaufen fie alle möglifen Arten von Fleif, Hund, Katfe, Ratte.«

Gekicher erklang, und Flora wurde klar, dass die Männer, die in der Nähe saßen und scheinbar mit ihren eigenen Angelegenheiten beschäftigt gewesen waren, in Wirklichkeit genau auf ihre Worte lauschten. *Ich muss diskreter sein.*

»Aber wenn Ihr keine anderen Fragen habt alf folche, die fich um Tiere drehen …«, fuhr der Mann fort und zeigte auf die Tür. Seine unversehrte linke Hand schwebte über seinem Abhäutemesser.

»Ich weiß von einem Hund.« Die neue Stimme erklang hinter dem Mann.

Der zahnlose Bursche warf einen nervösen Seitenblick auf den anderen Mann, und wich vor ihrem neuen Interessenten zurück. Dieser war ein besonders maskulin aussehender junger Mann, bemerkte Flora, und die Art, wie er sie anstarrte, ließ sie erröten, sodass sie sich abwandte. *Er weiß, dass ich eine Frau bin!* Als sie wieder hinspähte, sah sie auf seinem linken Unterarm die Tätowierung einer Kugel an einer Kette. Außerdem hatte er eine Narbe auf der Wange, aber er besaß noch all seine Zähne, und seine breiten, starken Hände schienen bestens zu funktionieren. Statt eines billigen Abhäutemessers mit Holzgriff hing an seiner Hüfte eine lange dünne Stechklinge mit einem Korbgriff.

Er sieht noch mehr aus wie ein gedungener Mörder, dachte sie anerkennend, obwohl sie nicht die leiseste Ahnung hatte, warum sie das dachte. Er war sogar auf eine teuflische Art ein wenig gut aussehend – wenn sie ihn sich in besseren Kleidern vorstellte, was sie sofort tat. *Ein Geryon-Wams vielleicht, mit eng anliegender Kniehose und dunkelgrünen Baumeidechsenstiefeln.* Sie hoffte, dass er Ratte war.

Sein Name war Rondo. *Rondo die Ratte,* ging es Flora durch den Kopf, als er sie an den dunklen Hafenanlagen entlangführte. Nachdem sie sich Rondos Zusage gesichert hatten, ihnen zu helfen, war Anjali gegangen, um nach ihren Reittieren zu sehen. An der Statue des Verirrten Seemanns würde sie wieder zu ihnen stoßen. Nachdem sie wie versprochen ihres Mörders habhaft war, hatte Flora Anjali die Losungsworte genannt, die sie den Bankiers im Kürschnerbezirk sagen sollte, damit die Bardin ihren Lohn abholen konnte. Floras Puls raste. Die Mission zur Rettung ihrer Schwester war in jeder Hinsicht das Abenteuer, das sie sich erträumt hatte, und noch mehr. Es fühlte sich wirklich gefährlich an, einen gut aussehenden Mörder um sich zu haben. *Aufregend.*

»Stammt Ihr von den boshonianischen Mooren nördlich von Strata?«, fragte sie, während sie in Begleitung ihres tüchtigen Beschützers an den Kaimauern entlangging. »Ich kann Euren Akzent nicht einordnen.«

»Ich bin ein Mischling.«

»Von wo?«

»Von hier. Von dort. Eigentlich von nirgendwo.«

»Ich habe vor, Euch gut zu bezahlen, aber Ihr müsst mir bei den Göttern Treue schwören – welche Götter Euer Volk auch immer anbetet.«

»Schwören, das kann ich. Aber ich habe keine große Verwendung für Götter.«

»Es heißt, Ihr hättet mehr als hundert Männer im Laufe Eures perfiden Werdegangs getötet.«

»Ich habe das nicht gesagt.«

»Wie viele dann?«

»Ich habe einige getötet. Aber hundert sind eine Menge. So viel weiß ich. Was ist per-vieh-den?«

Nicht der wortgewandteste der gedungenen Mörder. »Unwichtig. Für mich müsst Ihr nur einen töten.«

»Was immer Ihr sagt.«

Er hatte noch nicht danach gefragt, wessen Leben er beenden sollte, und Flora vermutete, dass das bei Ratten so üblich war. Es war unerheblich; sie würden bald genug zu den geheimen Details kommen. *Wie wird er überrascht sein, wenn ich ihm erkläre, dass es sich um einen König handelt!*

Sie blieben an einem Pier stehen, wo Rondo eine Fackel entzündete und einen kleinen Faustschild benutzte, um sie dreimal zu verdecken. Dann blies er sie aus und drehte sich zu Flora um.

»Ihr seid ein Mädchen, ja?«

»Eine Frau, ja.«

»Lasst mich mal sehen.«

Flora zögerte, dann zog sie ihre grässliche Lederkappe vom Kopf. Ihr Haar fiel in Wellen über ihren Rücken.

»Habt Ihr auch Titten?«

»Ja. Zu der Burg gehören die Türme, wie man so sagt.«

Er harrte humorlos aus und schien zu erwarten, dass sie ihr Hemd hob und ihm ihren Busen zeigte.

»Ihr werdet meinem Wort vertrauen müssen.«

»Eure Besitzerin sagte, Ihr wärt eine Eichhörnchen-Prinzessin. Ich glaube es nicht. Es gibt keine Burgen in den Wäldern. Und warum sollte irgendeine Tavernensängerin eine Eichhörnchen-Prinzessin haben, hm?«

»Ich glaube, Eure Übersetzung ist falsch. Anjali ist nicht meine Besitzerin. Sie arbeitet für mich. Und Ihr braucht mich nicht ›Prinzessin‹ zu nennen. Mein Titel ist eins von mehreren wichtigen Dingen, die geheim zu halten Ihr schwören müsst.«

Ein Licht schien über das Wasser, und Rondo, die sprachlich ungelenke Ratte, antwortete mit den Funken eines Feuersteins, den er gegen seine Stahlklinge schlug. Wenige Augenblicke später tauchte aus der Dunkelheit ein Ruderboot mit vier Männern auf und schob sich neben den Steg. Sie waren mit Krummmessern bewaffnet und trugen lederne Wämser. *Seeleute.* Ernste Männer. Einen Moment lang fühlte sich Flora wie ein Kind, aber sie kämpfte die Regung nieder. Sie war eine vollwertige Frau, fast so groß, wie sie je werden würde.

Ich bin hier für den Handel zuständig.

Der Mann, der vorn im Ruderboot saß, sprang an Land und begann zu sprechen. »Wir haben Licht gesehen. Warst du das, Freund?« Seine Männer kletterten hinter ihm auf den Steg. Sie hielten auf dem Dollbord des Ruderboots perfekt ihr Gleichgewicht, bemerkte Flora, und der Letzte von ihnen schlang das Tau mit einer geschickten Drehung seines Handgelenks um einen Pfahl.

»Drei Lichter für einen Käufer, ja?«, fragte Rondo.

»Wir sind ans Ufer gekommen, nicht wahr? Was hast du?«

»Ich konnte heute Nacht nicht viel finden, als ich so durch die Gassen gewandert bin. Aber die große Strunze, die in den Hafenbordellen singt, hat die hier aus dem Wald mitgebracht. Eichhörnchen-Prinzessin, sagt sie.«

Das soll er doch nicht verraten!

»He, die sind alle Prinzessinnen, wenn das Bieten beginnt. Wie viel?«

Flora nahm ihren ganzen Mut zusammen und ergriff das Wort. »Ich habe damit gerechnet, nur einen einzigen Mann in meinen Dienst zu nehmen, aber wenn ich auch um mehrere Söldner feilschen muss …«

»Still … *Prinzessin*«, unterbrach der Kommandant des Ruderboots sie mit einem höhnischen Grinsen.

Er glaubt nicht, dass ich eine Prinzessin bin, dachte Flora, *was bedeutet, dass er nicht glaubt, dass ich weitere Männer bezahlen kann.* Sie hoffte, dass Anjali bald genug eintreffen würde, um sich für sie zu verbürgen. Sie standen in der Nähe des Verirrten Seemanns, einer verwitterten, mit Flechten bewachsenen Statue, die sich wie ein gelber, steinerner Meermann aus der Bucht erhob.

Zwei der Seeleute traten neben sie, einer auf jede Seite, vermutlich um sie vor derbem Gesindel zu beschützen, das vielleicht vorbeikommen könnte. Flora war es gewohnt, dass Wachen ein Auge auf sie hielten. Die Seemänner blockierten den

Weg über den Kai in beide Richtungen. Hinter ihr schützte sie die Wand eines der Uferläden. Und Rondo stand mit dem Kommandanten des Ruderbootes vor ihr. Hinter den beiden endete der Steg in einer Sackgasse am Wasser. *Ich bin gut beschützt,* ging es ihr durch den Kopf.

Rondo übernahm das Feilschen für sie. »Ich muss der großen Strunze zehn Finger Goldstaub bezahlen. Also brauche ich von euch das Doppelte, um selbst etwas übrig zu behalten.«

»Verpiss dich. So viel bezahle ich nicht. Niemand wird so viel bezahlen.«

»Sie ist eine Prinzessin, sage ich.«

»Kommt sie mit einer Krone daher? Vielleicht mit einem königlichen Ausrufer, der die Ankunft Ihrer Hoheit hier auf den liebreizenden Piers von Schmutz ankündigt? Du hast nicht mal die Hurensängerin da, um dieses Garn zu spinnen.«

Die anderen Matrosen kicherten.

Hurensängerin? Anjali ist eine begabte Bardin! Die Männer aus dem Boot waren ungehobelt, aber sie hatte auch schon viel über ihre Art gehört – es gab jede Menge Geschichten über Seeleute.

Rondo wirkte bekümmert darüber, Zielscheibe des Spottes zu sein. »Keine Krone«, gab er zu.

»Wie willst du dann beweisen, dass sie mehr ist als eine klauende Straßenhure?«

Rondo starrte Flora verwirrt und frustriert an und fragte sich, wie er ihre königliche Abstammung beweisen sollte. *Er ist dumm,* durchzuckte es sie. *Ich habe einen Idioten in meinen Dienst genommen.*

»Ich habe ein Mal«, sagte Flora, um ihrer sich mühenden Ratte zu helfen. »In der Kuhle an meinem Hinterkopf unter meinem Haar. Es beweist, dass ich für die Kosten jedes Handels, den wir eingehen, kreditwürdig bin.«

Der Kommandant kniff die Augen zusammen, dann nickte er einem der Männer zu, der neben ihr stand, und Flora heulte auf, als der Mann grob ihr Haar packte, ihren Kopf nach vorn riss und eine Klinge auf ihren Nacken legte.

Prinzessin Flora Evangelin lag mit dem Gesicht nach unten auf dem alten Landungssteg von Schmutz, mit dem Knie eines Seemanns in ihrem Rücken und gelben Flechten zwischen den Zähnen. Ihr Nacken fühlte sich seltsam kalt an, wo zuvor seine rasiermesserscharfe Klinge gewesen war. Der Matrose, von dem sie gedacht hatte, er bewache sie, hatte ohne viel Federlesens ihre gesamten üppigen Locken abgeschnitten und bis auf die Haut abrasiert. Das fehlende Gewicht ihres Haars gab ihr das Gefühl, als wäre ihr Kopf plötzlich sehr leicht, und als der Mann sein Knie entfernte, rollte sie sich halb benommen auf die Seite. Er stand über ihr, und ihr abgetrenntes Haar hing wie ein totes Pelztier von seiner Hand herab. Der andere Mann stand hinter ihr und beleuchtete mit einer Fackel ihren plötzlich nackten Hals, und für einen Moment waren sie alle still.

Sie erkannten die Tätowierung in der Kuhle ihres Hinterkopfs – selbst auf den Kais von Schmutz –, zwei verschlungene Male, die das Zeichen der stratanischen Königsfamilie waren.

»Evangelin ...«

»Das wird uns alle reich machen«, sagte der Seemann mit der Fackel grinsend.

»Oder wir werden alle gehängt werden«, konterte sein Kommandant.

Wohl eher gebäumt!, dachte Flora unter ihnen, aber sie wagte nicht, es zu sagen.

Der Mann mit dem Messer erbleichte. »Ich will nicht gehängt werden. Wir sind in Frosthafen gerade erst der Schlinge entkommen.«

Diese Männer sind nicht bloß Seeleute, begriff Flora. Sie versuchte, sich daran zu erinnern, was Anjali gesagt hatte. *Echte Piraten segeln als Kaufleute getarnt in den Hafen und nehmen, was sie kriegen können.* Ihr Herz setzte einen Schlag aus. *Wertvolle Dinge, die man auf den Kais lässt, landen auf Schiffen und werden nie wieder gesehen.*

Genau in dem Moment drängte sich Rondo an den Männern vorbei und bückte sich, um sie am Kragen zu packen. *Ja, rette mich!,* schoss es Flora durch den Kopf. *Mach diesem Unrecht ein Ende, Rondo Ratte.* Stattdessen packte der Mann, der in ihrem Dienst stand, mit den starken Händen, die sie bewundert hatte, beide Seiten ihres Kragens und riss ihr Hemd bis zum Nabel auf, sodass ihre königlichen Brüste in die kühle Nachtluft hinausfielen.

»Ihr seht, sie hat Titten und alles.«

»Ich habe sie nicht für einen Prinzen gehalten«, sagte der Kommandant, als Flora die Arme über ihre königliche Brust warf. »Das Mal sieht echt aus … zweimal zehn Goldfinger, sagst du?«

Rondo dachte lange und angestrengt nach. »Zwanzig?«

»Ich sehe, du bist geschickt im Umgang mit Zahlen. Aber, hm, jetzt blutet sie und hat einen schlecht geschorenen Kopf. Und sie ist nur halb bekleidet, wie eine Hure. Nicht sehr prinzessinnenhaft.«

Rondos Schultern sackten herab. »Dann fünfzehn?«

»Abgemacht.«

Idiot! Ihr Gefolgsmann war nicht besonders schlau. *Und er ist nicht mein Gefolgsmann.*

»Werden wir gehängt?«, sorgte sich der Pirat, der die Klinge in der Hand hielt.

Der Kommandant strich sich über seinen zotteligen Bart

und dachte nach. »Wenn die Schmutzwache hört, dass wir uns eine Prinzessin geschnappt haben, ist es durchaus möglich, dass wir baumeln. Verschwundene Straßenkinder beachten sie größtenteils nicht weiter, aber die hier wird jemand vermissen und sich auf die Suche nach ihr machen. Keine Ahnung, ob sie für eine Stratanerin Gerechtigkeit verlangen würden, aber ihnen wäre jeder Vorwand recht, unseresgleichen aufzuknüpfen.«

»Dann werden wir also gehängt?« Der Pirat war genauso begriffsstutzig wie Rondo. Außerdem schwitzte er jetzt, wie Flora sah, obwohl die Nacht kühl war, und er ging wie ein gefangenes Tier nervös auf und ab.

»Könnte sein. Falls man sie erkennt.«

Der Messermann packte Flora an ihren verbliebenen Haaren und legte ihr die Klinge erneut an den Hals.

»Was machst du da?«, fragte sein Kommandant scharf.

»Wir können ihr die Kehle durchschneiden und sie in den großen Teich werfen. Dann kann sie es nicht erzählen, und sie können uns nicht hängen.«

Flora warf sich entsetzt gegen die Wand des Ladens hinter ihr. Sie konnte nirgendwo hinrennen. Zu ihrer Überraschung stieß Rondo den Mann von ihr weg. *Vielleicht steht er doch auf meiner Seite!*

»An ihr wird nicht rumgeschnitten. Noch gehört sie nicht euch. Ich bin nicht bezahlt worden.«

So viel Glück habe ich wohl doch nicht.

Der Messermann hob seine Klinge – sie war kurz und breit, eher das Werkzeug eines Matrosen als eine Waffe. »Wie wäre es dann, wenn ich *dich* schneide, weil du uns diesen Ärger eingebrockt hast!«

Rondos lange Stechklinge flog aus ihrer Scheide, gerade rechtzeitig, um das Messer des Matrosen unbeholfen abzuwehren, und die beiden Männer sprangen zurück und taxierten einander.

»Halt!«, rief der Kommandant, und seine donnernde Stimme dröhnte über den leeren Kai. Er legte ruhig je eine Hand auf die Arme der beiden kämpfenden Männer, und nach einem angespannten Augenblick gelang es ihm, beide Hände mit den Waffen nach unten zu drücken. Dann schüttelte er den Kopf und richtete das Wort an seinen Mann. »Brecher, du hast gerade versucht, den Geschäftsmann zu töten, der uns diese Ware gebracht hat. Verkäufer werden uns nichts mehr verkaufen, wenn wir sie dafür töten. Schlimmer noch, du hast gedroht, die Ware selbst zu töten! Eine Ware, die tatsächlich recht kostbar sein könnte. Alles sehr schlecht fürs Geschäft. Du hast uns hier etwas von unserem Ruf gekostet, und das ist nicht das erste Mal.« Er wandte sich an Rondo. »Du dagegen bist ehrlich gewesen und hast uns etwas geliefert, das einzigartig und echt zu sein scheint. Faust, du wirst fünfzehn Finger abmessen und einen zusätzlichen Finger, damit er Brechers ungehobeltes Benehmen vergisst.«

Ich will keine Ware sein!, dachte Flora.

Der Kommandant legte seinem Mann eine Hand auf die Schulter. »Brecher, was meinst du, was der Preis für Idiotie sein sollte?«

»Keine Ahnung. Dieser eine zusätzliche Goldfinger?«

»Oho! Nein. Nichts so Wertvolles.«

Das Haumesser des Kommandanten fuhr durch das Fackellicht. Es erschien so plötzlich, dass Flora nicht einmal gesehen hatte, wie er es zückte. Die geschwungene Klinge blitzte seitlich zwischen den beiden Männern auf und traf Brechers Mund. Zersplitterte gelbe Zähne flogen durch die Luft, und seine Wangen wurden auf beiden Seiten bis zu den Kiefergelenken aufgeschlitzt. Tropfen warmen Bluts spritzten auf

Floras Wange. Ohne den Halt durch das Gewebe erschlaffte Brechers Kinnlade plötzlich, sodass er aussah wie ein grinsender Totenschädel.

Der Kommandant fluchte – in seiner Eile, einen Überraschungshieb zu landen, hatte er den Hals des Mannes verfehlt.

Brecher taumelte rückwärts und hielt sich mit einer Hand seine zerstörte Kinnlade, während er mit der anderen instinktiv sein breites Kurzmesser hob. Er war schwer verletzt, hatte aber noch Kampfgeist in sich. Zuvor war er ein verängstigtes Tier gewesen, jetzt war er außerdem ein verwundetes Tier. *Doppelt gefährlich.*

»Was tust du da?«, blaffte Rondo überrascht.

»Der da ist ein schlechter Mietling, den wir zwei Häfen zuvor aufgelesen haben. Ich entlasse ihn.«

Der Ausbruch von Gewalt führte nicht dazu, dass Flora erstarrte, wie das bei empfindlicheren Personen geschehen wäre. Stattdessen rissen die Blutspritzer auf ihrem Gesicht sie aus ihrer Benommenheit. *Ratte hat mich verkauft!*, gestand sie sich endlich ein. Rondo hatte sie und Anjali verraten. Sie hatte es nicht glauben wollen und mit dumpfer Faszination zugesehen, während er und die Piraten einen Preis für sie ausgehandelt hatten. *Einen niedrigen Preis, meiner Meinung nach.* Flora wünschte, Anjali wäre hier gewesen, und fragte sich, warum sie nicht da war, während sie sich gleichzeitig rückwärts von den kämpfenden Männern entfernte. Ihr Kopf war jetzt klarer; sie sah den Sumpf, in den sie hineingestolpert war, und berechnete ihre Chancen für eine Flucht. *Nicht gut.* Sie war schnell, aber selbst wenn sich durch den Kampf ein Weg aus dem Kreis der Männer öffnete, kannte sie sich in dieser Hafenanlage nicht aus, und die Piraten taten es. Sie brauchte irgendeinen Vorteil, um deren Vorteil ausgleichen zu können. Also drückte sie sich mit dem Rücken gegen den Laden, wartete darauf, dass sich eine

Öffnung ergab, und tastete instinktiv die unebene Mauer hinter sich ab. Ihre geschickten Finger fanden ihren Weg in eine kleine Nische. Ein winziger Haltegriff, an dem sie sich festhalten konnte.

Der Kommandant nutzte seinen Vorteil aus und trieb den verletzten Mann mit steten Hieben seiner größeren Waffe den Kai entlang. Der Pirat mit der Fackel schaute zu, mischte sich aber nicht ein. Er war offensichtlich in einem Loyalitätskonflikt – es schien, dass er einer von Brechers Kameraden gewesen war, aber er war klug genug, ihrem Kommandanten nicht in die Quere zu kommen, und so ging er lediglich neben ihnen her und lieferte ein auf und ab hüpfendes, unwirkliches Licht, das ihren tödlichen Kampf beleuchtete. Beim fünften oder sechsten Hieb des Kommandanten wurde das kurze Messer in Brechers Hand nach hinten gebogen, und das Haumesser rasierte eine rote, handflächengroße Scheibe Fleisch aus seinem Unterarm. Brechers Klinge fiel klappernd auf den Kai, und er sank auf die Knie, die Muskeln im Arm durchtrennt. Von seinen schlaffen Fingern, die nicht länger greifen konnten, tropfte Blut.

»Gnade«, stöhnte er.

»Gib keine, bekomm keine«, rezitierte sein Kommandant – ein Piratenleitspruch, wie es schien –, und die gebogene Klinge fuhr ein letztes Mal herab und durchschnitt Sehnen und weicheres Halsgewebe, um Brechers Rückgrat mit einem scharfen Knacken zu durchtrennen.

Als es geschehen war, stellte der Kommandant seinen Stiefel auf den Leichnam und schob das in sich zusammengesunkene Häufchen Pirat, das nun auf dem Kai lag, mit einem *Platsch* über den Rand, sodass der Tote das gleiche Schicksal fand, das er für Flora vorgeschlagen hatte. Der Fackelträger starrte auf seinen Kommandanten und wartete nervös auf dessen Reaktion, weil er ihm nicht zu Hilfe geeilt war. Der Kommandant wirkte tatsächlich verärgert, aber nicht weil er das Töten allein hatte besorgen müssen.

»Wo ist meine Prinzessin?«, fragte er scharf.

Die anderen Männer wirbelten herum und schauten sich überrascht um. Floras Stiefel machte auf den Brettern des Ladens ein leises kratzendes Geräusch, als sie ihr Bein hinter sich her auf das Dach zog.

Rondo wandte sein überraschtes Gesicht gen Himmel. »Sie ist die Mauer hochgeklettert!«

Kapitel 11

Der Irrgarten

Ich bin ein Eichhörnchen …

Die Ritzen zwischen den Ziegelsteinen der Ladenwand waren schmal, aber nicht schmaler als jene, die sich wie Spinnennetze über die Borken der riesigen Eichen zogen, die sie seit ihrem zehnten Lebensjahr heimlich erklommen hatte. Flora schob ihre geschickten Finger in die schmalsten Spalten und setzte ihre Stiefelspitzen auf winzige Vorsprünge. Es gab eine Technik dabei: *Die Arme hochgereckt, den Hintern eingezogen, die Hüften an die Wand gepresst.* »Du siehst aus, als würdest du mit dem Stein vögeln«, hatte ihre Schwester sie geneckt, wenn sie den großen Felsen am Förster-Wasserfall hinaufgeklettert war, und Flora war errötet. Floras Gesicht war auch jetzt heiß und wahrscheinlich flammend rot, aber nicht vor Verlegenheit; sie stand Todesängste aus. Sie wünschte, sie hätte kein Geräusch gemacht, aber sie hatte es eilig gehabt und war hinaufgeklettert, während ihre Peiniger noch damit beschäftigt gewesen waren, ihren eigenen Mann zu töten.

Sie hockte auf dem Dach und ließ den Blick über die benachbarten Gebäude wandern: Lagerhäuser, Läden, Schuppen, Weinlokale, Wohnhäuser. Die Piraten hatten ihre Flucht bemerkt – sie konnte jedes Wort hören, das der Bootskommandant hinter ihr bellte.

»Ruft noch ein Beiboot her! Fünf zusätzliche Männer! Beeilt Euch! Sie ist ein Vermögen wert, aber wenn sie davonkommt, wird dieser Preis auf eure Köpfe ausgesetzt werden! Wollt Ihr Reichtümer oder die Schlinge?«

»Ein Vermögen?«, heulte Rondo der Dummkopf. »Aber du hast mir nur fünfzehn Finger …«

»Willst du die Schlinge? Geh die andere Seite des Gebäudes bewachen!«

Flora hielt sich vom Rand fern, aber die Stimmen verrieten ihr, wo die Piraten standen. Der Kommandant und Rondo beobachteten die Seiten des Gebäudes, während der Fackel-Pirat auf dem Kai Ausschau nach Hafenwachen hielt und ihr letzter Mann weitere Piraten herbeirief. Wenn sie wartete, würde sie umzingelt werden. *Ich muss sofort hier wegkommen.* Ein Dach zu ihrer Linken war fast genauso hoch wie das, auf dem sie sich befand, die Entfernung nicht allzu weit und das Dach nicht allzu steil. Sie wäre beinahe losgerannt und gesprungen, zögerte jedoch. *Zu offensichtlich?* Sie würden damit rechnen. Stattdessen spähte sie über den Rand. Unten wartete der Kommandant, ein langes Fischgaff mit abscheulichen Widerhaken am Ende in der Hand. Sie stellte sich vor, wie er damit mitten im Sprung ihren Knöchel zu fassen bekam und sie herunterriss. Er war ein schlauer und skrupelloser Mann. Rondo dagegen war ein Idiot. Flora huschte zur anderen Seite des Daches.

Im Wald waren Eichhörnchen dafür bekannt, dass sie Tuftornüsse herunterwarfen, um Fleischaffen abzulenken, damit sie fliehen konnten – die leicht erregbaren Affen gehörten zu den wenigen Tieren, die mit ihren mächtigen Krallen harte Schalen aufbrechen konnten. *Ganz einfach.* Sie tastete nach irgendetwas, das sie werfen könnte. Ihr kleiner Beutel mit Silbermünzen und ihr daumengroßes Schnitzmesser waren alles, was sie hatte. Sie entschied sich für die Münzen und holte aus, um sie zu werfen. *Zu einfach.* Stattdessen ging sie auf die andere Seite und blickte auf den Kommandanten hinab.

»Ich kann Euch bezahlen«, verkündete sie.

Er schaute auf. »Hä?«

»Ich habe Münzen.«

»Komm herunter und zeig sie mir.«

»Wohl kaum. Ich werde sie hinunterwerfen und dann zusehen, wie Ihr davonpaddelt.«

»Es heißt rudern, aber egal. Wirf die Münzen.«

Sie wartete. Bald sah sie Rondo um die Ecke spähen. Der Kommandant behielt sie immer noch im Auge. Sie öffnete den Beutel und warf ihn an ihm vorbei.

»Es sind mehr als genug, um sie unter Euch aufzuteilen«, sagte sie, als der Beutel aufplatzte.

»Wartet!«, rief Rondo, kam um die Ecke gesaust und rannte auf den ausgekippten Beutel zu. Der Kommandant versuchte Flora im Blick zu behalten, konnte sich aber nicht bezähmen. Da Rondo näher kam, wollte er schnell sehen, was eine Prinzessin in ihrem Beutel haben mochte, bevor sein Widersacher es tat. Er bückte sich und schnappte sich den Beutel vom Boden.

»Was ist drin?«, blaffte Rondo und wuselte hektisch herum, um einzelne Münzen aufzulesen, während der Kommandant den Inhalt des Beutels inspizierte. »Du musst teilen! Sie hat es gesagt!«

»Es ist nichts, du Trottel«, fauchte der Pirat. »Ein paar Silberstücke.«

»Wie viele?«

»Nicht mal annähernd die Haufen Gold, die sie wert ist. Jetzt lauf zurück auf die andere Seite! Sie ist bereits losgerannt!«

Es war zu spät. Flora hatte das Dach des Ladens überquert und war auf der anderen Seite so schnell hinuntergesprungen, dass Rondo keine Chance hatte, dort zu sein, als sie auf dem Boden landete. Sie lief ein kurzes Stück und wählte ihr nächstes Gebäude wegen seiner rauen Fassade und der Nähe zu zwei weiteren Dächern. Große Vorsprünge boten bessere Möglichkeiten, sich festzuhalten, und sie huschte an der Mauer hinauf, schnell wie ein Eichhörnchen. Rondo sprang hinter ihr her und krachte gegen das Gebäude. Sie spürte seine Hand, die ihren Fuß streifte. Er kam ihr näher, als sie erwartet hatte – *so stark und schnell, wie ich gehofft hatte, als ich ihn auf meiner Seite haben wollte.* Er fiel rückwärts auf den Boden, gerade als der Kommandant hinter ihm her über den Kai lief.

»Auf die Beine, Narr! Was tust du dort unten? Wo ist sie?«

Rondo blieb auf dem Rücken liegen und streckte die Hand aus.

»Wieder oben?«

Rondo nickte vom Boden aus. Flora schaute zurück, und dann war sie fort.

Diesmal führte das erste Dach zu einem weiteren, einem Spitzdach. Sie sprang los und hastete hinauf, balancierte auf schrägen Dachziegeln, die glitschig vom Meeresnebel waren. Ein Ziegel löste sich unter ihrem Fuß, genau wie die Rinde von Bäumen es manchmal tat, und sie fing sich gerade noch, bevor sie zusammen mit dem Ziegel über den Rand rutschen konnte. Der Ziegel krachte klappernd auf die Pflastersteine und verriet den Männern unten Floras Position. Sie drehte sich um, sprang auf ein nahes Wohnhaus, packte den verfaulten Holzrahmen eines der Fenster und schwang sich hindurch. Flora kannte das Gebäude natürlich nicht, und die Dunkelheit umfing sie, als sie sich voranschob. Sie hatte nicht den Wunsch, in eine Falle zu geraten, daher schlich sie mit einer Hand an der Wand den Flur entlang, auf der Suche nach einem anderen Fenster. Schon bald sah sie vor sich Mondlicht.

»He!«, rief eine Frau ihr nach, die in einem von Fackeln beschienenen Raum unter einem nackten Mann lag, als Flora vorbeischlich.

Der Mann rappelte sich hoch. »War das meine Frau?«

Flora blieb im Flur stehen. »Helft mir!«

»Klingt zu jung, um die kläffende Hündin zu sein, die du geheiratet hast«, sagte die Frau zu dem Mann.

Der Mann trat in den mondbeschienenen Flur, einen hölzernen Stock in der Hand und einen weiteren zwischen den Beinen baumelnd. »Wer bist du?«

Flora zuckte beim Anblick des nackten Kerls zusammen. »Ich bin eine Prinzessin. Mein Vater ist der Großkater von Strata.«

Der Mann starrte sie an, dann brach er in Gelächter aus. »Es ist eine mickrige Einbrecherin mit üppiger Fantasie.«

»Piraten sind hinter mir her. Ihr müsst mir helfen.«

»Piraten?« Er hörte auf zu lachen. »Raus mit dir.«

»Als Thronerbin Stratas verlange ich, dass Ihr …«

Der hölzerne Knüppel sauste mit einem scharfen Klatschen auf ihren Rücken, und Flora heulte auf.

»Wag es nicht, uns Ärger zu bereiten, Einbrecherin. Es ist dumm, Piraten zu bestehlen. Jetzt raus mit dir, bevor du sie hierherlockst!«

Sie wich vor ihm zu dem beleuchteten Fenster zurück und blickte in die Gasse hinunter. *Niemand zu sehen,* aber sie konnte sie jetzt hören. Etliche Stimmen. *Es sind weitere Piraten ans Ufer gekommen.* Wenn sie herausfanden, in welches Gebäude sie geflohen war, würde sie in der Falle sitzen, und dieses Pärchen würde sie gewiss verraten. Sie kletterte auf ein Holzbrett hinaus, das ein kleines, zwei Finger breites Sims bildete.

Flora zog sich weiter auf dem Sims entlang, die Zehen auf dem Absatz, während sie mit den Fingern nach Ritzen und

Vorsprüngen tastete, bis sie eine lange Reihe flacher, geteerter Dächer erreichte, die alle nicht mehr als eine Armeslänge voneinander entfernt waren. *Das ist für den Moment eine bessere Wahl als der Boden.* Sie beugte die Knie, stieß sich nach hinten ab und landete mit den Fersen und dem Hintern auf dem nahen Dach. Nach einer schnellen Rolle war sie bereits wieder auf den Beinen und rannte los, hüpfte auf das nächste Gebäude, und sie hatte schon fünf davon überquert, bevor die Entfernung zwischen den Häusern sie dazu zwang, die Dächer zu verlassen. Die Piraten würden in den Straßen sein, aber sie sah keinen von ihnen in der Nähe. Sie fand eine Stange, rutschte daran herunter und rannte weiter. Ihre Stiefel klapperten über die Pflastersteine, und das Geräusch hallte durch die Gassen.

Nach einem kurzen Stück krümmte sich Flora und verringerte ihr Tempo. Sie betastete ihren Hinterkopf; er war nass und warm. *Blut!* Aber ihr war klar, dass sie nicht sterben würde; sie blutete von dem Haarschnitt, den man ihr verpasst hatte. *Ich bin ein wenig zu dicht an der Kopfhaut rasiert worden, wie ein schlecht geschorenes Schaf.* In der Aufregung hatte sie ihre Wunde nicht bemerkt, aber jetzt tat sie weh, tat sehr weh. Und als sie hinter sich schaute, übersäten glänzende rote Tröpfchen den Boden wie eine Spur aus leuchtenden Münzen. *Sie führen direkt zu mir.* Außerdem war sie außer Atem, und die Straßen verliefen nun in Kurven und kreuzten einander ohne Sinn und Verstand.

Ich habe mich verirrt.

Sie preschte planlos weiter. Der Mond war irgendwo hinter ihr, daher wusste sie zumindest, dass sie sich vom Wasser entfernte. Das war gut. Aber als sie sich umdrehte, um einigen finsteren Männern, die sich in einer Ecke zusammenkauerten, auszuweichen, mündete die erste Straße, die sie wählte, in einer Sackgasse. Und als sie zurückging, war sie sich nicht sicher, aus welcher Richtung sie gekommen war. Sie wirbelte herum und schaute sich mit weit aufgerissenen Augen um. *Wie ein gefangenes Tier, nur dass ich kein sehr gefährliches bin.* Die daumengroße Stichwaffe, die sie bei sich trug, würde sie nicht schützen – sie hatte mit angesehen, wie der Kommandant mit seiner größeren Klinge das breite Kurzmesser eines starken Mannes beiseitegestoßen hatte.

Die Gebäude hier ähnelten einander und wirkten gleichzeitig fremd, und ein Schauer lief ihr den Rücken hinauf bis zu der Stelle, wo ihre zerschnittene Haut der kalten, salzigen Luft preisgegeben war. Sie war in den Bezirk spaziert, vor dem Anjali sie gewarnt hatte, begriff sie – *ein Ort, an dem skrupellose Mörder zu finden sind.* Ein Ort, an dem ein Mädchen sich nicht wiederfinden wollte. *Der Irrgarten.* Wenn die Piraten die Gegend kannten, würden sie ihr schnell auf den Fersen sein – sie hatte Zeit darauf verschwendet, herumzustreifen und sich ihre Route auszusuchen. In der Tat konnte sie schon die ungleichmäßigen Schritte ihrer krummen Beine hören, obwohl sie widerhallten und von überall gleichzeitig zu kommen schienen.

Es gab drei Wege vor ihr – eine breite Straße und zwei gepflasterte Gassen. Aus einer der Gassen hörte sie Wimmern und Knurren, unmenschliche Laute von Hilflosigkeit und Schmerz. *Das ist kein Schaf, das geschoren wird.* Die nächste Gasse war so dunkel, dass sie nicht sehen konnte, ob sie einen Ausgang hatte. Ein barfüßiges Gassenkind stand auf dem Pflaster an ihrem Eingang und beobachtete Flora mit leerem Gesichtsausdruck. Die Haare standen ihm wie Stacheln vom Kopf ab. *Das Mädchen, das uns auf dem Kai gefolgt ist.* Als sie Floras Blick auffing, deutete sie mit einem Nicken auf die Dunkelheit. Floras Instinkte sagten *Nein.* Das Mädchen war ein Niemand. Sie war aus dem Nichts erschienen. *Zweimal.* Flora wandte sich ab und versuchte es stattdessen mit der Straße.

Sobald sie aus dem Schatten trat, wirbelten vier Männer herum und kamen auf sie zu. Sie trugen lose Pluderhosen und Lederharnische. Ein Krummmesser baumelte am Gürtel eines der Männer. Auch die anderen hatten Klingen verschiedener Formen und Größen an den Hüften hängen. Seeleute. *Piraten.*

»Sie ist hier!«

»Behaltet sie im Auge! Sie ist eine Kletterin.«

»Zehn Silberstücke für den Mann, der sie herunterzerrt«, rief der Größte unter ihnen, dann lachte er. »Fünfzehn für Saul, wenn er sie mit seinem Holzbein einfangen kann.«

Das macht ihnen Spaß, dachte Flora. Sie drehte sich wieder in die Richtung, aus der sie gekommen war. Als die Piraten sich näherten, war das Straßenkind am Eingang der unbeleuchteten Gasse verschwunden. *Kluges Mädchen ... klüger als ich.* Jetzt folgte Flora dem Nicken, mit dem es ihr ein Zeichen hatte geben wollen, und tauchte in die Dunkelheit ein.

Die absolute Schwärze, die sie umgab, hielt sie davon ab loszurennen, was ein Glück war. Wäre sie durch die Dunkelheit gerannt, hätte sie sich an der steilen Wand am Ende der Gasse selbst bewusstlos geschlagen und ein Ziegelsteinmuster auf der Stirn gehabt. Sie ertastete sie zuerst mit ihren ausgestreckten Händen. *Ich werde wieder klettern,* dachte sie. Aber die Steine waren verwittert, ihre Kanten glatt gescheuert. Sie strich über die Oberfläche, die seit Generationen von Wind und Regen abgeschliffen worden war. *Wie alt mag dieses Gebäude sein?* Die Piraten erreichten den Eingang der Gasse. Sie hörte Sauls Holzbein auf den Pflastersteinen. Flora grub die Finger in die Mauer und versuchte, eine Stelle zu finden, an der sie sich festhalten konnte, während ihre Verfolger zögerten – selbst wilde Männer fürchteten die Dunkelheit, das Unbekannte, die verborgene Klinge, das Gefühl der Hilflosigkeit, wenn man nichts sehen konnte. Flora fand einen dürftigen Halt für ihre Hände, aber nicht für ihre Füße. Sie zog sich nur mit den Armen nach oben, und ihre sehnigen Muskeln schrien protestierend.

Saul war der Erste, der der Dunkelheit trotzte, da die Verlockung einiger zusätzlicher Silberstücke ihn vor den anderen hertrieb; sie war schließlich nur ein Mädchen. Der Stumpf seines Holzbeins schlug bei jedem zweiten Schritt auf Stein, als er näher kam. *Klack-rumms, klack-rumms, klack-rumms.* Floras eigener Fuß tastete an der Mauer nach Halt, nach irgendetwas, das ihr half, sich hochzustemmen. Sie war erst auf Kopfhöhe, tief genug, um noch an den Knöcheln gepackt zu werden. Der holzbeinige Saul kam begierig näher, und die anderen waren jetzt dicht hinter ihm, ermutigt von seiner Führung – *soll doch der Krüppel die mögliche Klinge in der Dunkelheit abkriegen, während sie sich das Silber verdienten.* Sie erörterten, wer sie finden würde. Einer wies darauf hin, dass es niemand sehen würde, wenn sie sich in der unbeleuchteten Gasse ein wenig »Spaß« mit ihr gönnten, bevor sie sie an ihren Kommandanten übergaben.

»Ich habe die Mauer hinten gefunden!«, rief Saul. »Und ich höre sie keuchen. Sie muss ganz scharf auf mich sein.«

»Lass die Latte in deiner Kniehose und deine Fischfinger von dem Gebüsch des Waldmädchens, Krüppel«, brüllte einer der anderen Männer hinter ihm her. »Es gibt welche, die ein Vermögen dafür zahlen, als Erste die Furche einer Prinzessin zu pflügen. Alles andere gehört dir.«

Flora hörte, wie er mit seinen rauen Händen die Ziegelsteine befingerte und nach ihr tastete. Sie klemmte einen Fuß in die Ecke, wo zwei Mauern aufeinandertrafen, und griff nach oben, aber es war zu spät. Zwei Arme schossen hervor und schlossen sich um ihre Hüften. Ihre Finger glitten ab, und jemand pflückte sie von der Mauer.

Kapitel 12

Landnager, Stadtnager

Der alte Mann stand neben einem kleinen rauchlosen Feuer an einem langen Tisch mit kupferner Oberfläche, in deren Mitte eine schalenartige, runde Vertiefung getrieben war. Er verzog das Gesicht zu Grimassen und hielt sich mit einer Hand seinen buckligen Rücken. Offensichtlich litt er Schmerzen. Flora von der Außenmauer in diesen Raum zu hieven hatte mehr Anstrengung gekostet, als ein Mann seines Alters sich leisten konnte, wie es schien. In der Tat, Flora war beeindruckt, dass er es überhaupt geschafft hatte, sie hochzuheben, wenn man seine eingefallene Haut und seine grauen Bartstoppeln bedachte. Sie konnte sein Alter jenseits von »alt« nicht einschätzen. Ein Durcheinander von staubigen Krügen und schrumpeligen Lederbeuteln lag verstreut auf dem langen Regal über dem grünlichen Feuer, das von einem pulverartigen Brennstoff genährt wurde, um den Raum zu beleuchten und den Topf zu erwärmen, der an einem Haken darüber hing.

»Euer Kopf blutet«, sagte er. »Werdet Ihr sterben?«

In der ganzen Aufregung hatte Flora keine Zeit gehabt, über ihre Sterblichkeit oder die Wunde nachzudenken. Jetzt aber stellte sie fest, dass sie mehr Angst als je zuvor in ihrem Leben hatte, und die Schnittwunde tat weh. Sehr. Flora begann zu weinen. »Nein. Das glaube ich nicht.«

Der Mann schaute sich um und fühlte sich offensichtlich unwohl mit ihren Tränen. Er stöhnte, dann beugte er sich vor, um in einem Haufen Lumpen und einem Gewirr von Flaschen herumzustöbern. Kurz darauf förderte er einen langen Stoffstreifen zutage, schmierte Salbe darauf und warf ihn Flora zu, wobei er sorgsam Abstand hielt.

Flora wickelte sich das Tuch um den Kopf. *Ich bin immer noch nicht in Sicherheit,* dachte sie. Argwöhnisch behielt sie den hochbetagten Burschen im Auge, aber soweit sie sehen konnte, war er nicht bewaffnet, und er war kein strammer Rondo oder Pirat. *Wenn es sein muss, kann ich diesen alten Mann im Kampf besiegen,* überlegte sie.

Er goss dampfendes Wasser in einen Becher und rührte Kräuter aus einem kleinen Beutel hinein. Flora glaubte, dass er ihn ihr anbieten würde, aber stattdessen ließ er sich schwer auf einen Holzstuhl mit geschnitzten Wildschweinköpfen an den Armlehnen sinken, nahm selbst einen Schluck und rieb sich das Kreuz.

»Ahh. So ist es besser.«

»Wie habt Ihr mich von der Mauer pflücken können?«

»Ich habe ein Kratzen aus der Gasse gehört und die Tür geöffnet, und da wart Ihr.«

»Eine Tür, die im ersten Stockwerk ins Nichts hinausführt?«

»Ja. Die Leute kommen selten auf die Idee, dort nachzusehen.«

»Ich kann nicht bleiben. Sie werden das Gebäude stürmen, um mich zu finden, wenn sie dahinterkommen, dass ich hier bin. Ich bin sehr wertvoll.«

»Es gibt vom Erdgeschoss aus keinen Weg hinauf in diese Etage. Die Treppe führt daran vorbei, direkt zum zweiten Stockwerk. Wer seid Ihr übrigens, dass Ihr so kostbar seid?«

»Es ist besser, wenn Ihr das nicht wisst.« Es klang unhöflich. In Strata war es sowohl unhöflich als auch verdächtig, wenn man sich weigerte, einen Namen zu nennen. Flora wollte ihm ein wenig entgegenkommen; immerhin hatte er sie gerettet. »Meine Freundin aus der Stadt hat mich ›Eichhörnchen‹ genannt. Ihr könnt mich auch so nennen.«

Er feixte. »Eichhörnchen?«

»Na und?«

»Das Eichhörnchen ist das Ungeziefer des Waldes. Eure Freundin hat es wahrscheinlich nicht als Kompliment gemeint.«

Flora runzelte verlegen die Stirn. »Ich nehme an, sie war eigentlich eher eine Reiseführerin. Aber es spielt keine Rolle. Ich bin nicht auf der Suche nach Freunden oder Komplimenten in die Stadt gekommen.«

»Ach ja, der Waldnager sucht einen Stadtnager.« Er nahm noch einen Schluck von seinem heißen Gebräu und schloss die Augen.

Flora beobachtete ihn. Obwohl er die Augen geschlossen hatte, nahm er seinen Becher jedes Mal in die andere Hand, wenn sie ihre Position veränderte. Es vermittelte ihr das unheimliche Gefühl, dass er ihre Bewegungen spüren konnte.

»Ihr wisst, wen ich suche?«

»Natürlich!«, stimmte er großspurig zu. »Die legendäre Ratte. In Schmutz sind wir berühmt für unsere Ratten, und Ihr sucht die berühmteste von allen.«

»Wie habt Ihr das erraten?«

»Überhaupt nicht.«

»Kennt Ihr die Ratte?«

»Jeder kennt die Ratte.«

»Ach ja?« Flora merkte auf. Es war eine bizarre, gefährliche Reise hierher gewesen, aber vielleicht hatte sie endlich jemanden gefunden, der ihr den Weg zu dem Mann weisen konnte, den sie brauchte. *Und immerhin ein freundlicher alter Mann.* Seine Haut war dunkler als die der Strataner, obwohl sie nicht erkennen konnte, ob das an seinem Alter, seiner Abstammung oder lediglich an dem fahlen grünen Licht lag. Und seinen Akzent einzuordnen war ihr fast unmöglich – *Schmutz, mit einem Einschlag von irgendetwas anderem.*

»Ja, alle kennen ihn«, stellte der alte Mann fest und ließ seinen Tee im Becher kreisen. »Weil er ein Märchen ist. Ein Mythos. Nichts als eine gute Geschichte. Das heißt, wenn ich recht darüber nachdenke, ist die Geschichte gar nicht mal sehr gut.«

»Ratte ist kein Mythos. Er ist ein Mann, der jedem Unrecht ein Ende macht.«

»Hmpf. Wer hat Euch das erzählt?«

»Anjali.«

»Wer?«

»Eine berühmte Bardin.«

»Eine berühmte Bardin, von der ich noch nie gehört habe? Das erklärt vieles. Ratte wird seit mehr als zweihundert Jahren in Liedern besungen. Ich glaube, er ist zuerst in den Geschichten von Dohedren aufgetaucht, dem Dichter des Herzogs des Schiffbauerbezirks. Denkt Ihr, es gäbe wirklich einen zweihundert Jahre alten Mann? Ist er vielleicht ein magischer Mörder, der sich selbst ein unnatürlich langes Leben heraufbeschworen hat? Vielleicht hat er sein Dasein verlängert, indem er die verlorenen Jahre gestohlen hat, die er seinen Opfern entriss? Auch das habe ich einmal in einem Lied gehört. Wäre das nicht ein nützliches Talent, hm?«

»Ihr verspottet mich.« Flora zog einen Schmollmund und fingerte an ihrem Verband herum.

»Ja, das tue ich. Ihr seid so wunderbar leicht zu verspotten, Eichhörnchen, dass ich es mir nicht verkneifen kann.«

»Ich brauche Euren Spott nicht. Ich fühle mich so schon lächerlich genug.«

»Was braucht Ihr dann, Eichhörnchen-Mädchen?«

»Ich muss meine Schwester retten.«

»Nun, das ist interessant«, sagte er, ohne interessiert zu wirken oder auch nur die Augen zu öffnen. »Und Ihr wollt sie retten, indem Ihr ihr eine Ratte schickt?«

»Indem ich ihr *die* Ratte schicke, die ihrem verderbten Ehemann einen Besuch abstattet.« Als er nicht reagierte, fügte sie hinzu: »Ich habe Gold.«

»Ach? Ich verstehe.« Er strich sich nachdenklich über seinen grauen Bart. »Tut Eure Schnittwunde immer noch weh?«

Sie hatte ihre Verletzung vollkommen vergessen, weil sie überhaupt nicht mehr schmerzte. »Die Salbe. Was habt Ihr mir gegeben?«

»Das gleiche Extrakt, das ich trinke, nur in die Salbe gemischt, um es auf Eure junge Haut aufzutragen, statt als Elixier einem schmerzenden alten Rücken Linderung zu verschaffen. Es wird Euch auch helfen zu schlafen, sobald es einwirkt. Ihr seht aus, als könntet Ihr das brauchen. Es sollte anfangen zu wirken, ungefähr … jetzt.«

Flora tastete ihren Nacken ab. Er war vollkommen taub. Auch ihr Kopf begann sich benebelt anzufühlen, so wie sich ihre Zunge angefühlt hatte, als sie sie sich einmal an heißem Apfelwein direkt aus dem kochenden Topf verbrüht hatte. Sie hatte gedacht, die schleichende Benommenheit wäre das Produkt von Furcht und Anstrengung, der Wunde oder des Irrgartens, der ihr jede Orientierung geraubt hatte. Aber die Umnebelung war mehr als das – der Raum schwankte. Sie war unsicher auf den Beinen. *Er hat mich überlistet!* Sobald sie ohnmächtig wurde, würde er sie auf die andere Seite der Meerenge verkaufen, so wie Rondo es vorgehabt hatte. *Oder er wird in der*

Dunkelheit »Spaß« mit mir haben, dachte sie. *Der erste Junge, mit dem ich das Lager teile, wird ein verkrüppelter alter Mann sein.* Flora erhob sich taumelnd, streckte eine Hand aus und warf dabei ein Regal voller kleiner Flaschen um. *Nein und nochmals nein!*

»Vorsicht!«, sagte der alte Mann. »Diese Kräuter sind selten. Und diese Tiergiftextrakte sind gefährlich.« Er erhob sich wie ein knarrender Balken, der langsam hochgehievt wurde, um ein Haus zu erbauen, und er kam zum ersten Mal, seit er sie in sein Versteck gezerrt hatte, auf sie zu. »Setzt Euch hin, sonst schlagt Ihr Euch noch den Kopf an, wenn Ihr fallt.«

Flora hatte nicht die geringste Absicht, sich hinzusetzen. Oder zu fallen. Sie sah sich nach der Tür zur Gasse um, aber sie war nicht mehr da. *Sie ist versteckt,* durchzuckte es sie. Die Wand neigte sich vor ihren Augen, zuerst in die eine Richtung und dann in die andere, und sie sah sie abwechselnd klar und verschwommen. Dann spürte sie die Hände des alten Mannes an den Hüften.

Flora wirbelte herum und schlug um sich, aber ihre Schläge waren eher wie Schwimmzüge im Wasser. Der Mann wich ihnen mühelos aus, erstaunlich flink trotz seines Alters, seiner Schmerzen und Gebrechen. Oder ihre Gedanken und Bewegungen wurden von der giftigen Salbe verlangsamt. Er benutzte ihren eigenen Schwung, um sie zu der überraschend bequem aussehenden Matratze in der Nähe zu bewegen, wobei er sie halb drehte, halb schob.

Ich hätte mich setzen sollen, dachte Flora, als die Welt kippte und sie mit dem Gesicht voran aufs Bett fiel.

Kapitel 13

Rattennest

Als Flora im weichen Bett des seltsamen alten Mannes erwachte, war ihr Kopf mit einem Mal klar. Sie wirbelte herum und stellte fest, dass sie allein auf der Matratze lag. Sie lebte. *Und ich befinde mich nicht auf einem Schiff irgendwo anders hin.* Außerdem trug sie noch alle ihre Kleider, aber … *meine ungepflügte Furche!*

Sie stieß sich eine Hand zwischen die Beine. Sie wusste nicht genau, wonach sie suchen sollte, aber alles schien so zu sein, wie es sein sollte. Ihre Prinzessinnen-Tugend immer noch unversehrt, richtete sie sich auf.

Das rauchlose Feuer brannte nach wie vor, und der Mann saß immer noch zusammengesunken in dem Wildschweinkopfstuhl. Sein Becher stand leer neben ihm auf dem Boden. *Er hat das gleiche Extrakt getrunken.* Er schlief.

Flora vermied es, ihn zu wecken, und erkundete den Raum. Die Tür zur Gasse war da, ihre Ränder jetzt sichtbar. *Die Salbe hat dafür gesorgt, dass ich sie nicht deutlich sehen konnte.*

Sie versuchte nicht, die Tür zu öffnen; sie hatte keine Ahnung, wie lange sie bewusstlos gewesen war, und wollte nicht hinausgehen, nur um festzustellen, dass die Piraten noch immer die Gasse absuchten. Außerdem war da noch eine weitere Tür.

Sie wusste auch gar nicht, ob es immer noch Nacht war. Ihr Mund schmeckte trocken wie nach dem Schlafen, also waren es mehr als nur Momente gewesen, aber wie lang, konnte sie nicht sagen. Sie hoffte, ein Fenster zu finden. Schloss und Riegel der zweiten Tür befanden sich auf ihrer Seite. Sie hob den Riegel hoch und zog, dann spähte sie durch den Spalt. Im Nebenzimmer war es pechschwarz. Kein kleines Feuer, kein Fenster. Flora fand eine Kerze und entzündete sie an dem rauchlosen Feuer, das überhaupt nicht heruntergebrannt zu sein schien. Ihr schlafender Gastgeber protestierte nicht. Noch weckte sie ihn, um ihn um Erlaubnis zu bitten. Sie machte weiter einen großen Bogen um ihn und schlüpfte durch die Tür, um sein Heim zu erkunden. *Vielleicht gibt es einen anderen Weg hinaus.*

Seine Wohnung war chaotisch. Flora musste im schwachen Licht ihrer Kerze über Haufen übel riechender Tücher und Kleider steigen. Weitere Flaschen standen ohne Sinn und Verstand verstreut auf durchgesackten Regalen. *Er ist ein Alchemist,* überlegte Flora und trat gegen einen umgekippten Metalleimer mit einer toten Pflanze, deren Erde auf den Boden ausgekippt war. *Ein schlampiger Alchemist.* Die Substanz, die er ihr gegeben hatte, war eine Mixtur, die ein gelehrter Geist und eine geschickte Hand zusammengestellt hatten. Sie hatte von einem Bader auf der Lichtung etwas über Mixturen gelernt. Dieser Bader schnitt Haare, ließ Kranke zur Ader und braute Tränke – er hatte ihr einmal Unterricht darin erteilt, wie man Elixiere und Wickel herstellte, nachdem sie ihm einen ganzen Winter lang deswegen in den Ohren gelegen hatte. Sie vermutete, dass ihr Gastgeber die Salbe selbst hergestellt und sie nicht gekauft hatte – er schien endlose Zutaten zu besitzen. *Und sie hat gewirkt.* Ihre Wunde schmerzte kaum noch, und als sie den Verband abnahm, stellte sie fest, dass sie aufgehört hatte zu bluten. *Und ich habe wirklich Schlaf gebraucht,* gestand sie sich widerwillig ein. Es war ungeheuerlich, eine Prinzessin zu betäuben, das stand fest, aber er hatte ihr kein Haar gekrümmt oder sich irgendwelche Freiheiten herausgenommen, wie es schien. Sie vertraute ihm immer noch nicht, aber er war kein Pirat, und er gab auch nicht vor, wie Rondo es getan hatte, eine Ratte zu sein, obwohl er keine war. Wahrhaftig, er war wohl bloß ein harmloser alter Mann, der etwas zu eifrig seinen eigenen Tränken zusprach, um ihr helfen zu können. Flora dachte an seinen gebeugten Rücken und seine knirschenden Knie. *Er kann sich nicht einmal selbst helfen.*

Amora! Plötzliche Gewissensbisse durchzuckten Flora. Sie sollte doch ihrer Schwester helfen. Stattdessen stolperte sie durch die Stadt wie ein Wildschwein durchs Unterholz. *Ich verschwende Zeit.* Mit jedem Tag, den Flora in Schmutz verbrachte, wurde ihre Schwester in der Wüste erneut von einem haarigen alten Mann missbraucht und entehrt. *Es ist so, als täte ich ihr das alles selbst an.*

Obwohl der zweite Raum ein einziges Chaos war, enthielt er einige interessante Gegenstände – einen sehr scharfen juwelenbesetzten Abstecher, wie ihn ein Adeliger vielleicht in der Lichtungshalle tragen würde, und ein Paar geschmeidige Lederstiefel, die für einen armen Mann unpraktisch waren – die Sohlen waren viel zu weich für regelmäßige Benutzung. *Um das Klappern von Schritten in feierlichen Hallen zu dämpfen.* Sie waren von viel besserer Qualität, als sie je an den Füßen des alten Mannes zu sehen erwarten würde. *Welcher gescheiterte Alchemist könnte sich solche Dinge leisten?* Ein Dieb. Ein Abhängiger? Vielleicht hatte er ein gut gehendes Geschäft als Apotheker geführt, bevor er begonnen hatte, selbst den Elixieren zuzusprechen. Sie hatte von Männern gehört, die zu Sklaven ihrer Tränke wurden. Ihr Trunkel war einer von ihnen. Dieser hier hatte offensichtlich kein Geld, abgesehen von dem, was er brauchte, um seine wahllosen Medikamentenhäufchen zu kaufen, und seine Gesundheit war kaum besser als die eines Bettlers unter einer Brücke. Tatsächlich hatte sie schon kräftigere Hungerleider gesehen. Ihr bewusstloser Gastgeber war unterernährt, alt und ungepflegt. *Er kann sich glücklich schätzen, diese Behausung zu haben,* dachte sie. Trotz seines flinken Geistes wurde er mit dem Leben, das er sich geschaffen hatte, nicht fertig, oder er hatte aufgegeben. In gewisser Weise war es traurig, doch es war nicht ihre Sorge.

Meine Sorge ist meine geliebte Schwester. Flora erinnerte sich daran, wie sie sich immer in die Küche geschlichen hatten, um die Finger in den Teig für die Pasteten zu tauchen – Strata war berühmt für seine Pasteten, die mit allem Möglichen gefüllt waren, angefangen von Buschbeeren bis hin zu früh im Jahr erlegtem Wildbret.

Teure Stiefel würden Amora nicht helfen, und dieser Raum besaß keine Fenster, ebenso wenig wie der andere. *Dieser Mann ist ein Eremit in einer Höhle, die er sich selbst geschaffen hat,* ging es Flora durch den Kopf. *Ein alter Einsiedlerkrebs, der sich in seinen Panzer zurückgezogen hat und sich vor der Welt fürchtet.* Sie fragte sich, warum er sich die Mühe gemacht hatte, sie vor den Piraten zu retten, wenn er seit Jahren den Kopf nicht mehr aus der Wohnung gestreckt hatte. Sie dagegen musste hinaus ins Freie. *Amora zählt auf mich.* Flora überlegte, vorsichtig durch die Tür in die Gasse zu spähen, um herauszufinden, ob die Sonne schon aufgegangen war. Gewiss würden die Straßen im hellen Tageslicht sicherer sein. Sie würde hinunterklettern müssen. *Kein Problem für ein Eichhörnchen.*

Als das Sonnenlicht endlich kam, kroch es auf einem hauchzarten Faden aus Staub herein. Flora folgte der Richtung des Lichts durchs Zimmer zu einem versteckten Guckloch. Sie fand die Ränder der Tür. Außerdem entdeckte sie eine schlau platzierte Leiter in der Decke, befestigt an einem Mechanismus, der sie anscheinend durch die Tür nach unten herablassen konnte, obwohl Flora nicht dahinterkam, wie das funktionierte. Sie drückte die Tür einen Spaltbreit auf, um in die Gasse hinabzuspähen. Sie war immer noch düster – die Dachvorsprünge sorgten dafür, dass tagsüber herzlich wenig Sonne und bei Nacht überhaupt kein Mondlicht in die Gasse drang –, aber es sah sicher aus. *Oder zumindest sicherer als zuvor.* Sie würde hinunterklettern, beschloss sie, statt es mit der Leiter zu versuchen. Abgesehen von einem zusätzlichen Tuch, um ihren Verband zu wechseln, nahm sie dem Mann nichts weg. Während sie sich darauf vorbereitete, die Wohnung zu verlassen, schaute sie sich noch einmal über die Schulter um.

Der Mann schlief weiter, immer noch gefangen in seiner selbst gemachten Besinnungslosigkeit. Flora runzelte die Stirn, dann beschloss sie, ihm etwas für seine Mühe zu schicken, wenn sie ihn wiederfinden konnte, nachdem sie den Irrgartenbezirk verlassen hatte. Er hatte sie schließlich gerettet und verbunden, und sie hatte ihm nicht einmal dafür gedankt. *Ich weiß immer noch nicht seinen Namen.*

»Ihr!«, rief sie, schon mit einem Fuß aus der Tür.

Er rührte sich nicht.

Sie wandte sich von der Tür ab und ging zu ihm. »Heda! Wacht auf, alter Mann.«

Eine schwache Regung war erkennbar, aber mehr auch nicht. Worte würden nicht genügen. Flora trat vor ihn, um seine Schulter zu rütteln, aber als sie ihn am Arm berührte, schnellte seine Hand mit der Geschwindigkeit einer Froschzunge vor. Er packte sie am Unterarm und verdrehte ihn, zwang sie auf die Knie, bevor er die Augen noch ganz geöffnet hatte. Er hielt eine Stichwaffe in seiner anderen Hand, die nadelartige Klinge nicht dicker als der Finger eines Kindes.

Die Spitze drückte er an Floras Schläfe und zog die Haut stramm, durchstach sie aber nicht.

Flora heulte auf.

Er sah, dass sie es war, und ließ sie los. Die Klinge verschwand zwischen den Falten seiner Kleider. »Oh! Ihr habt mich überrascht. So etwas sollte nicht passieren.«

Sie stand auf und rieb sich ihr Handgelenk. »Ich wollte mich bei Euch bedanken, bevor ich gehe. Jetzt bin ich mir da nicht mehr so sicher.«

Er bemühte sich aufzustehen, stöhnte und griff nach seinem Becher, aber seine Hand griff ins Leere.

»Er steht vor Euren Füßen.«

Er rutschte vom Stuhl, kroch über den Boden und tastete nach dem Gefäß.

Flora trat den Becher angewidert von ihm weg. »Hört mir zu, bevor Ihr Euch wieder bis zur Besinnungslosigkeit betrinkt. Ich will mich bei Euch bedanken. In der Tat, ich werde Euch belohnen, wenn ich meine Gelder von den Bankiers im Kürschnerbezirk hole.«

»Belohnen?«

»Geld. Ich sehe, dass Ihr welches braucht, obwohl ich mir ziemlich sicher bin, dass Ihr es lediglich für Euren benebelnden Tee ausgeben werdet. Dieses Elend, in dem Ihr Euch suhlt, sieht aus, als hätte es sich über Jahre entwickelt, eine Angewohnheit, die sich nicht mit einer einzigen fetten Börse ändern lässt.«

»Ich gebe zu, dass die Wohnung im Moment ein wenig chaotisch ist. Etwas Müll hier und da. Ich habe keinen Besuch erwartet.«

»Ich habe gemeint, dass Euer *ganzes Leben* im Müll ist …«

Zu ihrer Überraschung wirkte er gekränkt. »Ihr unterschätzt mich.«

»Nein. Ich schätze Euch sehr gut ein. Ich habe einen Onkel,

der genauso ist wie Ihr – ein schlimmer Trinker, außerstande, morgens seine eigenen Stiefel zu finden. Ihr seid von der gleichen Art; Ihr dient lediglich einem anderen Herrn.« Flora schnippte mit dem Finger gegen eine leere Flasche. Die Flasche drehte sich wie zum Hohn auf dem Kupfertisch um sich selbst.

Er streckte die Hand aus und hielt die Flasche an. »Ich kann Eurer Schwester helfen.«

Flora zögerte. Für einen Moment loderte Hoffnung in ihr auf. Dann schüttelte sie den Kopf. »Nein. Ihr könnt Euch nicht einmal selbst helfen.«

»Ich habe Euch geholfen. Ohne mich wärt Ihr in dieser dunklen Gasse mehrfach auf eine Art vergewaltigt worden, die Euer zarter Geist sich gar nicht vorstellen kann, und in diesem Moment würdet Ihr in einem Frachtraum in einer Kiste stecken, auf dem Weg hinaus aufs Meer … Prinzessin.«

Sein letztes Wort blies ihren spottenden Tonfall weg, wie ein eisiger Wind eine Kerze ausblies. »Aber …?«

Floras Gastgeber richtete sich unter Schmerzen auf, und seine Kniegelenke knackten. Es war schwierig für ihn, doch er rappelte sich in eine stehende Position hoch und hielt sich dabei mit einer Hand am Stuhl fest. »Wie ich gesagt habe, meine Dame, Ihr unterschätzt mich.«

»Inwiefern?«, fragte Flora.

»Ihr habt nach mir gesucht, und hier bin ich. Oder genauer gesagt, hier seid *Ihr*.« Er ging an ihr vorbei und zog die Tür zur Gasse vorsichtig wieder zu.

Unmöglich, dachte Flora. Sie hatte diese dunkle Gasse aufs Geratewohl ausgewählt. Dann erinnerte sie sich an das stachelhaarige Mädchen, das sie mit dem Kopf in die Dunkelheit gewiesen hatte. *Das Straßenkind hat diese Gasse empfohlen.* Aber der alte Mann war schwach. Er wirkte noch weniger wie ein verstohlener Meuchelmörder, als Rondo es getan hatte. *Obwohl er in einem Versteck lebt, und er hat mich bereits mit Gift bewusstlos gemacht.* Flora schauderte.

»Ich habe nach der Ratte gefragt«, sagte sie.

»Und das nicht besonders vorsichtig. Gerede verbreitet sich schnell in dieser überfüllten Stadt, wie eine Feuersbrunst durch hölzerne Bauten, und Ihr habt überall entlang des Kais Feuer mit Gerede entzündet. Ihr könnt Euch glücklich schätzen, dass die Schmutzwache Euren Ruf nicht beantwortet hat. Ich gestehe, dass ich zuerst kein besonderes Interesse hatte. Ich höre alle möglichen Gerüchte und Geschichten, und eine stratanische Prinzessin, die eine Ratte sucht, war das Lächerlichste, was mir seit langer Zeit zu Ohren gekommen war. Dann haben sie Euer Mal enthüllt. Ich war fasziniert. Nicht genug, um mich zu erkennen zu geben, wohlgemerkt. Aber Ihr seid zu mir gekommen. Ich habe beschlossen, meine Neugier zu befriedigen. Während Ihr geschlafen habt, habe ich das Mal untersucht. Es scheint echt zu sein – ein Brandmal von der Geburt, das die zu erwartenden Zeichen des Alterungsprozesses aufweist. Und Ihr redet wie eine Prinzessin.«

»Kultiviert und gebildet«, sagte Flora.

»Anmaßend und naiv.«

Flora schluckte die Beleidigung herunter. »Ihr steckt mit diesem Straßenkind unter einer Decke.«

»Ich stecke mit mir selbst unter einer Decke. Mit niemandem sonst. Wie Ihr habe ich Freunde, die nicht meine Freunde sind. Der Unterschied ist, dass ich nicht zu dumm bin, um das zu begreifen.«

»Ich bin nicht dumm.«

»Ihr tut dumme Dinge. Wozu macht Euch das?«

»Zu einem loyalen Menschen«, erwiderte sie. »Und vielleicht zu jemandem, der ein wenig verzweifelt ist. Ich habe alles für meine Schwester riskiert. Sie ist eine Gefangene dieses widerwärtigen haarigen Wüstenkönigs Ulag. Er tut ihr allnächtlich unsägliche Schändlichkeiten an. Ich habe Geld, um ihn zu töten, damit meine Schwester zurückkehren kann. Also, seid Ihr ein Mann, der für einen gewissen Preis jedem Unrecht ein Ende machen kann, oder seid Ihr das nicht?«

Ratte dachte nach, aber zu guter Letzt schüttelte er den Kopf. »Ich? Die Wüste durchqueren, eine Burgmauer erklimmen und einem König den Garaus machen?«

»Ihr seid Ratte, oder nicht?«

»Ich werde nicht sagen, ob ich es bin oder nicht bin. Aber schaut mich an. Ich bin alt. Ohne meinen Tee kann ich kaum laufen. Erwartet Ihr von mir, dass ich mir Eure Schwester über die Schulter werfe und sie nach Strata zurücktrage?« Er schüttelte den Kopf. »Ich werde nicht sechs Tage lang in ein anderes Königreich reisen und irgendjemanden töten.«

»Warum habt Ihr mich dann hierhergebracht?«

»Das war ich nicht. Das Straßenkind hat es getan.«

»Oh.« Flora wurde schwer ums Herz. Das ärmliche Bettelmädchen hatte sie hierhaben wollen. Die sagenumwobene – und weithin überschätzte – Ratte hatte sie nur aus Neugier in Empfang genommen. *Und er hat recht, er kann es nicht tun – man braucht ihn sich nur anzusehen.* Ihre Mission war zu Ende. Flora setzte eine tapfere Miene auf, aber sie musste sich auf die Unterlippe beißen, damit sie nicht zitterte. »Ich akzeptiere, dass Ihr nicht in die Oase wandern könnt, aber ich habe trotzdem Gold für jemanden, der mir helfen kann. Gibt es irgendetwas, was Ihr tun könnt?«

Die alte, runzelige Ratte taxierte Flora für einen Moment. »Ihr seid jung und stark, wie ich es einst war. Und eine Kletterin, oder?« Er runzelte die Stirn und blinzelte. Schließlich nickte er, als hätte er soeben eine Entscheidung gefällt. »Ich kann Euch zeigen, wie Ihr ihn töten könnt.«

Kapitel 14

Der Glasherzog

»Was ist die erste Pflicht eines guten Herrschers, Krötchen?«, fragte Herzog Glas seinen in Satinhosen steckenden Verwalter.

»Seine Untertanen zu beschützen.«

»In der Tat. Beschützt er sie, indem er sie in einen Krieg schickt, in dem sie den Tod finden?«

Krötchen grübelte darüber nach. Das gefiel Glas an ihm – er war ein Denker. »Nur wenn hier jemand einmarschiert.«

»Marschiert hier gerade jemand in Schmutz ein?«

»Nicht die waldigen Bewohner von Strata. Aber Schmutzens eigenes Volk erhebt sich in ein paar Bezirken. Wir marschieren bei uns selbst ein.«

Krötchens Eingeständnis war aufrichtig, nicht unterwürfig. *Er ist ein tüchtiger Verwalter und verlässlich.* Krötchens Lebensgelübde sorgte dafür, dass er treu blieb, aber Glas vermutete, dass die Loyalität des Mannes ohnehin standgehalten hätte, ganz gleich, ob er geschworen hatte, sich beim Tod seines Herzogs umbringen zu lassen oder nicht. Wie die Dinge lagen, war Krötchen die Person, die sich am meisten um Glas' Wohlergehen sorgte, mehr als Glas' Schwestern oder seine Cousins und Cousinen, die vielleicht sogar von seinem Tod profitieren würden. Krötchen war außerdem fünfzehn Jahre jünger als

Glas und würde daher viel von seinem Leben verwirken, wenn Glas in den langen Schlaf fiel. Aber es war ein anständiger Tausch für einen Mann aus dem niederen Volk. *In der Zwischenzeit genießt er die Annehmlichkeiten des adeligen Lebens und gewinnt mehr gute Jahre, als die meisten geringeren Männer sich erhoffen könnten.*

»Es ist wertvoll, einen Verwalter mit eigenen Ansichten zu haben, Krötchen, einige davon wertvoller als meine eigenen. Ihr verdient Euren hässlichen Namen nicht.«

»Er macht mir nichts aus, Euer Gnaden. Die Kröte ist eine anpassungsfähige Kreatur. Sie kann in der Wüste leben oder im Sumpf.«

»In der Tat. Oder auf den Straßen oder im Palast.«

Glas stützte sich auf das kristallene Fenstersims, eine hochgewachsene, nachdenkliche Gestalt in einer Robe aus undurchsichtigen Filamentfäden aus Glas, so fein, dass sie so seidig war wie die Hose seines Verwalters. Das fünfte Stockwerk des Glasturms bot einen weiten Ausblick auf sein ererbtes Territorium, die glitzernden Straßen von Glas, einem der feinsten Bezirke in der größten Stadt der Welt. Es gab ganze Königreiche, die kleiner waren als der Glasbezirk, der sich vom großen Küstenbogen bis zum Stadtzentrum von Schmutz erstreckte. Der Eisenbezirk seines ältesten Cousins Dane war älter und mächtiger, aber die Eisenstraßen wurden langsam alt und verloren ihre Eleganz. Und sein Cousin war jetzt tot, ohne viel Federlesens von einer eifersüchtigen Mätresse von seinem eigenen Balkon gestoßen – einer gewöhnlichen Frau aus dem Volk, die sich direkt nach ihm in die Tiefe gestürzt hatte.

Krötchen kannte Glas gut genug, um zu wissen, was er dachte. »Euer Eiserner Cousin hätte Zimmermann und Stahl die Stirn geboten. Er war ein großer Mann.«

Glas stieß ein Schnauben aus. »Er war ein dummer Mann, mit einer Verrückten aus dem Volk zu schlafen.«

»Die Eisenfäuste haben ihren Leichnam an die Schweine verfüttert.«

»Euer Vorschlag, nehme ich an?«

»Ich hielt es für notwendig, das Volk davon abzubringen, seine Herren von hohen Orten zu stoßen. In einigen Bezirken denken die einfachen Menschen, dass man im nächsten Leben als Schwein wiedergeboren wird, wenn man von Schweinen gefressen wird.«

»Ist das nicht auch das, was die wilden Stämme des Südens glauben?«

»Nein. Sie glauben, wenn sie das Fleisch ihrer Feinde essen, würde ihnen das die Macht ihrer Feinde verleihen; simpel, aber anders.«

Glas verzog das Gesicht. »Erinnert mich daran, keinen Krieg mit den Wilden im Süden zu führen.«

»Führt keinen Krieg mit den Wilden im Süden.«

»Ist vermerkt.«

Glas tätschelte voller Zuneigung Krötchens Schulter. Das kluge Scherzen seines Verwalters war eine angenehme Ablenkung, aber es füllte nicht die Leere in seinem Herzen. Dane war ein schwerer Verlust. Glas' Cousin hatte den uralten Eisenbezirk kompetent geleitet und gut für seine Leute gesorgt. Er hatte sich außerdem mit seinem jüngeren Cousin gegen gemeinsame Feinde verbündet. Herzog Schmied und Herzogin Gewand hatten versucht, dem Glasbezirk mehrere Straßen in der Pufferzone zwischen den Bezirken abzujagen, als er seinerzeit in die Familie Glas eingeheiratet hatte und neben seiner herzoglichen Gemahlin Herzog geworden war. Sie hatten seine Entschlossenheit auf die Probe gestellt, indem sie ihre eigenen Läden in leer stehenden Häusern untergebracht hatten, um Anspruch auf diese Gebäude zu erheben. Als der junge Glas gezögert hatte, sie deswegen zur Rede zu stellen, hatte Dane seine Eisenfäuste ausgeschickt, um sie in ihre historischen Bezirksgrenzen zurückzutreiben. Glas stieß vor Trauer einen Seufzer aus. Dane hatte ihn immer in Schutz genommen. Als sie Jungen gewesen waren, hatte er mit seiner stumpfen Holzklinge auf dem Übungshof Rabauken abgewehrt, und einmal hatte er die volle Verantwortung für eine fehlende Gewürzpfeife übernommen, nachdem sie sie beide geraucht hatten – Dane war dafür von seinem eisenfäustigen Vater ausgepeitscht worden, hatte aber darüber gelacht, als die Striemen verblasst waren. *Er hätte sich nicht in einen unklugen Krieg hineindrängen lassen.*

Während Glas an seinen Cousin dachte, stahl sich eine Träne aus seinem Augenwinkel. Sie lief ihm halb über die Wange, bevor er sie auffing.

»Trauer ist menschlich, Euer Gnaden«, sagte Krötchen, als er es bemerkte.

»Wir haben zu viel Arbeit vor uns, um zu trauern, und ich habe keine Zeit, menschlich zu sein.« Er beobachtete die Bewegungen der Menge auf dem Platz unter ihm, die Ebbe und Flut seiner Untertanen. »Ich kenne diesen Platz. Ich kenne mein Volk. Ich sehe Zorn auf ihren Mienen. Ich höre Frustration in ihrem Raunen. Ich spüre die Unruhe, genau wie Zimmermann sie beschrieben hat.«

Die Unruhe wurzelte im Handel, wie sie das immer tat. Sein mächtiger Eisencousin war ein beliebter Kaufmann und ein leidenschaftlicher Händler gewesen, und sein Tod hatte die Geschäfte mit fremdländischen Lieferanten erschüttert und ihnen einen Vorwand geliefert, generationenalte Zusagen zu brechen. *Ein gutes Geschäft stirbt mit dem Mann, der es abgeschlossen hat.* Die Stadt war außerdem ärmer geworden, seitdem Kaufleute im Ausland begriffen hatten, dass Schmutz keine Rohstoffe produzierte und mehr brauchte, als es geben konnte. Die fertigen Waren, die Schmutz herstellte, konnte man heutzutage auch anderswo kaufen, denn die Handwerksmeister, die einst nur in der großen Stadt zu finden gewesen waren, hatten den Fehler begangen, jenen ihr Gewerbe beizubringen, die die Fähigkeiten dann ins Ausland mitnahmen. Schmutzige Gewänder, Schmutzige Schiffe und selbst Schmutziger Stahl waren nicht länger die einzigen Produkte dieser Art, die man in der Welt bekam. Jetzt hielten Ausländer die Stadt im Würgegriff, quetschten Gold aus ihr heraus, verringerten Importe und trieben die Preise in die Höhe. Die Bezirke bezahlten mehr Geld für weniger Waren an Kaufleute von den Inseln und Karawanen aus der Wüste.

Und jetzt bläst das verfluchte Wüstenvolk auch noch Glas!

Herzog Glas blickte stirnrunzelnd auf sein unruhiges Volk hinunter. Die Stadt mühte sich ab. Schmutzens Schulden blieben unbeglichen. Schiffsladungen voller Obst und Gemüse lagen herum und verrotteten jenseits der Meerenge, während die Knochen ärmerer Stadtbewohner sich unter der Haut abzuzeichnen begannen. Im einst blühenden Marktbezirk waren immer mehr leere Verkaufsstände zu sehen. Es wurden Rufe laut, dass Schmutz seine eigenen Schiffe direkt zu den Obstgärten und Getreidefeldern auf den Inseln schicken solle, aber andere bauten bessere Schiffe, und Schmutz konnte mit seinen minderwertigen Kähnen nicht aufs Meer fahren – Piraten und Inselkaufleute versenkten sie mit ihren mächtigen Rammspornen, sobald sie sich in die Meerenge wagten. Zimmermanns brillanter Ingenator hatte einen Entwurf für ein neues Schiff entwickelt, aber der erforderte massive Kiele aus ganzen Stämmen der Tuftorbäume, die nur Strata liefern konnte. *Und Strata fällt keine Bäume.* Es war eine Zwangslage höchsten Ranges.

»Die anderen Edelleute trachten womöglich danach, ihre aufgebrachten Armen mit einem Fest zu beschwichtigen«, sagte Krötchen. »Es geht doch nichts über einen Tag mit einem Festgelage, um sie von Jahren des Hungers abzulenken.«

»Oder sie trachten nach Jahren des Krieges, um sie von einem Tag der Rebellion abzulenken«, konterte Glas.

Krötchen nickte. »Feste und Kriege sind zwei eigenartig unterschiedliche, gleichermaßen wirksame Ablenkungen von der Verzweiflung eines Lebens hier in der größten Stadt der Welt.«

»Krieg scheint die bevorzugte Lösung nicht nur von Stahl und Zimmermann zu sein, sondern auch vom Eisernen Rat meines verstorbenen Cousins. Sie werden ihn benutzen, um die Bewohner von Schmutz zu mobilisieren.«

»Stimmt. Eine große Bedrohung lässt das niedere Volk nach dem Schutz seiner Herren rufen, und eine Eroberung verspricht Beute, die bis zu ihnen durchsickern könnte. Beides zusammen wird das Volk auf die richtige Spur bringen.«

»Falsche Versprechungen«, sagte Glas. »Die Stadt ist hungrig geworden, und ihre Bewohner haben den Preis des Krieges vergessen.«

Vor zweihundert Jahren hatte es einen Krieg gegeben, einen richtigen Krieg, nicht irgendein Grenzscharmützel. *Den Holzkrieg.* Zweihundert Jahre waren für das Volk genug Zeit gewesen zu vergessen, dass das baumlose Gras des Freien Feldes zwischen Schmutz und dem Großen Wald wuchs, weil es von Heerscharen von Kriegstoten gedüngt wurde. Die meisten Leute aus dem Volk lasen keine Bücher, und als ihre Vorväter zu Staub geworden waren, hatten sie ihre Geschichten mitgenommen. Aber Glas hatte die Bücher in der Gelehrten Bibliothek gelesen. Die meisten sprachen von Ruhm und Eroberung. Sie nannten siegreiche Edelleute und Helden und verzeichneten ihre Taten. Der Klingenbaron, der eine schmale Brücke gegen ein Kontingent von zehn stratanischen Waldmännern gehalten hatte, nachdem seine eigenen Wachen gefallen waren. Der Eisenvorhang, ein Mann, so massig, dass er die Sonne verdeckte, und der mit einem riesigen Eisenschläger kämpfte, den andere Männer nicht einmal anheben konnten. Die Teufelin des Knochenackers und ihre Kriegshunde, nach ihrem Tod zusammen in einem einzigen Grab beerdigt. Das waren die bekannten Geschichten. Aber es gab ein Buch, geschrieben von einem Heiler namens Victus, der Schmutzens städtische Soldaten über das Freie Feld begleitet hatte, um sich den Waldmännern zu stellen. Der dicke Band sprach zu Glas auf eine Weise, wie die anderen Bücher es nicht taten – *als sage es die Wahrheit* –, und ein Satz aus dieser zerfledderten Schwarte verfolgte Glas noch immer.

»Für einige wenige Adelige und Helden gibt es Sieg und Ruhm, aber für die Masse einfacher Soldaten und ihre geliebten Verwandten und Freunde bedeutet Krieg Schmerz, Leiden und Tod.«

Auch der Eiserne Rat seines Cousins hatte das vergessen. Sie verbreiteten unter ihrem Volk Geschichten von Ruhm und Helden. Ihr jüngstes Fest diente nicht dem Andenken an ihren verstorbenen Herzog, sondern war eine Feier ihres Sieges über einen kleinen Stamm von Wilden im Süden, die ihren Haumessern aus Stahl und ihren Plattenharnischen mit hölzernen Stechklingen und Lendenschurzen begegnet waren. Besiegt, hatte der Stammeskönig den Bergarbeitern des Eisenbezirks erlaubt, auf seinen Ländereien Abbau zu betreiben, um der Schlinge zu entrinnen. Nur neun tote Eisensoldaten. Der Eiserne Rat benannte Helden und bezeichnete es als eine große Eroberung – die Schlacht bei den Cagnon-Sümpfen. Wohl kaum eine Schlacht. Es war binnen eines einzigen heißen südlichen Tages vorüber gewesen. *Nichts im Vergleich zu Jahren blutigen Gemetzels.*

Jetzt sammelte der Rat Verbündete – Glas hielt einen ungeöffneten Brief des Ratsherrn Leto in Händen, eines mächtigen Grafen, der sich bemühte, Eisens Nahrungsmittelversorgung mit den Kapitänen der Handelsschiffe neu zu verhandeln. Glas brauchte den Brief nicht zu öffnen, um seinen Inhalt zu kennen; der Brief würde um Glas' Unterstützung bei einer Invasion Stratas bitten und danach möglicherweise der Insel- und Wüsten-Königreiche. *Und die Götter allein wissen, wen sie sonst noch erobern wollen.* Aber selbst wenn Zimmermann und Stahl die Trommeln für den Krieg rührten, konnte der Eiserne Rat nicht genug Bezirke dafür gewinnen, die ganze bekannte Welt anzugreifen, wenn er keinen Herzog auf Eisens Thron hatte. Und so war es Danes minderjähriger Sohn, der Eisenjunge, dem die Macht zukommen würde, über die Geschicke des Eisenbezirks zu entscheiden und möglicherweise über das ganze Stadtkönigreich Schmutz.

Zum Glück ist der kleine Scheißer erst dreizehn Jahre alt.

»Auf Eurem Platz versammelt sich ein Mob«, riss Krötchen Glas aus seinen Gedanken.

Glas schaute wieder durch das offene Fenster. Wo zuvor nur vereinzelte Männer und Frauen gewesen waren, wimmelte es auf dem Platz jetzt von Menschen. *Zu viele für einen harmlosen Tag.* Es waren keine Versammlungen verfügt worden. Keine Feiern. Es sollten keine Schiffsladungen mit Nahrungsmitteln ankommen. Dennoch wogte ein lebendiger Teppich dreckverkrusteter Massen auf den grünen gläsernen Pflastersteinen hin und her. Aber es waren nicht alles Glasleute. Die meisten trugen die abgesteppten Westen, die in seinem Bezirk neuerdings in Mode waren, doch dazwischen fanden sich auch unvertraute Leibröcke und Tuniken. *Es ist auch keine festliche Zusammenkunft.* Die Menge war gereizt. Ein Mann und eine hochgewachsene Frau, die Glas nicht kannte, schrien irgendetwas.

»Die Edelmännlein hocken lauernd in ihren Glastürmen über uns!«, brüllte der Mann. »Sie lauern! Sie sind Lauerer, jawohl!«

»Wie Geier!«, ergänzte die Frau mit verkniffenem Gesicht. Sie stand hinter dem sich beschwerenden Mann, flüsterte ihm ins Ohr und fütterte ihn mit Beanstandungen. *Sie ist der Kern dieses Problems.* Andere stimmten mit ein.

»Sie werden fett, während wir hungern!«

»Wie Geier!«

Ich bin nicht fett, dachte Glas, aber er musste zugeben, dass er über ihnen hockte wie ein Raubvogel. *Oder ein Aasfresser.*

»Krötchen, wer sind diese Leute, die das Geschrei anführen? Es sind keine Bewohner von Glas.«

»Ich kenne sie auch nicht, Euer Gnaden.«

»Eisenleute? Schlachterleute?« Glas schauderte bei dem Gedanken, dass Bewohner des Schlachterbezirks gekommen sein könnten. Es war unwahrscheinlich – *sie haben in ihrem eigenen Bezirk genug Probleme* –, aber ein schlechtes Omen, wenn ihre Unruhen in den Rest der Stadt hinauskrochen.

»Niemand, den ich kenne. Ich werde jemanden in die Menge schicken, um es herauszufinden. Vielleicht sollten wir unsere Grenzen schließen, nachdem wir sie auseinandergetrieben haben.«

»Nein. Eine Schließung der Grenzen zwischen Bezirken zeugt von Schwäche und Furcht. Sie gibt unseren eigenen Untertanen das Gefühl, in der Falle zu sitzen. Es ist etwas, das Bäcker tun würde. Geben wir ihnen stattdessen etwas zu essen.«

Glas ordnete an, einen Vorrat von gutem Gemüse aus seiner eigenen Speisekammer zu holen und es von Fuhrwerken zu werfen, um die Menge zu beruhigen, und Krötchen schickte

Fuhrknechte aus, um den Befehl auszuführen. Die Menge schwoll weiter an und schrie durcheinander.

»Türme ragen auf, doch Türme fallen auch!«

»Türme ragen auf, doch Türme fallen auch!«

»Nahrung für alle!«

»Nahrung für alle!«

Glas schüttelte den Kopf, als sein Verwalter sich wieder zu ihm gesellte, um die Resultate des Gemüseabwurfs einzuschätzen. *Nicht gut.* Der Sprechgesang erscholl misstönend auf demselben Glasplatz, auf dem man Herzog Glas regelmäßig mit Harfen, Lauten und Knabenchören huldigte. *Wie schnell Dinge sich ändern können.*

»Eine lästige Angelegenheit, das Skandieren von Parolen«, bemerkte Glas zu Krötchen. »Sie sind entweder grob vereinfachend oder überladen, aber in jedem Fall die niedrigste Form von Gesang. So oder so, sie kratzen an den Nerven wie eine Raspel über Stein.«

»Skandierte Parolen sind zweifellos für das kultivierte Ohr eines Mannes schlimmer, der eine exzellente Kristall-Violetta spielt«, pflichtete Krötchen ihm bei. »Aber da ich selbst von den Straßen komme, muss ich Euch darauf hinweisen, dass solche Gesänge eines der Grundnahrungsmittel des gemeinen Volkes sind. Sie wecken die niederen Gefühle des einfachen Mannes auf die gleiche Weise, wie ein schönes Lied den Edelmann inspiriert.«

Glas zuckte angesichts der musikalischen Unfähigkeit des Mobs zusammen, und als die Menge die Fuhrknechte mit dem geschenkten Gemüse bewarf, schüttelte er den Kopf. Er hatte genug.

»Es gerät außer Kontrolle, Krötchen.«

»Ich habe bereits Glasbrecher auf den Platz geschickt«, erwiderte sein Verwalter.

Eine brutale Maßnahme. »Dieser Befehl kam nicht von mir.«

»Natürlich nicht. Und Ihr werdet es beenden, sobald es beginnt, stelle ich mir vor. Aber es übermittelt die notwendige Botschaft.«

»Habt Ihr ihnen gesagt, dass sie die Fremden aufs Korn nehmen sollen, nicht unsere eigenen Leute?«

»Ja, obwohl ich unten auch Cloyde gesehen habe, meinen alten Zuchtmeister …«

»Es gefällt mir nicht.«

»Gebt ihnen eine Chance, die Menge zu zerstreuen.«

Der Herzog beobachtete von oben, wie seine Glasbrecher auf den Platz hinausquollen, um Gegenstände zu werfen, die viel härter waren als Gemüse. Schwere Glaskugeln, die man an Seilen wieder einholen konnte, zur Größe und Form von Fäusten geschmolzen, wurden in die Menge geschleudert, ein Werkzeug, das er sich von den Eisenfäusten seines verstorbenen Cousins geborgt hatte. Einige Menschen flohen, aber andere aus dem Volk nahmen ihre Plätze ein. Einige schnappten sich die Glasfäuste, bevor seine Brecher sie wieder einholen konnten, und richteten die Waffen gegen die Soldaten. Glas sah einen seiner Männer mit zerschmettertem, blutigem Gesicht aus dem Kampfgetümmel stolpern.

»Das hört sofort auf.« Glas eilte zur Treppe.

»Nein«, rief Krötchen ihm nach. »Ihr dürft nicht dort hinuntergehen!«

Glas stürzte aus dem Turm und eilte in den Tumult. Er verstand, wie idiotisch das war, aber seine eigenen Untertanen lagen blutend auf dem Boden. Die Menge musste beruhigt werden, und seine Brecher waren nicht besonders geschickt darin, irgendetwas zu beruhigen. Er erkannte in der Menge Gesichter aus dem Glasbezirk – Glorya, die Ölverkäuferin, und ihren einäugigen Ehemann Cecil, den hochgewachsenen

Glasschneider Garrett, dessen lange Arme über eine ganze Scheibe reichten, um einen Schnitt zu machen, Evelyn Polierer, die neun Kinder hatte, allesamt Mädchen. *Neun Mädchen!* Da waren noch andere, die er nicht erkannte, aber er richtete das Wort an seine eigenen Leute.

»Meine Untertanen! Mein Volk! Kinder von Glas!«

Die überraschten Brecher wandten sich von der Menge ab und beeilten sich, um ihren Herzog herum Aufstellung zu nehmen. Aber Glas schob sich an ihnen vorbei.

»Ihr seid das größte Volk der größten Stadt auf Erden, und ich bin gekommen, um in diesen schwierigen Zeiten bei Euch zu stehen!«

Der Querulant rief vom hinteren Rand des Mobs Worte, die ihm von der Frau mit dem verkniffenen Gesicht eingeflüstert wurden. »Er ist hier! Der Herzog ist fällig. Lasst Gerechtigkeit walten!«

Die Menge wogte nach vorn. *Ich habe einen Fehler gemacht!*, dachte Glas. Sie würden seine in der Minderzahl befindlichen Wachleute überwältigen und ihn in Stücke reißen, genau wie das Schlachtervolk es mit seinen eigenen Adeligen gemacht hatte. Aber die guten Menschen seines Bezirks zögerten.

»Ja, ich bin tatsächlich hier!«, rief er in die kurze Stille hinein. »Ich bin hier, um Euch zuzuhören!« Das Brüllen der Unzufriedenheit war zu einem Murmeln verebbt, als der alte Bailey Sand seinen Kameraden zuschrie, sie sollten die Klappe halten, und andere spitzten die Ohren, um ihren Herzog zu hören. »Erzählt mir Eure Geschichten! Ich werde mir die Zeit nehmen, jeden Mann und jede Frau anzuhören, die gleich hier auf diesem Platz unserer Vorfahren sprechen wollen. Mein Podest wird dieser flache, verspiegelte Boden sein. Ich stelle mich auf die gleiche Ebene wie Ihr, um besser über Eure Sorgen nachdenken zu können.«

Sie beruhigten sich. Jemand schrie ein Hurra für Glas – Bessia Splitt, die stämmige Frau, die für die Glashütten Sandkarren ablud. *Die Gute.* Krötchen eilte zwischen ihnen hin und her und drängte Männer und Frauen, eine Reihe zu bilden, und sie stellten sich ordentlich auf, so erpicht darauf, mit ihrem Herzog zu reden, wie sie erpicht darauf gewesen waren, ihn zu schmähen.

Sie wollten einfach nur angehört werden.

Glas brach auf seinem Bett zusammen, erschöpft nach seinem langen Abend auf dem Platz. Fünf Leute aus dem Volk waren bei dem anfänglichen Kampf verwundet worden, darunter zwei seiner eigenen Glasuntertanen und sein Brecher mit dem lädierten Gesicht. Ein Mann war gestorben, sein Kopf geborsten wie ein gläsernes Ei, sein Haar ein Pinsel, der einen roten Streifen über das grüne Glas des Platzes zog. Eine Schande. *Meine Schande.* Seine eigenen Untertanen hatten sich schnell auf ihn eingelassen, nachdem er Sorge und Anteilnahme zum Ausdruck gebracht hatte – die Frauen hatten ihm die Hand geküsst, bevor sie ihm von hungrigen Kindern erzählten, und die Männer waren niedergekniet, bevor sie sich über leere Börsen beklagten und über Glasarbeit, die sie an das Wüstenvolk verloren hatten. Sie hörten zu, als Glas antwortete, und segneten ihn anschließend, leckten sich die Daumen und drückten sie ihm auf die Stirn. Es waren gute Menschen. *Die Besten der Stadt.* Und nachdem Krötchen unter ihnen die Runde gemacht und Klatsch gesammelt hatte, bestätigte er, dass sie den Aufstand nicht angezettelt hatten. *Es waren die anderen, die von außerhalb.* Die Aufwiegler waren klug genug gewesen, sich von der Menge zu entfernen, sobald sich die Reihe bildete und die Glasbrecher in der Lage waren, die Leute einzuordnen. Der Mann und die Frau mit dem verkniffenen Gesicht hatten sich abgesondert und eine kleine Gruppe von den grünen Glaspflastersteinen weggeführt, und während sie flohen, skandierten sie noch immer.

Glas kniff die Augen fest zusammen und sprach die Worte für den toten Mann – *Friede in der langen Nacht.* Krötchen hatte die Glasbrecher auf den Platz befohlen, aber das enthob Glas weder der Verantwortung noch der Schuldgefühle – ein Verwalter war die Verlängerung seines Herzogs. Der junge Ratgeber besaß ein gutes Urteilsvermögen, und er war ein tüchtiger Verwalter … *in der Lage, Dinge zu tun, die ich nicht tun kann.* Krötchen stammte selbst von den Straßen; er kannte die Stimmung dort unten und verstand die niederen Instinkte des Volkes. Wenn Glas von idealistischem Unfug abgelenkt wurde, waren Krötchens praktische Lösungen notwendig und wirksam. *Ein gutes Gleichgewicht, wir zwei.* Sie respektierten die gegensätzlichen Talente des jeweils anderen. Aber es war heikel, in einer gefährlichen Zeit mit gläserner Faust zu regieren. Der Schlachterbezirk war von seinem Volk erst zwei Jahreszeiten zuvor ins Chaos gestürzt worden; der Mob hatte seine Herrscher aufs Straßenpflaster hinausgezerrt und sie mit ihren eigenen Zeremonienmessern in Stücke gehackt. Die Kinder waren nicht verschont worden, obwohl ihr Tod schnell gewesen war – aufgeschlitzte Kehlen. Herzog Edgar Schlachter und Herzogin Edith waren lebendig aufgespießt und über einem offenen Feuer geröstet worden wie Schweine. Es gab sogar Gerüchte, dass einige aus der Menge von ihren Leichen gegessen hätten – *vielleicht um ihre Kräfte in sich aufzunehmen.* Ein schauerliches Ende für eine der ältesten Familien in Schmutz.

Die Ablenkung eines Krieges hätte die Schlachters vielleicht gerettet.

Glas schauderte, schlüpfte aus seiner eleganten gläsernen Filamentfadenrobe und ersetzte sie durch eine schlichte Tunika aus Schafwolle. *Später werde ich eine Maske aufsetzen und mich unter mein Volk mischen,* überlegte er. Er musste die Stimmung erkunden. Es wurde ziemlich heiß in seinem Bezirk. Noch nicht kochend, hoffte er. Wenn die Straßen tatsächlich überkochten, konnte er die Verkleidung anbehalten und an Bord des nächsten Schiffes gehen, das über die Meerenge fuhr. Er hatte genug Gold, um mit seiner Familie zu fliehen und andernorts behaglich zu leben. Es war ein verführerischer Gedanke. Aber er war nicht diese Art von Herzog. Er würde bleiben und seine Untertanen nach bestem Vermögen regieren. *Und das Beste, was ich tun kann, ist zu verhindern, dass sie in einem Krieg abgeschlachtet werden. Selbst wenn sie mich dafür töten.*

Er würde Stimmen gegen den Krieg auftreiben müssen. Das bedeutete private Treffen mit anderen Herzögen und Herzoginnen noch vor der nächsten Zusammenkunft. Wein und Schaf würden leicht zu besuchen und zu überzeugen sein, aber es waren viele Jahre vergangen, seit er das letzte Mal einen Fuß auf das Pflaster einiger der weniger freundlichen Bezirke gesetzt hatte. Es war immer beunruhigend, die Sicherheit seiner glänzenden Türme und seines eigenen Volkes zu verlassen. Politik war eine gefährliche Sache.

Aber Krieg ist noch gefährlicher.

»Krötchen, stellt eine Eskorte zusammen. Wir werden eine Reise durch die Bezirke antreten. Ich werde diesen Krieg beenden, bevor er beginnt.«

Kapitel 15

Die Oase

Die Wüstenblutranken, die sich am Sandpalast emporwanden, machten einem Mädchen, das ein ganzes Leben damit verbracht hatte, durch Tuftorbäume zu steigen, das Klettern leicht. Zweifellos fühlte der verderbte Wüstenkönig sich sicher – *nur wenige Meuchelmörder könnten diesen Aufstieg schaffen.* Ein erwachsener Mann hätte die Ranken mit seinem Gewicht abgerissen, und ein weniger geschickter Bursche würde wahrscheinlich irgendwann danebengreifen und auf die Ziegelsteine tief unten stürzen. Aber nicht sie. Flora schaute einmal hinab. Der Boden war weit genug entfernt, dass sie sterben würde, wenn sie fiel, aber sie befand sich nicht annähernd so hoch oben wie in einigen der Bäume, die sie in Strata erklommen hatte.

Ich habe eine Gabe dafür, überlegte Flora und kletterte weiter hinauf.

Der Marsch von Schmutz bis zur Oase hatte sechs Tage gedauert. Ihr Führer durch die Wüste war ein winziger Mann aus dem Schafsbezirk namens Honri. Er hatte ihr vom Dach eines Gasthauses gleich außerhalb des üppigen Palastgeländes das Fenster des Königs gezeigt – das bogenförmige königliche Fenster hatte einen Balkon. Auf dem Weg nach oben schob sich Flora an anderen, kleineren Fenstern vorbei, widerstand jedoch der Versuchung hineinzuspähen, obwohl ihre Neugier groß war. Der alte Mann hatte ihr geraten, sich auf die vor ihr liegende Aufgabe zu konzentrieren. Rajeev war sein Name. *Rajeev die Ratte.* Es war nicht sein richtiger Name, davon war sie überzeugt, aber es war immerhin eine Anrede.

Flora fand einen sicheren Halt, als sie den Balkon erreichte, und tastete zum wiederholten Mal nach der runden Glaskugel mit farbloser Flüssigkeit, die er in seinem überfüllten alchemistischen Laboratorium für sie zusammengebraut hatte – *eine Kugel voller Tod.* Sie hatte sie sechs Tage lang alle paar Augenblicke überprüft. Sie hatte sie auf einem schwerfälligen, müffelnden Eidechsen-Reittier durch die Wüste begleitet – *und jetzt eine Mauer hinauf* –, in der geheimen Tasche des eng anliegenden schwarzen Gewandes, das er aus seinem Kleiderhaufen gezogen und ihr auf den Schoß geworfen hatte. *Ebenfalls müffelnd.* Das Gewand dehnte sich und passte ihrem jungen Körper wie ein Handschuh, und sie stellte fest, dass sie sich frei und leise bewegen konnte, wenn sie es trug, genau wie Rajeev es versprochen hatte.

Ich bin ein Eichhörnchen, dachte Flora. *Ein lautloses, schwarzes Mörder-Eichhörnchen.*

In dem Raum hielten sich keinerlei Diener auf, ebenfalls so, wie Rajeev es versprochen hatte. »Könige schätzen es nicht, wenn jene, die unter ihnen stehen, sich in ihren Räumen aufhalten, wenn sie nicht dort sind«, hatte er erklärt. »Sie trauen ihnen nicht.« Woher Rajeev die Gewohnheiten von Königen kannte, konnte sie nicht wissen, aber er hatte recht gehabt.

Flora zog sich über das Balkongeländer und hockte sich neben das Fenster, verborgen von schweren gelben Vorhängen. Ihr Herz hämmerte in ihrer Brust wie die Trommeln des bemalten Volkes aus Stratas tiefstem Wald. *Wartet und zählt bis hundert,* hatte Rajeev sie angewiesen. Jemand, der in den uneinsehbaren Teilen des Raums herumlungerte, würde sich binnen hundert Sekunden sehen und hören lassen oder schlafen. Nach siebzig Sekunden Stille wurde Flora des Zählens müde und trat ein.

Der Sandpalast war nicht wirklich das »düstere Spundloch der Erde«, das Amora so lebhaft in ihren Briefen beschrieben hatte. Tatsächlich funkelte der Raum. Der glänzende Marmorboden war blank gefegt, und auf dem riesigen Ehebett stapelten sich mehrere Lagen sauberer Seidendecken, die in einem tiefen Purpurton gefärbt waren, der Lieblingsfarbe ihrer Schwester. Das Bett sah so luxuriös und einladend aus nach den grässlichen Wüstenzelten mit den Skorpionnetzen, in denen Flora während der vergangenen fünf Tage geschlafen hatte, dass sie sich die vulgären Akte ins Gedächtnis rufen musste, die der abscheuliche Ehemann ihrer Schwester von Amora verlangte – die sie in ihrem letzten Brief mit allen derben Details beschrieben hatte. Zum Kopfbrett gehörte ein gewaltiger verzerrter Spiegel, aber als Flora hineinschaute, reflektierte er nur den leeren Raum ohne ihr Abbild. *Eigenartig.* Ein polierter Ankleidetisch, der ganz aus Stein gemeißelt war, schimmerte im Lampenlicht. Die gläsernen Lampenschirme waren kunstvoll wie die Wüsteneidechse geformt, auf der sie geritten war, und die Feuer, die in den Lampen brannten, leuchteten durch die Schuppen, warfen die Lichtstrahlen in einem schrägen Muster in den Raum und schufen eine traumähnliche Atmosphäre.

Flora durchquerte das Zimmer und lauschte auf Stimmen oder Schritte. Die Tür des Gemachs war eine Wand aus grünem Glas, undurchsichtig, um Privatsphäre zu wahren, aber das Licht der Fackeln draußen im Flur schien hindurch. Die Tür hing an raffinierten Metallangeln, die bei der Fertigung darin eingeschmolzen worden waren. Ein Kunstwerk.

Eine Ablenkung.

Flora rief sich zur Ordnung. Rajeev die Ratte hatte sie ermahnt, sich auf das Ziel zu konzentrieren. »Ein Meuchelmörder findet oft den Tod, weil er an andere Dinge als das Morden denkt«, hatte er gesagt. Sie sah sich nach einem Krug mit Wasser oder Wein um. Es war einer da, der wie ein Schwan geformt war. Sie nahm ihre Glaskugel aus der geheimen Tasche und drehte an der oberen Hälfte. Der Deckel der ausgeklügelten Phiole glitt auf, und Flora trat vor den Krug. Ein schrecklicher Gedanke durchfuhr sie. *Was ist, wenn meine Schwester Lust auf etwas zu trinken hat?* Zwei verzierte Spiralgläser standen neben dem Krug, eins größer als das andere – *das Glas des Königs und das seiner Königin.* Auch sie waren Kunstwerke, und Flora stellte zu ihrer Überraschung fest, dass sie in ihrer Pracht stratanische Holzschnitzereien übertrafen. *Amora hat gesagt, dies seien Wilde.* Sie ergriff das kleinere der beiden Gläser und war beinahe zu Tränen gerührt, als ihr klar wurde, dass Amora es zweifellos schon selbst in der Hand gehalten hatte. Die Arbeit war kaum die von Wilden – seine Kristallspiralen warfen das Licht in zarten, wunderschönen Regenbogen zurück. Es war exquisit, unbezahlbar. Flora stellte es auf den Boden, legte den Zipfel einer Decke darüber und zerschmetterte es lautlos in tausend Stücke. *Daraus wird sie nicht mehr trinken!*

Sie goss drei Tropfen aus der Phiole in den mittelgroßen, gut gefüllten Krug. *Nicht mehr, nicht weniger.* Zwei würden den König vielleicht nicht töten, bevor ihm seine missliche Lage klar wurde und er dafür sorgte, dass er sich erbrach. Vier würden einen verräterischen Geschmack erzeugen, der ihn möglicherweise veranlassen würde, es auszuspucken, bevor er schluckte. Flora verschloss die Phiole wieder und steckte sie in ihre Tasche, dann schlüpfte sie auf den Balkon hinaus und über das Geländer. Sie warf einen Blick hinter sich auf die luxuriösen, glänzenden königlichen Gemächer. *Seltsam, so schrecklich kommt es mir gar nicht vor,* dachte sie. Und dann kletterte sie hinunter.

»Du bist gekommen, um was zu tun?« Amora starrte Flora verwirrt an. Sie schien nicht so glücklich darüber zu sein, sie zu sehen, wie Flora gehofft hatte.

»Um dich zu retten!«, wiederholte Flora.

»Wie bist du hierhergekommen?«

»Pferd und Eidechse. Über Schmutz.«

»Ich kann nicht glauben, dass du vor mir stehst. Ich werde meinem Mann sagen, dass du zu Besuch gekommen bist, und wir werden ein Festmahl geben.« Sie senkte verschwörerisch die Stimme, wie sie das früher getan hatte, als sie im Thronerbenturm gewesen waren. »Ich kann jetzt so viel Wein trinken, wie ich will.«

»Nein! Kein Festmahl. Wir müssen gehen.«

»Wohin gehen?«

»Wir reiten heute Nacht nach Strata. Wir müssen so weit wie möglich kommen, bevor die Temperatur fällt – die Eidechsen werden in der Kälte langsamer.«

»Eidechsen?« Amora lachte. »Unsinn. Ich werde eine Karawane arrangieren. Mein König würde mich niemals ohne eine Eskorte bei Nacht in die Wüste reiten lassen. Vielleicht wird er seinen Sohn schicken, Ulgar. Wir sind die besten Freunde, und ich habe versprochen, ihm den großen Wald zu zeigen. Er ist außerdem ein hübscher Kerl. Vielleicht könntet ihr beide, du und er …«

Flora fiel ihr ins Wort. »Der Sandkönig wird keine Einwände erheben. Das garantiere ich dir.«

Amora runzelte die Stirn. Sie schaute argwöhnisch zu Honri hinüber, der bei den großen Eidechsen stand, ungeduldig und nervös. Es war unglaublich schwierig und riskant gewesen, dieses private Treffen mit der neuen Königin zu arrangieren. Flora hatte eine codierte Nachricht in der Sprache der Evangelins übermittelt, um ihre Schwester dazu zu überreden, das Palastgelände allein zu verlassen. Amora war gekommen, aber jetzt zögerte sie.

»Ich bin dein Blut«, sagte Flora. »Vertraust du mir nicht?«

»Du bist vielleicht die aufrichtigste Person, die ich je gekannt habe, kleine Schwester. Allzu aufrichtig. Aber du weißt so wenig von der Welt. Die Ehe wird dich eines Tages vieles lehren.«

»Ja«, brummte Flora. »Ich habe eine Menge aus deinen Briefen gelernt.«

»Aus meinen Briefen? Den frühen?«

»Ja. Ich habe sie sehr genau gelesen. Ich habe von dem endlosen, brennenden Sand gelesen, der deine Haut rau wie Borke gemacht hat. Ich habe Tränen vergossen wegen der Vergewaltigungen, die du erlitten hast. Ich bin vor der Grausamkeit deines tyrannischen Gemahls zurückgeschreckt und habe den Großkater und unsere Königinmutter angefleht, dich nach Hause zu holen. Als das nicht funktioniert hat, bin ich allein aufgebrochen, um dich zu retten. Ich hatte es mit abscheulichen Menschen zu tun und bin unter großer Gefahr Piraten entkommen, um dir zu Hilfe zu eilen. Und ich bin erleichtert und überglücklich, dir sagen zu können, dass ich das Ungeheuer, an das man dich verkauft hat, aufgehalten habe. Er wird dich nie wieder misshandeln.«

Es kam alles in einem einzigen Atemzug heraus, und dann holte Flora tief Luft. *Eine gute Geschichte,* dachte sie. *Würdig, dass ein Barde ein Lied darüber schreibt!* Sie lächelte ihre Schwester an, zum ersten Mal seit Monaten wieder froh. Aber Amora erwiderte ihr Lächeln nicht.

»Flora! Was hast du getan?«

Amora blieb nichts anderes übrig, als mit ihnen zu fliehen. Sie weinte und schrie während der ersten beiden Wegstunden unsinniges Zeug, bis ihr die Stimme versagte, aber sie ging mit, zu verängstigt, um in den Palast zurückzukehren. Honri trieb die Eidechsen an, sich mit ihren ruckartigen Bewegungen in schnellem Tempo vorwärtszubewegen. Die Sandmänner würden für eine Weile beschäftigt und verwirrt sein, da ihr König an einer unbekannten Ursache gestorben und ihre Königin verschwunden war – Amora hatte ihren Dienern erzählt, sie besuche eine Freundin, als sie sich davongeschlichen hatte, um sich mit Flora zu treffen. Die Palastwachen würden all die neuen, sandigen Freunde Amoras aufspüren und sie befragen, bevor sie auf die Idee kamen, in der Wüste zu suchen.

Und ich dachte, meine todunglückliche Schwester hätte hier in dieser Einöde keine Freunde.

Es ergab keinen Sinn. Die Oase war nicht das Ödland, das Amora beschrieben hatte. Es war kein unfruchtbares Land voller Zelte oder primitiver Ziegelsteinhütten, die willkürlich über die Wüste verteilt waren, während wilde Hunde um die Kadaver unerwünschter Säuglinge kämpften. Stattdessen erhoben sich aus dem Sand kunstvolle Bauten aus abwechselnd roten und weißen Ziegelsteinen in komplizierten Mustern. Grünes Glas glitzerte an jeder Ecke in der warmen Sonne. Die befestigten Straßen der Stadt waren sauberer als die von Schmutz, und die Gärten strotzten nur so vor üppigem Blätterwerk, das von dem umgeleiteten Wasser des Federsees gespeist wurde und von Wasser, das unter dem sich ewig verlagernden Sand floss, das vom sandigen Volk mit raffinierten Seilzügen und Brunnen an die Oberfläche geleitet wurde, um kunstvolle, erfrischende Teiche zu erschaffen. *Diese Wüste ist gar nicht so elend.* Die Aussicht darauf, nach Strata heimzukehren, schien Amora nicht glücklich zu machen. Flora machte ihr

Schwesternzeichen, während sie ritten – zwei zusammengepresste Finger –, und hoffte, ihr Herz zu berühren.

»Du dummes Kind«, blaffte Amora, immer noch mürrisch, obwohl sie jetzt einen leisen, gemessenen Ton anschlug statt der schrillen, tierischen Laute und Flüche, die sie zuvor benutzt hatte. »Ich war eine Königin.«

»Aber du hast mich gebeten, dir zu helfen; du hast mich angebettelt, dich nach Hause zu holen. Du hast es hier gehasst.«

»Es hat seine Zeit gedauert, bis ich mich daran gewöhnt hatte, du kleine Idiotin.«

»Du hast ihn nicht geliebt«, sagte Flora hoffnungsvoll.

Amora schnaubte. »Das hätte ich schon noch getan. Noch ein Jahr vielleicht. Ich hatte bereits begonnen, an seinem Schwanz Gefallen zu finden.«

Honri tat so, als hörte er es nicht, aber Flora sah, dass seine Augenbrauen in die Höhe schossen. Eine Königin und eine Prinzessin, die über einen königlichen Schwanz sprachen – daran war er nicht gewöhnt. Die Titel seiner Schutzbefohlenen waren viel hochrangiger, als er erwartet hatte. Er hatte nur gewusst, dass er dem alten Mann etwas schuldig war, und um die Schuld zu tilgen, hatte er ein Mädchen in die Oase bringen müssen, damit es seine Schwester abholen konnte. Dann sollte er die beiden nach Strata bringen.

Und er ist sehr beflissen, damit erfolgreich zu sein, bemerkte Flora. *Ungeachtet unseres Ranges.*

»Wir wenden uns in diese Richtung«, sagte Honri schließlich und deutete nach Osten, auf eine funkelnde Wüstenebene eine halbe Wegstunde entfernt. Blendende Lichtstrahlen glitzerten am Horizont, als wären alle Sterne des Himmels in den Sand gestürzt.

»Warum abdrehen?«, fragte Flora. Strata lag geradeaus vor ihnen. »Der große Vorteil des Reisens in der Wüste ist der

Mangel an Hindernissen. Wir brauchen keinen Umweg zu machen.«

Honri schüttelte den Kopf. »Sie werden bald hinter uns her sein, und sie werden ihre großen Eidechsen für die Jagd entfesseln. Diese Ungeheuer sind viel schneller als unsere gewöhnlichen Fünfzehn-Fuß-Kriecher.«

»Ah! Warum habt Ihr dann die kleinere Sorte genommen?«

»Wenn sie über zwanzig Fuß lang werden, fressen sie bisweilen ihre Reiter«, antwortete Honri und zeigte beharrlich auf den glitzernden Sand. »Wir müssen uns beeilen. Wenn wir geschnappt werden, begraben sie uns lebendig bis zum Hals im Sand und lassen uns von weißen Ameisen fressen. Aber sie werden nicht erwarten, dass wir in diese Richtung reisen.«

Flora gab nach, und sie wandten sich den funkelnden Lichtern zu, die heller wurden, je näher sie kamen. »Was ist das?«, fragte sie Honri.

Amora antwortete für ihn. »Der Blitzwald.«

Die öde Landschaft veränderte sich plötzlich. Eine Armee gezackter, glänzender Formen erhob sich aus dem Sand wie leuchtend bunte Strichmännchen-Vogelscheuchen. Einige waren knöchelhoch, während andere im Zickzack gen Himmel wuchsen wie kleine Bäume. *Kristallskulpturen.* Flora fragte sich, welche Art von Männern oder Göttern hier in der Wüste Glasstatuen erschaffen hatten.

»Wir müssen hindurcheilen«, sagte Honri. »Bleibt nicht stehen, um die Kunstwerke zu bewundern. Nehmt keine der Schätze an Euch.«

»Warum nicht?«, fragte Flora. »Sie sind so schön.«

»Der Blitz«, brummte Amora unglücklich. Es fiel ihr schwer zu reden – ihre Kehle war wund, weil sie Flora so lange angeschrien hatte –, doch Flora konnte das Grauen in ihrer Stimme hören. Amoras Sandleute hatten sie vor diesem Wald kristalliner Figuren gewarnt, wie es schien, und sie fürchtete ihn. »Die Luft hier ist magisch. Sie knistert, und wenn ein Dieb irgendeines dieser Juwelen von den Wüstengöttern stiehlt, sammeln sich Blitze und verwandeln ihn in Glas. Oder sie.«

»Geschichten und Märchen«, sagte Honri. »Aber wir müssen trotzdem vorsichtig sein. In allen guten Geschichten steckt ein Körnchen Wahrheit, wie es so schön heißt.«

Amora schüttelte den Kopf. »Es sind nicht bloß Geschichten. Seht mal, da ist eine Wüstenmaus und da ein Kaninchen mit Reißzähnen, und das da war offensichtlich früher einmal ein Mann.« Sie zeigte auf eine uralte Glasformation mit ausgestreckten Gliedmaßen, die jahrhundertelang von Wind und Sand umpeitscht worden war, bis sie vollkommen glatt geschliffen war. Flora starrte sie an. Die Umrisse glichen wirklich entfernt einem Menschen, obwohl das Ding fünf Arme und drei Beine zu haben schien. Die »Maus« sah ein wenig wie ein Nagetier aus, das musste sie zugeben. Und die neuere Glasgestalt, die Amora als ein Kaninchen mit Reißzähnen identifiziert hatte, besaß tatsächlich abgewinkelte Splitter mit messerscharfen Spitzen …

Es ist ein bisschen so, wie in den Wolken Figuren zu suchen, dachte Flora.

Honri ließ sich von dem Schicksal des gläsernen Mannes und der Nagetiere nicht beirren. »Es wäre gefährlich, hier in einen Sturm zu geraten, aber das Wetter ist gut. Wir müssen reiten, bevor sich Wolken bilden können.«

Und so ritten sie weiter und leiteten ihre schuppigen Reittiere so schnell und so vorsichtig wie möglich durch den Wald aus Kristallfiguren. Bunte Lichtstrahlen, in denen Staub tanzte, schossen im Zickzack über ihren Pfad, und Flora schauderte jedes Mal, wenn ein Strahl sie traf. Trotz der funkelnden Schönheit des Waldes hatte sie das Gefühl, als schände sie einen Friedhof. Die Luft knisterte, und Strähnen ihres dunklen Haares schwebten in die Luft wie Vogelflügel, die sich zum Flug ausbreiteten. *Magie! Vielleicht hatte Amora recht.* Ihre ältere Schwester machte keinen Hehl aus ihrer eigenen Angst und sah sich bei jedem Geräusch mit großen Augen um. Selbst Honris Knöchel wurden weiß, so krampfhaft hielt er seine Zügel fest. Aber sie vermieden es, das Glas zu berühren, und so schlug der Blitz nicht ein, obwohl sie alle damit rechneten, jeden Moment versteinert zu werden.

Als sie auf der anderen Seite herauskamen, stießen die drei einmütig Seufzer der Erleichterung aus. Amora dankte im Stillen ihren neuen Göttern.

»Vielleicht sind die Geschichten ja doch wahr«, sagte Flora voller Staunen.

»Wir waren respektvoll«, fügte Amora hinzu.

»Wir hatten Glück.« Honri wischte sich den Schweiß von der Stirn. »Vor uns liegt der Federsee.«

Honri tauschte ihre Kriecher am sandigen Südufer des Sees gegen ein kleines Boot, während seine schüchternen »Töchter« ihre Gesichter hinter Tüchern verbargen.

»Ich habe wirklich Töchter, wisst Ihr«, bemerkte er mit einem schwachen Lächeln, während er sanft ihre Köpfe mit den leichten Tüchern umwickelte.

»Warum seid Ihr nicht bei ihnen zu Hause?«

»Mein Dienst auf dieser Reise befreit sie von einer Verbindlichkeit, die ich jemandem schuldig war. Es war eine alte, große Schuld. Für meine Töchter ist es das Beste, dass ich hier bei Euch bin.«

In der neu wachsenden Siedlung herrschte geschäftiges Treiben, wo die Wüste auf das Wasser traf, und ihre sandigen Bewohner waren emsig damit beschäftigt, den Teil des Sees für sich zu beanspruchen, den sie beim Handel um Amora ergattert hatten. Sie nannten ihn Sandpunkt, und sie brannten und stapelten Ziegelsteine für die Mauern ihrer neuen Häuser, schoren Schafe und gruben Kanäle, um das Seewasser in den Sand hinauszuleiten. *Unser Wasser,* dachte Flora. Die Nachricht von der Ermordung ihres Königs hatte sie offensichtlich noch nicht erreicht, und ihre Sandigen Soldaten standen da und plauderten entspannt. Honri war glücklich, schnell ein kleines Ruderboot ins Wasser zu bekommen, bevor der Sturm der Entrüstung, wie er es nannte, hereinbrechen konnte. Sobald sie auf dem See waren, ruderte er kräftig und zügig. Schon bald ließen sie die Wüste hinter sich, und die Nordseite des Sees kam in Sicht. Flora schnappte nach Luft, als sie die Bäume sah.

Strata!

Sie war so erleichtert, dass sie die Arme um Amora schlang und sie fest an sich zog. »Wir sind zu Hause, Schwester.«

»Du hast mich aus meinem Zuhause weggestohlen«, murmelte Amora, und sie erwiderte die Umarmung nicht.

Flora ließ sie los. *Sie ist immer noch verärgert.* Flora verstand das. *Zeit in der Wüste macht alles Mögliche mit dem Verstand eines Menschen.* Das wusste jeder im Großen Wald. Und das Sandige Volk hatte ihrer Schwester seine seltsamen Ansichten aufgezwungen. Es war klar, dass Amora traurig und verwirrt sein würde. *Sobald sie inmitten der Heiterkeit der Bäume zur Ruhe gekommen ist, wird sie Frieden finden.*

Kapitel 16

Verbannt

»Sobald sie entdecken, dass du das warst, werden wir Krieg haben!«

König Leo Evangelin funkelte Flora von seinem Thron aus an. Der riesige hölzerne Stuhl an der Stirnseite der Lichtungshalle war aus den knotigen Wurzeln eines einzelnen Tuftorbaums geschnitzt worden, den zur Zeit der Blätterherrscher mitten auf der Lichtung ein Blitz getroffen hatte. Flora verneigte sich davor.

»Eine Zurschaustellung von Respekt?«, knurrte der Großkater, und seine tiefe Stimme war wie ein Donnergrollen in der leeren Halle. »Doch wie viel Respekt kann da sein, da du dich über mich hinweggesetzt, dich davongeschlichen und ein Abkommen gebrochen hast, das ich mit einem König getroffen hatte? Einem König!«

»Dieser König hat deine älteste Tochter misshandelt.«

»Ich habe meine älteste Tochter vor wenigen Augenblicken gesehen. Sie hatte keinen einzigen blauen Fleck am Leib. Hat sie für dich misshandelt ausgesehen?«

Flora zögerte. Ja, ihre Schwester hatte nie gesünder ausgesehen. Sie hatte sogar fröhlich gewirkt, als Flora sie anfangs draußen vor dem Sandpalast gesehen hatte. »Nein. Aber sie hat mir Briefe voller Kummer und Schmerz geschickt.«

»Dieses Gejammer über Sand in ihren Schuhen und wie schwierig es sei, eine fremde Sprache zu erlernen? Die habe ich ebenfalls gelesen. Eine königliche Entführung wird nicht gerechtfertigt durch das Gejammer einer verwöhnten Prinzessin. Zweier verwöhnter Prinzessinnen, wie es mir scheint.«

»Er ist über sie hergefallen«, sagte Flora mit Bedacht. Sie hatte diese Trumpfkarte für sich behalten und auf den richtigen Augenblick gewartet, um sie auszuspielen. *Das wird gewiss seinen Zorn entfachen,* überlegte sie, und daher war sie schockiert, als er lachte.

»In ihrem Ehebett! Als Ehemann und Ehefrau. Götter, Mädchen, ich bin zwanzig Jahre lang über deine Mutter hergefallen, und ihre Familie ist nicht gekommen, um sie zurückzuholen! Deine Schwester ist erwachsen geworden. Die Tatsache, dass sie so erpicht darauf war, ihre jungen Beine zu spreizen, war überhaupt erst der Grund, warum sie weggeschickt wurde!« Ihr Vater kochte vor Wut, grunzte, dachte nach und grunzte dann wieder, als führe er ein Selbstgespräch. »König Ulag wird sie zurückerwarten.«

Flora wand sich; sie waren schneller gereist als die Nachricht über den Tod des Sandigen Königs. »Nein … ich denke nicht, dass er das tun wird.«

König Leonard runzelte verwirrt die Stirn.

»Wo ist Honri?«, nutzte Flora die Gelegenheit.

»Der Schmutzige Mann, der euch hergebracht hat?«

»Ja.«

»Tot.«

Flora hatte das Gefühl, als hätte ihr jemand in den Magen geboxt. »Du hast ihn getötet? Dafür, dass er Amora nach Haus gebracht hat? Ich war das. Ich habe sie hergebracht. Ich habe es getan. Er hat mir nur geholfen!«

»Beruhige dich, Zweig, der Mann hat sich selbst getötet.«

»Nein. Ich glaube dir nicht.« *Du und Mutter habt Enic von einem Baum geworfen!*

»Jetzt nennst du deinen königlichen Vater auch noch einen Lügner? Brauchst du mehr als mein Wort, nun, da du die Welt gesehen hast? Wir haben dies bei ihm gefunden.« König Leonard hielt die Phiole hoch, die Flora in ihrer geheimen Tasche durch die Wüste getragen hatte. »Er hat seinen Wachen gesagt, er habe seine Schuld beglichen, und dann hat er aus dem hier getrunken. Weißt du, was es ist?«

»Nein«, log sie.

»Unsere Alchemistin sagt, es sei ein Gift. Dafür bekannt, dass es sehr schnell wirkt. Ungeheuer schwierig zu mischen, ohne dass man es schmeckt oder riecht. Es übersteigt selbst ihre Fähigkeiten. Es ist mehr Gold wert, als dieser Mann besitzen konnte.«

»Es klingt wie die Arbeit eines Meisters.« Flora tat so, als rate sie drauflos.

»Es klingt wie die Arbeit einer *Ratte*«, unterbrach eine Frauenstimme. »Und du hast offensichtlich dafür bezahlt.«

Floras königliche Mutter stand am Vorhang hinter dem Thron, an dem verborgenen königlichen Eingang. Sie sprach in einem sachlichen Ton, wie ein Ausrufer, der bei einer Waldratssitzung die täglichen Finanzen verkündete. »Ich habe Neuigkeiten zu berichten. Obwohl ich annehme, dass es für dich keine Neuigkeiten sein werden, Tochter.«

Sie schritt so gleichmütig über das Podest, dass Flora hoffte, die Neuigkeit würde banal sein. Aber sie und ihr Vater spürten beide, dass es nicht so sein würde. Flora hielt den Atem an, und ihr Vater schlug die Beine übereinander.

»Heraus damit, Frau«, verlangte der Großkater schließlich. »Es hat heute schon so viel Drama gegeben, da musst du nicht auch noch die Spannung erhöhen.«

»Die Sandige Armee steht am Federsee. Mit der Nachricht, ihr König sei tot.«

»Götter!«, hauchte Leo.

Floras Mutter wandte sich an sie. »Sie fragen nach dir. Kannst du mir sagen, warum sie das tun?«

»Weil ich ihn getötet habe«, erwiderte Flora.

Sie hätte die Tat Honri in die Schuhe schieben können. *Er ist tot – der perfekte Sündenbock.* Aber es spielte keine Rolle. Sie war in der Oase gewesen. Sie hatte ihre Schwester geraubt. Dieser Mann war arm gewesen und hatte kein Motiv gehabt. Wie ihre Mutter gesagt hatte, sie dachten, dass Flora für das teure Gift bezahlt hatte. Es war unmöglich, ihr Verbrechen zu verheimlichen. *Denn es war kein Verbrechen: Es war eine Rettung!*

Ihr Vater stieß ein leises Stöhnen aus, und Schock und Entsetzen verzerrten sein Gesicht zu einer gequälten Grimasse – ein Löwe mit einem Dorn in der Pfote. Ihre Mutter zeigte keinerlei Gefühl; ein leichtes Zucken in ihrer Oberlippe war die einzige Veränderung in ihrem Gesicht.

»Sollen wir dich ihnen übergeben?«, fragte die Königin, ihr Ton so bar jeder Regung, dass Flora sich fragte, ob ihre Antwort sie überhaupt interessieren würde.

»Nein!«, unterbrach Leo sie. »Sie werden sie töten.«

»Und sie höchstwahrscheinlich zuerst foltern. Ziehst du es vor, dass sie einmarschieren?«

»Sie würden die Lichtung niemals erreichen! Es ist fünf Generationen her, seit das letzte Mal ein fremdländischer Soldat diese Bäume gesehen hat.«

»Nein. Sie würden die Lichtung nicht erreichen. Sie würden nur Rufs Knick, Tagstadt und Schattenteich zerstören. Die Menschenleben, die verloren gingen, würden sich lediglich auf Hunderte oder Tausende belaufen.«

»Spotte nicht.«

»Was ist die Pflicht eines Herrschers, wenn nicht die, sein Volk zu beschützen?«

»Was ist die Pflicht eines Vaters? Sie ist unsere Tochter. Diejenige, die wir für uns behalten haben!« Seine Stimme brach. »Mein süßer edler Zweig. Meine Prinzessin.«

»Anscheinend ist sie außerdem eine Ratte, wenn auch keine sehr gute. Man hat ihr Gesicht in einem Blitzglasspiegel gesehen, der es noch eine Stunde später wiedergegeben hat. Ein adeliger Mensch muss sich seinen Adel verdienen. Wie können wir von unseren Untertanen verlangen, sich wegen eines einzigen ungehorsamen, respektlosen Mädchens der wilden Bestie des Krieges zu opfern?«

»Wir streiten es ab. Der Schmutzige Mann hat es getan. Es war ein Unfall. Ich weiß es nicht!«

»Ein König, der tausend seiner Untertanen um einer Lüge willen zum Tode verurteilt. Das bist nicht du. Das sind nicht wir.«

Er schmollte, in der Falle seiner eigenen Ehrlichkeit gefangen. *Er ist ein harter Mann*, dachte Flora, *aber wenn er irgendetwas ist, dann ehrlich.* Er war berühmt dafür. Er war einmal persönlich bis ans andere Ende des Großen Waldes gereist, um einer Dorfältesten, die zu viel Steuern gezahlt hatte, eine Silbermünze zurückzugeben.

»Wir haben ihnen bereits eine Tochter gegeben, um einen Krieg zu vermeiden.«

»Die wollen sie ebenfalls zurückhaben.«

»Sie können nicht den Tod unserer beiden Töchter für ihren staubigen König verlangen!«

»Nein. Es scheint, dass Prinz Ulgar Amora gern hat, und obwohl ihm der Tod seines Vaters das Herz gebrochen hat, ist er außerdem erpicht darauf, König zu sein. Ein praktisch veranlagter Junge, wie es scheint. Zu unserem Glück. Seine Forderung besagt, dass wir ihm unsere älteste Tochter zurückschicken, damit sie *seine* Ehefrau wird, wie es ursprünglich geplant war, bevor sein Vater sie von seinem Bett gepflückt hat. Er wird sein Volk davon überzeugen, dass sie kein Verbrechen begangen hat.«

»Weil sie tatsächlich keins begangen hat.«

»Genau. Und er verspricht, sie zu behandeln wie … nun, wie eine Königin.«

»Und Flora?«

»Die wollen sie natürlich tot sehen. Ihr Gesandter sagt, dass sie niemals Ruhe geben würden, wenn sie neben der Rattenkönigin leben müssten. Wir könnten sie jedoch beschwichtigen, indem wir ihnen garantieren, dass sie Strata nicht erben wird.«

»Aber …?«

»Ich versuche, das Leben unserer Tochter zu retten, Leo.«

Er fluchte leise. »Wie?«

»Du hast einen jüngeren Bruder, und er hat Söhne …«

Flora versteifte sich. »Trunkel? Meine bettnässenden Cousins?«

Ihr Vater drehte sich zu ihr um und erinnerte sich plötzlich daran, dass sie zuhörte. »Ab in den Thronerbenturm mit dir«, befahl er. »Deine Mutter und ich müssen uns unter vier Augen besprechen.«

Ihre Mutter zog lediglich eine Braue hoch. »Warte dort, bis man dich braucht.«

Flora wandte sich zum Gehen, doch bevor sie die Tür erreichte, sprang ihr Vater von seinem Thron auf und hielt sie fest. »Ich weiß, dass du es gut gemeint hast, aber du bist so naiv.« Er zog sie in eine grimmige, frustrierte Umarmung. *Ein gutes Zeichen.* Ihre königliche Mutter schaute zu, machte aber keine Anstalten, sich zu ihnen zu gesellen. *Weniger gut.*

Das Warten war am schlimmsten. Flora schlief unruhig und träumte, sie wäre bis zum Hals begraben, während die Albino-Ameisen ihr das Fleisch von den Knochen nagten. Ihre sonnenverbrannte rote Haut war über und über bedeckt mit den wimmelnden Insekten. Sie brandeten über sie hinweg, bis sie ganz weiß war, krochen ihr in Mund und Nase, um sie von innen aufzufressen. Schon bald sickerte Blut durch die krabbelnde Masse und färbte Floras Gesicht rot. Löcher erschienen in ihren Wangen. Und dann wurden ihre Knochen bloßgelegt, so weiß wie die Ameisen. Schließlich zogen die Insekten weiter und ließen Floras glänzenden Schädel im Wüstensand liegen. Das Skelettgrinsen vermittelte den Eindruck, als hätte sie es genossen.

Sie richtete sich jäh in ihrem Bett auf, hellwach, schwitzend und allein. Spürbar allein. Die finsteren Lichtungswachen draußen vor ihrer Tür und die Dienerin, die vor Stunden hereingeschlichen war, um ihren Nachttopf zu holen, boten ihr keinen Trost. Amora war nicht gekommen. Flora wollte glauben, dass ihre Eltern ihre Schwester von ihr fernhielten. Aber sie hatte die Dienerin – ihr Name war Unis, ein hässlicher Name – bedrängt, bis sie ihr endlich verraten hatte, dass Amora sich weigere, sie zu sehen. Mahlzeiten kamen, Tage verstrichen, zweimal ging die Sonne unter, und obwohl sie sich frei im Thronerbenturm bewegen konnte, behielten die Lichtungswachen sie genau im Auge. Sie floh nicht in die Äste. *Obwohl ich es könnte.* Sie hatte auch so schon genug Ärger. Wenn ihre Eltern kurz vor einer Entscheidung standen, wollte sie nicht das Zünglein an der Waage sein, die dann in die falsche Richtung ausschlug. Aber auch ihre Eltern besuchten sie nicht. *Ein schlechtes Zeichen.* Sie dachte an all die schrecklichen Dinge, die ihre Eltern sich für sie ausdenken konnten, um einen Krieg zu verhindern. Sie könnte gebäumt werden. Man könnte sie dem Wüstenvolk ausliefern – *und den Ameisen.* Man könnte sie mit einem hässlichen alten Mann verheiraten, der über sie herfallen und sie demütigen würde. Oder sie könnte sogar an Sklavenhändler verkauft und auf einem Schiff über die Meerenge geschickt werden. Doch am Ende kam es schlimmer …

»Verbannt?«

»Du wirst Strata allein verlassen und nichts mitnehmen«, verkündete ihre Mutter, die an ihrer Tür stand.

Floras Herz sackte ihr in die Kniekehlen. Sie hatte genau eine Reise außerhalb ihres Waldkönigreichs unternommen. *Und man sehe sich an, wie das ausgegangen ist.* Sie wusste fast nichts über die Außenwelt. *Verbannt?* Das Wort ergab kaum einen Sinn für sie.

»Wir haben noch nie jemanden verbannt«, beschwerte sich Flora.

»Nein, normalerweise bäumen wir Verräter. Für dich haben wir eine Ausnahme gemacht. Aber wenn du zurückkehrst, erwartet dich der lange Sturz.« Ihre Mutter trat in den Flur hinaus, um klarzumachen, dass es Zeit war zu gehen.

Jetzt? Sie warf ihrer Mutter einen forschenden Blick zu, der die Frage für sie stellte. Die Königin nickte. Es würde keine Zeremonie geben, keine Verabschiedung, keine Hilfe. *Und kein Ziel.*

»Ich weiß nicht, wohin.«

»Dies ist es, was wir aushandeln konnten«, sagte ihre Mutter und führte sie zur Tür hinaus. »Du wirst leben. Versuche zur Abwechslung einmal, dankbar zu sein.«

Sie begannen den langen Weg die Treppe des Thronerbenturms hinunter.

»Was ist, wenn das Wüstenvolk mich findet?«

»Sie werden dich nicht finden. Unsere Waldmänner werden dich ans andere Ende des Königreichs begleiten, weit weg von der Wüste, bis zu den Letzten Bäumen. Ab da bist du auf dich gestellt. Ich werde dich nicht wiedersehen.«

»Wo ist Vater?«

»Er kommt nicht.«

»Warum nicht?«

»Du hast ihn mit deinem Verrat geschwächt. Er ist die Verkörperung von Stärke für unsere Familie und für ganz Strata, aber jetzt weint er seit Tagen im Stillen. Man stelle es sich vor – der Großkater, schwer verletzt von einem Kätzchen. Was wird sein Volk denken? Was werden seine Feinde denken? Er kann dich nicht gehen sehen. Ich werde nicht zulassen, dass du ihn gänzlich brichst.«

»Aber ich muss ihm Lebewohl sagen.«

»Er hat dir in der Lichtungshalle Lebewohl gesagt.«

»Bist du hier, um mir Lebewohl zu sagen?«

»Ich bin hier, um dich daran zu erinnern, dass du Strata oder den Namen Evangelin nicht länger vertrittst.«

»Mein Name gehört mir. Warum sollte ich ihn nicht benutzen?«

»Das Wüstenvolk hat zugestimmt, keine Jagd auf dich zu machen. Aber wenn du deine Abstammung geltend machst, werden sie dich töten.«

»Ich werde geltend machen, was ich geltend zu machen wünsche.«

Flora stapfte am Fuß des Tuftorbaums aus dem Turm. Drei Waldmänner erwarteten sie dort an der Treppe mit kurzen Reflexbogen über den Schultern. Ihre Mutter blieb an der Tür stehen und nickte dem ersten Mann zu. Er zog ein Schnitzmesser hervor. Die beiden anderen packten Flora an den Armen.

»Was …?«

Der Mann mit dem Schnitzmesser stieß eine Hand in den geschorenen Rest von Floras dunklem Haar, zog ihren Kopf nach vorn und legte seine Klinge in ihren königlichen Nacken, nicht anders, als der Pirat es getan hatte. Doch diesmal bohrte sich der kalte Stahl tief in ihre Haut, und der Waldmann machte sich daran, ihr das doppelte Mal der Evangelins aus dem Fleisch zu schneiden.

Flora wand sich und schrie, drehte sich zu einem letzten Blick auf das Gesicht ihrer Mutter noch einmal um. Sie sah Tränen über die Wangen der Königin strömen. Dann schaute einer der Männer zum Himmel und zog seine Kapuze hoch.

Nein ... es regnet.

Als es getan war, verbanden die drei massigen Waldmänner ihr den Kopf, und sie wurde weinend zu den Ställen geführt. Zumindest würde sie ein Pferd für die Reise zur Garnison bei den Letzten Bäumen bekommen. *Am Ende des Königreichs.*

Pecal Aufsitz, der Stallmeister, war bis auf die Haut durchnässt, als sie ankamen, und beeilte sich, seine Pferde hereinzuholen. Er betrachtete die Stuten und Hengste als seine Kinder, denn er war unverheiratet, und wehe dem Reiter, der eins seiner Kinder in schlechterem Zustand zurückbrachte als dem, in dem es den Stall verlassen hatte. Er hatte Flora das Reiten beigebracht, und sie dachte, dass er vielleicht Mitleid mit ihr haben würde, aber er warf ihr nur einen angewiderten Blick zu. *Er weiß, dass ich eine Verräterin bin,* durchzuckte es Flora. *Alle wissen es.*

»Ich werde das Stallmädchen für diese Aufgabe Sam holen lassen. Er ist am besten geeignet für die Entfernung, die Ihr zurücklegen werdet.« Aufsitz ging schnell weg, weil er sich unwohl mit ihrem Verrat oder ihren Tränen oder beidem fühlte.

Flora wartete, schniefte und hielt sich den Kopf. Sie hatten ihren blutigen Verband mit einer schmerzlindernden Salbe bestrichen, aber die Schnittwunde war tief und groß und die

Salbe nicht sonderlich stark. Bald kam aus den Tiefen des düsteren Stalls ein Mädchen; es war jung, ging aber gebeugt und steif von der schweren Arbeit. Für ein Stallmädchen ungewöhnlich, trug sie einen unpraktischen feinen Seidenschal, der den Regen nicht abzuhalten vermochte – der Schal klebte an ihrem nassen Kopf wie Eichhörnchenkrallen an einer Nuss. Obwohl ihre Kleider regendurchweicht waren, stank sie, noch bevor sie Flora überhaupt erreichte. Irgendwie machte die Feuchtigkeit den Geruch noch schlimmer.

Eine Scheißeschauflerin.

»Herrin Evangelin? Ich habe gehört, dass Ihr zurück seid.«

Flora erkannte die Stimme und dann die Schweinenase. »Eggie? Was tust du hier?«

»Ich bin jetzt in den Ställen, was ich Euch verdanke. Es wird meine Aufgabe sein, Euer Pferd fertig zu machen.«

Eggie wandte sich ab, um ihre Pflichten zu versehen, aber Flora sehnte sich nach einem vertrauten Gesicht. Nach irgendjemandem. *Egal wem.* Sie hielt das Gespräch in Gang.

»Ich bekomme Sam. Er ist ein gutes Pferd, oder?«

»Für längere Strecken, ja. Nicht so gut für kurze schnelle Ritte. Nachteule war schneller, aber Pecal sagt, Ihr hättet sie gestohlen, und jetzt ist sie für immer verloren.«

Das ist der Grund, warum Pecal mich hasst.

Flora folgte ihrer ehemaligen Dienerin in die Ställe und stieg vorsichtig über und um die Pferdeäpfel herum. »Eggie, ich kann nicht im Dreck leben.«

»Ich bin von den Bäumen nach unten gekommen, und ich lebe immer noch. Ihr habt geholfen, mich hierherzuschicken, erinnert Ihr Euch?«

»Aber du warst bereits eine Frau aus dem Volk.«

»Ich bin in den Türmen großgezogen worden, genau wie Ihr. Ich habe die Speisen eines Königs gegessen. Habe in einem warmen Bett geschlafen. Meinen Hintern auf gepolsterte Stühle gepflanzt. Ich musste umlernen. Jetzt müsst Ihr das ebenfalls.«

»Ich kann nicht.« Flora kämpfte darum, dass ihre Lippen nicht zitterten. »Ich bin in die Welt hinausgegangen. Habe die Lichtung verlassen. Vielleicht hast du davon gehört. Es war ein großes Abenteuer, Eggie – und eines Tages wird es vielleicht Lieder über mich geben –, aber ich könnte so nicht *leben*. Es war so überaus hart und grausam.«

»Ja, das ist es«, brummte Eggie, während sie damit beschäftigt war, Sam zu satteln.

»Für mich ist es schlimmer. Ich bin nicht wie Leute aus dem Volk.«

Eggie musterte sie von Kopf bis Fuß. »Zwei Beine, zwei Arme und ein Kopf. Den meisten Leuten aus dem Volk ziemlich ähnlich, die ich kenne.«

»Aber ich bin hübsch«, jammerte Flora. »Man wird über mich herfallen.«

Eggie warf Flora einen sonderbaren Blick zu. »Man braucht nicht hübsch zu sein.« Sie war mit Sam fertig und machte sich daran, ein zweites Pferd zu satteln.

»Soll das mein Packpferd werden?«, fragte Flora.

»Kein Packpferd für Euch. Ich soll Euch nur das eine Pferd geben.«

»Wofür ist dann dieses Pferd?«

»Für mich«, antwortete Eggie sachlich. »Ich begleite Euch.«

Flora war sich nicht sicher, ob sie richtig gehört hatte. »Du?«

»Ihr werdet Hilfe brauchen. Da Ihr hübsch seid und so ganz anders als das gewöhnliche Volk, werdet Ihr nicht wissen, wie Ihr mit uns gefährlichen Grundlingen klarkommen sollt. Ich weiß mehr, als Ihr denkt, und es gibt einige Dinge, die man Euch beibringen muss.« Eggies Grundlingsakzent war zurückgekehrt, seit sie aus dem Dienst bei ihrer hochgeborenen Herrin ausgeschieden war.

»Du wirst immer noch meine Dienerin sein? Das werden sie dir nicht erlauben.«

Eggie lachte. »Ich werde mir die allergrößte Mühe geben, so zu tun, als würde ich Euch nicht dienen.«

Ich werde nicht allein sein!, dachte Flora. Sie lehnte sich an eine Stalltür, und die nassen Tropfen, die ihr jetzt über die Wangen rannen, waren Tränen der Dankbarkeit und der Erleichterung.

Sam trottete in seinem langsamen, kraftsparenden Tempo die Waldstraße entlang, selbst als Flora ihm in seine fleischigen Flanken trat. Während sie ritt, drosch der Regen auf sie ein, die Tropfen so groß, dass es sich anfühlte, als würden die Grundlinge sie mit verfaultem Gemüse bewerfen.

Ein zorniger Abschiedsgruß meines geliebten Waldes.

Sie schliefen in Klammholz, Grauplers Sumpf und Büscheldorf. In Büscheldorf lösten drei neue Waldmänner diejenigen ab, die ihr das Mal herausgeschnitten hatten, und ihre Aufgabe bestand darin, dafür zu sorgen, dass Flora nicht zwischen Büscheldorf und der Grenze in den Wald floh. Es waren Grenzsoldaten – *härter als die Lichtungswachen* – und viel weniger würdevoll. Sie würden sie den Rest des Weges bis zur Garnison begleiten und »ihren liebreizenden kleinen Arsch aus Strata hinauswerfen«, wie Flora es den Gröbsten unter ihnen hatte ausdrücken hören.

»Was für eine Schande«, fügte der Mann schnell hinzu. Sein Name war Schrot, und er fragte sich außerdem laut, wie eine Prinzessin wohl »schmecken« würde. Flora wusste nicht genau, was er meinte, bis Eggie es ihr erklärte.

»Es bedeutet, in Eurer Ackerfurche herumzuwühlen wie ein Schwein in seinem Trog«, sagte die Dienerin, und Flora wand sich entsetzt vor Scham.

Die Männer standen während der Nächte abwechselnd vor ihrer Tür Wache, während sie schlaflos dalag und lauschte, wie Eggie durch ihre Schweinenase schnarchte. Die Soldaten schienen die hässliche Eggie zu mögen, obwohl sie gar nicht hätte mitkommen sollen – aber die Scheiße schaufelnde Dienerin besaß eine Bratpfanne, und sie kochte ihnen herzhafte Mahlzeiten. Es war eine Grundlingspfanne von ihrer Urgroßmutter – aus Eisen und schwer, mit hohen Rändern, beinahe ein Topf. Ihre Familie hatte das klobige Ding behalten, selbst als sie in die Baumkronen aufgestiegen waren, um der königlichen Familie zu dienen. Als Erinnerung daran, wo sie hergekommen waren. *Ich schätze, das Ding ist jetzt wieder dort, wo es hingehört,* ging es Flora durch den Kopf. Die Zutaten zu Eggies Mahlzeiten waren nicht üppig – klein geschnittenes Kaninchenfleisch, scharfe Wurzeln, Pilze, Salz und dergleichen –, aber Eggie war schlau und kochte sie auf verschiedene Arten, die die Zunge kitzelten und den Magen zufriedenstellten. An einem Tag waren sie zu einem Eintopf gemischt, am nächsten in Tierfett gebraten – wenn sie welches bekommen konnten –, und an wieder einem anderen Tag wurden die Zutaten vielleicht einfach aufgespießt und in Salz gewälzt, um sie über einer offenen Flamme zu rösten. Die Waldmänner kamen hungrig zu Eggie und gingen zufrieden davon. Kein einziges Mal beklagten sie sich, zumindest nicht über sie. Ihr Murren bezog sich fast immer auf »diese beschissene Aufgabe« oder auf Flora selbst. Es fühlte sich seltsam an, weil stratanische Waldmänner sich immer geehrt gefühlt hatten, wenn sie sie hatten begleiten dürfen, als sie noch eine Prinzessin gewesen war. Damals waren sie ganz Lächeln und Höflichkeit gewesen. *Es ergibt keinen Sinn, dass sie Eggie bevorzugen,* überlegte sie. *Ich bin gewiss hübscher.*

»Du hast sie für dich gewonnen«, bemerkte Flora am dritten Abend zu Eggie. »Wie?«

»Einfache Männer lassen sich durch ihre primitiven Gelüste beherrschen. Gib ihnen zu essen, kämpfe mit ihnen oder fick mit ihnen, dann sind sie glücklich. Sucht Euch aus, was Ihr davon am liebsten tut. Es spielt kaum eine Rolle, was es ist. Sie sind so schlicht. Das ist das Erste, was ich Euch beibringen muss.«

Flora zog eine Augenbraue hoch. Die Sprache war ihrer Dienerin von den Türmen in den Dreck gefolgt. *Ihr Mund schaufelt jetzt ebenfalls Scheiße.* Flora fragte sich, ob Eggie in den Türmen nur in ihrer Anwesenheit höflich gewesen war, aber ungehobelt, sobald sie sich außer Hörweite befand. Amora hatte immer den Verdacht gehegt, dass die Dienerinnen schlecht über sie sprachen, wenn sie allein in der Küche oder in den Waschhütten zusammenkamen. *Haben sie uns im Stillen alle verflucht?*

»Letzte Bäume!«, rief ihnen der Soldat an der Spitze zu – ein stoischer Mann namens Wippler, ganz Pflicht und keinerlei Charme.

»Letzte Chance, einen echten Waldmann zu bekommen, bevor Ihr geht, Prinzessin«, schlug Schrot über seine Schulter gewandt vor und wackelte mit den Augenbrauen.

Flora wandte den Blick ab.

Tagelanger heftiger Regen verebbte zu einem Nieseln, als sie sich der stratanischen Grenze näherten, und die vertraute Reihe hoher, schmaler Pappeln erhob sich am grauen Horizont wie ferne Latten in einem großen Zaun. *Sie sind ein Zaun.* Flora ritt näher an die Waldmänner heran, damit sie ihre Gespräche belauschen konnte. Wippler prahlte mit seinem

Wissen vor dem jungen Setzling unter ihnen – einem Soldaten namens Lusch, der weder jemals auf der Lichtung noch an der Grenze gewesen war.

»Genau hier haben wir sie aufgehalten, Junge«, berichtete Wippler und zeigte auf die Pappeln. »Das Schmutzige Volk hat jahrhundertelang unseren Wald abgeholzt. Sie haben das ganze Freie Feld zerstört, und sie hätten immer mehr abgeholzt, aber unser großer König Draymond hat sich ihnen entgegengestellt. Er hat jeden Waldmann in Strata in diese Garnison befohlen. Zuerst haben wir ihre Axtleute vertrieben – Abstecher und Stechklingen haben noch jede Axt besiegt. Innerhalb eines Mondes kam ihre Armee und errichtete in der Nähe der Bäume ihr Lager. Sie hatten Haumesser – schwere Eisenklingen – und doppelt so viele Männer, um sie zu schwingen. Aber sie haben zu nah beim Wald geschlafen. Wir sind aus den Bäumen gesprungen und haben sie abgestochen. Als sie uns gejagt haben, zogen wir uns in den Wald zurück. Die Schmutzsoldaten, die uns folgten, wurden im Unterholz niedergemetzelt – unfähige Kämpfer in dem Gewirr mit ihren übergroßen Klingen. Sie haben sich aufs Freie Feld zurückgezogen und erneut ihr Lager aufgeschlagen. Aber sobald sie in ihrer Wachsamkeit nachließen, waren wir wieder bei ihnen. Wir haben ihnen ein Geschenk aus Pfeilen gemacht, so dicht wie ein Frühlingsguss. Aus den erkaltenden Leichen ragten so viele Schäfte, dass wir sie Stachelkatzen genannt haben! Als sie zurückschossen, haben die Blätter und Äste den größten Teil ihrer Pfeile abgefangen. Ihnen gingen schnell die Schäfte aus, weil wir den Wald hielten, und sie hatten nicht die Stöcke, um neue Pfeile zu machen.«

»Warum haben sie nicht versucht, uns zu verbrennen?«, fragte Lusch.

Flora kannte die Antwort und begann unwillkürlich zu sprechen. Sie war während der Unterrichtsstunden immer die Eifrigste gewesen und hatte sich freiwillig gemeldet, bevor andere die Hand heben konnten; sie konnte einfach nicht anders. Amora hatte es gehasst. »Sie haben durchaus versucht, uns zu verbrennen«, sagte Flora. »Aber Draymond hatte die Regenzeit ausgesucht, um den Feldzug zu beginnen. Der Regen hat ihre Pläne zunichtegemacht. Während dieser Monate sind auch die Sümpfe heimtückisch. Schmutzens großer Herzog Stahl und seine stählernen Soldaten waren in Strata am weitesten vorgedrungen, aber sie haben ein Kontingent unserer Kletterer durch Grauplers Sumpf verfolgt. Wir haben uns in die Bäume aufgemacht, und sie sind im Moor erstickt.«

Als Flora zum Ende kam, lachte Schrot beeindruckt. »O-ho! Hübsch *und* klug. Das gefällt mir. Natürlich stört es mich auch nicht, wenn sie hässlich und dumm sind. Unnötig, jemanden zu bevorzugen.«

»Es ist unwahrscheinlich, dass eine Prinzessin sich darum schert, was dir gefällt oder was dich stört«, warf Eggie ein.

»He, sie ist keine hochnäsige Prinzessin mehr. Ihre eigene Mutter hat ihr den Adel mitten aus dem Kopf geschnitten. Jetzt ist sie ein vernünftiger Grundling, wie wir.« Schrot lenkte sein Pferd in Floras Richtung. »Keine Sorge, so schlimm ist es gar nicht. Grundlingsmänner sind angeblich charmant, gut aussehend, mutig und tragen Baumstämme zwischen den Beinen.«

»Und das ist und bleibt ein Gerücht, mehr nicht«, schnaubte Eggie. »Glaubt mir.«

»Hört nicht auf sie, einstmalige Prinzessin«, sagte Schrot und zog seine Kniehose hoch. »Ich kann beweisen …«

Eggie hielt einen Sack hoch. »Seht mal, ich habe frisch geerntete Süßkarotten für unsere Mahlzeit in der Garnison.«

Schrot wirbelte herum. »Karotten …?«

In der Garnison ergriff Wippler Sams Zügel und bedeutete Flora abzusteigen.

Flora warf ihm einen flehenden Blick zu. »Werdet Ihr mir kein Pferd geben?«

Aber die Augen des Anführers der Waldmänner waren kalt. »Dieses Pferd dient den Getreuen und den Angehörigen der königlichen Familie«, stellte er fest. »Du bist keins von beidem.«

Schrot verdrehte die Augen und machte hinter dem Rücken seines Vorgesetzten mit einem gekrümmten Zeigefinger das Arschloch-Zeichen. *Dieser Mann ist ebenso respektlos, wie er grob ist,* dachte Flora. Aber zumindest war er um ihretwillen respektlos.

Schrot saß mit einer schwungvollen Bewegung ab und landete neben ihr. »Keine Sorge«, flüsterte er. »Ich bin mehr als bereit, dich suchen zu kommen und dich auf meinem Pferd mitzunehmen, jetzt, da du nicht mehr zu gut für mich bist.«

Er lächelte, aber sein Angebot tröstete sie nur wenig.

Eggie beugte sich dicht zu Floras Ohr vor. »Ich habe ebenfalls ein Pferd. Geht bis zum Einbruch der Dunkelheit geradeaus nach Westen, bleibt abseits der Straße und schlagt Euer Lager in den höchsten Gräsern auf. Ruft am Morgen wie eine Rotdrossel, zählt bis fünfzig und wiederholt den Ruf dann, bis ich Euch gefunden habe.«

»Geh los, *Mädchen*«, rief Wippler ihr vom Waldtor aus zu. »Du willst noch so viel Tageslicht bekommen, wie du kriegen kannst, bevor du dich verstecken musst.«

Verstecken vor Banditen, meint er.

Es war ein Ratschlag, aber in Wipplers Stimme lag mehr Hohn als Sorge. Und der Titel *Mädchen* war eine nicht allzu sehr verschleierte Beleidigung, wenn er sie einer ehemaligen Edelfrau entgegenschleuderte. Wenn sie es recht bedachte, war es nicht einmal ein Titel. Er schickte sie als eine Frau aus dem niederen Volk davon. *Weil ich seinen König verraten habe.* Jetzt tat er seine Pflicht und lieferte eine gestrauchelte Dame einer Welt voller Banditen und Piraten aus. *Zumindest habe ich eine einzige treue Dienerin, die mir hilft.*

»Ich gehe«, antwortete sie Wippler höflich. »Danke für Eure Begleitung. Ich werde mich gewiss an Eure Höflichkeit erinnern, sollte ich jemals zurückkehren.«

Flora straffte sich, wie ihre königliche Mutter es sie gelehrt hatte – *als sie mich noch liebte* –, schlang den Pelzmantel enger um sich, den ihr Vater ihr ein Jahr zuvor geschenkt hatte, und schritt dann zwischen den Letzten Bäumen hindurch aus Strata hinaus, aus ihrem Königreich hinaus, *aus allem hinaus.*

Das Gras wurde zusehends höher, erst knöchelhoch, dann bis zum Knie und von dort bis zur Taille, wie tiefer werdendes Wasser, und schließlich konnte Flora nicht mehr darüber hinwegsehen, es sei denn, sie nahm die Straße, was sie nicht wagte. Die dicken Halme standen nicht eng beieinander, und sie konnte zwischen ihnen hindurchschlüpfen, aber an einigen Stellen war das Gras doppelt so hoch wie sie selbst, und sie musste in die Sonne hochstarren, um nicht die Richtung zu verlieren. Es war nicht wie im Wald, wo es Orientierungspunkte, Hänge und Bäche gab, die ihr Hinweise auf ihren Standort lieferten – hügelaufwärts, hügelabwärts, das Gurgeln des Grünen Flusses oder des Eisigen Sturzbaches. Das Gras und der Boden des Freien Feldes gaben ihr keinerlei Hinweise. Sie wünschte, sie hätte Anjalis Karten gehabt. *Es muss doch ein Dorf in der Nähe geben, nicht wahr?* Aber Anjali und sie hatten hier nichts gesehen. *Zwischen dem Großen Wald und Schmutz liegen Banditenlager.* Sie fragte sich, was die mit einer verirrten stratanischen Prinzessin machen würden, und all die Geschichten über Gefahren und Abenteuer, die sie als Kind so geliebt hatte, trösteten sie nicht.

Flora bereitete sich darauf vor, abseits der Straße auf dem dreckigen Boden zu schlafen. *Es gibt sonst nichts, wo ich mir ein Bett machen könnte.* Sie breitete heruntergedrückte Gräser über der dunklen Erde aus und schlüpfte dann unter ihren Pelzmantel. Der Regen war ihr nicht aus Strata gefolgt, den Göttern sei Dank – das Nieseln hatte sich genau an der Grenze gelegt, als gehöre es zum Wald –, aber sie zitterte trotzdem in ihren feuchten Kleidern, und ihre Achselhöhlen und ihre vor Kälte steifen Brustwarzen waren nach dem langen Fußmarsch durchs Gras von ihrem nassen Wollhemd wund gerieben. Sie schätzte, dass sie ungefähr zwei Wegstunden zurückgelegt hatte. *Nicht genug.* Schmutz würde ihr Ziel sein. Es war die einzige Wahl, die sie hatte. Diesmal würde sie die Stadt durch den wohlhabenden Gewänderbezirk betreten. *Das klingt zivilisiert.* Zufrieden damit, zumindest eine Entscheidung getroffen zu haben, schob sie sich zwischen die Gräser und versuchte, wenigstens ein bisschen zu schlafen. Sie war in die Richtung gewandert, die Eggie ihr geraten hatte. *Wenn sie morgen mit dem Pferd ankommt, können wir beide darauf reiten und so eine größere Strecke zurücklegen.* Diese Hoffnung war es, die sie vom Schluchzen abhielt.

Als sie bei Sonnenaufgang erwachte, krochen ihr kleine schwarze Ameisen übers Gesicht. Flora sprang auf, schüttelte sich und schlug nach ihnen wie eine schlechte Schleiertänzerin. *Wenigstens sind sie nicht weiß, und dies ist nicht die Wüste,* dachte sie. Sobald nichts mehr auf ihrer Haut krabbelte, machte sie Rotdrosselrufe und wurde sofort mit einem Antwortruf belohnt.

Eggie!

Wie sich herausstellte, war ihre Dienerin weiter entfernt, als sie gedacht hatte – Schall trug über lange Strecken auf dem

Freien Feld. Aber ihr wurde leichter ums Herz, als sie sich durch das Gras kämpfte, in die Richtung, aus der das schrille Zirpen und die zitternden Pfiffe kamen – *drei und eins, zwei und eins, dann eins und eins und das Ganze von vorn.*

Als sie endlich durch die Halme auf eine winzige freie Fläche spähte, schürte Eggie dort gerade ein kleines Feuer in einem Ring aus Erde. Sie hatte Steine übereinandergestapelt, um die Flammen zu zähmen, und ein kleines Luftloch zwischen ihnen eingebaut, damit das Feuer gespeist wurde. Ihre Pfanne stand oben auf dem kleinen Hügel, heiß und leer in Erwartung einer Morgenmahlzeit.

Flora stieß einen tiefen Seufzer der Erleichterung aus. »Ah, du hast gewusst, dass ich Hunger haben würde. Wird es Karotten geben?«

»Wegen der Karotten habe ich gelogen, um Euch den idiotischen Schrot vom Hals zu schaffen«, antwortete Eggie.

»Du hast ihn mit einer Lüge abgelenkt?«

»War nicht schwer, so ein dummes Tier zu täuschen, oder?«

Flora lachte. »Nein.«

»Die Menschen glauben eine Lüge, wenn sie es nur dringend genug wollen. Das ist das Zweite, was ich Euch beigebracht habe, hm?«

»Ja.«

»Ihr seid eine eifrige Schülerin. Ich kann es gar nicht erwarten, Euch Eure dritte Lektion zu erteilen.«

Eggie beugte sich vor, um den Flammen in dem Steinhügel Luft zuzufächeln. Der Hügel konzentrierte die Hitze auf ganz wunderbare Weise, aber zu Eggies Pfanne gab es einen Holzgriff, den sie einhaken konnte, und wenn sie ihn mit einem hölzernen Stäbchen feststeckte, konnte sie die heiße Pfanne auch ohne einen Ofenhandschuh hochheben.

»Was für eine schlaue Vorrichtung«, bemerkte Flora.

»Ja. Ich kann sie anheben, ohne mich zu verbrennen.« Sie nahm die Pfanne von den Flammen und trat auf Flora zu. Die runde Eisenpfanne war so heiß, dass der Boden in einem schwachen Rot glühte.

»Wann wirst du etwas zu essen hineintun?«

»Wenn ich mit dem Unterrichten fertig bin.«

»Oh? Was wirst du mir jetzt beibringen?«

Eggies Familienpfanne malte einen roten Bogen durch den fahlen Morgen, wie ein fallender Stern. Flora beobachtete fasziniert, wie die Pfanne in Schulterhöhe ihrer Dienerin ihre Bahn antrat, nach außen schwang, dann auf sie zu kreiste und immer größer und leuchtender wurde, bis sie für einen Moment den Himmel verdeckte. Sie traf Flora mit dem tiefen, hohlen Klang von Eisen auf Fleisch direkt unterhalb des linken Auges. Flora taumelte unter dem Aufprall. Sie schwankte hin und her und machte einen zittrigen Schritt nach hinten, bevor ihre Welt sich drehte und sie nach vorn ins hohe Gras kippte. Beim Fallen erhaschte sie einen Blick auf ihre Dienerin, die den Holzgriff mit einem eigenartigen Ausdruck auf dem Gesicht festhielt.

Ungeschicktes Mädchen, dachte Flora. *Sie hat mich versehentlich mit ihrer Pfanne getroffen.*

Eggie kam hinter ihr her. Benommen glaubte Flora, dass sie sich entschuldigen oder ihr aufhelfen wollte, daher war Flora überrascht, als Eggie sie abermals schlug. Diesmal hörte sie Knochen knirschen.

Das ist kein Unfall!, begriff Flora entsetzt, als Eggie ihr das sengend heiße Eisen auf die Wange presste. Der beißende Geruch ihres eigenen verbrannten Fleisches stieg Flora in die Nase, und sie erbrach einen Schwall Galle durch die schnell anschwellenden Lippen unter ihrer zerschmetterten Nase. Dann begann sie zu schreien.

Eggie trat zurück und stand keuchend über ihr. »Ach, halt die Klappe. Du wolltest nicht hübsch sein und vergewaltigt werden. Wirst du jetzt auch nicht.«

Flora duckte sich und verstummte, wimmerte und fürchtete sich vor einem weiteren Schlag. Sie konnte nicht einmal mit leiser Stimme Worte bilden – der Schmerz war zu groß. Alles um sie herum drehte sich, und sie konnte nur in stummer Verwirrung die Hände hochwerfen.

Warum?

Eggie nickte und verstand, dass ihre ehemalige Prinzessin eine Erklärung wollte. »Ich habe dir gesagt, dass ich Dinge weiß. Ich habe Enic gekannt, und deine Hündin von einer Schwester hat dafür gesorgt, dass man ihn gebäumt hat. Ich wusste, dass er ein guter Kerl war, abgesehen davon, dass er seine Hose nicht anbehalten konnte. Ich wusste, wie es war, ›hässlich‹ genannt zu werden. Jetzt wirst du das für den Rest deines Lebens ebenfalls wissen. Ich habe dir gesagt, dass man dich einige Sachen lehren müsste.« Die Dienerin hielt inne, um Floras zerschmettertes und versengtes Gesicht zu betrachten, und sie nickte. »Ja, das wird dich etwas lehren.«

Kapitel 17

Unwillkommene Hilfe

Flora kam stöhnend wieder zu sich. Sie hatte so starke Schmerzen, dass sie sie nicht einordnen konnte – grelle Schmerzen. Tatsächlich blieb es vor ihrem linken Auge dunkel, obwohl die Sonne hoch am Himmel stand. Sie schaute durch ihr gesundes rechtes Auge. Eine Reihe schwarzer Punkte marschierte an der Vorderseite ihrer Tunika hoch. *Noch mehr Ameisen!* Sie spürte, wie sie ihr über Hals und Kinn krochen. Instinktiv hob sie eine zitternde Hand, um sie wegzuwischen, aber als sie ihre Wange berührte, war es, als würde ihr Fleisch aufschreien.

Mein Gesicht!

Der Schmerz wurde plötzlich scharf und klar – die linke Seite ihres Kopfes: Ohr, Wange, Nase, Lippen. Es tat weh, den Mund zu bewegen. Es tat weh zu atmen. Es tat weh zu hören. Selbst die leichte Brise brannte ihr auf der Haut. Flora wand sich vor Qualen, aber sie konnte es nicht ertragen, ihre Wunden zu berühren. Sie erinnerte sich an das Brennen, das Zischeln von Eggies heißer Pfanne auf ihrer Haut. *Der Geruch.* Ihr Magen krampfte sich zusammen, aber sie hatte nichts, was sie erbrechen konnte. Eggies Schläge hatten wehgetan, aber nur für einige Momente, bevor Flora ohnmächtig geworden war. Jetzt schmerzten die Wunden so schrecklich, dass sie wünschte, sie könnte in die Bewusstlosigkeit zurückkehren. *Und sollen die*

Ameisen mich doch fressen. Das würde das Ganze barmherzigerweise beenden. Aber ihre gepeinigten Sinne waren zurückgekehrt – sie war hellwach. Und die Ameisen waren kleine schwarze Graslandameisen, keine weißen Wüstenameisen. Obwohl sie sich an dem gebratenen Fleisch ihres Gesichts gütlich tun würden, konnten sie sie nicht im Ganzen verschlingen und ihrem Leiden ein Ende bereiten.

Flora krümmte sich eine Zeit lang wie ein Kind, dann lag sie still da. *Mich zu krümmen hilft nicht.* Der tiefe Stand der Sonne verriet ihr, dass Zeit verstrichen war. Eggie und ihr Pferd waren verschwunden. Flora war allein. *Bis auf die Ameisen.* Sie schob mit einer schwachen Handbewegung so viele wie möglich von ihrem Hals und ihrer Brust, konnte sie aber nicht aus dem nässenden, offenen Fleisch ihres mit Brandblasen bedeckten Gesichts pflücken oder aus ihrem verfilzten Haar kämmen. Sie konnte sich kaum bewegen.

Aber ich muss mich bewegen.

Flora kam der Gedanke, dass sie sterben würde, wenn sie dort liegen blieb, wo sie hingefallen war, was ihr eigentlich zusagte, bloß dass sie es langsam und voller Schmerzen tun würde, während die Ameisen an ihr nagten. Sie schleppte sich voran.

Die Offene Straße war kaum mehr als eine Schneise durchs Gras, die gelegentlich vorbeiziehende Pferde niedergetrampelt und Fuhrwerke platt gedrückt hatten. Nachdem sie eine Weile unter Qualen weitergekrochen war, schleppte sich Flora aus dem Gras hinaus in die Wagenfurchen und blieb dort erschöpft auf der Seite liegen. Sie konnte nicht weiter. *Aber es könnte jemand kommen.* Eine Handelskarawane vielleicht oder umherziehende Barden. *Oder Banditen oder Geier.* Sie würde leben oder in Kürze sterben, je nachdem, wer zufällig vorbeikam. *Falls überhaupt jemand vorbeikommt.* Die Tatsache, dass sie keinen

Einfluss mehr auf die Entscheidung hatte, war in gewisser Weise eine Erleichterung. Es gab nichts mehr, was sie tun konnte. *Nichts mehr, was ich zu verlieren habe.* Und als schließlich tatsächlich ein Pferd kam, war sie so schwach, dass sie nicht einmal den Kopf drehen konnte, um zu sehen, wer es war.

Doch der Mann sah sie und blieb nur wenige Schritte entfernt stehen. Sein feines Ross trat ihr Dreck in das verbrannte Gesicht. Sie beobachtete, wie die Lederstiefel des Mannes auf dem Boden aufkamen. *Soldatenstiefel.* Und nach ihrer Machart zu schließen war er Strataner.

»Götter! Es ist die kleine Nicht-Prinzessin.«

Sie erkannte die Stimme. *Schrot!* Und da begriff sie, dass sie doch noch etwas zu verlieren hatte.

Der Waldmann hockte sich hin, um sie anzustarren. »Ich habe dich kaum wiedererkannt! Was für ein schauerliches Wrack du bist. Haben Banditen dir das angetan?« Er stand auf und ließ den Blick über das Freie Feld wandern. »Es ist niemand in der Nähe, wie?«

Flora konnte nur ein gedämpftes Flehen hervorbringen. »Hils … nir, nitte.« Ihre zerstörten Lippen funktionierten nicht richtig, und sie fragte sich, ob er sie verstand.

Schrot zögerte und überlegte entweder, was sie gesagt hatte, oder dachte über das Für und Wider nach.

»Blöder Scheiß. Ich hatte gehofft, dich bei guter Gesundheit vorzufinden«, brummte er und kniete sich hinter sie. »Zumindest bist du nicht tot. Ein Mann kann um den Himmel bitten, aber wenn die Götter ihm stattdessen den Boden geben, sollte er dankbar für den Dreck sein.« Schrot drehte sie auf den Bauch und schlang ihr seine dicken Arme um die Brust.

»Narte! Nich!«

Sie spürte, dass sie hochgehoben wurde. *Er ist stark.* Sie wurde mühelos vom Boden aufgelesen, und er hielt sie wie ein Kind.

»Entschuldigung, meine Liebe. Das könnte unbequem für dich werden. Hinknien!«

Schrots Pferd gehorchte seinem Befehl, kniete sich hin und schlug die kräftigen Vorderbeine unter seine schlanke Brust – es war eine in der Garnison trainierte Stute, das Pferd eines Meisterreiters, das Beste, das Strata zu bieten hatte. Schrot hievte Flora hoch und legte sie mit dem Gesicht nach unten über die Flanke des Tieres. *Er wird meine Furche pflügen, während ich über seinem Pferd hänge?* Der Mann war ein primitiver Grundling, dachte sie; er würde sie vielleicht sogar töten, wenn er fertig war. Sie schloss ihr gesundes Auge, fügte sich in ihr Schicksal und fragte sich, wie ihr Vater einen solch brutalen Mann auswählen konnte, um seiner Familie zu dienen. *Weil er ein Grenzbewohner ist,* erinnerte sie sich, *kein ehrenwerter Lichtungswächter.*

»Hoch!«, befahl Schrot. Das Pferd stand auf und nahm Flora mit sich.

Das Tier verharrte vollkommen reglos mit Flora über seinem Rücken; ihr Hintern hing auf einer Seite herunter, ihr Kopf und ihre Schultern hingen auf der anderen. Schrot ging um das Pferd herum, um sie zu betrachten, dann öffnete er einen Wasserschlauch und kippte den Inhalt auf ein Stück Stoff, das er von seinem eigenen Hemd abgerissen hatte. Der nasse Lappen war kühl, als er ihn auf ihr von Blasen übersätes Gesicht drückte, die erste Erleichterung, die sie verspürte, seit Eggie sie geschlagen und verbrannt hatte. Als er den Lappen entfernte, hielt er das Gesicht nah an ihres und machte sich daran, mit überraschend geschickten Fingern Ameisen und Dreck von ihren nässenden Wunden zu pflücken.

»Kleine Mistkerle. Einige von ihnen haben sich unter deine Haut gebissen. Ich werde sie mit meinem Schnitzmesser herauskitzeln müssen. Beiß dir auf die Lippen.«

»Äh … kann nich.« Ihre Lippen waren stark geschwollen. Es wäre pure Qual gewesen, darauf zu beißen.

Schrot betrachtete ihren Mund. »Hm. Ja. Ich verstehe.« Er zog ein paar purpurne Blätter aus einem Beutel und schob sie ihr zwischen die aufgedunsenen Lippen. »Kau darauf, wenn du kannst. Das wird das Innere deines Mundes ein wenig betäuben. Schluck sie nicht herunter; dir würde davon schlecht werden. Wir können es auch außen auf deine Wangen schmieren, um den Schmerz dort zu lindern, sobald sie zu Brei zerkaut sind. Ich trage immer etwas davon bei mir, falls mich jemand schneidet. Schrei nicht, wenn ich dich mit dem Messer pikse. Geräusche breiten sich hier draußen auf dem Freien Feld schnell aus, und wer weiß, was in diesem götterverdammten Meer aus Gras noch so herumschwimmt.«

Und dann grub Schrot mit der Spitze seines scharfen Schnitzmessers Ameisen aus ihrem Gesicht. Sie kaute auf den Blättern, und als das nicht genügte, um den Schmerz zu betäuben, ließ Schrot sie auf eine geschnitzte Großkatze beißen, die er an einer Schnur um den Hals trug.

»Das ist etwas, das mein waldiger Bruder für mich geschnitzt hat, als ich zehn wurde«, erklärte Schrot, während er mit seiner Klinge in ihrer Haut herumstocherte. »Das Ding hatte mal scharfe Zähne, aber die sind sämtlich abgebrochen – alle weg, wie mein Bruder.« Schrot schwieg für einen Moment. »Die Sandigen Bastarde haben ihn vor zwei Jahren in den Wasserkriegen am Federsee umgebracht. Pfeil in den Hals aus einer Entfernung von mehr als zwanzig Schritten. Sie haben ihm nicht mal einen ordentlichen Kampf geliefert.«

Es wäre höflich gewesen zu antworten, aber Flora konnte nur ächzen.

Er arbeitete weiter, zwickte mit seinen überraschend gut gepflegten Fingernägeln Ameisenköpfe ab und warf sie beiseite.

»Es verblüfft mich immer noch, wie ein mageres Mädchen wie du den Staubigen König hat töten können. Ein bemerkenswertes Stück Arbeit. Wir hatten eine ganze Armee, die in unserem letzten Krieg nicht an ihn herankam. Aber es heißt, du seist einfach da aufgetaucht und hättest ihn gefällt. Unser eigener Herrscher, dein Vater, hatte einen Waffenstillstand mit denen geschlossen, daher sollen wir Waldmänner es nicht gut finden, dass du seinem Sandigen Arsch ein Ende bereitet hast.« Er grinste. »Aber ich finde es gut.«

Schrot beendete die Arbeit an ihrem verwüsteten Gesicht und fuhr dann noch einmal sachte mit dem feuchten Tuch darüber. Anschließend drückte er ihr das Tuch in die Hand. »Tupf die Brandwunden ab, wenn du musst, aber halt den Lappen nicht zu lange drauf, sonst klebt er fest, und ich würde ihn nur sehr ungern abschälen müssen.«

Anschließend gab Schrot Flora Wasser und ließ sie kurz ausruhen, dann brachen sie auf. Der Waldmann saß vorn und Flora hinter ihm. Sie war noch immer schwach, und sie schlang die Arme um seine dicke Taille, um sich festzuhalten. Er inspizierte die lange, gerade Straße vor ihnen und das endlose Gras zu beiden Seiten, während er mit verhaltener Stimme weiterplapperte, wie er das schon mit ebenso grober Ausdrucksweise auf der Waldstraße getan hatte, nur leiser jetzt. Und nun klang es auch gar nicht mehr so schlimm. Bald fand Flora sogar die Kraft zu antworten.

»Sind wir sicher auf der Straße?«

»Ah, sie spricht! Ja. Wir sind für den Moment sicher, wenn wir langsam reiten und uns genau umschauen. Frag mich in zwanzig Schritten noch mal.«

»Woher weißt du das? Ich kann in dem hohen Gras überhaupt nichts sehen. Es könnten einen Steinwurf entfernt zehn Banditen sitzen.«

»Du musst den Rhythmus des Grases im Wind erkennen. Sobald du ein Gefühl für die Bewegungen der Gräser bekommst, kannst du aufgrund der Störungen im Muster der Spitzen erkennen, ob sich unten etwas bewegt. Ein Mann aus dem Freien Feld hat mich das gelehrt. Er konnte auf hundert Schritte erkennen, ob ein Grundlingseichhörnchen an einem Grashalm lehnte. So gut wie er bin ich nicht, aber ich habe einige Zeit in der Garnison damit verbracht, aufs Freie Feld hinauszustarren. Ich erwarte, dass mir etwas so Großes wie eine Katze oder ein Mann hier draußen auffallen würde.«

Flora wog ihre nächsten Worte sorgfältig ab. »Warum bist *du* hier draußen?«

Schrot zuckte die Achseln. »Ich hatte dir gesagt, ich würde dich finden, wenn du keine Prinzessin mehr bist.«

»Dann bist du gekommen, um über mich herzufallen?«

Er schnaubte, als wäre das witzig, obwohl es das nicht war. »He, mein Charme wäre jetzt an dich vergeudet, edle Dame.«

»Weil mein Gesicht nun hässlich ist.«

»Nur zur Hälfte. Einige meiner Lieblingshuren waren *ganz und gar* hässlich. Also, nein, das ist es nicht. Du bist gegenwärtig einfach nicht in der Verfassung, die Vorzüge eines Mannes wie mir wertzuschätzen. Werde gesund und entscheide dich später. Wenn du mich dann immer noch willst, werde ich mit Freuden über dich herfallen.«

»Ich habe nie gesagt, dass ich dich jetzt will.«

»Du hast auch nie gesagt, dass du mich nicht willst.«

Flora hätte schwören können, dass sie ihm gesagt hatte, er sei vulgär und unter ihrer Würde, ob sie nun eine Prinzessin war oder nicht. Aber vielleicht hatte sie es nur gedacht oder zu Eggie gesagt. Sie öffnete den Mund, um es zu wiederholen, aber er kam ihr zuvor.

»Entscheide dich nicht jetzt. Lass dir Zeit. Zwischen hier und Schmutz liegen noch mehrere Tage.«

»Bringst du mich dorthin?«

»Dorthin wolltest du.«

»Woher weißt du das?«

»Wie ich es sehe, ist das der einzige Ort, an den du gehen konntest.«

Sie ritten langsam und beobachteten das Gras genau, und sie verließen die Straße, wann immer Schrot eine Störung im Rhythmus der wogenden Gräser bemerkte. Dann eilten sie zu den höchsten Halmen und ließen Philo, Schrots Pferd, sich hinknien, blieben eine Weile sitzen und tasteten sich schließlich blindlings durch das Graslabyrinth, bis sie eine halbe Wegstunde weiter wieder auf die Straße stießen.

Sie schliefen unter den Sternen auf einer Schicht aus Gräsern und Philos Satteldecke. In der ersten Nacht legte Schrot sich neben Flora – und berührte sie beinahe –, ohne sich die Mühe zu machen, um Erlaubnis zu bitten, aber als er sofort zu schnarchen begann, hatte sie keine Chance, sich zu beklagen, und so schlief sie ebenfalls ein. Als sie erwachte, war er bereits auf und bereitete ein kaltes Frühstück aus getrocknetem, klein geschnittenem Fleisch aus seinem Beutel zu, das er in wilden Lattich wickelte und mit Salz bestreute. Aber das Salz brannte auf ihren wunden Lippen, und sie konnte das zähe Fleisch nicht kauen, ohne vor Schmerzen in ihrem Kiefer zusammenzuzucken, der knackte, wenn sie versuchte, ihn zu öffnen oder zu schließen. Also steckte Schrot sich den Bissen selbst in den Mund, kaute das Fleisch weich, löste das Salz auf und spuckte das Ganze dann für sie in ein frisches Blatt. Als sie zögerte, es anzunehmen, bestand er darauf, dass sie das Fleisch brauche, um bei Kräften zu bleiben.

»Es ist ein alter Soldatentrick, für unsere Kameraden, denen die Zähne ausgeschlagen wurden.«

»Ihr kaut füreinander das Essen?«

»Natürlich.«

»Das ist nichts, was man in den Baumwipfeln tut.«

»Nein? Vögel tun es regelmäßig für ihre Jungen, und die leben in den Baumwipfeln.«

Das klang irgendwie besser, und Flora aß.

Neben ihrem knirschenden Kieferknochen und ihren wunden Lippen tat die Haut auf der linken Seite von Floras Gesicht immer noch schrecklich weh. Die Wunden brannten noch heißer als die Schnitte an ihrem Hinterkopf. Bisweilen war sie in der Lage zu reden. Dann wieder weinte sie nur still, während Philo weitertrabte. Vom Kauen der Blätter wurde ihr übel, daher kaute Schrot sie für sie und schmierte ihr den vorverdauten Klumpen auf die Haut. Da seine eigene Zunge taub war, hörte er sich an wie eine unflätige Ausgabe von Schnickschnack, der sich über die breite Aussprache der Bewohner des Tiefsten Waldes lustig machte, aber das hinderte Schrot nicht daran, sein albernes Geplapper fortzusetzen, und Flora lächelte tatsächlich, obwohl es zu sehr wehtat, um richtig zu lachen. Doch als er sich erbrach, musste auch er aufhören, die Blätter zu kauen, und der Schmerz kehrte mit Macht in ihr Gesicht zurück – kein Lächeln mehr. Für eine Weile ritt sie gepeinigt von Qualen, bevor sie sich beschwerte.

»Ich brauche es«, jammerte sie.

»Ich weiß das Angebot zu schätzen, aber du bist im Moment nicht in der Verfassung, einen Mann zu verkraften.«

»Das Blatt, du bäurisches Vieh.«

»Wir können nicht weiterreisen, wenn wir uns dauernd übergeben müssen«, erklärte Schrot. »Oder wenn wir so reizbar sind. Außerdem ist fast alles weg.«

Er lügt, vermutete sie zornig, und sie erwog, in seinem Bündel herumzustöbern, wenn er nicht hinschaute. Aber er schaute immer – nach links und nach rechts und sogar hinter sie. *Er würde mir mehr von dem Blatt geben, wenn ich ihm glaubhaft anbieten würde, dass er mich kosten dürfte,* ging es Flora durch den Kopf. Der Schmerz war so stechend, dass sie erwog, den liederlichen Handel vorzuschlagen. Aber Schrot schien ihre Gedanken zu spüren, und plapperte umso mehr, um sie abzulenken.

»Dieses Land bestand früher gänzlich aus Wald, weißt du«, plauderte er. »Die Schmutzigen Axtleute haben alles gerodet. Sie haben sogar die Stümpfe herausgezogen. Eine Menge Arbeit, das – Hunderte von Jahren und Tausende von Inselsklaven, schätze ich, hat es gebraucht, um das Holz zurück zur Küste zu schleppen und ihre Stadt zu vergrößern. Sie hätten weitergemacht, wäre da nicht der geniale König Draymond gewesen, die Waldkrieger und die Todesmaiden des Tiefen Grüns. All die Geschichten, die du in der Baumschule gehört hast … alle wahr. Nur nicht so edel, wie dein Rudelführer sie euch erzählt hat, vermute ich. Meiner Erfahrung nach lassen Geschichten, die im Palast erzählt werden, eine Menge aus. Das Blut und die Scheiße und die verräterischen Mösen und feigen Arschlöcher, und noch einen Haufen anderer Plagen, für die ich zu höflich bin, um sie in Gegenwart einer Dame zu wiederholen.«

Flora hätte gelächelt, aber sie konnte es nicht. Stattdessen klopfte sie ihm auf den Rücken, um zu zeigen, dass sie zuhörte. Es war genug.

Die nächste Nacht war noch schlimmer. Sie schlief kaum. Und der folgende Tag war ein schmerzerfüllter Nebel.

»In Schmutz gibt es Alchemisten«, versprach Schrot und trieb Philo zu einer schnelleren Gangart an, um Flora dort hinzubringen, bevor sich Fäulnis ausbreitete. Aber die Balance zu finden zwischen Ausruhen, um bei Kräften zu bleiben, und der schnellen Beförderung der verletzten Prinzessin, um schneller anzukommen, war schwierig. Sie wurde fiebrig und saß jetzt vor ihm, damit er sie mit einem starken Arm aufrecht halten konnte.

»Ich kann nicht zulassen, dass du vom Pferd fällst«, sagte er, als gäbe er einem Kind eine Reitstunde.

Das Freie Feld war so riesig, dass der Ritt fünf Tage in Anspruch nahm, trotz des einfachen Terrains und obwohl es eine gerade Strecke von Strata nach Schmutz war. Es dauerte länger als mit Anjali, denn sie hatten nur ein einziges Pferd, Flora brauchte Ruhepausen, und Schrot war zu Beginn der Reise sehr vorsichtig und langsam gewesen. Jetzt jedoch beeilte er sich.

»In der Stadt werden sie dich heilen, nehme ich an«, sagte er. »Schon bald wirst du wieder zu gut für mich sein.«

Aber er klang, als gäbe er sich allzu große Mühe, sie zu beruhigen.

»Ich bin auch jetzt zu gut für einen staubigen Waldmann«, erwiderte Flora schwach.

Er lachte. »Na gut. Aber Staub lässt sich abwaschen. Schreib mich nicht ab, bis du mich gebadet und rasiert gesehen hast.«

Es verging eine lange Zeit, bevor sie wieder etwas sagte. Schrot legte ihr seine breite Hand auf die Stirn und trieb Philo dann noch schneller an. *Ich bin fiebrig,* dachte sie; sie schwitzte und fror abwechselnd – ihr Körper schien sich nicht entscheiden zu können. Von Übelkeit geplagt, schwankte sie im Sattel, während das Gras verschwommen vorbeizog, und als Schrot sie schließlich an sich selbst festband, damit sie die bewusste Welt loslassen konnte, war sie dankbar dafür.

Kapitel 18

Ein Schmutziges Willkommen

Flora erwachte – wenn man einen Fieberwahn als Erwachen bezeichnen konnte – vom Klappern von Philos Hufen auf gepflasterten Straßen. Sie erinnerte sich nicht an die Reise, aber sie spürte, dass sie immer noch an Schrots Rücken gebunden war, wie die Beute einer Jagd im Freien Feld. Ihr tat alles weh, und bei jedem Rucken des Pferdes schoss ein quälender Blitz durch ihren Kopf. *Mein Gesicht.* Der Schmerz erinnerte sie an die brutale Verwüstung ihrer Gesichtszüge, und ihre verschwommene Welt drehte sich wieder. Aber als ihr Bewusstsein erneut zu schwinden drohte, griff sie verzweifelt danach, als ringe sie darum, einen hohen Ast zu erreichen. Und unter großen Schmerzen und großer Anstrengung riss sie sich aus der lockenden Dunkelheit heraus.

»Ich spüre, dass du dich an meinem Rücken bewegst«, bemerkte ihr schroffer Retter. »Du musst also am Leben sein. Geht es dir gut genug, um zu sprechen?«

Ihre trockenen Lippen funktionierten kaum, und sie platzten schmerzhaft auf, als sie sie bewegte. »Wo …?«

»Du bist in Schmutz. Keine Sorge, diese Städter werden denken, du wärst Fleisch zum Verkauf oder eine betrunkene Hure.«

»Ich bin eine Prinzessin.«

»Nein. Du bist im Fieberwahn und verfaulst langsam. Wir müssen nach einem Alchemisten suchen.«

Ihr Gehirn arbeitete langsam, wie benebelt. Flora mühte sich zu verstehen, was er gesagt hatte, und musste die Worte wieder zusammensetzen. »Al-che-mist?«

»Jemand mit Tränken. Ich kann dir nicht mehr helfen.« Schrot runzelte die Stirn. »Und ich werde dich nicht zu den Schmutzigen Wundärzten bringen – die würden dich nur noch mehr verstümmeln.«

Ich kenne einen Alchemisten, dachte Flora und fragte sich, ob sie das laut ausgesprochen hatte.

»Ach ja?«, fragte Schrot.

Ich habe es tatsächlich laut gesagt.

»Am besten, du verrätst mir wo, und zwar schnell, weil du dringend einen brauchst, und ich kenne mich in der Stadt nicht aus. Ich war selbst genau zweimal in Schmutz, wobei dies das zweite Mal ist. Und das erste Mal war ich auf der anderen Seite des Kürschnerbezirks, als ich gerade mal ein Junge war.«

Das Sprechen fiel ihr schwer. »Der Irrgarten«, brachte sie heraus, und Blut rann ihr von den Lippen übers Kinn. Schrot nickte und wendete Philo.

Flora brachte keine weiteren Worte zustande, daher tippte sie ihm, als er sie in den gesetzlosen Bezirk brachte, nur auf die Schulter und deutete. Instinkt und Erinnerung leiteten sie gemeinsam – der Orientierungssinn einer Waldfrau. Sie war bei ihrem letzten Besuch durch den Irrgarten geflohen, getrieben von Furcht, und hatte sich an jeder Ecke überwachsam lose Pflastersteine und angeschlagene Eckpfeiler eingeprägt. Sie erkannte Rattes düstere Gasse mit einem wässrigen Auge, ihr zweites Auge entweder zugeschwollen oder gänzlich verloren.

Sie spürte, wie Schrot sie losband und auf Philos Rücken aufstand. Eins seiner Beine war mit einem Tuch umwickelt, und er schonte es – eine frische Wunde. *Er hat für mich gekämpft, während ich besinnungslos dagelegen habe – Banditen vielleicht oder eine Großkatze.*

Ein Hämmern erklang. Schrot klopfte hoch oben an die Mauer, um die versteckte Tür zu finden, begriff sie. Flora erinnerte sich nicht daran, darauf hingewiesen zu haben, kam aber zu dem Schluss, dass sie es wohl getan haben musste. Schon bald klangen seine Schläge hohl. *Er hat sie gefunden.* Er brüllte.

»Kommt raus, Alchemist! Ich habe eine kranke Frau hier, die Eure Fürsorge braucht. Schwingt Euren Hintern und Eure Phiolen hier heraus!«

Nein! Leise!, wollte Flora ihn warnen, aber ihre Lippen funktionierten nicht. Nichts geschah, doch Schrot ließ *nichts* nicht gelten. Er klopfte bis dorthin, wo das hohle Geräusch endete, und fand die Ränder der Tür, dann schob er einen Abstecher in eine Ritze und begann die Tür aufzustemmen.

»Du hast recht, meine zerschundene Dame, hier ist ein Portal. Aber dein trinkfreudiger Tränkemacher ist ein wenig schüchtern. Öffnet die Tür, Arschloch!«

Wie aufs Stichwort wurde die Tür einen Spaltbreit aufgezogen.

»Ah, da seid Ihr ja«, kam es schließlich von Schrot. »Entschuldigt die Rufe und die Flüche. Meine Dame braucht verzweifelt Eure Hilfe.« Die Tür öffnete sich eine Handbreit weiter, und Schrots Miene wurde weicher. »Vielen Dank, Herr. Ihr seid offensichtlich ein mitfühlender Mensch.«

Dann kippte der stämmige Krieger von Philos Rücken und landete mit dem Gesicht nach unten in der Gasse. Sein kräftiger Leib klatschte auf den Boden. Sein Kopf hüpfte noch einmal hoch, bevor er endgültig liegen blieb, und ein kleiner Pfeil ragte wie der abgeworfene Stachel einer Biene aus seinem Hals. Schrots weit aufgerissene Augen durchbohrten mit starrem Blick die Welt bis zu irgendeinem jenseitigen Ort, und er lag still wie ein Stein da, während Flora ihn entsetzt anstarrte.

Er ist tot!

Rajeev mühte sich ab, die geschwächte Flora durch das vordere Zimmer in einen kleineren Raum weiter hinten zu schleppen, und sie war ihm dabei keine Hilfe. Die kleine Kammer war schlicht, mit einer Pritsche und einem niedrigen Tisch darin. *Es fehlt eine Kleidertruhe,* dachte sie lächerlicherweise. Die Ratte ließ sie für eine Weile dort auf dem Bett liegen und kehrte dann zurück, um ihr bitteres Wasser durch ein dünnes, armlanges Glasröhrchen in die Kehle zu gießen. *Ein Trank.* Er streute Puder auf ihr verwüstetes Gesicht und erhitzte eine übel riechende Flüssigkeit in ihrem Zimmer, sodass Flora den Dampf inhalierte, wann immer sie einatmete. Dann hockte er sich auf den niedrigen Tisch neben ihrer Pritsche.

Nach einer Weile wurde Flora wach und richtete sich auf. Ihr Kopf wurde allmählich klarer, aber ihre blank liegenden Nerven waren abgestumpft, sodass sie gleichzeitig wach und ruhig war. Die Gefahr, wieder in die Dunkelheit abzurutschen, war verschwunden. *Er ist in der Tat ein Alchemist.*

»Was habt Ihr mit mir gemacht?«, fragte sie scharf und nutzte sofort ihre wiedergefundene geistige Klarheit.

»Euer Fieber unter Kontrolle gebracht. Euer Bewusstsein geweckt. Eure Sinne besänftigt. Das Faulen Eures Fleisches verlangsamt. Nichts, was ich eine Heilung nennen würde.«

Flora blickte sich im Raum um. »Was habt Ihr mit Schrot gemacht?«

»Meint Ihr den bewaffneten Mann, den Ihr hergebracht habt, damit er Aufruhr stiftet und in meine *bis noch vor Kurzem* verborgene Wohnung einbricht?«

»Ja.«

»Die Gassenkinder werden ihn zu den Wundärzten gebracht haben. Die bezahlen zwanzig Silberlinge für einen Leichnam, an dem sie üben können.«

Flora stöhnte. »Nein! Er war ein guter Mann.«

»Wenn auch nicht besonders wertvoll. Die Wundärzte bekommen reichlich Kämpfer dieses Alters. Sein Pferd und seine Rüstung haben das Zehnfache eingebracht.«

»Er hat mich gerettet, und Ihr habt ihn getötet.«

Ihr Gastgeber runzelte die Stirn und hob mit einiger Mühe seine knirschenden Knochen von dem kleinen Tisch. »Ich bin eine alternde Ratte. Oder vergesst Ihr so schnell? Ihr habt einen Soldaten zu meinem geheimen Zuhause gebracht. Einen Soldaten! Ich konnte ihn nicht am Leben lassen. Das ist *Euer* Fehler. *Ihr* habt ihn hierhergebracht. *Ihr* habt ihn getötet.«

Er hat recht, begriff Flora. Sie hatte den ungehobelten, hässlichen, aber außergewöhnlich treuen Schrot in den Tod geschickt. »Ich weiß, wo Euer dummes Zuhause ist«, blaffte sie, »und mich habt Ihr nicht getötet!«

Der betagte Meuchelmörder hielt inne, um darüber nachzudenken. Er sah Flora eine Zeit lang an, runzelte die Stirn, grübelte … *Er trifft eine Entscheidung.* Sie begriff plötzlich, dass sie eine schreckliche, schreckliche Frage in den Raum geworfen hatte.

»Ihr habt den Wüstenkönig getötet«, bemerkte Rajeev schließlich. »Ich bin tatsächlich beeindruckt.«

Das ist nicht der einzige Grund, warum er mich leben lässt, dachte Flora.

»Außerdem werdet Ihr ohnehin sterben«, fügte er hinzu. »Nicht nötig, Euch zu töten. Eigentlich ist es sogar grausam von mir, Euch jetzt noch am Leben zu erhalten.«

Flora betastete ihre Wange. Die offene Wunde, die die linke Seite ihres Gesichts gewesen war, fühlte sich heiß und feucht an, eine zerklüftete Landschaft nässenden Fleisches.

Er beobachtete, wie sie die vernichtende Verletzung erkundete. »Die Fäulnis wird Euch töten. Höchstwahrscheinlich binnen fünf Tagen.«

»Aber Ihr könnt das in Ordnung bringen, ja?«

»Nichts kann das in Ordnung bringen.«

»Ihr habt Tränke. Schrot meinte, ein Alchemist könne mir helfen. Ihr habt mich wiederbelebt und den Schmerz gelindert. Gewiss wird irgendetwas, das Ihr hier habt, die Fäulnis aufhalten. Dann werde ich wieder gesund.«

»Ich habe dafür gesorgt, dass Ihr es angenehmer habt, aber ich kann das nicht *in Ordnung* bringen, Kind. Ihr werdet nicht wieder gesund. Wenn Ihr das Pech habt zu überleben, werdet Ihr verunstaltet sein. Eine Kuriosität. Eine Fratze. Euer Fleisch stirbt vom Kinn bis zu Eurer Kopfhaut ab. Nase und Ohr sind bereits fort. Ihr habt nur noch ein Auge übrig, soweit ich es sehen kann.«

Er milderte diese unwillkommenen Wahrheiten nicht ab, und jede traf sie wie ein Tritt in den Magen. Sie war noch immer nicht an unverblümte schlechte Nachrichten gewöhnt – das Privileg eines adeligen Mädchens. Ratte drosch mit der grimmigen Realität auf ihre naive Hoffnung ein, und Floras Welt trudelte wieder in die Tiefe, wie das Wasser, das durch Eggies schlauen Abfluss entflohen war.

»Aber ich könnte doch noch überleben?«, stammelte sie – eher eine demütige Bitte als die Hoffnung auf Genesung.

»Als was?«, fragte Ratte. »Der Irrgarten hat gegenwärtig

keine Stelle frei für eine grauenhaft entstellte Prinzessin. Und Edelleute geben keine guten Bettler ab. Ihr könntet nicht mal eine gute Hure sein. Männer verprügeln hässliche Mädchen.«

»Ich werde mich nicht verkaufen. Ich habe königliches Blut in mir.«

Rajeev lachte spöttisch. »Was werdet Ihr dann verkaufen? Wozu bilden sie Euch königliche Mädchen in Strata aus, hm? Zu Erben? Pah! Mit mehr als dreißig Bezirken in Schmutz haben wir davon ohnehin schon zu viele. Und ohne den königlichen Familiennamen wird Euer Blut keine Rolle spielen. Ihr seid – *du* bist jetzt eine Gemeine. Welche Arbeit wirst du tun, um dich zu ernähren, Gemeine? Steine schleppen für den Mauerbau? Kisten auf Schiffe verladen? Verstehst du dich auf ein Gewerbe? Kannst du Werkzeuge schmieden oder Pferde zureiten? Wirst du in Herzogin Gewands ausbeuterischen Fabriken am Webstuhl Fäden spinnen? Vielleicht bist du eine geschickte Abtrittanbieterin. In Schmutz gibt es jede Menge Scheiße einzusammeln.«

»Ich bewundere Sängerinnen«, erklärte Flora. »Mein Chormeister sagt, meine Stimme sei liebreizend. Wenn meine Lippen heilen …«

Er schüttelte den Kopf. »Die Stadt ist voller *hübscher* Mädchen, die singen können. Der Karnevalsbezirk braucht keins mit nur einem halben Gesicht.«

Flora spürte, wie die erdrückenden harten Tatsachen ihr die Willenskraft raubten. *Ich möchte im Erdboden versinken.* Schmutz war nicht der Chor auf der Lichtung, und Ratte war nicht der speichelleckende Chormeister ihres königlichen Vaters, der sich darüber entzückte, wie liebreizend Floras Stimme sei. *Hier bin ich ein Niemand,* begriff sie. *Und mein einziger Freund ist ein schonungslos ehrlicher Mörder.*

»Ich weiß nicht, was ich tun kann«, schniefte sie. »Ich habe alles verloren – meine Familie, meinen Titel, mein Gesicht. Ich bin abscheulich – Ihr habt es selbst gesagt.«

»Ja, du hast all diese Dinge verloren. Also bleibt meine Frage unbeantwortet: Ist das alles, was du warst?«

»Es ist alles fort – mein Königreich, mein Volk, sogar mein Name ... ich bin die ›Nicht-Prinzessin‹.« Flora weinte jetzt heftiger; Tränen rannen aus dem gesunden Auge über ihre unversehrte Wange wie eine marschierende Kolonne kristalliner Ameisen.

Ratte wand sich; offenkundig behagte es ihm nicht, ein flennendes Mädchen in seiner Wohnung zu beherbergen. »Wir alle erleiden Verluste. Es ist hart für Unschuldige und sogar noch härter für die Begünstigten – jene mit Besitz. Obwohl es am härtesten für Mütter und Väter ist, die ihre Kinder verlieren.«

»Eltern? Ha! Das sind genau diejenigen, die mich verstoßen haben!« Sie schluchzte jetzt, jeder Jammerlaut ein schmerzhafter Krampf.

Ratte förderte zwei Phiolen zutage. »Wenn du es gar nicht mehr ertragen kannst, habe ich hier ein Gift und eine Arznei. Die Arznei wird dir helfen, soweit sie das vermag. Die tödliche Phiole wird deinem Leiden ein Ende bereiten. Und deinem Gejammer.«

»Warum habt Ihr das nicht längst getan? Ihr hättet mir genau wie meinem Beschützer einen Pfeil verpassen können.« Sie sah ihn zögern und über seine Gründe nachdenken.

»Ich werde keine Prinzessin töten. Nicht einmal eine Nicht-Prinzessin.«

»Ich dachte, Ihr würdet jeden töten.«

»Manche tun das. Ich nicht. Dich zu töten ist deine eigene Angelegenheit. Du hast bisher sehr gut darauf hingearbeitet.

Wenn du es gern zu Ende bringen willst, ist hier die Lösung.« Er wackelte mit den beiden Phiolen.

»Welche Phiole?«

»Die linke.«

Flora riss sie ihm aus der Hand und setzte sie an die Lippen. Der Inhalt war verschwunden, bevor sie sich noch besinnen konnte. »So!«, verkündete sie dramatisch. »Es ist getan!« Sie schloss ihr gesundes Auge und wartete darauf, sich in Qualen zu winden, wartete darauf, zu ersticken oder sich zu erbrechen, wartete auf den Tod.

Zeit verstrich.

Flora spähte mit ihrem gesunden Auge zu Ratte hinüber. Als er sah, dass sie ihn beobachtete, lächelte er höflich. Er wartete ebenfalls. *Seltsam.* Sie schloss ihr Auge wieder und dachte, dass es würdelos wäre, starrend zu sterben. Sie stellte fest, dass sie klar denken konnte, da der Schmerz in ihrem Gesicht gedämpft und ihr Verstand scharf war. *Das bleibt mir also noch.* Sie war immer ein kluges Mädchen gewesen. Alle anderen Kinder aus der Lichtung waren zu ihr gekommen, damit sie ihnen dabei half, Briefe zu verfassen. *Und ich bin eine gute Kletterin,* überlegte sie weiter – wie ein Eichhörnchen. *Es wird mir fehlen, durch die Bäume zu streifen.* Sie fragte sich, ob Zeit sich bei Sterbenden so in die Länge zog, wie sie es tat, wenn sie allein im Wald inmitten von Vogelgezwitscher und Affengeplapper war und auf das Rascheln der Blätter und das Gurgeln klarer Bäche lauschte. Das Gift schien eine Weile zu brauchen.

»Ist es ein langsam wirkendes Gift?«, fragte sie schließlich.

»Eigentlich nicht …«

Sie wartete, und weitere Erinnerungen stiegen in ihr hoch – warme Decken an einem kühlen Morgen, warme Feuer für ihre kalten Hände im Winter und kühle Bäche für ihre Füße an einem heißen Tag. Der Geruch von Frühlingslavendel.

Flora kam zu dem Schluss, dass mit Zimt gewürzter Haferbrei und gebackenes Geflügel mit Pastinaken ihre Lieblingsspeisen waren. Sie stellte noch so einiges andere Wichtige fest, weil nur noch wenig Zeit blieb, um das zu tun. Sie mochte ihren Vater lieber als ihre Mutter. Sie hatte es immer als falsch empfunden zu wählen, aber so war es nun einmal. *Es war eine Verschwendung, meine ungepflügte Furche zu bewahren,* gestand sie sich ein – was das betraf, hatte Amora recht gehabt. Sie würde niemals erleben, wie sich ein leidenschaftlicher Kuss anfühlte, geschweige denn ein Mann in ihr. Das Versteck der Ratte schien ein sicherer und seltsam entspannender Ort für diese Feststellungen zu sein, und sie befreite ihr Bewusstsein von so vielen schwierigen Entscheidungen, wie sie nur konnte, bis ihr keine mehr einfielen. Dann öffnete sie wieder ihr Auge.

»Ich sterbe nicht«, beklagte sie sich.

»Das wirst du auch nicht.«

»Warum nicht?«

»Du hast die von dir aus linke Phiole genommen. Das Gift in der Phiole ist links von *mir.*«

»Was habe ich getrunken?«

»Eine gesunde Dosis in Wasser aufgelösten Bitterschnippischpulvers.«

»Das Kraut, von dem Menschen in Tagträume verfallen?«

»Und sich entspannen. Ich hatte es dir gesagt, es ist Arznei.«

»Ihr habt mich reingelegt.«

»Das hängt von deiner Perspektive ab. Ich würde sagen, du hast die Dinge falsch herum betrachtet.«

»Ich hatte meine Entscheidung getroffen. Ihr habt mir meinen Tod geraubt. Was für eine Art Mörder seid Ihr?«

»Du hast genommen, was du genommen hast. Aber die andere Phiole steht nach wie vor zur Verfügung. Willst du sie immer noch?«

»Wenn ich sonst zu nichts tauge, warum nicht?«

»Eine berechtigte Frage. Ich habe tatsächlich eine Antwort – eine, die ich mir durch harte Lektionen verdient habe. Willst du lange genug leben, um sie zu hören?«

»Wenn Ihr schnell redet.«

Er stellte die Phiole auf den kleinen Tisch in ihre Reichweite. »Man erwartete allerlei von dir als Prinzessin, ja? Höflichkeit. Gehorsam. Tugend. Heirat. Gewissen. Ich stelle mir vor, dass die Liste ziemlich lang war. Aber jetzt nicht mehr. Plötzlich sind dir diese Bürden abgenommen worden. Du bist wie ich – wahrscheinlich mehr, als du dir vorstellst. Wir haben nichts zu verlieren, du und ich, keinen Einsatz in diesem von vielen Tausend Spielern gespielten Würfelspiel, das wir die zivilisierte Gesellschaft nennen. Wir haben keine Bewunderer, die wir enttäuschen könnten. Keine Ehre mehr zu beschmutzen. Kein Gewissen, das uns etwas in die Ohren flüstert oder in *das Ohr* in deinem Fall. Niemanden schert es, wer wir sind, und so können wir irgendjemand sein. Niemanden schert es, was wir tun, und so steht es uns frei, alles Mögliche zu tun. Es ist auf seine eigene Art befreiend. Verstehst du das?«

Eine Nicht-Prinzessin kann tun, was immer ihr beliebt.

Entweder zeigte der Bitterschnippisch seine alchemistische Magie, oder Rattes Worte ergaben auf bizarre, verdrehte Weise einen Sinn. Flora ertappte sich dabei, dass sie zustimmend nickte. »Ihr sagt, es stehe mir frei, alles zu tun, aber ich habe Euch bereits erklärt, dass ich zu nichts zu gebrauchen bin.«

Ratte schüttelte den Kopf. »Kind, du hast einen König getötet. Offensichtlich gibt es eine Sache, die ich dir beibringen kann …«

TEIL II

TODBRINGERIN

Kapitel 19

Die Rundreise

Herzog Glas begann seine politisch-taktische Rundreise durch die Stadt im Gelehrtenbezirk. *Ein sicherer Ort, um anzufangen.* Er nahm Krötchen mit und ließ seine bewaffnete Eskorte an den Toren stehen – *keine Waffen im Heiligtum der Gelehrten.* Die Tore waren eine riesige hölzerne Skulptur – die Nachbildung eines offenen Buches –, die seit einer Generation nicht mehr geschlossen worden waren. Der Gelehrtenbezirk war ein freier Bezirk, und seine eigenen Gesetze verfügten, dass alle in Schmutz unbegrenzten Zugang zu seinem Wissen hatten. *Und zu wenige nutzen das,* ging es Glas durch den Kopf. Die Bibliothek stand in der Mitte des ebenfalls mittig in Schmutz liegenden Bezirks, und Glas selbst hatte zahlreiche vielversprechende junge Denker aus seinem eigenen Bezirk dort hingeschickt, um zu studieren. Die Bibliothek war außerdem der Ort, an dem Herzogin Gelehrt sich ihr Zuhause eingerichtet hatte.

»Willkommen, Herzog Glas, Überbringer von Licht, Meister der Klarheit und des Nachdenkens über alles, was gut und gerecht ist. Möge Friede unter uns herrschen. Was kann ich Euch heute beibringen?« Die sanfte Herzogin sprach die traditionellen Grußworte mit seidenweicher Stimme und rezitierte sie aus dem Gedächtnis. Sie trug das Kopftuch des Ordens, und ihr ungeschnittenes Haar quoll darunter hervor, fiel ihr über die Schultern, teilte sich zwischen ihren Brüsten und wand sich dreimal um ihre Taille, indem es einen dicken, geflochtenen Gürtel bildete.

»Möge Friede unter uns herrschen, Herzogin Gelehrt, Gebende von Wissen und, äh … Wissende von Dingen.«

Sie lachte über Glas' Vergesslichkeit. »Hüterin von Wissen und Gebende von Tatsachen, Informationen und Fähigkeiten, die man durch Erfahrung und Bildung erlangt, sowohl theoretische wie auch praktische.«

»Das wollte ich gerade sagen.«

»Es ist viel Zeit vergangen, und Ihr habt das Wesentliche im Gedächtnis behalten. Das soll genügen. Kommt, bringt mir Eure Fragen.« Sie drehte sich um und ging davon. »Ich sehe, Ihr habt einen meiner Studenten mitgebracht.« Sie lächelte Krötchen an. »Theodor, wie schön, Euch zu sehen. Stellt Ihr der Welt immer noch Fragen?«

»Ja, Herzogin. Jeden Tag.«

»Dann werdet Ihr jeden Tag etwas dazulernen, und am Ende Eurer Tage werdet Ihr keinen einzigen von ihnen vergeudet haben.«

Sie führte Glas und Krötchen durch den Lesesaal der Bibliothek, der voller langhaariger Gelehrter mit Kopftüchern war, Frauen wie Männern, die sich über schwere Bücher und alte Schriftrollen beugten. Glas betastete seinen eigenen Kopf und erinnerte sich an seine fünfjährige Studienzeit hier als Kind. *Damals hatte ich mehr Haare.* Der Lesesaal war dank seiner vielen Fenster ein prächtiger, gut beleuchteter Raum.

»Wie Ihr wisst, haben Eure Vorfahren diese prächtigen Fenster erschaffen«, erklärte Gelehrt, als würde sie seine Gedanken lesen. Sie senkte die Stimme, um sie der fast völligen Stille im Lesesaal anzupassen, aber irgendwie blieb sie trotzdem deutlich hörbar, während sie auf das Glas zeigte, das sich vom Boden bis zur Decke erhob. Herzog Glas bewunderte die schmalen senkrechten Scheiben, die sich mit massiven hellen Fichtenstreben abwechselten, wodurch der Raum von großartigen Lichtstreifen durchzogen wurde und es mit jedem fröhlich bemalten Zelt im Karnevalsbezirk aufnehmen konnte, obwohl die Fenster geriffelt waren, um das Licht zu zerstreuen und zu verhindern, dass Schattenstreifen auf die Bücher fielen. *Altes Handwerk. Meisterliches Handwerk.*

Der Diskussionsraum nahe dem Zentrum des runden Gebäudes war privat, und als Gelehrt sanft die Tür hinter ihnen zuzog, fühlte Glas sich sicher genug, um zu sprechen. Der Lesesaal war überfüllt gewesen mit angehenden Gelehrten aus vielen anderen Bezirken. *Und Gelehrte sind ein wenig zu gut im Zuhören.* Auf der anderen Seite des Diskussionsraums saß ein junger Mann, der Gelehrts Verwalter sein musste. *Ihr Krötchen.* Als in der Gelehrten Bibliothek dauerhaft Ansässiger war der Mann zweifellos gebildeter als Glas' Verwalter, aber fast ebenso sicher auch weniger gewitzt. *Und daher weniger nützlich. Gewitzt zu sein ist mir bei einem Ratgeber wichtiger als sein bloßer Verstand.* Die Bibliothek konnte nicht die gleichen Lehren vermitteln, wie ein hartes Leben auf der Straße es bei Theodor Schmelztiegel getan hatte.

»Ihr habt mir Fragen mitgebracht?«, erkundigte sich Gelehrt eifrig. Glas sah die Aufregung in ihren Augen, ihren Durst nach Wissen durch Diskussionen.

»In erster Linie bin ich gekommen, um Euch hier zu besuchen«, antwortete Glas. »Es ist zu lange her, dass ich bei den Büchern gesessen habe.«

»Ihr seid sehr durchschaubar, Glas.« Gelehrt lächelte. »Ihr seid hier, um einen Krieg zu verhindern.« Ihr Lächeln war entwaffnend, sanft und voller Scharfsicht, sogar mitfühlend. Es machte die Tatsache, dass sie seine Position so leicht hatte erraten können, weniger bedrohlich. Er hoffte, dass Stahl und Zimmermann ihn nicht so gut würden durchschauen können.

»Woher wisst Ihr, dass ich nicht hier bin, um dabei zu helfen, einen zu beginnen?«

»Das hättet Ihr bei der Versammlung erwähnt. Außerdem habt Ihr als Student das annonitische Dilemma mit einer Frage beantwortet, und das hat mir etwas Fundamentales über Euch verraten.«

»Daran erinnert Ihr Euch noch nach fünfundzwanzig Jahren?«

»Ich erinnere mich daran, dass Lehrmeister Omi Euch keine Antwort geben wollte und Ihr Eure Entscheidung auf seine Reaktion gegründet habt.«

Glas kicherte. »Er hatte eine Augenbraue hochgezogen, und da wusste ich, dass es keinen Ausweg für mich gab. Ich dachte, ich könnte dann ebenso gut meinen Kameraden helfen.«

»Stahl hat ganz anders geantwortet – er hat seine Klassenkameraden dazu angestiftet, mit ihm zu kämpfen und zu scheitern. Gewand hat jeden einzelnen ihrer Klassenkameraden verraten, um sich eine geringfügig bessere Chance auf Flucht zu verschaffen. Sie sind exzellente Denker, aber sie alle schaffen es nicht, das Glück oder Elend anderer zu berücksichtigen. In der Tat, Stahl und Zimmermann sind noch immer bloße Knaben in Männerkörpern; sie behandeln die Welt wie einen großen Übungshof zum Kämpfen. Ihr seid derjenige, der Fragen stellt und beobachtet, was andere empfinden. Und Ihr löst Probleme nicht mit der Klinge, es sei denn, der Kampf lässt sich nicht mehr verhindern.«

»In letzter Zeit sind meine Untertanen feindselig.«

»Nicht so feindselig wie die von Schlachter.«

»Das ist wahr, den Göttern sei Dank. Aber es breitet sich

Uneinigkeit aus. Der Kampf lässt sich kaum noch verhindern.«

»Doch unser Kampf gilt nicht Strata oder der Oase oder den Insulanern.«

»Das stimmt. Und Krieg würde mehr Leid bringen, als unser einfaches Volk begreift. Stahl und Zimmermann würden die Hälfte unseres Volkes opfern, nur um die andere Hälfte zu zähmen.«

»Die Aussagen der Geschichte sind eindeutig. Das niedere Volk ist der Brennstoff des Krieges, nicht der Nutznießer.«

»Das niedere Volk vergisst.«

»Die Leute sollten von Zeit zu Zeit hierher zurückkehren. Die erforderlichen zwei Jahre mit uns sind nicht genug.«

»Ich bin zurückgekehrt.«

»Ja. Aber warum? Ihr wisst, wie ich abstimme.«

»Das wissen auch alle anderen. Seid vorsichtig. Ihr seid ein freier Bezirk. Jeder kann durch diese Tore treten – Stahls Soldaten, Schlachters Volk … Ratten.«

»Ihr seid gekommen, um mich zu warnen. Ich bin gerührt, wahrlich. Ihr wart immer ein guter Junge.« Gelehrt ging auf und ab, dann legte sie ihrem Verwalter eine Hand auf die Schulter. »Meine vorgesehenen Erben vertreten die gleiche Position wie ich. Das beseitigt jeden Anreiz, mich auszuschalten. Warum eine Wählerin zum Schweigen bringen, wenn ihre Nachfolger ihre Ansichten teilen?«

Glas nickte. Ihre Logik war untadelig, und sie würde gewiss eine rein akademische Debatte auf dem Gelehrtenpodium gewinnen. Unglücklicherweise fand eine solche Bibliothekslogik auf den Straßen von Schmutz keine Anwendung.

»Seid einfach vorsichtig. Die Ansichten eines Nachfolgers können leicht ins Wanken geraten, wenn sie von Stahl getroffen werden.«

»Müssen wir Karni besuchen?«, beklagte sich Krötchen.

»Ja. Er hat volles Stimmrecht, genau wie jeder andere bedeutende Herzog. Die Kriegsmaschinerie von Stahl, Zimmermann, Schmied, Stallungen und Schiffbauer wird gemeinsam losmarschieren. Das sind fünf Stimmen. Lehm kann man kaufen. Für Gewands Position kann ich nicht garantieren, aber ich kann sie erraten. Und wer weiß, wo das Schlachtervolk landen wird, wenn es einen Vertreter schickt.«

»Sie werden nach Verbündeten suchen.«

»Aber wer will schon diesem blutrünstigen Pöbel nahe kommen?« Glas schauderte. »Andererseits zähle ich acht wahrscheinliche Stimmen größerer Bezirke gegen einen Krieg. Doch es wird langsam etwas knapp. Wir müssen die Abweichler und Unentschlossenen bezirzen.«

»Dann sollten wir an die geringeren Bezirke appellieren. Alles, nur keine qualvolle Audienz bei *ihm*.«

»Da es einer Koalition dreier geringerer Bezirke bedarf, um eine einzige Stimme abzugeben, kostet es uns die dreifache Arbeit, diese Stimme zu bekommen. Wir können keinen bedeutenderen Herzog ignorieren, selbst wenn es Karni ist.«

Sie marschierten die Zunge hinauf – die leuchtend rosafarbenen Stufen, die in den Karnevalsbezirk führten. Glas fühlte sich unwohl, wie immer. *Es ist, als würde ich in einen Mund hineinlaufen.* Vielfarbige Banner mit Narrenköpfen und gekreuzten Knochen darunter flatterten überall entlang der Empore über dem mundförmigen Tor, das zwischen zwei Gebäuden hindurchführte. Es gab keine Umfassungsmauer – die kunstvollen Tore waren ein prächtiger Hohn auf die anderen geschlossenen Bezirke. In der Tat, das berüchtigte Ausfalltor auf der anderen Seite des Bezirks war wie ein Hintern geformt, und Karnis eigene exzentrische Ingenatoren hatten es so konstruiert, dass man aus einem Loch in seiner Mitte Flammen schießen konnte. Trotz seiner kunstvollen Tore hatte Karneval einen frei fließenden Grenzverkehr mit dem Irrgarten, dem Hafen und zwei weiteren Bezirken. Das Unterhaltungszentrum von Schmutz war außerdem einer der reichsten Bezirke der Stadt.

Wenn die Menschen sich erst ein Dach überm Kopf gesichert und gegessen haben, bringen sie ihre Geldstücke hierher, ging es Glas durch den Kopf. *Das gilt für Edelleute und das niedere Volk gleichermaßen.* Das Verlangen zu lachen war so tief verwurzelt wie das Verlangen nach Eroberung.

»Man kann mit einem Wahnsinnigen nicht vernünftig reden«, beharrte Krötchen.

»Er bevorzugt die Bezeichnung Verrückter Narr.«

»Er ist nicht mal ein richtiger Herzog. Er ist ein Gemeiner.«

»Ihr seid auch ein Gemeiner.«

»Ich herrsche nicht über einen Bezirk.«

»In gewisser Weise tut Ihr das wohl – ich beherzige Euren Rat mehr als den aller anderen. Aber heute müsst Ihr einfach mein Verwalter sein. Ich weiß, Ihr seid immer noch unglücklich darüber, dass er Euch beim letzten Mal verspottet hat.«

»In unserem eigenen Bezirk. In unserem eigenen Turm!«

»Er war ein Gast.«

»Keine Manieren. Im Vergnügungspalast wird es noch schlimmer sein.«

»Gebt ihm eine Chance …«

»O-ho, Gläschen! Herzog des Lichts und Entzünder von Fürzen!«, gackerte Karni, der ausgestreckt auf seinem riesigen golden bemalten Thron lag wie eine Großkatze, die im Begriff stand, sich mit der Zunge zu putzen. Er trug das dreifarbige Narrenkleid seines Bezirks, komplett mit langen Schnabelschuhen und einem Hut mit drei Quasten. Das Gesicht hatte er sich heute in einem tiefen Grünton bemalt. »Möge Friede unter uns und mir und allen herrschen, die etwas zum Besten geben. Und ich sehe, Ihr habt Euren missratenen, stiefelleckenden Penisbeutel mitgebracht.«

Karnis williges Publikum von Arschkriechern und Biersäufern brüllte von einer wackligen, schiefen Empore aus vor Lachen, die mit zerlumpten, grob gesponnenen Tüchern in fröhlichen Farben drapiert war – eine ungeheuerliche Parodie auf Gewands prunkvollen Versammlungssaal in der Tuchhalle. Der grüngesichtige Herzog stachelte seine Bewunderer mit einer obszönen Darbietung auf, zu der das Jonglieren mit zwei Bällen und einem dicken Stock gehörte. Sein geschmückter Thron war so groß, dass der Herzog aussah wie ein Kind mit baumelnden Beinen, und der Thron befand sich direkt vor der kleinen Menschenmenge, wie ein Podium oder eine Bühne, von der aus er seine Possen reißen konnte.

Krötchen schnaubte. »Keine Höflichkeit. Gar keine! Er ist ein Dorftrottel, der über seinen Stand erhoben wurde.«

»Schmollt nur, quengelnde Muschel, die sich prekär an den glatten Arsch des gläsernen Bootes klammert. Es ist nur ein Scherz, das ganze Leben ist nichts als ein riesiger Scherz!«

Glas griff ein. »Möge Friede unter uns herrschen, Herzog Karni. Ich bin gekommen, um über ein heikles Thema zu sprechen. Vielleicht könntet Ihr Eure Empore entschuldigen.«

»Papperlapapp! Dies sind meine getreuen Ratgeber!«

Glas bedachte sie mit einem zweifelnden Blick. Da waren zwei Gelehrte mit kunterbunten Kopftüchern, drei Geldwechsler mit goldenen Punkten auf ihren Roben und ein Ingenator, der ein großes Eimer-Gebilde auf dem Kopf trug, das Bier zu enthalten schien. Wann immer ein weiterer von Karnis »Ratgebern« einen leeren Becher ausstreckte, neigte der Ingenator seinen kunstvollen Hut und füllte das Gefäß wieder auf.

Und dies sind Karnis ernsthafteste Leute! Es waren aber auch noch betrunkene Schönlinge und vollbusige Damen dabei, die kaum mehr trugen als Röckchen und Mieder und keinem anderen Zweck zu dienen schienen, als über die Mätzchen ihres Herzogs zu lachen.

Ich werde meine Worte verschlüsseln müssen.

»Das Thema betreffend, das vor einiger Zeit im Turm der Gewebe erörtert wurde, sind wir vom Glasbezirk weder für noch gegen eine hastige Expansion von Schmutz«, begann er. »Ich mache mir jedoch Sorgen um Karneval. Eurem Bezirk würde es mit einer Einberufung nicht gut gehen. Eure Untertanen sind keine Soldaten.«

Krötchen murmelte hinter ihm. »Es sind größtenteils Trunkenbolde und Schreihälse.«

»Spaßmacher und Barden, dummdreiste Kröte. Und es ist keine Expansion, Gläschen. Es ist Krieg! Dieses gemeine, sich langsam ausbreitende Krebsgeschwür und eingeschworener Feind des Spaßes! Taugt nicht für Festlichkeiten. Ist überhaupt nicht festlich, nein, nein. Würdet Ihr nicht das Gleiche sagen?« Karni rollte sich auf seinem Stuhl zusammen und wartete auf Herzog Glas' Antwort.

Großartig, dachte Glas. Er drückte Krötchens Hand, um seinen Verwalter wissen zu lassen, dass sie die Antwort erhalten hatten, wegen der sie hergekommen waren. *Und es war relativ schmerzlos.* Doch Karni wartete darauf, dass Glas seine eigene Position in der Angelegenheit verriet.

»In der Tat«, sagte Glas bedächtig. »Krieg ist kein vergnügliches Unterfangen. Manchmal notwendig, aber niemals spaßig. Und Ihr seid natürlich der Herzog des Spaßes. Ich selbst wäre vielleicht für einen Krieg, wären da nicht Eure scharfsichtigen Beobachtungen und noch einige andere Zweifel, die mir zu denken geben.«

Karni runzelte die Stirn und kletterte auf die hoch aufragende Rückenlehne seines lächerlichen Throns, wo er sich zum Entzücken seiner Zuschauer wie ein Affe hinhockte. »Zu denken geben?« Er hielt inne. Dann kratzte er sich verwirrt und wie ein Affe den Kopf und die Achseln. »Sie geben Euch zu denken? Ist das Eure Position? Was für eine Art von Gemauschel ist das denn? Ihr redet wie ein kuhzüngiger Gesetzesgeber – glatt in die eine Richtung und rau in die andere!«

»Es gibt eine Menge zu bedenken.«

»Seid nicht so undurchsichtig, Glas. Seid Ihr dafür oder dagegen, waldige Eichhörnchen und sandige Eidechsen abzuschlachten, damit wir ihnen ihre Spielzeuge wegnehmen können?«

»Ich habe mich noch nicht entschieden.«

»Also seid Ihr hergekommen, um meine Gesinnung in der Angelegenheit zu erkunden? Ihr zählt uns andere durch und wollt nicht auf der Verliererseite landen, hm? Und im Gegenzug verratet Ihr mit keinem Wort Eure eigene Position.« Er wirkte verärgert.

»Wo ist Euer Verwalter?«, fragte Glas plötzlich und versuchte das Thema zu wechseln.

»Welcher? Es gab so viele dieser betrügerischen Hunde, dass ich den Überblick verloren habe.«

»Ich erinnere mich an eine liebreizende Schmiedefrau, die ein Horn trug, in das sie hineinblies, wann immer Ihr auf sie gezeigt habt.«

»Edonia!«

Die Menge johlte. Sie war offensichtlich beliebt gewesen.

»Tooooot!«, sang Karni, hielt den Ton und prüfte den Tonumfang seiner oberen Stimmlage, bis er keuchend nach Luft schnappte.

Sie johlten abermals.

»Oh. Das tut mir leid. Möge sie Trost finden in der langen …«

»Nein, nein«, unterbrach Karni ihn und krümmte sich. »Kippt nicht Euren Jammereimer über mir aus wie irgend so ein gefühlvoller Abtrittanbieter. Sie ist davongesaust, um ihrem alten Bezirk beim Löschen zu helfen, als er brannte, und sie ist mit verbrannt. Wir hatten ein flammendes, fantastisches Fest zu ihren Ehren!«

Mehr Gejohle. Karni kullerte mit einem Purzelbaum von der Rückenlehne seines Throns und landete wie ein Frosch. Er hüpfte quakend an Krötchen vorbei zur Empore. Der Mann sah aus wie ein kompletter Narr, aber seine Akrobatik war perfekt ausgeführt und für den Durchschnittsmenschen fast unmöglich nachzumachen. *Unglaublich schnell und geschickt.* Karni hatte sich von ganz unten nach oben gekämpft, bis er seinen Pseudo-Thron erreicht hatte, und sein Weg hatte nicht nur aus Spaß und Vergnügen bestanden – er hatte darum ringen müssen, und er hatte langsamere, weniger geschickte Männer tot in seinem Kielwasser zurückgelassen. *Ich würde nur sehr ungern beim Messerwerfen gegen ihn antreten müssen.*

Der Verrückte Narr packte einen Mann in der ersten Reihe, der einen Becher hochhielt, am Kopf und quetschte sein Gesicht zwischen beiden Händen. »Malvo ist diese Woche mein Verwalter!« Der Mann mit dem zusammengedrückten Gesicht – *offenbar Malvo* – lächelte. Er wirkte auf Glas wie ein Trottel mit Zahnlücken.

Krötchen lachte spöttisch. »Diese Woche?«

»Es ist ein Spiel, Kröte. An einem Tag ist Malvo mein Verwalter, und nun …« Er riss Malvo die klobige Verwalterkette vom Hals und schleuderte sie durch die Luft, über den Kopf einer massigen Frau drei Plätze weiter. »Und nun ist diese weise Ratsfrau meine Verwalterin!« Er sprang zu ihr hinüber und tat so, als jongliere er mit ihren gewaltigen Brüsten, während sie kicherte. »Sehr aufregend für sie. Sie wissen nie, welcher Scherz mein letzter sein wird! Ich habe schon einige Male beinahe meine Bälle fallen lassen. Denkt an den Tag zurück, an dem ich mit nichts als einem Umhang bekleidet von den Wasserfällen am Königinnenarm gesprungen bin.«

Glas nickte. »Wein hat mir davon erzählt.«

»Wein! Mein Lieblingsherzog! Nichts für ungut. Ich vertraue einem Mann, der bereit ist zu trinken, bis er vollkommen ehrlich ist. Lasst uns alle auf Wein trinken«, befahl er. »Meine neue Verwalterin ist eine Sängerin. Schenkt uns ein Lied, Dame Anjali! Etwas Neues. Etwas, das wir noch nicht gehört haben.«

Die Frau stand auf und stieg von der Empore herunter. Sie war die größte Frau, die Glas je gesehen hatte. Sie bannte die Aufmerksamkeit der Männer mit ihrer bloßen Präsenz. Und als sie zu singen begann, verstummten alle Anwesenden im Raum.

»Eine Prinzessin einst ich kannt,
Ein zartes kleines Ding.
Kaum mehr als 'ne Maid,
Ein naives stratanisches Kind.
Als sie trotzte dem brennenden Sand
Und 'nen fiesen König töten ging
Die grimme, rächende Jungfer aus Strata.
Stieg über Burgmauern hoch
Und mied Soldaten allda.
Des Schwesternschänders Bett sie fand …
Ein Tropfen. Ein Tropfen! In Ulags Trank,
Und dann war sie schnell wieder weg.

Der brutale Tyrann blieb tot zurück.
Eine Ratte im Prinzessinnen-Kleid,
Die stratanische Maid.«

Glas staunte über die Ballade, während die Stimme von Karnis jüngst ernannter Verwalterin anschwoll. Das Werk war faszinierend und gut gesungen – frisch und klassisch zugleich. *Es könnte Dame Anjali zu einer berühmten Stimme in Schmutz und darüber hinaus machen.* Er kannte außerdem die fantastische Geschichte dahinter. *Jeder kennt sie.*

Vor mehreren Monden war die Jüngste der stratanischen Prinzessinnen irgendwie zur Oase gereist und hatte den Wüstenkönig getötet – den Ehemann ihrer eigenen Schwester. Beinahe wäre es zwischen den Wüstenhorden und Strata zu einem Krieg gekommen. Aber König Evangelin hatte seine eigene Tochter verbannt, um das Sandige Volk zu beschwichtigen. Man hatte sie zur äußersten Grenze des Königreichs gebracht, wo sie auf mysteriöse Weise verschwunden war. Es war eine Geschichte, die einer Legende würdig war. Prinzessin Flora – *das war ihr Name* – war wahrscheinlich auf dem Freien Feld von Banditen getötet oder von einer Großkatze gefressen worden, aber auch andere Geschichten hielten sich. In einer war sie eine Banditenkönigin, in einer anderen eine maskierte, reisende Schaustellerin. In einigen derben Gerüchten war sie als Lustsklavin an Piraten von den Inseln verkauft worden – eine elegante, wunderschöne Hure, die so teuer war, dass nur reiche Piraten und Edelmänner, die aus fernen Landen herbeireisten, das Lager mit ihr teilen konnten. Aber das tatsächliche Schicksal der Prinzessin war noch immer ein Rätsel, was die Geschichten umso beliebter machte.

Die atemberaubende Anjali sang weiter:

»Als der Wald sich auf Krieg einschwor,
Zog sie für immer fort durchs Tor.
Die verlor'ne, einsame, verbannte Maid aus Strata.
Flora Evangelin, Kronprinzessin der Schand
Auf Freiem Feld im hohen dünnen Gras verschwand.
Geriet Bandit, Pirat oder Schlimm'rem in die Hand!
Die königlich Böse, Hübsche, Schmollende – verderbt und naiv tapfer.
So traurig die Mär der verlor'nen und einsamen Maid aus Strata.«

»Diese Dame Anjali ist außerordentlich und unverwechselbar«, flüsterte Glas Krötchen zu. »Warum haben wir noch nichts von ihr gehört?«

»Sie ist nicht, was sie zu sein scheint, Euer Gnaden. Ihre feinen Kleider sind geschmacklos – eher Kostümierung als elegant. Der Akzent des Elfenbeinbezirks, den sie angenommen hat, stimmt nicht ganz. Sie ist frisch zu Geld gekommen und spielt die Rolle einer Edelfrau, ist aber nicht als solche geboren.« Krötchen neigte den Kopf und betrachtete die große Frau. »Und wenn ich mich nicht irre, ist sie außerdem ein Er.«

Glas riss die Augen auf. Jetzt sah er es – die massigen Arme, die massige Kehle, die massigen Lenden. *Mein Verwalter hat recht!*

Als das Lied endete, wurden Becher gekippt, und Karni winkte die Truppe auf der Empore mit enthusiastischen Gesten von ihren Sitzen. Die Menschen erhoben sich, um ihm zu folgen. »Kommt und trinkt mit uns, Glas. Und packt Euren Flegel am Schlafittchen und zerrt ihn hinter Euch her. Ich brauche einen Undankbaren von niederer Geburt für die Zucht meiner Ziegen.«

»Ich werde nicht bleiben und mir auch nur noch eine einzige weitere Beleidigung von Euch anhören«, fuhr Krötchen ihn an. »Keine einzige!«

»Oh, amüsiert Euch mal ein wenig, Fröschlein. Anjali ist eine sehr freundliche Verwalterin.« Er senkte die Stimme und flüsterte Krötchen zu: »Und sie hat sowohl eine Furche als auch einen Pflug. Doppelt so viel Spaß für einen geilen jungen Bauern wie Euch.«

Glas legte Krötchen eine Hand auf die Schulter, um ihn daran zu hindern, auf den Spott zu reagieren. »Es tut uns furchtbar leid, die Feierlichkeiten zu verpassen, mein Freund, aber ich muss mich noch nach der Befindlichkeit mehrerer anderer Herzöge erkundigen.«

Karni warf Glas einen ernsten Blick zu und dachte nach. Dann wandte er sich Krötchen zu, leckte sich seine grünen Lippen und schenkte ihm das übertriebene Augenzwinkern einer Hure aus dem Vergnügungspalast. »Tja dann, ich freue mich auf den Krieg. Wenn wir gewinnen, wird es am Ende ein großes Fest geben. Vielleicht das größte Fest, das Schmutz je gesehen hat. Und ich werde da sein, um es auszurichten!«

»Dieses verrückte Arschloch«, brummte Krötchen, während er vor Glas hermarschierte. Er hielt nur inne, um das Gesicht zu verziehen, als die Schauspieler, die als Torwachen posierten, ihm grünes Pulver ins Gesicht warfen und ihn einluden: »Kommt bald zurück, um wieder mit uns zu feiern!«

»Ich habe den Verdacht, dass er nicht so verrückt ist, wie er zu sein scheint«, bemerkte Glas, während Krötchen hustete und sich Pulver aus den Haaren schüttelte.

»Ich hasse ihn.«

»Was Euer gutes Recht ist. Aber ich weiß, dass Ihr klüger seid als das. Was haben wir erfahren?«

»Der Besuch war vergeblich. Schlimmer noch. Als wir ankamen, war er gegen den Krieg, und jetzt ist er dafür. Er kann nicht sagen, was er meint.«

»Genau wie ich – sobald ich meine Position abgesteckt hatte, hat er meine Warnung beherzigt und das Gleiche getan. Zu viele Lauscher auf dieser Empore. Aber er hat uns mitgeteilt, was wir wissen müssen. Er hat uns gesagt, dass er beide Seiten der Medaille sieht – Ärger und Kummer während eines langen Krieges, aber möglichen Wohlstand, falls Schmutz schnell obsiegt. Er hat uns außerdem gesagt, dass er am Ende so abstimmen wird, wie Wein abstimmt. Sie beide sind Männer aus dem gewöhnlichen Volk, die es zu etwas gebracht haben – genau wie Ihr. Wein ist außerdem klug und aufrichtig, und die Interessen ihrer Bezirke decken sich. Aber das Wichtigste ist, dass er ihm als Freund vertraut.«

»Also ist er nicht verrückt?«

»Nein. Karni führt einen der erfolgreichsten Bezirke in Schmutz. Er verfügt über volle Schatztruhen und glückliche Untertanen.« Glas hielt inne, damit Krötchen darüber nachdenken und aus der Begegnung lernen konnte.

»Er ist trotzdem ein Arschloch.«

»Er mag Euch übrigens.«

Glas' Rundreise wurde in gemäßigtem Tempo weitergeführt, mit unvermeidlichen Unterbrechungen durch jahreszeitliche Veränderungen, die Notwendigkeit, seinen eigenen Bezirk zu führen, und durch unerwartete Todesfälle und Aufstiege. So musste der Herzog den Elfenbeinbezirk ein zweites Mal besuchen, nachdem Herzog Elfenbein an seinem Siegelring erstickt war – er hatte die schlechte Angewohnheit gehabt, darauf herumzukauen, während er über seine Entscheidungen nachsann –, wodurch sein verhutzelter Onkel auf dem Elfenbeinstuhl Platz nahm. Wie Glas befürchtet hatte, war Lehm bereits gekauft worden. Nachdem er seine Unterstützung für die Invasion Stratas bekundet hatte, bat der frisch gesalbte

Herzog Lehm Glas an einen prächtigen Banketttisch aus Eiche, den Herzog Zimmermann ihm geschenkt hatte, um daran mit seinem neuen Stahlbesteck zu essen. Glas und Krötchen nahmen höflich ein einfaches Mahl mit dem Herzog ein, während in der Nähe sein Bruder mit gebrochener Nase in einem Käfig baumelte. »Ich werde ihn herauslassen, sobald er meinen Ring küsst«, erklärte Lehm. Statt über den bevorstehenden Krieg sprachen sie über die stolze Geschichte und weitere Entwicklung des Lehmbezirks. Glas bemerkte außerdem neue Vorhänge an den Fenstern. *Das Beste, was Gewands Kunstgewerbler zu bieten haben.*

Herzog Bäcker verwehrte Glas' Delegation zuerst den Zutritt zu seinem verschlossenen Bezirk, erlaubte dann aber Glas, seinen opulenten Palast zu betreten – den Schmutzens Volk »die Bäckerei« nannte –, solange er seine Glasgardisten und seine Kristallklinge am Tor zurückließ.

»Es schleichen Ratten herum!«, sorgte Bäcker sich laut, während seine Vorkoster an den üppigsten Backwaren knabberten, die Glas seit Jahren gesehen hatte – gesalzene Schwanenpasteten und Wirtelbeertörtchen.

Die Speisen schmeckten genauso prachtvoll, wie sie aussahen, obwohl ein nervöser Diener auf Bäckers Beharren von allem einen Bissen nahm, was auf Glas' Teller lag, bevor Glas es essen durfte. Bäcker wollte keinen Krieg, aber er würde die Bäckerei nicht verlassen, um der nächsten Versammlung beizuwohnen und dagegen zu stimmen. Er sorgte sich, dass der kriegstreibende Adel ihn für einen Feigling halten würde, und spekulierte dann darüber, dass man ihm auf dem Weg zur Abstimmung vielleicht auflauern würde. »Stallungen hasst mich, müsst Ihr wissen.« Glas hörte zu und versuchte, dem rundlichen Herzog zu versichern, dass ihn unterwegs niemand töten würde, doch ohne Erfolg – Bäcker hatte seinen Turm seit vollen fünfzehn Monden nicht verlassen und hatte nicht die Absicht, es jetzt zu tun. *Sein gewaltiger Bauch wäre in jedem Fall schwer zu transportieren.* Anschließend füllte Glas einen Sack mit geliertem Apfelkuchen für Krötchen und seine Wachen, ebenfalls mit Bissspuren darin.

Regina, die schlanke Priesterin und Hofmeisterin des Knochenackers, nickte und lauschte und versprach dann, sich mit ihren Göttern zu beraten. Es machte Glas beklommen, mit der düsteren »Mittlerin der Götter« über den Knochenacker zu wandeln. *Es ist, als würde der Tod hinter meiner Schulter lauern.* Der Bezirk von Tod beanspruchte ein Gebiet von der Größe der Insulanerstadt Tatamut und quoll über vor Gräbern. Edelleute lagen Seite an Seite, nach Familien geordnet, und Gemeine wurden zu fünft auf dem Acker für das gewöhnliche Volk übereinandergestapelt. Jeder Pflasterstein, jedes Schild und jedes Denkmal auf den Wegen zwischen den Grabreihen markierte einen Grabplatz der Schmutzigen Toten oder wies auf ebensolche hin, und die Schatztruhen des Bezirks waren gut gefüllt von den Beerdigungsgebühren und Opfergaben. Es war ein solides Geschäft – es starben schließlich immer Menschen –, ein paar Silbermünzen für ein Loch, Gold für einen gemeißelten steinernen Grabstein und ein kleines Vermögen für ein Mausoleum. Aber die Armen hatten in letzter Zeit begonnen, ihre Toten in den Königinnenarm oder in die Markungsbucht zu werfen. Sie hatten sie sogar in den Gassen verfaulen lassen, bis die Bezirke den Familienmitgliedern der Verblichenen Geldstrafen auferlegten. Natürlich begannen dann Leichen mit weggeschnittenen Gesichtern aufzutauchen, damit man sie nicht mehr erkennen konnte. *Eine schauerliche Mode.*

Es war für Glas' Verwalter der erste Ausflug zum Knochenacker, und er sah sich fasziniert um, wie ein Kind. Krötchens

Familie besaß keine Grabsteine – sie waren als Gemeine gestorben und daher wahrscheinlich in den Gräbern Unbekannter übereinandergestapelt worden –, und er staunte über die vornehmen Stammbäume, die in Stein verewigt waren, und selbst über die Grabsteine von Menschen aus dem Volk, deren liebende Angehörige sich die Mühe gemacht hatten, schlaue Nachrufe einzumeißeln.

Barney Kriech. Beruf – Grabräuber. Nicht stören!

Verflucht Sei Jeder, Der Dies Liest.

Lach Nicht, Du Bist Der Nächste!

Und so war ihre Reise über den Knochenacker in gleichem Maße beunruhigend wie erheiternd, ernst und nutzlos.

»Das ist die dritte Stimme, auf die wir uns nicht verlassen können, Krötchen«, brummte Glas, als sie durch die massiven Tore der Begräbnisstätte und an den Tempeldienern in ihren Roben vorbeigingen, die Weihrauch in ihre Richtung bliesen, um Geister abzuwehren, die anderenfalls versucht hätten, zusammen mit ihnen den Bezirk des Todes zu verlassen. »Lehm ist für den Krieg. Bäcker wird nicht kommen, um abzustimmen. Und wer in den neun Höllen weiß schon, was die Götter der Herzogin des Todes empfehlen werden.«

»Vielleicht wird sie die Flut von Leichen für ihren Acker willkommen heißen«, sagte Krötchen. »Ein oder zwei verlorene Schlachten könnten ein gutes Geschäft für sie sein.«

Glas nickte, brachte aber kein Grinsen zustande, als er an die Jungen dachte, die er hierherschicken würde. Torren, sein jüngerer Bruder, war voll grimmigem Stolz auf seine Zwillingssöhne Tamar und Twain und ihre sich entwickelnden Fähigkeiten beim Kämpfen auf dem Übungshof – beide hatten sich bei den bezirksübergreifenden Wettkämpfen gut geschlagen. Torren und seine Söhne würden die Elite, die Spiegelmänner des Herzogs, in die Schlacht führen, Seite an Seite mit den Stahlsoldaten, den Eisenfäusten und dem Mob gewöhnlicher Wehrpflichtiger aus jedem Bezirk. Kai, Glas' eigener Sohn, war allzu erpicht darauf, die Kristallklinge auszuprobieren, die sein Großvater ihm hinterlassen hatte. Wenn Schmutz gegen Strata kämpfte, würden etliche Jungen auf dem Knochenacker landen, und sein Herz tat ihm weh, als er daran dachte, dass Kai oder die Zwillinge im Schlamm oder in den kalten Gräbern liegen könnten.

»Die Schafe werden keinen Krieg wollen«, bemerkte Krötchen. »Wir können uns auf ihre Geschichte der Feigheit verlassen und unsere Zeit andernorts nutzen, um die Unentschlossenen umzustimmen.«

»Und wir können nicht zu den Klippen gehen«, fügte Glas hinzu.

»Nicht, wenn Euch Eure Eier lieb sind.«

Glas holte tief Luft und richtete einen ernsten Blick auf ihn. »Welche anderen bedeutenderen Bezirke sind unentschlossen?«

»Nein …«, hauchte Krötchen.

»Doch. Der Schlachterbezirk.«

Kapitel 20

Schlachterei

Als der Tag kam, eskortierten drei Glasgardisten Herzog Glas und Krötchen zum Schlachterbezirk, genug Männer, um sie zu beschützen, aber nicht so viele, dass es so aussah, als würden sie die Selbstverwaltung des aufrührerischen Bezirks herausfordern. Das Betreten eines anderen Bezirks mit einer größeren Truppe würde von jedem der Herzöge und Herzoginnen verurteilt werden. *Die Angelegenheiten eines Bezirks gehen nur ihn selbst etwas an.* Es war ungeheuer gefährlich, den Schlachterbezirk überhaupt zu betreten – »Es grenzt an Dummheit«, hatte Krötchen ihm freudlos mitgeteilt –, aber auf keinen Fall konnte Glas sein Vertrauen in schriftliche Botschaften setzen, wenn er sie in das Chaos der Rebellion im Schlachterbezirk schickte, daher ging er persönlich hin, zusammen mit seinem widerstrebenden Verwalter und seinen drei besten Klingen.

Sie trugen jeder die glänzende gläserne Rüstung der besten Handwerker ihres Bezirks, selbst Krötchen, der seine unbehaglich zurechtrückte, als sie den Schafsbezirk verließen und die Hammelstraße überquerten, die als Grenze zu Schlachter diente. Das Trio der Glasgardisten bestand aus bewährten Männern, die zwei Jahre zermürbenden Trainings als Soldaten in den Höfen seines Cousins Eisen hinter sich hatten, und das nach drei Jahren des Studiums in der Gelehrten Bibliothek. Das war eine genügend lange Zeit, um sie abzuhärten, aber nicht so lang, dass ihre Loyalität sich allzu sehr den Eisernen Gepflogenheiten zuneigte. Wenn sie zurückkehrten, wurden sie in die feineren Techniken des Klingenspiels eingewiesen – von den Spiegelmeistern, Männern, die auch außerhalb von Turnieren kampferprobt, jedoch zum Kämpfen selbst zu alt waren.

Die Brustpanzer aus grünem Glas schimmerten in der Sonne, während sie ihres Weges gingen, und die durchsichtigen Kristallklingen an ihren Hüften waren vor aller Augen sichtbar – leichte Schlitz- und Stoßklingen, scharf genug, um eine geworfene Tomate im Flug sauber durchzuschneiden. Die langen Klingen bestanden aus sich abwechselnden Schichten von hartem und weichem Glas, was eine scharfe Schneide und ausreichend Biegsamkeit gewährleistete, um ein Zerspringen zu verhindern – eine uralte Technik, die unter Glas' gegenwärtigen Handwerksmeistern noch verbessert worden war. Es waren die besten Waffen, die man mit Gold kaufen konnte. *Aber zu kostspielig, um eine ganze Armee damit auszustatten.* Stahl war beinahe genauso gut und kostete ein Zehntel des Preises.

Randall Jade war der Erfahrenste unter ihnen. Glas hatte den alternden Gardisten bewundert, seit er ein Knabe gewesen war. Hochgewachsen und sehnig hatte Rands Reichweite ihm einen Vorteil über seine Gegner auf dem Übungshof verschafft, aber seine Erfahrung und Umsicht hatten ihm seinen hohen Rang eingetragen. Als Herzog Glas noch jung gewesen war, hatte er am Zaun des Übungshofes herumgehangen und beobachtet, wie Rand gegen Soldaten mit herrlich schillernden Namen kämpfte, wie Damon der Ochse, Galvin Goldarm und Stanislaw der Stanzer – oder zu Glas' Erheiterung der *Schnallenstanzer,* wenn bessere Gesellschaft und Frauen nicht zugegen waren. Rand hatte unter Glas' Vater die höchste Ehre eines Soldaten für den Bezirk erlangt und war zur Klinge aus Glas ernannt worden – dem persönlichen Leibgardisten seines Herzogs –, und Glas hatte ihn mit Freuden geerbt.

Der zweite Mann war Wallen Galg, den die Männer »die Mauer« nannten. Mauer war so breit, wie Rand groß war. Gebaut wie ein untersetzter Gigant hatte er in jüngeren Jahren zweimal das stadtweite Ringerturnier gewonnen, bis ihm ein kämpfender Schmied mit einem übelkeiterregenden Knacken den linken Arm zurückgedreht hatte, einem Geräusch, das Glas selbst von der Empore der Eisernen Arena aus gehört hatte. Die Mauer wollte daraufhin nie wieder ringen – hatte aber auf Waffen umgesattelt und schnell gelernt, seine Gegner mit verschiedenen Utensilien in seiner rechten Hand aus kurzer Entfernung zu zermalmen. Er trug einen Schild mit einem Buckel, in dem eine Glaskugel saß, an seinem steifen linken Unterarm, damit die Gliedmaße für irgendetwas gut war, und er verteilte mit hölzernen Waffen in der rechten Hand vernichtende Schläge an seine Übungspartner, bei denen Glas sich innerlich wand. *Aber es ist das Gemetzel, das der Mann mit einer echten Kristallklinge anrichten kann, das ihn in meine Garde geführt hat.* Die Mauer hatte einst einen törichten, mit einer Klinge bewaffneten Piraten mit einem einzigen Hieb in der Mitte durchgehauen. Der Leichnam des Mannes war in zwei Beibooten zu seinem Schiff zurückgeschickt worden, als Warnung an seine fischigen Kameraden, im Glasbezirk keinen Ärger zu machen.

Das letzte Mitglied von Glas' Truppe war Malvin Mors. *Der Junge.* Gerade siebzehn Jahre alt, hatte er Rand auf dem Übungshof mit stumpfen hölzernen Haumessern besiegt, drei Hiebe gegen einen. Malv war außerdem unbehelligt um Wallen herumgetanzt und hatte ihm mit der flachen Seite seiner hölzernen Klinge auf beide Backen geschlagen – Gesicht und

Hintern –, bevor die Mauer ihn angefallen und zu Boden gerissen hatte, wo der Kampf einigermaßen ausgeglichen gewesen war, obwohl Wallen nur einen Arm richtig benutzen konnte. Es hatte drei Männer und den Waffenmeister Arroyo gebraucht, um sie zu trennen. Niemand sonst kam an Malv heran – er war der Beste im Bezirk. *Vielleicht eines Tages der Beste in der ganzen Stadt,* hoffte Glas insgeheim. Gegenwärtig konnte Glas sechs andere benennen, die den jungen Aufsteiger vielleicht besiegen würden – der Pelzmacher aus Kürschner, die Eisenklinge Taka Dasha, der Freibeuter aus dem Hafenbezirk, Gewands Seidenschlitzer, der stämmige André Schmied und die Kneifzange vom Knochenacker. Alle hatten Wettkämpfe gewonnen, bei denen Malv noch nicht angetreten war. Natürlich rühmte sich der Stahlbezirk mindestens dreier Klingenkrieger, die kein Kämpfer gern mit gezückter Klinge auf sich zurennen sehen wollte. *Malv wird sie alle eines Tages bezwingen.* Er war schnell. Er war stark. Er war gewandt wie eine Katze. Und er war schlau im Kampf. *Aber noch nicht weise.*

»Wir kämpfen heute nicht«, wies Glas seine Männer an. »Wir vermeiden Kämpfe.«

»Sollte es zu einer Herausforderung kommen, werde ich Eure Ehre verteidigen, Euer Gnaden«, erbot sich Rand pflichtschuldigst.

»Wir werden nicht kämpfen«, wiederholte Glas.

Malv grinste Rand und Wallen an. »Ihr zwei seid zu beschäftigt damit, gegen das Alter anzukämpfen.«

»Vielleicht sollte der Kampf zwischen dir und mir stattfinden, du unverschämter kleiner Scheißer«, erwiderte die Mauer.

Glas griff ein, damit die Männer sich nicht in Rage redeten. »Er war mit dir im Übungshof, Mauer. Ich erinnere mich, dass er dir ziemlich zugesetzt hat.«

»Pah! Hölzerne Waffen und lasche Schläge. Ich bin kein

Tänzer, der unfähig seine Spielzeugklinge schwingt wie ein Schönling. Soll er sich mir mit richtigen Hieben entgegenstellen – dann benötige ich nur einen einzigen.«

»Du müsstest erst einmal einen Treffer landen«, spottete Malv. »Ich bin nicht irgendein o-beiniger Pirat, der dir vor die Klinge stolpert.«

»Er ist nicht gestolpert«, brummte Wallen. »Er hat sich auf mich gestürzt.«

Der Tag war hell und warm, aber die Straßen waren still, was nichts Gutes verhieß. Es bedeutete, dass die braven Leutchen des Schlachterbezirks sich immer noch vor dem fortgesetzten Chaos dieses Jahres versteckten. Es bedeutete außerdem, dass es an diesem Tag draußen in den Gassen gefährlich war. Glas schaute sich um, während sie weitermarschierten. Die berühmten Öllampen des Schlachterbezirks waren zerschlagen worden. *Von umherstreifenden Schurken, die bei Nacht nicht gesehen werden wollen.* Ein Fleischerwagen war umgestürzt und zerlegt worden, die Räder gestohlen. Die breiten Gossen der Straße, die für die gallertartigen, roten Abfallprodukte der Schlachthäuser vorgesehen waren, lagen trocken und unbenutzt da. *Der Bezirk hat dichtgemacht.*

»Man wird uns gleich entgegentreten«, flüsterte Krötchen und zeigte nach vorn auf eine Gruppe von herumlungernden Männern, die verschiedene nicht zusammenpassende Teile von Rüstungen trugen.

»Männer aus dem Volk in Soldatenkluft, Euer Gnaden«, bemerkte Rand. »Neun, soweit ich sehen kann.«

Der junge Malv grinste höhnisch. »Verdammte Bauern, die Verkleiden spielen. Wir können es mühelos mit neun von ihnen aufnehmen.«

»Um die Ecke könnten weitere sein, Euer Gnaden«, mahnte Rand.

»Drängt zwischen ihnen hindurch«, ordnete Glas an. »Waffen nicht ziehen, außer der Gegner zieht zuerst.«

Sein kleiner, glänzend grüner Trupp schritt weiter aus, und er seufzte erleichtert, als die halb gepanzerten Gemeinen den Weg frei machten. Der Schlachterpöbel sah, dass er wichtig war, aber man erkannte ihn nicht – obwohl er die Glasrüstung trug, hatte er nicht die Kleidung eines Herzogs angelegt. Einige der Schlachtermänner wichen langsam zurück, betasteten ihre Klingen, waren jedoch nicht kühn genug, um sie zu ziehen. Andere machten sich davon, unter dem Scheppern loser Schulterplatten und ungeschickt festgebundener Beinschienen. Rand hatte recht; sechs weitere Männer standen hinter der Ecke, alle ausgerüstet mit kunterbunt zusammengewürfelten Rüstungsteilen, die sie den Schlachterwachen geraubt hatten – einen Schweinemann-Brustpanzer hier, einen Bullenschild dort, und einige Hahnenhelme mit roten Federkämmen.

Was ist aus den treuen Schlachtermännern geworden, die diese Dinge vor ihnen getragen haben?

Glas hielt nicht inne, um die behelfsmäßigen Soldaten anzusprechen oder nach dem Weg zu fragen. Er wusste bereits, wo er hinging. *Zum Schweinepalast.* Obwohl das Volk die Herrschaft seiner Gebieter abgeschüttelt hatte, würde der nächste Mann, der aus ihrer Mitte die Macht ergriff, seinen Hintern gleich wieder auf den Thron im Palast pflanzen. *Das tun sie immer.*

Dann traf ihn Spucke im Gesicht. Er lief weiter und hoffte, dass seine Männer es nicht gesehen hatten, aber Rand blieb stehen. *Pech gehabt.*

»Kreisformation!«, bellte der alte Wachmann. Mauer reihte sich neben ihnen ein, und Krötchen schlüpfte hinter ihn, aber Malv trat von der Gruppe weg.

»Ich habe gesehen, wer das getan hat«, knurrte Malv. »Der

da!« Er zeigte mit der linken Hand auf einen finster dreinblickenden Mann und fand mit der rechten den Griff seiner Klinge.

»Geht weiter«, befahl Glas.

Aber Malv hatte seine Waffe bereits halb gezogen – der Ansatz seiner Kristallklinge glitzerte in der Sonne –, eine gezielte Aktion des übereifrigen jungen Burschen, dazu gedacht, einen nervösen Mann aus dem Volk dazu zu verleiten, seine Waffe zur Gänze zu ziehen. Denn Malv wusste, sobald der Mann richtig zog, durfte er ihn erledigen.

Glas öffnete den Mund, um seinem jugendlichen Wächter zu befehlen, die Klinge wegzustecken, aber es war zu spät. Der Gemeine, der gespuckt hatte, riss sein Hackmesser aus der schweinsledernen Scheide, und Malvs eigenes glänzendes Hausmesser sang zur Antwort, als er es herausriss. Er spaltete die Kehle des Mannes mit einem flüssigen Rückhandhieb.

Um sie herum wurden Klingen gezogen und wie Flaggen in den Händen einfacher Männer geschwenkt, die den Mut dazu aus ihrem Sieg über die Schlachters schöpften. Einer unter ihnen rief den anderen zu, dass sie Glas' Gruppe umzingeln sollten.

»Kreisformation!«, wiederholte Rand, ruhig und ernst. »Sie können uns nichts anhaben, wenn wir zusammenbleiben. Wenn sie kommen, tötet zuerst ihren Anführer. Die Übrigen werden fliehen.« Er sagte das laut, damit der rufende Mann es hörte und dann hoffentlich den Mund hielt.

Aber Malv streckte abermals die Hand aus, wie ein Kind, das ungeduldig darauf brannte, die Frage seines Lehrers vor den anderen Schülern zu beantworten. »Er ist es!«

»Nur wenn sie kommen …«, warnte Rand.

Doch Malv war bereits hinter dem Mann her. Er sprang mitten zwischen die Männer, und seine Klinge fuhr in einem schlangenähnlichen Tanz nach links und rechts und beförderte zwei weitere Schlachtermänner aufs Pflaster. Sie umklammerten die sich rot färbenden Lücken in ihren losen Rüstungen, wo seine Klinge sich zwischen Eisenplatten hindurchgeschoben hatte, um Fleisch zu zerschneiden und Adern anzuritzen. Aber zwei weitere Männer nahmen sofort ihre Plätze ein und traten zwischen den halbwüchsigen Wachmann und seine Glasgefährten.

»Ich werde den Weg hinter ihm frei machen«, meldete Wallen.

»Nein. Bleib bei deinem Herzog«, verlangte Rand.

»Der kleine Scheißer ist fast umzingelt.«

»Bleib bei deinem Herzog. Verstanden?«

Wallen stieß ein frustriertes Knurren aus, erkannte aber die Weisheit im Befehl des alten Soldaten und hielt seine Position in ihrem Kreis aus vier Männern.

Malv lachte über seine unbeholfenen Feinde und trieb sie abwechselnd rückwärts, wie eine Viper mit stählernen Schuppen, die von einem Rudel lächerlicher, plappernder Fleischaffen umgeben war.

Aber Glas lachte nicht. *Fleischaffen zermürben Vipern ... dann reißen sie sie auf und fressen sie.*

»Geht weiter«, drängte Glas seine Männer. Es schmerzte ihn zutiefst, seinen künftigen Favoriten im Stich zu lassen. Der junge Mann war so geschickt und so schnell. *Aber nicht besonders weise.*

Mauer protestierte. »Aber sie haben dem Jungen den Weg abgeschnitten!«

»Ihr habt euren Herzog gehört«, sagte Rand.

Während sie noch redeten, schlichen vier weitere Burschen aus Häusereingängen herbei, um ihnen den Weg zu versperren. Irgendjemand läutete eine Glocke.

»Wir müssen weg von diesem Mob«, murmelte Rand. »Wenn wir hierbleiben, um zu kämpfen, kommen noch mehr.«

Der hochgewachsene Soldat führte sie weiter, und ein teilweise gepanzerter Mann, der den Weg für sie nicht freigab, bekam Mauers Schild ins Gesicht. Der Buckel mit der Glaskugel schlug dem Mann gegen die Stirn, und Blut spritzte hervor. Der Mann landete auf den Steinen und zuckte mit den Gliedmaßen wie ein gestrandeter Fisch.

Krötchen zuckte zusammen. »Götter!«

»Er hätte einen Helm stehlen sollen«, schnaubte Wallen.

Rands Klinge prallte von dem schiefen Brustpanzer eines weiteren Mannes mit dem unverkennbaren schrillen *Ping* von Glas auf Eisen ab, und der Mann eilte davon und machte ihnen einen Weg frei. Sie rannten nicht los. *Flucht erregt einen Feind.* Die vier Männer marschierten in enger Formation zwischen den Schlachtermännern hindurch und ließen sie hinter sich, täuschten zuweilen Ausfälle an, um sie zu vertreiben, bis ihnen keiner mehr im Weg stand.

Und dann schauten sie zurück.

Malv war in einem echten Kampf genauso beeindruckend, wie Glas es erwartet hatte, und er metzelte drei weitere Männer nieder. Einer wand sich, und Blut quoll zwischen seinen Fingern hervor, als er sich sein durchstochenes Auge hielt. Ein anderer drehte sich zuckend im Kreis um eine größer werdende Blutlache, die aus seinen Eingeweiden sickerte. Der Dritte lag einfach reglos zu Füßen des Knaben. Für einen Moment wagte Glas zu hoffen, dass Malv sich einen Weg hinaus erkämpfen würde. Aber es waren nicht nur drei Männer – es waren fast zehn. Und als der Junge ermüdete, fanden mehr Schlachterkerle den Mut, sich der Menge um ihn herum anzuschließen. Sie waren dem Klang der Glocke gefolgt und gesellten sich zu dem Gedränge, bis es keinen Weg mehr an ihnen vorbei gab. Durch die wogende Menge sah Glas einen Ausdruck des Begreifens über Malvs junges Gesicht huschen. *Obwohl ich mich frage, ob er seinen Fehler einsieht.* Malv riskierte einen Blick an seinen Gegnern vorbei, um festzustellen, wo seine Kameraden waren, und sein Gesicht wurde lang, als er erkannte, dass sie ohne ihn gegangen waren.

»Weitergehen«, sagte Rand zu Glas, Mauer und Krötchen.

Sie nutzten die Zeit, die Malv ihnen verschafft hatte, und waren weit weg, als die Menge den Jungen schließlich aus sicherem Abstand mit langen Schweinespießen zu Boden schlug. Glas hörte den derben Akzent des Pöbels durch die Straßen hallen.

»Helft mir, diesen schlaffen Scheißer aus seiner Rüstung zu schneiden – sie ist mehr wert als ein Dutzend Grunzviecher!«

»Sie hat ihn bereits Kopf und Kragen gekostet. Ha!«

»Ich habe seine Klinge!«

»Ich will seinen Helm!«

»Der wird dir niemals passen, du Idiot.«

Die Schlachterleute folgten Glas' Gruppe nicht. Der Mob war nicht kühn genug, um es mit ihnen allen gleichzeitig aufzunehmen. *Genau wie es Rand gesagt hat.* Nach einem letzten Blick zurück trieb Glas sie weiter.

»Zum Schweinepalast, Männer.«

Kapitel 21

Der Schweinepalast

Sie trafen auf kein weiteres Gesindel, das Soldat spielte, als sie sich tiefer in den Bezirk hineinwagten. Tatsächlich sahen sie fast überhaupt niemanden. Glas runzelte die Stirn – der sonst so geschäftige Bezirk machte nicht den Eindruck, als feierte er seine Befreiung. Im Gegenteil, die angesehenen Fleischereien waren verlassen, aufgebrochen wie Eier, die Türen aus den Angeln gehoben und die Glasscheiben eingeschlagen. *Diese armen Fenster.* Mehrere Häuser waren durch Feuer geschwärzt oder standen unter Wasser, weil damit die Brände gelöscht worden waren. Das Volk des Schlachterbezirks, das sich doch noch auf die Straßen traute, floh, als es Glas und seine Soldaten kommen sah. In der Stille nach dem Aufstand schienen ihre Stiefel auf dem Pflaster, das zum Schweinepalast führte, lauter zu klappern. Das Echo hallte durch die entvölkerten Straßen, um ihr beunruhigend leichtes Nahen anzukündigen, und schon bald erhoben sich die rosafarbenen Doppeltürme – die »Schweinsohren« – über die spitzen Fachwerkhäuser der Kaufleute des Schlachterbezirks und über die Ziegelsteinanwesen mit den flachen Dächern der massakrierten adeligen Schlachterfamilien – der Hackebeils, der Porcinis, der Hautabzieher und dergleichen.

Die »Schnauze« ragte aus dem Antlitz des Palastes, ein

plumper, abgerundeter Monolith, der aus einer einzigen Felszunge gehauen war, massiv genug, um einer Belagerung standzuhalten – ein Geschenk der Steinmetze aus dem Steinbezirk, die vor über hundert Jahren mit den Schlachters verbündet gewesen waren.

»Schmutzens größtes Torhaus«, verkündete Rand ehrfürchtig.

Mauer lachte spöttisch. »Es bewacht die beiden rosafarbenen Schweinezitzen, wie ein pflichtschuldiger hässlicher Bruder die Jungfräulichkeit seiner Schwestern hütet.«

»Die wahre Gefahr beginnt hier«, warnte Glas. »Rand, womit haben wir es zu tun?«

Rand beäugte die Schnauze. »In der Decke werden Mordlöcher sein, um Steine und kochendes Öl auf uns niederprasseln zu lassen, und es wird Armbrustschlitze auf ganzer Länge geben. Die Ingenatoren aus Schlachter haben Platz für eine kleine Anzahl von Feinden gelassen, die eintreten können, aber dann lassen sie hinter ihnen ein rasiermesserscharfes Fallgatter herunter, sodass jeder, der noch auf der Schwelle steht, der Länge nach entzweigeschnitten wird, und der Rest wird im Innern gefangen. Sobald der Vortrupp mit Öl gekocht oder mit Armbrustbolzen gespickt wurde, stürzt er durch eine Falltür in eine Grube, um das Torhaus von den Leichen zu befreien. Oder die Grube ist mit heißem Teer gefüllt, und der Boden öffnet sich unter ihnen, während sie noch leben. Oder die Schweine lassen die Leichen sich einfach aufstapeln, um weitere Feinde am Eintreten zu hindern.« Rand hielt inne und erinnerte sich von einem früheren Besuch an die Anlage. »Der zweite Raum ist eine schmale, serpentinenartig gebaute Halle, die den Einsatz von Rammböcken vereitelt. Eine offene Decke ermöglicht es Bogenschützen oben auf den Mauern, Pfeile auf jeden herabregnen zu lassen, der so weit kommt. Das dritte

Tor besteht aus einem schweren Falltor und eisernen Schwingtüren.«

»Euer Rat?«

»Bittet um Einlass und darum, dass man Euch Sicherheit garantiert«, antwortete Rand.

Krötchen schüttelte den Kopf.

Glas zog eine Augenbraue hoch. »Habt Ihr einen anderen Rat für mich, mein Verwalter?«

»Verlangt Zutritt und versprecht *ihnen* Sicherheit.«

»Arrogant«, sagte Rand.

»Brillant«, sagte Mauer. »Sie haben mehr Angst vor uns als wir vor ihnen.«

»Wohl kaum«, murmelte Krötchen.

Glas dachte über den Vorschlag nach. »Sollte ein Herzog Verrätern aus dem niederen Volk Respekt oder Verachtung entgegenbringen?«

»Beides«, erwiderte Krötchen.

Glas nickte. »In der Tat.«

Es machte ihn nervös, unter Mordlöchern entlangzugehen, aber als ein Augenpaar durch eines davon spähte, übermittelte Glas mit fester Stimme seine Botschaft.

»Ich bin Herzog Glas, und ich bin hier, um mit dem gegenwärtigen Herrn des Schlachterthrons zu sprechen. Ich bitte respektvoll um Eintritt, um zu verhandeln, und während dieser Begegnung garantiere ich für seine Sicherheit, bei meiner Ehre als ein Mann aus Glas. Ich habe zwei persönliche Wachen und meinen Verwalter mitgebracht, genug, um meine eigene Sicherheit zu gewährleisten, und zu wenige, um heute Euren Bezirk zu erobern. Wiederholt diese Worte, damit ich weiß, dass Ihr sie richtig verstanden habt. Ich will nicht, dass eine schlecht übermittelte Botschaft zu tragischen Missverständnissen führt.«

Schon bald gingen sie zwischen Wachen des Schlachterbezirks über die Schieferfliesen der Eberhalle im Schweinepalast. Die Möchtegernsoldaten trugen diesmal vollständige Rüstungen, komplett mit den stählernen Schweinehelmen mit ihren platten Schnauzen, scharfschnäbeligen Hahnenhelmen und grinsenden Rinderhelmen. *Die drei beliebtesten Schlachttiere.* Eiserne Hundehelme wurden von rangniederen Soldaten getragen, und die untersten Lakaien hatten lederne Rattenhelme auf dem Kopf, weil deren Fleisch am wenigsten geschätzt wurde.

»Wieder Gemeine«, flüsterte Mauer Rand zu und klopfte mit seinen dicken Fingern auf den Griff seiner Klinge. *Er will mehr Schlachterblut als Vergeltung für Malv,* überlegte Glas. *Wenn wir Glück haben, wird er es nicht bekommen.* Krötchen würde derjenige sein, der der Familie Mors berichtete, dass Malv im Kampf für seinen Herrn als Held gestorben war. *Nicht als arroganter Junge, der für seinen eigenen Stolz gekämpft hat.* Sein Verwalter verstand sich so gut darauf, die Wahrheit zu verbiegen, wie einige seiner Glasbläser geschmolzenes Glas zu verbiegen verstanden.

Der Thronsaal des Schlachterbezirks war geplündert worden, bemerkte Glas. Die prächtigen Teppiche, an die er sich von seinem Besuch vor zehn Jahren zu einer Hochzeit zwischen Schlachter und Schmied erinnerte, waren verschwunden. Man hatte die riesigen Bronzekohleöfen aus den Wänden gerissen und die silbernen Kronleuchter heruntergezogen und durch primitive Holzfackeln ersetzt. Von der Pracht des Schlachterbezirks blieben nur die Bronzestatuen, die zu schwer waren, um sie zu stehlen – ein grotesk großes Mastschwein und ein Rind von ungewissem Geschlecht. Die Bronzekaninchen waren nirgends zu sehen. *Und die Bronzehühner sind aus dem Pferch geflogen!* Die große Feuergrube in der Mitte des Saals brannte noch immer – obwohl sie jetzt von den schweren Holzmöbeln des Palastes selbst gespeist wurde.

Auf der anderen Seite der Grube saß ein blinzelnder Mann auf dem Schlachterthron und beobachtete ihr Nahen durch die Flammen.

»Irgendetwas an seinem verkniffenen Gesichtsausdruck beunruhigt mich«, murmelte Glas.

»Er ist zappelig«, sagte Krötchen. »Und nervöse Männer sind gefährlich.«

Glas begrüßte ihn, und der Mann winkte ihre Gruppe mit einer vorsichtigen Geste heran. Glas und seine Männer gingen um die Grube herum. Weitere Soldaten flankierten den provisorischen Anführer, massigere Männer mit vollständigen Rüstungen. *Echte Soldaten. Männer, die ihre Schlachterherren im Stich gelassen haben, als sie sahen, dass das Blatt sich wendete.* Jede Rebellion brauchte – *und begrüßte* – wenigstens ein paar Verräter; solche mit nützlichen Fähigkeiten wie dem Töten. Hinter ihnen befand sich eine Reihe breiter, quadratischer Säulen, und Glas drehte sich der Magen um, als er sah, dass an ihnen gehäutete Kadaver hingen – einige frisch und andere in verschiedenen Stadien der Verwesung. An jede Säule war mit rauen Schnüren ein Leichnam gebunden. Sie hingen wie Mastschweine zum Ausbluten da, nur dass es keine Schweine waren. Es waren adelige Männer und Frauen aus dem Schlachterbezirk.

Der Mann mit dem verkniffenen Gesicht, der auf dem Thron saß, trug einen langen Umhang im Stil des Adels, den er verdrängt hatte. Dickes Leder – nichts so Zartes wie Seide. Ein glänzendes Kettenhemd hing unter einem Waffenrock bis zu seinen Knien herab, in der Taille gerafft von einer goldenen Kordel. Aber seine feinen Kleider und seine Rüstung konnten den fehlenden Stammbaum nicht verbergen. Sein Gesicht trug die Narben eines Verbrechers aus dem Schlachterbezirk – drei Schnitte auf seiner linken Wange für Raub, ein Kreis mit einer Linie darin auf der Stirn für Vergewaltigung und eine gespaltene Oberlippe für Mord. Er folgte den Blicken des Herzogs und versuchte, ihn einzuschätzen, während Glas an ihm vorbeisah, zu den zur Schau gestellten Toten.

»Immer noch damit beschäftigt, die Schlachter zu schlachten, hm?«, sagte Glas zur Begrüßung.

»Bis sie alle zur Rechenschaft gezogen wurden, ja«, antwortete der Mann, und die Hälften seiner gespaltenen Oberlippe teilten sich bei jedem Wort. »Die meisten, die nicht gefangen genommen wurden, als wir den Palast übernommen haben, sind aus dem Bezirk geflohen. Die Hähne sind als Erste weggerannt. Dann die Hunde. Die Bullen haben gekämpft – dafür muss man sie achten.«

Glas betrachtete die hängenden Leichen. »Ich sehe, Ihr erweist ihnen die letzte Ehre.«

»He, es waren die Schweine, die immer das Problem waren. Die haben ihre Tiere besser ernährt als ihre Untertanen. Hatten auf ihren Betten Laken aus Goldstoff aus dem Gewänderbezirk. Haben Pulver vom Gewürzhändler geschnupft, von denen eine Prise mehr wert war als das Leben eines Mannes. Haben Filamentfadenroben aus Glas getragen …« Er hielt inne und beäugte Glas. »Als wir sie aufscheuchten, haben sie versucht, Säcke mit Goldstaub und Nikoblättern wegzutragen, die so schwer waren, dass sie uns nicht davonlaufen konnten – sind gestorben wie Streifenhörnchen, die ihre Nüsse nicht loslassen können. Wir finden immer noch einige von ihnen, die sich unter den Gemeinen verstecken und sich als solche ausgeben.«

»Wie verschlagen sie doch sind.«

»Ihr seid der Glasherzog, hm?«

»Ja.«

»Ich bin überrascht, einen Mann von Eurem Rang hier zu sehen. Dieser Tage ist es nicht so sicher in der Schlachterei, falls Ihr es noch nicht gehört habt.«

»Ich habe ernsthafte Angelegenheiten mit der Person zu erörtern, die jetzt über diesen Bezirk herrscht, wer immer das sein mag.«

»Ihr steht vor dem Thron. Nennt Eure Anliegen.«

»Möge Friede unter uns herrschen …?«, wagte Glas sich vor.

»Wart Ihr ein Freund des Schweins?«

»Mein Vater hat mir einmal gesagt: ›Suhle dich nicht mit Schweinen im Dreck, weil du dann dreckig wirst, und den Schweinen gefällt das.‹«

Der Mann dachte einen Moment lang nach, dann schaute er zu einer Frau, die an seiner Seite neben dem Thron stand. Als sie lächelte, erkannte Glas sie. *Die Frau mit dem verkniffenen Gesichtsausdruck vom Glasplatz!*

Der Verbrecher wiederholte die Pointe und lachte. »Den Schweinen gefällt das. Ha!«

Nachdem Glas seinen Gastgeber auf solche Weise entspannt hatte, drang er in ihn, bedacht darauf, nicht arrogant zu klingen. »Und wer seid Ihr nun?«

»Ich bin das Volk von Schlachter.«

»Habt Ihr einen Beweis oder nur Euer Wort?«

Der Mann hob die rechte Hand. Der Schweinekopf-Siegelring der Schlachter steckte an seinem Zeigefinger.

»Falscher Finger«, informierte Krötchen seinen Herzog.

»Der andere Finger ist kaputt«, sagte der Schlachtermann. »Kriege das verdammte Ding nicht über meinen knotigen Knöchel.«

Es war ein weiteres Mal eines Verbrechers. Die meisten Bezirke bestraften einfachen Diebstahl, indem sie einen Finger verstümmelten – Glas' eigene Kerkermeister legten den Finger, für den der Übeltäter sich entschied, über die Kante eines Tisches und drückten ihn nach unten, bis er brach, aber sein

Bezirk war mitfühlender als manch anderer. Die meisten Bezirke entschieden für die Verbrecher und hackten den Finger einfach ab.

»Einem Leichnam einen Ring vom Finger zu ziehen macht einen noch nicht zum Herrscher«, sagte Glas bedächtig.

»Ich trage den Ring. Ich sitze auf dem Thron. Ich habe genug Schweinchenwachen übrig, um den Palast zu halten.«

Krötchen flüsterte seinem Herzog ins Ohr: »Der Ring ist genug.«

Glas nickte. »Ich nehme an, der Ring trägt Euch ein Stimmrecht ein.«

»Ein Stimmrecht wofür?«

Glas betrachtete ihn und überlegte, wie viele Informationen er mit dem Mann teilen sollte. Der Schweinepalast lag in Trümmern. In den Straßen war kein einziger Bezirkswachtmeister unterwegs. *Die Macht dieses Mannes ist alles andere als gesichert.*

»Ihr zweifelt an mir«, stellte der Schlachter fest. »Ich kann es sehen.«

»Ich zweifle in diesen turbulenten Zeiten an vielen Dingen. Nehmt es nicht als Beleidigung.«

»Ich bin nicht der Typ, der beleidigt ist. Das ist ein Spiel für Euch edelleutige Typen. Denkt von mir, was Ihr wollt, aber ich halte den Bezirk.«

»Ich muss wissen, dass ich Euch vertrauen kann.«

»Mir vertrauen? Wir sind gerade damit fertig geworden, Euresgleichen in unserem Bezirk auszumerzen.«

»Ich bin nicht wie die Schweine. Und Ihr braucht jetzt Verbündete. Aber ich muss wissen, mit welcher Art Mann ich mich einlasse, und die Male auf Eurem Gesicht machen es schwer, Euch zu vertrauen.«

Der Schlachter betastete seine Narben. Glas spürte, wie Krötchen mit einer verkrampften Hand seinen Arm ergriff –

eine Warnung aufzupassen, was er sagte. *Drängt nicht zu sehr.* Aber Glas schätzte den Mann so ein, dass er eher praktisch als stolz war. Der Verbrecher aus dem Schlachterbezirk musste von jedem Edelmann Argwohn erwarten, wenn man bedachte, dass seine Verbrechen ihm klar und deutlich ins Gesicht geschrieben waren. Wenn Glas seinen Argwohn nicht offenbarte, würde Schlachter wissen, dass er ihn verbarg, und die Anspannung zwischen ihnen würde bleiben. Glas betrachtete sich nicht als Ankläger – *das hat bereits ein anderer erledigt* –, er gab dem Mann die Chance, sich zu erklären.

»Ich habe einmal geliebt«, sagte Schlachter schließlich. Er hielt inne, damit Glas seine Worte verdauen konnte. »Überrascht?«

Glas war in der Tat überrascht, zeigte es aber nicht. Er ließ den Mann weitersprechen.

»Sie stand über mir – eine geringere Nichte der Familie Häuten. Ich hatte mit zehn bereits gebrochene Fingerknöchel – ein hungriger Junge, der einem Händler Fleischabfälle gestohlen hatte, die für seine Hunde bestimmt gewesen waren. Und damit war ich ein Dieb. Schlimmer noch, ein *gemeiner* Dieb. Aber sie kam eines Tages an der Abdeckerei vorbei, wo ich Hufe klein gemahlen habe. Ein wunderschönes Mädchen – für einen blauäugigen Jungen wie mich weder eine Gemeine noch eine Adelige, sondern einfach ein wunderschönes Mädchen. Sie regte mich dazu an, kluge Dinge zu sagen, und dann lächelte sie. Schon bald fand sie Gründe, den Laden zu besuchen, wo ich so wortgewandt von ihrer Schönheit schwärmte, dass ich ein Barde hätte sein können. Bald darauf war sie in meinem Bett. Während der Stunden, die wir unter diesen groben Laken verbrachten, fühlte ich mich nicht wie ein Gemeiner; ich fühlte mich wie ein Fürst … Fürst Abdecker. Ha! Aber als ihr Bruder uns zusammen erwischte, bezichtigte die

Familie Häuten mich der Vergewaltigung ihrer Nichte. Sie brannten mir dieses Mal auf die Stirn, und sie ritzten mir die Wange auf für den eleganten Schal, den das Mädchen zurückgelassen hatte, als man es hinauszerrte. Sie hatte den Schal um einen Bettpfosten gebunden, damit er mich an sie erinnerte. Man behauptete, ich hätte ihn ihr gestohlen.

Es lief auf fünf Jahre Zwangsarbeit hinaus, bevor ich in die Abdeckerei zurückkehrte. Mein Bruder warnte mich, ihr aus dem Weg zu gehen, aber sie kam immer noch vorbei und hielt nach mir Ausschau, und ich rief sie herein. Ich sah, dass man auch ihr ein Mal verpasst hatte. Grobes Schnitzwerk auf ihrer babyweichen Wange. Eine Hurennarbe: Eier und Schwanz. Eine Schandmal, um ihr schönes, perfektes Gesicht zu verschandeln. Ihr Vater hatte es selbst getan.

Ich habe ihn getötet. Ich bin schuldig. Ich habe sein Gesicht in Streifen geschnitten und stand noch über seinem blutigen Leichnam, als man mich holen kam. Man hätte mich dafür eigentlich hinrichten müssen. Ich war darauf gefasst. Ich hätte nach traditioneller Schlachtermanier das Bronzeschwein reiten sollen. Aber sie *wussten*, dass ich das erwartete. Sie wollten mir nicht geben, was ich mir verdient hatte. Stattdessen nahmen sie sie. Habt Ihr jemals jemanden das Schwein reiten sehen?«

»Das habe ich nicht«, antwortete Glas. Er hatte nie eine Schlachterhinrichtung miterlebt.

»Das Schwein ist immer noch hier.« Schlachter zeigte auf das schwere Bronzeschwein und bedeutete seinen riesigen Wachen, es über die Spießgrube hinter Glas und seinen Männern zu ziehen.

Zuerst dachte Glas, es würde zu schwer für sie sein, aber als sie dagegen drückten, rollte es auf raffiniert in die Schweinefüße eingebauten Rädern, und die Männer schoben es mühelos auf die Plattform über dem Feuer. *Es ist hohl*, begriff Glas, als die Flammen um seinen gewölbten Bauch züngelten. Für einen Moment knisterte das Feuer einfach gegen das Metall.

Dann packte Krötchen Glas' Arm. »Das Schwein bewegt sich!«

Das riesige Ding begann hin und her zu zucken, und als das Schwein grunzte, standen Glas die Haare in seinem adeligen Nacken zu Berge.

»Magie!«, hauchte Wallen.

»Nein.« Glas hielt sich entsetzt eine Hand über den Mund. »Da drin ist jemand.«

»Allerdings«, stimmte Schlachter sachlich zu. »Irgendein Neffe der Familie Hackebeil.«

»Ihr braucht dies nicht zu tun, um uns zu beeindrucken, Schlachter.« Glas kämpfte gegen seinen Abscheu.

»Ich versuche gar nicht, Euch zu beeindrucken.« Schlachter richtete sich auf dem Thron auf, sodass er beinahe darauf stand. Seine Nasenflügel bebten, als er sprach. »Ich habe zugesehen, wie meine Geliebte ebendieses Schwein geritten hat. Sie haben meine Lippe gespalten, um mich als Mörder zu kennzeichnen, und dann haben sie mich gezwungen zuzusehen, wie sie meine Strafe erlitt.«

Glas nickte. Es gab nichts, was er für den Hackebeiljungen tun konnte. »Ihr seid verbittert. Das ist verständlich.«

»Das ist auch der Grund, warum ich der passende Anführer dieser Rebellion bin. Ich repräsentiere am besten den Zorn des Volkes.«

»Dann sollte das Volk Euch und den Siegelring, den Ihr in Besitz genommen habt, zur nächsten Versammlung schicken, um gegen einen Krieg zu stimmen, der dem Volk nicht zugutekommt. Und auch Euch würde ein Krieg nicht gerade helfen. Eine neue Führung muss ihre Macht erst stabilisieren. Krieg wird weiteres Chaos bringen. Die Stahls werden kommen, um Eure Schlachtermänner einzuziehen. In einer Zeit des Krieges werden sie die Hälfte der Männer aus jedem Bezirk nehmen, diesen eingeschlossen. Sie werden Eure untrainierten Rekruten in Lederrüstungen an die Front schicken, damit sie als Erste sterben, und sie werden behaupten, es sei eine Ehre.«

Der Schlachter neigte den Kopf zur Seite. »Ihr stimmt gegen diesen Krieg, nehme ich an?«

Es war eine heikle Frage, und Glas wollte nicht zu viel preisgeben. Eines stand fest – er vertraute keinem Verbrecher. Die Leidensgeschichte dieses Burschen war entweder eine kunstvolle Lüge – in welchem Fall er ein Lügner war –, oder sie war die Wahrheit, in welchem Fall er ein Dieb und Mörder war, der die Schicht des Adels, zu der Glas gehörte, abgrundtief hasste. Und die Frau mit dem verkniffenen Gesicht, die ihm ins Ohr geflüstert hatte, war in Glas' eigenem Bezirk als Aufrührerin erschienen.

»Ich habe mich noch nicht entschieden«, sagte Glas schließlich. »Aber Ihr solltet es tun.«

Eine tiefe Falte erschien zwischen den Brauen des Mannes. »Wir werden darüber nachdenken«, versprach er.

Er hat »wir« gesagt, bemerkte Glas. *Ich habe es also auch mit der Frau zu tun.*

»Ich werde einen Mann meines Vertrauens schicken, um Euch über den Tag und den Ort der Abstimmung in Kenntnis zu setzen«, fuhr Glas fort. In dem Moment klapperte das Bronzeschwein, und das Grunzen aus seinem Inneren fand seinen Höhepunkt in einem lang gezogenen, gedämpften Stöhnen. Dann wurde es still. Glas zuckte leicht zusammen. »Versprecht mir, dass Ihr den Boten nicht kochen werdet.«

Kapitel 22

Ratten!

Flora wälzte sich herum und tastete in der Dunkelheit vergeblich nach ihrer Maske.

Scheiße …

Als sie nichts außer einem Strumpf zwischen den Laken fand, schlüpfte sie aus dem Strohmatratzenbett und bewegte sich nackt im Spinnengang auf Fingern und Zehen durchs Zimmer, bemüht, kein Geräusch zu machen und ihre Kleider einzusammeln. Trotz ihrer Vorsicht rührte sich der Mann im Bett.

Scheiße-Scheiße-Scheiße.

Als er schließlich eine Kerze fand und eine Flamme zum Leben erweckte, hatte sie ihre Kniehose an, aber ihr Hemd war so verheddert, dass ihr rechter Ärmel ihr den Arm hinter den Rücken drehte, und der linke Ärmel war nirgends zu finden.

Ich habe die Hand durch den Halsausschnitt gesteckt!

»Da bist du ja, mysteriöse Frau«, brummte der Mann und hielt die Kerze hoch, um Flora anzuleuchten. Das Licht fiel auch auf ihn, und sie starrten einander im fahlen Schein der Kerze an und überdachten Entscheidungen, die sie am Abend zuvor getroffen hatten.

Er war ein Insulaner mit goldener Haut und breiten Schultern. Und Kapitän einer großen Holzbarkasse auf Landgang. Er hatte schon viele Häfen gesehen, nannte aber keinen davon sein Zuhause. Es war eine unkomplizierte Angelegenheit gewesen, mit ihm in seinem Bett zu landen. Er war einfach. *Und erfahren.* Flora dachte an ihre gemeinsame Nacht in der befreienden Anonymität der Dunkelheit. Sie erinnerte sich auch an seinen Namen, obwohl es besser war, ihn zu vergessen, jetzt, da sie mit ihm fertig war. Sie bedeckte das Gesicht weiterhin mit dem Hemd und spähte durch einen schmalen Schlitz. *Ich muss wie eine Räuberin aussehen.*

»Du versteckst immer noch dein Gesicht?«, bemerkte er lächelnd und setzte sich auf, sodass die Bettdecken sich auf seinem Schoß sammelten und seine unbehaarte, muskulöse Brust entblößten. »Hm. Ich schätze, du bist eine adelige Dame, die an den Kais auf Schleppfang gegangen ist, um den salzigen Geschmack eines Seemanns zu kosten. Du fickst unterhalb deines Standes, ja? Vielleicht hast du gehört, dass Seeleute gut bewandert sind?«

Oh ja.

Flora zerrte an dem Hemd, bis es nachgab und gleichzeitig ihre nackten Brüste und ihr Gesicht bedeckte. »Dass ich meine Identität geheim halte, bedeutet nicht, dass ich adelig bin. Ein eifersüchtiger Ehemann könnte der Beweggrund für meine Tarnung sein. Oder Raub.«

»Nein, ich sehe keine helle Haut um dein Handgelenk, deine Finger oder deinen Hals herum, wo ein Ehering die Sonne abgehalten hätte.«

»Tatsächlich? Auf so etwas achtest du?«

»Ich mag es nicht, eifersüchtige Ehemänner zu töten. Und ein guter Räuber würde wissen, dass ein Schiffskapitän seine Wertgegenstände in seiner Kajüte auf seinem Schiff verschlossen hält. Ich nehme nur das mit an Land, was ich mir leisten kann auszugeben oder zu verlieren. Außerdem fühlst du dich wie eine gebildete Dame an. Wohl wahr, du hast in diesem

Bett gestern Nacht genauso gut geflucht wie jeder Seemann, aber Worte wie ›Beweggrund‹ und ›Identität‹ entschlüpfen dir, wenn du nicht gerade stöhnst. Die meisten meiner Männer wüssten nicht, was diese Worte bedeuten.«

»Was bedeutet Beweggrund denn?«

»Du prüfst mich, hm? Allerdings habe ich keinen Beweggrund, mich deiner Prüfung zu stellen.«

»Also bist du auch kein Narr. Das muss der Grund sein, warum du der Kapitän bist.« *Soll er ruhig denken, er habe mit einer Schmutzigen Gräfin das Lager geteilt,* beschloss Flora.

Es wäre eine schöne letzte Erinnerung, die sie ihm hinterlassen könnte. Ihre Abstammung war nicht der Grund, warum sie ihr Gesicht versteckte. Die Narben der Verbrennung und der darauf folgenden Fäulnis verliefen von ihrer zerschmetterten linken Augenhöhle bis zu ihrem schiefen Kieferknochen und über ihre Wange zu ihrem zerstörten Ohr. Die ganze vernarbte linke Seite ihres Gesichts war eine unebene Schneise fleckigen Rots und Purpurs, die verbliebene Haut irgendwie gleichzeitig glänzend und narbig. Die Fäulnis hatte ihr Leben verschont, aber sie hatte ihren linken Nasenflügel als Bezahlung genommen und ein skelettartiges Loch an seiner Stelle zurückgelassen, um sie daran zu erinnern, wie nah sie dem Tod gewesen war. Die untere Hälfte des Ohres war ebenfalls verschwunden, während der obere Teil sich zu einem festen Ball zusammengerollt hatte. Die Widerwärtigkeit der Narben war gewiss ein Beweggrund, eine Maske zu tragen, aber nicht der einzige. Die Narben machten es leicht, sie wiederzuerkennen. Ein Erkennungszeichen erster Güte.

Und eine Ratte darf das Risiko nicht eingehen, erkannt zu werden.

»Ich muss zugeben, ich bin neugierig …«, kicherte der Kapitän. Er hielt ihre Maske hoch, die er zwischen den zerwühlten Decken gefunden hatte.

Da ist sie!

Er spielte mit der Maske herum, und Flora dachte, dass er vielleicht grausam sein und sich weigern würde, sie ihr zurückzugeben. Aber schließlich seufzte er und hielt sie ihr hin. »Pah! Hier. Ich werde dein Geheimnis achten, gute Dame.«

Als sie vortrat, um nach der Maske zu greifen, zog der Kapitän Flora an sich und begrub seine fremdländischen Lippen an ihrem Hals, um ihr zu erlauben, die Maske aufzusetzen, während er den Blick von ihrem Gesicht abgewandt hatte, eine Geste, die sowohl leidenschaftlich als auch einfühlsam war. *Er ist ein guter Mann,* dachte Flora – der Beste, den sie bislang in der Stadt getroffen hatte. Wenn sie nicht vernarbt gewesen wäre, hätte sie sich vielleicht Fantasien darüber hingegeben, mit ihm auf sein Schiff zurückzukehren und die salzige Gischt auf dem Gesicht zu spüren, während sie von Schmutz wegsegelte. *Aber ich bin vernarbt.* Und eine vernarbte Frau konnte sich keine Fantasien leisten.

»Ich werde mich an dich erinnern«, sagte er und hielt sie für einen letzten Augenblick an seine warme Brust gedrückt.

»Nein«, flüsterte Flora, während sie in ihrer Kniehose nach ihrem Abstecher tastete, um sich davon zu überzeugen, dass sie den nicht auch noch verlegt hatte. »Das wirst du nicht.«

Der Heimweg entlang der Kais war kalt. *Dafür habe ich ein warmes Bett und einen leidenschaftlichen Mann verlassen?* Sie hatte gehofft, dass der Kapitän nicht aufwachen würde, aber er hatte einen leichten Schlaf gehabt. *Ich hätte geradeso gut zum Frühstück bleiben können.* Stattdessen zitterte und fluchte sie auf dem Weg in den Irrgarten. Die Gassenkinder waren noch nicht draußen – es war zu kalt für sie. *Die sind klüger als ich.* Sie lagen noch zusammengerollt unter mottenzerfressenen Decken in ihren Verstecken, wo immer sie die hatten. Jemand hatte ihr erzählt, ein

Versteck in einem Lagerschuppen tauge meist für drei bis fünf Tage, bis der Ladenbesitzer oder die Schmutzwache es fand und sie verjagte. Verlassene Gebäude waren zu gefährlich für die Straßenkinder – Ruinen und Schuppen wurden von älteren Vagabunden in Besitz genommen, die die jüngeren ausplünderten.

Der Weg von den Kais zu Rajeevs düsterer Gasse war nach zwei Jahren des Kommens und Gehens vertraut. *Zweimal nach rechts abbiegen, einmal nach links, der Biegung folgen und eine Straße überqueren.* Danach geradeaus weiter, bis sie die Gebäude mit den größeren Ziegelsteinen erreichte. Die älteren Bauten waren mit einer anderen Technik errichtet worden – Zeichen einer fünfzigjährigen Flaute im Baugewerbe. Große Ziegelsteine, eine halbe Elle lang und von der Höhe einer Männerhand, waren benutzt worden, bis die alte Stadt während der Vogelpest aufgehört hatte zu wachsen. Als sie sich wieder weiter ausgedehnt hatte, benutzte man Kinder, um die Ziegelsteine herzustellen, und ein Kinderfuß bestimmte die Länge eines Ziegelsteins, während eine Kinderhand zum Maß für die Höhe wurde. Diese kleineren Ziegelsteine waren verwendet worden, um den nächsten Block von Häusern und Läden zu errichten. Flora duckte sich hinter das dritte Gebäude aus großen Ziegelsteinen und schlüpfte dann in die Gasse, die so dunkel war, dass man auch bei Tageslicht das hintere Ende nicht sah.

Sie ging zur rückwärtigen Mauer und schaute sich forschend um, ob sie nicht verfolgt wurde. Unwahrscheinlich an einem so erbärmlich kalten Morgen, aber in ihrem gefährlichen Gewerbe konnte sich auch die kleinste Unachtsamkeit als fatal erweisen. Sie wartete die empfohlenen hundert Sekunden ab und gackerte dann wie ein Huhn. *Er wird durch das Guckloch spähen.* Falls der alte Mann etwas sah, das sie nicht sah, würde er sie nicht hereinlassen – eine Vorsichtsmaßnahme. Sie wartete ab, dann ahmte sie einen anderen Vogelruf nach, diesmal lauter. Sie war gut mit Vogelrufen. Sie konnte wie eine Rotdrossel pfeifen oder den Schrei einer Dämmerungseule ausstoßen. Sie konnte mit ihrer Kehle sogar den feinen Unterschied zwischen dem Krähen einer Krähe und dem Krächzen eines Raben nachahmen. Sie war immer noch dabei, den Schrei der Inselmöwen zu lernen, die regelmäßig den Hafen besuchten, und jetzt probierte sie auch das. Rajeev antwortete auf nichts von alledem.

Zu früh für ihn?

Er war da, das wusste sie – *er ist immer da, der Einsiedlerkrebs in seinem Panzer.* Flora schauderte und überlegte, einen Ziegelstein nach der versteckten Tür zu werfen. Aber es war möglich, dass er sie sah und aus irgendeinem ihr unbekannten Grund klug genug war, die Tür nicht zu öffnen – vielleicht ein in der Dunkelheit lauernder Schmutzwachmann. Es wäre dumm, das Versteck ihrer Ratte zu offenbaren, nur weil sie schlecht gelaunt war und fror. Sie rückte ihre Maske zurecht und wartete in den Schatten.

Die abscheulichen Gerüche aus der Nachbargasse – die fast so dunkel war wie ihre eigene – wurden durch die Kälte gedämpft. *Den Göttern sei Dank.* An einem warmen Tag verpesteten die Gerberalchemisten ganze Straßenzüge. Das Gerben war tatsächlich ein solch übel riechendes Gewerbe, dass man es aus den zivilisierten Bezirken verbannt und in den Irrgarten abgeschoben hatte, wo die Armen und die Zwielichtigen nicht in der Position waren, sich zu beschweren. Die Tierhäute wurden in Urin und Salz eingeweicht, dann schlug man Hundescheiße in sie hinein, um sie zu beizen. Anschließend wurden sie in einer Lösung aus Tiergehirnen gebadet, um sie noch weicher zu machen. Die heimischen Gassenkinder verdienten sich ein paar Münzen, indem sie Hundescheiße von den Straßen und Pisspötte einsammelten, die man für die Gerber an den Straßenecken stehen ließ. Flora staunte noch immer darüber, dass totes Tierfleisch, in das man Exkremente einarbeitete, sich irgendwie magisch in Leder verwandelte, aber sie musste zugeben, dass man auf diese Weise feine Stiefel bekam. *Ich trage gerade ein solches Paar.*

Vor Generationen war die Familie Gerber im Gewänderbezirk sehr mächtig gewesen – *was sie die Leute immer noch eifrig wissen lässt* –, aber ihr Geruch hatte eine gewisse Gewandherzogin in den Wahnsinn getrieben, und so hatte man die Gerbereien in den Irrgarten verbannt. Die Familie Gerber unterhielt noch immer ein Herrenhaus im Gewänderbezirk, und sie hatte nach wie vor einen Sitz in der Tuchhalle inne, aber mangelnder Geschäftssinn, Schulden und ungeschicktes politisches Taktieren waren zu ihrem stinkenden Ruf noch hinzugekommen und hatten die Gerbers geschwächt. Die Schneiders, die Webers und andere Gewänderfamilien besaßen alle mehr Einfluss und genossen größeren Respekt, trotz der offensichtlichen Wichtigkeit der Gerbererzeugnisse. Die Erbin, Rubi Gerber, die den Familiensitz innehatte, war angeblich eine Speichelleckerin, die nichts anderes tun konnte, als mitzulachen, wenn Herzogin Gewand sie »Gräfin Stinkerlein« nannte. Die geringeren Gerbers – *die Cousins und Cousinen, die die tatsächliche Arbeit leisten* – lebten in der Nähe der Gerbereien und waren entsprechend mit dem abwertenden Titel »Irrgartengerber« geschlagen, obwohl sie in Wirklichkeit die eigentlichen Handwerksmeister der Familie waren. Im Laufe der Zeit hatte Flora von Ori und Moxi Gerber und den anderen Irrgartengerbern eine Menge über deren elende Familiengeschichte zu hören bekommen. Sie lebten hinter der Gerberei in der düsteren Nachbargasse, wo sie die herrenlosen Hunde schlachteten, die die Straßenkinder ihnen für zwei Kupferstücke lieferten – eine Münze für das

Fell und eine für das Fleisch, das zu einer kleineren Ausgabe des Schlachterbezirks innerhalb des Irrgartens abtransportiert wurde.

In dieser Gasse habe ich in den letzten zwei Jahren eine Menge über Politik und über das Töten gelernt.

Flora erhob sich und ging zum Eingang der Gasse zurück. Zumindest war es wärmer, wenn sie sich bewegte. Sie ertastete sich den Weg zur Hintertür und lauschte, ein Ohr an das Holz gelegt. Irgendjemand war bereits wach. Die geringeren Gerbers waren harte Arbeiter – früh auf den Beinen und spät auf den Beinen. Flora schlug zweimal mit der Hand gegen die Tür.

»Wer klopft?«, rief eine Stimme von der anderen Seite.

»Jeder klopft, Ori«, rief Flora zurück. »Heute bin ich es aber.«

Die Tür wurde geöffnet, und ein Lichtstrahl erschien. Ori Gerber war ein schlanker junger Mann, nicht viel älter als Flora selbst. Er sah ihr maskiertes Gesicht und lächelte.

»Tetra!«

Mein Schmutziger Name. Sie hatte den Namen angenommen, weil sie ihren eigenen nicht länger benutzen konnte. Es war ihre Identität hinter den Masken. *Mein entstellter Name.* Es war außerdem das einzige Relikt, das sie von ihrer stratanischen Abstammung gerettet hatte – der Name ihrer ehrgeizigen Urgroßmutter, der Königin, die Türme gebaut hatte. Ein Name, der Flora vertraut genug war, dass sie instinktiv darauf hörte, den Bewohnern von Schmutz aber so unvertraut, dass niemand mit der Wimper zuckte, wenn sie ihn nannte. Er würde keinen Verdacht erregen, was ihre wahre Identität betraf – *die Welt denkt, Flora Evangelin wäre tot.* Sie hatte sogar vor einem Jahr einen Tavernenbarden ein Lied über ihr Dahinscheiden singen hören – die verbannte Rattenprinzessin, die vom Grasmeer verschluckt worden war.

Mein Abenteuer war immerhin ein Lied wert.

»Brauchst du Arbeit?«, fragte Ori. Er war übertrieben freundlich und wie immer zu sehr darauf erpicht zu plaudern. »Ich habe heute drei reinbekommen.«

»Ich brauche immer Arbeit.« Rajeev hatte einen Denkspruch zum Praktizieren ihres Gewerbes: *Jeder Mord macht den nächsten Mord leichter.* Natürlich hatte die Ratte zu allem ein Sprichwort parat.

»Ich habe zwei junge Welpen und einen mies gelaunten Brixie.«

»Ich habe keinen Grund, Welpen zu töten.«

»Verstanden. Bleib hier.«

Flora griff zwischen die Falten ihrer Kniehose und zog eine der fünf Klingen aus ihrem Gürtel, einen praktischen Abstecher, lang und schmal mit kleiner Parierstange und einem in Stoff gewickelten stählernen Griff. Keinerlei Zierde daran – rein für geschäftliche Zwecke. Sie hörte aus dem Inneren der Wohnung ein Knurren, tiefer und lauter, als sie es erwartet hatte, und so zog sie außerdem noch ein gekrümmtes Haumesser.

»Götter!«, jaulte Ori. »Pass auf!«

Der Brixie befreite sich mit einem Satz und erschien für einen Augenblick als Silhouette in der erleuchteten Tür; sein riesiger kantiger Kopf schwang hin und her, bevor er eilig in die Dunkelheit der Gasse verschwand. Er rannte Flora beinahe über den Haufen, aber im letzten Moment hörte sie ihn laut auf den Steinen schlittern, bis er stehen blieb. *Er ist jetzt hier draußen bei mir,* überlegte Flora, obwohl sie ihn nicht sehen konnte.

Dem übel riechenden Gebäude entkommen, schnupperte der Hund und nahm ihre Witterung auf. Seine Silhouette hatte ihr verraten, dass es ein großes Tier war, und sein leises, drohendes Knurren sagte ihr, dass er offensichtlich schlechte Manieren hatte. Brixies waren Hunde des Meeres. Matrosen ließen sie frei umherstreifen, um in den Häfen ihre leeren Schiffe zu bewachen. *Gute Balance und schlechte Laune.* Aber manchmal sprangen sie von Bord der Schiffe, wanderten durch die Straßen und schnappten nach Leuten, bis ein Schmutzwachmann sie aus der Ferne mit einer Armbrust niederschoss. *Dieses Knurren ist nicht die Warnung eines verängstigten Streuners.* Der Hund äußerte die Drohung einer gefährlichen Bestie – Brixies konnten fast so groß werden wie Kriegshunde, und nur ihre O-Beine verhinderten, dass man sie an Land in der Schlacht einsetzte. *Zu langsam bei einem Sprint.*

Flora hockte sich hin, ihr Haumesser ausgestreckt, den Abstecher zum Stoß erhoben. Da sie in der Dunkelheit nichts sehen konnte, spürte sie das Tier anhand seines heiseren Atems auf. *Breite Füße. Schnelle Füße. Schlaue Füße.* Ihre Füße waren wichtiger als ihre Hände, selbst mit Klingen darin. Unbeholfene Füße waren der häufigste Fehler bei schlechten Kämpfern. Auch das hatte Rajeev sie gelehrt. Ein danebengegangener Hieb mit der Hand, und der Brixie würde ihr ein Stück Fleisch aus dem Arm reißen. Ein falscher Schritt, und der Hund würde ihr an die Kehle gehen.

Dann hörte Flora nichts mehr – *Kämpfer werden oft still, kurz bevor sie zuschlagen*. Sie sprang beiseite. Kiefer klappten aufeinander, wo sie gerade eben noch gehockt hatte, und sie stieß ihrerseits mit dem Haumesser zu. Stahl bohrte sich durch Fell und Fleisch, aber nicht tief. Die Tatsache, dass der Hund nicht aufjaulte, sprach für sein grimmiges Wesen. Er knurrte nur und stürzte sich erneut auf sie. Flora musste ein zweites Mal zur Seite tänzeln. Sie spürte, wie der Brixie an ihr vorbeischoss, und dachte, er würde vielleicht durch die Gasse fliehen. *Ori wird wütend sein, wenn ich seinen großen Pelz verliere.* Aber der Hund wirbelte herum und näherte sich ihr ein weiteres Mal mit schnappenden Zähnen. Klauen kratzten über ihren Umhang, und sie musste über das Tier springen, um nicht gegen die Gassenmauer gedrückt zu werden. Flora hielt das Messer nach unten gerichtet, während sie sprang, und schlitzte dem Hund den Kopf auf. Aber es war eine weitere oberflächliche Schnittwunde. *Ich muss Ernst machen.* Sie konnte es sich nicht leisten, verletzt zu werden, und auf einen verrückten Brixie war sie an diesem kalten Morgen nicht gefasst gewesen.

Sie landete hinter dem Hund, leicht wie ein Eichhörnchen, und wirbelte auf den Zehenspitzen herum. Der Brixie hechelte, dadurch leicht in der Dunkelheit auszumachen. Flora wartete nicht. Sie griff sofort an, sprang abermals los und wusste, dass der Hund klug genug sein würde, diesmal ihre Bahn durch die Luft zu erahnen; er würde den Kopf nach oben recken, um nach ihr zu schnappen, während sie über ihn hinwegsetzte, und dabei würde er seine Kehle entblößen. Sie schlug mit der gekrümmten Klinge zu.

Kurz danach saß sie rittlings auf dem abkühlenden Kadaver des Brixies, während sein Lebenssaft sich auf das Pflaster ergoss. Sie spürte den Dampf des heißen Blutes zwischen den Beinen.

»Tut mir leid«, sagte Ori, der durch die Tür spähte. »Er ist mir entwischt.«

»Deine Warnung war genug. Er ist mir nicht entkommen.«

»Du hast aber nicht den Pelz zerstört?«

»Nein. Ich habe ein Ohr angeritzt, um den Todesstoß vorzubereiten. Dann habe ich ihm die Kehle durchgeschnitten, genauso, wie du es im Hinterzimmer getan hättest.«

»Ich hätte es getan, während das elende Ding gefesselt und hilflos gewesen wäre. Du hast ihm einen ehrenhaften Tod geschenkt.«

»Ich habe ihm einen Tod geschenkt«, sagte Flora und wischte ihre Dolche am Fell des Hundes ab. »Ehre ist etwas, über das Götter und Könige entscheiden, und ich bezweifle, dass die Tötung eines Hundes mir ihr Lob eintragen wird.«

»Du hast *mein* Lob.« Ori ließ ein bewunderndes Grinsen aufblitzen. Die Masken machten ihm nichts aus. Tatsächlich war Ori Gerber ein Jahr zuvor Floras erster Mann gewesen. Eigentlich ein Junge, aber Manns genug, um die Aufgabe zu erledigen. *Allerdings übel riechend.* Seither hatte sie jede weitere Annäherung abgewehrt. Schließlich hatte er sich damit begnügt, ihr zu sagen, sie sei »mysteriös«.

»Selbst im Dunkeln bist du eine Magierin mit Klingen«, bemerkte er.

»Es ist die Beinarbeit, die den Tod in sich trägt. Die Klinge überbringt am Ende nur die Botschaft.«

Ori schleppte den schweren Hund ins Haus. Er machte sich nicht die Mühe, Flora um Hilfe zu bitten. Sie war nicht die Art Mensch, die sich zu gewöhnlicher körperlicher Arbeit herabließ. »Ich hoffe, dass du niemals eine solche Botschaft für mich haben wirst«, sagte er.

Flora starrte wieder auf die nackte Mauer am Ende ihrer Gasse. Als sie diesmal ihren unvollkommenen Möwenruf ausstieß, wurde die Tür im ersten Stock geöffnet, und die Leiter fiel heraus. Verärgert kletterte sie hoch.

»Warum hast du mich vorhin nicht reingelassen?«

Die alte Ratte mied ihren bösen Blick und beschäftigte sich damit, die Leiter zu verstauen. Er bewegte sich langsam, wie in einem Nebel. »Hast du vorhin schon einmal gerufen?«

»Du weißt, dass ich das getan habe.«

»Ich muss geschlafen haben.«

Flora sah sich um. Das Zimmer war sauber und ordentlich,

ganz anders als bei ihrem ersten Besuch vor Jahren. Die verstreuten alchemistischen Flaschen waren im Laboratorium ordentlich in Regale einsortiert worden. Der Staub war abgewischt worden. Die Bettlaken waren zusammengefaltet, und ein feines, mit Federn gefülltes Kissen lag säuberlich darauf. Zwei stabile Stühle standen an einem kleinen Tisch, und zwei Frühstücksteller waren übereinandergestapelt, bereit für Würstchen aus Schafseingeweiden.

Es iſt faſt zu sauber.

»Wo ist er?«, fragte sie zornig.

»Wo ist wer?«

»Der Nikoblatt-Tee. Du hast wieder deinen eigenen Trank eingenommen. Verdammt sollst du sein! Du hast es geschworen. Ich war zwei Jahre lang ununterbrochen an deiner Seite, und dann bin ich eine Nacht fort, und du brichst dein Gelübde. Du bist keine gefürchtete Ratte. Du bist nichts als der müde alte Abhängige, den ich fand, als ich damals hierherkam.«

Er bedachte sie mit einem gekränkten Blick. »Ich habe keinen Niko-Tee getrunken.«

»Deine Augen sind blutunterlaufen. Du bist benommen. Und ich wette, du hast mich vorhin nicht reingelassen, um das Zimmer zu säubern und den Geruch loszuwerden, damit ich keinen Verdacht schöpfe, was meinen Verdacht nur bestärkt!«

»Ich habe keine Zutaten mehr. Du hast mir geholfen, hier alles in Ordnung zu bringen. Du hast das Laboratorium mit mir eingerichtet. Wir machen zusammen sauber. Du weißt, dass kein Tee mehr hier ist.«

»Du hast ihn irgendwie hereingeschmuggelt. Niko-Abhängige verstecken ihn.« Sie drehte das Kissen um und bückte sich, um unter den Holzrahmen des Bettes zu schauen, obwohl er die unverkennbaren spinnenförmigen Blätter wohl eher zwischen den Gläsern und Flaschen verborgen hätte, wo Flora Tage brauchen würde, um sie zu finden. »Ich bin für eine Nacht weg, und schon lässt du mich hängen. Du hast dich selbst hängen lassen.«

»Ja! Du warst tatsächlich die ganze Nacht fort! Ich bin wach geblieben, um auf deine Rückkehr zu warten. Ich habe rote Augen und bin erschöpft vom Schlafmangel. Ich habe gewartet, bis ich nicht länger wach bleiben konnte, und dann habe ich so tief geschlafen, dass ich deinen Ruf wohl nicht gehört habe.«

Flora zögerte. Seine Erklärung klang plausibel. *Er hat sich Sorgen um mich gemacht.*

»Wo bist du gewesen?«, verlangte er zu erfahren. »Warum hast du so lange gebraucht?«

»Bist du mein Vater?«

»Nein.«

»Dann kannst du nicht verlangen zu erfahren, wo ich gewesen bin oder was ich getan habe.«

»Wir sind immer noch Partner, denke ich, es sei denn, irgendeine andere Ratte hat dich während dieser letzten beiden Jahre ausgebildet. Hast du den Schiffskapitän getötet? Ich habe zumindest ein Recht, das zu erfahren.«

»Ja. Natürlich habe ich ihn getötet.« Dann seufzte Flora. »Obwohl es ein Jammer war …«

Rajeev stöhnte und bedeckte das Gesicht mit einer Hand. »Ach – das war es also. Du hast dir Zeit mit ihm gelassen, wie eine Katze, die mit ihrem Futter spielt.«

»Ich habe die Aufgabe erfüllt. Es ist vorbei. Wir holen das Gold ab. Ende der Geschichte. Schreib ein Lied darüber.«

»Ich kann dein Tun nicht billigen.«

»Ich bin fast achtzehn Jahre alt. Ich brauche deine Billigung nicht, um eine Frau zu sein!«

Sie schob sich an ihm vorbei und ging zum Wasserbecken, um die verschwitzte Maske abzulegen und ihr verunstaltetes Gesicht zu waschen. Flora spürte seinen frustrierten Blick in ihrem Rücken. Wahrscheinlich strich er sich über den Bart, während er still vor sich hin kochte, wie es seine Gewohnheit war.

»Nein, du brauchst meine Billigung nicht«, stimmte er schließlich zu. »Aber du brauchst meine Identität. Du spielst meine Rolle, erinnerst du dich? Die wiedergeborene berüchtigte Ratte. Ich hoffe, du machst keinen Fehler und ruinierst den Ruf, den ich über lange Jahre aufgebaut habe.«

»Du hast deinen Ruf vor Jahrzehnten an die Nikoblätter verloren. Ich verdiene ihn gerade für uns zurück. Andere Ratten sind jetzt berüchtigter. Der Schnauzbart, der Rote Stiefel und Cardozo. Cardozo ganz besonders.«

»Das mag sein, aber irgendjemand ist erpicht darauf, unsere Dienste zu nutzen. Wir haben bereits einen weiteren Kontrakt für unsere nächste Zielperson – einen Pferdehändler im Stallungenbezirk.«

Flora neigte den Kopf zur Seite. »Ein Holzbarkassenkapitän und jetzt ein Pferdehändler? Zwei Lieferanten schwerer Güter in schneller Folge. Ist es derselbe Kunde?«

»Man kann es bloß vermuten. Unsere Mittler wissen es nicht mit Sicherheit. Aber grüble nicht über die politischen Aspekte der Sache nach. Wir sind nur der Bote. Das ›Warum‹ geht uns nichts an.«

Flora war neugierig, aber er hatte recht – es war gefährlich, sich in die Angelegenheiten mordlustiger Auftraggeber einzumischen. Ihre Rolle bestand darin, die Botschaft zu überbringen und dann möglichst ungesehen zu verschwinden. »Keine Sorge«, versicherte sie ihm. »Ich schere mich nicht mehr um das ›Warum‹.«

»Du wirst einige Tage Zeit haben, um diese nächste Aufgabe zu erledigen. Ich habe dir mehr Zeit verschafft, weil ich mir nicht sicher war, wann du von der letzten zurückkehren würdest.« Sein Ton war ebenso scharf wie seine Worte.

»Ich kann es heute Nacht tun.«

»Du solltest dich ausruhen.«

»Ich habe gesagt, ich kann es tun.«

»Kannst du es tun, ohne mit dieser Zielperson zu vögeln?«

Floras Augen wurden schmal. »Es geht dich nichts an, ob ich mit jemandem vögele.«

»Wenn dieser ›Jemand‹ eine Zielperson ist, dann geht mich das sehr wohl etwas an. Was ist, wenn …?«

»Wenn ein anderer Mensch mich will? Wenn ich in meinem gezeichneten Leben ein wenig Vergnügen finde?«

»Du bist eine Ratte, keine pflückreife Maid auf dem Markt. Ich habe dich dazu ausgebildet, Risiken zu vermeiden, und es gibt kein größeres Risiko als das Herumpfuschen mit Liebe, vor allem für die Unerfahrenen.«

»Es war keine Liebe.« *Und ich bin pflückreif.*

»Diesmal vielleicht nicht, aber …«

Sie sah Rajeev forschend ins Gesicht. In den Zügen der alten Ratte lag kein Zorn, nur Sorge.

Floras Miene wurde weich. »Ich werde dich nicht verlassen, falls es das ist, was dir Angst macht«, sagte sie behutsam. »Du hast meine sterbende Hülle nicht zu Übungszwecken an die Wundärzte verkauft, als Schrot mich aus dem Freien Feld hierhergeschafft hatte. Du hast die Fäulnis zum Stillstand gebracht. Du hast mir ein Leben geschenkt, möge es sein, wie es will. Ich schulde dir meine Loyalität. Außerdem würde kein Mann dies für mehr als eine Nacht haben wollen.« Sie zeigte auf ihr verwüstetes Gesicht. Ohne die Maske war sie keine geheimnisvolle vornehme Dame mehr, die im Dunkeln von einem Seemann geliebt wurde, und auch keine rätselhafte maskierte Frau, die von Ori Gerber bewundert wurde.

Ich bin ein Ungeheuer.

»Es tut mir leid, dass ich dein Gesicht nicht retten konnte.«

»Du hast den Rest gerettet. Ich verdanke dir, was von mir übrig ist. Keine Sorge; ich werde dich nicht wegen des nächstbesten Burschen verlassen, der schmeichelnd mit mir schäkert und mir einen harten Schwanz bietet.«

Rajeev zog angesichts der Wortwahl der Prinzessin eine Augenbraue hoch. »Es ist nicht nur der Nächstbeste, der mir Kopfzerbrechen bereitet. Sobald du erst einmal auf den Geschmack gekommen bist, wirst du viele andere Männer kennenlernen.«

»Vielleicht. Aber ich werde sie wahrscheinlich töten.«

Darüber lachte er, und als sie ebenfalls lachte, waren die Dinge zwischen ihnen plötzlich entspannter. »Ich schwöre, ich habe mir keinen Niko-Tee gebraut«, sagte Rajeev nach einer Weile. »Ich bin bloß lange aufgeblieben und habe gewartet, wie ein törichter alter Mann.«

Flora ging zu ihm. »Es tut mir leid, dass ich dich beschimpft und dich einen Niko-Abhängigen genannt habe.« Sie schlang ihre blutbespritzten Arme um seinen alten Leib und zog ihn an sich. »Ich mache mir auch um dich Sorgen.«

Der Lohn für den Holzbarkassenkapitän wurde in einem Hohlraum hinter einem Ziegelstein im Irrgarten hinterlegt. Es bestand keine Gefahr, dass man sie nicht bezahlen würde; niemand wollte Schulden bei der Ratte haben. Honri hatte demonstriert, warum. Rajeev versicherte Flora, dass er Honris Töchtern die unbezahlte Schuld ihres Vaters für seine Dienste erlassen hatte. Flora hatte darauf bestanden, dass sie den Mädchen etwas mehr für das Opfer ihres Vaters bezahlten.

»Wenn du weiter all das ehrliche Geld weggibst, das wir verdienen, wirst du uns zu einem Leben auf der Straße verurteilen«, hatte Rajeev gejammert.

»Diese Gefahr ist gering. Dir gehört das Gebäude, in dem wir schlafen.«

»Honri hatte mich beauftragt, einen Mann zu töten, indem er die Hälfte der Summe im Voraus bezahlte. Aber die andere Hälfte konnte er anschließend nicht aufbringen. Es ist kein gutes Geschäft, jene zu belohnen, die uns nicht die volle Summe zahlen.«

»Schöne Belohnung. Er ist tot.«

»Wenn jemand einer Ratte einen Auftrag erteilt, werden er und seine Familie automatisch zum Pfand. Es gibt keine andere Möglichkeit, die Bezahlung zu sichern.«

»Manche Menschen mögen ihre Familie nicht«, wandte Flora ein. »Ihre Leben sichern gar nichts.«

»Das stimmt. Eine meiner ersten Zielpersonen war die Mutter meines Kunden. Man konnte ihm keinen Vorwurf daraus machen. Ein richtiges Miststück, diese Frau – Madeline Stola, Oberhaupt der vornehmen Familie Stola aus dem Kürschnerbezirk. Ich kippte einen Beutel mit tarnesianischen Grubenspinnen in ihre Truhe. Als Gräfin Stola nach einer Stola darin griff, bissen die Spinnen sie. Zum Pech ihres Sohnes Petre verbreitete sich die Nachricht, dass die Pelze dieser Familie mit tödlichen Spinnen verseucht seien, und jahrelang wollte niemand mehr etwas von ihnen kaufen. Selbst als Petre Stola den Familiensitz übernahm, schwanden der Wohlstand und die Macht der Stolas. Die höchsten Adeligen begannen Wolle zu tragen, glaube ich. Das war ungefähr der Zeitpunkt, zu dem die Webers an Bedeutung gewannen.« Er lachte leise bei der Erinnerung. »Aber andererseits lieben Menschen, die ihre Familie nicht lieben, immer sich selbst.

Wenn ihr eigener Kopf auf dem Hackblock liegt, werden wir bezahlt.«

»Wie hast du erfahren, dass Petre Stola und Honri deine Auftraggeber waren? Unsere Kunden sind anonym.«

»Wie ich schon sagte, Stola war einer meiner ersten. Ich habe später gelernt, dass es das Beste ist, wenn wir unsere Auftraggeber nicht kennen. Wenn wir jedoch in Erfahrung bringen müssen, wer uns angeheuert hat, dann können wir das auch. Es erfordert bloß mehr Herumschnüffeln, als mir lieb ist.«

»Dann könnte ein Auftraggeber, wenn es ihm wichtig wäre, wohl ebenfalls ein wenig herumschnüffeln und uns finden.«

»Nein. Im Irrgarten fließen die Informationen nicht in beide Richtungen.«

Flora war fasziniert von der Geschichte der Stolas, und sie bat Rajeev, ihr mehr über die Vergangenheit der Ratte zu erzählen. Den Rest des Tages verbrachten sie damit, zu reden und das Abendessen vorzubereiten. Die alte Ratte war ein überraschend guter Koch: Er hatte die Geduld, alchemistische Inhaltsstoffe genau abzuwiegen und Elixiere über exakte Zeiträume langsam zu erhitzen. Er maß die Zeit mit einer Kombination fein gearbeiteter Stundengläser verschiedener Größen. Diese Fähigkeiten ließen sich gut auf das Kochen übertragen. Flora ging mit ihrem neuen Gold und einem Schal über dem Gesicht auf den westlichen Markt, und als sie mit einem überquellenden Korb zurückkehrte, verwandelte Rajeev rote Paprikaschoten, Fruchtgelee und eine Lammkeule in einen saftigen Braten. Er gab Kartoffeln und Gewürze in einen Tontopf mit fangfrischem Fisch und fügte Ziegenmilch hinzu, um daraus eine dicke Suppe zu machen, und sie schlemmten, bis Floras Bauch sich vorwölbte, als wäre darin ein Baby, obwohl sie hoffte, dass dem nicht so war.

»Du wirst langsam sein«, warnte Rajeev sie, der ebenso vollgestopft in seinem gepolsterten Sessel hing.

»Von meinem Fußmarsch zum Stallungenbezirk werde ich wieder schlank. Und ich bin niemals langsam. Heute Morgen habe ich noch einen ausgewachsenen Brixie bezwungen.«

»Einen Hund der Gerbers?«

»Ja.«

»Mit Klingen?«

»Ja.«

»Benutze sie sparsam. Sie machen eine ziemliche Sauerei.«

Kapitel 23

Das Eichhörnchen

Zu viel Blut!

Dick und rot floss es dem strauchelnden Pferdehändler über die Fersen der Stiefeletten, so reichlich, dass er drei blutige Fußabdrücke auf den breiten Dielen des Mietstalls hinterließ, bevor er umkippte und sich von ihrem tropfenden einschneidigen Fleischmesser wegzuschleppen versuchte.

Flora verzog das Gesicht, sprang mit einem Satz aus dem mit Pferdescheiße gefüllten Stall, in dem sie gehockt hatte, und eilte hinter ihm her, um ihr Werk zu vollenden. *Die Ratte hat mich davor gewarnt.* »Jemanden ausbluten zu lassen, ist der sicherste Weg, auf frischer Tat ertappt zu werden«, hatte er gesagt. Dann hatte er gefeixt, was einem Lächeln so nahekam, wie eine Ratte das nach einem Leben des Tötens fertigbringen konnte. Er hatte natürlich recht – *so wie er immer recht hat* –, die roten Fußabdrücke und Schlieren würden einem Schmutzwachmann die Geschichte erzählen, wie dieser Pferdeverkäufer den Tod gefunden hatte. Und obwohl Flora gute Geschichten immer geliebt hatte, war dies eine, von der sie nicht wollte, dass man sie erzählte.

Vom Fleischmesser tropfte es, und sie musste sich beherrschen, die besudelte Klinge nicht an ihrer Kniehose abzuwischen. Es war eine Männer-Kniehose. Kein Miederkleid. Keine

Frauentunika. Röcke waren beim Rennen zu unpraktisch, sollte mal etwas schieflaufen.

Natürlich wurde das Rennen auch durch zerschnittene Sehnen direkt über den Fersen verhindert, und so kroch ihr pferdeaffines Opfer davon, statt zu rennen, und hievte seinen schweren Körper mit jedem Schub seiner muskulösen Arme einige Zoll weiter weg.

Er wird nie wieder gehen können, dachte sie. *Selbst wenn er dies überleben würde, was er nicht wird.*

Seine breiten cortesianischen Nasenflügel blähten sich vor Anstrengung und Schmerz, und als sie ihn erreichte und sich über ihm aufbaute, rollte er sich instinktiv herum, um sich seinem Schicksal zu stellen oder zu versuchen, sich irgendwie herauszureden.

Das versuchen sie immer.

»Halt!«, zischte er mit zusammengebissenen Zähnen. »Ich habe Informationen, wertvolle Informationen. Lass mich am Leben, dann verrate ich sie dir.«

Er versuchte zu feilschen. *Wie ein Händler eben.* Sie starrte ihn mit kühlem Blick durch den Schleier an, der ihr Gesicht bedeckte. Sie brauchte nicht bezahlt zu werden, um ihn am Leben zu lassen. Sie wurde im Gegenteil recht gut dafür bezahlt zu *verhindern,* dass er am Leben blieb. Und mit einem Händler zu feilschen würde ihre geschäftliche Tätigkeit in sein Fachgebiet verlagern und sie benachteiligen. Außerdem würde es eine weitere Regel der Ratte verletzen: *Sprich niemals mit deinem Opfer.*

Es konnte sie zu leicht jemand hören, daher durfte sie es nicht riskieren, dass er aufschrie. Schmutz war die am dichtesten besiedelte Stadt in der bekannten Welt, und selbst Pferdeställe voller Mist waren kaum mehr als eine Armeslänge vom nächsten Gebäude im Stallungenbezirk entfernt. Es war das Beste, ihn zum Schweigen zu bringen, bevor er sich dafür entschied, um Hilfe zu rufen. *Der schnellste Weg zum Schweigen ist ein flinker Stich in seine Kehle,* dachte Flora. *Die Luftröhre und die Arterie in einem.* Geschickt tauschte sie ihr Fleischmesser gegen einen Abstecher, dessen saubere Stahlklinge im Fackellicht glänzte.

Aber wie alle lästigen Händler hatte er eine flinke Zunge, und er sprach, bevor sie zustoßen konnte.

»Die Bezirke in Schmutz stimmen für den Krieg!«, platzte er heraus. »Die Stadt sammelt eine Armee, um sie zur Lichtung zu schicken. Ich schwöre es!«

Flora erstarrte; ihre Klinge schwebte über seinem Hals. Es war über ein Jahr her, seit sie das letzte Mal an die Lichtung gedacht hatte, zwei, seit sie es gewagt hatte, sich um ihre friedliche Heiterkeit zu scheren, um ihre tautropfende grüne Schönheit, ihre Großkatzen und zwitschernden Vögel, ihr waldiges Volk. *Mein Volk.* Es war so lange her, seit sie sich erlaubt hatte, die Lichtung zu lieben, dass das vernachlässigte Gefühl nun mit einem Ruck zurückkehrte. Ihr stockte der Atem. Es war jetzt gefährlich, sie zu lieben – *nach diesen schwierigen Jahren* –, aber sie entdeckte, dass sie es immer noch tat, und sie konnte sich nicht daran hindern.

Er wertete ihr Zögern als Zeichen fortzufahren. »Sie werden in Strata einmarschieren.«

»Wann?«, fragte Flora. *Ich hätte nicht sprechen sollen,* dachte sie sofort. Sie hätte außerdem den Schleier über ihrem Mund nicht anheben sollen, um das zu tun, aber …

»Du bist missgestaltet«, keuchte er, als er einen Blick auf ihre ruinierten Lippen und ihr Kinn erhaschte.

Ihr Gesicht war erschreckend, das wusste sie, grauenvoll sogar. Aber ihre Entstellung war nichts Ererbtes. *Ich war einmal ein schönes Mädchen, bevor …*

»Vernarbt, nicht missgestaltet«, knurrte sie. *Und dumm, weil ich immer noch rede.*

Er redete ebenfalls weiter, hatte Angst, damit aufzuhören. »Die Abstimmung ist bald, und sie machen bereits mobil! Zwei Männer sind zu mir gekommen. Wichtige Männer. Einer von ihnen war Herzog Zimmermanns Verwalter, das schwöre ich! Sie fragten, ob ich zweihundert waldtaugliche Rösser liefern könne, um sich durch das Dickicht von Strata zu kämpfen. Sie wollten, dass ich sofort anfange, sie zu sammeln ...«

Seine Stimme verlor sich, und sie begriff, dass er ihr bereits alles erzählt hatte, was er wusste, was nicht viel war. Anderenfalls hätte er weiter auf Zeit gespielt und seine Geheimnisse langsamer preisgegeben, um sich länger am Leben zu erhalten.

»Es werden nördliche Rösser aus Carte sein«, fügte er verzweifelt hinzu. »Ich bin einer der wenigen, die so viele zusammenbekommen können.«

Sie brauchte ihn nicht länger, und sie hatte eine Arbeit zu erledigen. Aber sie hatte auch Mitleid mit ihm, etwas, das die Ratte ebenfalls versucht hatte, ihr auszutreiben. »Du bist im Herzen eine Frau«, hatte die Ratte sich beklagt. »Du hast den Instinkt von jemandem, der sich um andere sorgt. Aber in diesem Geschäft ist kein Platz für ein Herz. Lass dein Herz zurück, oder lass das Geschäft zurück.«

Und ich bin immer noch im Geschäft, dachte sie.

Ihre Finger schlossen sich fester um ihren Abstecher, und der resignierte Gesichtsausdruck des Händlers verriet ihr, dass er verstand, dass er tot war. Sie wappnete sich gegen seine Flüche. Wenn ein Mensch begriff, dass sein Mörder sich mit Nettigkeiten nicht umstimmen ließ, wurde er oft zornig und belegte einen mit Drohungen oder Beleidigungen. Ein sterbender Wachmann aus dem Schafsbezirk hatte sie eingeladen, seinen »mit Scheiße bedeckten Stiefel« zu lecken. Der Betreiber eines Hundezwingers aus Argossy hatte versprochen: »Ich sehe dich im Jenseits, Hündin.« Sie freute sich nicht auf dieses Wiedersehen, bezweifelte jedoch, dass ihre Götter dieselben waren – *er und ich werden mit großer Wahrscheinlichkeit getrennte jenseitige Leben führen.* Es hatte von anderen zum Tode verurteilten Männern ähnlich schlaue Abschiedsworte gegeben; aus Stolz und in einem letzten trotzigen Versuch, sich ihrer Männlichkeit zu versichern. Junge weibliche Zielpersonen waren anders – sie waren klüger und hatten weniger zu beweisen. Sie schmiedeten bis zum Schluss Ränke, um zu entkommen; obwohl sie, wenn es definitiv vorüber war, manchmal um den Verlust des Lebens weinten, das sie niemals haben würden. Ältere Menschen schlossen einfach Frieden mit ihren Göttern.

Aber dieser Mann tat nichts von alledem. Er war eher neugierig, als dass ihm Angst oder Schmerz zu schaffen machte. »Wer hat dich dafür bezahlt, das zu tun?«, fragte er. »War es mein Bruder? Meine Ehefrau?«

Offensichtlich ein paar familiäre Probleme hier.

Seine Frage war vernünftig, aber keine, die sie hätte beantworten können, nicht einmal dann, wenn sie den Wunsch verspürt hätte, dem Mann eine letzte Bitte zu erfüllen. Sie wünschte sich das manchmal tatsächlich. *Wiederum zu viel Herz.* Aber eine gedungene Ratte gab ihren Auftraggeber niemals preis. *Niemals.* Außerdem kannte sie die Identität ihres Auftraggebers nicht; der Name des Pferdehändlers war auf ein Stück Papier gekritzelt gewesen, und jemand hatte ihren Lohn unerkannt in dem Hohlraum unten in der Ziegelwandgasse im Irrgarten abgelegt – die Hälfte vor der Tat, und die andere würde sie bekommen, wenn es erledigt war. Sie fragte sich, ob ihre Auftraggeber dieselben Männer waren, mit denen der Händler seine Pferdegeschäfte gemacht hatte – vielleicht hatten sie ihn für zu schwatzhaft befunden. *Sie fragen sich möglicherweise, ob ich jetzt seinem Geplapper lausche.* Besser, die Sache hinter sich zu bringen; es war gefährlich, Zielpersonen reden zu lassen. Oder zu verweilen. Jeder Augenblick erhöhte das Risiko einer Entdeckung durch einen Passanten oder ein Familienmitglied – *obwohl die Verwandten dieses Mannes vielleicht keine Einwände hätten.* Wenn er überlebte, könnte er sie anhand ihrer Narben identifizieren. *Aber man kann immer darauf vertrauen, dass die Toten ein Geheimnis zu hüten wissen.* Die Ratte hatte ihr das versichert. Es bestand außerdem die Gefahr, dass ein Opfer ohne Hoffnung, aber mit einer versteckten Stiefelklinge einen Hieb in ihre Richtung versuchen könnte – es war schon einmal passiert, und sie trug noch eine Narbe davon an ihrem Arm. *Außerdem ist es grausam, einen Menschen in Angst leiden zu lassen.* Dieser letzte Grundsatz war ihr eigener; die Ratte war für solche Regungen zu hart geworden.

»Wende dich ab und schließ die Augen«, flüsterte sie, ihre leise Stimme geisterhaft in den dunklen Ställen, ihre Hoffnung die, dass er sie sich als einen Engel des Todes vorstellen würde. Aber sie hatte beim Reden ihren Schleier gehoben, und er hatte ihr groteskes Gesicht gesehen, das jede engelhafte Vision, die sie vielleicht dargestellt hätte, zunichtemachte.

Ich bin kein Engel. Ich bin ein Ghul.

Sie drehte den Kopf des Pferdehändlers sanft in Richtung der hinteren Wand und drückte ihm ihre Klinge an die Kehle. Sie machte es schnell und barmherzig, aber es war eine schmutzige Arbeit, wie die Ratte sie gewarnt hatte. Und als das warme Blut ihres Opfers über ihre Finger rann, konnte sie nicht umhin, an ihr früheres Leben in Strata zu denken, bevor ihre Hände so furchtbar schmutzig geworden waren.

Ich war einmal eine Prinzessin …

Der Stallmeister lag inmitten von Pferdemist und Stroh auf dem Boden und erkaltete, und Floras rechte Hand war bis zum Handgelenk rot. Ihr Gewand war außerdem mit dunklen Tropfen bespritzt. *Noch ein Grund, warum wir Schwarz tragen – niemand bemerkt die Flecken, erst recht nicht bei Nacht.* Sie drehte den Pferdemann auf den Rücken, das Gesicht nach oben gewandt, damit sein Geist aufsteigen konnte; er schien kein schlechter Kerl gewesen zu sein, und es war das Mindeste, was sie tun konnte, nachdem sie ihn getötet hatte. Dann schlich sie sich aus den Ställen und durch die Schmutzigen Straßen mit ihren quadratischen Pflastersteinen und Behausungen – eine kantige Welt mit harten Rändern, so anders als ihr bewaldetes Heimatland.

Strata.

Sie dachte an ihre Heimat, während sie sich um einen lockeren Gang bemühte und sich den Schleier fest über ihre Narben zog. Sie konnte nicht verhindern, dass die Erinnerungen aufstiegen, sosehr sie es auch versuchte. Die Jahre fern von Strata konnten den plötzlichen Ansturm von Kindheitserinnerungen aus der belaubten Wiege eines Waldes nicht dämpfen, in dem Ängste eher das Produkt eingebildeter Geschichten über hungrige Mynxe waren, als dass sie auf echte Gefahren hinwiesen. Ein Ort, an dem Menschen tief unten und draußen vor dem Fenster starben, nicht in ihrer Nähe und durch ihre eigene Hand. Ein sicherer grüner Ort für ein kleines Mädchen.

Ich bin erwachsen geworden, als ich hierherkam.

Schmutz war weder sicher noch grün. Die gewaltige Stadt war ein Ort der Extreme. Schmuddelige gepflasterte Gassen und goldene Paläste. Hunger und Festessen. Schmerz und Nikoblätter. Tod und Ekstase. Mord und Sex. Schmutz war dreckig und glänzend, je nachdem, wo ein Mädchen stand. Ein Ort, an dem es unmöglich war, einfach nur zu existieren. Die Vorstellung, dass ihr friedlicher Kindheitswald sich durch einen Krieg vielleicht in einen solchen Ort verwandeln würde, zerriss Flora das Herz. *Aber es ist sinnlos, darüber nachzudenken.* Strata brauchte sie nicht. Es wollte sie nicht einmal. Außerdem war der Große Wald undurchdringlich. Sobald die Befestigungen entlang der Waldstraße bemannt und die Fallgruben vorbereitet waren, konnte keine größere Armee hindurchmarschieren.

»Noch so spät hier draußen, Schleiermund?« Der Spott kam von einer schattenhaften Gestalt an der Ecke. Der Mann holte eine Laterne unter seinem Umhang hervor.

Scheiße!

Flora verfluchte sich für ihre Unaufmerksamkeit. Sie hätte dem Mann vielleicht ausweichen können, wenn sie ihn hätte kommen hören – wäre vielleicht auf eine Mauer geklettert oder hätte sich in die Schatten verdrückt. *Wenn ich gelauscht hätte.* Er gehörte entweder zu Schmutzens stadtweiter Wache oder war lediglich ein Wachtmeister aus dem Stallungenbezirk. Als ihre Augen sich an den Schein der Laterne gewöhnt hatten, betrachtete Flora seine Uniform – ein grüner Umhang über einem Wams, auf dessen Brust mit groben Stichen ein Pferd genäht war. *Nicht die Schmutzwache – den Göttern sei Dank.* Schmutzens städtische Wachmänner waren berüchtigt für ihre Schläue. Und ihre Brutalität. Nur Männer, die lesen und schreiben konnten, traten der Wache bei – eine Ehre, die größtenteils adeligen Jungen verliehen wurde, die nicht an erster Stelle der Erbfolge standen. Oder Söhnen von Händlern und Handwerkern, die das Familiengeschäft nicht erbten, obwohl auch einige Gemeine, die mehr als vier Jahre im Gelehrtenbezirk in der Bibliothek zugebracht hatten, es schafften. Die Wache schrieb alles auf. Sie hätten versucht, Floras Beschreibung in ihre verdammten Notizbücher zu kritzeln. *Aber ein dummer Wachtmeister sollte keine Schwierigkeiten machen.*

»Ist es schon spät?«

»Für ein Schaf, ja. Wir haben bei Nacht nicht viele blökende Schleiermünder hier in Stallungen.«

Es war der Schleier. Die Frauen des Schafsbezirks trugen Tuchmasken. »Schleiermund« war ein vulgärer Scherz über die Tradition, die Hochzeitsnacht einer Frau aus dem Schafsbezirk hinter einem dünnen Vorhang stattfinden zu lassen, damit die Familie des Bräutigams die erste eheliche Vereinigung bestätigen konnte, indem sie die Silhouetten beobachtete.

»Warum hast du mir aufgelauert? Soll ich die Nachricht verbreiten, dass du eine Vorliebe für Schafe hast?« Es war eine Beleidigung – kein stolzer Stallungenmann würde ein Interesse an einer Schaffrau eingestehen.

»Natürlich nicht! Ich habe dich gegrüßt, um mich deines Wohlergehens zu versichern, mehr nicht.« Er starrte sie an. »Jetzt, da das Licht auf dich fällt, sehe ich, dass deine Hand blutverschmiert ist. Bist du verletzt?«

Flora schaute an sich herunter. Sie hatte das Blut vergessen. *Dumm!* Die Ablenkung durch ihre Erinnerungen hatte sie davon abgehalten, sich auf die Gegenwart zu konzentrieren. *Einer Ratte, die an die Krümel von gestern denkt, entgeht der heutige Brotlaib,* wie Rajeev zu sagen pflegte.

»Es ist meine Frauenzeit«, log sie schnell. »Es ist so plötzlich gekommen, und das ist auch der Grund, warum ich draußen bin. Ich muss mich beeilen, Wasser zu finden, um mich zu waschen.«

»Ekelhaft. Dann geh. Säubere dich, Schaf.«

»Das werde ich tun, Wachtmeister.«

Flora ging weiter. *Aber jetzt ist der Wachtmeister ein Problem.* Er hatte das Blut gesehen. Sobald man ihn auf den Leichnam des Pferdehändlers aufmerksam machte – was bald genug geschehen würde –, würde er sich an ihre rote Hand erinnern. Und daran, dass sie eine Maske getragen hatte. Sie blieb stehen.

»Wachtmeister …?«

Er seufzte verächtlich und ohne ein Bewusstsein für die Gefahr, in der er schwebte. Er wartete mit verschränkten Armen – *eine schlechte Abwehrposition.* Flora ging zu ihm zurück. *Er wird überrascht sein.*

»Was ist denn noch, Schleiermund?«

»Schlampig«, tadelte Rajeev, während er sich einen starken Rotstadttee einschenkte, eine der Annehmlichkeiten, die Flora ihm statt der Nikoblätter, nach denen er sich verzehrte, zubilligte. »Am ganzen Körper blutverschmiert, und ein Wachmann liegt mit dem Gesicht nach unten in der Gasse.«

»Ein Schutzmann, kein Wachmann.«

»Man hat dich nicht ausgeschickt, um einen Schutzmann zu töten.« Rajeev warf die Hände hoch. »Es gibt Regeln in diesem Spiel.«

»Das hast du mir schon gesagt. Immer wieder. Du bist eine Kuh, die nur ein einziges Muh kennt.«

»Und ich werde es dir immer wieder sagen, bis du es lernst«, blaffte er. »Töte nicht außerhalb deines Kontrakts. Hinterfrage nicht die Gründe des Auftraggebers. Rede nicht mit deinen Opfern. Schlaf nicht mit deinen Opfern.«

»Die Regel hast du dir gerade ausgedacht«, beanstandete Flora.

»Foltere nicht. Lass niemanden am Leben, der dich identifizieren kann.«

»Das widerspricht der Regel gegen das Töten von Personen außerhalb eines Kontrakts.«

»Streite nicht mit denen, die über dir stehen. Übe dich einfach in deinem Gewerbe, bis du die Beste in dem bist, was du tust. Eine gute Ratte bekommt niemals blutige Hände. Eine noch bessere Ratte ist gar nicht da, wenn die Zielperson ihr

Leben aushaucht. Und die Allerbesten töten nicht einmal selbst.«

»Muh. Muh. Muh.«

»Wie viele dieser Regeln hast du in den letzten beiden Tagen gebrochen?«

»Nur zwei. Ich zähle deine neue Regel nicht mit.«

»Das sind zwei mehr, als akzeptabel ist. Willst du jung sterben?«

»Oder alt, gebrochen und bitter werden? Oder eine Niko-Abhängige? Was für eine schwierige Entscheidung! Ich werde darüber nachdenken. Bist du mit dem heutigen Vortrag fertig?«

Er sackte in sich zusammen, genauso geschlagen, wie sie ihn beschrieben hatte. Er trank seinen Tee und bekam dann einen Hustenanfall, der so heftig war, dass er sich am Labortisch festhalten musste. Flora sprang zu ihm und schlang einen Arm um ihn. Er versuchte verlegen, sie abzuwehren, aber er brauchte ihre Hilfe, um sich auf seinen Stuhl zu setzen. Als das Husten nachließ, zeigte er auf zwei Gläser, von denen eins halb voll mit einer milchig weißen Flüssigkeit war und das andere halb voll mit etwas Grünem.

»Der Vortrag ist vorbei«, keuchte er. »Es wird Zeit, dir eine überaus schwierige alchemistische Mixtur beizubringen. Schwierig und gefährlich, aber besser als erdolchen und aufschlitzen. Du verstehst dich einigermaßen gut auf den Umgang mit Klingen und musst zu anderen, subtileren Techniken voranschreiten.«

»Was für eine Art von Mixtur?«

»Die Art, die du früher schon einmal benutzt hast. In der Tat, ich habe sie nach dir benannt – der Fluch des Eichhörnchens.«

»Die Mixtur, die den Sandkönig getötet hat?«

»Ja.«

»Aber die Flüssigkeit damals war klar und geruchlos. Diese Flaschen hier stinken.«

»Schnuppere nicht in einem Atemzug an beiden gleichzeitig, es sei denn, du willst, dass deine Lungenflügel wie getrocknete Pflaumen verschrumpeln. Das Geheimnis liegt in den Mengenverhältnissen. Und kipp sie nicht einfach zusammen, es sei denn, du willst uns beide durch die Mauer sprengen. Jetzt pass auf. Die Flüssigkeit wird klar, wenn man sie mit der richtigen Menge eines Wärme gebenden Wirkstoffs kombiniert und sie erhitzt, bis sie genau …«

Den Rest des Tages verbrachten sie im Laboratorium, und obwohl Flora eine Menge über pulverisierte Keimlinge und die Verdunstung von Wasser lernte, hatte sie den Verdacht, dass der Grund für Rajeevs in die Länge gezogene Lektion der war, sie von den Straßen fernzuhalten. Sie hatte die Aufmerksamkeit der Schmutzwache auf sich gelenkt. Allein die Ermordung eines der bekanntesten Stallmeister des Stallungenbezirks rechtfertigte eine Untersuchung. *Mit Notizbüchern.* Die zusätzliche Ermordung eines Schutzmannes führte dazu, dass die Wache die Straßen des Irrgartens nach Informationen durchkämmte und den Vagabunden, Gassenkindern und anderen niederen Personen hart zusetzte.

Flora wollte Rajeev von den Gerüchten über einen Krieg erzählen, aber als sie den Mund öffnete, um zu sprechen, weigerte sich ihre Zunge zu reden. *Er würde es nicht verstehen,* sagte sie sich. *Es ist mein Heimatland, nicht seines.* Stattdessen löcherte sie ihren grimmigen Lehrer mit vagen Fragen über Pferde und Bauholz, und er antwortete ihr mit Warnungen, die Gründe ihrer Auftraggeber für ihre Morde nicht zu hinterfragen. »Halt dich aus der Politik des Ganzen heraus.« Dann zitierte er eine Ratten-Regel oder erfand eine. Sie beschloss, ihm nicht von der bevorstehenden Abstimmung über die Invasion Stratas zu erzählen. *Ich weiß nicht einmal, ob es wahr ist.* Der angebliche Angriff auf den Großen Wald war wahrscheinlich die Erfindung eines verzweifelten Pferdehändlers, der versuchte, sein eigenes Leben zu retten. Es hatte seit Generationen keinen solchen Krieg mehr gegeben. Tatsächlich hatte Flora über die letzte waldige Schlacht in verrottenden Büchern in der Lichtungsbibliothek gelesen. Der Krieg hatte vor zweihundert Jahren gewütet – *vor acht Generationen.* Ein Waldkrieg war für sie nicht realer als fantastische Geschichten über uralte Ungeheuer. Aber dann kam ihr ein ungeheuerlicher Gedanke. *Vor zwei Jahren hätte ich nicht geglaubt, dass ich jemanden töten könnte.*

Es verging ein weiterer Tag, bevor Rajeev Flora erlaubte, die Wohnung zu verlassen, um ihren Lohn für den Schiffskapitän und den Stallmeister zu kassieren – zwei Aufträge, zwei Bezahlungen. *Wir werden diesen Monat gut essen.* Es machte sie verrückt, im Haus herumzutigern, aber Rajeev bestand darauf, dass sie mindestens eine volle Nacht und einen vollen Tag wartete, bevor sie wieder ausging. Die Wache war am Tag nach einem Mord am aktivsten. Das Gesetz von Schmutz verfügte, dass die Angelegenheiten eines Bezirks nur diesen etwas angingen, aber die Schmutzwache war dafür zuständig, in der ganzen Stadt für Frieden zu sorgen, und sie begegnete Menschen mit Argwohn, die Wachleute egal aus welchem Bezirk töteten, selbst wenn es sich um Bezirksschutzmänner handelte – *das Volk wird in letzter Zeit zu dreist.*

Flora fragte sich, ob die Wache in der Lage sein würde, ihre Gassenkinder zu finden, oder ob sie in ihren Verstecken sicher waren. *Man wird die üblichen Missetäter, Rüpel und Schurken zusammentreiben, die ohne triftigen Grund im Irrgarten herumlaufen.* Die Verstecke der Gassenkinder auszuheben war eine weitere Lieblingsbeschäftigung der Wache, wenn sie nach Informationen suchte oder einen Sündenbock brauchte, den sie anklagen konnte. Und sie waren geschickt darin, Menschen zum Reden zu »ermutigen«. Unlängst hatten sie sich angewöhnt, einen Kasten durch die Straßen zu rollen, den sie »der Informant« nannten und den Zimmermanns genialer Ingenator konstruiert hatte. Die zu befragende Person kam in den Kasten, und wenn die Wachleute die Kurbel an der Seite drehten, flossen Informationen heraus.

Aber die Gassenkinder werden mich niemals verraten. Sie waren zu klug, um eine Ratte zu verärgern. Rajeev hatte auch dafür ein Sprichwort: »Seltsamerweise gibt es schlimmere Dinge als körperliche Folter.«

»Hast du beobachtet, wer das Päckchen hinterlegt hat, Läuschen?«

Das Gassenmädchen nickte, sein verfilztes blondes Haar nach Straßenmanier schlammverkrustet, sodass es den Stacheln einer Stachelkatze ähnelte. »Ja. Da war ein Edelmann in gemeinen Kleidern und ein gemeiner Mann in den Kleidern eines Edelmanns.«

»Erklär mir das genauer.«

»Die Lumpen, die der erste Mann trug, passten nicht zu seinem Kopf – sein Gesicht war gepudert und sein Haar sauber. Der zweite Mann hatte einen feinen Pelzumhang an, aber seine Hände waren schmutzig und seine Augen rot und traten aus den Höhlen wie die Augen eines Vogels.«

Ein Mann in Verkleidung, und der andere ein Niko-Abhängiger, der mit einem Pelz bezahlt worden war. »Würdest du diese Männer wiedererkennen, wenn du sie noch mal siehst?«

»Für ein wenig Goldstaub würde ich sie wiedererkennen.«

Flora grinste. »Ich habe dich zu gut unterrichtet! Finde sie wieder, bring mir ihre Namen oder zumindest ihre Bezirke, und ich werde deinen Lohn bezahlen. Mehr sogar, wenn du herausfindest, wer Schmutz in den Krieg treibt.«

»Du hast nicht gefragt, was mein Lohn ist.«

»Wenn du die Namen hast, nenn mir deinen Preis. Wenn ich denke, dass er gerechtfertigt ist, werde ich dir das Doppelte zahlen. Wenn ich ihn nicht für gerechtfertigt halte, werde ich dir gar nichts geben.« *Das wird sie ehrlichen Handel lehren.*

Läuschen dachte für einen Moment darüber nach, dann nickte sie. Das Abkommen wurde geschlossen. Sie war ein kluges Mädchen; sie musste klug sein, wenn sie ohne Eltern oder ein Zuhause im Irrgarten aufwuchs. *Und sie bewundert mich.* Dem Gassenkind schien die Kettenhaube mit dem Kettenschleier der Kriegerinnen des Knochenackers zu gefallen, die Flora manchmal trug. Flora hatte Läuschen einmal unter anderen Gassenkindern entdeckt, als sie einen Sack über dem stacheligen Kopf trug, in dem Augenlöcher ausgeschnitten waren – eine spielerische Kopie von Floras Haube.

Flora ging zweimal die Straße auf und ab und sah sich die Gesichter der Vorbeigehenden an, bevor sie sich in die Gasse duckte, in der ihre Bezahlung hinterlegt war. Dann kletterte sie auf die Dächer und ließ den Blick über die Umgebung wandern, bevor sie langsam bis hundert zählte. Sie entdeckte niemanden, der so positioniert war, dass er den Ablageort sehen konnte. Falls irgendjemand sie beobachtete, musste der Betreffende schlauer sein als sie – woran sie nicht glaubte. Sie kletterte an der Wand herunter, indem sie sich an den gemörtelten Rillen zwischen den Steinen festhielt, dann ließ sie sich aus der Höhe des ersten Stockwerks auf die Steine fallen, und ihre gestählten Beinmuskeln spannten sich, als sie federnd in die Hocke ging und den Aufprall abfing.

Das Gold steckte in einem Hohlraum hinter einem losen Ziegelstein in der hinteren Säule der Bäckerei des alten Suddah. Dafta Suddahs Brot war genauso grässlich, wie es das seiner Mutter früher gewesen war – *und in letzter Zeit noch angedickt mit Sägespänen* –, aber man bekam drei Laibe für eine Kupfermünze, ein Preis, den sich fast jeder Bewohner des Irrgartens leisten konnte, selbst Läuschen, wenn Flora sie für einen Botengang bezahlte. Daher war Suddahs Laden abscheulich und beliebt zugleich. Wichtiger noch, er hatte keine Hintertür auf die Gasse hinaus, und die umliegenden Dächer gaben Flora einen guten Aussichtspunkt, von dem aus sie sich davon überzeugen konnte, dass niemand herumlungerte, um sie zu beobachten. Der Hohlraum hinter den Ziegelsteinen war ein gut gehütetes Geheimnis – vorerst. Doch nachdem einige Kunden ihren Lohn dort hinterlegt hatten, würde sich der Ort ändern müssen.

Flora nahm die Säckchen mit dem Gold heraus und prüfte ihr Gewicht, ohne ihren Inhalt zu leeren und zu zählen. Es war das Beste, sich schnell in die Wohnung zurückzuziehen, um dort das Zählen zu erledigen. Schurken konnten selbst einer tödlichen Ratte auflauern, wenn sie zu lange im Irrgarten verweilte. *Oder die Wache könnte sie aufhalten und durchsuchen.* Die Wache würde sich fragen, was ein maskiertes Mädchen mit zwei Beuteln Gold zu schaffen hatte. Wenn sie neugierig wurden, würden sie sie demaskieren und ihre Beschreibung in ihr Notizbuch kritzeln. Dann wären ihre rattigen Tage vorüber.

Warum also riskiere ich es, Läuschen auszusenden, um unsere Auftraggeber zu identifizieren?

Flora wusste nicht, warum sie es tat. Die Namen ihrer Auftraggeber zu erkunden war die dritte Regel des Spiels, die sie innerhalb der letzten drei Tage gebrochen hatte – *die vierte, wenn ich meine Nacht mit dem Kapitän mitzähle, was ich nicht tue* –, und es war ein wirklich gefährliches Spiel. Der Kodex, den Rajeev predigte, war nicht allein ihrer. Es gab noch andere »Ratten«.

Es war eine lockere Gilde; sie hielten keine Treffen ab, kippten keinen Wein zusammen, liefen einander nicht über den Weg, kannten einander größtenteils gar nicht. Aber sie alle profitierten von den simplen, strengen, ungeschriebenen Vorschriften. In einem Beruf, der auf Argwohn und Verrat aufbaute, mussten die Auftraggeber ihren Ratten vertrauen können, anderenfalls würde nie jemand eine engagieren. Flora runzelte die Stirn über ihre eigene Torheit – *wenn andere Ratten herausfinden, dass ich die Regeln breche, werden sie ihre beträchtlichen Mittel und Wege bündeln, um in Erfahrung zu bringen, wer ich bin.* Abtrünnige Ratten waren schlecht fürs Geschäft.

Vor einiger Zeit hatte eine abtrünnige Ratte die oberste Regel gebrochen – nie den Namen eines Auftraggebers preiszugeben. Tatsächlich hatte der Mann den Namen seines Auftraggebers – Graf Amisty – an die Zielperson verkauft. Anschließend hatte man Amisty in den Bezirk von Herzog Schiffbauer gelockt, wo man ihm auflauerte, ihn fesselte und ihn kielholte. Sein von Wasser aufgedunsener Leichnam war in flüssige Bronze getaucht und vorn an einem Schiff befestigt worden – eine hässliche Galionsfigur. Wann immer das Schiff in den Hafen segelte, mahnte es die Menschen, keine Meuchelmörder zu beauftragen. Jahrelang hatte es für Ratten wenig oder gar nichts zu tun gegeben. Da sie keinen Ort mehr hatten, an dem sie ihr Gewerbe ausüben konnten, hatten sie ihre Fähigkeiten darauf verwendet, den Missetäter aufzuspüren, ihn von den Lenden bis zum Kinn aufzuschlitzen und den Straßenhunden zum Fraß vorzuwerfen, aber erst nachdem sie das Gleiche mit seiner Schwester, seiner Geliebten, seinen drei mutmaßlichen Bastarden, seinem Barbier und gut zwanzig Leuten gemacht hatten, die Gerüchten zufolge seine Freunde gewesen waren. Wochenlang waren die Gassen im Hafenbezirk und im Irrgarten blutgetränkt gewesen. »Gedärme in der

Gosse«, wurde der Mordrausch von den Wachen genannt, die nichts damit hatten zu tun haben wollen, und sie hatten ihre Notizbücher geschlossen, sobald die Morde aufhörten.

Über den Zeitraum einer ganzen Generation hatte die Geschichte als wirksame Abschreckung für andere Meuchelmörder gedient, die ansonsten vielleicht gegen die Regeln des Gewerbes verstoßen hätten.

Und doch breche ich hier gerade die Regeln wie eine Närrin, dachte Flora. *Warum? Warum?*

Jetzt war es zu spät. Sie hatte Läuschen bereits zu ihren Erkundigungen ausgeschickt. Läuschen war Floras Liebling unter den Gassenkindern. *Sie ist jedermanns Liebling.* Läuschen konnte einem das Brot direkt aus dem Mund stehlen, aber wenn man sie erwischte, lächelte sie nur schelmisch, sodass man ihr nicht böse sein konnte. Und sie war seltsam verlässlich. Während man seine Taschen vor ihren Händen schützen musste, war ihre Loyalität gleichzeitig absolut unerschütterlich, und man konnte ihrem Wort mehr vertrauen als dem eines Tempelhirten des Knochenackers. Sie würde der Wache niemals etwas verraten. *Oder den anderen Ratten.*

Flora dachte selten über die anderen nach, obwohl sie eine von ihnen war. Sie konnte ihre Anzahl in Schmutz nicht einschätzen. Drei? Dreiundzwanzig? Dreiundfünfzig? Mindestens drei, aber vermutlich mehr, wenn man die Anzahl der wahrscheinlichen Morde bedachte, von denen sie hörte, und die Allerweltsmorde abzog, die das einfache Volk beging. Nachrichten aus der Stadt erreichten sie durch ihre Gassenkinder. Der Adel erledigte seine Morde gewiss nicht selbst. Das wäre unhöflich und würdelos gewesen. Die Edelleute wünschten jemandem bloß den Tod, und die Ratten kümmerten sich darum. Die Bezahlung fand immer ihren Weg in ein Rattenloch. Es gab Namen, die sie in den Hinterzimmern und

Gassen des Irrgartens hatte flüstern hören: *Cardozo. Der Schnauzbart. Der Rote Stiefel.* Aber das niedere Volk betrachtete sie alle als eine einzige Ratte – *die* Ratte. Es gab sogar Lieder über die Ratte, wie Flora sehr gut wusste. Wahrscheinlich hatte es irgendwann nur eine einzige Ratte gegeben, vermutete sie. Aber im Laufe der Zeit hatte sie sich vermehrt, und da alle ihre Identitäten geheim waren, stellten die braven Bewohner von Schmutz sich vor, dass sie nur ein einziger Mann waren. Und so wuchs der Ruf dieser »einen« Ratte auf das Zehnfache an.

Rajeev selbst hatte die aktivste Ratte seiner Zeit getötet – Trevour – und seine Rolle übernommen. Wenn man Rajeev die Geschichte erzählen hörte, war Trevour die berühmteste aller Ratten gewesen. Tatsächlich war Trevour *die* Ratte gewesen. Auf dem Höhepunkt seiner Macht schrieb man Trevour die Morde einer jeden arbeitenden Ratte in Schmutz zu, was den meisten von ihnen recht war, da sie von ihrer Anonymität profitierten. Aber Trevour war ein Mörder gewesen, kein Kämpfer. Rajeev hatte ihn auf der Nordbrücke über der Königinnengabelung erkannt, und Trevours Abstecher war Rajeevs langem geschmiedetem Haumesser nicht gewachsen gewesen. Das Duell zwischen ihnen war kurz gewesen, und dann war Trevour mit einem einzigen schnellen Stoß über das steinerne Geländer der Brücke verschwunden, und Rajeev war *die* Ratte geworden.

Das waren glorreiche Tage gewesen, erzählte Rajeev Flora. Er war reich geworden und hatte sich ein Anwesen im Elfenbeinbezirk gekauft, mit einer fast zehn Fuß hohen Mauer, einem Tor aus den Stoßzähnen von Giganten und eigenen Dienern. »Aber es ist nie angenehm, auf der Spitze einer Pyramide zu hocken.«

Es gab jemanden, der es nicht ertragen konnte, dass Rajeev alles Lob einheimste – eine aufstrebende Ratte, die von der Wache »der Hämmernde Mann« genannt wurde. Er wollte sich einen Namen machen, und so machte er sich ans Werk, *die* Ratte zu finden. Sein Plan war gewesen, Rajeev zu töten und seinen Ruf und seine Auftraggeber zu übernehmen, genau wie Rajeev es mit Trevour gemacht hatte. Aber der Hämmernde Mann war zu draufgängerisch. Angeblich ein massiger Bursche, schlug er seine Zielpersonen mit Gegenständen tot, die er am Schauplatz des Hinterhalts fand – mit einem Tischbein oder einer silbernen Platte oder, in einem besonders berühmten Fall, mit der Büste einer Zimmermanns-Herzogin. Rajeev hörte von den Leuten auf der Straße Gerüchte über den Anschlagsplan und machte sich eine Zeit lang unsichtbar, verließ sein Anwesen und verkroch sich in einem heimlichen Versteck – *in unserer Wohnung im Irrgarten.* Der Mann wusste nicht, wie Rajeev aussah, und konnte ihn nicht finden. Während Rajeevs selbst gewählter Abwesenheit stieg der Hämmernde Mann schnell zu Ruhm auf, ohne ihn sich verdient zu haben. *Zu schnell und zu berühmt.* Die Stadtwache brauchte nur wenige Monde, um ihn aufzuspüren – *mit ein klein wenig anonymer Hilfe.* Sein wahrer Name war Talador Stasik, und schon bald baumelte Stasiks Kopf von einer Kette am Eingang des Irrgartens, als Warnung an andere Ratten. *Eine Warnung, nicht so eitel und dumm zu sein,* hatte Rajeev Flora erklärt und die Unterrichtsstunde genutzt, um eine neue Regel zu verkünden: »Eine Ratte, die Berühmtheit anstrebt, wird eines Tages eine traurige Berühmtheit.«

Nachdem Flora das Gold abgeholt hatte, kehrte sie zur Wohnung zurück, aber sie konnte der Versuchung nicht widerstehen, am Hafen haltzumachen.

»Pack mir einen Sharpin ein, mein guter Mann!«, rief sie einem bärtigen Fischhändler zu.

Der Fischhändler musterte sie und bemerkte zweifellos ihre Irrgartenkluft – eine abgetragene Kniehose und einen grauen, ärmlichen Umhang. »Das würde ich ja tun, aber ich bekomme nur alle paar Tage einen Sharpin herein. Wir verkaufen sie größtenteils an Leute mit Geld. Nichts für ungut, aber der Preis für dieses Prachtstück wird höher sein als die Summe, die du in deinen leeren Taschen hast.«

Flora grinste. »Wickel ihn ein. Meine Taschen sind heute voller als gewöhnlich, und ich habe einen Freund mit einem teuren Geschmack.«

»Zeig mir das Geld.«

Flora langte nach einer Prise Gold aus einem der Beutel. Der Händler lachte, nickte und packte den Fisch ein.

Flora kletterte mit dem Sharpin, den sie sich auf den Rücken gebunden hatte, die Mauer hoch und klopfte an die Tür. Rajeev hasste es, wenn sie das tat, aber es erheiterte sie, ihn schimpfen zu hören, nachdem er sie hereingelassen hatte, und sein Gesicht nahm einen exquisiten rötlichen Ton an.

»Wenn ich die Tür öffne, hängst du da in der Luft wie ein schwebender Geist«, beschwerte er sich. »Ich denke dann immer, du wärst bei einem Auftrag gestorben und zurückgekehrt, um bei mir zu spuken. Das ist verdammt beunruhigend.«

»Ich habe dir etwas mitgebracht.«

»Ja …?«

Seine Augen leuchteten auf, als Flora den Sharpin von ihrem Rücken losband und auspackte. Sein langer, markanter Doppelschnabel war unverkennbar.

»Oh!«

Flora konnte sehen, dass er sich freute, und sie lächelte. Es war schwer, der alten Ratte eine Freude zu machen, und es bereitete ihr Freude, ihm Freude zu bereiten. Sie reichte ihm den Fisch, und Rajeev trug ihn hastig zum Tisch, um ihn fürs Kochen vorzubereiten, so schnell seine schlurfenden Füße ihn tragen konnten.

»Wir brauchen einen Zweig …«

Flora hielt ihm eine Handvoll zerdrückten Grünzeugs hin.

»Großartig!«

Wir werden gut essen, dachte sie. »Es ist schön, sich zu entspannen und den Lohn unserer Anstrengungen zu genießen.«

»Ja. Ich hasse es beinahe, dich wieder hinauszuschicken.«

»Wieder hinaus?«

»Wie es scheint, weiß man deine Arbeit zu schätzen. Ich habe schon wieder eine Nachricht bekommen. Drei in sechs Tagen!«

»Woher wissen die Leute, welche Arbeit meine ist? Es gibt noch andere Ratten.«

Er hielt inne, um sie anzusehen. »Ich habe dafür gesorgt, dass man deine Arbeit identifizieren kann.«

»Was? Wie?«

»Ich habe dir einen neuen Spitznamen verpasst. Loolu und Großarsch verbreiten ihn emsig.« Er holte stolz Luft. »Du bist nicht mehr ›die Ratte‹.«

»Was?«

»Zu viele von uns teilen sich diesen Namen.«

»Aber es war seit mehr als einem Jahrhundert *die* Ratte. Es ist ein ehrenhaft unehrenhafter Titel. Es war *dein* Titel.«

»Und du bist nicht ich. Es ist Zeit für eine Veränderung. Überlass *die* Ratte den Übrigen unter ihnen und lass sie sich um die Krümel balgen.«

»Aber das war der Name, unter dem ich während der beiden vergangenen Jahre gearbeitet habe. Wer bin ich denn jetzt?«

»Du bist ›das Eichhörnchen‹.«

»Das Eichhörnchen?« Flora ließ sich den Namen auf der Zunge zergehen, und der Geschmack gefiel ihr. »Das Eichhörnchen …«

»Nach wie vor ein Nagetier, aber passender für ein Waldmädchen wie dich.«

»Und wo soll dieses Eichhörnchen das nächste Mal auftauchen?«

»Läuschen hat gerade diese Nachricht gebracht.« Er hielt ein Stück Pergament hoch.

Das ging aber schnell. Es war gut, dass Rajeev dachte, die Nachricht von Läuschen wäre ein legitimer Auftrag. *Und nicht die törichte Albernheit, die ich mir selbst eingebrockt habe.* Sie würde die Angelegenheit wie jeden anderen Auftrag behandeln, dachte sie, und stehlen, was sie brauchte, um den Lohn aufzubringen, den Rajeev von dem Auftrag erwarten würde. *Eine minimale Anzahl von Lügen.* Sie streckte die Hand aus.

Rajeev schlurfte auf sie zu und gab ihr das zerknitterte Pergament. Auf das Papier waren zwei Worte gekritzelt. Die Schrift war schlicht, aber deutlich – *beeindruckend für ein Gassenkind, das sich das Schreiben selbst beigebracht hat.*

Auf der Notiz stand: *Ingenator – Zimmererbezirk.*

Kapitel 24

Läuschen

Flora traf ihr Botenmädchen aus den Gassen fünf Tage später im Elfenbeinbezirk. Normalerweise hätten sie sich im Irrgarten getroffen, aber Läuschen hatte auf einem Treffen auf einem anständigen öffentlichen Platz bestanden. Die Schmutzwache patrouillierte noch immer durch die uralten krummen Straßen des Irrgartens, und ihre hohen Stiefel klapperten auf dem abgetretenen Pflaster und veranlassten selbst ehrliche Leute, wie Hafenkakerlaken hinter die Türen und Vorhänge ihrer Hütten zu eilen. Niemand wollte befragt werden, ganz gleich, ob er etwas wusste oder nicht. Der »Informant« war nicht das einzige überzeugende Mittel, das die Wache einsetzte. Manchmal war es für die unglücklichen Objekte ihrer Befragungen besser, wenn sie tatsächlich mit irgendeiner schändlichen Aktivität zu tun hatten und Informationen liefern konnten – zumindest hörte die »Unterredung« dann auf. Einmal hatte Flora, als sie auf einem Dach hockte, einen Wachmann erklären hören: »Ich nehme an, das bedeutet, dass er nichts wusste.« Als sie hinuntergeklettert war, hatte sie den Mann gefunden, den die Wache befragt hatte, und ein Teil seiner Eingeweide hatte knapp außerhalb seiner Reichweite über einem Vorsprung an der Mauer gehangen. Er hatte versucht, hochzuspringen und heranzukommen, um sich den Darm wieder in seinen Bauch zu stopfen.

Läuschen erwartete sie auf dem Elfenbeinplatz mit seinen berühmten weißen, »aus den Stoßzähnen von tausend Giganten geschnittenen« Pflastersteinen. *Die wertvollste Straße der Welt.* Flach und rund waren sie und gaben dem Platz ein gepunktetes Aussehen. An jeder Ecke waren Wachen auf Holzplattformen postiert, um sicherzustellen, dass keine emsigen Gemeinen versuchten, die runden Platten hochzustemmen. Kinder des Elfenbeinbezirks wuselten herum und schrubbten den Boden, während die Bewohner von Schmutz noch darüberliefen. *Grundlinge.* Flora erinnerte sich daran, gedacht zu haben, das Wort sei eine ungeheure Beleidigung, aber in der Stadt war jeder ein Grundling. *Obwohl die Reichen trotzdem Türme bauen, um zu versuchen, davon wegzuklettern.*

»Deine Nachricht hat mich erreicht«, sagte Flora anstelle einer Begrüßung.

»Sie ist einen halben Fingerhut Gold wert«, sagte Läuschen, die ihren Preis von irgendwo zwischen ihren verfilzten Locken nannte. Sie hatte über die Summe offensichtlich ausgiebig nachgedacht.

»Vielleicht. Aber zuerst brauche ich die andere Information, die du für mich besorgen solltest.«

»Herzog Zimmermanns Ausrufer hat dich für die eine Zielperson bezahlt. Er war der Adelige in den Kleidern eines gemeinen Mannes.«

Flora nickte beeindruckt. »Wie kannst du dir da so sicher sein?«

»Er war leicht zu finden. Ich bin zu einem Fest im Karnevalsbezirk gegangen, und dort stand er auf der Bühne und verkündete, Herzog Zimmermanns Tochter sei die Blume des Festes, obwohl sie kaum eine Blume ist – eher ein stacheliges Unkraut. Stahls Tochter ist viel eleganter. Ich habe den Ausrufer sofort wiedererkannt. Er ist außerdem der Verwalter des Herzogs.«

Floras Augenbrauen schossen in die Höhe. *Der Mord wurde von höchster Stelle beauftragt.* »Hat er für den Kapitän bezahlt oder für den Stallmeister?«

»Woher sollen wir das wissen? Die Zahlungen kamen am selben Tag.«

»Es muss der Stallmeister gewesen sein. Zimmermann kauft Bauholz. Warum einen Mann töten, der es liefert?«

»Ich habe einmal eine Frau auf der Straße einen Fleischverkäufer wegen des Preises für seine Ziegenkeule töten sehen.«

Motive können gleichzeitig einfach und vielschichtig sein. »Und der andere Auftraggeber?«

»Jemand, der schlauer ist. Ein Niko-Abhängiger wurde für die Übergabe des Lohns benutzt. Schwer zu finden …«

»Verstanden«, sagte Flora zufrieden – schon die Identität eines einzigen Auftraggebers war mehr, als sie sich erhofft hatte.

»… aber ich habe ihn gefunden.« Läuschen grinste.

Floras Herzschlag beschleunigte sich. »Erzähl es mir.«

»Ich dachte, ein Niko-Abhängiger würde diese feinen Kleider, die ich ihn hatte tragen sehen, gewiss gegen ein paar Blätter eintauschen. Also habe ich statt nach dem Mann nach den Kleidern Ausschau gehalten. Der feine Pelzumhang landete binnen eines Tages bei einer Hure im Irrgarten. Sie ist die ältere Schwester einer Straßenkakerlake, die ich kenne. Sie hat mir ein paar Dinge erzählt. Den Rest habe ich selbst herausgefunden. Der Niko-Abhängige lebte mit seiner Mutter am Hafen, eine Straße entfernt vom zweiundzwanzigsten Pier, in einer Hütte mit einer verblichenen schwarzen Tür. Die Tür ist schwarz, weil vor einiger Zeit jemand dort die Fäulnis hatte, und der Hafenschutzmann hat sie angestrichen, um Menschen abzuschrecken.«

»Ich werde diesem Niko-Abhängigen dort einen Besuch abstatten.«

»Nicht nötig. Er ist bereits tot.«

»Tot?«

»Er trieb im Wasser. Ist am nächsten Tag unter den Piers an Land gespült worden.«

»Die Toten verstehen sich gut darauf, Geheimnisse zu hüten«, rezitierte Flora; ein weiterer Aphorismus Rajeevs. Läuschen nickte und grübelte über den Rat nach. Die Person, die den Niko-Abhängigen beauftragt hatte, die Ratte zu beauftragen, hatte ihrerseits den Abhängigen getötet.

Jemand, der schlauer ist als Zimmermann …

»Aber die Mutter des Abhängigen hatte mir was zu sagen. Sie meinte, ein reicher Mann in einem Filamentfadenumhang sei vor einigen Tagen an ihrer Tür erschienen. Als sie auf das Klopfen hin öffnete, fragte er, wo er ein Schiff mit irgendeinem leicht zu vergessenden Namen finden könne. Aber sie gab mir zu bedenken, warum ein Edelmann in einem Filamentfadenumhang an eine schwarze Tür kommen würde, um nach dem Weg zu fragen. Ich habe mir die gleiche Frage gestellt, und ich dachte, er müsste wegen des Abhängigen dort gewesen sein. Als stattdessen die Mutter die Fäulnis-Tür öffnete, hat er die Frage erfunden. Das denke ich jedenfalls.«

»Was kannst du mir noch über den Mann in dem Umhang sagen?«

»Ich habe noch nie einen Filamentfadenumhang gesehen. Ich kenne so was nicht und kann es dir deshalb nicht beschreiben.«

»Es ist ein Stoff. Die Leute aus dem Gewänderbezirk stellen ihn aus dünnen, flexiblen Glasfäden her.«

»Flexiblen?«

»Biegbar.«

»Glas, das sich biegt?«

»Im Glasbezirk von den besten Handwerkern hergestellt. Sehr teuer. Nur adelige Familien können sich gewebte Kleider aus Glas leisten – die Familie Gewand hat die dafür nötigen Schatztruhen, die Familien Schneider oder Weber vielleicht.«

»Oder Glas?«

Flora grübelte darüber nach. Sie hatte einen Stallmeister und einen Holzlieferanten getötet. Zimmermann hatte einen der Morde gekauft – das schien sicher zu sein. Den anderen hatte wahrscheinlich eine Gewand-Familie gekauft oder vielleicht die Glasens. Es war viel Stoff zum Nachdenken, und nichts davon ergab einen Sinn.

Flora wandte sich dem gegenwärtigen Mord zu. »Warum drängt Zimmermanns Ingenator Schmutz zum Krieg?«

»Die Leute sagen, seine Erfindungen würden einen Sieg in den Bäumen garantieren. Ohne sie kann Schmutz den jungfräulichen Wald nicht durchdringen. Es wird viel geredet auf den Straßen. Magische Soldaten und Tötungsmaschinen, so groß wie ein Haus.«

»Wer ist er?«

»Das weiß niemand. Sie halten ihn geheim.«

»Woher weißt du dann so viel?«

»Es gibt Arbeit im Zimmererbezirk. Sie bezahlen Gassenkinder, um dort hinzukommen, und sie haben Essen!«

»Sei auf der Hut. Du bist zu jung, um mit erwachsenen Männern das Lager zu teilen. Selbst wenn du älter bist, sind sie zu grob mit kleinen Mädchen von der Straße. Sie denken, sie könnten mit den niedrig Geborenen machen, was ihnen beliebt.«

»Es ist keine Freudenhausarbeit. Der Holzschnitz-Herzog hat ein neues Lagerhaus von der Größe seines Palastes gebaut. Sie brauchen wahrscheinlich Schlepper und Schrubber, um

Müll hinauszutragen und sauber zu machen, jetzt, da das Haus fertig ist.«

»Ehrliche Arbeit für dich? Das ist die dritte Überraschung, die du mir heute erzählst.«

Läuschen grinste abermals. »Keine Sorge. Ich werde beim Saubermachen nach Dingen Ausschau halten, die ich einstecken kann.«

»Erinnere mich noch einmal, was dein Lohn für das ist, was du mir erzählt hast?«

»Ein halber Fingerhut.«

»Ein gerechter Preis.«

»In der Tat! Ich habe ihn selbst berechnet. Verdoppelt ergibt das einen ganzen Fingerhut«, rief das Gassenkind ihr ins Gedächtnis.

Flora nickte und maß den Fingerhut ab. »Du bist ein kluges Mädchen, Läuschen.« Sie verdiente ihren hässlichen Spitznamen nicht, der sich auf die Insekten bezog, die in ihrem ungewaschenen Haar herumwimmelten.

Das Gassenkind aus dem Irrgarten lächelte – kein bloßes Grinsen diesmal, sondern stattdessen über beide Backen und unter Zurschaustellung von Zahnlücken und gelben Zähnen. Ein Lächeln, bei dem ihr Blick sich öffnete und Flora ihr für einen winzigen Moment ins Herz schauen konnte. Sie war ein Mädchen, das nicht an Komplimente gewöhnt war, sondern eher daran, getreten zu werden oder, was noch häufiger vorkam, vollkommen ignoriert zu werden. Aber wenn sie klug war – wie die Frau, die sie bewunderte, es sagte –, konnte das Leben vielleicht doch noch eine gute Wendung nehmen. Es bestand Hoffnung, und Hoffnung war wertvoller als ein Fingerhut voll Gold. Floras kleine Ermutigung würde den Mut des Gassenkindes auf Jahre befeuern – die Bedeutung ihrer Worte stand groß auf Läuschens schmutzigem, lächelndem

Gesicht geschrieben, und es war ein prachtvoller Anblick. Flora konnte nicht widerstehen und machte einen Schritt auf sie zu, um sie zu umarmen.

Läuschen sprang plötzlich zurück, ihr Lächeln verschwand, und ihre Augen wurden groß vor Angst. »Fass mich nicht an!«

Flora erstarrte verblüfft, als Läuschen zurückwich und nach einem Fluchtweg suchte. Der Elfenbein-Wachmann schaute zu ihnen herüber. Flora trat einen Schritt zurück und zupfte ihren Schleier zurecht, um sicherzugehen, dass er ihre Brandwunden gänzlich bedeckte, und sobald genug Abstand zwischen ihnen war, ergriff Läuschen die Flucht. Flora ließ sie gehen. Sie hatte das Mädchen verschreckt.

Die Toten verstehen sich gut darauf, Geheimnisse zu hüten, hatte sie dem Mädchen gesagt. Läuschen hatte gedacht, Flora wolle sie töten. *Was sollte sie sonst von mir erwarten? Es ist das, was eine Ratte tut.* Es würde keine Umarmungen zwischen ihnen geben, nur die Weitergabe von Information und deren Bezahlung unter Einhaltung eines gebührenden Abstands. Nichts so Bedeutsames wie Freundschaft oder Vertrauen.

Sie hatte jedoch, was sie brauchte. *Meine nächste Zielperson.* Der Mann, der für Schmutz einen Waldkrieg gewinnen konnte. Und er wurde irgendwo im Zimmererbezirk versteckt.

Kapitel 25

Der Zimmererbezirk

Krötchen führte Herzog Glas' kleine Gruppe – *abzüglich eines impulsiven Jungen* – auf die gewaltige hölzerne Zugbrücke und über die dreckige Brühe tief unter ihnen. Der Zimmererbezirk wurde von anderen Bezirken durch einen riesigen Graben getrennt, ein Relikt der ursprünglichen Erbauung des Bezirks als einem eigenen Stadtstaat, bevor die rasante Ausdehnung von Schmutz ihn verschlungen hatte. Das einst saubere Wasser war jetzt grün und stank, seit mehr als einer Generation ein stehendes Gewässer. Früher einmal hatte es den Bezirk mit Trinkwasser versorgt, aber jetzt mündeten die Abwasserkanäle direkt hinein, und die Brühe war kaum mehr geeignet, um Feuer zu löschen.

»Dieser Bezirk müffelt«, brummte Krötchen.

»Nur bis Ihr am Graben vorbei seid«, erwiderte Glas. »Gebt ihm eine Chance.«

Schlimmer als der Gestank waren die Riesenegel, die so groß waren wie ein Männerbein. Sie verzehrten die festeren Abfälle. *Und alles Lebendige, wenn sie es zu fassen kriegen.* Glas erinnerte sich an eine der Geschichten: Der notorisch leicht reizbare Schmiedebezirk hatte mit einem Trupp die Tore gestürmt, um die Rückkehr ihres entlaufenen Erben durchzusetzen – eines stürmischen Jungen, den das aufregende Versprechen einer verbotenen Heirat mit einem schönen Zimmerermädchen weggelockt hatte. Zwanzig Schmiedesoldaten waren in die Brühe gefallen, als die Zugbrücke hochgeklappt worden war. Nur drei hatten es wieder herausgeschafft, und die Blutegel waren an dem Tag fett geworden. Die Egel stellten außerdem die Hinrichtungsmethode des Volkes dar – Gemeine wurden einfach in den Graben geworfen. Glas spähte über den Rand, während sie weitergingen. Er sah die schleimigen Dinger, die sich in dem verfärbten Wasser wälzten wie träge Schlangen, die sich über den Anblick von frischem Fleisch freuten, das über ihnen über die Brücke schlenderte.

Hoffen wir, dass nicht wir diejenigen sind, die heute in den Graben geworfen werden.

»Wir werden Zimmermann nicht umstimmen«, flüsterte Glas Krötchen zu, darauf bedacht, dass seine beiden Kristallklingenkrieger ihn nicht hören konnten. »Wir sind lediglich hier, um Informationen zu sammeln und einen Eindruck zu vermitteln, der verhindert, dass wir auf der falschen Seite des Zauns landen, während wir versuchen, den Zaun zu verrücken.«

Glas setzte ein Lächeln auf, als sie sich den Torwächtern näherten. Sie standen noch steifer als gewöhnlich da, umklammerten ihre langen Holzspeere mit weißen Knöcheln und musterten seine Klingenkrieger. Sie kannten Rand und die Mauer vom Sehen, aber das bloße Erscheinen jedweder Glasgardisten an den Toren hätte sie auf den Ernst des Besuchs aufmerksam gemacht. Zimmermanns Ausrufer stand hinter ihnen und fühlte sich sichtlich unwohl in der Gegenwart von Glas' besten Kämpfern.

Sie hatten hier in jüngster Zeit Ärger.

»Heda, gute Zimmermänner, Holzschnitzer, Brettmeister, Erbauer von Städten und Gestalter von Schmutzens Zukunft. Möge Friede unter uns herrschen.«

»Seid mir gegrüßt, Herzog Glas, Überbringer von Licht, Meister der Klarheit und des Nachdenkens über alles, das gut und gerecht ist. Möge Friede unter uns herrschen«, rezitierte der Ausrufer.

»Solch ernste Gesichter«, sagte Glas freundlich. »Was gibt es Neues?«

»Eine Horde von Gemeinen ist heute Morgen ans Tor gekommen. Wir haben sie abgewiesen, als uns klar wurde, dass sie vorhatten, Aufruhr innerhalb unserer Mauern zu stiften, aber sie haben einen unserer Kameraden getötet. Der Bezirk ist aufgewühlt.«

»Gemeine haben einen Wachmann getötet?«, murmelte Mauer laut genug, dass die Zimmererwache ihn hörte. »Wie peinlich. Ich hoffe, Ihr habt ein paar von ihnen erledigt.«

Krötchen warf dem stämmigen Gardisten einen unwirschen Blick zu, weil er seinen Herrn unterbrochen hatte, aber der Zimmermann schluckte den Köder, plusterte sich auf und zeigte seinen Speer vor. »Drei der Aufrührer haben frische Löcher verpasst bekommen, wenn Ihr es unbedingt wissen müsst.«

»Nur drei?«

»Drei andere sind in den Graben gegangen. Das macht sechs.«

»Besser. Nicht großartig.«

Glas brachte Mauer und die Zimmererwache endlich mit einem bohrenden Blick zum Schweigen und richtete das Wort an den beschämten Ausrufer. »Wir möchten Herzog Zimmermann jetzt sprechen, wenn es ihm recht ist. Es tut mir leid, mit Klingen hierhergekommen zu sein, aber dies sind gefährliche Zeiten, wie Ihr es gerade selbst beschrieben habt. Sollen wir hier warten?«

»Nein, nein. Kein Warten. Herzog Zimmermann bringt Euch nichts als Respekt entgegen, Herzog Glas.«

Ja, aber traut er mir auch?

Sie gingen durchs Tor in die Dunkelheit hinein. Der Holzwall des Zimmererbezirks war über zwanzig Fuß dick, seine verzahnten Balken in einem sich wiederholenden Muster himmelwärts gestapelt, einfallsreich miteinander verwoben – Stabilität war nicht sein Problem. *Feuer ist die Schwäche der hölzernen Mauer.* Die uralte äußere Schicht war aus kompakten Eisenholzbäumen aus dem Großen Wald erbaut, Holz, das nicht brannte. Doch seit den Holzkriegen hatte man minderwertiges Splintholz und reichlich vorhandene – aber entflammbare – Darrtbäume benutzt, um verfaulte Balken zu ersetzen. Eisenholzbalken waren außerdem im Laufe der Zeit aus der Mauer herausgenommen worden, um Herrenhäuser für den Adel des Zimmererbezirks zu bauen. Seit man die ursprüngliche Westmauer für andere Projekte »wiederverwertet« und durch gewöhnliche Holzstämme ersetzt hatte, war sie zweimal niedergebrannt. Mit den Häusern und Läden des Bezirks gab es das gleiche Problem. Wälle aus Eisenholzgebäuden trotzten den Flammen und blieben inmitten der Trümmer stehen, wenn das Feuer sich hindurchgewälzt hatte, aber andere Bereiche taten das nicht, und nur die breiten Durchgangsstraßen, die als Brandschneisen fungierten, hatten bei mehreren Gelegenheiten verhindert, dass der gesamte Bezirk in Flammen aufging.

Und noch immer weigern sie sich hartnäckig, Glas zu benutzen. Oder auch nur Ziegelsteine!

Herzog Glas konnte die Schönheit des Zimmererbezirks jedoch nicht leugnen. Er hatte eine organische Textur, die sich so sehr von der seines eigenen schimmernden Bezirks unterschied, dass er das Gefühl hatte, in eine andere Welt getreten zu sein. Die aus Balken erbauten Gebäude warteten mit klobigen, rechteckigen Formen auf, die nur von den gemalten und detailreichen Verzierungsarbeiten abgemildert wurden, mit denen einige der Gebäude aussahen wie glasierte Kuchen. Ritzen und Nischen warfen Schatten über ihre Fassadengesichter und verliehen ihnen Charakter wie die markanten Runzeln hochbetagter Menschen nach einem harten Leben. An jeder Straßenecke standen geschnitzte Statuen – Tiere, Frauen, Männer und mythische Bestien. Es gab sogar hölzerne Standbilder, die wie Bäume geschnitzt waren. *Welchen Sinn haben die denn bloß?* Der große Hammer der Zimmermanns hing über dem Tor, als könnte er herunterschwingen und ihre Feinde zerschmettern, und Burg Zimmermann war eins der Wunder von Schmutz, fünfzehn Stockwerke hoch, und jeder Zoll davon bis ins kleinste Detail mit Schnitzereien versehen, innen wie außen. Als Junge hatte Glas bei einem längst vergangenen Besuch hundertsiebenunddreißig winzige Dämonen gezählt, die in die Rückseite einer Abort-Tür von Burg Zimmermann geschnitzt waren und von denen sich viele entweder vornüberbeugten oder furzten oder sich ihre Knollennasen hielten – Humor, der einen Knaben wie ihn damals entzückt hatte. Er erinnerte sich noch immer daran, nach dem Pinkeln mit den Schnitzer-Zwillingen gekichert zu haben. Es war ein alter Bezirk, im Verfall begriffen, aber spektakulär und geschichtsträchtig. Glas konnte die verschiedenen Generationen von Bautechniken beinahe spüren, die in den kantigen Wänden vertreten waren, in den rasant steilen Dächern und kunstvollen Türen, von denen keine zwei sich glichen. *Ich habe die Türen immer geliebt.* Doch Glas hatte nicht viel übrig für den Mangel an Pflastersteinen des Bezirks. Statt befestigter Straßen schlängelten sich hölzerne Bretterwege durch den Bezirk – schmutzige, knarrende Planken schwebten knapp über dem Schlamm. Wie aufs Stichwort stolperte Glas über ein zerbrochenes Brett.

»Götter! Auf diesem alten, verrottenden Holzweg könnte man sich das Genick brechen«, beklagte er sich lautstark.

Krötchen nickte. »Ja, ebenso leicht, wie jemand im Regen auf einem glitschigen neuen Glasstein ausrutschen könnte.«

Er ruft mir ins Gedächtnis, dass ich meine Arroganz an der Zugbrücke zurücklassen sollte, durchzuckte es Glas. Es war ein guter, scharfsichtiger Rat und der Grund, warum er sich Krötchen als seinen Verwalter ausgesucht hatte.

»In der Tat«, erwiderte Glas. »Wir haben alle ähnliche Probleme.«

»Wir haben alle das gleiche Problem«, erklärte Herzog Zimmermann, als er Glas enthusiastisch auf den Rücken schlug und ihn am Arm in die Zimmererhalle führte, den gewaltigen, gewölbeartigen Durchgang, der mitten durch die Burg führte. Selbst hier war jeder Zoll der Wände und der Decke mit Schnitzereien versehen. Der Boden war aus Fichtenholz mit dunklen Intarsien aus Ochsninholz, von Bäumen, die seit einer Ewigkeit nicht mehr existierten. Die auf ihrem Weg ständig wechselnden Muster waren so kunstvoll, dass vor Glas' Augen alles verschwamm, wenn er sie eingehender betrachtete. Jeder sich anschließende Bereich war von dem nachfolgenden Herrscher geschnitzt worden, der in der Kunst des Bezirks ausgebildet war, und sie alle erstaunten Glas. Der gegenwärtige Herzog Zimmermann selbst hatte zu dem Boden beigetragen – die Fortsetzung der Arbeit seines Vaters und seines Großvaters, die von seinen Söhnen fertiggestellt werden sollte. Holzstückchen, die man über Jahre in präzise Formen gebogen hatte, waren neben winzigen geschnitzten Stückchen einlackiert worden – das alles mit solcher Sorgfalt und Genauigkeit, dass sie eine fein differenzierte Karte des ganzen Bezirks darstellten, die sich über die gesamte Breite der Halle erstreckte.

»Möge Friede unter uns herrschen«, sagte Glas mit der gewohnten Grußformel, die Zimmermann anscheinend vergessen hatte, während sie über das Werk von Zimmermanns Großvater und Vater schlenderten, das Werk, das schließlich auch das des Herzogs selbst war. Wie er sein Holz dazu brachte, sich in so kunstvoll verzerrte Formen zu biegen, war Glas ein Rätsel. Holz war ein ganz anderer Werkstoff als geschmolzenes Glas. Glas ließ sich leicht biegen, wenn man es erhitzte. Holz brach, wenn man es bog, und verbrannte, wenn man eine Fackel daran hielt. *Er ist ebenso ein Künstler, wie ich es bin.*

»Ja, ja, möge Friede unter uns sein«, erwiderte Zimmermann. Er war ein energiegeladener Mann, der immer von einer Sache zur nächsten eilte und zwischendurch in kurzen Schüben umgänglich und mitteilsam war. Glas stellte fest, dass er ebenso bewundernswert emsig wie schändlich ehrgeizig war. *Schade, dass wir nicht besser zusammenpassen,* dachte er, während er sich beeilte, um mit seinem Gastgeber Schritt zu halten, der wie ein Mann durch die Halle lief, der sich zum Abendessen verspätete. »Tut mir leid, dass ich die Formalitäten vernachlässige, Glas, aber ich bin sehr erpicht darauf, dass Ihr Euch unserer Sache anschließt. Ihr gehört zu den einflussreichsten Herzögen in der Stadt.«

»Ihr schmeichelt mir.«

»Verdientermaßen. Der Eiserne Rat Eures Cousins kann es ebenfalls kaum erwarten, uns zu unterstützen. Möge er Frieden in der langen Nacht des Schlafs finden.«

»Frieden, ja. Das würde ihm gefallen.« Glas hielt inne. »Ich stimme zu, dass der Eiserne Rat auf Krieg brennt, aber sie haben keinen Herzog. Mein Neffe ist zu jung, um den Bezirk ohne die Erlaubnis des Rats zum Krieg zu verpflichten, aber alt genug, dass der Rat nicht an seiner Stelle abstimmen kann.«

»Die Ehefrau Eures Cousins hat einen Bruder.«

»Bedauerlicherweise ist er nicht der Erbe.« Glas sprach bedächtig, um nicht sofort den Eindruck zu erwecken, er wäre gegen den Krieg. »Wer ist sonst noch für die Sache?«

»Stahl, Schiffbauer, Schmied, Stallungen ...«

»Natürlich. Sie haben alle etwas zu gewinnen.«

»Gewand.«

»Eine mächtige Freundin.«

»Mächtig, ja, aber sie ist keine Freundin. So naiv bin ich nicht.«

Glas nickte. Er wollte nicht zustimmen, war jedoch außerstande zu widersprechen. Zimmermann würde zu Gewand alsbald das Gleiche über ihn sagen.

»Lehm können wir kaufen«, fuhr Zimmermann fort.

»Ja. Er wird begierig sein, seine Herrschaft über diesen schlammigen Hügel zu festigen.«

»Und die Schlachters werden sich enthalten, da sie alle tot sind.«

»So scheint es. Obwohl die Stimme zählen würde, wenn das niedere Volk einen aus seiner Mitte erhöht, um den Schweinsring zu tragen.«

»Unwahrscheinlich. Selbst wenn sie es täten, wäre es leicht, auch ihn zu kaufen. Einfache Leute wollen, dass an alle Gold verteilt wird, solange sie selbst keins haben. Aber setzt einen von ihnen auf den Thron, dann wird er es ebenso horten wie die, die sie gestürzt haben. Noch mehr sogar.«

»Wohl wahr«, pflichtete Glas ihm bei. »Wer ist gegen Krieg?«

»Schaf. Kürschner – sie treiben schwunghaften Handel mit Strata. Elfenbein vielleicht. Gelehrt mit Sicherheit.«

»Ja. Ich habe Herzogin Gelehrts Bemerkungen auf der Empore gehört. Aber sie wird keine Probleme machen, wenn sie überstimmt wird. Nicht nötig, uns mit ihr zu beschäftigen.«

»Eine Träumerin. Sie müsste einmal ihre Bibliothek verlassen und die Wahrheit sehen!«

»Aber eine gute Frau.«

»Zu gut für ihr eigenes Wohl.«

Glas verzog das Gesicht. Er hatte so viel gesagt, wie er sagen konnte, um seine geliebte Lehrerin zu beschützen. Er ging zum nächsten Thema über. »Und die Gemeinen. Habt Ihr deren Gemütslage ergründet?«

»Sie köcheln! Ihr habt gehört, was heute Morgen vor meinen Toren passiert ist. Vor meinen eigenen Toren! Wir müssen ihnen einen ausgedachten Feind vorsetzen, sonst werden *wir* noch zu ihrem Feind.«

»Aber Strata ist ein echter Feind.«

»Wie dem auch sei, wir können das Volk mit einer Kriegserklärung unter unserem Banner einen. Und wenn der Schlachtruf gegen unseren uralten waldigen Gegner nicht reicht, dann eben mithilfe einer von Klingen unterstützten Aushebung. Wenn sie uns schon nicht zujubeln, sollten sie uns zumindest fürchten. Das hat mein Vater mich gelehrt.«

»Menschen fürchten Ungeheuer. Und Ihr wisst, was Menschen tun, wenn sie Ungeheuer fürchten.«

»Sie verstecken sich?«

»Nein. Sie töten sie.«

»Pah!«

»Wir könnten die Schlachters fragen, wer von uns recht hat, aber sie werden sich enthalten, da sie alle tot sind.«

»Ihr seid so klug, Glas. Das mag ich an Euch. Aber ich spüre Widerwillen.«

»Ich denke nur nach.«

»Zu viel Nachdenken! Zu wenige Taten. Wir sind viel beschäftigte Männer, Glas, Ihr und ich. Anführer. In der Tat, ich bin ein Erbauer. Ich brauche Holz, um zu bauen. Wenn das

Wüstenvolk Euch den Sand verwehrte, den Ihr braucht, um Euer Glas zu machen, was würdet Ihr tun?«

»Ich weiß es nicht. Aber es wäre mir nicht in den Sinn gekommen, sie zu töten und mir den Sand einfach zu nehmen.«

»Noch mehr Widerwillen! Zögerliche Männer haben noch nie Geschichte geschrieben.«

»Auch ich mache mir Sorgen um die Geschichte, mein edler Amtsbruder.«

Zimmermann nickte. »Ah, ja. Ihr denkt, wir würden einen Krieg in den Bäumen vielleicht verlieren.«

»Das haben wir schon einmal geschafft.«

»Habt keine Furcht.«

»Ich ziehe es vor, es nicht als Furcht zu betrachten. Ich habe lediglich gelesen, dass es ziemlich schwierig ist, einen ganzen Wald einzunehmen.«

»Ein praktischer Mann. Kein Feigling. Nein, nein. Kein Schaf.« Herzog Zimmermann ließ das unkontrollierbare Lächeln eines Kindes aufblitzen, das ein neues Spielzeug besaß, mit dem es angeben konnte. »Ich habe eine Antwort für einen praktischen Mann. Kommt mit mir.«

Sie verließen die Halle auf einer turmhohen Bohlenbrücke für Fußgänger, die sich über die Straßen darunter spannte. Ihre Verwalter eilten hinter ihnen her und versuchten, Schritt zu halten. Glas sah Krötchen über den Rand spähen, einen ängstlichen Ausdruck auf dem Gesicht. *Er sollte mittlerweile an Höhen gewöhnt sein.*

»Ich habe nicht nur die Mittel, um den Wald zu durchdringen«, erklärte Zimmermann. »Ich habe auch noch einen Entwurf für prächtige Schiffe aus ganzen Baumstämmen, die uns die Vorherrschaft auf dem Meer garantieren, nachdem wir uns die Tuftors gesichert haben. Sobald wir das Bauholz haben, fügt sich alles zusammen. Die Eroberung Stratas ist nur der Anfang!«

»Der Anfang eines längeren Krieges.«

»Der Anfang unserer Bauphase. Ich betrachte es als Expansion.«

»Eure Waldwaffe wurde von Eurem genialen Ingenator erdacht, hm?«

»Ah, Ihr habt es also gehört.«

»Wir wissen alle von seiner Existenz, aber niemand hat den Mann je gesehen. Ihr seid anscheinend nicht sehr stolz auf ihn.«

»Es ist genauso, wie alle sagen, Glas – Ihr seid zu gerissen. Ihr sprecht nicht immer aus, was Ihr wirklich denkt. Ihr solltet wissen, dass der Mann in dem, was er tut, so gut ist, dass ich ihn versteckt halten muss. Anderenfalls würdet Ihr und andere ihm Titel anbieten, damit er in Eure Bezirke wechselt.«

»Also hat er keinen Titel. Dann ist er ein Gemeiner.«

Zimmermann lachte leise. »Ihr seht, wie gerissen Ihr seid? Ich habe bereits zu viel gesagt.«

Die Fußgängerbrücke endete auf dem Dach eines gewaltigen angrenzenden Gebäudes, das so groß war wie die Burg selbst. Es war ein einzelnes Bauwerk und seltsam kunstlos für den eleganten Bezirk. Ein historisches Zimmererviertel, das aus der Zeit der Vereinigung von Schmutz stammte, war dem Erdboden gleichgemacht worden, um Platz dafür zu schaffen. Es schien eine Art Lagerhaus zu sein, denn es war ein einfaches, riesiges Rechteck, das eher für den funktionalen Hafenbezirk geeignet schien. Es gab keine Schnitzereien, keine Statuen, keine Schnörkel an der Fassade. Die Fenster waren zu hoch, als dass jemand, der draußen durch die Straßen ging, hätte hineinspähen können, und der Haupteingang befand sich auf dem Dach, auf das sie gerade getreten waren. Sein

Gastgeber führte Glas vorbei an drei Schnitzwachen in ihren lasierten Holzrüstungen – von der gleichen leichten Art wie die, mit denen Zimmermann die Seeleute im Schiffbauer- und Hafenbezirk belieferte. Der Weg über das Dach war weit – das Gebäude zog sich über mehrere Häuserblocks –, und endete an einer überdachten Treppe, die in die Tiefe führte.

»Dieses Bauwerk sieht Euch gar nicht ähnlich, Zimmermann. Zu schlicht. Es ist beinahe wie ein Hafengebäude.«

»Ich habe es für *ihn* gebaut. Er mag es schlicht, damit er klar denken kann. Ihr werdet schon sehen. Und wenn ich Euch zeige, was im Inneren ist, erwarte ich, dass Ihr für die Expansion stimmt.«

»Ich kann meine Stimme nicht versprechen, bis ich gesehen habe, was Ihr mir zeigt. Und selbst dann muss ich jede vorgeschlagene Invasion mit mehreren anderen Herzoginnen und Herzögen erörtern. Das versteht Ihr sicher.«

»Ihr werdet keine weiteren Diskussionen brauchen, wenn Ihr es gesehen habt. Mit meinem Ingenator und seinen Spielzeugen *werden* wir siegen.«

»Wie kann ein ungebildeter Gemeiner tun, wovon Ihr sagt, es sei so großartig?«

»Er ist ein ungewöhnlicher Gemeiner. Ein Wunder! Er war einst ein normaler Junge, nach allem, was man so hört. Dann hat ihm eine Kuh gegen den Kopf getreten.«

»Eine Kuh?«

»Eine dunkle Milchkuh, um genau zu sein. Hat ihm die linke hintere Hälfte seines Schädels zerschmettert. Sie hat ihm außerdem ein Talent für Einfallsreichtum beschert, und nun ist er wertvoller als zwanzig Gelehrte. Gefährlicher als Hunderte von Soldaten.«

»Einzigartig, wie?«

»Vielleicht. Nicht zwangsläufig. Wir haben andere gesehen, die ähnliche Schläge auf den Hinterkopf bekamen und anschließend eine ähnliche Art von neu gefundener Präzision und Konzentration zeigten. Keiner ist so außergewöhnlich wie er, aber ich habe meine drei versiertesten Wundärzte mit der Aufgabe betraut, weitere wie ihn zu erschaffen.«

»Weitere zu *erschaffen?*« Bei dem Gedanken an einen »versierten« Wundarzt drehte sich Glas der Magen um. Die Messer und Sägen schwingenden Männer, die mit Operationen an menschlichen Körpern experimentierten, waren in den meisten Fällen Schlachter und Grabräuber – gottlose Ghule, die in Leichnamen herumwühlten –, und obwohl Glas wusste, dass sie in einigen Bezirken und in den dunkleren Ecken von Schmutz operierten, waren sie in seinem eigenen Bezirk zu Verbrechern erklärt worden.

»Ich habe schon wieder zu viel gesagt«, murmelte Zimmermann. »Seht einfach …«

Er wedelte mit einer großspurigen, selbstgefälligen Geste mit der Hand, als sie die hölzerne Wendeltreppe zum fernen unteren Stockwerk hinuntergingen. Und als sie den ersten Treppenabsatz erreichten, konnte Glas durch das ganze Lagerhaus blicken. *Und da ist es …*

Er riss die Augen auf, als die Monstrosität, die Zimmermann versprochen hatte, in Sicht kam, und er begriff, dass sein Gastgeber nicht übertrieben hatte, was ihre Chancen in einem Krieg mit Strata betraf.

Bei den Göttern … wir könnten siegen!

Kapitel 26

Idiot

Flora hatte Probleme am Tor. Aus irgendeinem Grund hatten die Zimmermanns ihre kunstvolle Zugbrücke hochgezogen und den Bezirk abgeriegelt. *Ich muss wohl über den Graben klettern.* Es war ein beunruhigender Gedanke, in die Stinkbrühe mit den Blutegeln zu stürzen. *Aber ein guter Kletterer denkt niemals ans Fallen, er denkt nur an den nächsten Vorsprung zum Festhalten.* Und für ein Waldmädchen, das alle Sinne beisammenhatte, gab es immer einen nächsten Vorsprung. Sie brauchte ihn nur zu finden. Und als sie an der Grenze des Bezirks entlangging, dorthin, wo das riesige neue Lagerhaus des Ingenators stand, bot sich einer dar.

Das Gebäude stand ihr gegenüber auf der anderen Seite des Grabens, ein massives, rechteckiges Ding, das leicht zu finden war, weil es viel größer und schlichter war als alles darum herum. Ein Trio von Seilen, die aus einem seiner hohen Fenster hingen, spannte sich über den Graben. Welchem Zweck sie dienten, wusste Flora nicht. Scherte sich auch nicht darum; sie sahen stabil aus. Sie schlüpfte aus ihren Stiefeln und stopfte sie sich in den Taillenbund. Indem sie mit nackten Füßen auf dem mittleren Seil stand und sich mit den Händen an den beiden anderen festhielt, um nicht das Gleichgewicht zu verlieren, konnte sie ziemlich schnell über das Seil gehen. Sie rutschte einmal aus, hielt sich aber mit den Armen oben, bis sie die Füße wieder auf das mittlere Seil schwingen konnte. Unglücklicherweise fuhr sie dabei mit dem Arm über ihr Gesicht und verrückte ihren Schleier. Er baumelte kurz, dann fiel er in die Tiefe, und da ihre Hände gänzlich beschäftigt waren, hatte sie keine Chance, ihn aufzufangen. Sie beobachtete, wie er nach unten fiel, hin und her schwebte wie ein Waldblatt, bis er auf dem verdreckten Wasser landete, ein leuchtend rotes Seidenviereck vor einem braunen Hintergrund. Ein kleinerer Blutegel kam sofort an die Oberfläche, um nachzusehen, und zog es in die Tiefe.

Grässliche Kreaturen.

Dann war Flora auf der anderen Seite und stand auf dem hohen Fenstersims. Aus dem Innern starrte sie ein dickbäuchiger Dienstbote an. Er hielt einen Eimer in den Händen, und Flora kam der Gedanke, dass die Seile ein Flaschenzug waren, um die Eimer über den Modder hin und her zu schicken.

»Hullo«, imitierte sie den freundlichen Akzent des Zimmererbezirks mit seinem abgehackten Rhythmus. »Ich bin gerade vom Eimeraufseher auf der anderen Seite hergeschickt worden. Hilfst du mir rein?«

Er wich vor ihrem vernarbten Gesicht zurück. *Er hat mich gesehen,* dachte sie. *Ich kann ihn nicht lebend aus dem Raum lassen.* Aber er ging gar nicht. Stattdessen kam er auf sie zugerannt.

»Verseucht!«

»Warte, ich bin nicht …«

In dem Sekundenbruchteil, der ihr blieb, begriff Flora, dass er beabsichtigte, sie vom Sims zu stoßen. *Sein verächtlicher Ruf bedeutet gewiss nicht, dass er sich beeilt, mir hineinzuhelfen!* Sie wappnete sich, und als er am Fenster erschien, packte sie den oberen Rahmen und schwang sich zur Seite, sodass er sich halb hinausstürzen musste, um zu versuchen, sie zu Fall zu bringen. Sein tief hängender Bauch klatschte gegen die halbhohe Wand unter dem Fenster. Flora schwang sich vor und nahm seinen Kopf zwischen den Beinen in die Zange. Ihr Schwung zog ihn nach vorn, und als er mehr als zur Hälfte draußen war, ließ sie ihn los, damit sein Gewicht sie nicht mit ihm in die Tiefe zog. Er schwankte für einen Moment auf seinem weichen Bauch, dann purzelte er heraus, während sie sich nur mit den Fingerspitzen an den Fensterrahmen klammerte.

Beim nächsten Schwung zog Flora die Beine ein und schlüpfte durchs Fenster in das Gebäude. Nachdem sie wieder zu Atem gekommen war, riskierte sie einen Blick zurück durchs Fenster. Sie musste sichergehen, dass der Mann nicht überlebte, um einen Schutzmann oder die Schmutzwache zu alarmieren. Doch die Gefahr bestand nicht, wie sie sah. Die Blutegel machten sich bereits über ihn her. Für einen Moment schlug er mit den Armen – *kein Schwimmer* –, dann wurde er ganz still und rollte auf die Seite, den weit aufgerissenen Mund zu einem stummen Schrei nach oben gedreht, während er schnell erbleichte, da die schlangenähnlichen Gräuel sich um seinen Hals wanden und das Blut aus ihm heraussaugten. Ein weiterer Egel schlang sich um seinen Oberarm und begrub das Maul in der Achselhöhle des Mannes, und ein dritter hatte sich unter seine Tunika geschoben, um an seinem fleischigen Bauch zu saugen wie eine groteske Nabelschnur.

»Vernarbt«, flüsterte Flora, »nicht verseucht.« Und das war der Nachruf auf den Mann.

Das Fenster lag weit oben in der Wand, und so überlegte sie, dass sie sich im dritten Stockwerk befand. Wachen waren keine in Sicht. Noch kam jemand wegen des Aufruhrs herbeigelaufen. *Sie rechnen nicht damit, dass irgendjemand über den Graben geht.* Flora sammelte sich, holte tief Luft und spähte durch die Tür.

Ein breiter Flur führte von dem Raum weg. Irgendwo hier musste der Ingenator sein. Sie brauchte ihn nur zu finden. Unglücklicherweise hatte sie jetzt keine Maske mehr. *Nun muss ich jeden, dem ich begegne, töten.* Es brach ihr nicht das Herz – auf der Straße sagte jeder, dass die Zimmermanns skrupellose Bastarde seien, und sie selbst war noch nie einem »Hammerkopf« begegnet, der diese Meinung Lügen gestraft hätte.

Sie erwog, ein Stück aus ihrer Hose zu schneiden, als Ersatz für ihren Schleier, aber die feine Kette, die die Maske gehalten hatte, war ebenfalls weg. Es war wichtiger, dass sie sich jetzt beeilte. *Wenn du doppelt so lange bleibst, ist die Wahrscheinlichkeit viermal so groß, geschnappt zu werden,* hätte Rajeev gesagt, weil er immer irgendetwas sagte. Sie eilte weiter.

In einer Richtung führte der Flur in einen riesigen, offenen Bereich, den sie mied; sie konnte dort zu leicht gesehen werden. Sie wählte die andere Richtung und behielt eine Hand auf ihrem Abstecher, für den Fall, dass jemand sich ihr in den Weg stellte. Der geniale Ingenator der Zimmermanns wurde wie ein Gefangener im Gebäude festgehalten, hatten die Gassenkinder ihr erzählt – er war so wertvoll, dass Herzog Zimmermann den Mann kaum aus den Augen ließ. Flora gab viel auf das, was die Gassenkinder sagten, vertraute ihnen aber nicht vollkommen. Es war durchaus möglich, dass der Mann in der Nähe ein Herrenhaus besaß und im Lagerhaus vorbeikam, wie es ihm gerade passte. Dennoch schien es wahrscheinlich, dass er hier war. Das riesige Gebäude war offensichtlich ein schlecht gehütetes Geheimnis. Es war in aller Eile neben dem Palast errichtet worden. Es gab keine Eingänge von der Straße aus. Und selbst der Pöbel in den Gassen erzählte ihren Straßenkindern frei heraus, dass dies der Ort sei, an dem der produktive Herzog Zimmermann seine »Spielzeuge« baute.

Kriegswaffen, um mein Volk zu ermorden.

Flora wusste nicht, wie dieser geniale Ingenator aussah. Niemand wusste es. *Aber ich werde ihn erkennen, wenn ich ihn sehe,* dachte sie. Er würde aus einer wohlhabenden, adeligen Familie stammen und gebildet sein, bekleidet mit den feinen Gewändern eines Forschers aus dem Gelehrtenbezirk vielleicht und begleitet von einer Gruppe von Lehrlingen – sie hoffte, dass sie nicht auch sie würde töten müssen. Sie schob sich um die Ecke und stieß frontal mit einem stumpfsinnig aussehenden Mann in einem Arbeitskittel zusammen.

Der Mann heulte auf und ließ fast das Tablett fallen, das er in Händen hielt, wobei er eine Menge kleiner Geräte auf den Holzboden kippte. Auf seinen Kittel war an der Brust ein Hammersymbol genäht – das Wappen der Zimmermanns –, aber nichts an ihm deutete auf Adel hin. *Ein Gemeiner.* Ein Diener oder Laufbursche. *Kein Wachmann, den Göttern sei gedankt!*

Floras erster Impuls war, den Abstecher zu benutzen. Aber der Mann stellte offensichtlich keine Bedrohung dar, es sei denn, er schrie, und das hatte er noch nicht getan – sein Aufheulen hatte mehr dem kurzen Jaulen eines Hundes geähnelt, auf dessen Schwanz man getreten war. Nichts, was andere herbeirief. Die Tatsache, dass er sich auf die Knie hatte fallen lassen, um herumzukriechen und seine Kinkerlitzchen einzusammeln, verriet ihr, dass er kein Interesse daran hatte, Wachen herbeizurufen oder sich einen strategischen Vorteil zu verschaffen. Für den Moment wartete sie damit, ihn zu töten.

Vielleicht kann er mich zu seinem Herrn führen.

Nach ihrem ersten Zusammenstoß und seinem unbeholfenen Umhertasten auf dem Boden, um seine Sachen einzusammeln, erhob er sich und musterte sie mit leerem Blick. Flora nahm an, dass er fragen würde, wer sie sei, woraufhin sie vielleicht lügen und nach seinem Herrn fragen würde. Vielleicht würde sie auch einfach »Der Tod« sagen und ihn erdolchen. Das würde sie entscheiden, sobald sie die Chance hatte abzuschätzen, ob in seiner Stimme Argwohn oder Ahnungslosigkeit lag. Nach seinem schielenden Blick und seinem zur Seite geneigtem Kopf zu urteilen, tippte sie auf Ahnungslosigkeit.

Aber er fragte nicht, wer sie sei. Noch schreckte er vor ihrem Gesicht zurück. Stattdessen starrte er sie an, und Sabber bildete sich in seinem Mundwinkel. »Naaaarben«, sagte er schließlich und zog das Wort in die Länge wie ein fasziniertes Kind. Er betatschte die linke Hinterseite seines Schädels, als wäre er verwirrt und dächte angestrengt nach. *Aber nicht sehr erfolgreich.* »Naaarben an deinem Kopf«, schlussfolgerte er und streckte die Hand aus, als wisse Flora vielleicht nicht, wo sie zu finden waren.

Er ist ein Idiot, begriff Flora. Er würde keine große Hilfe sein, aber auch kein Problem darstellen. Sie schob sich an ihm vorbei. Er würde niemandem von ihr erzählen, und wenn er es doch tat, würde ihm niemand zuhören.

»Bleib! Bleib!« Als er in Erregung geriet, hob er die Stimme.

Verdammt! Sie blieb stehen und legte einen Finger an die Lippen, um ihn zum Schweigen zu bringen, und sie hoffte, dass es funktionieren würde. Er war harmlos, solange er niemanden sonst auf sie aufmerksam machte.

»Ich bleibe«, antwortete sie, »aber nur für einen Moment.«

Er nickte und eilte zu einem nahen Tisch, auf dem scheinbar willkürlich Gegenstände ausgebreitet lagen – Werkzeuge, Tücher, Plunder, ein kleines Gerät aus Metall und Holz mit filigranen Teilen, die sich bewegten – ein Zeitmesser oder eine Waage vielleicht. *Wertvoll, wie es aussieht.* Er wühlte in den Gegenständen, suchte nach diesem, griff nach jenem, und bevor sie erkennen konnte, was er tat, war er fertig mit der Aufgabe, die er sich selbst gestellt hatte, worin sie auch bestanden haben mochte. Er eilte zu Flora zurück und schwenkte dabei ein viereckiges Tuch. Dann kam er ihrem Gesicht mit dem Tuch näher, und sie duckte sich argwöhnisch weg. Er krümmte sich, als hätte sie ihn getadelt. Tränen stiegen ihm in die Augen.

Flora wurde weich. »Nicht laut weinen. Was immer du tust, es ist in Ordnung.«

Es war ersichtlich, dass er nichts Böses im Schilde führte, aber jetzt dachte er, er hätte etwas falsch gemacht. Sie trat nah genug vor ihn hin, dass er sie berühren konnte. Und das tat er.

Er zeichnete mit den Fingern ihr verstümmeltes Gesicht nach und fasste ohne Abscheu ihre beschädigte Haut an. Auch war die Berührung nicht lüstern, obwohl er ein Mann war. Er starrte sie mit intensiver Neugier an und nickte, als verstehe er, was er sah – die Seite von Floras Gesicht, die sie niemanden außer Rajeev sehen ließ. Sein eigener Hinterkopf war verformt, und er umfasste ihn mit der anderen Hand, während er ihr Gesicht berührte, als vergliche er ihre Entstellungen. Und Flora ließ es zu.

Als sie das tat, hob er erneut das Tuch. Diesmal erlaubte sie ihm, es ihr über die untere linke Hälfte ihres Gesichts zu legen. *Über meine Narben.* An den Ecken des Tuches war eine seltsame Schlaufe aus einer dehnbaren Schnur befestigt, die er um ihren Hinterkopf und unter ihr Kinn legte, bevor er sie über ihr rechtes Ohr schob. Dann trat er zurück.

Die neue Maske blieb genau dort, wo er sie befestigt hatte, und war überraschend bequem, wie ein gut sitzender Hut. Statt die gesamte untere Hälfte ihres Gesichts zu bedecken wie ein Schafschleier oder ihren ganzen Kopf wie die Haube des Knochenackers, versteckte sie nur die untere linke Seite und dehnte sich von ihrer gespaltenen Nase zu ihrem Auge bis nach unten zu ihrem schiefen Kinn und über ihr linkes Ohr aus. Sie verbarg nicht den größten Teil von ihr. Stattdessen blieb viel von Flora sichtbar. Ein seltsamer und unerwarteter Drang stieg in ihr auf.

Ich will wissen, wie es aussieht.

»Ein Spiegel?«, fragte sie.

Er wusste, was sie meinte, und galoppierte zurück zu seinem Tisch. Dort zog er eine polierte Stahlplatte unter seinen vielen Sachen hervor, über die er ein flaches Stück Glas legte; dann befestigte er die beiden Dinge aneinander. Er kehrte zurück und hielt den improvisierten Spiegel begeistert mit zwei Händen hoch, und Flora betrachtete sich darin. Die Minimaske war nicht nur sehr wirkungsvoll, er hatte sie auch passend für die Konturen ihres Gesichts zugeschnitten, sodass sie seltsam modisch war. Eine Schnittmeisterin aus dem Gewänderbezirk hätte es nicht besser machen können. Die Vorrichtung hätte ein elegantes Kostüm für eine Prinzessin auf einem Maskenball sein können, und es ließ die ganze rechte Seite ihres Gesichts frei – die makellose Seite. Floras Herzschlag beschleunigte sich.

Ich bin wieder schön …

Der Mann klatschte in die Hände und hüpfte auf und ab, bis sie ihre eigene Hand beruhigend auf seine legen musste, um ihn zu bremsen. »Erzähl niemandem, dass ich hier war«, bat sie. »Dies ist unser Geheimnis, ja?«

Er nickte sein stummes Versprechen. Rajeev hätte ihr gesagt, dass sie ihn nicht am Leben lassen durfte. Jemanden lebend zurückzulassen, der ihr Gesicht gesehen hatte, war nicht die erste Regel, die sie in den letzten Tagen gebrochen hatte. Aber am Ende ließ sie ihn überhaupt nicht zurück. Stattdessen stellte sie dem schlauen Idioten eine weitere Frage.

»Kannst du mir zeigen, wo dein Herr ist?«

Kapitel 27

Die Giganten-Maschine

Glas starrte die Giganten an. Der Anblick solch gewaltiger Kreaturen im Inneren eines Gebäudes erschütterte ihn, genau wie ihre schweren Schritte auf den ausgetretenen Holzdielen des höhlenartigen Lagerhauses die Wendeltreppe erschütterten. Er griff nach der Stange in der Mitte der Treppe und hielt sich verkrampft daran fest, während die drei riesigen Tiere durch den Raum trampelten.

»Götter! Habt Ihr vor, mit diesen Kreaturen eine der Erfindungen Eures Meisters zu ziehen?«

»Weder ziehen. Noch schieben. Nicht ganz. Tatsächlich sind die Giganten die Quelle der Macht und Beweglichkeit meiner Maschine, aber die Sache ist noch geistreicher. Seht Ihr das?« Zimmermann zeigte auf das andere Ende des Gebäudes.

Dort lag ein massiver stählerner Zylinder auf der Seite an der Wand, größer noch als die Giganten und so breit wie das ganze Lagerhaus. Scheußliche zweischneidige Stahlstacheln von der Länge einer Männerhand ragten in regelmäßigen Abständen aus seinem ansonsten glatten, abgerundeten Äußeren – *Klingenspitzen von Haumessern.*

»Die Maschine ist aus Stahl gemacht«, wandte Glas ein. »Sie muss zu schwer sein, um sie zu bewegen.«

»Sie ist hohl – eine Haut aus Stahl. Die Giganten betreiben die Maschine, indem sie *innen* laufen.«

Glas riss erstaunt die Augen auf.

»Ich habe Euch doch gesagt, dass er ein Genie ist«, verkündete Zimmermann selbstgefällig.

»Wo ist er?«

»Sicher untergebracht, mit genügend Spielzeugen, um ihn zu beschäftigen, bis ich ihn brauche. Er hat den Geist eines Erbauers, aber er kann ihn nicht beherrschen. Er fühlt sich gezwungen, jedes Ingenationsproblem, das er sieht, zu beheben. Und so tut er es!«

Glas betrachtete die große Maschine. »Mit dem Gewicht des Stahls und der Giganten darin wird die Maschine alles in ihrem Weg zerquetschen.«

»Ah, Ihr versteht sofort! Ihr seid so klug, wie alle es von Euch behaupten; ich musste eine Menge erklären, um Herzog Stahl dazu zu bringen, die Hülle zu bauen. Selbst Gewand hat nicht geglaubt, dass die Maschine rollen würde, bis ich es ihr gezeigt habe. Ihr müsst sie in Betrieb sehen, um den Zweifel, den ich in Eurer Stimme höre, gänzlich auszulöschen. Erlaubt mir, es auch Euch zu zeigen.«

Glas folgte Herzog Zimmermann durch das Lagerhaus, wo Zimmermann den Gigantenwärtern befahl, die Biester in den Zylinder zu treiben. Es waren Albinos, Junkai-Knaben aus dem Inselkönigreich Akoi, der Heimat der Giganten und eine ordentliche Segelstrecke von Schmutz entfernt. Wie viel es Zimmermann gekostet hatte, drei Tiere und ihre Wärter auf drei Schiffe zu packen – denn auf eines hätten sie niemals gepasst –, überstieg Glas' Fantasie. *Mehr, als einige geringere Bezirke in ihrer Schatzkammer haben.*

Ein gewölbtes Paneel, das der Kontur des Zylinders folgte, klappte herunter, um eine Rampe für die Giganten zu bilden, und als sich die Tiere sicher im Innern befanden – und sicher daran gehindert waren, Glas zu Brei zu zertrampeln –, wurde das Paneel geschlossen. Zimmermann eskortierte Glas eine Leiter empor auf eine Beobachtungsplattform an der Wand, und die Leiter wurde hinter ihnen hochgezogen. Dann beeilte sich ein Trupp von Arbeitern aus dem Zimmererbezirk, in der Mitte des Raums in gleichmäßigen Abständen dicke Stangen aufzustellen.

»Stellt Euch vor, das wären Bäume«, sagte Zimmermann zu Glas, bevor er einem Wachmann das Signal gab, eine Tür in der hinteren Wand zu öffnen.

Als die Türen weit aufgerissen waren, stolperten zehn oder mehr Gassenkinder in den Raum und schauten sich verwirrt um. Glas sah sofort, dass irgendetwas mit ihnen nicht stimmte. Mehrere waren desorientiert, und anderen waren die Köpfe mit Tüchern verbunden.

»Jetzt stellt Euch vor, das wären Menschen«, fügte Herzog Zimmermann hinzu.

»Das *sind* Menschen.«

»Unsinn. Es sind Gassenkinder, die wir aus dem Irrgarten eingesammelt oder von Bezirken erworben haben, die sie zum Verkauf angeboten hatten.«

»Wir verkaufen unsere Untertanen nicht«, warf Glas missbilligend ein.

»Wir auch nicht. Wir kaufen nur. Nun schaut zu, was geschieht …«

Kapitel 28

Mawry, Mawry, Mawry

Der Name des Idioten war Mawry, und er wiederholte ihn immer dreimal, wenn er ihn nannte.

»Mawry, Mawry, Mawry wird dich zu ihm bringen.«

Flora folgte Mawry aus dem Flur und hinaus auf einen erhöhten Laufsteg, der über mehrere Räume hinwegführte. Der leitende Ingenator würde im Gebäude sein; dessen war Flora sich sicher. Wenn sie ihn allein erwischte, würde sie ihn töten und sich davonmachen. Mawry half ihr unwissentlich dabei. Sie hatte beinahe ein schlechtes Gewissen. Man würde ihm vielleicht die Schuld geben und ihn bestrafen. *Ich werde ihn wegschicken, bevor ich es tue,* beschloss sie.

Während sie über einige Räume hinweggingen, konnte Flora über den Rand des Laufstegs in sie hineinspähen. Ein Raum war gesäumt mit Regalen säuberlich voneinander getrennter Schnitzklingen – dünne Holzschnitzer, breite Schabmesser, runde Stanzer, gewundene Bohrer, deren Funktion Floras Vorstellungskraft in Bezug aufs Schnitzen überstieg. Verschiedene Handsägen und winzige Fingersägen füllten einen ganzen weiteren Raum. Wieder ein anderer enthielt ordentliche Behälter mit Holzbrettern und Blöcken, die in Hunderten verschiedener Längen und Breiten zugeschnitten waren. *Ein Lager.* Zimmererlaufburschen kamen und gingen und wählten sorgfältig Werkzeuge und Materialien aus, während sie über ihre Pflichten murrten oder scherzten. Flora schlich zusammen mit ihrem einfältigen Führer an den meisten Räumen vorbei, aber einer erregte ihre Aufmerksamkeit, und sie blieb stehen.

Drei Männer in Roben beugten sich über ein junges Mädchen, das auf einem Tisch lag. *Heiler vielleicht oder Alchemisten.* Aber das Mädchen war mit dem Gesicht nach unten festgebunden, und sie betatschten ihr Haar auf der linken Seite ihres Hinterkopfs mit neugierigen Fingern. Sie war noch bekleidet. *Also ist es keine groteske Form von Vergewaltigung.*

Mawry drängte Flora weiter und stupste ihr sein knorriges Knie in den Hintern.

»Warte«, flüsterte sie, schob sein Bein weg und blieb stehen, um zu beobachten, wie die Männer das Mädchen bearbeiteten. Sie wusste, dass sie weitergehen sollte. Ablenkungen waren gefährlich für eine Ratte, ein Verlust der Konzentration möglicherweise tödlich. Aber die Szene, die sich unter ihr abspielte, faszinierte sie. Sie machte ihr zu schaffen. *Scheiß auf die Regeln,* dachte sie. Ihre Ingenatorenjagd war ohnehin keine richtige Rattenarbeit.

Mawry heulte leise und betatschte Floras Schulter, aber sie blieb, wo sie war. Die Männer in den Roben hätten Priester sein können, die irgendein Zimmererritual vollzogen, nur dass sie stumpfe hölzerne und scharfe metallene Werkzeuge in Händen hielten und das Mädchen an Handgelenken und Knöcheln an den Tisch gebunden war.

Eine Operation. Flora stockte der Atem, und sie verspürte eine schleichende Abscheu.

Einige Wundärzte heilten, das stimmte. Aber andere bastelten an Menschen herum, als wären sie Uhren. Wieder andere waren einfach Ghule. Sie alle nannten sich Wundärzte, aber keinem von ihnen war die Fähigkeit angeboren, Menschen zu heilen. Zuerst mussten sie lernen. *Und dafür brauchen sie Übung.*

Flora hatte noch immer Albträume darüber, was geschehen wäre, wenn Rajeev sie zusammen mit dem treuen Schrot an die Wundärzte verkauft hätte.

»Es wird keine Rolle spielen, wenn Ihr an der da experimentiert«, hätte er sagen können. »Sie ist bereits halb tot. Und außerdem ruiniert – ihr Gesicht ist ein Schlachtfeld aus rohem Fleisch.« Flora hätte sich natürlich nicht beklagen können; sie war halb im Delirium gewesen. In der Tat, sie erinnerte sich nur an Bruchstücke jenes Tages – *des Tages, an dem Rajeev mich nicht verkauft hat.*

Sie malte sich die Alternative aus – halb bewusstlos auf einem rot befleckten Holzblock in einem hell erleuchteten Raum zu liegen, wo die Wundärzte sie nackt ausziehen und untersuchen würden. Die kalten Metallinstrumente. Das Piksen, das Stochern, das Brennen. Und kein Nikoblatt – zu teuer, um es an eine halbe Leiche zu verschwenden. Die leidenschaftslose Untersuchung und Handhabung ihres Körpers, privater Stellen, die nicht einmal ihre vertrautesten Dienerinnen oder ihre geliebte Familie in Strata je gesehen hatten. Die Männer in Roben, die sie nicht kannte, und die ihre Sprache nicht beherrschten, selbst wenn sie Worte hätte murmeln können.

Aber Rajeev hatte sie nicht verkauft. *Er ist der wahre Held. Er und Läuschen* – das Gassenkind, das die Gerüchte auf der Straße gehört hatte, es sei ein Mädchen am Hafen, das behauptete, eine Prinzessin zu sein, worauf Läuschen sich beeilt hatte, es der Ratte zu erzählen.

»Was machen sie mit ihr?«, flüsterte Flora Mawry zu und hoffte bei ihren Göttern, dass sie mit ihrer Vermutung falschlag. Sie erwartete nicht, dass der Idiot die Antwort kannte. Aber er tat es.

»Sie versuchen, mehr Mawry, Mawry, Mawrys zu machen.« Er betastete den platt gedrückten Teil seines Schädels.

Wie aufs Stichwort hob einer der Männer den Hammer, während ein anderer auf eine Stelle am Hinterkopf des Mädchens deutete.

Flora war zwischen ihnen, bevor der Hammer fiel, landete in ihrer Mitte wie ein erzürnter Fleischaffe, der sich von einem Baum fallen ließ. Sie hieb wild mit Fleischmesser und Abstecher drauflos, außer Kontrolle, blind von ihrem Entsetzen. *Ich hätte dieses Mädchen sein können!*

Wenn die drei Männer Krieger gewesen wären, hätten sie schneller reagiert, wären ihren ausholenden Stößen ausgewichen und hätten ihre wilden Hiebe pariert. Sie hätte den Kampf vielleicht verloren. Aber sie waren keine Krieger, und sie zerfetzte ihre Hammerroben, als wäre sie eine menschliche Schere, die auf und zu schnappte.

Die Männer duckten sich verwirrt. Einer von ihnen lag bereits röchelnd mit durchtrennter Kehle am Boden. Die beiden anderen waren schwer verletzt, bevor ihnen überhaupt klar wurde, dass sie angegriffen wurden.

Sie werden schreien, sobald sie es begreifen.

»Schrei, Mädchen«, zischte Flora und pikste das Straßenkind auf dem Tisch mit der Spitze ihres Abstechers an einer Stelle, wo es gewiss schmerzen, aber keinen dauerhaften Schaden hinterlassen würde. Das Kreischen, das das Mädchen von sich gab, war überaus zufriedenstellend – schrill genug, um wie das Ergebnis eines Schlages aufs Gehirn mit einem Hammer zu klingen, und laut genug, dass alle Rufe, die folgten, lediglich wie Versuche ihrer Peiniger klingen würden, ihr Opfer zum Schweigen zu bringen und zu bändigen.

Niemand wird diese jammernden Ghule stören wollen.

Der zweite Mann ging zu Boden, als seine schlangenähnlichen Innereien unter seiner Robe hervorquollen. Er kam mit einem *Rumms* auf dem Holzboden auf wie ein nasser Getreidesack. Der letzte Wundarzt taumelte, seine eigene Robe nur noch rote Stoffstreifen, die fröhlich wie Karnevalsbanner auf seiner Brust flatterten. Er hätte ein betrunkener Hofnarr sein können, wenn man seine taumelnden Schritte und sein verzerrtes Gesicht bedachte.

»Hört auf«, flehte er.

»Nein«, knurrte Flora und holte Luft. »Ihr hört auf.« Ihr letzter Stoß war kontrollierter, ein schneller, wirkungsvoller Hieb in seine Kehle. Hinein und hinaus. Luftröhre und Halsschlagader. Kein letzter Schrei.

Mawry stand über ihr und gaffte sie an, während Flora nach Luft schnappte und das Gemetzel betrachtete, das sie selbst angerichtet hatte.

»Ist einer dieser Männer dein Herr?«, fragte sie.

Er schüttelte so heftig den Kopf, dass sein langes Haar ihm wiederholt ins Gesicht peitschte.

Also nein.

Flora runzelte die Stirn. Sie hatte flüchtig gehofft, zwei Fliegen mit einer Klappe geschlagen zu haben. Sie nahm sich einen Moment Zeit, um das Gassenkind freizulassen und zu warnen, mit niemandem zu sprechen. Das benommene Mädchen machte sich in die Flure davon und suchte nach einem Weg hinaus. Flora konnte sie nicht begleiten, um ihr zu helfen; sie hatte sich bereits davon ablenken lassen, nach ihrer Zielperson zu suchen, hatte Unbeteiligte getötet und mindestens noch drei Regeln mehr gebrochen, als es ihre Absicht gewesen war, als sie sich in das Gebäude geschlichen hatte.

Zumindest habe ich ihr eine Chance verschafft.

Inzwischen war Mawry heruntergeklettert und regte sich ziemlich auf. Er zerrte die Leichen in eine ordentliche Reihe, legte bedächtig ihre Arme perfekt parallel zueinander über ihre Köpfe und ignorierte das Blut an seinen Händen, um die Leichen symmetrisch anzuordnen. Er wirkte sehr verstört, als er sich über sie beugte, und er verbrachte eine unerträglich lange Zeit damit, ihre Roben glatt zu streichen, damit es keine Falten gab. Die Schnitte im Stoff von Floras Dolchen verkomplizierten die Dinge.

»Mawry, ich muss deinen Herrn finden«, sagte sie, als sie nicht länger warten konnte.

»Mawry, Mawry, Mawry muss das hier reparieren!«

»Du kannst sie nicht reparieren.«

»Ich habe die Zeiger der Hammeruhr repariert. Ich habe die Giganten-Baumwalze repariert. Ich habe dein Gesicht repariert.«

Er hat mein Gesicht tatsächlich repariert. Flora legte ihm eine Hand auf die Schulter. »Diesmal lässt es sich nicht reparieren. Sie sind kaputt.«

Mawry hörte endlich auf, Stoff glatt zu streichen, und erhob sich. »Du hast sie kaputtgemacht.«

»Ja, das stimmt.«

Er schien es zu akzeptieren. »Sind sie jetzt Müll?«

»Ja.«

»Dann müssen wir sie hinauswerfen.«

»Nicht wir. Wir müssen gehen.«

»Kein Müll in der Werkstatt«, erklärte er. Er regte sich wieder auf – und immer wenn er sprach, ging seine Stimme eine Oktave höher, und sie war jetzt schon schrill. »Kein Müll in der Werkstatt!«

»Es werden andere kommen und sie wegtragen«, versprach Flora. »Lass uns gehen.«

»Müll hinauswerfen!«

Flora verdrehte die Augen.

Es kostete sie beide weitere wertvolle Zeit, die drei blutverschmierten Leichen wegzuschaffen, aber sobald Mawry sich etwas in den Kopf gesetzt hatte, war es schwer, es wieder hinauszubekommen. Glücklicherweise kam niemand vorbei, während sie die toten Wundärzte über den erhöhten Laufsteg schleiften und die Leichen mit vereinten Kräften durch ein Fenster in den Graben warfen, während gierige Blutegel sich unter ihnen sammelten.

Anschließend führte Mawry sie über den Laufsteg zurück und zwei Treppen hinunter zu einer übergroßen Tür. Flora zögerte.

»Wo sind wir?«

»Mawry, Mawry, Mawrys Eingang.«

»Eingang zu was?«

Kapitel 29

Die Mordstätte

Der Zylinder begann sich zu bewegen.

»Die Maschine rollt!«, rief Glas aus.

»Allerdings.« Zimmermann lächelte wissend. »Es nennt sich Gigantenwalze.«

Glas wusste, dass er das Ding anglotzte wie ein Narr, aber er konnte sich nicht beherrschen. Die Stahlhaut der Walze drehte sich langsam, und ihre eisernen Zähne bohrten sich mit einem donnernden Knirschen in den Holzboden. Die Gassenkinder drehten sich um und starrten zu dem Ding empor, von der gleichen Ehrfurcht erfüllt wie er. Sie entfernten sich nervös, als der erste falsche Baum – eine Holzstange – sich vor der Walze bog. Der Schaft war zwei Fuß dick und in einem Loch im Boden verankert, aber er verlangsamte die Maschine kein bisschen. Die Stange knirschte, stöhnte und brach dann mit einem scharfen Knacken entzwei. Der abgetrennte untere Teil wurde unter den mahlenden Goliath gesogen und von seinen Zähnen zu Kleinholz zerkaut, während die obere Hälfte durch den Raum schoss. Der fliegende Schaft traf eines der Gassenkinder an der Brust und warf den Jungen Hals über Kopf nach hinten wie einen purzelnden Akrobaten.

»O-ho!« Zimmermann lachte. »Habt Ihr das gesehen? Das

ist etwas Neues. Stellt Euch einen stratanischen Waldmann vor, der so herumgewirbelt wird!«

Die Walze passierte die Nische, in der sich die Wendeltreppe nach oben wand. Ein kluges Gassenkind suchte Zuflucht auf den Stufen. Für die anderen gab es kein Entrinnen. Die Maschine füllte den Raum von Wand zu Wand, bewegte sich unausweichlich vorwärts und nahm Tempo auf. Weitere Stangen zersplitterten zu Kleinholz, ohne die Walze zu verlangsamen. Weiteres Holz schoss durch die Luft. Zimmermann lachte und deutete mit der Hand auf das Geschehen.

Glas starrte nur ungläubig. »Sie wird durch die Pappelgrenze bei Erste Bäume krachen«, sagte er schließlich. »Aber sie könnte niemals einen Riesentuftor auf der Lichtung umpflügen.«

»Nein.« Zimmermann schüttelte den Kopf. »Diese *kleine* Walze würde nur den Weg für die größere Maschine freimachen, die ich außerhalb der Stadt baue.«

»Größer?«

»Fünfmal so groß und angetrieben von fünfzehn Giganten. Das sollte genügen, mein adeliger Kamerad.«

Ein Gassenjunge, der versuchte, sich hinter der am stabilsten aussehenden Stange zu verstecken, stellte fest, dass seine erhoffte Zuflucht der Gigantenwalze nicht gewachsen war. Der nachgemachte Baum bog sich, fiel und krachte mit einem plötzlichen Knall zu Boden, ein Geräusch, das sofort im Brüllen der Maschine unterging, die sich knirschend über die Holzbretter bewegte. Der Junge lag ausgestreckt unter der Stange und wand sich in Qualen. Sein Rücken war gebrochen. Dann wurde er unter den Zylinder gesaugt. Als der vorbeigezogen war, sah Glas nur einen roten Fleck auf dem verwüsteten Holzboden, wo der Junge gelegen hatte, und verstreute weiße Bruchstücke, bei denen es sich um seine zerschmetterten Knochen handeln musste.

Ein anderes Gassenkind, ein Mädchen, lief auf die Maschine zu und versuchte, vorn an ihr hinaufzuklettern, wobei es die blutigen Dornen benutzte, um sich festzuhalten. Es gelang ihr, sich drei Züge in Folge hochzuziehen, aber jedes Mal, wenn sie sich aufwärts bewegte, rollte die Maschine weiter und nahm sie wieder mit nach unten, und so wurden ihre Bemühungen zunichtegemacht. Glas ertappte sich dabei, dass er sie im Stillen anfeuerte, aber obwohl sie geschickt war, wurde sie schnell müde. Ihre Arme zitterten. Ihr Griff versagte. Ihr Fuß verfehlte einen Halt für ihre Zehen. Einen dramatischen Moment lang baumelte sie in der Luft. Dann fiel sie herunter und kroch noch davon, ihr Überlebensinstinkt ungemein stark. Aber die Walze bewegte sich jetzt sehr schnell, und sie schaffte es nicht, rechtzeitig auf die Beine zu kommen. Die Maschine saugte ihre Füße ein, und ein Dorn grub sich hinter ihrem Knie in ihr Bein. Glas beobachtete, wie sie aufgebläht wurde, als das Gewicht von Holz, Stahl und drei Giganten das Blut immer weiter in ihrem Körper nach oben quetschte. Ihre Oberschenkel wurden zu Ballons, dann ihr Bauch und ihre Brust. Ihr Gesicht wurde rot. Und dann platzte sie.

Diesmal wand sich selbst Zimmermann. »Ooh, das war übel«, bemerkte er. Dann rollte die Maschine über das tote Mädchen, und es blieb nur ein weiterer roter Fleck auf dem Boden.

Mehrere der verbliebenen Gassenkinder rannten ziellos umher, verwirrt oder vielleicht benommen von der Ungeheuerlichkeit des Dings, das auf sie zukam. Jene, die ihren Verstand noch beisammenhatten, wichen an die hinterste Wand zurück.

»Ich habe genug gesehen«, sagte Glas.

»Schön. Wir entledigen uns noch dieses verbliebenen Pöbels, und dann …«

»Genug«, beharrte Glas. »Ich bin davon überzeugt, dass Eure Maschine Straßenkinder zerquetschen kann.«

»Jawohl, und Soldaten in Rüstung. Es ist, wie wenn man Krebse aufknackt, um an ihr Fleisch zu kommen.«

»Nicht nötig, den Rest dieser Streuner zu zerquetschen.«

»Es ist eine Gnade. Sie sind gescheiterte Experimente, die jetzt niemandem etwas nützen, nicht einmal sich selbst. Sie …«

Zimmermann blieben die Worte im Hals stecken, und er schaute an sich herunter. Ein dunkelroter Fleck erschien auf seiner Brust und breitete sich von dem Hammerwappen auf seinem Wams in alle Richtungen aus wie die wachsende Karte einer sich ausdehnenden Stadt.

Ein weiterer schlauer Trick des Baumeißter-Herzogs?, dachte Glas lächerlicherweise, bis er aufblickte.

Eine Frau, die er bisher nicht bemerkt hatte, stand direkt hinter Zimmermann. *Eine wunderschöne Frau*, ging es ihm durch den Kopf, obwohl sie eine Maske trug, die gerade so viel von der linken unteren Hälfte ihres Gesichts verbarg, dass er kein vollständiges Bild von ihr bekam. Wie sie auf der erhöhten Plattform erschienen war, konnte Glas nicht sagen; er war so auf die makabre Szene vor der Walze konzentriert gewesen, dass er die Seite des Raums nicht beobachtet hatte, von der sie gekommen war. Jetzt sah er eine offene Tür, wo die Maschine gestartet war, und einen Mann mit deformiertem Kopf, der im Rahmen stand, von einem Fuß auf den anderen trat und wie ein Schwachsinniger seinen missgestalteten Schädel hielt.

Glas bemerkte all diese Dinge während des Augenblicks zwischen Zimmermanns erstem Aufkeuchen und dem Moment, in dem die Frau einen langen, dünnen Abstecher aus dem Rücken des Herzogs zog. Zimmermann legte Glas eine Hand auf die Schulter, um sich festzuhalten, als wäre sein Amtsbruder sein letzter Freund auf Erden, dann kippte er von der Plattform und landete vor seiner eigenen Maschine.

»Alles anhalten! Alles anhalten!«, brüllte jemand.

Aber es war zu spät. Der Schwung des riesigen Dings trug es vorwärts, und Herzog Zimmermann, der Erbauer von Städten, wurde darunter gezogen, wo er jäh *auseinandergenommen* wurde.

Glas schaute entsetzt zu. Die Frau, die mit ihm auf der Plattform stand, sah zu der Tür, wo der Schwachkopf tanzte, dann zurück zu Glas, als ringe sie mit sich. Von dem schmalen Abstecher in ihrer Hand tropfte noch immer Zimmermanns Blut. Dessen schwerer Geruch kitzelte ihn in der Nase – feucht und leicht rostig. Glas sah ihr in die Augen und wusste sofort, dass es ein Fehler war. *Sie ist eine Ratte!* Sie hatte einen Herzog getötet, und jetzt, da er sie gesehen hatte, würde sie ihn ebenfalls töten – *sie lassen keine Zeugen zurück.* Er war unbewaffnet, wie es Sitte war, wenn man andere Adelige in ihren eigenen Bezirken besuchte – seine Kristallklinge lag auf einem Eingangstisch in Zimmermanns großer Halle. Und es blieb keine Zeit, die Leiter hinunterzulassen. Ein einziger Hieb, und die Rattendame würde ihn ebenso mühelos aufspießen, wie sie Zimmermann aufgespießt hatte – die Kraft der wohldefinierten Muskeln ihrer Arme stand außer Zweifel.

»Für Strata!«, knurrte sie.

Die Frau war gegen den Krieg, wie es schien. *Sie ist auf meiner Seite,* dachte Herzog Glas. *Bedauerlicherweise weiß sie das nicht.* Dann drehte er sich um und sprang.

Kapitel 30

Für Strata!

Mawry hatte Flora zu der Tür am Fuß der Treppe geführt. Er hatte gegrinst und sich offensichtlich gänzlich von der Ermordung der drei Wundärzte erholt. Dass die Männer tot waren, hatte weniger Bedeutung gehabt, als dass ihre Leichen in einer speziellen Reihenfolge angeordnet werden mussten, die für ihn einen Sinn ergab. Wann immer sie ihn unterbrochen hatte, um ihn zur Eile anzutreiben, hatte er sich seinen schiefen Kopf gehalten und sich im Kreis gedreht, bis sie ihm wieder erlaubt hatte, die Toten zu arrangieren. Er hatte sich erst beruhigt, nachdem sie ihm geholfen hatte, die Leichen in den Graben zu werfen.

»Ist dein Herr hier drin?«, fragte sie und lauschte, das Ohr an die Holzbretter der Tür gelegt. Sie hörte nichts.

»Manchmal drinnen, manchmal draußen.«

Sie seufzte frustriert. »Aber hier drin sind keine Wachen?«

»Draußen. Auf Dach.«

»Die Tür hier führt nicht nach draußen, oder?«

»Nein-nein-nein. Drinnen.«

»Was ist es?«

»Zimmer für Mawry, Mawry, Mawrys Sachen. Seine großen Sachen.«

Es gefiel Flora nicht, aber etwas Besseres bekam sie nicht

aus ihm heraus, und sie konnte nicht nach jemand anderem suchen, um ihn zu fragen. Kein anderer Zimmermann hätte zugesehen, wie sie drei Hammerköpfe tötete, und dann nichts weiter unternommen, als sie in einer bestimmten Reihenfolge anzuordnen. Zumindest hatte der dreifache Mawry noch nicht Alarm geschlagen.

Ich werde seiner fragwürdigen Führung vertrauen müssen.

Sie ließ Mawry vorangehen und wappnete sich dafür, sich zurückzuziehen, sollte jemand anderer als der Meisteringenator in dem Raum dahinter sein. Als Mawry die Tür aufstieß, spähte Flora über seine Schulter. Der Raum war dunkel und voller schattenhafter Gestalten. Sie sprang zurück, bereit zu fliehen. Aber die Menschen bewegten sich nicht. Sie waren stumm, still … hölzern.

Statuen.

Es waren Dutzende, vielleicht Hunderte, alle sahen wie Soldaten aus. Mawry ließ Flora in den Raum hinein, und sie schlich sich zu den menschenähnlichen Schnitzereien. Als ihre Augen sich an die Dunkelheit gewöhnten, fielen ihr die Gelenke an den Schultern und Ellbogen auf. An den Taillen schienen die Skulpturen in der Lage zu sein, sich auf raffinierten Metallscheiben zu drehen. Viele der Gesichter waren leer, aber sie sah, dass diese bloß noch nicht vollendet worden waren – anderen war mit leuchtenden Farben ein furchterregendes Antlitz aufgemalt worden. Die Kunstfertigkeit und Detailtreue waren so unglaublich, wie man es von den talentierten Schnitzern des Zimmererbezirks erwarten konnte, aber diese speziellen Statuen waren noch mehr als das. *Sie sind irgendwie mechanisch,* dachte sie, und als sie einen weiteren Schritt tat, erwies sich ihre Vermutung als zutreffend.

Jeder der stummen Soldaten bewegte sich plötzlich und streckte eine Hand aus, wie um sie willkommen zu heißen.

Flora erstarrte. Aufgrund ihrer unmenschlichen Steifheit fühlte es sich eher so an, als heiße eine Armee der Toten sie im Jenseits willkommen. Mawry griff nach ihrem Ellbogen und führte sie durch die beunruhigende Schar, ohne sie auch nur im Mindesten zu beachten.

»Was sind das für Dinger?«

»Holzkrieger kämpfen gegen Holzkrieger, kämpfen, kämpfen, kämpfen.« Seine Stimme war der Singsang eines Kindes.

»Sie kämpfen also?«

»Wenn etwas auf sie schießt, schießen sie auf etwas.«

Mawry griff nach einem Hebel hinter dem Ohr eines der reglosen Krieger, drehte ihn und zog ihn herunter. Etwas zischte aus einem Loch in der offenen Hand der Skulptur und flog zwischen ihnen hindurch, zu schnell, um es zu sehen. Flora wirbelte herum. Ein kurzer Armbrustbolzen steckte zitternd in der Brust eines Kriegers in der nächsten Reihe. Dieser Krieger drehte sich nun, die Hand erhoben, und schoss einen Bolzen auf den Ersten zurück, sodass Flora in Deckung gehen musste. Der erste Krieger reagierte umgehend, und plötzlich sauste ein Hagel von Bolzen zwischen den beiden hin und her, fünf oder sechs von jedem, nach Floras hektischer Schätzung.

»Kämpfen, kämpfen, kämpfen!«, rief Mawry entzückt, während Bolzen nur eine Handbreit von seinem grinsenden Gesicht entfernt durch die Luft zischten.

Als das Sirren fliegender Schäfte verebbte, eilte er hinüber, um das Muster zu begutachten, das sie hinterlassen hatten, dann lief er zurück und benutzte ein gebogenes, stählernes Werkzeug, um die Hand des ersten Soldaten leicht nach oben zu schieben.

Floras Herz hämmerte. Sie hockte am Boden und richtete sich dann wieder auf, und sie bewegte sich sehr vorsichtig, um nicht einen weiteren Hagel von Bolzen auszulösen. »Wir müssen weitergehen«, sagte sie. Die Masse stummer Soldaten machte sie nervös, vor allem jetzt, da sie wusste, dass ihre ausgestreckten Hände Tod bedeuteten, keine Begrüßung.

Flora trat genau dorthin, wohin Mawry trat, während er sie durch die Reihen hölzerner Krieger zu der Tür am anderen Ende des Raums führte. Sie war noch größer als die erste Tür, als wäre sie dafür gedacht, ganzen Fuhrwerken Platz zu bieten, und sie hing an komplexen, federnden Scharnieren. Flora legte Mawry eine Hand auf die Schulter. Es gefiel ihm nicht, berührt zu werden, und er wich zurück.

»Noch mehr große Dinge hier drin?«, fragte sie.

»Die Größten.«

»Ich will nicht von einem Bolzen getroffen werden«, stellte sie fest.

»Keine Bolzen.«

»Oder von irgendetwas anderem.«

Genau in dem Moment ertönte jenseits der Tür ein schreckliches Dröhnen. *Etwas anderes.*

»Was ist das, Mawry?«

»Giganten!«

»Die großen Tiere aus …?«

»Giganten!«

Mawry wand sich vor Entzücken wie ein Kind, als der Boden anfing zu zittern. Flora verfluchte ihre Götter. Sie hatte den Ingenator nicht gefunden, und was immer in dem Raum zwischen ihr und ihm geschah, wäre einem sauberen Mord nicht förderlich.

Zeit, weitere Verluste zu vermeiden und zu gehen. Sie konnte Rajeevs Tadel bereits hören.

Sie hatte ihren Ausflug in den geschlossenen Bezirk ganz umsonst unternommen. Vier Unbeteiligte tot. *Umsonst.* Einen

Zeugen am Leben gelassen; Rajeev würde sich schreckliche Sorgen machen, dass der Schwachkopf sie identifizieren könnte. *Er müsste Mawry kennenlernen, um es zu verstehen.* Sie hatte versagt, und sie hatte dabei etliche Rattenregeln gebrochen. Ganz zu schweigen von der Tatsache, dass sie den gesamten Auftrag aus selbstsüchtigen Gründen erfunden hatte. *Noch mehr Verrücktheit.* Sie hatte sogar geplant, Geld zu stehlen, um so zu tun, als wäre sie von einem eingebildeten Auftraggeber bezahlt worden. *Was ist bloß los mit mir?* Es war Zeit, sich wieder von gesundem Menschenverstand leiten zu lassen.

»Wir müssen zurückgehen«, sagte Flora.

Aber Mawry presste sich gegen die zitternde Tür und leckte sich ungeduldig die Lippen. »Nur er verlädt Giganten ohne mich.«

»Dein Herr?«

»Meister Zimmermann. Er ist hier.«

Bei diesen Worten verließ Flora ihr gesunder Menschenverstand wieder. »Öffne die Tür.«

Zuerst ergab das, was sie sah, keinen Sinn – eine abgerundete Wand mit Dornen entfernte sich von ihr. Dann begriff sie, dass die Wand sich drehte.

Eine rollende Wand?

Mawry betrat den Raum, als die Wand wegrollte und dahinter mehr Platz bot. Flora konnte über den oberen Rand hinweg nichts sehen und fragte sich, was auf der anderen Seite war. Durch das ohrenbetäubende Knirschen der Dornen, die sich in den Holzboden bohrten, konnte sie nicht viel hören.

»Tests!«, erklärte Mawry. »Testen-testen-testen ohne Mawry-Mawry-Mawry.«

Flora staunte über den Koloss. Unter ihm bogen sich die massiven Dielenbretter durch, und seine Dornen drangen durch das massive Holz. *Sie experimentieren mit dem Ding.* Wenn

Mawrys Herr da war, befand er sich auf der anderen Seite der Wand, obwohl sie bezweifelte, dass er ihr im Weg stehen würde. Dann knackte etwas laut. Flora kannte das Geräusch – es war ein Waldgeräusch, eins, das sie als Mädchen Hunderte von Malen gehört hatte. *Holz wird gespalten.* Auch irgendjemandes Schreie erhoben sich jetzt über das Knirschen der sich bewegenden Wand, verstummten dann aber abrupt. Augenblicke später ließ das sich drehende Ungeheuer die zersplitterten Überreste eines Holzbalkens hinter sich, zusammen mit einem roten Brei und weißen Fragmenten darin. Flora brauchte einen Moment, um zu begreifen, was es war. *Ein Leichnam!* Oder zumindest das, was von ihm übrig geblieben war. Die Wand war nicht einmal verlangsamt worden.

»Wofür ist dieses Ding?«, fragte sie Mawry.

»Bäume umwerfen. Holzkrieger umwerfen.«

Ihr Verstand erkannte das Böse dahinter diesmal schneller. *Sie haben vor, Strata dem Erdboden gleichzumachen …*

Die rollende Wand bewegte sich weiter, und jetzt konnte Flora über dem oberen Rand etwas erkennen – zwei Männer auf einer erhöhten Plattform beobachteten die Geschehnisse auf der anderen Seite des Dings mit großer Intensität und ohne etwas von ihrem Erscheinen in der Tür mitbekommen zu haben.

Sie zeigte mit der Hand auf sie. »Dein Meister?«

Mawry schaute auf. »Ja-ja-ja. Er ist dort, und dort ist er!«

Flora rannte los. Die Wände zu beiden Seiten des Raums bestanden aus horizontalen Holzbrettern, deren Lücken Halt für Finger und Zehen boten, aber sie sah noch einen schnelleren Weg nach oben. Die vorspringenden Stahldornen an der rollenden Wand waren für ihre ausgestreckten Arme und Beine passend verteilt. Sie nahm die Seite des Raums in Angriff, auf der sich die Plattform befand, und sprang nach den beiden höchsten Dornen, die sie erreichen konnte. Sobald sie daran baumelte, stellte sie die Füße auf zwei andere unter ihr und kletterte. Sie wurde außerdem von der Drehung der Wand selbst hochgehoben, was die Geschwindigkeit ihres Aufstiegs verdoppelte, und sie erreichte den oberen Rand in bloßen Momenten, wo sie sich zwischen den Dornen flach gegen den gewölbten Stahl drückte. Die Männer auf der Plattform waren nach wie vor wie gebannt von den Ereignissen auf der anderen Seite – sie sahen Flora nicht kommen –, und es war nur ein kurzer Sprung bis dorthin, wo sie standen.

Flora landete hinter dem Mann, auf dessen Brust der Hammer genäht war. Das Wappen und der feine Umhang bestätigten seine Abstammung. *Ein adelig geborener Zimmermann.* Er gestikulierte und erklärte seinem Gefährten, was er sah, und die Plattform bot ihm die beste Aussicht auf das Experiment. *Der Meisteringenator.* Er war ganz offensichtlich das Genie, das diese unglaublichen Waffen gebaut hatte, um ihr Heimatland zu zerstören. *Aber damit ist jetzt Schluss!* Sie riss ihren Abstecher aus der Scheide – die lange, dünne Klinge eigens für das Zustoßen geschmiedet – und rammte ihn Mawrys Meister in den Rücken. Die Muskelstränge an ihrem Unterarm traten hervor, als sie die Klinge tief hineintrieb, mit all der Verzweiflung und den Schuldgefühlen einer verbannten Stratanerin, die mit diesem einzelnen Stoß Buße tat.

»Für Strata!«, knurrte sie und brach eine weitere von Rajeevs Regeln.

Sie konnte nicht klar denken. Hätte sie es getan, hätte sie gewusst, was mit dem zweiten Mann zu tun war, nachdem der Zimmermann von der Plattform gekippt war. Sie hätte den gesamten Raum inspiziert, bevor sie sich zeigte, hätte all die Zeugen gesehen, statt impulsiv an den sichtbarsten Punkt zu klettern, um dort den Mord auszuführen.

Der zweite Mann auf der Plattform starrte sie an. Sie hatte ihn schon einmal gesehen. Adelig, zweifellos. Seine Gewänder schimmerten im Fackellicht. *Stoff aus Filamentfäden.* Sein Umhang war mehr wert als ihr Leben. Ihr stockte der Atem. Er war mehr als vertraut; er war berühmt. *Der Glasherzog!* Sie hörte Rajeevs Stimme im Kopf. »Töte niemals jemanden, der so wichtig ist, dass eine ganze Stadt dich dafür jagen wird.« Flora zögerte, und in dem Moment sprang er.

Allein auf der Plattform, erhaschte Flora ihren ersten guten Blick auf den gesamten Raum. Menschen schrien. Türen wurden geöffnet. Ein Balkon füllte sich schnell mit besorgten Zuschauern, einige von ihnen Soldaten mit den Wurfspeeren der Zimmerer. Der Meisteringenator war fort, unter die sich bewegende Wand gerissen, und Herzog Glas lag sich windend in ihrer Bahn, verletzt durch seinen Sturz. Zerschmetterte Balken lagen zwischen den kauernden Straßenkindern, und ein Mädchen mit stacheligem Haar wanderte vor der sich nähernden Wand ziellos umher wie eine ahnungslose Baby-Möwe, die vor einer heranrollenden Welle über den Strand ging.

Flora keuchte auf. *Läuschen!*

An einer Stelle am Hinterkopf des Botenmädchens waren seine widerspenstigen, verfilzten Locken abrasiert worden. Dort war in einer Delle eine Prellung zu sehen, wie eine eingedrückte purpurne Tätowierung. *Sie haben ihr den Schädel eingeschlagen.* Flora wurde schwer ums Herz; das Mädchen von der Straße, das klüger war als die meisten, war wegen einer Arbeit hergekommen, und sie hatten ihr das Einzige genommen, was sie besaß: ihre Klugheit. *Ihre Hoffnung.* Läuschen ging hinter zwei fliehenden Gassenkindern her, schien dann aber das Interesse zu verlieren und sah nach oben zu der Plattform. *Schau nicht zu mir!*, wünschte Flora vergeblich. Aber sie war entblößt, stand auf einer Bühne, die Hauptdarstellerin in einer schauerlichen Darbietung. Sie hätte ebenso gut gar keine Maske tragen können. Läuschen legte den Kopf schief. *Ist das Wiedererkennen?* Falls dem so war, würde das Mädchen sich verraten fühlen. Läuschen hatte sich einmal gesorgt, dass Flora sie zu töten beabsichtigte, und jetzt war die Frau, die sie bewunderte und die sie in kindlichen Spielen nachahmte, hier, um ihren Tod zu überwachen. Aller Hoffnung beraubt, drehte Läuschen sich um und schritt auf die nahende Wand zu. Flora konnte nur noch zusehen, wie sie über das Mädchen hinwegrollte, und sie stieß einen scharfen Schrei aus, nicht unähnlich dem eines Eichhörnchens, als das Ding Läuschen mit seinen eisernen Zähnen zerkaute. Es war Grauen. Es war Gnade. *Und es ist Zeit zu gehen.*

Flora sprang von der Plattform auf die rollende Wand, rannte in die entgegengesetzte Richtung ihrer Drehung und wich Dornen aus – *es ist so, als rolle man einen Baumstamm im Bärenzahnsee und weiche den Ästen aus.* Sie musste auf der Rückseite schnell an den Dornen hinunterklettern, um nicht wieder nach oben getragen zu werden, während die gewaltige Maschine weiterrollte.

»Mawry, halt die Tür auf!«

Aber der Idiot war nicht mehr in der Verfassung, ihre Worte zu hören. Er hielt sich den Kopf und tanzte von einem Fuß auf den anderen wie ein Kind, das dringend einen Abort brauchte. Flora ließ sich die letzten knapp sechs Fuß auf den Boden fallen und rannte zu ihm zu dem Eingang. Die Wachen würden einige Zeit brauchen, um zu begreifen, was in dem Raum passiert war – lange genug, hoffte sie. Sie hoffte außerdem, dass sie die Schuld nicht Mawry in die Schuhe schieben würden.

»Ich danke dir dafür«, sagte sie zu ihm, berührte ihre Gesichtsmaske und dann seinen deformierten Kopf. Und dann floh sie den Flur entlang in die Richtung, aus der sie gekommen war.

Kapitel 31

Glasbruch

Glas versuchte aufzustehen. Er hatte keine Stichwunde davongetragen, aber sein Knöchel knackte schauerlich, als er zu stehen versuchte, und er musste kriechen, während die Maschine auf ihn zuraste. Es herrschte plötzlich lebhafte Bewegung im Raum, Rufe ertönten und Soldaten erschienen. Die Rampe in der Maschine klappte auf, und obwohl sie immer noch weiterrollte, quollen bleiche Junkai-Knaben heraus. Ein Gigant hatte sich befreit. Und plötzlich war Krötchen da und hob ihn hoch. Glas' Verwalter warf ihn sich über die Schulter und taumelte von der nahenden Walze weg. Krötchen war kein massiger Mann, aber die Angst verlieh ihm Kräfte, und er schleppte seinen Herzog ans entfernteste Ende des Raums, um neben den überlebenden Gassenkindern zu verharren, die mit den Rücken zur Wand standen. Die Maschine wurde langsamer und vollführte noch eine weitere Drehung, bevor sie weniger als eine Armeslänge von ihnen entfernt zum Stehen kam.

»Krötchen!«, keuchte Glas. »So freundlich, dass Ihr gekommen seid.«

Er hatte natürlich keine große Wahl gehabt. Seine Alternative hätte darin bestanden, Glas sterben zu lassen und dann selbst als Verwalter seines Herzogs hingerichtet zu werden. Aber Herzog Zimmermann *war* gestorben, und niemand war herbeigeeilt, um zu versuchen, ihn zu retten. Er blickte zu dem Balkon empor, auf dem es jetzt von erstaunten Gesichtern der Zimmererleute wimmelte. Der Ausrufer, der sie am Tor willkommen geheißen hatte, stand unter ihnen, weiß wie ein Geist. Zwei Soldaten hielten ihn an den Armen fest.

Er ist Zimmermanns Verwalter, begriff Glas.

Glas verbrachte einen halben Tag mit einem Heiler der Zimmermanns, bevor Witwe Zimmermann erschien. *Herzogin Zimmermann jetzt.* Sie würde für ihren Gemahl übernehmen, sobald sie über ihren Schock hinweggekommen war und um ihn getrauert hatte. Eine Welle der Euphorie überlagerte die Schmerzen in Glas' Knöchel. *Vielleicht endet all das Gerede über einen Krieg hier!* Das Abschlachten ihrer Leute ließ sich vielleicht doch noch verhindern. Ohne Herzog Zimmermann könnten die gemeinsam mit Stahl gehegten Bestrebungen im Sande verlaufen. *Ihre grässliche Holz- und Metallmaschine wird vielleicht aufrecht hingestellt, um daraus einen nützlichen Wasserturm zu machen.*

Doch als Herzogin Zimmermann hereinkam, bekleidet mit einem hölzernen Brustpanzer mit dem in kriegerischem Rot aufgemalten Zimmererhammer darauf, wurde ihm klar, dass es keine Trauerphase geben würde.

»Glas! Gedankt sei den Göttern, dass Ihr wohlauf seid«, begann sie.

Glas versuchte, auf seinem gebrochenen Knöchel aufzustehen. »Herzogin Zimmermann, es tut mir so furchtbar leid …«

»… dass mein Gemahl gestorben ist. Ja, ja. Eine Tragödie. Ich bin am Boden zerstört. Möge Friede unter uns herrschen übrigens.« Sie schaute ihm in die Augen und wartete auf seine Antwort. Es war ein Test – sie prüfte seine Gesinnung.

»Unter Euch und mir, ja«, pflichtete er ihr bei. »Aber anscheinend nicht unter allen.«

»Offensichtlich nicht. Ihr habt die Ratte gesehen, die das getan hat?«

Sie kommt direkt zur Sache. »Ich konnte nur einen kurzen Blick auf sie werfen. Weiblich. Eine Schönheit nach allem, was ich gesehen habe.«

»Seltsam. Wer hat je von einer schönen Ratte gehört? Was noch?«

»Schwarzes Haar. Das ist alles. Sie war teilweise maskiert.«

»Nichts gesagt, nehme ich an? Das tun sie nie.«

Aber sie hat doch etwas gesagt. Glas erwog, der neugierigen Herzogin nicht zu erzählen, was er von der Angreiferin gehört hatte, aber seine Pause verriet ihn.

Zimmermanns Augen leuchteten auf. »Ihr habt etwas gehört! Erzählt es mir. Jeder Hinweis könnte ein wertvoller Fingerzeig sein, und ich weiß, dass Ihr uns helfen wollt, diese Ratte zu finden, nicht wahr?«

Es war mehr ein Befehl als eine Frage – gewiss keine Bitte. Die Herzogin testete ihn immer noch. *Es mag Frieden unter uns herrschen, aber kein Vertrauen.*

»Sie hat nur eins gesagt«, berichtete ihr Glas und schindete Zeit, um eine Lüge zu erwägen. *Ein gefährlicher Gedanke.* »Sie hat in dem Moment gesprochen, in dem sie die Klinge schwang.«

»Heraus damit.«

Ihm blieb keine Zeit für raffinierten Betrug. Glas seufzte. »Die Frau sagte: ›Für Strata.‹«

»Nein ...«

»Doch.«

»Schwarzes Haar?« Herzogin Zimmermann wiederholte seine Beschreibung und legte die Faust an ihr scharfes Kinn, um nachzudenken. »Dann wird sie eine Stratanerin gewesen sein, keine Ratte.«

»Viele Menschen haben dunkles Haar.«

»Ihr habt schwarz gesagt, nicht dunkel. Nicht braun. Nicht die Farbe von Wermutkraut. Ihr habt schwarz gesagt.«

»Das habe ich.«

»Also Stratanerin.«

»Ich weiß es nicht.«

»Aber ich weiß es. Dies war keine Schmutzige Ratte.« Die Herzogin sprach mit dem Selbstbewusstsein einer Frau, die es gewohnt war, Entscheidungen zu treffen. Herzog Zimmermann hatte keine schwache Nachfolgerin zurückgelassen. »Das bedeutet, dass die Strataner wissen, dass wir kommen.«

»Woher sollten sie das wissen? Es könnte genauso gut sein, dass es gar keinen Krieg geben wird. Es ist noch nicht darüber abgestimmt worden.«

»Jeder Adelige in Schmutz redet darüber, einschließlich dieses Emporkömmlings Lehm und Eures betrunkenen Freundes, Wein – der nicht einmal ein Adeliger ist, und wer weiß, wen dieser Schluckspecht vollplappert, wenn er erst ein paar Becher seines eigenen sauren Produkts genossen hat.«

»Einige werden es sich nun überlegen. Nach dem Tod Eures Gemahls haben die Dinge sich geändert.«

»Nichts hat sich geändert, nur dass das gemeine Volk erzürnt sein wird zu hören, dass eine Stratanerin seinen geliebten Herzog getötet hat, und die Gemeinen werden die Bezirke umstimmen, die noch zaudern.«

Es ist fraglich, ob Herzog Zimmermann geliebt wurde, überlegte Glas. Aber sie hatte recht – dasselbe Schmutzige Volk, das bereit war, seine eigenen Anführer zu stürzen, würde scharenweise herbeieilen, wenn es gegen eine fremdländische Bedrohung ging. Es würde sich auf Bezirksplätzen versammeln, um lautstark Rache an Strata zu fordern. *Und Danes Sohn, der Eisenjunge, wird diese Menschenmengen hören.*

Die Herzogin nickte, zufrieden mit ihrer Einschätzung. »Wenn ich genauer darüber nachdenke, habt Ihr recht, Herzog Glas. Die Dinge haben sich tatsächlich geändert. Der Tod meines Gemahls ist praktisch eine Garantie für den Krieg.«

Ihrem Wort gemäß schickte Herzogin Zimmermann ihren neuen Ausrufer auf den Erbauerplatz, um die skrupellose Ermordung ihres Gemahls durch eine Stratanerin zu verkünden. Sie öffnete die Tore, um das Volk von außerhalb ihres Bezirks einzulassen, obwohl ihre Torwächter alle Gegenstände beschlagnahmten, die wie Waffen aussahen, und sie in großen Wagen neben dem Blutegelgraben auftürmten, selbst die Gehstöcke der Alten. Das Ereignis lockte eine gewaltige Menschenmenge an, denn die Herzogin verband die Ankündigung mit der Hinrichtung des Verwalters des Herzogs. *Immer ein beliebtes Ereignis,* dachte Glas. Die Hinrichtung wurde nach traditioneller Zimmerer-Manier erledigt – man hämmerte dem Opfer zehn Nägel in den Schädel.

»Er hat fünf Nägel überlebt«, stellte Herzog Wein fest und schenkte Herzog Glas einen weiteren Spritzer von seinem feinsten Inselrotwein ein. »Sie haben ihn nach jedem einzelnen Nagel gebeten, die Hand zu heben, um zu zeigen, ob er noch lebte.«

»Ja«, erwiderte Glas. »Ich habe gehört, dass die Menge jedes Mal gejubelt hat, wenn er winkte.«

Wein hatte der Hinrichtung beigewohnt. Er hatte sogar den Trunk beigesteuert. Jetzt standen sie zusammen auf Weins kelchförmigem Balkon mit Blick auf die berühmten Öllampen der Tavernenstraße im Weinbezirk.

»Anschließend hat der neue Ausrufer die Menge so lange aufgepeitscht, bis sie außer sich geraten ist«, fuhr Wein fort. »Die Leute haben Parolen gesungen.«

»Ich hasse Gesänge«, brummte Glas.

»›Tod für Strata‹ oder irgendeinen ähnlichen Refrain.«

»Sehr geistreich von ihnen.«

»Sie haben auch Herzogin Zimmermann zugejubelt.«

»Wie hat sie das geschafft?«

»Sie hat ihnen Brot zugeworfen.«

Glas schnaubte. »Bei mir hat dieser Trick nicht funktioniert.«

»Diesmal hat er funktioniert. Ihre Untertanen haben in letzter Zeit Ratten gegessen.«

»Das hält zumindest das Ungeziefer in Schach.«

»Und Krähen.«

»Es bringt Unglück, eine Krähe zu essen«, sagte Glas. »Und es wird mit dem Verlust eines Auges bestraft, wenn es auf dem Knochenacker geschieht. Oder dem Verlust eines Ohrs. Ich erinnere mich nicht. Zu viele verschiedene Strafen in zu vielen verschiedenen Bezirken – ich kann sie mir nicht alle merken.«

»Ihre Untertanen sollten diese götterverfluchten Blutegel essen. Sie sind außer uns Edelleutchen die einzigen Kreaturen, die in dieser Stadt fett werden. In der Pfanne gebraten mit ein wenig Wacholderschnapsgewürz und Myrrhenstrauchöl … sie würden wahrscheinlich gut zu einem cortesianischen Weißwein passen.«

»Igitt. Wie werden diese grässlichen Kreaturen fett?«

»Stolze Zimmermänner, die ihre Familien nicht ernähren können, stürzen sich in den Graben.«

»Schrecklich.«

»Ziemlich. Aber die Herzogin hat seither ein Gesetz dagegen erlassen.«

»Nun, dann sollte das dieses Problem ja sofort bereinigen«, schnaubte Glas. Er humpelte zum Rand von Weins Kelch-Balkon und nahm einen langen Schluck von seinem exzellenten Roten. »Lasst uns zu den wesentlichen Dingen kommen, ja? Erzählt mir, was Ihr wisst.«

»Ich habe mit Schaf, Kürschner und den Hügelgipflern gesprochen. Ich habe es sogar bei Schmied und Schiffbauer versucht.«

»Und …?«

»Schafe sind Schafe. Sie kuscheln sich in ihre Wollsachen und hoffen, dass das Problem einfach weggeht. Sie werden nicht für den Krieg stimmen. Kürschner unterhält mit Strata Handelsbeziehungen bezüglich der Jagd, die noch aus einer Zeit stammen, bevor Eure Vorfahren miteinander gevögelt haben, um Euren Stamm zu erschaffen. Sie wollen ebenfalls keinen Krieg.«

»Das waren die Einfachen.«

»Beklagt Euch, so viel Ihr mögt, aber Ihr werdet nicht erleben, dass ich in den Schlachterbezirk marschiere.« Er stupste Glas an, aber sein Ton spiegelte Sorge und Erleichterung, dass es Glas gut ging. »Schiffbauer ist für Krieg. Was keine Überraschung ist. Schmied schleppt immer noch seine Toten zum Knochenacker, von dem Feuer, das Hunderte seiner Leute geholt hat, einschließlich der ganzen Familie Stellmacher – er hat mir gesagt, wir könnten uns alle mal selber lecken, weil wir weiter Geschäfte gemacht hätten, während sein Bezirk brannte und trauerte.«

»Das ist nur recht und billig. Aber wenn wir darauf warten würden, dass alle fünfunddreißig Herzöge und Herzoginnen verfügbar sind, würden wir niemals eine Versammlung haben. Seine Abwesenheit hilft, aber sie wird die Abstimmung nicht aufhalten.«

»Witwe Fluss will ihrem Bezirk wieder zu einem bedeutenderen Status verhelfen. Sie hat pausenlos über die Ungerechtigkeit schwadroniert, dass er zu einem geringeren Bezirk herabgestuft wurde, und sie hat nach meinem Einfluss gefragt.«

»Ihr könntet sie heiraten, als Gegenleistung für ihre Stimme.«

»Es heißt, sie töte Ehemänner. Ich habe nichts übrig für Frauen, die ich in mein Bett hole und die versuchen, mich umzubringen.«

»Das kann ich Euch nicht zum Vorwurf machen. Mein Cousin hatte genau dieses Problem.«

»Der Hügelgipfelrat war gespalten – sie sind also unentschlossen.«

»Pah. Mir wäre es beinahe lieber, diese hügeligen Heiden hätten einen einzelnen Herrscher wie alle anderen. Dann wüssten wir zumindest, woran wir sind.«

Glas leerte seinen Wein und starrte über Schmutz hinaus. Weins Balkon bot einen Blick über die Klippen im Süden und das offene Meer jenseits des Hafens. Drachen tanzten jenseits der Felswände in der Luft. Die Frauen der Klippen waren Meisterinnen darin, Drachen steigen zu lassen. Einige waren so groß, dass sie wie riesige Raubvögel aussahen, die im Wind emporstiegen und dann hinabschossen, um die Schwänze ins Wasser zu tauchen, bevor sie wieder in die Lüfte schwebten.

»Was machen wir jetzt?«, fragte Wein.

»Wir haben unsere Besuche hinter uns gebracht«, antwortete Glas. »Nun stimmen wir ab. Eine historische Zeit, mein Freund. Es hat seit Generationen keinen großen Krieg mehr gegeben.«

»Und hier stehen wir und schmieden Ränke, um ihn zu vereiteln. Die Männer, die den Lauf der Geschichte aufhalten.«

»Wir sind stille Helden.«

»Praktisch anonyme Helden. Überhaupt kein Ruhm. Und selbst wenn wir obsiegen, haben wir immer noch verhungernde

Menschen aus dem niederen Volk am Hals, die uns töten wollen.«

»Besser als tote Menschen.«

»Sicher?« Wein ließ seinen Roten im Kelch kreisen und dachte nach. »Eine Frage steht immer noch im Raum. Wer war diese Frau, die Zimmermann erdolcht und Euch dabei fast ebenfalls getötet hätte?«

»Eine gute Frage«, sagte Glas. »Aber eine Frage, die zu beantworten die Zimmermanns keine Eile haben. Für sie spielt es keine Rolle. Das Volk glaubt, es wäre eine Stratanerin gewesen, was den Zwecken der Herzogin entgegenkommt. Die Menschen in ihrem eigenen Bezirk schreien jetzt nach Krieg. Stahl wird in seinem Bezirk ebenfalls die Massen mobilisieren. Und andere gesellen sich zu ihnen, während sich die Nachricht verbreitet, dass einer unserer ›geliebtesten‹ Herzöge von einem Waldmann getötet wurde.«

»Einer Waldfrau. Und so beliebt war Zimmermann nun auch nicht.«

»Zugegeben. Aber einfache Menschen wollen einfache Antworten hören, ganz gleich, wie vielschichtig das Problem ist. Sie sind außerdem erpicht darauf, jemanden zu finden, dem sie die Schuld an ihren Nöten geben können, und Fremdländer sind da am einfachsten. Die stratanische Meuchelmörderin ist perfekt für ihre Zwecke geeignet. Die Wahrheit über sie herauszufinden könnte die sehr simple Botschaft von Rache nur verkomplizieren. Täuscht Euch nicht, Herzogin Zimmermann will die Invasion genauso sehr wie ihr toter Ehemann. Sie brennt darauf, Bäume zu fällen.«

Wein lachte. »Allerdings. Ihre hölzernen Unterkleider sind feucht vom Gedanken an all dieses leicht geerntete Bauholz.«

»Vielleicht solltet Ihr *sie* heiraten, solange sie reif ist. Sie ist seit Kurzem unverheiratet.«

»Ach, Sägeblätter und Wein sind keine gute Mischung.«

»Noch würde sie jemals einen Mann aus dem Volk nehmen, vermute ich«, ergänzte Glas.

»Diese Beleidigung führt mich beinahe in Versuchung, es zu probieren.« Wein grübelte über das Problem Zimmermann nach. »Ihr glaubt nicht, dass die Mörderin Stratanerin war?«

»Doch, das war sie. In diesem Punkt stimme ich mit der Herzogin überein. Aber sie war auch noch etwas anderes.«

»Eine schwarzhaarige Schönheit, habt Ihr gesagt.«

Glas nickte. »Und eine Ratte.«

Wein rührte nachdenklich mit einem Finger in seinem Getränk. »Strataner haben keine Ratten. Waldehre und das alles.«

»Das ist richtig. Sie müsste eine Stadtratte gewesen sein.«

»Beauftragt von …?«

»Das ist die eigentliche Frage.«

Kapitel 32

Gebrochene Regeln

Ein widerwärtiger warmer Regen hatte die Straßen des Irrgartens in Schlamm verwandelt und den feuchten, abscheulichen Geruch von menschlichen Abfällen aus tausend Jahren, die weggeworfen und in den Dreck getrampelt worden waren, an die Oberfläche befördert, nur um von den frischen Abfällen eines neuen Jahrhunderts bedeckt zu werden. Die Nässe weckte den Gestank, und die übel riechende Luft stand, bis sie sich mit dem fischigen Nebel vermischte, der wie die Tentakel eines Kraken vom Hafen über den Boden kroch. Die Stadt roch nach Fäulnis. *Nach Tod.* Flora hätte die Nase gerümpft ... *wenn ich noch eine Nase zum Rümpfen hätte.* Es war das Gegenteil von dem, was der Regen in die dichten Wälder Stratas brachte – frische, grüne Blätter, sauberes, fließendes Wasser. *Leben.*

Flora fand Rajeev in einem selten benutzten Lagerraum im hinteren Teil der Wohnung, wo er ein Fenster aufstemmte, das sie noch nie zuvor gesehen hatte. Schweiß tropfte ihm von der Stirn, und wieder war ihr erster Gedanke, dass er erneut dem Nikoblatt zugesprochen hatte, aber dann sah sie, dass er einen schwankenden Stapel Kisten verschoben und neu gestapelt hatte, um die Öffnung freizulegen.

Er arbeitet. Hart.

Sie trat auf ihn zu, um ihm zu helfen. »Du wirst dir noch den Rücken verletzen …«

Er blickte auf, und bei seinem resignierten Seufzer blieb Flora wie angewurzelt stehen. *Irgendetwas stimmt hier nicht.*

»Mein Rücken ist das geringste deiner Probleme.«

»Ich weiß nicht, was du meinst«, erwiderte Flora und ließ die großen, unschuldigen Rehaugen aufblitzen, die sie einst beim Großkater eingesetzt hatte, wenn sie hoffte, so seiner Missbilligung zu entgehen.

Aber Rajeev schüttelte nur bekümmert den Kopf – die schlaue alte Ratte ließ sich nicht täuschen. »Die Stadt ist in Aufruhr. Gerüchte fliegen von Bezirk zu Bezirk wie ein unbändiges Feuer. Die Notizbücher der Wache sind ununterbrochen im Einsatz. Zweifellos schleichen auch die Ratten umher. Ganz Schmutz hält Ausschau nach einer schönen Frau. Einer Frau, die eine Maske trägt. Einer Frau mit der Geschicklichkeit eines Eichhörnchens. Einer stratanischen Frau.«

Flora versteifte sich. Diese Neuigkeiten waren schlimm. *Aber ich habe gewusst, dass sie schlimm sein würden.* Es war jedoch noch übler, als sie erwartet hatte. »Ich bin nicht schön. Sie werden mein wahres Gesicht nicht kennen.«

Rajeev schleppte einen Behälter voller verschiedener Klingen herbei, von denen einige poliert waren, andere rostig. Die hölzerne Kiste enthielt Hackbeile aus dem Schlachterbezirk, Axtköpfe aus dem Zimmererbezirk, Speerspitzen aus dem Eisenbezirk, stählerne Abstecher und sogar ein schweres, gekrümmtes Insulaner-Haumesser. Er stöberte vorsichtig darin herum und hob dann eine einschneidige stählerne Klinge hoch, quadratisch geformt und drei Hände breit, ohne einen ersichtlichen Griff. Er verglich die Größe mit der des kleinen Fensters.

»Was ist das?«

»Eine Enthauptungsklinge. Früher einmal wurde sie auf die Hälse von Adeligen im Schmiedebezirk fallen gelassen. Schnell, sauber und würdevoll. Du hättest die vielleicht auf deinen edlen Nacken bekommen, als du noch eine Prinzessin warst, aber jetzt wird eine simple Axt für dich genügen, wenn man dich schnappt.«

»Ich werde keine Axt zu spüren bekommen.«

»Ach nein? Dann wirst du vielleicht an die Blutegel verfüttert.«

»Niemand kennt mich!«

Rajeev hielt in dem, was er tat, inne und funkelte sie an. »Die Gerbers kennen dich.« Er wartete ab, um ihr Zeit zu geben, seine Worte zu verdauen. »Sie kennen deine Haarfarbe. Sie kennen deine Augenfarbe. Sie wissen, dass du in diesen Gassen ein und aus gehst. Sie wissen, dass du einen Hafenbrixie mit einem geschickt geschwungenen Haumesser bezwingen kannst, oder? Und dieser junge Schnallenstanzer, Ori, findet dich schön – das hast du mir selbst erzählt. Was wird er der Wache sagen, wenn sie droht, ihm seinen gierigen jungen Schwanz abzuschneiden, hm? Du brauchst keine große stratanische Nase zu haben, damit die Wache dahinterkommt, dass du es warst. Götter! Das ist es, was passiert, wenn du in den Gassen ranzige Irrgartengerber vögelst.«

»Die Gerbers sind eine adelige Familie.«

»In gewisser Weise. Einer stinkenden, in Ungnade gefallenen Weise.«

»Ori ist ein Freund, einer meiner wenigen Freunde. Und wenn ich Orion Viscon Gerber als meinen Geliebten auswählen würde, würde er mich großmütig und ehrenhaft behandeln.«

»Nicht sobald er dein wahres Ich gesehen hätte.«

Flora zuckte zusammen. Es tat weh, weil es die Wahrheit

war. Sie genoss Oris Bewunderung, ersehnte sie sogar. Aber sie hielt ihn auf Abstand, um sich seine Aufmerksamkeit zu erhalten, damit er ihr mehr davon gab. Wenn sie ihn sehen ließ, wie sie ohne die Maske war – *wenn er mich wirklich kennen würde* –, wäre er nicht mehr so verliebt; er wäre angewidert, hätte vielleicht sogar Angst. Rajeevs Worte trafen sie mehr, als sie es für möglich gehalten hätte, und obwohl sie sich nicht daran erinnern konnte, wann sie das letzte Mal geweint hatte, spürte sie jetzt Tränen aufsteigen. »Du bist abscheulich und grausam!«

»Vielleicht«, erwiderte Rajeev. »Ganz sicher sogar. Ich bin ein grober, verbitterter alter Mann, der ein grässliches Leben voller Grausamkeit geführt hat. Für mich gibt es keine Hoffnung. Das akzeptiere ich.« Er hielt inne, und Flora war überrascht zu sehen, dass er ebenfalls weinte. »Aber dich kann ich retten.«

»Ich bin es nicht wert, gerettet zu werden.«

»Du bist das *Einzige*, was ich habe und was es wert ist, gerettet zu werden.« Er holte tief Luft. »Geh! Hinaus mit dir! Es ist nur eine Frage der Zeit, bevor die Wache hier Türen eintritt. Oder Schlimmeres …«

Flora wollte gehen. Sie wollte Rajeev mit geballter Faust auf den Mund schlagen, einer Faust, die voll mit dem verdorbenen Goldstaub war, den sie mit ihrer schändlichen Arbeit verdienten. Sie wollte ihn der Länge nach auf dem Boden liegend zurücklassen, während sie in die Gasse hinuntersprang, um niemals zurückzukehren. Aber das schien genau seine Absicht zu sein.

»Ich werde dich nicht verlassen«, erklärte sie stattdessen. »Ich habe dir gesagt, dass ich das nicht tun würde, und mein Wort gilt.«

Rajeev nickte, sichtlich gerührt. Dann griff er in eine verborgene Tasche und holte ein dünnes Stück Papier hervor, auf das zwei Worte gekritzelt waren – Floras gefälschter Kontrakt für den »Ingenator – Zimmererbezirk«.

»Ich habe Läuschen geholfen, schreiben zu lernen«, bemerkte er.

»Das habe ich nicht gewusst.«

»Es hat mich einige Zeit gekostet, aber irgendwann habe ich ihre Kritzelei erkannt.«

»Ich verstehe nicht.«

»Es scheint, dass Läuschen den Kontrakt für unsere Zielperson geschrieben hat, aber ich glaube kaum, dass Läuschen genug Gold hat, um uns zu beauftragen.«

»Irgendjemand muss ihr einen Namen genannt haben, und sie hat ihn für uns aufgeschrieben.« Flora seufzte unhörbar vor Erleichterung – es war eine plausible Erklärung. *Eine gute Lüge.*

Doch Rajeev schüttelte den Kopf. »Nein. Niemand hat ihr einen Namen genannt. Du hast sie ausgeschickt, um unsere Auftraggeber zu finden.«

Flora zuckte zusammen. Sie war überführt worden. »Ich weiß, dass du nicht mit Läuschen gesprochen hast. Woher hast du diese Idee?«

»Von Leuten auf der Straße. Deinen edlen Gerbern. Aus dem Notizbuch eines Wächters.«

Flora keuchte auf, erschüttert. »Du hast das Gebäude verlassen? Und warum solltest du mit einem Wächter reden? Warum sollte er mit dir reden?«

»Weil ich ihn gefoltert habe. Aber er hat nicht viel geredet. Zäher Bursche. Wie gesagt, die meisten der Informationen kommen aus seinem Notizbuch. Es stehen Sachen über dich darin.«

Rajeev hatte eine Wache getötet. *Gefoltert und getötet.* Ein Mord außerhalb eines Kontrakts. Ein Verstoß gegen seine eigenen Regeln – mehrere Verstöße.

»Warum führst du Nachforschungen über mich durch?«

»Warum tust du, was du tust? Es hat politische Gründe, nicht wahr? Der bevorstehende Krieg mit Strata. Die Leute reden darüber. Willst du wieder eine Prinzessin sein? Deinen vornehmen Namen reinwaschen? Nun, das kannst du nicht! Dieses Mädchen ist tot. Du bist, was du bist. Und was du bist, ist genug. Es ist genug, dass du lebst.«

»Nein, das ist nicht genug.«

Rajeev seufzte, zu müde, um mit ihr zu streiten, und zu alt, um gegen sie zu kämpfen. »Wie dem auch sei, du kannst hier nicht bleiben. Ich würde dir raten, dir deinen Anteil an unserem Gold zu nehmen, dir ein neues Versteck zu suchen und dich einige Monde lang unsichtbar zu machen. Viele Monde lang. Aber das wirst du nicht tun. Ich habe dich in letzter Zeit nicht dazu bewegen können, auch nur einem meiner Ratschläge zu folgen. Ich habe so etwas über Frauen deines Alters schon gehört. Es war dumm von mir zu denken, ich könnte dich besser unter Kontrolle halten als irgendein Vater seine eigene rebellische Tochter. Du wirst tun, was du tust.«

Das war's. Er hatte ihr die Erlaubnis gegeben zu gehen, auch wenn sie die gar nicht brauchte. Er hatte sie außerdem von der Pflicht entbunden, für ihn zu sorgen. Er wusste ihr Angebot zu bleiben zu schätzen, aber sie konnte nicht bleiben, und das war ihnen beiden klar. Noch konnte er bleiben. Man würde ihn töten. Er würde ebenfalls fliehen müssen.

»Es tut mir leid, dass ich dein Versteck ruiniert habe. Was wirst du jetzt tun?«

»Ich werde tun, was ich jetzt schon tue.« Er schlang ein Seil über den Fensterrahmen und band es an die Enthauptungsklinge. »Und ich werde meine letzten Augenblicke mit dir dazu nutzen, dir zu sagen, wie du die Abstimmung einer stadtweiten Versammlung von Adeligen beeinflussen kannst.«

Flora hatte plötzlich ein schlechtes Gewissen, dass sie ihn gescholten und versucht hatte, ihn ins Herz zu treffen, weil er sie in ihres getroffen hatte. Die »abscheuliche und grausame« Ratte würde ihr helfen – *wie er es immer tut* –, und das auf die einzige Weise, auf die er sich verstand.

»Aber woher solltest du wissen, wie man die Abstimmung einer Versammlung von Adeligen beeinflussen kann?«

»Weil ich es schon einmal gemacht habe …«

Kapitel 33

Rattenfalle

Herzog Glas stand am Eingang der Gasse, hinter Rand, der Mauer und zwanzig grün gepanzerten Glasgardisten mit ihren Gehilfen. Fünf weitere Armbrustschützen standen neben ihm, und ihre Armbrüste waren mit Bolzen geladen, deren Spitzen aus Kristall bestanden. Glas selbst trug von der Halsberge bis zum Panzerschuh eine Kristallrüstung – fein gemahlenes und funkelndes durchsichtiges Glas, nicht das gewöhnlichere Grün seiner Soldaten. *Stahl würde lachen, wenn er mich sehen könnte, wie ich eine Rüstung trage, um durch die Straßen zu gehen.* Glas' schillernde Truppe belief sich auf etwa dreißig Personen, und ihr Marsch in den Irrgarten hatte die Aufmerksamkeit der gesetzlosen Frühaufsteher des Bezirks erregt. Tatsächlich sah Glas zwei der Irrgartengerber hinter sich aus ihren Werkstatttüren spähen. Anderer Pöbel und fragwürdige Charaktere mit Kapuzenumhängen schlichen für einen schnellen Blick vorbei, gingen aber weiter, als Glas' außen stehende Gardisten sie mit langen Lanzen weitertrieben.

Niemand konnte sich darüber beschweren, dass ein fremder Bezirk eine Truppe in den regierungslosen Irrgarten schickte. Wenn es doch jemand tat, würde Krötchen fünf oder mehr Soldaten auf ihn hetzen, bis seine Beschwerde verklang. Zum Glück war der Sonnenaufgang aus den Tiefen der Markungsbucht eine gute Zeit für einen Überfall – viele Bewohner des Irrgartens lagen noch in ihren Betten, und Steine werfende Menschenmengen versammelten sich nicht so früh am Tag.

»Rattennest«, sagte Krötchen. Glas' Verwalter zeigte auf die dunkelste Gasse, die Glas je bei Tageslicht gesehen hatte.

Er spähte hinter seinen Männern hervor. Es war seltsam, dass es in seiner eigenen Stadt immer noch Ecken und Winkel gab, auf die er noch nie einen Blick geworfen hatte, aber andererseits war es eine große Stadt – *die Größte auf der Welt* –, und seine Erkundung der weniger freundlichen Bezirke war nicht so gründlich gewesen, wie Herzogin Gelehrt es vor so vielen Jahren empfohlen hatte. *Ich sollte öfter ausgehen.*

Krötchen senkte die Stimme. »Das Nest war gut versteckt und ließ sich nur zu einem hohen Preis aufspüren. Aber unser dritter Mann versichert mir, die Nagetiere hätten es verlassen.«

»Unser *dritter* Mann?«

»Ja, unser dritter«, gab Krötchen mit einem säuerlichen Brummen zu. »Die ersten zwei, die hineingegangen sind, sind nicht wieder herausgekommen.«

»Nicht so geschickt wie unser voriger Auftragnehmer, wie es scheint.«

»Ich habe demjenigen, den wir bei der pferdigen Angelegenheit benutzt hatten, kein Angebot machen können. Das Gassenkind, das sonst den Kontakt für mich hergestellt hatte, ist verschwunden, und persönlich bin ich dem Mann gewiss noch nie begegnet.«

»Es ist besser, wenn man nicht weiß, wer sie sind. Ich höre, sie setzen einen auf ihre Liste, wenn man sie identifizieren könnte.« Glas richtete seine Aufmerksamkeit auf die vorliegende Angelegenheit. »Ist es nun ungefährlich, das Versteck zu inspizieren? Ich bin ein wenig nervös nach unseren Problemen in den Bezirken Schlachter und Zimmermann.«

»Ja, es ist ungefährlich.«

»Ich habe Euer Wort?«

»Ihr habt das Wort des Mannes, den ich beauftragt hatte.«

»Das Wort einer Ratte.«

»Sie sind seltsam zuverlässig.«

»Ich werde Euer Wort darauf nehmen müssen.« Glas hob die Stimme. »Rand, geh mit zehn gepanzerten Männern hinein und inspiziere dieses Loch. Mauer, bleib hier und ringe jeden nieder, der sich mir auf fünfzehn Schritte nähert.«

Sie warteten, während Rand die Hälfte der Glasgardisten ans Ende der Gasse führte, wo sie im Kampf gegen die Schatten Fackeln entzündeten und dann eine Stange hochhievten, die so dick war wie ein Männeroberschenkel, um ein oben in der Mauer verstecktes Paneel einzuschlagen. *Eine Tür?* Sie war deutlich zu sehen, als sie kurz darauf offen und zertrümmert an ihren zuvor versteckten inneren Scharnieren hing. Eine Leiter wurde hinaufgeworfen. Mutig und pflichtbewusst verschwand Rand als Erster durch die rechteckige Öffnung in der Mauer, bevor ihm seine Soldaten einer nach dem anderen folgten.

»Zehn Silbermünzen, dass sie nur noch einen toten Niko-Abhängigen finden!«, bellte Wallen zwischen den Soldaten, die etwas entfernt standen.

Krötchen schüttelte den Kopf und richtete seine Worte nur an Glas. »Keine Sorge, man sagte mir, da sei mehr. Viel mehr.«

Glas merkte auf. »Die Frau?«

»Von ihr ist keine Rede.«

»Ah, aber ein Mann darf hoffen. Ich habe den größten Teil ihres Gesichts gesehen. Ich stehe vielleicht auf ihrer Liste.«

»Es heißt, sie sei Stratanerin, keine Ratte.«

»Ich habe gesehen, wozu sie fähig ist. Ich weiß es besser.«

»Ihr habt mir erzählt, sie sei geschickt im Töten. Aber andere haben sie wie einen stratanischen Affen klettern sehen.«

»Oder wie ein Eichhörnchen. Habt Ihr darüber nachgedacht, dass sie beides sein könnte?«

»Strataner sind zu stolz, um den Tod zu verkaufen.«

Glas hörte jemanden seinen Namen rufen und drehte sich um. Ein Mann näherte sich von der Straße her und eilte rufend auf sie zu. »Herzog Glas!« Es war ein schmaler Bursche in einem unverkennbaren dreieckigen Umhang, und er hatte ein Notizbuch bei sich.

»Scheiße«, murmelte Glas leise. Wallen rempelte den Mann beinahe um, und Glas ließ es fast geschehen. Aber dann befahl er der Mauer beiseitezutreten. »Lass ihn durch!«

Der Mann erschien, hantierte hektisch und ungeschickt mit seinem Notizbuch und blätterte dann darin. »Ich war in der Nähe und habe den Aufruhr gehört«, erklärte er.

Das bezweifle ich, dachte Glas. Aber er lächelte. Die Schmutzwache wurde durch die in allen Bezirken eingetriebenen Steuern gut finanziert und war fast so mächtig wie jeder Einzelne von ihnen. Tatsächlich war sie in vielerlei Hinsicht noch mächtiger. Eine Generation zuvor, als die Eimer-Mädchen des Elfenbeinbezirks verschwanden, hatte die Wache Nachforschungen angestellt und war zu dem Schluss gekommen, dass Edly Stein aus dem Nachbarbezirk eine Vorliebe für sie hatte. Als Herzogin Stein sich geweigert hatte, Edly auszuliefern – ihren zweitältesten Sohn –, hatte die Wache den Bezirk belagert, um Edly herauszubekommen, und anderen Bezirken verboten, der Herzogin behilflich zu sein. Und die Wache hatte gewonnen. Die hungernden Menschen des Steinbezirks selbst hatten den Elenden Edly gefangen – so hatten sie ihn genannt – und ihn von ihrer Mauer vor die ermittelnde Wache geworfen.

Der Wache muss man mit Vorsicht begegnen. Es verstieß gegen die Gesetze von Schmutz, Ratten zu beauftragen. *Und Krötchen hat allein für diese Aufgabe drei engagiert.*

»Ich bin Cyrill Schaf.«

»Möge Friede unter uns herrschen. Und was ist Euer Begehr hier, Hochwohlgeborener Schaf?« Wie es schien, entstammte er dem niederen Adel. Obwohl er den Namen Schaf trug, erkannte Glas ihn nicht – ein Cousin aus der Familie Schaf, oder vielleicht hatte seine Mutter in die Familie eingeheiratet. Glas vermutete, dass er den Rang eines Edelknechts bekleidete, nannte ihn jedoch Hochwohlgeboren – es war höflich, seine Vermutungen zu seinem Stand ein wenig höher anzusetzen. Cyrill würde verpflichtet sein, ihn zu korrigieren, falls er sich irrte. Er tat es nicht. *Dann also wahrlich ein Hochwohlgeborener.*

»Ich habe die Befugnisse der Stadtwache.«

»Und das Wachbuch, wie ich sehe.«

»In der Tat.« Als erinnere ihn das an etwas, zog Wachmann Schaf eine Schreibfeder heraus, tauchte sie in einen Beutel an seiner Taille, setzte die Feder aufs Papier und kritzelte einige Worte.

Glas runzelte die Stirn und versuchte zu erkennen, was er geschrieben hatte. Die Schrift war unleserlich.

»Die Schmutzwache schreibt codiert?«

Cyrill lächelte. »Mein Gekritzel war schon immer schwer zu lesen. Es hat Herzogin Gelehrt in den Wahnsinn getrieben. Und wir sind die Stadtwache, nicht die Schmutzwache, wenn es recht ist, Herr. Mein Kommandant ist sehr eigen, was dieses Thema betrifft.«

»Natürlich. Euer Kommandant wäre dann also Rotjen Stahl?«

»Tatsächlich ist es Björn Stein.«

Björn der Rattenjäger. Glas zwang sich zu einem Lächeln. »Ah, Björn. Dritter Sohn von Liam, wenn ich mich nicht irre. Ich habe seinen Vater gekannt. Er wusste gute Glasarbeiten zu schätzen.«

»Das tun wir alle«, erwiderte Cyrill freundlich. »Der Kristallschwan ist meine Lieblingsskulptur in der ganzen Stadt. Nun zu dieser Angelegenheit hier im Irrgarten, die wichtig genug ist, einen Besuch von Euer Gnaden und einem beträchtlichen Kontingent an Glassoldaten zu rechtfertigen …« Er hielt seine Schreibfeder bereit. »Ich sehe, Eure Männer durchsuchen eine Wohnung.«

»Wir sind nur vorsichtig. Ich gehe davon aus, dass Ihr von dieser Angelegenheit im Zimmererbezirk gehört habt.«

»Ja. Bedauerlich. Wir befragen seit Tagen Leute. Und wir haben auch in dieser Gegend an Türen geklopft. Was führt Euch hierher?«

»Ein Gerücht, das einer meiner Männer gehört hat.«

»Ich weiß gute Gerüchte zu schätzen. Habt Ihr Lust, Eures mit mir zu teilen?«

»Ich habe gehört, hier sei etwas passiert. Es könnte mit der Mörderin meines edlen Freundes zusammenhängen.«

»Ihr und Zimmermann wart Freunde, hm?« Cyrill notierte es sich.

Krötchen unterbrach. »Seine Gnaden war auf dieser Plattform, als sein Amtsbruder erdolcht wurde. Ich habe ihm geraten hierherzukommen.«

»Und Ihr seid?«, fragte Cyrill, der immer noch schrieb.

»Er ist mein Verwalter«, sagte Glas. »Er macht sich natürlich große Sorgen um meine Sicherheit.«

Krötchen sprach weiter. »Nach der Schlachter-Rebellion, dem Zimmermann-Mord und einem Aufstand auf unserem eigenen Glasplatz interessieren wir uns sehr für jede Unruhe.«

»Genau wie wir«, versicherte ihnen Cyrill. »Wir werden dieses Netz schon noch entwirren, brave Herren.«

Glas nickte. »Wir werden hier wahrscheinlich nichts finden.«

Genau in diesem Moment streckte Rand den Kopf aus der Türöffnung und winkte. »Euer Gnaden, wir haben viel gefunden!«

Cyrill zog die Augenbrauen hoch. »Das würde ich gern sehen. Es macht Euch doch nichts aus, wenn ich mitkomme, oder?«

Glas zögerte. Auf keinen Fall wollte er einen Wachmann der Schafs mitnehmen, aber es würde Verdacht erregen, wenn er den Mann wegschickte. Cyrill würde wahrscheinlich ohnehin nicht gehen – der lästige Bursche war, wenn schon nichts anderes, so doch beharrlich. *Und auf keinen Fall kann ich es gebrauchen, dass ein Wachmann mich verdächtigt, Mörder zu beauftragen.*

»Natürlich«, stimmte Glas zu. »Die Götter wissen, dass ich mich in Begleitung der Wache besser fühlen werde.« Er bedeutete Wallen zusammen mit Krötchen vorzutreten.

Die Mauer drängte sich an dem kleineren Wachmann vorbei und schlug ihm sein Notizbuch zu. »Folgt mir, Geschorenes Schaf.«

»Ich heiße Cyrill Schaf.«

Glas schickte Wallen als Ersten die Leiter hinauf und klemmte sich selbst zwischen den massigen Soldaten und Cyrill Schaf. Krötchen ließ er als Letzten hochklettern, damit er den Wachmann im Auge behielt. *Diesmal gehe ich keine Risiken ein.* Er war in letzter Zeit zu mutig gewesen, was seine politischen Abenteuer betraf. *Zu dumm.* Es würde seinen Untertanen nicht dienen, wenn er sich umbringen ließ und nicht mehr gegen den Krieg stimmen konnte, der der Hälfte von ihnen Unglück und Tod bringen würde.

Glas kletterte in einen ungewöhnlich ordentlichen Raum hinauf, der vielleicht fünfmal fünf Schritte maß. *Drinnen ist es irgendwie heller als draußen.* Ein Stuhl, dessen Armlehnen geschnitzte Wildschweinköpfe zierten, stand hinter einem aufgebockten Tisch mit einer kupfernen Oberfläche, die in der Mitte eine Vertiefung hatte. In der Schale tanzte noch immer ein rauchloses Feuer und tauchte den ganzen Raum in einen unheimlichen grünen Schein. An einer Wand stand ein Bett. Unter einer zerschlissenen Decke lagen eine Matratze und ein Kissen.

»Ein schlichter Raum«, bemerkte Rand.

Cyrill machte sich Notizen. »So scheint es. Aber manchmal sind die Dinge nicht so schlicht, wie sie einem vorkommen.«

»Aber welche Dinge?«, fragte Glas.

»Das Bett besteht aus Federn, nicht aus Stroh. Der geschnitzte Stuhl ist die exquisite Arbeit der Zimmermanns. Und diese Decke mag zwar fadenscheinig sein, ist aber ein feines Stück aus Gewand. Gute Betten und Wäsche sind teuer und werden unter dem niederen Adel über Generationen weitervererbt.«

»Personen wie Euch«, kicherte Wallen.

Cyrill ignorierte ihn. »Diese Dinge hier sind für einen Irrgartenbewohner fehl am Platz. Und dieses Feuer … ich weiß nicht, was ich davon halten soll, aber es ist kein Öl.«

Glas nickte und dachte beeindruckt über Cyrills Beobachtungen nach. Doch was seine Aufmerksamkeit mehr erregte, war ein Regal voller unterschiedlich großer Flaschen. Er nahm eine heraus. Blaues Glas. Selten und teuer. In der Tat, es war die Arbeit seiner eigenen Glasbläser.

»Vorsicht, Herzog«, warnte ihn Cyrill.

»Wovor?«

»Alchemie.«

Rand zeigte auf eine Tür. »Er hat recht, Euer Gnaden. Hinten befindet sich ein Laboratorium.«

»Ich hoffe, ich verwandle mich nicht in eine Krähe, wie es in den Liedern geschieht«, scherzte Glas. Aber er stellte die

Flasche schnell zurück und wischte sich nervös die Hände am Zipfel seines Hemdes ab, der unter seiner Rüstung hervorlugte.

»Der Bewohner dieses bescheidenen Quartiers hat Relikte eines besseren Lebens aufbewahrt«, sagte Cyrill.

»Bestimmt gestohlen«, meinte Rand.

»Das denke ich nicht. Dies sind Erinnerungsstücke, kein geraubter Krimskrams. Ich wette, er hat sie von dem Ort mitgenommen, an dem er war, bevor er hier gelandet ist, wo immer dieser Ort gewesen sein mag. Zeigt mir den Rest.«

Rand blieb reglos stehen, und Wallen fing an zu pfeifen. Glas war stolz auf seine Männer, dass sie auf einen Befehl ihres eigenen Herzogs warteten. Er grinste vor sich hin und ließ Cyrill das Schaf für einen Moment köcheln, um den Wachmann daran zu erinnern, dass er hier nicht das Kommando führte.

»Ja, zeigt uns den Rest«, sagte Glas schließlich.

Rand führte sie durch die Tür ins Nebenzimmer. Weitere Flaschen. Regal um Regal. *Das Laboratorium.* Auf einem weiteren Tisch lagen Gewichte und Messinstrumente verstreut, und über einem Ölofen hing eine metallene Schale, deren Inhalt aus einem feinen Pulver bestand.

Cyrill begutachtete die Schale. »Irgendetwas ist hier drin verdampft worden.«

Glas erinnerte sich aus seiner Zeit im Gelehrtenbezirk an das alchemistische Prinzip – eine Flüssigkeit, die man lange genug über einem Feuer hängen ließ, gab ihre Feuchtigkeit an die Luft ab und hinterließ einen trockenen Überrest, in diesem Fall ein Pulver. Cyrill Schaf war ein gebildeter Mann. *Gefährlich für jene, die gegen das Gesetz verstoßen haben.*

Hinter dem Tisch befand sich eine offene Falltür im Boden, ihr schwerer Riegel war beiseitegezogen. Eine männliche Leiche hing halb heraus, Kopf und Oberkörper des Toten lagen auf dem Boden, während seine Beine durch die Falltür nach unten baumelten.

»Was ist mit ihm passiert?«, fragte Krötchen Rand.

»Ein Rätsel.« Der alte Soldat zuckte die Achseln. »Äußerlich sieht man ihm nichts an.«

Cyrill Schaf kniete sich über den Leichnam. Der Mann trug einen Umhang, dessen Kapuze er sich tief über den Kopf gezogen hatte, sodass sein Gesicht in ihrem Schatten verborgen war. Cyrill nahm einen großen, metallenen Rührstab vom Tisch, drehte den Toten damit um und zog die Kapuze zurück. Glas schnitt eine Grimasse. Das Gesicht des toten Mannes war dunkelrot, seine Haut straff gespannt und aufgedunsen wie eine Karnevalsmaske, die einen Dämon der Völlerei darstellen sollte. *Er sieht aus, als würde er gleich platzen wie ein aufgeblähter Schafsmagen an einem heißen Tag.* Dadurch sah seine runzlige Augenpartie klein und eingeschrumpelt aus, die Augen wie zu Rosinen gewordene Weintrauben. Seine geschwärzte Zunge hing ihm aus dem Mund wie die eines hechelnden Hundes. Der Mann schien kaum durch die Falltür in den Raum hochgeklettert zu sein, als er auch schon tot umgefallen war.

Das ist nicht unser Bewohner, überlegte Glas.

Cyrill erhob sich und tat seine Einschätzung kund. »Der Raum ist vergiftet worden.«

Krötchen schaute sich nervös um. »Vergiftet?«

»Der Ölofen.« Cyrill öffnete sein Notizbuch und schrieb. »Ein tödlicher Nebel hat die Luft erfüllt, während die Flüssigkeit in der Schale kochte. Das Gift hat diesen Mann getötet, sobald er eintrat, möchte ich wetten. Wir können uns glücklich schätzen, dass der Nebel sich zerstreut hat, sonst wären auch wir jetzt tot. Aber fasst nichts an. Feuchtigkeit lässt sich auf Gegenständen nieder.«

Sie verweilten nicht. Tatsächlich hielt Glas den Atem an, als er sich in einen kurzen Flur zurückzog, wo er auf Rand traf.

»Diese ganze Etage war verborgen?«

»Ja«, erwiderte Rand. »Trügerische Treppen mit hohen Stufen und zwei raffinierte schiefe Ebenen verbinden das Erdgeschoss direkt mit dem zweiten.«

»Ein geheimes Stockwerk?« Cyrill Schaf gesellte sich zu ihnen. Er hatte die ärgerliche Angewohnheit, nah genug zu lauern, um Gespräche zu belauschen. »Aber die Tür im Boden des Laboratoriums wurde nicht aufgebrochen. Man hat den Riegel von oben zur Seite geschoben und die Tür offen gelassen. Kein großes Geheimnis.«

Glas nickte. Der Wachmann war unglaublich scharfsichtig. »Vielleicht hat man die Falltür einen Spaltbreit offen stehen lassen, um unseren glücklosen Eindringling dazu zu verleiten, den vergifteten Raum zu betreten.«

»Eine wahre Falle, diese Falltür!«, sagte Cyrill.

»So scheint es.«

»Exzellente Schlussfolgerung. Ihr hättet einen guten Wachmann abgegeben.«

»Wenn ich kein Herzog wäre«, rief Glas ihm ins Gedächtnis.

»Natürlich, Euer Gnaden.«

Rand zeigte auf das Nebenzimmer. »Hier drin liegt noch ein Mann mit der Nase am Boden.«

Glas trat ein. Kisten und Kästen stapelten sich in Reihen, so hoch, dass sie nur einen schmalen Pfad zu einem kleinen Fenster frei ließen. Wie die Falltür und die Tür zu der dunklen Gasse war das Fenster so gebaut, dass es mit der Mauer verschmolz, und man konnte es nur sehen, weil es geöffnet war. Zwei umgekippte Kisten in der Nähe der Öffnung waren mit Blut bespritzt.

Schaf schlug Rand auf die Schulter. »Ihr habt übertrieben, mein braver Bursche. Hier drin ist nur ein halber Mann.«

Der Oberkörper des Leichnams lag auf dem Pfad zwischen den Kisten, der Mund zwischen den dunklen Enden eines gepflegten Schnauzbarts geöffnet. Die überraschten Augen verrieten Glas, was geschehen war. *Die überraschten Augen und die schwere Stahlklinge, die im Fenstersims steckt.* Die Enthauptungsklinge des Henkers war an eine Reihe von Seilen gebunden. Glas beobachtete, wie Schaf mit dem Finger in der Luft die Bahn der Seile nachzeichnete, die von der Klinge zu zwei Flaschenzügen und schließlich zu den umgekippten Kisten führten.

»Die Hälfte dieses Mannes ist durchs Fenster gekommen«, stellte Glas fest.

Cyrill nickte. »In der Tat. Und ich erwarte, dass wir die andere Hälfte draußen finden werden.«

Glas schickte Wallen aus, um es zu bestätigen, während Cyrill die Klinge untersuchte.

»Einfallsreich, das hier – das Seil führte durch die Doppelflaschenzüge dort zu der schwebenden Klinge, und ein Mann, der durch das Fenster kam, musste die Kiste wegrücken, die den Weg versperrte. Das Wegrücken der ersten Kiste gab das Gewicht dieser beiden anderen frei, die mit der Klinge verbunden waren.«

»Und wieder scheint es, als hätte jemand das Fenster offen gelassen«, fügte Glas hinzu.

»Sehr einladend. Vielleicht hat unser Bewohner gewusst, dass er Besuch bekommen würde.«

Vielleicht.

Wallen kehrte zurück. »Ich habe auf der Straße einen Hinweis entdeckt!«

»Großartig. War es die untere Hälfte eines Leichnams, die zu dieser oberen Hälfte passt?«

»Ja.«

»Was für eine Überraschung«, sagte Cyrill, und Spott schwang in seinen Worten mit.

Er mag Wallen nicht.

Die Mauer ignorierte ihn und wandte sich direkt an seinen Herzog. »Außerdem befindet sich in der Nähe eine Matratze mit aufgestapelten Kleidern, Euer Gnaden …«

»Noch eine Überraschung«, unterbrach ihn Cyrill. »Irrgartenbewohner kippen überall ihre Abfälle in die Gassen. Exzellente Arbeit, Lakai, Ihr habt das Offensichtliche entdeckt. Vielleicht sollte ich diesen lächerlichen Mord gar nicht weiter beachten und hinuntereilen, um ein paar Gassenkinder zu verhaften, weil sie auf der Straße schlafen.«

Als Cyrill wegschaute, sah Wallen frustriert zu seinem Herzog. Der stämmige Gardist tat so, als würde er zu einem Schlag gegen den Rücken des Schafswachmanns ausholen.

Glas schüttelte den Kopf und winkte den Mann näher heran. »Erzähl mir mehr«, flüsterte er.

»Die Matratze und die Kleider wurden verbrannt.«

Glas nickte und grübelte darüber nach.

Sie verließen den blutbespritzten Lagerbereich und gingen an einem weiteren Raum vorbei. Er war leer, bis auf einen niedrigen Tisch und eine Kleidertruhe. *Aber eine Matratze würde perfekt zwischen diesen Tisch und die Truhe passen,* schätzte Glas. Cyrill duckte sich hinein und inspizierte die Truhe, nur um festzustellen, dass sie leer war. Keine Kleidungsstücke. *Aber in der Gasse liegen Kleider, die aus einer Truhe stammen könnten.* Der Schafswachmann war erpicht darauf, den letzten Raum zu erreichen. Er ging voraus und kritzelte dabei mit gesenktem Kopf hektisch in sein Notizbuch.

Glas nahm Wallen abermals beiseite. »Sind unter den Sachen irgendwelche verbrannten Frauenkleider?«, fragte er leise.

»Das kann ich nicht beantworten. Es war ein verkohlter Haufen – eine unnatürlich heiße Verbrennung, wie es aussah. Wie das, was sich im Ofen befand.«

Ein Schulterklopfen von seinem Herzog war alles, was Wallen an Belohnung brauchte, um ein stolzes Lächeln aufblitzen zu lassen. Cyrill hatte seinen Bericht einfach abgetan, weil die Mauer ihn ärgerte. *Ein seltener Fehler.*

»Hier drin ist ein weiterer Mann«, verkündete Rand von der letzten Tür aus. »Der Bewohner dieser Wohnung, wie es aussieht.«

Ein toter Bewohner, aber zwei Betten.

Der letzte Leichnam war der eines Mannes – nicht der einer schönen Stratanerin –, doch die abtrünnige Matratze, die Kleider und das schlichte Zimmer, in das sie perfekt hineinpassten, überzeugten Glas davon, dass er nicht der einzige Bewohner gewesen war. *Sie war ebenfalls hier.* Krötchens drei Handlanger hatten das Versteck der Stratanerin gefunden. Sie waren bloß ein klein wenig zu spät gekommen. *Und zwei von ihnen sind ein klein wenig zu tot.* Sie hatte irgendwie mit ihrem Kommen gerechnet und sie mit brillanten Fallen überlistet. *Zumindest werde ich den beiden die zweite Rate ihrer Honorare nicht bezahlen müssen.*

Es war eine Überraschung für Glas gewesen – Krötchen hatte insgeheim drei Ratten beauftragt, die Frau zu finden und zu töten, um seinen Herzog zu schützen. *Und sich selbst.* Erst nachdem die Sache schiefgegangen war, hatte sein Verwalter ihm davon erzählt. Glas musste zugeben, dass es eine vernünftige Idee gewesen war; jeder, der eine Ratte identifizieren konnte, war eine Zielperson, selbst ein Herzog. Die Frau hätte ihn vielleicht erledigt. Daher Krötchens ruchlose geheime Lösung. Aber jetzt, da die Angelegenheit ein übles Ende genommen hatte, spielte es kaum eine Rolle, wer die Ratten angeheuert hatte – *der Verwalter eines Herzogs ist eine Verlängerung seiner selbst.*

Es war illegal, den Dienst von Ratten zu beanspruchen, selbst für einen Herzog, und wurde mit der Hinrichtungsmethode des Bezirks bestraft, in dem es zu dem Mord gekommen war. Einige würden vielleicht darüber hinwegsehen, wenn jemand Ratten beauftragte, um eine Ratte zu töten, aber Cyrill Schaf schien nicht der Typ zu sein, der über irgendetwas hinwegsah, und auf keinen Fall konnte Glas es gebrauchen, dass die Wache ihn aus seinem eigenen Bezirk schleifte, weil er Mörder gedungen hatte. Er seufzte. *Das Leben eines Herrschers bedeutet nicht immer nur weiche Kissen und guten Wein.*

Er folgte Rand zu dem hintersten Zimmer. Der letzte Leichnam würde eine Art Knecht sein – der Lehrling oder Gehilfe einer Ratte, vielleicht der Laufbursche oder der Koch. Ihre wahre Zielperson war entkommen, und sie hatte dabei zwei Rattenkollegen getötet. *Beeindruckend.*

Die Tür stand einen Spaltbreit offen. Gleich dahinter steckte im rechten Türrahmen eine Stachelkugel fest, ein abscheuliches Eisending von der Größe einer Melone, mit scharfen Spitzen, die sich tief ins Holz gebohrt hatten. *Das da hätte einem Mann den Schädel zertrümmert, wenn er die Tür aufgeschoben und den Kopf hindurchgesteckt hätte.* Aber an der Tür lag kein Mann mit zersplittertem Schädel. Glas trat hinter Rand ein. Von der schweren Kugel hing eine schlaffe Kette herunter, wie der Schwanz einer riesigen eisernen Kaulquappe, und Glas fragte sich, wie sie ausgelöst worden war. *Niemand kann die Kugel geworfen haben.*

»Wartet, Euer Gnaden«, sagte Rand. »Es war noch niemand hier drin. Wir haben nur mit einer Fackel hineingeschaut und den Leichnam gesehen.«

»Es könnte weitere verborgene Gefahren geben«, stimmte Cyrill Schaf ihm zu.

Tatsächlich bemerkte Glas, als er den Blick senkte, dass die Dielenbretter in der Nähe der Tür mit eisernen Krähenfüßen übersät waren. *Es wäre für einen verstohlenen Eindringling in weichen Schuhen unangenehm darüberzulaufen.* Rand schob sich an ihm vorbei und fegte mit dem langen Schaft einer Axt die vierzackigen Dornen auf dem Boden beiseite.

»Sieht so aus, als hätte unser Mann einen Strauchdieb erwartet«, bemerkte Cyrill und machte sich weitere Notizen in seinem Heft. Er folgte Glas hinein und trat genau dorthin, wohin Glas trat. Rand hielt eine Fackel hoch, und ihre gelbe Flamme tauchte den Raum in ein beunruhigendes Licht – es sah aus, als habe sich dort drin eine Explosion ereignet.

»Hier drin hat sich eine Explosion ereignet«, erklärte Cyrill.

Wahrhaftig, die hintere Wand wölbte sich nach außen. Glassplitter in sämtlichen Farben lagen verstreut, sodass das Fackellicht in alle Richtungen Miniaturregenbogen warf. Glas fragte sich flüchtig, welche Arten von Glasarbeiten seiner Glasbläser hier zerstört worden waren. Aber seine Aufmerksamkeit verweilte nicht bei dem Thema, denn es gab viel zu sehen, und der Schafswachmann kritzelte hektisch in sein Buch.

Dünne Seile, geflochten aus den stabilen, biegsamen Halmen der Gräser des Freien Feldes liefen in der Mitte des Raums kreuz und quer zusammen und machten es fast unmöglich, auf die andere Seite zu gelangen, ohne sie zu berühren. Cyrill zeichnete sie mit dem Finger in der Luft nach und versuchte herauszufinden, wohin sie führten. Glas entdeckte in den tiefen Nischen zwischen den Dachsparren Flaschenzüge. Rand beugte sich vor, um an dem Flaschenzug zu ziehen, der ihm am nächsten war.

»Vorsicht, guter Mann«, warnte ihn Cyrill und legte Rand beschützend eine Hand auf die Schulter. »Wer weiß, welche Gräuel diese Seile entfesseln könnten.«

»Ich weiß es«, sagte Glas. Er zeigte auf die Nischen in der Decke, und Rand hob seine Fackel, um sie zu beleuchten. Dort hingen drei weitere Stachelkugeln. Schaf bedeutete Rand und Glas, zur Seite zu treten, und nickte Rand zu, damit er mit seiner Stange gegen eins der Seile stieß. Das Seil zog sich stramm und entspannte sich dann wieder. Die erste Stachelkugel schwang in Kopfhöhe mitten durch den Raum. Einen Atemzug später erschien die nächste in Kniescheibenhöhe aus einem anderen Winkel. Die letzte Eisenkugel hing oben in den Dachsparren, aber Glas vermutete, dass sie in Bauchhöhe getroffen hätte, da sie einen Bogen aus einem dritten Winkel beschrieben hätte, damit nirgendwo Platz blieb, um sich wegzuducken. *Vor allem, während man auf Zehenspitzen durch ein Gewirr von Seilen schlich.*

Wallen rief von der Tür aus: »Wir sollten die Seile durchtrennen, damit uns keine versteckten Kugeln unsere Eier zerschlagen.«

Rand hackte mit der gebogenen Axtklinge am Ende seiner Stange die Grasseile durch, und dann gingen sie in den hinteren Teil des Raums, wo sie der letzte Leichnam erwartete.

Zuerst dachte Glas, der Mann wäre gewaltsam mit einer großen Klinge ausgeweidet worden – mit einer Axt oder einem Haumesser, schwer zu sagen –, denn sein verwüsteter Leichnam war eine einzige Schweinerei. Er saß in der Ecke auf dem Boden, den Rücken zur Wand. Schleimige Gedärme und Innereien waren in einem bogenförmigen Kegel vor ihm verstreut. Weiße Knochen ragten aus seiner Brust. *Seine Rippen.* Sein Gesicht war unversehrt und seltsam heiter, aber sein Torso sah aus, als hätte man ihn mit einem großen Löffel geleert.

»Dieser Mann ist geplatzt!«, stieß Cyrill hervor. Es war das erste Mal, dass Glas den Wachmann überrascht sah.

»Alchemie«, wisperte Rand mit Argwohn und einem Anflug von Angst.

Der alte Soldat versteht stacheliges Eisen, aber Pulver und Tränke sind für ihn Magie.

Cyrill huschte umher, besah sich das Ganze aus allen Winkeln und dokumentierte es emsig in seinem Notizbuch. Glas bemerkte, dass der Schafswachmann sogar Zeichnungen anfertigte, während er über die schauerliche Szene staunte. »So etwas habe ich noch nie gesehen!«

»Götter, was ist hier passiert?«, fragte sich Glas laut.

»Rattenkampf«, sagte Cyrill. Er starrte auf einen dunkelroten Fleck auf dem Boden abseits des Schlamassels von Eingeweiden rund um die Leiche. »Wisst Ihr, was das ist?«

»Ein blutiger Fußabdruck.«

»Ein Stiefelabdruck.«

Glas schluckte hörbar. »Der Rote Stiefel.«

Der Rote Stiefel war eine Ratte, eine der berüchtigtsten. Eine der wenigen mit einem Namen. Er signierte seine Arbeit bei jedem Mord mit einem blutigen Stiefelabdruck.

»Dann habt Ihr also von ihm gehört?«

»Ich kenne nur den Namen«, erwiderte Glas, und Cyrill nickte und notierte sich seine Antwort, woraufhin Glas sich wünschte, er hätte nichts gesagt.

Der Wachmann fuhr fort: »Der andere, der überraschte halbe Mann mit dem gezwirbelten Schnauzbart, ist ein Bursche, der unter dem Namen ›der Schnauzbart‹ bekannt ist, vermute ich. Wir haben im Laufe der Jahre eine vage Beschreibung von ihm bekommen können. Die zerteilte Leiche am Fenster passt auf die Beschreibung.«

»Und der erste Mann, den wir gefunden haben? Der vergiftete Bursche?«

»Ein Unbekannter, aber er hatte in seinem Umhang einen fein geschmiedeten Abstecher. Lang und schlank. Das typische Merkmal einer Ratte.«

Wallen stieß von der Tür ein leises Schnauben aus. »Ihr habt wohl schon alles ausgetüftelt, was, Schaf?«

»Das sind Theorien. Ich tue nicht so, als hätte ich alles geklärt. Noch nicht.«

»Habt Ihr eine Theorie zu dem da?« Glas deutete auf den verwüsteten Leichnam.

»Das ist der Mann aus der Wohnung. Er wusste offensichtlich, dass seine Feinde näher kamen. Ich würde wetten, dass er einen seiner alchemistischen Tränke zu sich genommen hat. Hat ihn so gemischt, dass er sich entzünden würde, wenn der letzte der Eindringlinge an seinen Fallen vorbeikam.«

»Der Rote Stiefel.«

»Jawohl. Schaut Euch die blutigen Stiefelabdrücke genau an, die er hinterlassen hat – der zweite und der dritte wirken unsicher. Höchstwahrscheinlich war er benommen. Er war gekommen, um diesem Mann den Garaus zu machen, und wurde von der Explosion erfasst.«

Nein, er war beauftragt, eine andere Zielperson zu töten, und dann wurde ihm von dem Bewohner hier aufgelauert.

»Ihr scheint zu zweifeln, Herzog Glas«, sagte Cyrill, und Glas verfluchte abermals die Beobachtungsgabe des Wachmanns.

»Nur weil ich diesen Mann kenne.« Glas deutete mit dem Kopf auf den Leichnam. Er konnte nicht umhin, Cyrills erneute Überraschung zu genießen.

»Ihr kennt diese alchemistische Ratte?«

»Dies war Roger Schmelzer, eingeschworener Verwalter des Vaters meines Eisernen Onkels, und er hatte sich vertraglich verpflichtet, beim Tod des Eisenmannes zu sterben. Zu seiner Schande floh er stattdessen. Er war die letzten fünfundzwanzig Jahre auf der Flucht.«

Kapitel 34

Die Abstimmung

Glas war erschöpft, ohne auch nur einmal in eine Glasmacherpfeife gepustet oder ein Glasmachereisen herumgezwirbelt zu haben. Seine Nerven hatten sich noch nicht davon erholt, seine eigenen Verbrechen zu untersuchen, während ihm ein Schmutzwachmann über die Schulter sah. Wenn er dafür verurteilt würde, dass er eine Ratte angeheuert hatte, würde sein Kopf vielleicht auf einem Schiffsbug enden, aber die Rechtsprechung von Schmutz verlangte, dass jemand für jedes Verbrechen einzeln bezahlte. Das Einstellen von drei Ratten könnte dazu führen, dass auch seine Ehefrau und sein Erstgeborener einen langen Gang über einen kurzen Pier oder ein kochendes Bad nahmen – Irrgarten-Hinrichtungen waren unterschiedlich, je nach Laune der Wache. Krötchen hatte nur gründlich sein wollen, indem er drei Ratten beauftragte, aber es war ein Fehler gewesen, Glas' Familie zu gefährden. *Ein Fehler, den er nicht hätte machen dürfen.* Fehlurteile waren einer der Nachteile, wenn man einen geheimen Handlanger hatte, der einem die weniger angenehmen Arbeiten abnahm. *Es ist meine eigene Schuld,* dachte Glas – er musste daran denken, dass die Pflicht des Jungen darin bestand, *ihn* zu beschützen, nicht seine Familie.

Cyrill Schaf hatte nach der Begutachtung des Tatorts gezielte Fragen gestellt. Zum Glück hatte Krötchen sich dabei gut geschlagen – er hatte auf den Wachmann eingeredet und ihm erklärt, dass ein Gerücht über Ratten im Irrgarten sie veranlasst habe, mit Nachdruck Untersuchungen anzustellen, nachdem Glas im Zimmererbezirk nur knapp einem Angriff entkommen war. »Mein Herzog ist vielleicht noch immer eine Zielscheibe«, hatte er betont. Ein offener und ehrlicher Überfall in einem neutralen Bezirk war absolut legal, aber ein bezahlter Mord war es nicht. *Manchmal ergibt das Gesetz keinen Sinn.*

»Verständlich«, hatte Cyrill zugestimmt. »Es sind abscheuliche Machenschaften im Gange, und alle sind verdächtig, mich eingeschlossen …« Dann hatte er einige abschließende Notizen in sein verdammtes Heft gekritzelt und war davongeeilt, um Björn Stein Meldung über seine Untersuchungsergebnisse zu machen. *Drei tote Ratten in einem einzigen Versteck.*

»Der Rattenjäger sollte sehr zufrieden sein«, hatte Glas dem Schafswachmann hinterhergerufen. Aber er glaubte nicht an seine eigenen Worte; die Schmutzwache war nie zufrieden.

Der müde Herrscher des glänzendsten Bezirks in Schmutz sackte auf die behaglich glatte, aber gefährlich rutschige Sitzfläche des gläsernen Throns, um sich um die alltäglicheren Angelegenheiten eines Herzogs zu kümmern.

Zwei Edelfrauen aus dem Bezirk wünschten, dass er die Ehen ihrer Söhne segnete. Der zweite Junge war heikel, denn er wollte außerhalb des Bezirks heiraten – ein Elfenbeinmädchen. Es war keine gute Partie. Der Junge war das mittlere Kind der zweitältesten Tochter der Familie Spiegel. Der Vater des Elfenbeinmädchens entstammte der durch und durch respektablen Linie der Familie Jäger, aber mangelnde unternehmerische Weitsicht hatte ihn in das Schuldnergefängnis des Hafenbezirks befördert, und die Mutter entstammte dem niederen Volk. Doch aufgrund des Eifers, mit dem Maisy Spiegel die Verbindung vorantrieb, schlussfolgerte Glas, dass ihr Sohn bei dem jungen Jägermädchen bereits auf den Busch geklopft hatte, und wenn er ihr ein Spiegel-Kind machte, ohne zu heiraten, wäre das eine Schande für alle Beteiligten. *Wenigstens ist das Mädchen keine Hügelgipflerin.* Und so zwang er sich zu einem Lächeln, heftete dem Jungen einen gläsernen Anhänger an die Brust und goss ihm als Glücksbringer Wein in seine Hose, was die Empore immer zum Lachen brachte.

Er erinnerte sich daran, dass sein Großvater das Gleiche bei ihm getan hatte, und blickte zu seiner Frau hinüber. Er hatte eine standesgemäße Partnerin gewählt – Sheila, ein intelligentes Mädchen aus der Familie Scheibe, mit rascher Auffassungsgabe, starken Hüften und der Beharrlichkeit eines Flusses. Sie war ein Jahr lang mit ihm zusammen in Gelehrt gewesen – damals kaum mehr als ein schlaksiges Kind mit Storchenbeinen, bevor sie zu einer handfesten Frau herangewachsen war. Sie hatte ihm drei unschuldige und kluge Kinder geboren und herrschte in seiner Abwesenheit über den Bezirk – manch einer sagte, sie mache ihre Sache besser als er. Sie hatten sich ein gutes Leben und ein schönes Vermächtnis zusammen aufgebaut, und er setzte das alles für undankbare Menschen aus dem gemeinen Volk aufs Spiel. *Meine Untertanen sind nicht gemein,* rief er sich zur Ordnung. *Sie sind die großartigsten Menschen aus dem großartigsten Bezirk der großartigsten Stadt der Welt.* Und ihre Großartigkeit lag nicht in Krieg und Eroberung. Sie waren die Handwerker, die die »glänzende Stadt« erbaut hatten, bevor der Große Zusammenschluss begonnen hatte, und eine der ursprünglichen Signaturmächte, die die einzelnen Küstenkönigreiche zu vereinten Bezirken gemacht hatten. Fünfhundert Jahre später, nach dem Zusammenbruch der Zentralbank, den inneren Scharmützeln und der Spaltung, hatten die Bewohner des Glasbezirks den Frieden und die

Wiedervereinigung ausgehandelt. Als es nötig gewesen war, hatten sie tapfer in den Holzkriegen und den Kriegen der Südlichen Expansion gekämpft, aber die Bewohner von Glas gewannen mehr Schlachten mit ihrem Verstand und ihren Zungen als mit Soldaten und Haumessern. Sie brachten mehr Akademiker hervor, die ihre Studienzeit im Gelehrtenbezirk verbrachten, als irgendein anderer Bezirk abgesehen von Gelehrt selbst. Er war erst zur Welt gekommen, nachdem seine Untertanen all das geleistet hatten. Er war Erbe der glitzernden Türme und der leuchtenden Pflastersteine des Glasbezirks, aber sie hatten den Bezirk erbaut. *Ein Anführer ist nichts ohne seine Anhänger.* Sie verdienten jemanden, der alles tun würde, um sie zu beschützen.

Sheila beugte sich von ihrem Platz an seiner Seite zu ihm hinüber und flüsterte ihm ins Ohr: »Du bist abgelenkt, mein glänzender Gemahl.«

»Das Leben ist eine einzige Ablenkung.«

Sheila nickte wissend. »Dieser Krieg verschlingt dich, und er ist noch nicht einmal ausgebrochen. Die Holz- und Metallbezirke haben auch früher schon mit ihren Stechklingen und Wurfmessern herumgewedelt. Dies ist das Gleiche. Andere Bezirke werden einen Krieg schönreden, aber sie werden klein beigeben, wenn sie erst abstimmen müssen. Es wird schon nicht dazu kommen. Das tut es nie.«

»Aber wenn doch, würde es alles verändern.«

»Geh morgen hin, gib deine Stimme ab und lass das Leben seinen Lauf nehmen. Das ist alles, was du jetzt noch tun kannst.« Dann brachte sie ihn mit einem Blinzeln der kristallklaren Augen, die der Grund waren, warum er sie so sehr liebte, zum Schweigen, als die nächste Person, die eine Audienz wünschte, näher kam, ein Gewürzhändler vom Nordufer, der sein gesamtes Guthaben beim Bezirk ausgezahlt haben wollte.

Er weiß, dass Unruhen bevorstehen.

Glas gestattete es gegen den Rat seines Schatzmeisters – von Gesetzes wegen konnte er weitere vierzehn Tage warten, bis er die zweite Hälfte davon auszahlte. »Es ist Euer Geld, braver Mann«, sagte Glas.

»Sehr gütig von Euch. Sehr gütig, Euer Gnaden«, erwiderte der Mann und wieselte davon, um sein Geld einzukassieren.

Glas war entmutigt, als er eine Anzahl von Händlern sah, die sich plötzlich von der Empore lösten und eine Schlange am Fuß des Podests bildeten. Sein Schatzmeister warf entnervt die Hände hoch.

»Der Gambeson.«

»Rüstung? Für die Versammlung?« Sheila holte das gepolsterte Wams hervor und half Herzog Glas, es am Rücken zu schnüren, während er vor dem goldgerahmten Spiegel stand. Die feine Glasfadenstickerei fing die Morgensonne auf und bescherte dem Familienwappen einen Hintergrund aus glitzernden, versteppten Diamanten.

»Eine *leichte* Rüstung. Trotzdem lächerlich, ich weiß. Stahl wird entzückt sein, mir damit auf die Eier zu gehen.«

»Es ist nicht nötig, grob zu werden. Du tust endlich etwas Vernünftiges. Schließlich hat einer der Lehms ein Kurzmesser zur letzten Zusammenkunft mitgebracht, nicht wahr?«

»Das ist genau das, was Stahl sagen würde.«

»Vielleicht ist er klüger, als du denkst.«

Glas hatte kaum Appetit und bohrte nur ein kleines Loch in sein gepökeltes Schweinefleisch und die Wachtelei-Pastete. Den Rest gab er einer entzückten Dienerin mit einer weißen Schleife im Haar. Rand und Krötchen begleiteten ihn zum Hafenbezirk, zusammen mit einem Kontingent von zehn gepanzerten Glasgardisten. Wallens Zunge saß zu locker, um ihn zu Besprechungen mitzunehmen. Selbst wenn er im Schildkrötenturm oder in der Seesteinhalle wartete, würde sein ungebildeter Mund wahrscheinlich einige oder sämtliche der anderen Teilnehmer beleidigen. Glasgardisten mussten sich gänzlich vom Herzogspier fernhalten. Gewand hatte großzügigerweise die Gardisten eines jeden Bezirks mit ihrem eigenen bunten Pavillon ausgestattet, ein jeder davon erhöht auf einem getrennten Steg, um die Schafe von den Kürschnern fernzuhalten und die Kürschner von den Schiffbauern und so weiter. Es war eine gefährliche Sache, Soldaten aus vielen Bezirken zusammenzuwerfen. Gelangweilte Kämpfer fanden Wege, ihr Blut zum Schäumen zu bringen. Gewöhnlich durch Spötteleien. Aber Scherze bezogen sich oft auf alte Fehden oder brachten Soldaten dazu, einander herauszufordern, um sich gegenseitig ihre jeweiligen Kräfte zu beweisen, was dann zu Unzufriedenheit mit den Regeln oder dem Ergebnis führte, und schließlich endete das Ganze meist in einer Rauferei.

Und die Mauer ist immer der Erste, der anfängt zu raufen.

Zufällig war die Wahl des stets wechselnden Versammlungsortes diesmal auf den neutralsten aller Bezirke gefallen. *Herzog Werft ist unentschieden.* Sein Bezirk hatte ein Interesse an Stabilität an der Küste. Es war eine Sache, gegen die Strataner weit jenseits der Stadt zu kämpfen, aber bei der Vorstellung, mit den Insulanern Krieg zu führen – den Handelspartnern seiner Vorfahren –, »schrumpeln ihm seine Eier ein«, wie Wein es ausdrückte. Ein großer Teil des Hafenbezirks war auf riesigen Pfahlbauten draußen über dem Wasser errichtet, und er war Schmutzens Hauptachse zur Küstenverteidigung. Wenn alles schieflief und Armeen der Insulaner an der Küste ankamen, würden die Plünderer zuerst auf Herzog Werfts Kais landen.

Glas stolzierte über die von Flechten verkrusteten Planken, und das Dröhnen seiner Schritte mischte sich mit dem Schwappen der Wellen unter ihm. Er trat durch die dunkelgrüne Wand aus Algenvorhängen und brachte die Glöckchen zum Klingen, die am unteren Saum befestigt waren.

»Glas!«

Die vertraute Stimme von Herzog Stahl war die erste, die ihn begrüßte.

Scheiße.

»Möge Friede unter uns herrschen«, sagte der massige Mann und stapfte in seinem geviertelten Wams auf ihn zu, das ebenfalls gepolstert und in seinem Fall mit Stahlfäden bestickt war. »Und seht Euch das an, wir tragen die gleiche Rüstung!« Stahl lächelte, ergriff Glas' Hand und schlug ihm auf den Rücken. »Das ist ein gutes Zeichen.«

Glas krümmte die Finger, damit sie nicht von Stahls gewaltiger Pfote zerquetscht wurden. »Nur eine kleine, leichte Rüstung. Ich habe über Eure Weisheit nachgedacht nach meinem unglückseligen Besuch bei Zimmermann.«

»Ich habe gehört, dass Ihr dort wart. Möge unser Freund Frieden in der langen Nacht des Schlafes finden. Er war ein guter Mann.«

»Frieden, ja«, pflichtete Glas ihm bei. »Dann ist die Herzogin also auch hier?«

»In der Tat. Sie brennt darauf, im Namen von Zimmermann für Rache zu stimmen. Und was ist mit Euch?«

»Als Gründerbezirk ist es mein Vorrecht, zuerst die Meinungen der anderen zu hören.«

»Das ist auch mein Vorrecht, aber was gibt es da noch zu hören? Ich weiß, dass Ihr herumgeflattert seid wie ein Schmetterling. Ihr müsst inzwischen alle Meinungen gehört haben, die Ihr brauchtet.«

»Es waren viele, gewiss.«

»Ich verstehe – Ihr werdet nicht Stellung beziehen, bevor Ihr auf dem Podium steht. Na schön. Ihr seid ein ganz Gerissener, Glas, genau wie die Leute es von Euch behaupten. Ich werde einfach hoffen müssen, dass Ihr vernünftig genug seid, mit uns zu stimmen.«

Das bin ich nicht.

Stahl gab es auf und ging weiter, um den nächsten Adeligen zu begrüßen. »Kürschner, Ihr räudiger Pelz! Möge Friede unter uns herrschen …«

Was für eine merkwürdige Feststellung, während man einen Krieg vorschlägt.

Die Bänke der Werft'schen Empore füllten sich langsam. Die Sitze erhoben sich nach hinten über vier abgestufte Reihen immer weiter in die Höhe. Abgenutzte Rillen auf den Holzsitzen zeigten Glas, wo die vornehmen Arschbacken ihrer Vorgänger gesessen und sich gewunden hatten oder im Laufe von Generationen heftiger Debatten in der uralten Uferhalle eingeschlafen waren. Der schmucklose, ansteigende Boden des Versammlungssaals und die grob behauenen Deckenbalken boten einen dramatischen Kontrast zu der grellen Ausstattung der Tuchhalle. Auf der anderen Seite des Saals stand vor einer Schwingtür das Podium. Glas hörte die gedämpften Erschütterungen durch die Wellen, die tief unter ihnen in ihrem eigenen Rhythmus gegen die Felsen schlugen. *Der Trommelschlag des gnadenlosen Meeres.* Glas entdeckte die Herzoginnen Salz und Fluss in der ersten Reihe, wo sie mit dem Meister der Märkte sprachen. *Mindere Bezirke.* Zweifellos diskutierten sie über den Krieg und taten möglicherweise ihre drei Teilstimmen zu einer zusammen. Es war jedoch zu spät für Glas, um zu versuchen, ihre Meinung zu beeinflussen. Sie würden so abstimmen, wie es ihren geringeren Bezirken zuträglich war.

Wein trat zusammen mit Elfenbeins neuem Herzog ein, einem hochbetagten, ebenholzschwarzen Mann, dessen kunstvolles Wappen eine grimmige Bestie mit spektakulären Hörnern darstellte, die seit einer Ewigkeit niemand mehr gesehen hatte. Wein hielt Elfenbeins Arm fest, als dieser sich langsamen humpelnd am Stock durch den Saal bewegte.

Stahl empfing sie mit einem breiten Lächeln und einem ausgestreckten Arm. »Möge Friede unter uns herrschen.«

»Kommt mir mit Euren dicken Griffeln nicht zu nah, Stahl«, brummte Elfenbein.

Stahl versteifte sich. »Was habe ich getan, um Euch zu kränken, mein guter Herzog?«

»Nichts. Es ist nur so, dass Ihr meine alten Finger in Eurer monströsen Hand zerquetschen könntet, wie ein Alchemist es mit Mörser und Stößel tut.« Hinter ihnen kicherte Karni zwitschernd, und sein hoher Federkopfschmuck wippte bei jedem Lachen auf und ab.

Ihr Gastgeber, Herzog Werft, erschien als Nächstes im Raum. Er war ein stiller, ernster Mann mit einem kurz gestutzten Bart, und er trug das traditionelle lose Hemd und die Pluderhose eines Seefahrers. Sein stürmisches Wappen aus Wellen und Blitz kräuselte sich auf dem dünnen Stoff. »Willkommen auf den Kais, meine Kameraden, Zentrum des Handels und Schmutzens Wache auf dem Meer. Möge Friede unter uns herrschen. Ich hoffe, die Gastfreundschaft des Möwennests genügt für unsere überaus wichtige Versammlung.«

Sie erwiderten seinen Gruß und stimmten alle darin überein, dass der Saal mit der Tribüne auf dem ersten Kai wunderbar passte. Alle bis auf Gewand, die sich umsah und schnüffelte.

»Es ist sehr … schlicht«, murmelte sie.

Sie ist noch nie hier gewesen, begriff Glas. Andere – die älteren Adeligen und alle, die Zeit auf den Kais verbrachten – wussten es besser.

Herzog Werft schnippte mit den Fingern. Zwei Gehilfen gingen zu den Schwingtüren, zogen die armdicken Holzbolzen nach oben, die in Löchern im Boden steckten, und zogen die riesigen Türen nach innen, sodass sich die ganze Westmauer öffnete und die Aussicht über die ausgedehnte Markungsbucht und die fernen Inseln dahinter freigab. Werft sagte kein Wort, aber das ungeheure Ausmaß des Ozeans mit seinen Türkistönen im seichten Wasser nah am Ufer und seinen farbenprächtigen Übergängen zu den schwereren Grüntönen des tiefen Wassers weiter draußen, die ineinander verschwimmenden Farbschichten unter dem tiefblauen, von Wolken durchzogenen Himmel – das alles stellte Gewands kitschige Tuchhalle vollkommen in den Schatten.

Karni sprang zu der Öffnung und wedelte theatralisch mit den Armen. »Würdet Ihr ein paar Vorhänge vorschlagen, um dies einzurahmen, Herzogin? Vielleicht in Gelb?«

Während die anderen über Karnis Mätzchen lachten und auf die Bucht hinausschauten, bemerkte Glas ein fettes Gesicht, das zwischen den Algenvorhängen am Eingang hindurchspähte. Er drehte sich zu Wein um und flüsterte: »Götter, es ist Bäcker!«

Und tatsächlich, Herzog Bäckers schwabbeliges Kinn wackelte hin und her, als er sich im Raum umsah. Glas tätschelte Weins Hand und eilte davon, um den scheuen Herzog von Teig zu begrüßen, bevor der Mann seine Meinung änderte. »Bäcker! Willkommen, mein braver Freund. Möge Friede unter uns herrschen. Erlaubt mir, Euch sicher zu Eurem Platz zu geleiten.«

»Ist Stallungen hier? Er hasst mich, müsst Ihr wissen.«

»Das habt Ihr erwähnt. Aber im Möwennest gibt es keine Waffen. Nachdem Lehm bei der letzten Versammlung einen Abstecher gezückt hat, werden wir alle durchsucht. Ihr seid durchsucht worden, richtig?«

»Allerdings. Dieser Hafengardist hätte mir beinahe Gurke und Trauben aus meiner Kniehose genommen, um sie für mich aufzubewahren.«

Glas lachte höflich und führte ihn zu den Bänken.

Jeder Adelige hatte einen eigens ihm zugewiesenen Platz. Zum Glück saß Bäcker weit weg von Stallungen. Sie kamen an Gewand vorbei, die nach Karnis Sticheleien vor sich hin kochte. Sie veranstaltete einen großen Wirbel um ihr wallendes Kleid, das eine riesige Schleppe hinter sich herzog, um die alle herumgehen mussten und die sich an Splittern in den rauen Dielenbohlen verfing. Als sie sich umdrehte und Bäcker sah, nickte sie dem teigigen Herzog mit schmalen Lippen zur Begrüßung zu. Herzogin Zimmermann war weniger verhalten – sie gaffte Bäcker an, überrascht über sein Erscheinen, und runzelte dann die Stirn, weil sie wusste, dass Bäcker ihre Sache nicht unterstützen würde. *In der Tat, sie hat sich auf das Fehlen seiner Stimme verlassen.*

Aber wenn Bäckers Erscheinen schon schwache Wogen schlug, stürzte der nächste Gast die Versammlung für einen Moment in Aufruhr.

»Wer ist das?«

Ein Hafengardist geleitete den neuen Mann in den Saal, was ungewöhnlich war – bewaffneten Gardisten war es verboten, den Versammlungssaal zu betreten, es sei denn, sie wurden gerufen. Werft eilte zum Vorhang und sagte etwas, das Glas nicht hören konnte.

»Er hat den Siegelring des Schweins«, hörte Glas den Gardisten sagen.

Glas reckte den Hals, um besser sehen zu können. Der Mann am Vorhang trug feine Kleider, aber sie passten nicht recht, und er hatte die Schärpe falsch gebunden. Er war ein Gemeiner, begriff Glas. Und dann erkannte ihn Glas.

Der Schlachterbursche!

»Ich habe die Bevollmächtigung meines Volkes«, erklärte Schlachter. »Und ich bin zu der Versammlung gekommen, um für meinen Bezirk abzustimmen.«

Werft ergriff seine Hand und untersuchte den Ring.

Herzogin Zimmermann protestierte. »Er hat wohl eher die rechtmäßigen Schweine ermordet und ihre Juwelen gestohlen.«

»Er ist kein Schlachter«, pflichtete Gewand Zimmermann bei, und die Damen nickten einander solidarisch zu.

Ein Raunen lief durch die Reihen der gut zwanzig Herzöge und Herzoginnen, die bereits zugegen waren.

Werft bedeutete ihnen mit einer knappen Handbewegung zu schweigen. »Ich bin der Gastgeber. Unser erster Tagesordnungspunkt wird darin bestehen zu ermitteln, ob dieser Mann ein Stimmrecht hat. Vorerst bleibt er. Irgendjemand soll dem Schwein seinen Platz zeigen.«

Niemand trat vor. Werft runzelte ungeduldig die Stirn.

»Karneval, Ihr seid Schauspieler. Zeigt diesem Mann den Fleischplatz.«

Karni sprang hoch wie eine aufgescheuchte Katze. »Ihr könnt doch gewiss nicht mich meinen!«

»Ich kann es, und ich tue es. Los jetzt. Wir müssen diese Versammlung in Gang bringen. Außerdem seid Ihr ebenfalls ein Gemeiner. Er wird sich mit Euch wohler fühlen als mit denen von uns, die von edler Geburt sind. Ich kann ihn nicht mit Gewand und ihrem absurden Kleid losschicken.«

»Das würde ich liebend gern sehen! Aber leider stehe ich

Euch zu Diensten, mein huldvoller Gastgeber. Kommt, Schwein, suhlt Euch in diese Richtung.«

Glas hielt sich zurück. Es war das Beste, wenn die anderen nicht wussten, dass er Schwein zu seinem Erscheinen angestachelt hatte. *Aber es ist sehr gut, dass er hier ist.* Das Schlachtervolk war gewiss gegen den Krieg. Glas zählte im Kopf die Stimmen durch. Die Dinge sahen vielversprechender aus als noch bei seinem Erwachen am Morgen. *Meine Rundreise hat sich ausgezahlt!*

Dann erschien Stallungen. Er lächelte bei seinem Eintreten, aber das Grinsen verschwand, sobald er am anderen Ende des Raums Bäcker bemerkte. Auf dem langsamen Weg von den Algenvorhängen bis zu seinem Platz behielt er seinen zornigen Gesichtsausdruck bei und gab sich keine Mühe, die Feindseligkeiten zwischen ihnen zu verbergen.

Es rührt alles von dem Duell her, erinnerte sich Glas. Jeder wusste davon. Das berüchtigte Duell hatte zu Stallungens öffentlicher Schmach und zum Tod eines seiner Söhne geführt.

Sirus, Stallungens zweiter Sohn, hatte die Zuneigung eines Mädchens an einen der Jungen aus der mächtigen Familie Koch im Bäckerbezirk verloren. Sirus hatte Garrett Koch zum Duell gefordert und gedacht, der fette Junge wäre eine leichte Zielscheibe und würde einen Rückzieher machen. Aber Garrett war ein kräftiger, starker Bursche und sehr stolz. Er hatte die Herausforderung angenommen.

Duelle waren ohne die Zustimmung des Bezirksherzogs illegal. Trotzdem hätte es für dieses Verbrechen vielleicht Straferlass für den Sieger gegeben, wäre es ein fairer Wettstreit gewesen. Aber das langstielige Fleischmesser des Koch-Jungen war beim ersten Parieren in zwei Stücke zerbrochen. Trotzdem hatte Garrett tapfer gekämpft, doch seine besten Hiebe waren auf wundersame Weise von Sirus' verdächtig voluminösem Waffenrock aufgehalten worden, und Stallungen hatte ihn schließlich aus gehörigem Abstand mit seinem langen Bratspieß durchbohrt.

Madigan Schlacke – ein Ermittler aus der Familie Stahl und von der Schmutzwache – war auf dem Schauplatz erschienen und hatte entdeckt, dass Sirus eine Rüstung unter seinen Kleidern getragen hatte. Tüchtig und gründlich wie jeder Wachmann, untersuchte Madigan den Schauplatz und fand heraus, dass der zerbrochene hölzerne Schaft der Waffe des unglückseligen Koch-Sohns angesägt worden war. Der Schnitt war unter Stoff verborgen, der eng um das Holz gewickelt worden war, um sich als Heft zu tarnen.

Weil es in seinem Bezirk geschehen war, war Herzog Bäcker der Richter gewesen. Er hätte zu dem Schluss kommen können, dass die Beweislage uneindeutig war. Er hätte sich weigern können, zu dem Ergebnis zu kommen, dass Sirus Stallungen das Verbrechen begangen hatte. *Offensichtlich war das die Gefälligkeit unter Adeligen gewesen, die Herzog Stallungen erwartet hatte, als er mit seiner Gemahlin ankam, um die Freilassung seines Sohnes zu fordern.* Aber die Beweislage war klar – Madigan Schlacke hatte sogar eine Handsäge in Sirus Stallungens Bündel gefunden. Der junge Stallungen hatte das Verbrechen sehr wohl begangen. Die Wache wusste es. Die treue Familie Koch, die Bäcker um Gerechtigkeit angefleht hatte, wusste es. Und zum Zeitpunkt der Verhandlung wussten es auch alle auf der Straße. Herzog Bäcker wusste es ebenfalls, und bedauerlicherweise war Bäcker ein gerechter und ehrlicher Herrscher.

Als Bäcker das Urteil verkündete, hatte die Familie Koch auf der einen Seite der prächtigen Halle der Bäckerei gestanden und Herzog und Herzogin Stallungen auf der anderen.

»Dies ist eine Tragödie, die impulsiver Jugend geschuldet ist«, hatte Bäcker erklärt, »aber die Beweislage verpflichtet mich, den Angeklagten für schuldig zu befinden.«

Bäckers Urteil brandmarkte den Pferdejungen nicht nur als Feigling, es gab für Betrug in einem tödlichen Duell auch nur eine einzige mögliche Strafe. *Tod.* Und im Bäckerbezirk wurde der Verurteilte durch Einäscherung in einem Ofen hingerichtet. Herzog Bäcker hatte, bevor er das Urteil vollstrecken konnte, Herzog Stallungen und seine schreiende Gemahlin von seinen Teigjungen buchstäblich aus dem Bezirk tragen lassen müssen, während Stallungen bei jedem Schritt Rache schwor.

Kurz darauf war ein melonengroßer Ziegelstein von einem Turm im Steinbezirk gefallen und hatte beinahe Herzog Bäckers Schädel zerschmettert. Später, während er den Knochenacker besuchte, fiel Bäcker um ein Haar in eine offene Grube, die doppelt so tief war, wie Gräber es eigentlich sein sollten. In der Befürchtung, dass Stallungen Ratten beauftragte, weigerte Bäcker sich bald, seinen Bezirk zu verlassen. Doch der verdächtige Tod Vin Brats in seinem eigenen Bezirk, seines hingebungsvollen Verwalters und Vorkosters, hatte ihn noch mehr erschreckt, und schon bald hatte er es abgelehnt, auch nur die opulente Bäckerei zu verlassen, und sich in seinem eigenen Palast eingekerkert. Jahrelang.

Es ist ein Wunder, dass er hier ist.

Stallungens funkelnder Blick war mörderisch, doch obwohl Bäcker der Schmutzwache im Laufe der Jahre jeden verdorbenen Kohlkopf oder jedes Stolpern über einen Teppich gemeldet hatte, waren von der Wache nie Beweise gefunden worden, die auf Stallungen hindeuteten. Und selbst wenn der Pferdeherzog versuchte, ihn zu töten, konnte Stallungen im Möwennest keine Waffe haben. Tatsächlich hatte er nicht einmal erwartet, dass Bäcker hier sein würde – der Herzog von Teig war auf seinem Platz am Ende der zweiten Reihe so sicher, wie er nur sein konnte, da Stahl direkt vor ihm saß.

»Nehmt Eure Plätze ein«, wies Werft sie an. Seine Worte waren kaum mehr als ein Flüstern, doch alle hörten seine leise Stimme, und sie alle gehorchten. Er war kein Mann, mit dem man spaßte. »Wir fangen an.«

Zuerst diskutierten sie über die Legitimität des Schlachtermanns und stimmten darüber ab, und er durfte mit einer knappen Mehrheit bleiben. Das Ergebnis erlaubte noch keine Prognose über den Ausgang der Kriegsabstimmung, denn nur wenige errieten seine Position in der Angelegenheit oder die Motive jener, die für oder gegen seine Teilnahme gestimmt hatten. Glas zählte sie trotzdem und stellte im Stillen Spekulationen an, und er sah andere das Gleiche tun.

»Und so kommen wir zum Geschäft des Krieges«, fuhr Werft fort und trat erneut vor dem Hintergrund des Meeres aufs Podium.

»Krieg ist kein Geschäft«, protestierte Gelehrt von ihrem Platz aus. Es war eigentlich nicht ihre Art zu sprechen, wenn sie nicht an der Reihe war, obwohl andere ihre Meinungen und ihr Hohngelächter häufig wie verfaultes Gemüse von der Empore schleuderten. Karni war ein regelmäßiger Zwischenrufer. *Gelehrt ist sehr entschlossen in dieser Angelegenheit,* dachte Glas.

»Ich meine, Geschäft im Sinne eines Punktes auf der Tagesordnung«, antwortete Werft. »Nicht mehr.«

Doch jeder Kommentar, der auf diesem Podium gesprochen wird, wird mehr bedeuten, als es der Fall zu sein scheint.

»Wir werden zuerst von unseren Freunden aus den geringeren Bezirken hören«, sagte Werft und überließ das Podium einer verhutzelten Frau, die viele Jahre hatte kommen und gehen sehen. »Madame Gewürz …«

Madame Gewürz herrschte über den kleinen Gewürzbezirk. Sie war keine Herzogin, aber so wie auch Herzog Wein und Karni beliebt waren, hatte sie mächtige Freunde. *Jeder liebt*

Gewürze. Sie trug ein langes Kleid. *Ein Erzeugnis aus Gewand.* Glas vermutete, dass sie gekauft worden war.

Werft drehte das Stundenglas um. »Zwei Minuten, um zu sagen, was Ihr sagen müsst, und um Position zu beziehen.«

Gewürz nickte. Glas' Herz raste, als sie zu sprechen begann. Er streckte die Zehen in ihre Richtung, als Glücksbringer – *ein dummer Aberglaube* –, aber es machte ihn verrückt, dazusitzen und gar nichts zu tun.

»Wie Ihr wisst, ist mein Bezirk abhängig vom Gewürzhandel. Ein Krieg wird den Handelsstrom unterbrechen. Ich kann ihn nicht unterstützen. Ich habe meine Stimme mit denen des Grafen Juwelier und des Meisters der Märkte zusammengelegt, um eine volle Stimme bei der Wahl zu erzielen. Sie haben die gleichen Bedenken. Zusammen sind wir gegen einen Krieg.« Mit diesen Worten raffte sie ihr Kleid und setzte sich.

Eine Stimme für den gesunden Menschenverstand!

Glas kratzte ein Rautenzeichen in die Holzbank neben sich. Überall um ihn herum wurden Köpfe gesenkt, während andere Adelige die Stimme auf ihre eigene Weise notierten. Karni pflückte eine Feder aus einer Seite seines Kopfschmucks, und Stahl riss ein Ringsegment von einer kurzen Kette in seiner Hand ab. Nur Regina zuckte mit keiner Wimper, aber die Herzogin des Todes war auch eine eigenartige Frau.

Weiß sie etwas, das wir anderen nicht wissen?

Die Verwaltungsbezirke der Stadt – die Schreiber, die Fuhrunternehmer und die Schmutzwache – legten die Stimmen ihrer drei geringeren Bezirke zu einer weiteren einzelnen Stimme gegen den Krieg zusammen. Das war zu erwarten gewesen. Die Bücher machenden und Bücher kopierenden Schreiber waren mit Gelehrt eng verbunden; sie schrieben Schriftrollen, alchemistische Formeln und historische Dokumente; sie reisten sogar mit Notizbüchern herum, um Beschreibungen und Zeichnungen von verschiedenen Kreaturen einzufangen und sie den Bestiarien von Gelehrt hinzuzufügen. Die Fuhrknechte – Schmutzens Straßen- und Kanalisationsbauer, Landverkehrsunternehmer und Eintreiber von Zöllen – sahen im Krieg mit Strata keinen Nutzen für die Straßen und Abwasserkanäle, die sie verwalteten. Und schließlich hatte die Schmutzwache kein Interesse an Kämpfen außerhalb der Stadt. Ihre Legionen wurden von dem Tribut, den jeder Bezirk zahlte, um sie zu unterstützen, hinreichend ernährt. Beakely Weber, Björn Steins Kommandant, hatte sein Bündnis mit der Familie Gewand aufgekündigt, nachdem man ihn zum Meister der Wache ernannt hatte. Beakely selbst gab die Stimme ab. »Wir stimmen mit ›Nein‹. Die Stadtwache hat bereits ihren eigenen Krieg. Meine Männer kämpfen gegen Diebe, Vergewaltiger, Ratten und andere verderbte Leute, und das an jedem einzelnen Tag und in jedem einzelnen Eurer Bezirke. Wir können noch mehr Töten nicht gebrauchen.«

Glas schrumpfte auf seinem Platz zusammen; er konnte sich des Gefühls nicht erwehren, dass Beakely in seine Richtung schaute. *Ich bin einer seiner verderbten Leute.* Aber Beakely zeigte nicht mit dem Finger auf ihn, und Glas' Schuldgefühle wurden von der Stimme des Wachmanns besänftigt. Glas ritzte eine weitere Raute ins Holz. *Zwei!*

Witwe Fluss tat sich mit den minderen Bezirken Küste und Vorhügel zusammen, um eine Ja-Stimme für den Krieg abzugeben. Glas hatte keinen Zweifel, dass ein größerer Akteur später ihre Rückkehr in den Status eines bedeutenderen Bezirks befürworten würde. *Man hat sie gekauft und bezahlt.* Oder vielleicht hatte ein mutiger Herzog oder eine mutige Herzogin zugestimmt, sie mit einem verfügbaren zweiten oder dritten Sohn zu verheiraten.

Jetzt steht es zwei zu eins.

Drei weitere mindere Bezirke taten sich zusammen, um gegen einen Krieg zu stimmen. *Drei zu eins.*

Der letzte verwaiste mindere Bezirk tat sich mit der Ja-Fraktion zusammen – ein Drittel einer Stimme. *Belanglos.*

Glas schaute auf die leeren Plätze auf den Bänken des Möwennests – Schmied, Klippen und Eisen. Er war enttäuscht, dass Klippen nicht teilnahm, nachdem sie sie bei dem letzten Treffen überrascht hatte. *Sie hat uns auf den Zahn gefühlt, und sie muss uns für mangelhaft befunden haben.* Die Klippen zahlten ihre Steuern. Sie hatten alle drei Tage einen offenen Markt an ihren weiten Toren. Sie ließen Drachen steigen und nahmen am Langen Pier ihres felsigen Küstenabschnitts Lieferungen entgegen. Sie existierten in selbst gewählter abgeschiedener Harmonie mit den anderen vierunddreißig Bezirken. Aber wenn es Krieg gab, würden die Rekrutierungstrupps von Schmutz Probleme haben, Soldaten aus dem abgeschlossenen, rein weiblichen Bezirk herauszuziehen. Man hatte sogar schon Gardistinnen auf Klippens Festungswällen entdeckt, die gefährlich aussehende Wurfgeschütze aufstellten. Sie bereiteten sich darauf vor, sich der Einberufung zu widersetzen. *Sie sollte hier sein und sich mit ihrer Stimme widersetzen, oder vielleicht weiß sie ebenfalls etwas, das ich nicht weiß.*

Dann war Bäcker an der Reihe. *Das sollte interessant werden.*

Bäcker hievte seinen Hängearsch von der Bank und watschelte zum Podium, wo er seine Kniehose zurechtrückte und sich ausführlich räusperte. Er war der Typ Mann, der furchtbar zappelig wurde, bevor er loslegte. Werft konnte die Verzögerung nicht ertragen; er drehte das Stundenglas um und schlug damit auf die Bank, um sicherzugehen, dass Bäcker die Botschaft hörte.

Glas entspannte sich – er war zuversichtlich, dass Bäcker nichts mit einem Krieg zu tun haben wollte.

»Ich will nichts mit einem Krieg zu tun haben«, erklärte Bäcker und umklammerte das Rednerpult. Das war noch nicht seine offizielle Stimmabgabe – *er muss das Wort »Stimme« benutzen* –, aber an seiner Position bestand kein Zweifel. Glas kratzte eine Raute ein. »Ich ertrage die Ermordung unserer Untertanen zum Wohle einiger hungriger Bezirke nicht.«

Genau in dem Moment rief Stallungen aus der zweiten Reihe: »Oh, aber Ihr könnt die Ermordung von Kindern ertragen?«

Bäcker wurde rot. »In einem richtigen Bezirk sind Jungen mit siebzehn Jahren Männer. In Eurem vielleicht nicht.« Bäcker räusperte sich abermals und versuchte weiterzusprechen.

Doch Stallungen konnte den Mund nicht halten. »Ein richtiger Mann versteckt sich nicht in seinem Bezirk!«

»In einem richtigen Bezirk wird Tod vom Gesetz geregelt, nicht von Ratten. Irgendjemand muss für Vin Brat geradestehen!«

Stallungen stand auf. »Erst in diesem Jahr lag der Bruder meiner Gemahlin tot und mit aufgeschlitzter Kehle auf dem Stallboden, und Ihr bezichtigt mich, Ratten anzuheuern?«

»Ich weiß nicht, wer angeordnet hat, Euren Stallmeister zu töten«, entgegnete Bäcker.

Ich weiß es.

»Ihr klobiger Halunke! Ich weiß, dass Ihr rote Hände habt – fette, blutige, rote Hände mit Wurstfingern!« Stallungens Gesicht war so rosa angelaufen wie die Zunge eines stratanischen Fleischaffen, und wenn er weitere Worte sagte, so konnte Glas sie nicht verstehen – die Laute, die aus seinem Mund kamen, ähnelten eher einem kehligen Knurren.

Die Empore raunte ihm zu, dass er sich setzen solle. Er war nicht an der Reihe zu sprechen. Glas half, ihn niederzuschreien. Gewand grinste, wie er sah; sie genoss den Zorn, den

Argwohn und die Furcht. *Ein abscheuliches Mißstück.* Bei all den Anklagen, die durch den Saal flogen, hatte Beakely sein Notizbuch hervorgeholt und kritzelte hektisch hinein.

Bäcker schwitzte, aber seine Worte waren gelassen. »Meine Hände sind so rein wie weißes Mehl. Es war wahrscheinlich seine unzufriedene Ehefrau.«

Der Pferdeherzog sprang von den Bänken hinunter und eilte auf den stämmigen Herzog von Teig zu.

Er hat keine Waffe, dachte Glas erleichtert. Es würde Handgreiflichkeiten geben, aber keine echte Gefahr. Da die Stimme noch ausstand, würde Werft sie zur Ordnung rufen, und Stahl würde die beiden trennen. *Und wenn er es nicht tut, werde ich das übernehmen.* Außerdem war Bäcker anderthalb Mal so schwer wie der Pferdeherr. Stallungen würde nicht in der Lage sein, ihm den speckigen Hals umzudrehen, bevor Hilfe kam.

Aber Stallungen versuchte gar nicht, Bäcker zu erwürgen. Oder ihn zu schlagen. Oder ihn zu treten. Stattdessen rannte der Pferdeherr wie ein Rammbock los und stieß dem größeren Herzog die Schulter in die Eingeweide, um ihn nach hinten zu drängen. Das war der Moment, in dem Glas begriff, dass Stallungen sich nicht um seine eigene Sicherheit scherte. Blinder Zorn trieb ihn an – *die Art Zorn, die nur Eltern eines toten Kindes empfinden konnten.* Er trieb Bäcker rückwärts zu der ungesicherten Öffnung, die die klaffenden Schwingtüren hinterlassen hatten.

Nein! Er hat noch nicht abgestimmt!

Sie stolperten zusammen zum Rand des Möwennests und tanzten unbeholfen auf dem Felsvorsprung mit Blick auf die riesige blaugrüne Fläche, die rhythmischen, anrollenden Wellen und die vorspringenden Felsen tief unter ihnen. Für einen Moment standen sie schwankend da, und Glas dachte, dass Bäcker seine Leibesfülle vielleicht so einsetzen konnte, dass sie zurück in den Raum fallen würden. Er hoffte es, während der Rest der Empore einmütig den Atem anhielt. Dann waren die beiden Männer fort.

Einen Moment lang sagte niemand ein Wort. Schließlich drehte Karni sich zu ihrem Gastgeber um. »Ihr könntet da ein Geländer gebrauchen, Werftchen.«

Allgemeiner Tumult folgte. Werft ordnete eine Pause an, während seine Möwengardisten sich beeilten, die Leichen aus der Markungsbucht zu fischen. Diener stürmten in den Raum, um sich um ihre Herzoginnen und Herzöge zu kümmern. Getuschel breitete sich rasant aus.

Glas traf sich mit Krötchen, und sie tauschten Neuigkeiten aus dem Möwennest und Tratsch von draußen auf den Straßen. Die Abstimmung wurde für den Tag ausgesetzt.

Wein rückte während der Pause näher an Glas heran. »Keine Sorge. Die verlorenen Stimmen haben keine Auswirkung. Bäcker und Stallungen gleichen einander aus.«

Glas berechnete im Kopf die Stimmen. Klippen war abwesend. Der Eisenjunge war noch nicht bevollmächtigt. Damit blieben dreizehn geringere Bezirke übrig, ein jeder mit einer Drittelstimme, und achtzehn bedeutendere mit vollen Stimmen. Da Stallungen und Bäcker fort waren, gab es insgesamt zweiundzwanzig volle Stimmen, und ein geringerer Bezirk blieb übrig. *Zwölf, die wir gewinnen müssen.* Neun mindere Bezirke hatten sich bereits zusammengetan, um drei Stimmen gegen den Krieg abzugeben. Er und Wein würden fünf daraus machen. Schaf würde für nichts Gefährliches stimmen, schon gar nicht für einen Krieg. Noch würde Elfenbein das tun. *Sieben.* Gelehrt, Karni, Kürschner und Schlachter würden sie auf elf bringen. Er brauchte nur eine der verbliebenen Stimmen, und da sein Bezirk eine Position innehatte, in der er ziemlich spät abstimmte, konnte er abwarten, bis das Ergebnis feststand, bevor er »widerstrebend« gegen den Krieg stimmte – *meine Stimme wird dann niemanden mehr erzürnen.* Er hatte das genau richtig gehandhabt. Es war gefährlich, eine starke Position zu beziehen. *Jene, die sich zu den am weitest voneinander entfernten Positionen in irgendeinem Streit bekennen, halten ihre Köpfe hin.* Zimmermann hatte den Preis dafür bezahlt, eine starke Position als Fürsprecher für den Krieg einzunehmen. Und obwohl Glas selbst beinahe in die Ermordung Zimmermanns mit hineingezogen worden wäre, hatte er erfolgreich seinen eigenen Kreuzzug gegen die Invasion verschleiert und so jedwede Verschwörung gegen sich vermieden. Er war erleichtert, dass Gelehrt ebenfalls überlebt hatte. *Sie kann sich glücklich schätzen, dass die Schlingen und Pfeile sie verfehlt haben – sie hat den Kopf ein wenig zu weit hinausgestreckt.*

Es mussten noch andere Stimmen abgegeben werden, aber wenn alles so lief wie erwartet, würden sie keine Rolle spielen. Schmied war glücklicherweise wieder abwesend – er bewegte sich für gewöhnlich im Gleichschritt mit Stahl und Zimmermann. Werft war schwer zu durchschauen, Reginas Grabesstimme noch schwerer einzuschätzen. Stein und die Hügelgipfler würden die Windrichtung prüfen und dort hingehen, wohin er ihrer Meinung nach wehte. Wenn irgendeiner von ihnen sich auf seine Seite schlug, würde es ein gemütlicher Vorsprung werden. Glas stieß beim Gedanken an das alles einen Seufzer der Erleichterung aus. *Wenn meine Vorhersagen und Vermutungen korrekt sind, wird der Frieden mit mehreren Stimmen obsiegen.*

Glas bedeutete Wein mit einem Nicken, dass er den Mund halten solle, als Gewand sich heranschlich, um sich zu ihnen zu gesellen.

»Habt Ihr das gesehen?«, zwitscherte sie und nippte an einem Glas Wein, als müsste sie sich beruhigen. »Da lass ich mich doch enger schnüren, wenn das nicht die aufregendste Versammlung war, die wir hatten seit …«

»… seit die Gebrüder Lehm einander beim letzten Mal fast umgebracht hätten?«, sagte Wein.

Gewand lächelte dünn. »Aber *sie* hatten keinen Erfolg. Dies hier war viel dramatischer.« Sie zwirbelte ihre Spitzenschärpe. »Und ich höre, uns erwarten noch weitere Überraschungen.«

»Vielleicht eine schrullige Truppe von Gauklern, die den Fall der Stummen Stadt nachspielen?«, schlug Wein vor, schnippte sich sein langes Haar über die Schulter und trank einen kräftigen Schluck aus seinem Becher.

Sie lachte, obwohl es kein angenehmes Lachen war. »Es ist noch besser als Schrullen und Grotesken … Schmied ist gerade eingetroffen.«

Glas runzelte die Stirn. *Wir haben immer noch einen geringen Vorsprung.*

Wein zog eine Augenbraue hoch. »Er hat seinen ausgebrannten Bezirk verlassen?«

»Ja, und …« Gewand trank einen ausgiebigen Schluck aus ihrem eigenen Becher – eine selbstgefällige Pause, um sie zu peinigen. »Und ich habe Nachricht bekommen, dass der Eiserne Rat soeben seinem Jungen die Autorität verliehen hat abzustimmen.«

Karni hatte in der Nähe gelauscht und landete plötzlich mitten in ihrem Gespräch. »Ihr scherzt gewiss!«

Gewand zuckte mit keiner Wimper. »Das tue ich nicht, Verrückter Narr. Der Eisenbezirk stimmt als Letzter ab, und Herzogin Zimmermann hat eigens einen Transport organisiert, um den Jungen rechtzeitig hierherzuschaffen, damit er die Stimme abgeben kann. Er ist bereits auf dem Weg.«

Kapitel 35

Der Eisenjunge

Floras Angst vor den Riesenbestien, die die rollende Todesmauer in Zimmermanns Lagerhaus der Gräuel bewegt hatten, wurde nicht geringer, als sie begriff, dass die gewaltigen Kreaturen, die auf der Straße auf sie zu marschierten, aus Holz gemacht waren. Das Dach des Hauses zitterte unter ihr, als sie im Gleichschritt näher herankamen und die Straße des Eisenbezirks komplett ausfüllten. Es waren fünf, die sie von ihrem Aussichtspunkt hoch über ihnen sehen konnte. Gewaltige hölzerne Marionetten, die scheinbar von unsichtbaren Fäden gezogen wurden, lebensgroße Giganten aus Holz, mit schwingenden, stählernen Rüsseln, ausgehöhlten Elfenbeinstoßzähnen und Reitern, die hinter den hölzernen Schildohren saßen – erwachsene Männer, in einer perversen Nachahmung als Junkai-Knaben verkleidet.

Gewöhnliches Eisenvolk spähte mit großen Augen aus seinen Hütten, um das Spektakel vorbeiziehen zu sehen, aber die meisten trauten sich nicht auf die Straße. Ein Ausrufer eilte vor den Giganten her und kündigte sie an. »Seht, die unzerstörbaren Waffen von Schmutz!« *Ein kluger Schachzug des Zimmererbezirks, ein paar seiner mächtigen Geheimnisse zu offenbaren,* dachte Flora. *Wirklich genial.* Nichts pflasterte den Weg zum Krieg so gut wie eine Zurschaustellung von Stärke und das Versprechen auf einen glorreichen Sieg. Die Menschen hätten vielleicht sogar gejubelt, wenn die mechanischen Ungeheuer nicht so ehrfurchtgebietend gewesen wären, dass sie ihre Häuser und Nerven zum Zittern brachten.

Raffinierte Mawry-Mawry-Mawry-Erfindungen zweifellos.

Trotz des Ablebens seines Herrn schien es, als würde der brillante Idiot immer noch Mordwerkzeuge erschaffen. Sie hätte Mawrys jämmerlichem Leben und seinen schrecklichen Kreationen ein Ende machen können, aber er hatte sie mit einer kleinen Freundlichkeit geblendet, was seine teuflische Heimtücke betraf – *er hat mir eine Maske gemacht.* Jetzt entzog er sich ihrem Zugriff – die neue Herzogin Zimmermann hatte den Bezirk komplett abgeriegelt und hielt nach Ratten Ausschau wie ein Habicht in einem Baumwipfel. Bogenschützen gingen entlang der Wälle über dem Graben. Es hieß, Zimmerergardisten hätten zwei verschleierte Frauen und einen Mann gefoltert, die sie beim Umherschleichen ertappt hatten – eine einfache Diebin, eine heimliche Geliebte, die ihrem Ehemann entschlüpft war, und einen betrunkenen Hausmeister, der das hintere Fallgatter der Burg Zimmermann für das Gartentor seines Herrn gehalten hatte. Mawry konnte man nichts mehr anhaben. Aber ein anderer, von dem Rajeev angedeutet hatte, er könnte den Krieg vielleicht verhindern – *oder ihn beginnen* –, war nicht außerhalb ihrer Reichweite.

Der Eisenjunge. In wenigen Augenblicken würde der Erbe des Eisenbezirks sogar in Reichweite ihrer Wurfpfeile sein. Die hölzernen Giganten der Zimmermanns trugen ihn behäbig und unausweichlich in Floras Richtung. In einem schwankenden Korb auf einem turmhohen hölzernen Leviathan ritt der Junge direkt unterhalb ihres Daches vorbei. Flora steckte die Nadelspitze ihres fingerlangen Wurfpfeils durch eine Lederklappe in die grüne Glasphiole mit dem Grimmsaatöl, die sie in ihrer

Tasche gehabt hatte. Dann glättete sie mit einem feuchten Daumen die Federflügel, sorgfältig darauf bedacht, die giftige Spitze nicht zu berühren. Ihre Finger schlossen sich um den Schaft, schmiegten sich um das mit Eisen beschwerte Griffstück. Sie war schon eine gute Werferin gewesen, bevor Rajeev sie dazu gebracht hatte, eintausend Wurfpfeile in die vertäfelten Wände ihres Zimmers im Zwischengeschoss zu schleudern. Als junges Mädchen in Strata war sie in der Lage gewesen, kleine Affen mit Steinen zu erlegen – die unerträglichen Kreischer, die alles Kleine und Glänzende aus ihrem Zimmer stahlen, wenn das Fenster offen gelassen wurde, und die wie zum Hohn dann noch auf den Schrank und das Bett schissen.

»Kommt alle heraus, um die Macht von Schmutz zu sehen! Der edle Herzog Zimmermann hat sein Leben gelassen, um Euch zu verteidigen. Stimmt in den Ruf mit ein!«

Kommt heraus und lasst Euch niedertrampeln wohl eher.

Es gab auf den Gassen keinen Platz, um zuzuschauen, ohne das Risiko einzugehen, zerquetscht zu werden, bemerkte Flora. Trotzdem, die Gesichter, die sie in Fenstern und Türen sah, wirkten beeindruckt. Sie glaubten an die Macht von Schmutz. Wie sollten sie das auch nicht im Angesicht mechanischer Giganten? *Und sie haben noch nicht einmal die hölzernen Bogenschützen oder die rollende Wand gesehen.* Sobald sie die braunen Flecken von ihren Pluderhosen gewaschen hatten, würden sie in die Rufe einstimmen: »Tod den Stratanern! Schmutz erobert alles!« Was es auch war, die Menschen würden es bald singen.

Es sei denn, ich unternehme jetzt etwas.

Der Eisenjunge ritt auf dem dritten Giganten. Er schwankte über die Straße in Richtung des Hafenbezirks wie ein betrunkener, fetter Mann auf dem Heimweg von der Taverne, unbeholfen, aber entschlossen. *Kein elegantes Reittier.* Aber es war trotzdem eine fürstliche Eskorte. Die Zimmermanns transportierten ihn zu der Schmutzigen Versammlung adeliger Anführer, wo er erklären würde, dass der Eisenbezirk die Invasion von Floras Heimatland befürwortete. Er war kaum älter als dreizehn Jahre, und doch hatte der Eiserne Rat ihn als des Herrschens fähig erklärt – und damit als fähig, für Krieg zu stimmen. *Und Stimmen bei der Versammlung sind alles,* hatte Rajeev ihr erklärt, bevor er sie weggeschickt hatte. Ohne den adeligen Jungen hatte der Eisenbezirk keine Stimme, und ohne den Eisenbezirk würde die Kriegstreiberei zum Erliegen kommen. *Wie ein Stallmeister mit durchschnittenen Sehnen an den Knöcheln.*

Flora visierte ihn an. Der schwankende Korb würde eine sich bewegende Zielscheibe darstellen, die sich sowohl von vorn nach hinten als auch von links nach rechts bewegte, und nur Kopf und Schultern des Jungen waren sichtbar, weniger als die Hälfte seines Körpers. Der Winkel ging leicht nach unten. Sie übte die Bewegung ihres Wurfs, als die erste Maschine vorbeirumpelte, und benutzte den Fahrer als eingebildete Zielscheibe. Die Entfernung war fünf Schritte, mehr oder weniger, nah genug. Sie würde zwei Versuche haben, wenn sie schnell war. *Und wenn ich Glück habe.* Ein zweiter Wurfpfeil steckte im Futter ihres Umhangs, seine Spitze in einem Bröckchen Kork geborgen, damit sie sich nicht stach, wenn sie sich bewegte. Ein leichter Regen aus der Bucht lag in der Luft, sodass die gedämpften Farben der Eisernen Pflastersteine noch stumpfer waren und die Welt zu Grautönen verblasst war – eine gute Farbe für Ratten. *Oder Eichhörnchen.* Flora trug eine volle schwarze Maske – Kleidung des Knochenackers diesmal, ein Trauerschleier im Stil der Todeshuren. Das würde jeden verwirren, der versuchte, sich einen Reim auf ihre Identität zu machen. Ihr Umhang war traditionell schwarz. Aber das Dach war ihre eigentliche Tarnung. Sie rutschte näher zum Rand, als der zweite Gigant vorbeistampfte.

Dann sah sie den betrunkenen Mann. Er taumelte einige Schritte – wie die schlingernden, hölzernen Giganten –, so unsicher, dass Flora dachte, er würde vielleicht niedergetrampelt werden. Aber dann duckte er sich plötzlich unter den Bauch des Reittiers des Eisenjungen – so schnell und geschickt, dass keiner der marschierenden Soldaten oder Reiter ihn bemerkte.

Nicht betrunken!

Flora war fasziniert. Einen Moment lang geschah gar nichts – die Giganten marschierten weiter, als hätte der Mann nie existiert. *Vielleicht ist er doch niedergetrampelt worden.* Oder vielleicht hatten ihre Augen ihr einen Streich gespielt. *Lass dich nicht ablenken,* ermahnte sie sich. *Gleich kommt der Wurf.* Aber dann sah sie seine Hand wie ein kriechendes Insekt auftauchen und sich Stück für Stück nach oben um den hölzernen Rahmen herumarbeiten, um an seiner Seite direkt hinter dem einen Vorderbein nach Halt zu tasten. Er fand einen Vorsprung, ein freiliegendes Gelenk am Übergang vom Bein zur Schulter, und er zog sich unter dem Giganten hervor. Einen Moment lang hing er da wie ein Affe, dann kletterte er an der Seite hinauf, die vor den Blicken jener verborgen war, die auf der schmalen Straße vor oder hinter ihnen gingen.

Ein Kletterer!

Der dritte Gigant war nun fast auf gleicher Höhe mit ihr, und der flinke Mann war hinaufgeklettert, um direkt unter dem nichts ahnenden Reiter zu hängen. Flora beugte sich über den Rand des Daches vor, weiter, als ihr lieb war, aber sie musste einen besseren Blick auf ihn bekommen. Er trug einen braunen Kapuzenumhang, doch der Umhang blähte sich nicht, wenn er sich bewegte. Stattdessen schien er ihm zu folgen und floss mit seinen Bewegungen mit. Seine Position brachte ihn in Reichweite des Mannes, der die hölzerne Maschine lenkte. Zu ihrer weiteren Überraschung ließ er den Fuß hochschnellen, und eine Stiefelklinge flog durch die Luft. Da er sich an dem Giganten festhielt, konnte er sie nicht mit den Händen fangen. Stattdessen fing er sie mit einer geschickten Drehung seines Kopfes zwischen den Zähnen wie ein Jongleur.

Wer in den zehn roten Höllen …?

»Da oben!« Der Fahrer des vierten Giganten zeigte auf sie und rief.

Mist! Ich bin entdeckt. Die Ablenkung hatte sie verraten, und doch war sie zu fasziniert, um sich zu ducken.

Der Mann, der den Giganten erklomm, fluchte – in einer fremden Sprache, aber es war offensichtlich ein Fluch –, und er holte aus, um den Reiter zu packen. Der überraschte Reiter beobachtete Flora; er hatte keine Chance. Der Braune Umhang packte ihn am Arm und riss ihn ohne jedes Klingenspiel von seinem Sitz. Der Fahrer stürzte Hals über Kopf zu Boden und landete hart auf den Steinen, ein Knöchel in einem unnatürlichen Winkel verbogen; und dort blieb er, während der hintere Fuß des Giganten mit einem lauten Knirschen darauf niederfuhr. Der Schrei wurde übertönt von den durcheinanderbrüllenden Gardisten. Einige beobachteten Flora, andere bemerkten endlich, dass ihr dritter Gigant gekapert worden war.

Der artistische Kletterer rätselte über die Hebel zwischen den Ohren, nun, da er auf dem Führersitz saß, und die Bestie aus Holz und Stahl marschierte weiter. Der Eisenjunge klammerte sich mit großen Augen an seinen Korb. *Er denkt, er wäre die Zielscheibe,* ging es Flora durch den Kopf. *Und er hat recht.* Aber sie konnte in dem Chaos nicht auf ihn schießen – zu viel Bewegung.

»Verflucht seien die Götter!«, murmelte sie, und sie schwang sich über den Rand des Daches.

Mit einer Hand über der anderen stieg sie mit drei schnellen Griffen ab, hielt sich mit ihren starken Fingern an den eisengebänderten Holzwänden fest. Als sie ein Fenstersims erreichte, fand sie Halt für ihre Füße und stieß sich ab, drehte sich in der Luft, um mit dem Gesicht nach vorn auf dem Hinterteil des dritten Giganten zu landen. Der findige neue Reiter hatte den Eindruck gemacht, als wäre er zuverlässig mit den Hebeln beschäftigt, aber irgendwie bemerkte er sie doch. Ob er aus dem Augenwinkel eine Bewegung wahrgenommen oder den dumpfen Aufprall ihres Gewichts auf der hölzernen Flanke gespürt hatte, konnte sie nicht erkennen. So oder so, er überließ die Hebel sich selbst und fuhr herum, um sich ihr zu stellen.

»Wer zum Teufel …?«, rief er.

Flora hätte vielleicht gelacht, aber sie hatte seit Langem nicht mehr gelacht, und sie hatte jetzt keine Zeit, sich daran zu erinnern, wie das ging. Außerdem war ihre Situation zu heikel. Die anderen Reiter zogen die Aufmerksamkeit aller weiteren auf Floras Giganten. Zimmermanns und Eisens Fußsoldaten aus der Vorhut und aus der Nachhut mühten sich ab, sich in der schmalen Straße um die stampfenden Gigantenfüße herumzubewegen, um die Mitte der Kolonne zu erreichen und dem Eisenjungen helfen zu können. Flora sah, wie mindestens ein Soldat von einem schwingenden Bein in die Brust getroffen wurde und durch ein Fenster flog. Einer der Giganten weiter vorn war stehen geblieben und versperrte ihnen den Weg. Und der artistische Reiter war von den Ohren ihres Giganten weggetreten, um sich ihr zuzuwenden. Sie riss den Wurfpfeil hoch und warf. Es war die schnellste Möglichkeit, ihn loszuwerden. *Ich kann dem Jungen anschließend die Kehle durchschneiden.* Es war ein unangenehmes Gefühl, den Pfeil auf den Mann in dem braunen Umhang zu werfen, nicht unähnlich dem, als sie den Kapitän getötet hatte. *Irgendwie schändlich.* Er war beeindruckend, und es missfiel ihr, ihn aus der Welt zu entfernen. Doch ihre Sorge war umsonst, denn er peitschte seinen Umhang durch die Bahn des Wurfpfeils und schlug ihn so mühelos aus der Luft, wie ein Baumfrosch eine Fliege mit der Zunge fangen würde.

Er ist schnell!

Seine Stiefelklinge erschien aus dem Nichts in seiner Hand, und er wirbelte sie zwischen den Fingern herum, um sie richtig zu fassen zu bekommen. »Ich bin hier, um den Jungen zu beschützen, nicht um irgendjemanden zu töten«, sagte er. »Ich schlage vor, Ihr steigt auf dem gleichen Weg ab, über den Ihr gekommen seid.«

Flora musterte ihn. Es gab nur wenige Männer auf der Welt, gegen die sie nicht würde kämpfen wollen. Sie war fast immer schneller und tödlicher als schwerfällige, Haumesser schwingende Kerle oder Raufbolde in Tavernen, und in der Regel überraschte sie sie. Die meisten starben, bevor sie begriffen, dass Flora sie geschnitten hatte. *Wie streunende Hunde.* Aber dieser hier war nicht überrascht, und seine erstaunlichen Reflexe ließen sie stutzen.

Dies ist ein Mann, gegen den ich nicht kämpfen sollte.

»Ich bin ebenfalls hier, um den Jungen zu beschützen«, log sie. Sie schaute zu dem Erben hinüber; sie hatte noch einen weiteren Wurfpfeil.

»Fasst ihn nicht an. Ich kann mit einer knappen Drehung meiner Hand diese Klinge zwischen Eure Augen rammen.«

»Und ich kann sie mit meinem Umhang abfangen, genau wie Ihr«, entgegnete Flora, die sich nicht sicher war, ob sie das konnte. »Was bedeutet das für uns?« Er dachte für einen Sekundenbruchteil darüber nach, während Flora über die Seite des Giganten schaute. »Sie kommen …«, drängte sie.

Schließlich zuckte er die Achseln und nickte. »Dann macht Euch nützlich oder steigt von meinem Elefanten!«

Elefanten? Flora wusste nicht, was »Elefanten« waren, aber er schien die Maschine zu meinen.

Mit diesen Worten richtete der Bursche seine Aufmerksamkeit wieder auf die Hebel. *Er hat mir den Rücken zugekehrt.* Er hatte die jähe Entscheidung getroffen, ihr zu vertrauen, was seltsam war. *Und dumm.* Niemand aus dem Irrgarten würde ihr jemals vertrauen, Freund oder nicht Freund; aus schierer Notwendigkeit vertrauten sie niemandem. In Strata hatten die Menschen vorsichtig mit ihr geredet, hatten ihre Komplimente und Kommentare höflich abgewogen – niemand wollte etwas Falsches zu einer Prinzessin sagen. Dieser Mann war anders als sie alle. Er war sogar anders als jeder andere, dem sie je begegnet war. Flora ertappte sich dabei, darüber nachzugrübeln. *Das ist gefährlich, während ich eine Aufgabe habe.* Sich zu wundern hatte sie schon mal in Schwierigkeiten gebracht. Bestenfalls war es Zeitverschwendung. Und wie sie den Braunen Umhang gewarnt hatte: *Die Gardisten kommen.* Sie duckte sich auf die Flanke des Giganten und dachte über ihrer beider Zwangslage nach.

Sie bewegten sich immer noch vorwärts, aber zwei Giganten versperrten ihnen den Weg. Den ersten würden sie bald rammen, wenn sie weiterliefen. Mehrere Gardisten hatten sich an den Baumstumpfbeinen der anderen stampfenden Bestien vorbeigeschlichen und versammelten sich nun unter ihnen. Einer schob sich rückwärts in einen Eingang, um einen besseren Winkel für seine Armbrust zu finden. Flora warf sich flach auf den Bauch.

»Armbrust!«, warnte sie ihren neuen Gefährten. *Wie komme ich plötzlich zu einem Gefährten?*

Er antwortete ihr nicht, sondern duckte sich lediglich hinter die großen runden Holzohren, die aus den Schultern der Bestie ragten und dem Führer der Maschine als Schild dienten. Ein Bolzen erschien auf der Außenseite des linken Ohres, tief ins Holz gebohrt und zitternd.

Er betrachtete den Bolzen. »Meinen Dank!«, brüllte er ihr zu, dann rätselte er wieder über die Hebel.

Jemand schrie unten den Armbrustschützen an. »Nicht schießen, du Narr! Du könntest den Erben treffen!«

Flora betrachtete den Eisenerben. Er hatte den schmalen Körperbau eines Jungen vor dem Bartwuchs und das trostlose eisenfarbene Haar seines Bezirks. Er umklammerte die Ränder des Korbs mit weißen Knöcheln. *Er hat Angst.* Er würde den Korb nicht verlassen, aber wenn sie versuchte, ihn jetzt zu töten, würde der geschickte Kletterer sie angreifen, und die Armbrustschützen auf dem Boden würden einen tödlichen Hagelsturm auf sie entfesseln. Der Junge war eine Art Geisel – seine Soldaten würden die Luft nicht mit Bolzen oder Pfeilen füllen, solange er am Leben war.

Der Gigant war nun an dem Dach vorbeimarschiert, von dem sie gesprungen war – sie konnte in diese Richtung nicht mehr fliehen. *Wir müssen von dieser Straße runter.* Flora kroch auf dem Rücken der schlingernden Maschine weiter nach vorn. Eine Hand erschien an der Seite und tastete nach einem Halt – *irgendjemand klettert hier hoch!* Sie riss in einer einzigen glatten Bewegung ihr gekrümmtes Stahlmesser aus dem Umhang und zeichnete damit eine dünne, rote Linie über die Fingerknöchel. Die Hand fiel herunter, und sie hörte einen fernen, dumpfen Aufprall. Dann hockte sie sich vorne neben den Unbekannten.

»Diese verwirrenden Hebel sind Schwänze des Teufels!«, fluchte er und spürte ihre Anwesenheit, ohne aufschauen zu müssen.

»Ich wette, der große Hebel bewegt das Ding schneller vorwärts«, sagte Flora und erinnerte sich an Mawrys hölzerne Krieger und die Hebel hinter ihren Ohren.

»Zwei Bestien stehen uns im Weg, und an Bord des Nächsten sind drei Männer mit Klingen, die darauf warten, zu uns herüberzuspringen und uns zu begrüßen.«

Flora betrachtete die Ansammlung von Holzgriffen, die darauf warteten, gedrückt und gezogen zu werden. »Dieser da«, sagte sie. Sie griff nach einem kleineren Hebel und drehte daran, dann schob sie ihn nach unten. Flora hörte ein *Wusch-wusch*-Geräusch von den beiden geschnitzten Stoßzähnen, die vorn an ihrem Giganten befestigt waren. Die drei Gardisten auf dem Giganten vor ihnen sahen plötzlich überrascht aus. Zwei fielen herunter wie lose Eicheln von einem Ast. Der dritte saß zusammengesunken auf dem Hintern des Giganten und hielt sich den Bauch, wo ein roter Fleck sich über den Zimmererhammer ausbreitete, der auf sein Wams gestickt war. Ein kleiner hölzerner Schaft mit Federn ragte daraus hervor wie ein bestäubter Stempel aus der Mitte einer Blüte.

Bolzen!

Eine Salve von Bolzen, die zu einer Armbrust gepasst hätten, war aus den Enden der beiden Stoßzähne abgefeuert worden, genau wie sie aus den Armen der hölzernen Krieger in Mawrys Werkstatt abgefeuert worden waren. Der Mann, der ihren Giganten steuerte, lachte.

»O-ho! Lasst uns noch einen probieren!« Er griff nach dem nächsten Hebel.

»Wartet! Wir wissen nicht, was …«

Aber es war zu spät. Er zog.

Der stählerne Rüssel, der aus ihrer Maschine ragte, fuhr nach oben und spie etwas Oranges und Rotes aus. Ein Schwall farbiger Glut, die Flora von ihrer Position auf dem Kopf der

Bestie spüren konnte, spritzte in hohem Bogen aus dem Ende des Rüssels über die Straße, und plötzlich brannte es überall. Die Haare auf den Köpfen der Männer, die dort unten standen, fingen Feuer, sodass sie zu lebenden Fackeln wurden. Schreie vermischten sich mit Flammen, Rauch und Hitze, um in der Gasse unter ihnen einen chaotischen Mahlstrom zu erzeugen. Flora fand einen weiteren Hebel und zog ihn zur Seite. Der Rüssel schwang herum und spritzte Feuer über die Flanke der Giganten vor ihnen. Das Holz begann zu brennen, und der andere Reiter beeilte sich, nach seinen eigenen Hebeln zu greifen. Als die Flammen seinen Rücken hinaufkrochen, schwenkte seine Maschine nach links ab und bohrte sich in ein Wohnhaus. Die Giganten-Maschine drückte die Wand ein und verkantete sich in dem zersplitterten Holz, ihre dicken Beine stampften immer weiter. Nun war eine Lücke vor ihnen auf der Straße entstanden, durch den Floras Gefährte ihre Maschine lenkte, und als der Weg vor ihnen ganz frei war, drückte der Braune Umhang den Haupthebel nach vorn und versetzte den Giganten in einen scheppernden Trab.

Angesichts der Größe der Maschine überholten sie die Gardisten, die daneben herliefen, mit Leichtigkeit; es bestand nicht länger die Gefahr, dass sie sich festhalten und hinaufklettern konnten. Das Hämmern der riesigen Füße auf dem Pflaster schüttelte Flora so durch, dass sie dachte, ihre Zähne würden womöglich zerspringen, und als sie sprach, kamen ihre Worte verwackelt heraus – *wie die eines plappernden Eichhörnchens.*

»Dort! Dort! Nach rechts!«

»Ich lenke«, brüllte er zur Antwort. »Ihr verbrennt und schüttelt ab!«

Eine Reihe von zehn oder mehr nervös aussehenden Soldaten blockierte den Zugang zur nächsten Kreuzung, eine Mischung aus Gardisten von Zimmerer und Eisen. Hinter Flora und ihrem Gefährten drehte der erste Gigant um. Flora schwang den Rüssel drohend hin und her, schoss aber kein weiteres Feuer ab. Sie war sich nicht sicher, wie viel davon die Maschine hervorbringen konnte, und Feuer war in der schmalen Straße außerdem zu gefährlich. *Unser eigener Gigant ist ebenfalls aus Holz.* Sie griff nach dem kleinen Hebel und drückte ihn nach vorn, um die Stoßzähne herunterzulassen; dann feuerte sie eine weitere Salve von Bolzen ab, und mehrere Männer sprangen in Deckung. Drei griffen sich an die Beine, wo Bolzen den Stoff ihrer Kniehosen für zu dünn befunden hatten, und die Männer brachen zusammen. Ein weiterer Soldat aus dem Zimmererbezirk zuckte, als ein einzelner Bolzen sich in seinen Helm aus geschnitztem Holz bohrte. Die anderen rannten davon.

»Ho-hoo!«, rief ihr Gefährte, der sich offensichtlich bestens amüsierte.

Flora fand wenig Grund, sich zu amüsieren. Der Aufruhr, den sie erzeugten, würde dazu führen, dass der gesamte Eisenbezirk Jagd auf sie machte. *Und die Schmutzwache.*

»Sie drehen sich zu uns um.«

»Das sehe ich.«

Die mechanischen Giganten hinter ihnen konnten ihre Waffen nicht einsetzen, ohne fürchten zu müssen, den Eisenerben zu treffen. Sie konnten nur ohnmächtig folgen. Floras Gefährte würdigte sie keines weiteren Gedankens. Stattdessen schaute er geradeaus zu der Bestie, die ihnen nun eine Breitseite darbot.

»Sie blockieren die ganze Straße«, sagte er. »Es gibt keinen Weg an ihnen vorbei.«

»Durch sie hindurch«, erwiderte Flora.

»Hindurch?«

»Rammt sie.«

»Sie rammen?«

Er hatte goldgetönte Haut, bemerkte Flora, jetzt, da sie nah genug bei ihm stand, um unter seine Kapuze zu schauen. Außerdem so glatte Haut, dass sie beinahe der lackierten Maske eines Schauspielers ähnelte, mit zwei dunklen, mysteriösen Augen in der Mitte. *Ein Insulaner.* Er rümpfte komisch seine kleine Nase, dann grinste er und stieß den großen Hebel nach vorn, so weit er sich bewegen ließ.

Der Gigant an der Spitze konnte sich nicht schnell genug drehen, und Flora packte ein hölzernes Ohr, um sich zu wappnen, während sie und ihr Insulaner sich in einem erschreckenden Tempo vorwärtsbewegten. Ihre Maschine donnerte so heftig über die Straße, dass sich eine Staubwolke aus Dreck von den Wohnhäusern löste, die die Straße säumten. Sie vermischte sich mit dem Rauch und der Hitze der tobenden Flammen, wo der brennende zweite Gigant in die Häuserfront hineingekracht war. Flora spähte blinzelnd durch den Nebel. Die verschwommenen Gebäude erschienen ihr wie schiefe Gefängnismauern, und die schattenhaften flüchtenden Gestalten waren die geisterhaften Wachen. Nur der grinsende Mann neben ihr war deutlich zu erkennen.

Dann kollidierten die Giganten mit einem gewaltigen Knall. Die getroffene Maschine brach dort auseinander, wo einer der Stoßzähne in ihren Bauch eingedrungen war. Der andere Stoßzahn brach ab, und der stählerne Rüssel quietschte, als er nach hinten gebogen wurde. Der Kopf ihres Giganten schob die andere Maschine auf zwei Beine hoch, hob deren andere Fußstumpen vom Pflaster. Der Gigant kippte langsam um, als ihre eigenen baumdicken Beine weiterliefen und schoben. Schließlich sprang der andere Fahrer ab, schaffte es aber nicht weit genug weg. Das gewaltige Ding kippte auf ihn, und dann stampfte ihre eigene Maschine über beide, brach aus der Straße hervor und befreite sich aus den Trümmern.

Sie ließen die Gardisten hinter sich zurück, die mutig genug waren, ihnen zu folgen, und als Flora den hölzernen Schwanz ihres Giganten hochfahren ließ, entfuhr einem versteckten Loch darunter eine dunkle Gaswolke. Die Reiter, die sie verfolgten, würgten und husteten, sodass sie von ihren Reittieren fielen. Flora konnte nicht erkennen, ob sie tot waren, aber sie vermied es einzuatmen und fragte sich, ob ein starker Wind diese Waffe zu einer Gefahr für ihren eigenen Anwender machen würde. Sie stellte sich vor, wie Mawry lachte, während er diese spezielle Ausstattung seiner Kreation erfand.

Der Gigant lief durch die Straßen des Eisenbezirks, lenkte alle Blicke auf sich und veranlasste das Volk zu fliehen. Pferde scheuten oder wurden von Floras Gefährten mit einem schnellen Ruck des großen Hebels gerammt, und ihre Reiter flogen durch die Luft. Ein Schmutzwachmann sah sie vorbeidonnern, konnte aber nichts tun, als sein Notizbuch zu zücken und wie wahnsinnig hineinzukritzeln.

Schon bald verlangsamte der Gigant sein Tempo und hielt stöhnend an, kurz hinter der Grenze zum Hafenbezirk. Sie lenkten ihn in eine stille Straße mit nur wenigen Menschen. Für einige Augenblicke würde die Aufmerksamkeit abflauen, bis sich die Nachricht verbreitet hatte, dass eine riesige hölzerne Bestie im Bezirk erschienen war. Als der Gigant stehen blieb, sprang der Braune Umhang aus dem Führersitz und schritt dorthin zurück, wo der Eisenjunge über den Rand des Korbs spähte.

»Komm, Junge, es wird Zeit herunterzuklettern«, sagte er.

Der Knabe wirkte verängstigter denn je und dachte vielleicht, dass sie ihn jetzt töten würden. *Und das werde ich auch,* dachte Flora. Er rührte sich nicht.

»Hör auf, dir in die Hose zu machen«, beharrte der Insulaner. »Wir sind hier, um dich zu beschützen. Es gibt

Menschen, die dich lieber tot sehen würden, als dir die Möglichkeit zu geben, über Schmutzige Angelegenheiten abzustimmen.«

So wie ich! Flora interessierte sich plötzlich für die Absichten des Mannes.

»Ich soll dich verstecken, bis die Schmutzige Versammlung zu Ende ist und die Ratten aufgespürt wurden«, fuhr er fort.

Die vorgeschobene Unterlippe des Jungen zitterte, verriet aber Trotz. »Ich bin alt genug, um abzustimmen. Das hat der Eiserne Rat gesagt.«

»Auch alt genug, um zu sterben. Während des wirren Laufs meines Lebens habe ich gelernt, dass Politik nicht annähernd so wichtig ist wie die Möglichkeit, den morgigen Sonnenaufgang zu sehen.«

»Ich stand unter dem Schutz der Zimmermanns.«

»Hölzerne Elefanten haben nicht gereicht. Ich bin zu dir gelangt. Genau wie dieser Maskierte hier. Wir hätten beide Ratten sein können.« Der Insulaner wandte sich an Flora. »Helft mir, es ihm zu erklären, Fremder. Man hat Euch offensichtlich als meinen Ersatz ausgeschickt für den Fall, dass ich versage.«

»Oder man hat Euch als meinen ausgeschickt«, entgegnete Flora.

Er neigte den Kopf zur Seite und feixte. »Daran hatte ich nicht gedacht. Es ist möglich! Ändert aber nichts. Überredet den Jungen, still und leise mitzukommen, sonst müssen wir ihn zum Schweigen bringen.«

Ich werde *ihn zum Schweigen bringen,* dachte Flora.

Der Junge schaute zu ihr auf. »Ihr seid eine Frau.«

Sie sah auf ihre locker sitzende Kniehose und das Lederwams. Sie verrieten nicht ihr Geschlecht, und ihr weiter Umhang hätte die Rundungen ihrer Brüste und ihres Hinterns verdecken sollen. Ihr Haar war kurz geschnitten und ihr Gesicht verhüllt. Ihre Stimme wurde durch die Maske gedämpft. Aber irgendwie wusste er es, und er sah sie anders an als den Insulaner. *Wie ein verhätscheltes Kind seine Mutter ansieht.* Er erinnerte sie sofort an die weinerlichen Söhne ihres Trunkels. *Meine verwöhnten kleinen Cousins.*

»Ist das, was er sagt, wahr?«, fragte der Eisenjunge sie. »Ist eine Ratte hinter mir her?«

Es ist besser, die Wahrheit zu sagen, wenn du kannst, hatte Rajeev immer gern gesagt. *Die Wahrheit verändert sich nicht, und es ist leichter, sie sich zu merken.* Außerdem sah Flora keinen Grund zu lügen.

»Ja.«

Der Junge erbleichte, und das Zittern in seinen Lippen breitete sich über seinen ganzen Körper aus. »Wer hat Euch angeheuert, mich zu beschützen?«

Niemand, dachte Flora. »Wir geben unsere Auftraggeber nicht preis«, sagte sie.

»Das ist wahr«, ergriff der Insulaner das Wort. »Sie gibt nicht einmal ihre eigene Identität preis. Sie möchte uns glauben machen, dass sie vom Knochenacker stammt, aber wir wissen es nicht wirklich, oder?« Das Funkeln in seinen Augen verriet Flora, dass er ziemlich genau wusste, dass sie *nicht* vom Knochenacker stammte.

Es war eine heikle Situation, und Floras Instinkte rieten ihr immer noch, sie beide zu töten. *Rajeev hätte das empfohlen.* Aber Rajeev hatte sie weggeschickt – er war nicht länger ihr Wohltäter. Außerdem hatte ihr neuer Gefährte vor, den Jungen von der Abstimmung fernzuhalten, und das war alles, was sie brauchte. *Eine Lösung, die keinen Mord erforderlich macht.* Die Aussicht darauf faszinierte sie, und ihre Knochenackermaske verbarg ihr Gesicht so gründlich, dass die beiden sie nicht wiedererkennen würden.

»Wir sollten gehen«, sagte der Mann und fasste den Jungen am Arm.

»Wohin?«

Er hielt inne, um darüber nachzudenken. *Er hat keinen Plan? Was für eine Art Entführer ist das?*

»Die Zimmerer *und* die Eisenleute werden hinter uns her sein«, überlegte er laut, als würde er jetzt erst begreifen, was es bedeutete, dass er gewaltige Kriegsmaschinen der Zimmerer zerstört und einen Erben entführt hatte.

Wenn er nicht von Zimmerer oder Eisen beauftragt wurde, wer hat ihn dann dafür angeheuert, den Jungen zu beschützen? Offensichtlich war es jemand, den es nicht kümmerte, ob der Junge abstimmte. *Oder der nicht will, dass er abstimmt.*

»Und die Schmutzwache wird überall Türen eintreten«, ergänzte Flora.

»Dann auf zu einem Ort ohne Tür«, lachte er mit tiefer Stimme. Sein Grinsen grenzte an Arroganz – es war nicht die richtige Zeit für Scherze –, aber sein Selbstbewusstsein war auch tröstlich. *Das verwegene Lächeln steht ihm irgendwie.*

Sie ließen Mawrys aufrecht stehende Schöpfung hinter sich auf der Straße, wo sie aussah wie eine verpflanzte Statue aus dem Zimmererbezirk. In Wirklichkeit war sie aber ein Schatz an erstaunlicher Mechanik, der sehr bald »Schmeißfliegen« anziehen würde, die das Wunderwerk seiner Elfenbeinstoßzähne, seines fein geflochtenen Korbes und anderer wertvoller Teile berauben würden.

Als die drei ins Herz des Hafenbezirks vordrangen, warf Floras Gefährte seinen Umhang auch um den Jungen, und der Miniaturherzog ging kampflos mit ihnen. Ihm blieb nicht viel anderes übrig. Außerdem schien er zu glauben, dass sie ihn beschützten. *Langsam glaube ich es selbst.*

Für die Bedienung des kleinen Bootes, das sie an den Kais stahlen, waren zwei Personen erforderlich, und der Junge versteckte sich unten in dem winzigen Frachtraum. Flora wusste nichts über das Segeln, aber ihr Schiffskamerad von den Inseln gab ihr Anweisungen, und sie befolgte sie hinreichend genau, dass sie in der Lage waren von den Kaimauern abzustoßen und in die flachen Gewässer der Markungsbucht zu treiben.

»Wir können nicht aufs offene Meer hinausfahren«, erklärte er. »Kleines Boot, zu viele Piraten.«

Die Erwähnung von Piraten beunruhigte Flora. Sie fühlte sich unwohl auf dem Wasser. Gefangen. *Ein Eichhörnchen kann sich auf Wellen nicht kletternd in Sicherheit bringen.*

Der Braune Umhang setzte das Segel, und sie fuhren am Ufer entlang. Flora war überrascht, als er den kleinen Baum festband und sich hinsetzte.

»Muss dieses Ding nicht gelenkt werden? Woher wisst Ihr, wohin wir fahren? Was ist, wenn wir aufs Meer hinausgetrieben werden?«

»Dieser leichte Wind wird uns mitnehmen, aber nicht sehr weit.« Er zeigte ans Ufer. »Da ist der Nachtmarkt, und dort ist die berühmte Rumstraße. Das hohe Schiff da an dem schiefen Landesteg ist die *Tiefenfinderin* aus Thros, der tausend Kisten fassende Frachter des Throsianischen Königs selbst. Wahrscheinlich beladen mit eingeführten scharfen Gewürzen. Wer weiß, was das Schiff auf dem Rückweg befördern wird – etwas noch Schärferes, möchte ich wetten.« Er wackelte mit den Augenbrauen.

Floras neuer Kapitän rief jede Sehenswürdigkeit aus, sowie sie in Sicht kam, wedelte überschwänglich mit einem Arm und bediente nur gelegentlich das Ruder mit dem anderen, wie ein Stadtführer, der ihr die Bucht zeigte. Sein selbstbewusstes Benehmen und seine donnernde Stimme ähnelten so sehr denen eines Schiffsausrufers, dass Flora sich fragte, ob er als Junge zur See gefahren war.

»Vor uns kommt der mit Flechten bewachsene Palast des Hafenbezirks. Das moosige Leuchten macht ihn des Nachts sichtbar. Darüber befindet sich Herzog Werfts Möwennest.«

Flora versteifte sich. »Das ist der Ort, an dem die Abstimmung stattfindet.«

»In der Tat.«

»Ihr bringt den Jungen nicht dorthin«, blaffte sie, plötzlich argwöhnisch.

»Nein. Ich schwöre, es ist nur ein Zufall, dass der Hafenbezirk in der Bucht liegt. Doch wir werden in Sichtweite des Palastes vorbeisegeln.« Er lachte. »Das ist der letzte Ort, an dem sie nach einem verschwundenen Herzog suchen werden, möchte ich wetten.«

Floras Gedanken überschlugen sich. Rajeev hatte ihr die Abstimmung erklärt. Es würde keine Invasion in Strata geben, wenn nicht eine Mehrheit der Bezirke für einen Krieg stimmte. Sie und ihr Gefährte hatten eine Stimme für den Krieg entfernt. *Aber es gibt noch andere.* Sie hatte Herzog Zimmermann getötet, doch Rajeev hatte auf die Sinnlosigkeit dieses Unterfangens hingewiesen – seine Ehefrau hatte einfach den Thron übernommen, und sie würde an seiner statt für Krieg stimmen. Ein weiterer Herzog war an Zimmermanns Seite gewesen, der Mawrys Kriegsmaschinen inspiziert hatte. *Herzog Glas.*

»Sie werden jetzt dort oben sein«, murmelte Flora. »All die Herzöge und Herzoginnen.«

»So heißt es. Die Schmutzige Versammlung. Ein prächtiges Ereignis, wenn man sich daran erfreuen kann, wie Edelleutchen mehr Speisen verkleckern, als Ihr in einem ganzen Jahr verzehren könnt, während sie darüber streiten, durch welchen Bezirk die Abwasser fließen sollten.«

»Könnt Ihr uns dort hinbringen?«

»Ich habe gerade geschworen, dass ich das nicht tun würde.«

»Nicht den Jungen. Könnt Ihr mich dort hinbringen?«

Er zuckte die Achseln. »Ich kann Euch in die Nähe bringen, aber da sind Felsen.«

»Felsen kann ich erklimmen.«

»Über den Felsen ist eine Klippe, und darüber sind nackte Mauern.«

»Bringt mich einfach in die Nähe, dann seid Ihr mich los.«

Er dachte für einen Moment darüber nach, aber es war ein kurzer Moment. Dann nickte er. »Abgemacht.«

Nach einem weiteren kurzen Hin und Her ruderte er in Richtung Ufer.

»Geht Ihr zur Versammlung, um Eure adelige Stimme abzugeben?« Er grinste.

»Ich will mich nur umschauen. Ich vertraue darauf, dass Ihr den Jungen sicher verborgen haltet?«

»Vertrauen ist ein schlüpfriges Wort, aber er wird nicht abstimmen oder sterben. Dafür werde ich sorgen.«

Flora stand am Bug des Bootes und blickte über die Reling, als die Sonne auf ihrem Weg über den Horizont den Himmel rosa färbte. Sie konnte tief ins grüne Wasser hinabschauen, und doch konnte sie keines seiner Rätsel lösen. Seine gewaltigen Ausmaße waren mysteriös und einschüchternd. *Unbekannt wie die Dunkelheit.*

»Die See ist ruhig. Ihr könnt von hier aus schwimmen, falls Ihr schwimmen könnt.«

»Ihr braucht Euch um mich keine Sorgen zu machen.« *Ich bin zumindest schon mal durch einen kleinen See geschwommen.*

»Irgendwie ein bisschen schade, Euch gehen zu sehen. Wir haben uns gerade erst kennengelernt.«

»Tut nicht so, als wärt Ihr traurig. Wir haben noch nicht einmal Namen getauscht.«

»Ich bin Hamm. Und Ihr?«

»Ich habe Euch nicht danach gefragt, und ich werde es Euch nicht sagen.« Mit diesen Worten ließ Flora sich ins Wasser gleiten und machte sich auf den Weg ans felsige Ufer.

Kapitel 36

Das Möwennest

Floras führende Hand rutschte an dem moosbewachsenen Felsvorsprung ab, und sie musste sich im Dunkeln mit den anderen vier Fingerspitzen und ein paar Zehen festklammern, während tief unter ihr die Wellen gegen die Steine schwappten, als würden sie ihrem Ausrutschen applaudieren und hoffen, dass sie herunterfiel. Sie knirschte mit den Zähnen, fand neuen Halt und hievte sich hoch.

Euch werde ich es zeigen!

Schwimmen und Klettern war anstrengender gewesen, als sie gedacht hatte, vor allem bei Nacht. Die Markungsbucht war größer als ein See, und das Seemoos war rutschiger als Baummoos. Sie war jedoch klug genug zu begreifen, dass die Unmöglichkeit, die Mauer zu erklimmen, außerdem auch der Grund dafür war, dass sie nicht bewacht wurde. *Ich Glückspilz.* Sie kletterte barfuß, ihre Stiefel um den Hals gehängt, und ihre Zehen dienten als weitere Finger, wie die biegsamen Zehen von Plapperaffen. Die von Menschen gebaute Mauer über ihr würde genauso schwer zu erklimmen sein, wenn die leuchtenden Flechten dort ebenfalls wuchsen. Sie konnte es von ihrer Position weiter unten nicht erkennen, und zuvor hatte sie sie nur bei Tageslicht vom Boot aus betrachtet, und da war es nicht möglich gewesen zu sehen, ob die Mauern ebenfalls mit den Flechten bewachsen waren. *Hamm hat gesagt, der Palast leuchte,* überlegte sie verbissen, und sie wappnete sich gegen weitere Schwierigkeiten.

Es sah ihr nicht ähnlich, eine Zielperson ohne einen Plan zu verfolgen. Abgesehen von dem Fiasko mit Zimmermann hatte sie immer sorgfältige Vorbereitungen getroffen, die Gegend erkundet und verschiedene mögliche Probleme durchdacht. *Diese Impulsivität sieht Hamm ähnlicher.* Er hatte ohne einen Fluchtplan einem Giganten aufgelauert, ein x-beliebiges Boot gestohlen und trieb nun mit einem kleinen Herzog in seinem Frachtraum auf dem Wasser herum, ohne zu wissen, was er als Nächstes mit ihm tun sollte. Und dann hatte er ihr ohne erkennbaren Grund plötzlich seinen Namen genannt. Er war möglicherweise gelogen, aber Flora glaubte das nicht. Er war genau der Typ, der plötzliche, willkürliche Entscheidungen traf. *Ein Rätsel, dieser Mann.* Sie tastete nach steinernen Vorsprüngen und schob sich von Hubbel zu Spalt, während sie über ihn nachdachte. Das Brennen in ihren muskulösen Armen wurde gelindert, wenn ihr Verstand beschäftigt war, daher dachte sie noch ein wenig mehr über ihn nach.

Sie erreichte den Fuß der hölzernen Festung, wo der Fels endete und der Palast begann. Das Gebäude war in Schüben gewachsen und hatte sich im Laufe der Jahrhunderte bald in diese, bald in jene Richtung ausgedehnt, sodass es eine Ansammlung von Gebäuden war, die sich übereinanderstapelten wie ein schwankender Turm aus den Bauklötzen eines Kindes. Eine Reihe nach unten gerichteter Eisendornen, jeder so lang wie ihr Arm, ragte aus der unteren Mauer hervor, ein Überbleibsel der ursprünglichen Bausubstanz, vor Urzeiten als Schutz der Festung vor einer Invasion vom Meer aus konzipiert. Man hatte damals den Klippen allein nicht getraut. *Und das sollte man auch jetzt nicht tun.* Flora schwang sich von einem der

Dornen zum nächsten, bis sie eine vergessene Lücke fand, wo das Salzwasser über einen Zeitraum von mehreren Menschenleben zum Verrosten zweier nebeneinanderliegender Dornen geführt hatte, und sie schlängelte sich hindurch. Sie war frustriert, als ihre Finger feststellten, dass diese glitschigen Flechten auch noch die uralten Holzbohlenwände über den Dornen bedeckten – es war sogar noch schlimmer als an den Felsen. Aber der steile Winkel der Mauern an sich schreckte sie nicht ab – sie hatte sich häufiger auf Schmutzigen Mauern und Dächern bewegt, als sie die Straßen benutzt hatte.

Außerdem gibt es in den geheiligten Stätten der Menschen immer Risse.

Flora ruhte sich im Stehen auf den Eisendornen aus und schüttelte die Arme aus. Obwohl ihre Beine die meiste Arbeit taten, waren ihre hochgereckten Arme blutleer, und bei längeren Kletterpartien wurde ihr linker Unterarm oft zu den Fingerspitzen hin beunruhigend taub, während sie am Ellbogen ein Kribbeln spürte.

Sie hockte sich mit bebenden Beinen auf die Dornen und blickte aufs dunkle Meer hinaus. Die Sonne war verschwunden, doch während sie dasaß, zerstreuten sich die Wolken und ließen eine Lücke für die Strahlen des riesigen gelben Mondes. Lichtstrahlen wie dünne, gerade Ankertaue, mit denen die Goldene Scheibe der Götter mit der Erde verbunden war. Die finsteren Schatten der Schiffe blieben verstreut in der Bucht liegen, während der Mond die Dunkelheit verscheuchte. Flora hielt auf dem Wasser Ausschau nach dem kleinen, mit zwei Menschen besetzten Boot. *Immer noch da.* Wenn sie getan hatte, weswegen sie hergekommen war, würde es nicht mehr dort sein. Hamm – *oder wie immer sein wahrer Name lautet* – würde den Jungen nehmen und ihn an einer sicheren Stelle an Land absetzen. *Oder ihn vielleicht ins Meer werfen.* Sie war nicht so naiv zu glauben, dass alles, was ein Fremder versprach, die Wahrheit war. Andererseits hatte er seine Absichten kundgetan, als wäre es ihm vollkommen gleichgültig, ob sie ihm glaubte oder nicht. Was sollte es schaden, wenn sie sich dafür entschied, ihm zu glauben? *Er hütet den Jungen nur für den Moment,* befand sie. Nichts davon spielte eine Rolle. Sie würde einen anderen kriegstreibenden Herzog oder eine Herzogin finden und wenigstens noch eine weitere Stimme ausschalten. Im Moment brauchte sie sich nur darum zu kümmern, dass sie fünfzig Fuß über dem Wasser auf Dornen saß.

Während Flora dem Rhythmus der Wellen lauschte, hörte sie das Geräusch sich erhebender Stimmen von oben und dann ein schweres Ächzen. Sie blickte auf.

Zwei Männer stürzten aus dem obersten Stockwerk des Gebäudes über ihr und fielen ineinander verkrallt wie Ringer in Richtung Wasser. Sie hatte früher schon Männer fallen sehen – und diese beiden Nahenden zu beobachten ähnelte auf unheimliche Weise der Beobachtung Enics, als er auf sie zugeflogen war –, aber noch nie hatte sie jemanden ungehindert fallen sehen. *Es hat immer Äste gegeben.* Sie schaute zu, wie sie an ihr vorbei auf die Brandung zustürzten. Der Zeitpunkt dafür war denkbar schlecht. *Sie hätten springen sollen, als Flut war.* In den letzten Momenten ihres Lufttanzes trennten sie sich voneinander und schlugen mit zwei weit entfernten Klatsch-und-Rums-Geräuschen im felsigen, flachen Wasser auf.

Kurz fragte sie sich, wer sie waren – *unzulängliche Diener, deren verärgerte Herren sie abrupt ihrer Positionen enthoben hatten?* –, aber sie verweilte nicht lange. *Es könnte jemand nach ihnen schauen,* überlegte sie und drückte sich gegen die Mauer. Es war Zeit weiterzuklettern.

Mit dem Mondlicht, das sie leitete, und der wechselhaften Architektur, die sich in unerwarteten Winkeln himmelwärts reckte, boten sich ihr nun regelmäßiger gute Stellen, um sich festzuhalten, und der Weg nach oben wurde leichter. Schon bald hatte sie sieben Stockwerke zu einer Reihe von Räumen mit Schwingtüren erklommen, die nach innen geöffnet waren, sodass die Räume zum Meer hin offen standen. *Das Möwennest.* An der ersten Öffnung klammerte Flora sich an die Außenwand und beugte sich so nah wie möglich vor, um ein Gespräch zwischen zwei Personen im Inneren zu belauschen.

»Wie lange noch, bis diese dreifach verfluchte Versammlung die götterverdammte Abstimmung wieder aufnimmt?«, klagte jemand barsch. »Während wir uns hier unterhalten, durchsieben unsere Gardisten die Asche im Blasebalg nach dem geschmolzenen Gold, das im Feuer verloren gegangen ist. Wenn niemand sie beobachtet, verpassen sie sich selbst eine Gehaltserhöhung!«

»Graf Esse behält sie im Auge«, erwiderte eine Frau.

»Pah! Er mag Gold selbst ein wenig zu sehr. Wir brauchen jeden Klumpen davon für den Wiederaufbau. Wenn wir das nicht tun, werden Stahl oder Zimmermann uns schlucken.«

Flora zog einen raffinierten Stock mit einem kleinen Spiegel daran hervor, den Rajeev ihr gegeben hatte, und hielt ihn knapp in die Öffnung der Tür. Sie sah einen bärtigen Mann mit riesigen Unterarmen vor einer sitzenden Frau auf und ab gehen. Flora war das Thema vertraut – der Blasebalg war die Geldwechslergasse des Schmiedebezirks. Ihre Gebäude waren in dem Feuersturm, der den halben Bezirk verwüstet hatte, bis auf den Grund niedergebrannt. Und obwohl Flora ihn noch nie gesehen hatte, handelte es sich bei dem Mann mit den Unterarmen zweifellos um Herzog Schmied.

Ich könnte ihn töten, dachte sie.

Aber es gab Komplikationen. Sie würde auch die Frau töten müssen, wenn sie anschließend unbemerkt davonschlüpfen wollte. Und eine zweite Person schrie immer um Hilfe. Sein

Bezirk würde gewiss vom Krieg profitieren – Kriegsgeschäfte würden seine Schatztruhen füllen. Sie machte einen Wurfpfeil bereit. Vielleicht ein unsichtbarer Treffer. Ein kleiner Stich würde ihn erledigen.

Die Frau nickte geduldig. »Die drei werden sich verraten fühlen, wenn Ihr gegen sie stimmt. Werdet Ihr die Ansprache nutzen, die Amboss für Euch vorbereitet hat, um ihre Herzen zu erweichen? Sie werden verstehen, dass wir geschwächt sind.«

Wer sind die drei?

»Diesen Ränke schmiedenden Haufen erweichen? Ha! Keiner von ihnen ist gekommen, um uns in der Not zu helfen. Und vertut Euch nicht, sie wissen bereits, dass wir geschwächt sind. Diese Schlackehaufen würden über meinen Rücken trampeln, wenn ihnen das helfen würde, die Königinnengabelung zu überqueren. Nein. Ich werde meine Stimme nicht mit Amboss' hübschen Worten gefälliger machen. Ich werde dort hineinmarschieren und ihnen sagen, dass sie sich die Stechklingen und Haumesser, die wir seit dem Aufstieg von Schmutz für sie gemacht haben, in den Hintern stecken können.«

Flora hielt ihren Wurfpfeil fest. *Er ist gegen den Krieg.* Ihr wäre um ein Haar ein schrecklicher Patzer unterlaufen. Rajeev hatte ihr einige Dinge über die Mechanismen von Schmutzens berüchtigten Versammlungen der Adeligen beigebracht, aber die reale Welt war vielschichtiger, als sie gedacht hatte. *Das ist sie immer.*

Sie ging weiter, kletterte um die Öffnung des Schmiederaums herum und spähte mit ihrem Spiegel nacheinander in jeden der anderen Räume in der Reihe. Es schien, als hätten sich alle Herzöge und Herzoginnen in Privatzimmer zurückgezogen, um auf die Fortsetzung der Abstimmung zu warten. Die unbefestigten Öffnungen zur Bucht kündeten von den

Traditionen der Hafenbewohner, bei denen das Meer zu ihrem Leben gehörte. *Keine Geländer.* Sie fragte sich, wie viele Menschen, die an Schlaflosigkeit litten, in der Dunkelheit der Nacht auf die Felsen hinabgestürzt waren. *Vermutlich nur wenige,* dachte sie – die Seeleute im Hafen waren wahrscheinlich so trittsicher durch ihre schwankenden Decks und ihre geländerlosen Räume, wie es ein stratanisches Mädchen war, das sich daran gewöhnt hatte, über die Äste der Baumkronen zu gehen. Das Leben in einem knarrenden Stapel von Räumen, die sich übers Wasser neigten, war nicht unähnlich dem Leben zwischen den Baumwipfeln auf knarrenden Plattformen.

Flora erkannte die nächste Herzogin nicht, obwohl ihr beim Anblick ihres Tisches das Wasser im Mund zusammenlief: Melonen und Kuchen türmten sich auf, Dinge, die auf den gewöhnlichen Märkten von Schmutz nicht mehr zu bekommen waren. In einem anderen Mann erkannte sie den Meister der Märkte persönlich. Er hatte nur eine Teilstimme, hatte Rajeev ihr erzählt. *Lohnt nicht, ihn zu töten.* Sie kletterte weiter. Herzogin Gewand hatte zu viele Diener bei sich. Herzog Stahl war ein berühmter Krieger, und auch jetzt rückte er vor ihren Augen seine gepolsterte Rüstung zurecht – ein Wurfpfeil würde sie vielleicht nicht durchdringen, und es war zu riskant, ihn mit einer Klinge herauszufordern. Zwei weitere Schwingtüren waren geschlossen. Ein anderer Raum war leer, und obwohl sie in Versuchung war, dort einzutreten und sich auszuruhen, wusste sie doch nicht, wer vielleicht hereinplatzen würde. *Es wäre lächerlich, wenn eine Ratte überrascht würde, während sie versucht, selbst jemanden zu überraschen.* Und als jemand seinen nackten Hintern aus einer der Öffnungen stieß, um sich zu erleichtern, musste sie davonhechten, um den herabfallenden Exkrementen auszuweichen.

Es war die Klinge, bei der sie schließlich anhielt.

Die blanke, lange, gerade, zweischneidige Waffe im Stil eines Haumessers lag auf dem Tisch in einem Raum und wartete auf die Rückkehr ihres Besitzers, wie ein treuer Jagdhund, glitzernd unter der flammenden Fackel in dem bronzenen Wandhalter darüber. Es war die exquisiteste Klinge, die Flora je gesehen hatte, und sie ertappte sich dabei, dass sie sie haben wollte. In einem Moment wilden Verlangens verschob sie ihre Mission und schlüpfte in den Raum. Mit drei schnellen, lautlosen Schritten stand sie vor dem Haumesser. Es war das Feinste, was die Menschheit zustande brachte. Das leichteste Heft. Die schärfste Schneide. Ihre zartrosa Färbung zeichnete sie als eine Seltenheit selbst unter ihresgleichen aus. *Ein Schatz mit einem Griff.* Mehr als das, es war das wertvollste Werkzeug, das sich eine Frau ihrer Art – ein mörderisches Eichhörnchen – jemals wünschen konnte.

Eine Kristallklinge …

Als ihre Bewunderung etwas abflaute, begriff Flora, in wessen Warteraum sie da eingedrungen war. *Der Glasherzog!* Sie erinnerte sich an ihre Mission. Herzog Glas war ihr in Zimmermanns Lagerhaus der Gräuel entwischt. Er hatte beobachtet, wie Läuschen gestorben war, um Mawrys Albtraum von einer Waffe zu testen – ein plumpes, primitives Ding, so anders als die exquisite Klinge, deren Griff sie jetzt betastete. Er steckte offensichtlich mit dem Hammerkopf-Herzog unter einer Decke.

Flora hörte Schritte im Flur. Stimmen. *Weitere Herzöge und Herzoginnen, die nach ihren Zimmern suchen.* Sie nahm das kristallene Haumesser, schlüpfte hinter die Tür und wartete darauf, dass ihr Herzog eintraf.

Kapitel 37

Ein loyaler Mann

Die zweite Runde der Versammlung dauerte bis zum Einbruch der Dunkelheit und beinhaltete leidenschaftliche Reden, allgemeines Murren und gelegentliche Beleidigungen – von denen die meisten von Karni kamen. Dann machten sie eine letzte Pause vor der finalen Anstrengung. Glas zählte im Kopf die Stimmen durch, während er über die schiefen Dielen des schmalen Flurs ging, der vom Möwennest zu seinem Warteraum führte.

Krötchen kam ihm mit ernster Miene entgegen und lief dann neben ihm her. »Nun?«

»Es wird knapp. Es hat einige Überraschungen gegeben.«

»Wer?«

»Schmied. Er ist aufgetaucht, zu meinem großen Entsetzen. Aber dann hat er ihnen gesagt, sie könnten sich ins Knie ficken, und ist hinausmarschiert. Ha! Und als dieser Verbrecher von Schlachter mit uns gestimmt hat, dachte ich, wir hätten Nägel mit Köpfen gemacht. Aber bevor die Stimmung ganz herumgerissen wurde, hat dieser Idiot Schaf für den Krieg gestimmt – er hat etwas über den Mut der Schafe gefaselt, nachdem Karni ihm vorher gesagt hatte, sie hätten solche Angst vor ihren eigenen Frauen, dass sie sie zwingen würden, Masken zu tragen.«

Krötchen schüttelte den Kopf. »Das war kein Mut. Jemand hat ihn sich vorgeknöpft. Er wurde bedroht.«

Mein Verwalter hat ein gutes Gespür für die dunkleren Beweggründe der Menschen. »Selbst mit dem kämpferischen Schaf strauchelt das Drängen auf Krieg – acht Stimmen dafür, neun dagegen und eine überschüssige Drittelstimme. Nur die fünf bedeutendsten Bezirke müssen noch aufs Podium – Gewand, Stahl, Zimmerer, Gelehrt und ich –, und ich kenne ihre Positionen. Nach meiner Zählung werden wir mit einer Drittelstimme gewinnen.«

Krötchen zog die Augenbrauen hoch. »Ein einziger geringerer Bezirk soll den Ausschlag geben?«

»Ja. Und ich gebe zu, ich hätte sie umwerben sollen, wie Ihr vorgeschlagen hattet.«

Krötchen klopfte ihm auf den Rücken. »Ein Mann, der zugibt, dass er sich geirrt hat, liegt am Ende richtig.«

»Gut gesprochen.«

Krötchen hielt ihn an der Tür auf und blickte sich um. Glas beobachtete, wie die Stirn seines Verwalters sich in Falten legte, als er nach den richtigen Worten suchte. »Jemand ist an mich herangetreten«, sagte Krötchen schließlich und schlug seinen Filamentfadenumhang etwas zurück, um seinem Herzog einen nadeldünnen Abstecher zu zeigen. »Man hat mir dies hier gegeben.«

Glas nickte grimmig. »Es zählt noch jemand Stimmen. Haben sie versprochen, Euch zu verstecken, nachdem Ihr die Tat vollbracht hättet?«

»Ja. Und mir Reichtümer zu geben, um meinen vornehmen Lebensstil aufrechtzuerhalten.«

»Ein verführerisches Angebot für einen Verwalter, der so viel jünger ist als sein Herzog.«

»So ist es. Sie haben mir angeboten, mir die zwanzig Jahre zurückzugeben, die ich verlieren würde, solltet Ihr sterben.«

»Sie haben ein Motiv geliefert, damit die Wache nicht nach jemand anderem außer Euch schauen muss, wenn sie nach Verdächtigen sucht.« *Sie haben es gewusst.* Er hatte niemanden getäuscht, was seine Position in der Abstimmung betraf. *Sie wussten es die ganze Zeit.* »Ein wirklich verführerisches Angebot. Gewand?«

»Nein«, antwortete Krötchen. »Gewand ist zu schlau; sie würde sich nicht selbst die Hände schmutzig machen. Es war Herzogin Zimmermann.«

»Habt Ihr das Angebot angenommen?«

»Ich habe Euer Angebot angenommen, als Ihr mich von der Straße geholt habt. Ich verdanke Euch alles, was ich bin. Nehmt dies.« Krötchen bot ihm die Klinge dar.

»Nein. Ich werde meine Schwertscheide leer lassen.« Er klopfte auf seine Hüfte. »Wie Gelehrt immer sagt, ich löse Probleme nicht auf diese Weise.«

Glas umfasste den Türgriff zu seinem Warteraum. »Ich muss an den Abgrund treten. Wartet einen Moment hier, bevor Ihr hereinkommt. Wir werden dieses Gespräch fortsetzen, nachdem ich ins Meer gepinkelt habe.«

»Ich hoffe, das ist kein Kommentar über die Nutzlosigkeit unseres Kampfes für das Gute.«

»Ha! So schlau bin ich nicht. Ich bin bloß froh, dass Ihr mich nicht tötet.« Mit diesen Worten wandte sich Glas ab und drückte die schwere hölzerne Hafentür auf.

Im Zimmer war es dunkel. *Meine Fackel ist erloschen.* Mondlicht fiel durch die fehlende vierte Wand, die zum endlosen Meer geöffnet war. Er trat über die Schwelle, hielt inne, damit seine Augen sich an die Dunkelheit gewöhnen konnten, und spürte einen scharfen Stich zwischen den Rippen.

Er brauchte einen Augenblick, um zu begreifen, was es war. In diesem Moment dachte er an Sheilas feste Hand auf seiner

Schulter. An ihren Sohn Kai, der Glas blies. An das Grinsen seines Eisencousins, Dane. An seine treuen Untertanen – *das großartigste Volk des großartigsten Bezirks der großartigsten Stadt auf der Welt.* Dachte an die Stimme, die er niemals abgeben würde, um es zu beschützen.

Nein! Nicht jetzt!

Aber die glatte Klinge hatte ihre grausige Arbeit bereits getan. Glas schaute hinab, um zu sehen, wie sie aus dem schmalen Schlitz glitt, den sie in der Falte seines gesteppten Gambesons hinterlassen hatte. *So ein kleines Loch.* Und doch war es groß genug.

»Krötchen, ich bin erdolcht worden!«

Kapitel 38

Verräter

Flora zog die Klinge heraus, und der Glasherzog blickte zu ihr auf. Selbst mit ihrer Maske schien er sie zu erkennen. *Besonders mit der Maske,* dachte Flora.

»Ihr habt einen Fehler gemacht«, stieß er hervor.

Flora duckte sich zurück in die Dunkelheit, um über ihren nächsten Schritt nachzudenken, und schob die blutverschmierte gläserne Klinge unter ihren Umhang, damit sie nicht das Licht auffing, gerade als ein zweiter Mann durch die Tür sprang. *Krötchen, nehme ich an.* Sie schlug nicht sofort zu. *Es könnte einen dritten Mann geben und einen vierten.* Aber der zweite Mann schrie nicht, zog keine Waffe oder schaute sich auch nur um. Stattdessen fiel er neben Herzog Glas auf die Knie. *Gut.* Auch war der Mann nicht wie ein Soldat gekleidet. *Noch besser.* Die beiden redeten miteinander, und der sterbende Herzog keuchte seine letzten Worte.

»Ich bin am Ende, Krötchen.«

»Mein Herzog …«

»Lauft. Jetzt werden sie Euch töten.«

»Ich bin Euer Verwalter. Ich habe es geschworen.«

»Es ist besser zu leben. Ich spreche Euch frei … lauft …«

Nach einer krampfartigen Zuckung – geballte Fäuste und dann ein Moment erschlaffenden Schweigens – wusste Flora, dass der Herzog tot war. Sie hatte Menschen sterben sehen. Sie kannte den Schauder und die Reglosigkeit, die folgte.

Nun wird er nicht mehr wählen gehen.

Stimmen kamen den Flur entlang in ihre Richtung. *Zeit zu gehen.* Es war nicht nötig, den anderen Mann zu töten. Er würde sie nur für einen Moment sehen, und sie trug ihre Maske. Flora sprang zu der Öffnung in der Wand und schaute auf die Wellen. *Die Flut ist da.* Sie warf einen letzten Blick auf den zweiten Mann – der sie seinerseits nur verloren anzustarren vermochte –, dann brachte sie sich in Position und sprang.

Spring nicht mit dem Kopf zuerst ins Wasser, dachte Flora. Conner Wendebach hatte sich das Genick gebrochen, als er in den Teich unter dem Förster-Wasserfall getaucht war – mit sechzehn Jahren wurde Conner immer noch von seiner Mutter gefüttert und musste sich seine besudelten Hosen wechseln lassen.

Sie sauste durch die Luft, und das Meer kam immer näher. Als sie an den Metalldornen vorbei war, fuchtelte Flora mit den Armen wie ein Vogelbaby, das mit dem Fliegen noch unvertraut war, und versuchte, ihre senkrechte Position beizubehalten, aber sie drehte sich seitlich und kam mit einem harten Klatschen flach auf dem Wasser auf. Der Aufprall raubte ihr den Atem, und sie schnellte in die Tiefe. Ihre Lunge sog Luft ein, wo keine war, und füllte sich stattdessen mit Meerwasser. Irgendwie kämpfte sie sich an die Oberfläche, wo ihr ein Schwall Wasser aus Mund und Nase schoss, aber noch bevor sie Luft holen konnte, riss eine Welle sie um und tauchte sie wieder unter. Das kurze Schwimmen vom Boot ans Ufer war trügerisch einfach gewesen, aber das launische Meer war kein ruhiger Waldsee. Dazu war ein nächtlicher Wind aufgekommen, der die Wellen über sie hinwegtrieb, sodass sie herumgeworfen wurde. Sie strampelte in der Strömung, und ihre schweren Beine zogen sie in die Tiefe, während sie nach dem fahlen Licht des Mondes über ihr grapschte und nach der lebenspendenden Luft, die gerade außerhalb ihrer Reichweite war. Sie fühlte sich gleichzeitig nah und fern an. Floras Gedanken verschwammen.

Ich ertrinke.

Etwas schlug platschend neben ihr auf dem Wasser auf. Es war unwichtig. *Atmen ist wichtig.* Nur dass das Platschen sehr wohl eine Rolle spielte, denn kurz darauf packte, was immer das Platschen verursacht hatte, ihren Arm. Sie stieg nach oben, wenn auch nicht aus eigenem Antrieb. Das Ding zerrte sie hoch – *eine Hand.* Prustend brach sie durch die Oberfläche. *Luft!* Flora atmete verzweifelt ein, über den Wellen festgehalten von der Hand. Die Hand hing an einem Mann, wie sie sah. *Er war das Platschen.* Er war ebenfalls ins Wasser gesprungen, begriff sie, aber er schlug sich in den Wellen besser als sie selbst. *Eindeutig eine bessere Landung.*

»Ich habe Euch«, sagte er.

Sie war zu erschöpft, um zu sprechen. Es war schwer genug, den Kopf über die Brecher zu halten, während der Mann sie beide oben hielt.

»Wo ist Euer Fluchtweg?«, fragte er, nachdem sie Zeit gehabt hatte, sich zu erholen.

Ich hatte keinen, dachte sie.

»Wie seid Ihr hergekommen?«, ließ er nicht locker.

»Boot«, stammelte sie. *Aber das wird jetzt nicht mehr da sein.*

Der Mann paddelte und suchte die Bucht im Mondlicht ab, wann immer sie über einen Wellenkamm trieben. »Ich sehe es. Es kommt auf uns zu.«

Was?

Flora fragte sich, ob es ein Beiboot vom Ufer war – Hafengardisten, die bereits hinter ihr her waren. *Ich werde gewiss hän-*

gen … oder Schlimmeres. Im Glasbezirk würde man sie nackt durch eine Grube voller Scherben zerren. *Oder es wird eine schauerliche Hafenverurteilung sein, festgebunden an einen Pfahl, damit die Krebse und Möwen mich fressen können.* Es spielte keine Rolle. *Schmerz ist vorübergehend, und Tod ist Tod.*

Das Boot kam an, und ihr Retter wehrte es mit einem steifen Arm ab, damit sein hölzerner Rumpf ihnen nicht den Schädel einschlug, während es auf dem Wasser auf und ab hüpfte. Ein vertrauter, in einer Kapuze verborgener Kopf spähte über den Rand. *Hamm … er ist geblieben!* Flora wusste nicht, warum, und sie traute ihm nicht – *ich kenne ihn nicht einmal* –, aber da die Bucht versuchte, sie zu töten, war seine fortgesetzte Anwesenheit willkommen.

Ihr Retter rief ihm zu: »Zieht uns an Bord, Mann!«

»Wer seid Ihr?«

»Ich diene dem Adel. Jetzt tut, was ich sage.«

»Ihr dient nicht *mir*.«

»Ich habe Eure Freundin gerettet.«

»Sie ist nicht meine Freundin. Ich kenne sie kaum. Seht sie Euch doch an – sie trägt eine verdammte Maske wie irgend so ein Schafiger Räuber.«

»Ich bin unbewaffnet«, sagte der Schwimmer.

Hamm grinste. »Ah! Die Zauberworte. Aber ist sie es auch?«

Der Mann wandte sich erschöpft an Flora, während er sich bemühte, sie beide über Wasser zu halten. »Ich vermute, Ihr seid bewaffnet?«

Flora klammerte sich mit leeren Händen an ihn und begriff erst jetzt, dass sie die Kristallklinge losgelassen hatte, als sie auf dem Wasser aufgeschlagen war. Sie stöhnte. Die unbezahlbare Waffe war für immer in der Bucht verloren.

»Ich habe Dolche«, keuchte sie.

»Natürlich habt Ihr die«, erwiderte Hamm. »Und jetzt wäre ein guter Zeitpunkt, sie Euch abzunehmen.« Er legte eine Stange über den Rand, an der der Mann sich festhalten konnte. »Zieht sie aus, wenn Ihr so freundlich sein wollt, und reicht mir alles Scharfe, das Ihr findet, herauf.«

Es war eine quälende Prozedur, sich in den Wellen auszuziehen, aber Hamm ließ Flora nicht an Bord, solange sie auch nur noch ein Fetzchen Kleidung am Leib hatte. Als er sie endlich aus dem Meer zog, brach sie nackt – abgesehen von ihrer durchweichten Stoffmaske – auf dem Deck zusammen. Die Maske klebte an ihrem Gesicht und machte es ihr weiterhin schwer zu atmen. Sie hätte sie beinahe heruntergezogen. Beinahe. Der andere Springer lag schwer atmend neben ihr, aber mit seinen Kleidern mühte Hamm sich nicht ab. Stattdessen durchwühlte er Floras mitgenommenen Umhang und nahm alles heraus, was er fand. Er stapelte die Abstecher, Fleischmesser und Phiolen außerhalb ihrer Reichweite auf und ging sie mit großem Interesse durch.

»Beeindruckend … erschreckend … beunruhigend! Welche Art von Frau trägt solche abscheulichen Werkzeuge mit sich herum, hm?«

»Welche Art von Mann bedient sich der Drohung des Ertränkens, um eine Frau nackt auszuziehen?«, murmelte sie leise.

»Ich kann Euch durch diese Maske nicht hören, rätselhafte Frau«, sagte er und hielt eine Phiole hoch. »Ist das Gift? Sehr unartig. Illegal in zwanzig Bezirken.«

Er drehte sich um und rief nach dem Jungen, der am Bug stand und nach Felsen Ausschau hielt. »Dein anderer Beschützer scheint eine sehr gefährliche Person zu sein.«

»Gut!«, brüllte der Junge zurück.

Flora bemerkte, dass er ihren nackten, nassen Leib im

Mondlicht anstarrte, wie das von einem halbwüchsigen Jungen zu erwarten war.

»Ihr habt mich zuvor auch nicht durchsucht«, beklagte sie sich.

»Hättet Ihr es mir erlaubt? Das denke ich nicht. Aber jetzt kann ich es tun.« Er warf ihr endlich ihren entleerten Umhang über den nackten Körper und stellte seinen Stiefelabsatz auf den anderen prustenden Schwimmer. »Ihr da …«

Der Schwimmer spähte unter seinem Mopp nassen Haars hervor, und plötzlich erkannte ihn Flora. In dem Chaos ihres Sturzes, dem Dunkel der Nacht und dem Kampf im Wasser war ihr nicht klar gewesen, wer er war. Der sterbende Herzog hatte seinen Namen gerufen – Krötchen.

Herzog Glas' Verwalter!

»Sagt mir, warum ich Euch nicht zurück ins Wasser werfen sollte, mein Bester«, fuhr Hamm fort. »Beeilt Euch. Ich bin dabei, mich zu entscheiden.«

Der entflohene Verwalter schaute zuerst Flora an, dann wieder Hamm. »Weil ich weiß, wer sie ist …«

TEIL III

DARSTELLER

Kapitel 39

Man stellt sich vor

»Das sollte interessant werden«, kicherte Hamm. Der Junge reckte seinen dünnen Hals und lauschte. »Guck nach vorn, Junge!«

»Ich bin ein Herzog«, blaffte der Junge zurück. »Ihr gebt mir keine Befehle.«

Flora sah den Verwalter die Augenbrauen hochziehen, aber er sagte nichts. *Er erkennt den Eisenerben.*

»Dieser Mann könnte die Ratte sein, die ausgeschickt wurde, dich zu töten«, fauchte Hamm den Jungen an. »Ich will, dass du dich von ihm fernhältst, bis ich ihm auf den Zahn gefühlt habe.« Er drehte sich zu Glas' Verwalter um. »Also, erzählt mir von Eurer maskierten Freundin, und dann gebe ich Euch vielleicht nicht den Fischen zurück.«

»Zunächst einmal habe ich sie aus den Wellen gerettet.« Er bedachte Flora mit einem ernsten Nicken. »Sie schuldet mir ihr Leben.«

Hamm nickte feierlich, dann brach er in Gelächter aus. »Ha! Werden solche ehrenwerten Schulden in den Hallen, die ihr heimsucht, etwa geachtet? Jedes Mal, wenn ich mich dafür entscheide, einen Mann nicht zu töten, schuldet er mir sein Leben? Götter, ich muss ein Dutzend Männer da draußen haben, die genau in diesem Moment darauf warten, mir zu dienen.«

»Sie wird ihre Schuld achten.«

»Die maskierte Frau, die das Werkzeug einer Ratte bei sich trägt? Warum sollte sie irgendetwas achten?«

»Weil sie eine stratanische Prinzessin ist.«

Flora schnappte jäh nach Luft. Glas' Verwalter starrte ihr in die Augen und forderte sie dazu heraus, es zu bestreiten.

»Ich leugne diese törichte Behauptung«, erklärte Flora. »Ich wurde dazu angeheuert, den Jungen zu beschützen.«

»Und um im Möwennest Unfug zu treiben, wie mir scheint«, fügte Hamm hinzu. »Beides keine besonders prinzessinnenhaften Aktivitäten.«

»Ja, sie tötet auch«, stellte der Mann namens Krötchen fest. Er zog sich auf dem Deck hoch und setzte sich aufs Dollbord. »Jeder kennt die Geschichte der Prinzessin, die den Wüstenkönig getötet hat.«

Hamm nickte. »Flora Evangelin. Ich habe das Lied gehört.«

Flora unterbrach ihn. »Welches Lied?«

Krötchen ignorierte sie. »Sie hat außerdem Herzog Zimmermann zu seinen Göttern geschickt, und mein eigener Wohltäter ist ihr eben erst im Möwennest zum Opfer gefallen.«

Hamm zog eine Augenbraue hoch, entweder beeindruckt oder ungläubig; Flora konnte nicht erkennen, welches von beidem zutraf.

Krötchen fuhr fort: »Aber sie ist keine Ratte. Sie ist eine loyale stratanische Adelige, die versucht, Schmutz daran zu hindern, in ihrem Heimatland einzufallen. Sie ist außerdem eine sehr, sehr dumme Frau, denn der gute und anständige Mann, den sie dort oben ermordet hat, hat seine eigene stille Schlacht ausgefochten, um den Krieg zu verhindern. Er wäre die entscheidende Stimme zugunsten des Friedens gewesen.«

Flora keuchte auf. »Nein. Ihr lügt!«

»Wartet es ab. Jetzt, da mein Herzog tot ist, wird der Krieg kommen. Morgen früh wird man ihn in den Straßen ausrufen.«

»Kriege und Herzöge und prinzessliche Heimatländer interessieren mich keinen Deut«, erklärte Hamm und schüttelte über die Lawine von Intrigen nur den Kopf. »Man hat mich dafür bezahlt, den Jungen zu übernehmen und ihn zu beschützen.«

»Und der Mann, dem Ihr droht, ihn in die Bucht zu werfen, ist der, der Euch bezahlt hat.«

»Ihr?«

»Ich habe Herzog Glas gedient. Ihr habt Eure anfängliche Bezahlung von einem Mädchen in einem gelben Miederkleid bekommen, nicht wahr? Einen Beutel mit fünfundzwanzig Silberstücken.«

Hamm runzelte die Stirn und sah Flora an.

Sie nickte. »Er ist Herzog Glas' Verwalter.«

Hamm zog eine Augenbraue hoch, dann brach er in Gelächter aus. »Ha! Was für ein Tag! Haha!«

Flora staunte über ihn. *Er scheint alles witzig zu finden.* In der Tat, Hamm kicherte, selbst wenn Dinge entschieden nicht witzig waren. Er war selbstbewusst und schlicht und seltsam verlässlich. *Wie Schrot, nur jung und gut aussehend.*

Krötchen fuhr fort: »Mein Herzog hat Euch dafür bezahlt, den Eisenjungen unter Eure Fittiche zu nehmen und ihn daran zu hindern, für den Krieg zu stimmen.«

»Mir hat man gesagt, ich solle ihn beschützen.«

»Das auch. Er ist schließlich der erstgeborene Sohn des Cousins meines Herrn.«

Hamm legte die Stirn in Falten, dann zuckte er die Achseln. »Ihr sagt also, Ihr wärt ein Verwalter mit einem toten

Herrn? Solltet Ihr Euch als Fürsprecher ehrenhafter Lebensschulden jetzt nicht durch Glasscherben schleppen?«

»Mein Herzog hat mich freigegeben.«

»Seltsam, dass das immer passiert, wenn ein Herzog oder eine Herzogin stirbt, ohne dass jemand zugegen ist, der es hört.«

»Ich habe es gehört«, erklärte Flora. »Es ist wahr.«

»Die Mörderin verbürgt sich für den flüchtigen Verwalter. Ha!« Hamm schüttelte den Kopf.

»Ich vertraue den Schurken, die ich anheuere, genauso wenig«, erwiderte Krötchen.

»Wenn sie wirklich die Frau ist, von der Ihr behauptet, dass sie es sei – und ich wette, sie ist es nicht –, dann habe ich hier auf meinem geborgten kleinen Boot einen Herzog, einen Verwalter und eine Prinzessin. Götter, was für eine Geschichte ich zu erzählen habe!«

»Keine, die Ihr allzu bald werdet erzählen wollen.«

»Wie wahr, mein silbriger Gönner! Obwohl ich bezweifle, dass ich jetzt, da Ihr dem Untergang geweiht und auf der Flucht seid, die zweite Hälfte meiner Bezahlung bekommen werde. Aber sagt dem Jungen nicht, dass meine Aufgabe darin bestand, ihn von der Abstimmung fernzuhalten. Er denkt, ich wäre sein Beschützer, ausgeschickt, um ihn vor einer Ratte zu bewahren. Und ich spiele gern den Helden.« Hamm deutete mit dem Daumen auf Flora. »Und sie habt Ihr nicht beauftragt, wie mir scheint. Ich nehme an, sie wollte auch nicht, dass der Junge für einen Waldkrieg stimmt, aber ich bin nicht davon überzeugt, dass sie ihn beschützen wollte, so wie ich.«

»Ich will ihm nichts Böses«, warf Flora ein. Es war die Wahrheit – jetzt. Sie brauchte den Eisenerben nicht mehr zu töten.

»All diese Dinge sind würdig, in Liedern besungen zu werden, meine neuen Freunde«, sagte Hamm. »Und ich würde gern Eure verworrene Geschichte entwirren, wenn die Zeit dafür da ist, aber für den Moment sollten wir am besten unsere Segel hissen und unsere Ruder ins Wasser tauchen. Sie werden bald die Bucht nach dem Springer absuchen, der den Herzog Glas getötet hat, und ich vermute, sie werden denken, es wäre sein verschwundener Verwalter gewesen.«

»Und wer seid Ihr, mit Eurer Insulanerhaut und Eurem unpassenden Schlachternamen?«

Hamm lachte erneut und warf Flora den Rest ihrer nassen Kleider zu. »Zieht Euch an, Prinzessin, und dann greift Ihr beiden Edelleutchen Euch jeder ein königliches Ruder. Wenn wir es ans Ufer schaffen, ohne dass vorher die Hafenwache an Bord kommt, zeige ich Euch, wer ich bin.«

Der leuchtende Sandstrand des geringeren Küstenbezirks hieß ihr kleines Boot mit dem sanften Knirschen uralter zermahlener Muscheln unter seinem abgenutzten hölzernen Kiel willkommen. Sie wateten auf den leuchtenden Strand, und Hamm schickte den Jungen das Ufer hinauf, um nach Feuern der Beobachtungsposten Ausschau zu halten, während sie das gestohlene Boot zurück in die Markungsbucht stießen und es der Flut übergaben.

»Es wäre unsinnig, jemandem einen Ort zu geben, an dem er anfangen kann, nach Bootsdieben oder flüchtigen Edelleutchen zu suchen«, raunte er Flora und Krötchen zu. »Ihr brennt nicht darauf, Euch aneinander zu rächen, oder? Wenn doch, werde ich Euch beiden Abstecher geben, und Ihr könnt die Sache austragen. Anderenfalls sagt mir, dass ich auf Frieden unter uns zählen kann, zumindest für den langen Fußmarsch zu meinem Heimatbezirk.«

»Ich bin ein praktischer Mann«, antwortete Krötchen. »Sie kämpft für ihre Sache und für ihr Königreich, genau wie mein Herr es getan hat. Tatsächlich haben sie für die gleiche Sache gekämpft, nur haben sie es nicht gewusst. Trotz meiner Trauer und ihrer Unwissenheit würde es den Zielen meines Herzogs oder seinem Andenken nicht dienlich sein, ihr Gewalt anzutun.«

Flora war entrüstet, biss sich aber auf die Zunge. »Ich habe keinen Grund, diesen Mann zu töten, jedenfalls nicht zu diesem Zeitpunkt, aber ich habe auch keinen Grund, ihm zu trauen.«

Als sie einander anfunkelten, zog Hamm sie beide mit seinen langen Armen unangenehm eng an sich. »Und ich traue keinem von Euch beiden, aber jetzt, da wir an Land sind, kann ich mit zwei Augen nicht zwei Menschen zugleich beobachten.«

»Beobachtet sie! Sie ist die Mörderin«, sagte Krötchen.

Hamm schüttelte den Kopf. »Sie kann ich durchschauen. Ihr und Eure Palastintrigen seid viel gefährlicher. Aber lasst uns das alles beiseiteschieben, Freunde. Wir sind alle Flüchtlinge, ob nun schon unser Leben lang oder erst seit Jüngstem wie Ihr, Verwalter. Aber keiner von uns liegt zwangsläufig mit dem anderen in Fehde, soweit ich es erkennen kann. Wir können einander helfen, bis sich eine bessere Situation ergibt. Drei sind besser als einer, und wir haben einen kleinen adeligen Trumpf bei uns, den wir zum richtigen Zeitpunkt bei Verhandlungen einsetzen können. Einverstanden?« Sie brummten leise vor sich hin, erhoben aber keinen Widerspruch. »Also schön. Ihr seid zwei der ehrenwertesten Personen in der Stadt, Euren eigenen Aussagen zufolge. Lasst uns zumindest einen Schwur darauf ablegen, hm?«

Hamm reichte ihnen beiden je ein Kurzmesser. *Und ich weiß, dass er selbst ebenfalls eins hat,* dachte Flora. Es folgte ein kurzes Zögern, in dessen Verlauf jeder von ihnen hätte angreifen können. Niemand tat es. Als der Moment verstrichen war, brachte Hamm sie dazu, sich im Kreis an den Händen zu fassen.

»Möge Friede unter uns herrschen?«

»Möge Friede unter uns herrschen«, wiederholte Krötchen knapp mit seiner geübten, höfischen Stimme.

»Friede«, grummelte Flora, und als die anderen ihre Hände nicht losließen, wurde ihr klar, dass sie ihren eigenen höfischen Schliff verloren hatte. Sie fügte hinzu: »… möge unter uns herrschen.«

Hamm unterstrich das Abkommen mit einem zufriedenen Grunzen. »Aber kein Gift für Euch«, erklärte er ihr. »Ich hasse Gift. Schmutziges, unehrliches Zeug.«

Mit diesen Worten trotteten sie den bemerkenswerten leuchtenden Strand hinauf, um sich dem Eisenjungen anzuschließen, der aufgeregt landeinwärts auf Fackeln und Beobachtungsposten deutete, denen sie ausweichen mussten, während sie sich verstohlen einen Weg zurück in die Stadt bahnten. *Das blaublütige Kind fühlt sich gern nützlich,* ging es Flora durch den Kopf, und sie erinnerte sich an Tage, an denen sie stumpfsinnige Lektionen über die Hofsitten geschwänzt hatte, um sich davonzuschleichen und auf Bäume zu klettern und Früchte und Nüsse zu sammeln.

Der Eisenjunge kannte Krötchen. Tatsächlich kannten die beiden einander gut, und seine Anwesenheit schien den Jungen zu trösten.

»Ich habe Hamm beauftragt, Euch zu beschützen, Eiserner«, versicherte Krötchen dem jungen Erben, obwohl es nicht die ganze Wahrheit war.

»Und sie?«

»Sie kenne ich nicht.«

Hamm unterbrach ihn. »Sie hat mir geholfen, ihn vor der Ratte zu retten«, erklärte er an ihrer statt.

Flora beobachtete Krötchen; er wusste, dass das eine Lüge war. Der Junge dagegen wusste es nicht; und aus irgendeinem seltsamen Grund schien der Erbe sie sogar zu mögen, was gut war, da sie keinen Grund mehr hatte, ihn zu töten. *Die Abstimmung hat bereits stattgefunden.*

Sie betraten die Stadt von Süden her über die Strände des Küstenbezirks jenseits der turmhohen weißen Klippen. Küstenbezirk und Vorhügelbezirk, durch die sie wanderten, um den Klippenbezirk zu umgehen, fühlten sich anders an als die dicht bevölkerten Straßen im Zentrum von Schmutz. Feldwege. *Keine Pflastersteine.* Die strohgedeckten Häuser hielten Abstand zueinander, und weiße Schwaden quollen aus ihren Rauchluken, um nebelhafte Schlieren über den Mond zu zeichnen und seine silberne Oberfläche in das verhutzelte Gesicht eines alten Mannes zu verwandeln, der stirnrunzelnd auf Floras Torheiten hinabschaute. Es gab Tiere, aber nur das Nötigste an Hausvieh – Milchkühe, Legehennen, Schafe zum Scheren –, alle gut bewacht. Stämmige Bauernjungen standen mit Äxten und Bogen vor Scheunen Wache oder saßen auf Dächern, um Ausschau nach Füchsen und gemeinen Dieben zu halten – ein Zeugnis für die mageren Zeiten. Hamm unterhielt sie auf ihrer Reise und erklärte, dass die Weiden jetzt leer standen, wo in den Jahren zuvor Herden gegrast hatten – alle Tiere, die zum Verzehr bestimmt gewesen waren, hatte man in Schmutz verkauft, seit Nahrungsmangel die Stadt im Würgegriff hielt.

Sie zogen schnell weiter und blieben für sich. Der Junge hatte eine gesunde Angst vor der eingebildeten Ratte, von der Hamm ständig redete. Es half, den Jungen fügsam und unter ihrer Kontrolle zu halten, was gut war, denn ihre Gruppe erregte argwöhnische Blicke von den Bewohnern des Vorhügelbezirks, die nachts auf den Straßen auf der Hut vor Fremden waren. Der Junge war davon abgesehen ein wenig eigenwillig und hätte Flora vielleicht sogar verärgert, wäre er einer ihrer eigenen Cousins aus dem Wald gewesen. Sie legte ihm schützend eine Hand auf die Schulter, wenn sie am Vorhügelvolk vorbeikamen, um anzudeuten, dass sie eine ältere Schwester war oder in einem ähnlichen Verwandtschaftsverhältnis zu ihm stand. Wenn sie das tat, streichelte er manchmal ihre Hand. Krötchen, der Glasmann, wirkte respektabel, als seine Palastkleider erst getrocknet waren. Er war gepflegt und hatte eine aristokratische Ausstrahlung. Sie selbst fügte sich gut in die Rolle einer maskierten Frau aus dem Schafsbezirk – unterwürfig und harmlos. *Ha!* Aber was Hamm betraf, konnten sie nichts tun. Jung und muskulös, mit langem, ungezähmtem Haar und einem selbstbewussten Feixen, sah er gefährlich aus – die Art von Bursche, den andere Männer genau beobachteten, nur indirekt, da sie fürchteten, er könnte den Blickkontakt als Ausrede nutzen, um einen Kampf anzuzetteln. *Frauen beobachten ihn ebenfalls,* überlegte Flora, *wenn auch aus ganz anderen Gründen.*

Schließlich sahen sie einen Wagen mit dem pfeilförmigen Symbol der Fuhrknechte auf der Seite. Krötchen weckte den schlafenden Mann auf der Ladefläche, und der spannte seine Hunde an und murrte über die späte Stunde, stellte aber nicht allzu viele Fragen.

Sie legten eine größere Strecke zurück und ruhten sich aus, während sie fuhren. Der Junge schlief, verborgen unter einer Decke. An den Grenzen zu den Bezirken Stein und Kürschner waren Zölle zu entrichten, und der Fuhrmann wandte sich mit ausgestreckter Hand an seine Passagiere. Krötchen besaß noch einige wenige Münzen, die nicht in der Bucht verloren gegangen waren. Hamm hatte einen Beutel klimpernder Silberstücke bei sich, erbot sich aber nicht zu bezahlen. Flora hatte nichts. Krötchen förderte eine Kupfermünze zutage und verlangte Wechselgeld. Die Zöllner beachteten sie kaum, aber ein Wachmann, der in einem Holzturm an der Grenze zu Kürschner stationiert war, machte sich Notizen in ein Heft.

Krötchen runzelte die Stirn. »Es ist zu früh, als dass sich die Nachricht vom Tod meines Herzogs hätte verbreiten können. Aber sie werden wahrscheinlich nach einer maskierten Frau suchen, die Zimmermann getötet und den Eisenjungen gestohlen hat. Ich fürchte, Ihr seid inzwischen ziemlich berüchtigt.«

Hamm nickte. »Das ist wahr, Prinzessin. Sie suchen definitiv nach einem maskierten Frauenzimmer. Ich habe gehört, dass Hammerköpfe Frauen aus dem Schafsbezirk, die in die Nähe ihres schlammigen Grabens kommen, die Schleier herunterreißen. Und einige Schafmädchen schlachten sich selbst, wenn sie entschleiert werden, bevor ihr Gebüsch geschoren wurde.«

Floras Herz wurde schwer bei dem Gedanken an verstörte jungfräuliche Schafmädchen, die sich ihretwegen das Leben nahmen. »Wir laufen hier nicht über die Holzbürgersteige im Zimmererbezirk oder die Eisenpflastersteine im Eisenbezirk. Die Angelegenheiten eines Bezirks gehen nur ihn etwas an.«

Krötchen deutete ruckartig mit dem Daumen auf den Turm. »Die Schmutzwachen versammeln sich alle fünf Tage in der Kaserne, um sich gegenseitig ihre Notizbücher zu zeigen. Es sind nicht viele maskierte Frauen unterwegs, um Herzöge anzugreifen. Wenn die Wache Euch irgendwo in der Stadt entdeckt, werden sie es sich zusammenreimen.«

Der Wagen holperte weiter, schneller jetzt, da sie über die gepflasterten Straßen der inneren Bezirke fuhren. Aber es dauerte nicht lange, bis Hamm ihnen schlechte Nachrichten zuflüsterte: »Wir werden verfolgt.«

Flora schaute zurück. Ein Reiter in einem Umhang hielt mit ihrem Tempo Schritt, blieb jedoch ein gutes Stück hinter ihnen.

»Seit wann?«

»Er hat bisher dreimal die gleiche Abzweigung genommen wie wir. Wachmann. Höchstwahrscheinlich der aus dem Turm.«

Krötchen klopfte ihrem Fuhrmann auf die Schulter. »Bieg in diese Gasse ein, dann nimm die nächste Ecke, die du siehst. Schnell, Mann!«

Der Fuhrmann bog zweimal ab und blieb dann stehen. Flora weckte den Jungen, und sie kletterten alle aus dem Wagen. Krötchen warf dem Fuhrmann eine Münze zu. »Fahr im Kreis zurück auf die Straße und lass die Hunde laufen, bis du angehalten wirst. Dann sag dem Mann, was immer er wissen muss, damit er dir nichts antut.«

Der Fuhrmann steckte die Münze ein, plötzlich verängstigt, und trieb seine vier breitschultrigen Welfie-Hündinnen mit einem panischen Peitschenhieb an.

»Warum habt Ihr ihn aufgefordert zu reden?«, fragte Flora.

»Wenn es die Wache ist, wird er sowieso reden.«

Sie flohen durch lichtlose Gassen. Flora hielt die Hand des Jungen, wenn die Dunkelheit sie zu trennen drohte. Sie war frustriert, denn sie sah ein Dutzend Orte, an denen sie hätte hinaufklettern und mühelos den Straßen entkommen können. Hamm war akrobatisch – sie hatte keinen Zweifel daran, dass er ebenfalls klettern konnte. Aber sie konnten den Jungen und den Verwalter nicht die Mauern hinauftragen. *Früher habe ich Grundlinge verabscheut; jetzt bin ich selbst einer.* Stattdessen folgten sie

Hamms Führung, denn er schien einen vertrauten Ort erreicht zu haben. Und dann platzten sie plötzlich auf eine von Lampen erhellte Straße.

»Wir sind da!«, sagte Hamm.

»Wo?«

»Bei mir zu Hause.«

Flora war überrascht. Das Risiko, Fremde mit nach Hause zu nehmen, war in Schmutz keine Kleinigkeit – vor allem wenn es sich um eine Mörderin, einen Todeskandidaten und einen gestohlenen Herzog handelte. Die nahe Öllaterne erhellte das Straßenpflaster, sodass Flora sehen konnte, dass es leuchtend bunt war.

»Blaue und rosafarbene Pflastersteine? Was ist das für ein Ort?«

Krötchen stöhnte. »Der Karnevalsbezirk.«

Kapitel 40

Die Vorstellung

»Ihr werdet die Maske abnehmen müssen, wenn Ihr hier bei uns bleiben wollt.«

»Nein!«, blaffte Flora ein wenig schärfer als beabsichtigt.

Sie saß Hamm gegenüber in einem sonnengelb und indigoblau gestreiften Zelt auf einem Bodenkissen vor einem kleinen, bemalten Tisch. Ein staubiger Strahl morgendlichen Sonnenlichts fiel durch die offene Zeltklappe, und Flora sehnte sich danach, in den Tag hinauszutreten, um sich zurechtzufinden.

Zu ihrer eigenen Überraschung hatte sie sich in der Nacht zuvor in dem Zelt sicher gefühlt und gut geschlafen. Sie hatten ein paar harte Tage hinter sich, und sie war eingeschlafen, sobald sie sich hingelegt hatte. Hamm hatte sie mit einer warmen Tasse gewürzten Wassers geweckt und erklärte ihr jetzt ihr gegenwärtiges Dilemma.

Zumindest ertrinke ich nicht im Meer.

»Wir können Euch nicht hier bei der Truppe verstecken, wenn Ihr darauf besteht, das eine Ding zu tragen, nach dem die Wache Ausschau hält. Diese Maske hat ihren Zweck erfüllt – man kennt Euer Gesicht nicht –, und jetzt könnt Ihr sie abnehmen. Ihr müsst sie abnehmen.«

»Ich kann nicht.«

»Ihr habt den Mut, Menschen zu töten, aber nicht den Mut, Euer Gesicht zu zeigen?«

Das Töten von Menschen ist einer der Gründe, warum ich mein Gesicht nicht zeigen kann. »Es ist keine Frage des Mutes.«

»Nein? Was ist es dann?«

Flora dachte darüber nach. Es hatte sie niemand mehr gebeten, ihre Maske abzunehmen, seit dem Kapitän, der sie für eine Nacht geliebt hatte. *Und dem gegenüber ich mich so undankbar gezeigt habe.* Sie hatte jeden Tag Masken getragen, seit Rajeev sie vor der Fäulnis gerettet hatte, die ihre Wange, ihre Nase, ihre Lippen und ihr Ohr befallen hatte. *Und meine Seele.* Sie hatte die Wohnung tatsächlich nie verlassen, ohne dass Seide, Pelz oder Stahl an ihrem Kopf befestigt gewesen war. Sie hatte sich dahinter versteckt, um eine Meuchelmörderin zu werden und die Welt auszusperren. Die Masken waren jetzt ebenso sehr ein Teil von ihr wie ihr üppiges dunkles Haar, und sie trug sie mit der gleichen Hingabe, mit der die Schaffrauen ihre trugen, nur dass die Götter es von ihr nicht verlangten. Sie hatten die Narben auf ihrer Haut und in ihrem Herzen bedeckt, und sie waren zu ihrem neuen Gesicht geworden.

Und jetzt habe ich dieses neue Gesicht ebenfalls ruiniert.

Ihre Masken hatte sie durch sentimentale Narrheit verloren – sie hatte einen Krieg für ein verlorenes Heimatland geführt, das sie aus Unvernunft nicht hatte aufgeben wollen. Ein Heimatland, das sie ohne Gnade verstoßen hatte. Jetzt war ihr Feldzug vorüber, und sie hatte spektakulär versagt. Hamm bestätigte den Ausgang der Abstimmung – elf Stimmen für den Krieg und zehn und eine Drittelstimme dagegen. Es war das Gesprächsthema Nummer eins auf den Straßen. Es würde Krieg geben, durch eine denkbar dünne Überzahl – Herzog Glas' fehlende Stimme. *Und es ist meine Schuld.* Sie hatte einen riesigen Fehler gemacht, und es war nicht ihr erster. Selbst nach ihrer Verbannung hatte sie einen Weg gefunden, Strata zu verraten. *Meine Eltern hätten mich bäumen sollen.* Ihre Gefühlsduselei bedeutete für ihre Eltern den Untergang. Wäre sie tot gewesen, wären sie in Sicherheit.

»Ich bin zu einer hässlichen Person geworden«, erklärte sie Hamm schließlich. Tränen kamen einer Ratte nur selten, und nun erschienen sie wie eine Flut. Es war nicht die Vorstellung, die Maske zu entfernen, die sie hervorrief. Noch der tote Kapitän. Es war nicht einmal der Krieg. Es war alles.

Hamm schmunzelte etwas unbehaglich, aber nicht unfreundlich. »O-ho! Es fällt mir schwer zu glauben, dass Ihr reizlos seid, da ich den Rest von Euch gesehen habe. Aber sagen wir, Ihr wärt weniger schön, als ich es glaube. Hier bei den Gauklern haben wir eine Wolfsfrau, einen Schweinejungen und einen Mann, der so fett ist, dass unsere Kleinwüchsigen ihn von Ort zu Ort rollen. Wenn es nicht gerade die Symptome der Pest sind, wird man ein paar Makel gar nicht bemerken. Lüftet diesen Schleier und lasst mich mal schauen.«

Er fragte wie ein ehrenhafter, respektvoller Mann, der darum bat, einen ersten Blick auf seine neue Braut werfen zu dürfen, und sie wollte glauben, dass es so schlimm nicht war. *Vielleicht ist es das ja auch gar nicht.* Sie schob die Finger unter die Maske, um die leere Stelle zu ertasten, an der ihr linkes Nasenloch hätte sein sollen, und dann weiter hinunter bis zu der Stelle, an der ihre verbrannte Oberlippe sich zurückkringelte, um Zähne zu entblößen wie die eines grinsenden Skeletts. *Es ist nicht so schlimm … es ist noch schlimmer.*

»Bitte«, sagte Hamm mit aller Aufrichtigkeit, die er aufbringen konnte. »Nehmt die Maske ab, sonst erlaubt Prinz Gauk mir nicht, Euch zu behalten.«

»Sobald Ihr mich gesehen habt, werdet Ihr mich nicht mehr behalten *wollen*.«

»Ich verspreche, ich werde hier einen Platz für Euch finden, ganz gleich, was Ihr unter diesem Tuch versteckt. Unser neuer Freund Krötchen ist bereits kahl rasiert und trägt Steine in den Wangen, um seine Stimme und die Form seines Gesichts zu verändern. Und jetzt, da wir den Jungen mit einem grellen Kostüm verkleidet haben, hält er sich für einen Darsteller in der Vorstellung.«

Flora schaute sich im Zelt um. Es war eine kleine Zuflucht, eine Stoffbarriere zwischen ihr und der Schmutzigen Welt. Außerdem konnte sie nirgendwo sonst hin. Sie war nicht län ger eine Prinzessin, die für einen Palast bestimmt war. Sie war nicht einmal mehr Stratanerin – eine Tatsache, die sie bis jetzt nicht gänzlich akzeptiert hatte. Sie konnte auch nicht mehr das mörderische Eichhörnchen sein – Rajeev war tot, das Versteck war zerstört, und die Wache durchkämmte die Stadt nach einer schönen Frau mit einer Maske. Sie konnte an keinem dieser Orte mehr bleiben, und sie konnte keine dieser Frauen mehr sein. *Wenn jemand nicht länger er selbst sein kann, muss er sich verändern* – noch ein Spruch von Rajeev.

»Ich werde sie abnehmen«, entschied Flora endlich. »Aber schwört mir, dass Ihr diesmal nicht lachen werdet. Ich weiß, Ihr meint es nicht böse – Ihr lacht über alle möglichen Dinge, die nicht komisch sind –, aber ich könnte Euer Gelächter hierbei nicht ertragen.«

Hamm legte seine Hand auf ihre. Es war eigenartig – er berührte sie mit Zuneigung, obwohl er sie kaum kannte und obwohl die wenigen Dinge, die er über sie wusste, erschreckend waren. Männer hatten sie schon früher berührt, mit den Händen, den Lippen, dem Schwanz, aber das Ziel dieser drängenden Begegnungen hatte immer darin bestanden, sie zum Ende zu bringen, zur abschließenden Erlösung, und immer von hinter ihrer Maske aus. Hamm berührte sie ohne jede Forderung nach Erlösung – in seinem Griff schwang ein Hauch Interesse mit, aber kein gieriger Anspruch auf ihre Person oder ein verzweifeltes Klammern an sie, das enden würde, sobald er befriedigt war. Stattdessen schien sie ihn neugierig zu machen. Er war ein Mann, der seltsam entspannt damit war, binnen Augenblicken zu entscheiden, wer seine Freunde und Feinde waren, und er war so schnell bereit, das Wort von Fremden gänzlich zu akzeptieren oder zurückzuweisen, dass sie sich fragte, ob er ein verwegener Einfaltspinsel war oder über eine brillante Intuition verfügte. Er bildete sich seine Meinung über einen Menschen und stürmte voran, ohne zurückzublicken. Er hatte sogar begonnen, mit Krötchen zu scherzen, als wären sie alte Freunde, und das nur Momente nachdem er dem gefallenen Verwalter am Abend zuvor den Friedensschwur abgenommen hatte.

»Hier bei den Gauklern lachen wir nicht übereinander«, versicherte ihr Hamm und drückte ihre Hand. »Wir lachen über uns selbst.«

Die schlichte Baumwollmaske war steif von getrocknetem Salzwasser, Speichel, Schweiß und Blut. Sie trug die Maske schon seit Tagen, und sie klebte wie Schorf an ihrem Gesicht und verwischte die Konturen ihres Mundes und ihrer Wangen, löschte ihre Gesichtszüge aus.

»Nur zu«, drängte er.

»Ich tue es«, sagte Flora.

»Nein, tut Ihr nicht.«

»Sie klebt fest.«

»Ich finde, es ist das Beste, alte Verbände schnell abzureißen.«

»Sie ist kein Verband.«

»Ihr tragt sie wie einen solchen.«

»Na gut!« Sie hielt inne, um tief Luft zu holen. »Los geht's.«

»Dann tut es.«

Flora riss den Schleier herunter. Die Baumwollmaske nahm nur ein klein wenig Haut mit sich. Flora spürte, wie ein Streifen an ihrer Unterlippe abriss. Da war Blut – es rann ihr das Kinn hinunter und tropfte zwischen ihren Knien auf das Kissen. Sie wischte es sich vom Gesicht und verschmierte das klebrige Rot auf ihrem Handrücken.

Hamm starrte auf ihr Gesicht, als sie aufschaute, aber er wirkte nicht entsetzt. Tatsächlich war er immer noch neugierig. Er betrachtete ihre verwüsteten Züge eine Zeit lang, ohne ein Wort zu sagen. Als sie dachte, er würde vielleicht sprechen, neigte er lediglich den Kopf zur Seite und untersuchte die Verwüstung aus einem anderen Winkel.

»Sagt etwas, verdammt«, verlangte Flora. »Niemand kann das betrachten und nichts sagen.«

Hamm zuckte die Achseln. »Ich habe schon Schlimmeres gesehen.«

Mit diesen Worten zog er ihr die Maske weg und hielt sie auf der ausgestreckten Hand. Binnen Momenten kroch eine Rauchfahne aus ihrer Mitte empor, dann erschien aus dem Nichts eine kleine, grüne Flamme. Die Maske fing nur widerstrebend Feuer, aber sobald sie brannte, verschlangen die smaragdgrünen Flammen das ganze Utensil. Hamm schloss abrupt die Hand und löschte das kleine Feuer, dann drehte er die Hand um und streute die Asche über Floras Blutstropfen auf dem Kissen.

Ein Gauklertrick.

»Ich bin einmal mit einem Mädchen namens Mina von der Flachfischinsel gesegelt«, fuhr Hamm fort. »Mina hatte vorn keine Zähne. Die meisten waren ihr vom schwingenden Baum ihres Schiffes ausgeschlagen worden, und der Rest von ihren ungebärdigen Schiffskameraden. Ihre Knöchel waren knotig von der Arbeit mit der Takelage und von den Boxhieben, die sie ihren rücksichtslosen Kameraden verpasst hatte. Mina dachte, sie wäre hässlich, und Männer, die Zähne mögen, hätten vielleicht zugestimmt, aber sie war dankbar für meine Gesellschaft, und sie konnte bei stürmischer See auf einem schmalen Dollbord tanzen und war eine interessantere Küsserin, als Ihr in ganz Schmutz finden werdet.«

Hamms Geschichte, in der er eine andere von Makeln behaftete Frau küsste, verärgerte Flora, obwohl sie nicht wusste, warum. »Wenn diese Frau den Mund halten und die Hände auf ihrem Schoß lassen würde, fiele niemandem etwas auf.«

»Mina war nicht die Art Frau, die still blieb oder die Hände bei sich behielt.«

»Dies ist schlimmer, als keine Zähne zu haben.« Flora zeigte auf ihre Narben.

»Mina konnte nichts anderes essen als Brühe und Haferbrei. Was könnt Ihr *nicht* tun?«

Flora öffnete den Mund, aber es kam nichts heraus. Bevor ihr irgendetwas einfiel, ergriff Hamm ihre Hand und führte sie in den Sonnenstrahl. An der Zeltlasche zögerte Flora.

»Die Welt ist immer noch da draußen«, sagte er und riss die Lasche beiseite.

Sie tat den Schritt und stellte sich dem Tag.

Die Brise aus der Bucht hatte den gewohnten Nebel von Schmutzens vielen Tausend Schornsteinen vertrieben, und der Tag war warm auf ihrem Gesicht, das seit mehr als einem Jahr die Sonne nicht gesehen hatte. Der Wind kitzelte außerdem Floras empfindliche Haut und bedeckte ihre Arme mit einer Gänsehaut, ließ ihre Brustwarzen hart werden und ihr Haar im Nacken zu Berge stehen. Sie fühlte sich seltsam. Entblößt, aber frei. Nackt, aber unbeschwert.

»Kommt«, forderte Hamm sie auf. »Sehen wir uns die Vorstellung an.«

Flora hatte den Herzschlag des Schaustellergeländes in der Nacht nicht gespürt, als sie sich im blauen Licht der Straßenlaternen in den Karnevalsbezirk geschlichen hatten. Sie hatten die Stimmen von Betrunkenen und Feiernden gehört, waren ihnen aber auf dem Weg zum Zelt ausgewichen. Die Nachrichten auf den Straßen hatten Flora früher schon verraten, dass die Gauklergemeinschaft groß war, aber sie hatte sie nie gesehen. Jetzt blickte sie sich um. Bunte Banner, Verkaufsstände und umherstreifende Menschenmengen erstreckten sich weiter, als ihr Auge reichte, selbst als Hamm sie hochhob und sie sich rittlings auf seine breiten Schultern setzte, um wie ein Kind bei einer Parade eine bessere Aussicht zu bekommen. *Und so viele Zelte!* Reihen von Zelten, Gruppen von Zelten und Zeltkreise mit Lagerfeuern in der Mitte erfüllten die gepflasterte Landschaft. Es gab auf eine Strecke von einer halben Wegstunde keine richtigen Gebäude – die Gauklertruppe bevölkerte ihre eigene Zeltstadt innerhalb des größeren Karnevalsbezirks. Einige der Leinwandbehausungen standen schlabbrig und farblos auf den bunten Pflastersteinen, während andere aus wunderschönem Stoff aus dem Gewänderbezirk genäht waren. Die Mittelstangen über den einzigartig geformten Tuchbehausungen trugen jeweils leuchtend bunte Flaggen, auf die Figuren und Symbole gestickt waren. Eine auf einer Flagge abgebildete Großkatze signalisierte, dass im Innern ein Katzenbändiger lebte, während drei fliegende Bälle das Zelt der Jongleure schmückten. Auf einer Stange hockte ganz oben eine Frau in einem grellen, orangefarbenen Röckchen auf ihrem üppigen Hinterteil und schaukelte zwanzig Fuß über dem Boden hin und her.

»Darla, die Stangensitzerin«, erklärte Hamm.

»Götter, sie ist ihre eigene Flagge! Wie macht sie das?«

Hamm zuckte die Achseln. »Es ist auf unheimliche Art wie alles andere im Leben, Prinzessin – Übung. Und Darla ist sehr hartnäckig, wenn es ums Üben geht.«

Sie gingen weiter, und Hamm erzählte, wie sich die Vorstellung mit jedem Tag wandelte und veränderte, da Schausteller kamen und gingen. Es gab natürlich eine Stammbesetzung, aber das Geschäft lockte sowohl Menschen an, die ihr Glück machen wollten, als auch jene, die ihres verloren hatten.

»Einige wenige stammen von hier, aber für die Arbeit als Schausteller kommen Menschen aus der ganzen Stadt in diesen Bezirk. Viele davon leisten ehrliche Arbeit, aber andere sind Faulenzer, die wieder abwandern, wenn sie herausgefunden haben, dass es kein leichtes Leben ist. Sie sind in der Regel ein unsteter Haufen. Einige von ihnen sind mit Spielschulden belastet, oder es ist ein Kopfgeld auf sie ausgesetzt. Manche fliehen vor Ärger in ihren eigenen Bezirken. Einige hängen am Niko.«

»Ich weiß, wie das sein kann«, erwiderte Flora und dachte an Rajeev, als er kaum mehr als eine leere Hülle seiner selbst gewesen war. »Aber die Gaukler in der Vorstellung – sie müssen doch große Hochachtung genießen, nicht wahr? Die Schausteller?«

»Ha! Vielleicht, wenn man auf der dritten Ebene auftritt. Anderenfalls sind wir alle bloß Kuriositäten für jene, die dafür bezahlen können, uns anzustarren. Aber wir sind erstaunlich genug, wenn man uns kennenlernt. Kommt, ich stelle Euch einigen unserer Leute vor.«

Drei Zelte weiter klopfte ein Paar seinen Teppich draußen auf dem öffentlichen Vorplatz aus. Die beiden waren mindestens fünfzig Jahre alt, und beide hatten eine hohe Stirn mit gelocktem, kastanienbraunem Haar darüber – *typisch Zimmerer-*

bezirk. Hamm trat neben die Ehefrau und versetzte dem Teppich einen Schlag mit der flachen Seite seines schweren Haumessers, sodass dem Ehemann auf der anderen Seite eine Staubwolke ins Gesicht flog.

»Hamm!«, schimpfte die Frau kichernd. »Mögest du in deiner nächsten Darbietung beim Jonglieren mit Äxten danebengreifen.«

Hamm lachte. »Das ist Minerva. Sie kann ihren Arm abnehmen! Zieht ihn einfach heraus und hält ihn hoch, um damit zu winken.«

Minerva grinste. »Ich würde dir ja die Hand schütteln, Schätzchen, aber die meisten Leute finden das beunruhigend.«

»Wie funktioniert der Arm?«, fragte Flora fasziniert.

Minerva pflückte ihn so mühelos ab, wie sie vielleicht einen Hut vom Kopf genommen hätte, und hielt ihn Flora hin. Die Finger krümmten sich, als griffen sie nach ihr. Er sah so echt aus, dass Flora einen Schritt zurücktrat.

»Keine Sorge, Schätzchen. Er ist aus Holz und gegerbter Tierhaut gemacht, mit einem raffinierten Hebel, damit die Hand greifen kann. Zuschauer können das aus einer Entfernung von mehr als zwanzig Schritten nicht erkennen.«

»Hast du dieses Wunder selbst angefertigt?«

»Nicht ich. Ein Ingenator hat es für mich gemacht, nachdem ich den richtigen Arm verloren hatte. Er sagte, ich sei zerbrochen und müsse repariert werden.«

Mawry, dachte Flora. Aber sie erwähnte ihn nicht – sie konnte es nicht riskieren, mit Zimmerer-Angelegenheiten in Verbindung gebracht zu werden. »Es ist ein hübscher Arm«, sagte sie stattdessen.

Der Mann war um den hängenden Teppich herumgekommen, um sich zu beschweren. »Hamm, du Schurke, ich bin von Kopf bis Fuß staubig.«

»Vielleicht sollte Minerva dich schlagen, statt des Teppichs.«

Der Mann drehte sich zu Flora um. »Er ist wirklich ein Witzbold, hm? Prinz Gauk sollte ihn als Narr bezahlen.«

»Das ist Bard«, sagte Hamm zu Flora. »Er bläst Flammen aus seinem Hintern.«

»Tu ich nicht! Verdammt sollst du sein, Hamm. Ich bin ein Poet.«

»Manchmal ist es schwer, den Unterschied zu erkennen.«

»Er ist kein gebildeter Mann, möchte ich dich warnen«, bemerkte Bard zu Flora. »Und wer bist du, wenn ich fragen darf?«

Flora zögerte. Sie hatte sich noch keinen Namen für ihr neues Gesicht ausgedacht.

»Fauna«, warf Hamm schnell ein.

»Fauna?«, wiederholte Flora unsicher. Der Name hatte eine gewisse Ähnlichkeit mit Flora. *Die besten Lügen haben ein Körnchen Wahrheit in sich.*

»Euer Künstlername«, beharrte Hamm.

»Oh ja. Natürlich.«

Nachdem sie sich hastig von dem netten Ehepaar verabschiedet hatten, setzten sie ihren Weg durch die mal breite, mal schmale gewundene Gasse zwischen den Zelten und Verkäufern fort, die von den Schaustellern »der Bummel« genannt wurde.

»Sie haben nichts zu meinem Gesicht gesagt«, bemerkte Flora zu Hamm, als sie weggingen.

»Warum sollten sie auch? Es hat nichts mit ihrer Nummer zu tun.«

Flora hatte Keuchen und Spott erwartet. Einige wenige starrten sie an. Andere tuschelten miteinander. Aber es liefen auch andere, die noch bizarrer aussahen als sie selbst, über den

Bummel, den verschlungenen gepflasterten Pfad zwischen den Zelten.

»Je öfter sie etwas Kurioses sehen, desto weniger nehmen sie es wahr«, erklärte Hamm.

Ein Mann mit Beinen, die so lang waren, wie Flora groß war, aber mit einem plumpen Rumpf darüber, stakste wie auf Stelzen vorbei, und sie trafen den Schweinejungen, dessen kurze Nase, aufgeblähter Bauch und Stummelbeine ihn tatsächlich wie ein Schwein aussehen ließen. Wenn er sich auf alle viere hätte fallen lassen und mit einem Schlachterakzent gegrunzt hätte, wäre Flora nicht im Mindesten überrascht gewesen. Er war ein freundlicher Bursche – sein Name war Emor –, und während er an seiner Pfeife zog, dirigierte er sie auf einem Nebenpfad hinter einer Reihe von Jurten zu einem Würfelspiel, bei dem Hamm drei Kupfermünzen verlor, als er versuchte, für Flora ein Armband aus Elfenbein zu gewinnen.

Sie verweilten danach erneut, um brutzelnde Stückchen Gelbschwanzflunder aus der Bucht von Holztellern zu essen. Sie setzten sich damit an den groben Holztisch eines sibonitischen Fischhändlers namens Ari. Anya, seine Ehefrau, wob neben ihm so geschickt einzigartige, dreieckige Netze, dass ihre Hände nur so flogen, und ein großer Sohn mit einem dreizackigen Fischspieß, so lang wie er selbst, stand Wache gegen hungrige Zuschauer, die es sich nicht leisten konnten zu essen. Flora war sich nicht bewusst gewesen, wie hungrig sie war, und sie verschlang den Fisch, ohne darauf zu warten, dass er abkühlte; dann kaute sie Stücke von dem harten Brot, die im Fischsaft eingeweicht waren. Nachdem ihr Magen sich beruhigt hatte, warf sie einem hungrigen Kind in der gaffenden Menge den harten Teil des Brotes zu, und die Kleine steckte es in ihr Kleidchen und rannte davon. Hamm versprach Ari, den Preis der Mahlzeit am nächsten Morgen abzuarbeiten, indem er ihm half, sein schweres Ruderboot zu Wasser zu lassen, und Flora registrierte, dass der Verkäufer Hamms Wort akzeptierte – eine Seltenheit in harten Zeiten.

Er genießt unter diesen Menschen den Ruf, kreditwürdig zu sein.

Der Bummel führte sie an dem Banner der Großkatze vorbei, aber Flora lehnte es ab, Tamar, den Bändiger, kennenzulernen. *Er wird Strataner sein,* überlegte sie, und sie wollte das Risiko nicht eingehen, erkannt zu werden. Fast alle Katzenbändiger kamen aus Strata. Fremdländer, die sich daran versuchten, die Großkatzen zu zähmen, verloren dabei oft eine Hand. Obwohl Flora darauf brannte, ihn zu sehen, erfand sie eine Ausrede, um an dem Zelt vorbeizugehen.

Mehr Bilder und Geräusche drangen auf sie ein. Akrobaten übten auf Türmen bebender Fässer, die drohten, umzukippen und auf die Passanten zu stürzen. »In der Mitte ist eine Stange versteckt, damit sie übereinandergestapelt bleiben«, offenbarte ihr Hamm, als Flora zurückwich. Tanzmädchen in grellen Nachbildungen von Kleidern aus dem Gewänderbezirk kauerten um einen Tisch voller wertloser Schmuckstücke aus dem Juwelierbezirk und feilschten mit dem Verkäufer um niedrigere Preise. Eine Gruppe von Musikern übte in einem hellblauen Zelt ein Lied, und das Zelt konnte nicht verhindern, dass ihre seltsamen, trällernden Laute nach außen drangen. Flora fragte sich, was für Instrumente sie spielten. Eine Zeichnerin rief sie heran und bat darum, ein Bild von Flora malen zu dürfen. Als Flora ablehnte, bettelte die junge Frau. »Aber dein geteiltes Gesicht würde ein unglaubliches Porträt abgeben«, drängte sie mit einem Akzent aus dem Weinbezirk. »Es ist ein Gesicht voller Geschichten.« Hamm musste ihr schließlich höflich den Rat geben, Flora in Ruhe zu lassen, was ihr Gesicht betraf, »zumindest noch für ein paar Tage«.

Es dauerte den ganzen Morgen und einen Teil des Nachmittags, bis sie zu ihrem blau-gelben Zelt zurückkehrten.

»Es ist erstaunlich«, bemerkte Flora.

»Ihr wart noch nie bei den Gauklern?«

»Nein. Ich hatte mich größtenteils auf meinen eigenen Bezirk beschränkt. Ich bin dort hingegangen, wo die Arbeit war, aber niemand hat mich je dafür bezahlt, hierher zu den Gauklern zu kommen.«

»Ha! Und jetzt werden andere Euch für das Privileg bezahlen, hierherkommen zu dürfen! Aber all die Wunder, die Ihr heute gesehen habt, waren nicht die eigentliche Vorstellung.«

»Ach nein?«

»Nein. Alle, die Ihr gesehen habt, haben sich nur vorbereitet. Wir treten alle zehn Tage im Spielkasten auf, mit immer anderen Nummern, immer im Wandel begriffen, wie dieses Gelände. Das ist es, was wir sind. Das ist der Grund, warum wir sind. Es ist das Ereignis, für das wir leben. Das, meine Freundin, ist die eigentliche Vorstellung.«

»Selbst die Köche und die Glücksspieler in den Nebengassen und die Netzweber und …?«

»Ja, sie alle tragen zu der Vorstellung bei. Niemand bleibt hier kostenlos auf dem Gelände. Tatsächlich werde ich Prinz Gauk die Idee erst noch schmackhaft machen müssen, Euch zu behalten. Keine Sorge, er ist ein Genie, wenn es darum geht, die Talente der Menschen zum größten Vorteil einzusetzen, ganz gleich, wie bescheiden diese Talente sein mögen.«

Flora nickte.

»Also …«, sagte Hamm erwartungsvoll.

»Also was?«

»Heraus damit.«

»Womit?«

»Abgesehen vom Töten, welche Talente habt Ihr?«

Kapitel 41

Andere Talente

»Eine Sängerin?«

Prinz Gauk schaute stirnrunzelnd zu Floras zweifelndem Gesicht empor. Er war kleinwüchsig, eine der »Kuriositäten« in der Vorstellung. Außerdem war er der aktuelle Prinzipal der Gauklertruppe, ein Titel, aus dem er seinen Namen abgeleitet hatte. Hamm hatte Flora erzählt, dass er die Vorstellung leite wie die Miniaturversion eines Herzogs. *Der Herzog der Zeltstadt,* dachte sie. Niemand erinnerte sich an Prinz Gauks früheren Namen, aber er spielte auch keine Rolle – mit dem Namen war er ein Niemand gewesen. Prinz Gauk reichte Flora kaum bis zur Taille und starrte sie ungeniert an. Im Gegensatz zu Hamm tat er es nicht aus reiner Neugier – er taxierte sie.

Dieser kleine Mann hat jede Menge seltsamer und verzweifelter Menschen gesehen, und er braucht nicht noch einen, es sei denn, ich habe etwas zu bieten.

Der Prinzipal kam direkt zur Sache. »Sing für mich, Sängerin. Ich höre irgendwo da drin einen stratanischen Akzent; sag mir, dass ich falschliege. Ich nehme an, du kennst ›Die Verrückte Königin von Strata‹?«

»Das Schmutzige Lied über Tetra Evangelin?« *Die Mutter meiner Großmutter.*

»Ja, über die Frau, die den Palast ihres Ehemannes verlassen und den lächerlichen Turm gebaut hat.«

Den wunderschönen Turm. »Ich kenne das Lied.«

»Dann heraus damit, Mädchen! Ich bin ein viel beschäftigter Mann, stimmt's, Hamm? Sag mir, dass ich falschliege.«

Flora sang das unfreundliche Lied, langsam und stockend zuerst. Es war Jahre her, seit sie das letzte Mal ihre Stimme erhoben hatte. Ihr war nicht oft nach Singen zumute gewesen, seit sie in Schmutz angekommen war. Ihre Aufträge hatten im Gegenteil verlangt, dass sie kaum redete. Sie hatte sich gelegentlich weggeschlichen, um in einer Taverne mit den betrunkenen Gerbern und ähnlichem Volk mitzujaulen – aber das war nichts gewesen, was ihrer stratanischen Gesangsausbildung im Chor gleichkam, die sie mit den anderen vornehmen Mädchen auf der Lichtung genossen hatte. Zuerst wirkte Prinz Gauk gelangweilt, doch als sie tiefer in das Lied eintauchte, entdeckte sie ihre Stimme wieder. Sie war unbeschädigt.

Gauk nickte, als sie mehrere hohe Töne traf.

Besser, dachte sie.

Aber dann winkte er ab. »Genug.«

»Ich habe schon länger nicht mehr geübt …«, versuchte Flora zu erklären.

»Hör auf! Das wird reichen. Sachkenntnis ist für den Sachkundigen offensichtlich. Du wurdest ausgebildet. Sag mir, dass ich falschliege.«

Hamm sah Flora beeindruckt und mit hochgezogener Augenbraue an.

Der Prinz sprach weiter, ohne ihr auch nur die geringste Chance zu geben, ihm zu sagen, dass er sich irrte. *Er irrt sich nicht.* Er machte mit seinen dicken Händen eine weit ausladende Geste. »Wir präsentieren dich als … die Jungfer mit dem geschmolzenen Gesicht!«

Flora wand sich, wusste jedoch, dass sie sich ihren Ruf erst noch verdienen musste. »Ich habe einen Vorschlag.«

»Mach schnell. Ich bin ein viel beschäftigter Mann, wie du dich erinnern wirst.«

»Ich könnte, wenn ich singe, dem Publikum nur die gute Seite meines Gesichtes zeigen.«

Prinz Gauk dachte darüber nach. Sie sah, wie er ihren Vorschlag im Geiste von allen Seiten beleuchtete. »Nein«, sagte er schließlich. »Nein, nein, nein! Du wirst mit deiner hübschen Seite die Rolle der Heldin singen – du wirst entzückend sein, und das Publikum wird dich lieben. Dann wirst du dich umdrehen und deine grauenhafte Seite zeigen. Ich kann sie bereits keuchen hören! Du wirst die zweite Rolle als Hexe singen! Das Publikum wird dich hassen! Wir nennen es hier bei uns ›Gegenüberstellung‹. Ironie. Ein bisschen die Puppen tanzen lassen. Das wird unsere Gäste veranlassen zurückzukehren, um dich noch einmal auftreten zu sehen! Und natürlich um noch einmal zu bezahlen. Sag mir, dass ich falschliege.«

Wiederum irrte Gauk sich nicht, und er hatte in bloßen Augenblicken den vollen Umfang beider Rollen durchdacht. Er war genau das Genie, als das Hamm ihn beschrieben hatte.

»Also …?«, fragte Hamm seinen Prinzipal.

»Sie bleibt. Anfängerlohn. Mehr, wenn Zuschauer ihretwegen zur Vorstellung kommen. Bring sie zu Fridita für die Musik und zu Gonzalo fürs Kostüm und sag ihnen, sie sollen sie binnen neun Tagen für die Vorstellung bereithaben. Aber jetzt muss ich weiter. Ich bin ein viel beschäftigter Mann, wie Ihr wisst.«

»Warte«, rief Flora. »Wo werde ich schlafen?«

»In diesem Zelt ist genug Platz, ja, Hamm?« Er zeigte auf das gelb-blaue Zelt. »Du bleibst hier!«

»Wessen Zelt ist das?«, erkundigte sich Flora.

»Es ist meins«, antwortete Hamm kleinlaut.

»Er hat dich gefunden, er beherbergt dich.« Mit diesen Worten watschelte Prinz Gauk davon, schnauzte Gaukler und Schausteller an, die für niedere Arbeiten eingestellt worden waren, und forderte sie alle heraus, ihm zu sagen, dass er falschliege.

Flora drehte sich zu Hamm um, der sichtlich nervös war.

»Der Junge wird bei uns im Zelt bleiben«, sagte er schnell. »Wir werden ihm einen Strohhaufen auf dem Boden geben und ihm sagen, es gehöre zu der Nummer.«

»Das Quartier ist in Ordnung. Aber Ihr werdet mich nicht noch einmal zwingen, mich zu entkleiden.«

»Natürlich nicht.«

»Ich war schließlich einmal eine Prinzessin.«

»Ich entschuldige mich, Prinzessin. Ich habe nicht geahnt, dass sich hinter dem Tuch und der Maske Adel verbirgt, bei all dieser Kletterei und dem Schneiden und Töten.«

»Ihr glaubt doch, dass ich eine Prinzessin war, oder?«

»Warum nicht? Es schadet mir nicht, es zu glauben. Außerdem macht es irgendwie Spaß.«

»Wissen noch andere davon?«

»Niemand außer dem entlaufenen Verwalter. Und ein Mann, über dem ein Todesurteil schwebt, hat keinen Anlass, jemandem davon zu erzählen. Der Junge weiß nichts davon. Er denkt immer noch, Ihr wärt eine bezahlte Beschützerin.«

»Erzählt ihm nicht, dass ich Menschen getötet habe.«

»Er hat Euch schon töten sehen – Ihr habt von dieser wankenden Maschine aus fünf oder zehn Gardisten der Zimmerer aufgespießt oder gekocht.«

»Ich meine unschuldige Menschen, keine Soldaten. Bitte, erzählt ihm nichts von seinem Onkel Glas. Ich habe einen Fehler gemacht.«

»Ich bin zu klug, um Euch zu verraten. Ich muss eine Prinzessin, die töten kann, respektieren.«

»Mein letzter Wohltäter war auch beeindruckt. Jetzt ist er tot. Woher wisst Ihr, dass ich Euch nicht im Schlaf töten werde?«

»Ich marschiere nicht in Strata ein. Warum solltet Ihr mich töten?«

Floras neues Leben als Sängerin füllte sich schnell mit grauenhaften und entschieden glanzlosen Proben, die anfingen, wenn die ersten Sonnenstrahlen die spiegelnden Gewässer der Bucht trafen, und endeten, wenn ihre gelbe Scheibe von den dreifachen Türmen des Frohsinns durchstoßen wurde. Es war mehr Alltagstrott, als sie seit Jahren gehabt hatte, und mehr Singen, als sie in ihrem ganzen jungen Leben je hatte zustande bringen müssen.

Dies ist keine Kunst, es ist Arbeit!

Ihre Lehrerin, Fridita Ebb, war Hofsängerin des Herzogs Fluss gewesen, bis er wegen unaussprechlicher Taten ertränkt worden und Fridita aus dem Flussbezirk und dem Gefluteten Palast geflohen war, zusammen mit Dutzenden anderen Künstlern, die den Wechsel zur Herrschaft der Flusswitwe fürchteten. Fridita war fast so alt wie Rajeev, mit einem verhutzelten, gebeugten Körper und einer verbrauchten, rauchigen Stimme, aber immer noch eine leidenschaftliche Darstellerin voller Weisheiten des Schaustellerlebens. Flora ertappte sich bald dabei, dass sie die hartnäckigen Vorschriften ihrer neuen Mentorin verfluchte, und sie stellte sich vor, dass die beiden – Rajeev und Fridita – vielleicht gut zusammengepasst hätten – *das, oder sie wären Todfeinde gewesen.*

Fridita hielt den Unterricht auf den knarrenden Bohlen einer erhöhten Plattform hinter den Zelten der Schaukämpfer ab. Flora ging den ganzen Morgen auf den Bohlen auf und ab, strapazierte ihre Lunge und lernte Liedtexte, dann machte sie drei Laternentänzerinnen Platz – hübschen Mädchen in ihrem Alter, deren Blicke sie mied, aus Angst, dass sie voller Mitleid oder Verachtung sein würden – *ich bin eine der Kuriositäten.* In der Mittagsstunde ruhte sie ihre Kehle aus und benetzte sie mit einer bitteren Salbe, von der Fridita beharrte, dass sie sie schlucken müsse, bevor sie sie am späten Nachmittag wieder in die Mangel nahm. Die Lektionen waren nicht so strukturiert wie jene ihres spießigen Chormeisters auf der Lichtung – Fridita gestattete ihr, mit ihrer Stimme zu experimentieren –, doch die Sitzungen waren dreimal so lang und kein bisschen leichter; jeder Fehler wurde vermerkt, jeder schwache Ton wiederholt, bis er stark und klar war, und es gab keine adeligen Freundinnen, die ihre Fehler vertuschten oder mit ihr kicherten, wenn Fridita ihr den Rücken zukehrte, was sowieso nie vorkam. Die Augen und Ohren ihrer Lehrerin ruhten immer auf ihr, denn dies war kein Spaß und kein Vortrag auf einem Herbstfest für höflich klatschende Waldeltern; dies war der Lebensinhalt der alten Frau. Flora sollte binnen neun Tagen zwei ganze Rollen lernen, und sie musste sie beide als komplette Gegensätze spielen.

»Kannst du lernen, dich zu hassen?«, wollte Fridita wissen. »Denn das musst du für diese Rollen tun.«

»Ja. Ich kann mich selbst hassen.«

»Gut! Nutze es zum Besten. Jetzt noch einmal, mit mehr Verachtung. Beginne mit der Zeile, die du eben so übel verhunzt hast.«

Flora fing von vorn an, aber sie sang nur wenige Takte, bevor ihre Lehrerin sie abermals unterbrach.

»Nein!« Fridita schlug ihr mit der verhutzelten Hand kräftig auf die gute Seite ihres Gesichts.

Flora spannte alle Muskeln an, und ihre Füße nahmen instinktiv eine Kampfposition ein. *Ich könnte sie töten.*

»Spürst du den Hass jetzt?«

Flora entspannte die Finger, die unwillkürlich nach dem Kurzmesser griffen, das nicht mehr an ihrer Hüfte hing. Sie hatte tatsächlich seit ihrem ersten Tag auf dem Gelände der Gaukler kein Mordinstrument mehr angefasst. *Damit bin ich fertig.* Sie stieß ein schweres Schnauben aus, beruhigte sich und nickte dann.

»Ich hasse.«

»Gut. Wenn du nicht überzeugen kannst, essen wir nicht. Gauk wird dir genau einen Auftritt einräumen, um deinen Wert zu beweisen; wenn du enttäuschst, wirst du keinen zweiten bekommen. Er kann sich eine einzelne schlechte Nummer unter den vielen leisten, aber ich kann das nicht. Es gibt andere Mädchen, andere Lehrer. Er kann uns einzeln verstoßen. Oder uns beide! Und so werden wir jedes deiner beiden Gesichter exzellent machen oder dich bei dem Versuch zugrunde richten. Noch einmal!«

Sie hatte Krötchen fast vergessen, als sie einige Tage später nach einer Abendlektion erschöpft nach Hause stolperte und den abtrünnigen Verwalter und den Eisenjungen in Hamms Zelt vorfand. Nachdem sie während der ersten beiden Nächte bei Hamm und Flora geblieben waren, hatten sie sich irgendwo anders auf dem Gelände versteckt, in einem nichtssagenden Zelt in einer namenlosen Gasse. Krötchens Tarnung war so gut, dass Flora nicht wusste, wer an dem bemalten Tisch saß, bis Hamm seinen Namen flüsterte. Der Junge war fast genauso schwer wiederzuerkennen.

»Ich habe sie zu Gonzalo geschickt, dem Kostümmacher, damit sie zu anderen Menschen wurden«, berichtete Hamm.

»Gonzalo ist praktisch ein Zauberer – Ihr werdet es morgen sehen, wenn Ihr zu ihm geht. Ihr könnt hier bei den Gauklern sein, wer Ihr sein wollt, wenn man Euch die richtige Pluderhose und ein wenig Farbe für Euer Haar gibt.«

Krötchen war kahl rasiert und trug eine Robe der Schamani aus den wilden Südlichen Landen. Der Junge hatte einen schlabbrigen gelben Hut auf, sodass er aussah, als hätte ein Koch ihm versehentlich einen Fladen auf den Kopf geworfen, und seine Kleider waren mit Rüschen und Spitze des Gewänderbezirks verziert – ein himmelweiter Unterschied zu trübseliger Eisenkleidung. Sein Gesicht war weiß gepudert. Hamm gab ihm eine Handvoll Kupfermünzen und schickte ihn ins nahe Bierzelt, um etwas zu trinken zu holen.

»Ihr vertraut dem adeligen Jungen, dass er uns nicht verrät?«, fragte Flora.

»Er vertraut mir«, antwortete Krötchen. »Tatsächlich fühlt er sich hier bei uns sicherer als in der Eisenburg. Er hat gespürt, dass der Eiserne Rat Ränke schmiedete, als man ihm die Befugnisse eines Herzogs verlieh. Er hat den Verdacht, dass einer von ihnen die Ratte angeheuert hat, von deren Existenz Ihr ihn überzeugt habt. Außerdem macht es ihm Spaß, die Rolle eines Marktschreiers des Gewürzbezirks zu spielen.«

Krötchens Stimme wurde von einem stählernen Dorn verfremdet, der ihm quer im Mund zwischen den Zähnen lag und durch beide Wangen getrieben worden war. Wo der Dorn aus seiner Haut ragte, war an jedem Ende eine kleine, silberne Kugel befestigt.

»Ich sehe, man hat auch Euch das Gesicht ruiniert«, bemerkte Flora.

»Unfug. Es ist Schmuck der südlichen Wilden, den man ein ›Gebiss‹ nennt«, widersprach er und zwirbelte an einer der Kugeln. »Sehr modisch bei bestimmten Stämmen.«

»Klingt nach etwas, das ich benutzen würde, um mein Pferd herauszuputzen«, meinte Hamm kichernd.

»Eine grobe Bemerkung, aber korrekt«, gab Krötchen zu. »Ich weiß, es ist lächerlich, aber es ist auch notwendig. Es verändert mein Aussehen und meine Stimme – wie die Steine, auf denen ich gekaut habe, nur dass ich mir keine Sorgen zu machen brauche, dieses Ding versehentlich herunterzuschlucken und zu ersticken oder auf dem Abort Steine lassen zu müssen.«

Hamm war noch nicht fertig damit, den besorgten Verwalter mit spielerischen Beleidigungen zu plagen. »Er sieht aus, als wäre eine Wurfpfeilnummer schiefgegangen, hm, Fauna?«

Krötchen zog eine Augenbraue hoch. »Fauna?«

»Mein Künstlername.«

Krötchen schüttelte den Kopf. »Wenn Ihr mich fragt, ist er Eurem wahren Namen zu ähnlich.«

»Ich habe Euch nicht gefragt. Und es ist leicht für mich, ihn mir zu merken.«

»Ich bin jetzt Uthor, und ich lasse den Erben nun bei Euch. Wir können es nicht riskieren, zusammen gesehen zu werden. Es gibt Menschen in dieser Stadt, die uns beide bei Banketten, Hochzeiten und dergleichen in der Eisenburg und im Glasturm gesehen haben. Zusammen sind wir ein vertrauter Anblick. Voneinander getrennt sind wir schwer einzuordnen.«

»Was werdet Ihr tun?«, fragte Flora.

»Ich werde im Namen meines Gönners diesen Krieg verhindern. Ich schulde ihm alles, was ich habe.«

»Ihr habt nichts«, wandte sie ein.

»Das ist der Punkt, an dem Ihr Euch irrt. Ich verfüge über mehr Bildung als jeder andere Mann, der in meinem Stand geboren wurde. Ich habe bessere Mahlzeiten, bessere Musik und bessere Konversation als die meisten Adeligen genossen, besonders wenn man den schlechten Geschmack bedenkt, den so viele von ihnen haben. Ich wurde in einem Froschsumpf am Rande der Stadt geboren, doch meine Kristallwohnung im Glasturm über der Stadt war das Kunstwerk eines Meisterbläsers. Nur wenige andere Gemeine – vielleicht nur Karni und Wein – können sich des Lebens rühmen, das ich geführt habe.«

»Geführt *habt*«, betonte Hamm. »Ihr seid jetzt frei von all diesem Unsinn. Teilt Euch eine Flasche mit mir, Freund; wir singen ein raffiniertes Lied über Euer verlorenes Luxusleben und lassen es in der Vergangenheit. Nichts verwandelt schlimme Ereignisse so gut in schöne Geschichten wie Bier und ein Lied.«

»Das ist der Weg des einen Mannes. Euer Weg. Flora und ich sind von anderer Art. Wir sind loyal und edelmütig – ich selbst durch Taten, wenn nicht durch Geburt. Ich habe meinen Herzog sauber gehalten, indem ich seine Schmutzarbeit erledigt habe, und sie hat für ihr Königreich getötet. Wir glauben an etwas, das größer ist als wir selbst. Dieser Krieg wird zum Abschlachten Unschuldiger führen – und sowohl das Volk meines Herzogs als auch ihre Strataner werden betroffen sein. Wenn wir auch aus verschiedenen Welten stammen, teilen wir doch eine gemeinsame Sorge um unsere Völker, und wir würden beide unser Leben geben, um zu verhindern, dass sie einander vernichten.«

»Eine schöne Ansprache«, sagte Hamm, »aber ich denke, Ihr werdet feststellen, dass die Dame gegenwärtig nach anderer Arbeit Ausschau hält.«

Krötchen wandte sich an Flora.

»Strata hat genug unter meiner Loyalität gelitten«, murmelte sie.

»Selbst wenn Ihr nicht länger Strata dient, seid Ihr einem guten Mann etwas schuldig, weil Ihr ihn getötet habt.«

»Ich schulde ihm mehr, als ich zurückzahlen kann. Ich bin fertig.« Hamm legte ihr eine tröstende Hand auf die Schulter.

»Dann tretet meiner Sache bei, um zu begleichen, dass Ihr *mir* Euer Leben schuldet. Ich brauche Eure speziellen Fähigkeiten.«

»Fähigkeiten im Töten, meint Ihr. Nein. Ich bin damit fertig. Töten, um Töten zu verhindern, hat nicht funktioniert.«

»Ich habe Euch vor dem Ertrinken gerettet, nachdem Ihr meinen geliebten Herzog getötet hattet. Ich habe Euch zu dem einzigen Zweck gerettet, dass Ihr Euch seiner Sache anschließt. Besitzt Ihr denn gar keine Ehre mehr?«

Seine Worte schmerzten, denn sie bewunderte den Mann, und sein bekümmerter Gesichtsausdruck schnitt ihr noch tiefer ins Herz – er hatte sie für eine Verbündete gehalten, und jetzt war er allein. Aber er konnte sie nicht mit Schuldgefühlen dazu bringen, sich seinem hoffnungslosen Feldzug anzuschließen. Sie würde ihm alles Gute wünschen, hatte jedoch nur wenig Hoffnung, dass ein verbannter Verwalter einen Krieg verhindern konnte.

Ich habe zwei Herzöge getötet! Und trotzdem kommt der Krieg. Was kann er schon tun?

Hamm ließ schließlich Floras Schulter los und legte seine Hand stattdessen fest auf die von Krötchen. »Ich mag Euch, Uthor-Kröte, aber stellt die Ehre der Dame in meinem Zelt nicht infrage.«

Krötchen sackte in sich zusammen. »Entschuldigung. Ich bin ein verzweifelter Mann.«

»Das sind wir alle«, räumte Hamm ein und drückte freundschaftlich Krötchens Arm. »Lasst uns zusammen dieses Bier trinken, ja? Und dann könnt Ihr damit weitermachen, Euch mit Eurem ungewöhnlich ehrenhaften Edelmut umzubringen.«

Der Junge kehrte mit dem Bier zurück, und sie tranken zusammen, obwohl Krötchen darauf beharrte, dass er sich normalerweise nicht mit den Leuten anfreundete, die er in seinen Dienst nahm, um die »Schattenarbeit« im Namen seines Herzogs zu verrichten. »Ich mag ihnen nicht zu nahekommen«, bemerkte er. Aber es war schwer, Hamm nicht zu mögen, und noch schwerer, ihn unter den Tisch zu trinken. Schon bald lallte Krötchen glücklich Lieder, einen Arm um Hamms breite Schulter gelegt, während persönliche Geständnisse aus ihm herausrannen wie aus einem löchrigen Topf.

»Ich habe sie alle gekannt, die vornehmen Mädchen von Kristall und Scheibe und Bläser. Ich war schlau, und sie behaupteten, mich zu lieben. ›Er ist so schlau‹, kicherten sie miteinander und absichtlich in meiner Hörweite: ›Ich liebe ihn einfach!‹ Sie haben mich sogar geküsst und mit mir herumgehurt.«

»O-ho!« Hamm lachte. »Ich habe schon Tavernenlieder über Glasbläsermädchen gehört.«

Flora lachte mit ihnen, wusste aber nicht recht, was er meinte.

»Sie sind wahr!«, rief Krötchen aus. »Aber immer wenn ich mich verliebte, wurde ich enttäuscht. Ich bin dreimal gedemütigt worden, bevor ich gelernt habe, dass keine von ihnen je einen Mann aus dem niederen Volk heiraten würde.« Der junge Verwalter begann vor sich hin zu murmeln und wandte sich wieder seinem Bier zu.

»Jedem wird irgendwann mal das Herz gebrochen«, tröstete ihn Flora. Sie hatte das als Mädchen unter den Bäumen gehört, und es schien eine passende Bemerkung zu sein.

»Normalerweise brauche ich eine Lektion nur ein einziges Mal zu lernen. Ich kann niemals eine adelige Ehefrau haben. Jeder Idiot hätte das begriffen, als Eliza Scheibe über meinen

Antrag gelacht hat, aber ich habe es nicht begriffen. Und als Emma Bläser mich zum Lachsbuttern in die Küche mitnahm, aber Nein sagte, als ich mich erbot, diese Vereinigung mit einer Heirat zu ehren, hätte ich dazulernen sollen. Und als die beiden mich dann auch noch dazu anstifteten, Daria Kristall – die Höchstrangige unter ihnen – um ihre Hand zu bitten, und mir sagten, es gelüste sie insgeheim nach einem Gemeinen, war ich so bemüht, meine doppelte Schmach zu tilgen, dass ich ein drittes Mal darauf hereinfiel. Wie schlau ist das?«

»Nicht so schlau«, erwiderte Hamm lachend. »Aber jetzt, da Ihr nicht so schlau seid und in einem Zelt lebt, könnt Ihr adelige Damen vergessen. Das ist ein Segen. Sucht Euch eine gute Frau aus dem Volk mit Mumm. Adelig oder nicht adelig, sie haben alle Mösen, und wenn meine persönlichen Nachforschungen auf dem Gebiet zutreffend sind, haben sie allesamt Freude daran, sie zu benutzen.«

»Man hat mich gelehrt, dass eine gute Frau Romantik lüsternen Akten vorziehe.«

»Meiner Erfahrung nach zieht eine schlaue Frau Romantik *und* lüsterne Akte vor.«

Flora lachte, bis ihr das Bier aus der Nase spritzte.

Der Junge saß bei ihnen und verfolgte mit großen Augen ihr lebhaftes Gespräch. Er war klein neben den Männern, sah Flora, vor allem was die Körpermasse anging. Seine schmalen Arme und mageren Beine trugen seinen langen, heranwachsenden Körper recht gut, aber er hatte noch keinen Bartwuchs, und er bewegte sich unbeholfen wie ein ruckender Vogel. Er trank ebenfalls, außerstande, mit ihr und Krötchen mitzuhalten und erst recht nicht mit Hamm, versuchte aber, nach bestem Vermögen seine Männlichkeit zu demonstrieren. Flora fand es süß und gab dem Jungen einen Kuss auf die Wange, während Uthor-Krötchen aus dem Zelt stolperte und etwas von Romantik und Hingabe murmelte und sich fragte, wo er jetzt, da er aus seinem Kristallturm gefallen war, eine adelige Frau finden könnte.

Hamm legte sich mit einem Grinsen auf dem Gesicht der Länge nach ins Stroh, schnarchte sofort und ließ das gute Bett leer. Flora kletterte ohne Gewissensbisse hinein und schickte einen anerkannten Herzog auf die Ersatzpritsche, während sie die Laterne löschte. Das Bier machte die harten Kanten der Welt etwas weicher, als die Dunkelheit sie holte, und die aus dem Gewänderbezirk stammende Decke war warm und weich. Einige heikle Fragen waren geklärt worden, und einige Lieder waren von jemand anderem als ihr gesungen worden.

Alles in allem ein guter Abend.

Ein scheuerndes Geräusch weckte Flora. Lärm war normal auf dem Gauklergelände. *Aber dieser kommt aus dem Inneren des Zeltes.* Sie glitt instinktiv vom Bett, lautlos wie eine Ratte, schob sich zur Zeltlasche, tastete auf dem Weg dorthin nach dem nächsten Kurzmesser – eine einschneidige Klinge aus Eisen, die Hamm auf dem Tisch hatte liegen lassen. *Er ist zu vertrauensvoll.* Aber sie konnte sie nicht finden und hatte keine Zeit, weiter danach zu tasten. Mit einem schnellen Ruck öffnete sie die Zeltlasche, und das Mondlicht strömte herein. Es offenbarte den Eisenjungen im Zelt, der über ihrer Pritsche stand, und die Hand des Halbwüchsigen steckte in seiner Nachthose. Er schaute überrascht auf.

»Was machst du da?«, flüsterte Flora, gerade als sie begriff, was er da machte.

Er schien weniger verlegen als verärgert über die Störung zu sein – *die königliche Reaktion eines Kindes mit Anspruchshaltung.* »Ich wollte Euch, aber ich dachte, Ihr würdet mich aufhalten, wenn Ihr erwacht.« Er hielt inne, ohne loszulassen. »Würdet Ihr …?«

»Ja! Hör auf damit. Steck das weg. Götter, du bist nur ein Junge.«

»Ich bin jetzt ein Mann. Und Ihr seid nicht viel älter als ich«, beharrte er. »Tatsächlich bin ich ein Herrscher.«

Flora schüttelte den Kopf. »Warum sollte ein Herrscher mich wollen? Ich bin entstellt.«

»Ihr seid die erste Frau, die ich entkleidet gesehen habe und die nicht eine Skulptur oder ein Gemälde war. Der Gedanke an Euch, nackt auf dem Deck des Bootes, geht mir immer noch nicht aus dem Kopf. Ich bekomme ihn nicht weg. Als ihr die Maske getragen habt, habe ich nicht gewusst, dass Ihr hässlich seid.«

»Nun, jetzt bin ich hässlich, also kannst du dich zu den Gedanken an jemand anderen reiben.«

»Ihr schlaft auf Euren Narben, also sehe ich nur die gute Seite.«

Ich schlafe wirklich auf meinen Narben. Das hatte sie nicht getan, solange die Wunden heilten – sie waren nass und klebrig gewesen –, aber sobald sie verschorft gewesen waren, hatte sie sie in Rajeevs Kissen gedrückt, als wollte sie jede Nacht für ein paar Stunden so tun, als wären sie nicht da. *Und dem Jungen ist es aufgefallen.*

»Ich bin nicht für dich bestimmt. Du wirst dir den Gedanken aus dem Kopf schlagen müssen.« Sie zeigte auf seine Hand, die immer noch tief in seiner Hose steckte. »Und auf diese Weise wirst du ihn nicht loswerden. Das macht es nur schlimmer. Ab ins Bett mit dir.«

»Ich kann das genauso gut im Bett tun.«

Flora seufzte. Dann fiel ihr Blick auf das offene Biergefäß. Sie hatte es in der Hand, bevor sie sich eines Besseren besinnen konnte, und sein verbliebener Inhalt flog durchs Zelt, bevor sie sich bremsen konnte.

»Bah!« Der kleine Herzog tanzte in seiner Nachthose umher, riss die Hand heraus, konnte aber nicht mehr ausweichen. Das übrig gebliebene Bier traf ihn voll in die Lenden und durchweichte ihn von der Taille abwärts. Er starrte sie an, ungläubig und tropfend.

Flora grinste in der Dunkelheit. »Jetzt ins Bett mit Euch, Euer Gnaden.«

Kapitel 42

Der Spielkasten

Der Spielkasten war das erstaunlichste Zelt, das Flora je gesehen hatte.

»Götter, es ist noch größer, als man im Irrgarten erzählt hat.«

»Was hat man denn im Irrgarten erzählt?«, fragte Hamm.

»Dass es größer sei, als ich mir vorstellen könne.«

Das Leinwandgebilde blähte sich von der rückwärtigen Ziegelwand des Vergnügungspalastes im Karnevalsbezirk auf wie der Unterleib eines fetten Käfers. Volle zwei Stockwerke hoch, wurde es von gewaltigen Zeltstangen gehalten, die man aus ganzen Palponbäumen geschnitten hatte, wodurch die umliegenden Zelte winzig erschienen. Der Stoff kräuselte sich in der Brise, sein blau-weißes Muster schuf die Illusion von Bewegung, sodass der hoch aufragende Pavillon aussah wie eine brodelnde Flutwelle, die gleich durch die Stadt brechen würde.

»Seid Ihr bereit hineinzugehen?« Hamm zeigte auf zwei riesige Laschen, die nach außen geschlagen und zurückgebunden worden waren, um einen großen, dreieckigen Eingang zu schaffen.

Das Zelt rief nach ihr, und Floras Herz raste. Sie fühlte sich wieder wie ein kleines Mädchen. »Da drinnen soll ich auftreten? Nicht in einem der kleineren Zelte?«

»Fridita hat Euch empfohlen – sie hat gesagt, sie habe Euch hart rangenommen, um zu sehen, ob Ihr aufgeben würdet, aber Ihr wärt bemerkenswert ausdauernd gewesen.«

»Ich bin in der Vorstellung? In der großen Vorstellung?«

»Ja, aber versprecht Euch nicht zu viel davon. Ihr werdet nicht auf der zweiten Plattform oder auch nur auf der ersten sein. Ihr werdet auf dem Boden anfangen.«

Aber Flora hörte ihn gar nicht mehr. Sie war zu sehr damit beschäftigt, ihre Rolle zu summen.

Das Zelttuch des Spielkastens gab keinen Hinweis auf die kristallinen Wunder darin, und Flora drehte sich mehrmals im Kreis und schaute voller Ehrfurcht nach oben, während der Geruch von frischem Stroh, das sie mit ihren Stiefeln aufwühlte, um sie herum aufstieg. Das erste Stockwerk war aus faustdickem Glas erbaut und erstreckte sich über die ganze Länge des Zeltes wie ein massives Fenster, das über ihr hing. Und als sie keuchte, wurde das Echo ihrer Stimme über das gesamte Erdgeschoss zurückgeworfen. Ein weiterer Glasboden hing ein Stockwerk über dem ersten, von Stangen und Ketten gehalten, die in das Glas selbst eingearbeitet waren. Eine riesige kristallene Wendeltreppe schlängelte sich von der Mitte des Zelts nach oben und verband das unfertige Erdgeschoss mit den polierten oberen Stockwerken. Hamm erklärte, das Publikum ziehe seine Schuhe aus und steige die Kristalltreppen von der mit Stroh bedeckten Erde zu dem gläsernen »Ausguck« in der Mitte des ersten Stockwerks empor, von dem aus sie ein Dutzend gleichzeitig aufgeführter Nummern überblicken konnten.

»Das ist das Stockwerk, in das die Gaffer gehen«, sagte er. »Sie können die Darsteller unter ihnen auf dem Boden beobachten, eine zweite Ebene um sie herum und die oberste Ebene über ihren Köpfen.«

»Das Publikum ist umgeben von der Vorstellung?«

»Allerdings! Es gibt so viel zu entdecken, dass sie nicht alles während einer einzigen Vorführung aufnehmen können. Sie müssen dreimal zurückkommen, manchmal häufiger, um alles zu sehen.«

Flora lächelte. »Und erneut bezahlen. Prinz Gauks Idee?«

»Oh nein. Dies ist der Ort, an dem Prinz Gauk seine Tricks gelernt hat – er hat sein ganzes Leben bei den Gauklern verbracht. Der Spielkasten wurde gebaut, lange bevor sein gedrungener Körper ans Licht der Welt gepresst wurde, damals, als dieser Teil von Schmutz herrenloses Ödland zwischen den Bezirken Kürschner und Wein war, bevor es sich entwickelte und zu dem minderen Bezirk unter dem Zornigen Possenreißer wurde und dann zu einem bedeutenden Bezirk unter dem Verrückten Narren.«

»Es ist wunderschön.«

»Die Kristallböden und die Treppe sind vor vier Generationen aus dem Glasbezirk gekommen, auf Bestellung des Spiegelherzogs. Es hat ein Vermögen gekostet, sie aufzubauen – so viel Glas, dass seine Handwerker jahrelang nichts anderes geblasen haben. Es hat ihn ruiniert. Die Familie hat eine Generation gebraucht, um sich davon zu erholen.« Hamm blickte zu den Schaustellern hinauf, die die funkelnden Böden für die bevorstehende Vorstellung polierten. »Nur Narrheit kann etwas so Spektakuläres erschaffen.«

»Könnt Ihr mir bei meinem Kostüm helfen?«, fragte der Eisenjunge.

Er hatte sich angewöhnt, immer rechts von ihr zu stehen, wenn er mit ihr sprach. *Auf meiner guten Seite,* bemerkte Flora.

»Ich bin deine Beschützerin, Endo, nicht deine Dienerin«, stellte sie klar und nannte den kleinen Herzog bei seinem

Künstlernamen. Als er ihr einen Hundeblick zuwarf, riet sie ihm, sich an Gonzalo zu wenden, um »Endo« loszuwerden, damit sie sich konzentrieren konnte. Sie war vor ihrer Darbietung zu nervös für derartige Ablenkungen. Sie hörte das geräuschvolle Murmeln der eintreffenden Menge, die das Zelt füllte, und spürte durch die Zeltwand die Vibration ihrer schlurfenden Füße – *eine sich versammelnde Armee, der ich mich werde stellen müssen.*

Sie sollte sie dazu bringen, ihre hässliche Seite zu hassen, und ihre schöne Seite zu lieben. *Habe ich immer noch eine schöne Seite?* Das Lied der Maid und das Lied der Hexe – Prinz Gauk hatte Fridita angewiesen, ihr diese beiden Rollen beizubringen. Simpel. Für ein Publikum leicht zu verstehen. *Ein simples Publikum.*

Die riesige Glocke, die an der obersten Spitze des Spielkastens hing, ertönte, läutete über dem Getöse der unruhigen Menge im Innern und den plappernden Darstellern auf Floras Seite der Zeltwand, die ihre Röckchen oder Pluderhosen anzogen.

»Es ist Zeit«, sagte Fridita und erschien wie ein Geist hinter ihr.

»Ich bin bereit.«

»Bist du das? Du musst dir sicher sein, sonst kannst du dir die Mühe sparen, überhaupt hineinzugehen.«

Flora erhob sich und strich sich ihr zweigeteiltes Kleid aus Samtgewebe glatt. Die rechte Seite ihres schmalen Gewands war gelb – *Glück und Licht* –, und die linke war grün – *Neid und Gehässigkeit.* Dazwischen gingen die Farben ineinander über – eine außerordentliche Arbeit, die mit Mehl und Fruchtfarbe von Schausteller-Näherinnen geschaffen worden war, talentierten Mädchen, die aus dem Gewänderbezirk davongelaufen waren, um sich der Gauklertruppe anzuschließen.

Floras schwarzes Haar war auf der rechten Seite ihres Kopfes hoch aufgetürmt, als würde sie als Schönheit auf einem Ball erscheinen, während die Locken auf der anderen Seite zerzaust blieben. Sie fühlte sich schief und musste der Versuchung widerstehen, sich mehr nach der einen Seite zu lehnen. Sie warf einen letzten langen Blick in den abgenutzten Spiegel, der an einer Schnur zwischen den minderen Zelten hing, während andere Darsteller an ihr vorbeieilten, um ihre Positionen im Innern einzunehmen. Sie drehte sich zuerst in die eine Richtung, dann in die andere. *Ich bin wahrhaftig in der Mitte gespalten.*

»Ich bin durchaus bereit«, versicherte Flora ihrer Lehrerin.

»Das bist du. In der Tat, du bist die zäheste Schülerin, die dieses alte Mädchen je unterrichtet hat! Du kannst eine Rolle gut genug singen und spielen, aber das können viele Mädchen. Und irgendjemand hat dir die Manieren und die Haltung einer in einem Palast ausgebildeten Dame beigebracht. Doch ich habe auch schon kultivierte adelige Bälger unterrichtet – sie haben Mühe mit harter Arbeit. Aber du nicht; du hast eine Furchtlosigkeit an dir, die man nicht unterrichten kann, und sie wird dir in diesem furchterregenden Geschäft gute Dienste leisten.«

Flora war überrascht, Tränen in Friditas Augen aufsteigen zu sehen. Da sie nicht wusste, was sie sonst tun sollte, umarmte Flora sie. Am Ende der Umarmung wischte Fridita sich über die Augen und schob Flora zum Darstellereingang des Spielkastens.

»Geh! Du hast alles getan, was du kannst. Wenn du jetzt scheiterst, ist es nicht deine Schuld.« Sie schenkte Flora ein letztes großes Schaustellerlächeln. »Aber scheitere nicht.«

Floras Stichwort war ein Brüllen der Großkatzen des Bändigers, und sie stolzierte mit ihrer hübschen Seite zur Mitte des Zeltes gewandt hinein. Beim Anblick der mehr als hundert Zuschauer, die mitten in der Luft über ihr schwebten, blieb sie beinahe stehen – *es ist wie Magie* –, aber sie zwang sich, zu lächeln und weiterzugehen. Sie würde am Fuß der Treppe auftreten und ihre Stimme zu ihnen emporsenden. Aber es herrschte ein erbitterter Wettbewerb um die Aufmerksamkeit der Gäste. Nackte Männer und Frauen tollten auf der ersten Ebene herum, verhüllten und enthüllten einander mit breiten Streifen durchsichtigen Stoffs in einem kunstvollen Tanz, sodass sie erregten, aber doch nie ganz zu sehen waren. Der Großkatzenbändiger trat auf der obersten Ebene direkt über dem Publikum auf, um die Menschen mit seinen Katzen umso besser erschrecken zu können. Ihre riesigen Pfoten schlugen gegen das Glas, während sie sich aufbäumten, umherspazierten und den versammelten Edelleuten, Händlern und Künstlern Ohs und Ahs entlockten, allesamt Menschen, die sich den Eintrittspreis leisten konnten. Selbst im Erdgeschoss wetteiferten verschiedene Nummern miteinander. Der stelzbeinige Mann torkelte umher und stieg über kleinwüchsige Leute, die unter ihm her kullerten. Vier kastrierte Burschen, die mit Federn bedeckt waren, zirpten sich von Vogelstangen in den Ecken aus Lieder in hohen Tönen zu. Ein Mann in falschen Adeligengewändern stolzierte mit brennendem Hut umher und zuckte auf ulkige Weise mit den Schultern, als habe er keine Ahnung, warum die Leute ihn angafften. Eine Frau, die ohne Augen geboren worden war, jonglierte mit Hafenratten, die sie an ihren Schwänzen hochwarf und wieder fing. Dies waren die Nummern auf der unteren Ebene, im Erdgeschoss. *Die Kuriositäten.* Wenn das Publikum überhaupt nach unten schaute, dann nur, um zu lachen und mit dem Finger zu zeigen. Sie bemerkten nicht einmal, dass Flora hereinkam.

Flora, die dem Publikum ihre gute Seite zugewandt hielt, schwebte zum Fuß der Glastreppe. Das Publikum war abgelenkt – die Großkatzen, das Versprechen von sich windendem Fleisch und die grotesken Menschen zogen die Blicke auf sich. Doch als die kastrierten Jungen aufhörten zu zirpen und Tamar seine drei Katzen in einer Reihe Platz nehmen ließ, kehrte Stille im Zelt ein. *Ich werde die einzige Stimme sein.* Wenn sie ihren ersten Takt begann, würden die Menschen sich ihr zumindest für einen Moment zuwenden. Prinz Gauk hatte sie angewiesen, mit dem Jungferngesang anzufangen, während sie ihre hübsche Hälfte zeigte. Dann würde die hässliche Seite die Hexe singen. Passend, aber wie erwartet. *Gut für ein einfältiges Publikum.* Aber sie sahen nicht einfältig aus. Es waren durch die Bank Aristokraten und schlaue Erfolgsmenschen. Auf jeden Einzelnen kamen fünf Jahre im Gelehrtenbezirk, wenn die Gerüchte auf der Straße der Wahrheit entsprachen. *Sie werden Literatur und Kunst studiert haben,* dachte Flora, genau wie sie und ihre adeligen Freunde es auf der Lichtung getan hatten. *Einfachheit wird sie nicht beeindrucken.*

Sie drehte ihnen ihre andere Wange zu und sang.

»Ich bin eine schöööne Maid!«

Sie hielt den Ton, und als ihre Stimme über die Stufen nach oben drang, wandten sich ihr hundert neugierige Gesichter zu, genau wie sie es vorausgesehen hatte. Es waren keine freundlichen Gesichter – als sie ihre »geschmolzene« Seite sahen, machten sie sich nicht die Mühe, ihren Schreck oder ihre Erheiterung zu verbergen. *Aber sie gehören für den Moment mir* – länger nur, wenn sie sie fesseln konnte. Sie streckte das Hinterteil heraus und warf sich ihre dunklen, verhedderten Locken über die Schulter, als wäre sie recht anziehend.

»Hüften und Haar, sehet her, Ihr Leut,
Denn ich bin eine schöne Maid.«

Als sie lachten, wusste sie, dass sie ihre Aufmerksamkeit noch für einige weitere Augenblicke hatte – bevor sie wieder den gewaltigen Tiger beobachteten, der über ihnen umherstreifte, oder die wiegenden Bewegungen der faszinierenden Tuchtänzer. Flora strich sich mit den Händen über ihren Leib, wie sie es die Hafenhuren hatte tun sehen.

»Ihr müsst die Maid hier vor Euch loben.
Sie ist süß! Sie ist lieblich! Sie ist ach so …«

»Hässlich!«, rief ein Zuschauer, und leises Gelächter machte die Runde. »Grotesk!«, brüllte ein anderer. Sie waren plötzlich grausam, als hätte sie ihnen die Erlaubnis dazu gegeben, indem sie es gewagt hatte, so zu tun, als wäre sie eine Schönheit. Aber sie hatte auf sie gewartet, hatte ihnen eine Falle gestellt, und ihre Unhöflichkeit fügte sich in ihre Nummer ein. Flora drehte dem Publikum ihr anderes Gesicht zu – ihre hübsche Seite –, und sie spie ihr Gift vor ihnen aus.

»Fürwahr! Fürwahr! Es ist offenbar!
Sie ist abstoßend, grässlich,
Unziemlich und hässlich,
Monströs missgestaltet,
Abstoßend abhaltend,
Mit ekelhaft, scheußlicher Fratz!
Unschön und ehrlos,
Aasig und reizlos,
Schrecklich bedrohlich wie …
Die gefleckte Katz.«

Floras Blick schoss zu Tamar über ihnen, der innegehalten hatte, um selbst ihre Darbietung zu verfolgen. Er begriff ihren Blick als Stichwort – *er ist schließlich ein Darsteller der obersten Ebene* –, und er stieß seine riesige Katze an, sodass sie über dem gaffenden Publikum brüllte und die Menschen genau im richtigen Moment erschreckte. Aber Flora erlaubte ihm nicht, die Aufmerksamkeit des Publikums zurückzugewinnen. Schnell wandte sie ihnen wieder ihre beschädigte Seite zu und machte ein trauriges Gesicht, dann hob sie eine Hand, um die hubbelige und blasse Haut ihrer Wange zu befühlen, als hätte sie sich gerade erst daran erinnert.

»Es war'n schöne und hässliche Tage.
Teils lieblich, teils glücklich,
Teils dunkel und Plage.
Doch der Tag, da meinen Schatz ich erkannte,
… war der Tag, da der Schmiedebezirk brannte.«

Die Menge verstummte, denn Feuer war ein ernstes Thema. Schmied war nicht der einzige Bezirk, der zu Lebzeiten der Zuschauer abgebrannt war. Jeder in Schmutz kannte jemanden, der sein Leben an die Flammen verloren hatte, und die jüngste Schmiede-Tragödie machte ihnen selbst das Herz schwer. Nicht nur sie wurden still, bemerkte Flora, auch alle anderen Nummern pausierten, um ihre Geschichte zu hören. *Jetzt ruhen aller Augen auf mir – dies ist mein Moment.* Sie ging die Treppe hinauf. Gauk hatte ihr das Erdgeschoss zugewiesen, aber der Wechsel in der Stimmung ihrer Nummer verlangte, dass sie sich bewegte, und der einzige Weg führte nach oben.

»Bevor ich meinen Liebsten fand,
Lag die Schmiede an meinem Wegesrand,

Wo die Schmiedefeuer tobten.
Doch ein Mädchen suchte Schutz dort drin.
Erst sechs Jahre war das arme Kind.
Warum sollte das eine Jungfer scheren,
Die bald sollte einem Manne gehören?«

Flora streichelte über ihre Narben, ihre fehlende Nase und Lippe. Sie wartete darauf, dass die Zuschauer antworteten, aber sie waren hin- und hergerissen. *Gut,* dachte Flora. Das beste Ende einer Geschichte war eins, bei dem die Zuschauer nicht wussten, was sie wollten.

»Da ich's grausam fand, sie dort zu lassen.
Lief ich los, um das Kind zu fassen.
An jenem hellen, dunklen Tag,
Hab das Leben ihm geschenkt, dem Blag.
Ich verlor dabei bloß Haut und Haar.
Nun ist sie so schön, wie ich es einst war.
Und ich bin die Maid, die einst ... lieblich ... war.«

Flora ließ die Geschichte sich setzen. Die Menschen raunten und applaudierten dann. Es dauerte nicht lange, bis sie jubelten. Aber als einige sich für den kommenden Beifallssturm erhoben, erlaubte Flora ihnen nicht, in Schwung zu kommen. Sie riss ihr hübsches Gesicht herum, um sie anzufunkeln, dann sang sie.

»Halt! Bleibt sitzen. Spornt sie nicht an.
Unsere Schönheit ist hin – schaut uns nur an.
Das hab ich davon, dass arglos ich war.
Sie ist scheußlich und fürchterbar,
Verwachsen und krumm.
Wag ich's zu sagen, ein Monstrum?«

Das Publikum brummte, verstimmt über die Kritik an ihrer beschädigten Seite. Irgendjemand verfluchte sie. »*Du* bist ein Monstrum!«, brüllte ein anderer. Ein Dritter rief: »Wir lieben sie, nicht dich!«

Flora wich zurück, als wäre sie bestürzt.

»Ich bin noch schön, doch ach, ungeliebt – ist das denn schön?«

Das Hohngelächter und Zischen, das folgte, drohte, sie zu übertönen. Es spielte keine Rolle, dass sie schön war. *Sie hassen mich!* Sie machten obszöne Gesten und riefen nach ihrem beschädigten Ich, taten ihre gute Seite so bereitwillig ab, wie sie anfangs ihre hässliche Seite verurteilt hatten. In Wahrheit, dachte Flora, hassten sie sich selbst, weil sie ihre Hässlichkeit vorschnell verabscheut hatten, aber sie erlaubte ihnen, ihre eigene Schuld auf ihren anderen Charakter zu übertragen. Sie konnten jetzt Helden sein und die mitfühlende Jungfer gegen ihr arrogantes Gegenstück verteidigen. Flora wandte ihnen ein letztes Mal ihre verletzbare Seite zu, gerade rechtzeitig, als sie das zweite Stockwerk erreichte. *Die oberste Ebene,* begriff sie, als sie auf den Glasboden trat. Tamar ließ seine Peitsche knallen, und der fleckige Tiger verneigte sich vor Flora. Sie hatte die Großkatzen beinahe vergessen, genau wie alle anderen. *Aber jetzt darf ich nicht zurückweichen.* Sie sang.

»Ihr braven Leut, vergebt ihr gnädig.
Eh ich selbst mich kannte, war sie – ich.«

Flora hockte sich seitlich auf das gläserne Geländer und rutschte mit einem traurigen Winken hinunter, vorbei an ihrem verzückten Publikum. Als sie den ersten Stock hinter sich gelassen hatte, schwang sie sich ganz über das Geländer. Die

Menge keuchte auf, aber Flora fing sich, klammerte sich an das Kristall und hangelte sich in Richtung Boden, wo sie leichtfüßig wie ein Eichhörnchen landete. Sie huschte zum Darstellerausgang davon, hielt aber noch einmal inne, um ihre Gauklergrundlinge aus dem Erdgeschoss um sich zu scharen und sie in den Beifallssturm einzubeziehen, den sie voraussah.

Die Menge tobte. Der gläserne Boden zitterte so heftig unter den stampfenden Füßen und dem Jubel, dass Prinz Gauk herauseilen musste, um die Menschen zu beruhigen, obwohl dem winzigen Prinzipal ein riesiges Lächeln auf dem Gesicht stand.

»Willkommen bei der Vorstellung, Fauna! Ist sie nicht umwerfend seltsam und seltsam umwerfend? Dies ist das erste Mal, dass sie irgendwo aufgetreten ist, und Ihr wart hier, um es zu sehen! Mehr Applaus! Mehr Applaus für die geschmolzene Jungfer, die Euer Herz schmelzen lässt!«

Das Publikum auf den oberen Rängen verfiel in steten, kräftigen Applaus, der Flora bis ganz aus dem Zelt hinaus folgte.

Hamm fing sie am Ausgang ab, kopfschüttelnd und lächelnd. »Also könnt Ihr doch noch etwas anderes als …«

Fridita stieß Hamm beiseite und schlang ihre alternden Arme um Flora. »Meine geliebte Schülerin! Du hast es geschafft!«

»Was habe ich geschafft?«

»Zum einen habt Ihr eine Menge Aufmerksamkeit erregt«, murmelte Hamm besorgt.

»Du bist der Erfolg der Eröffnungsvorstellung!«, rief Fridita. »Die Nachricht verbreitet sich schnell. Das nächste Mal werden die Menschen kommen, um dich zu sehen, und Gauk wird uns belohnen. Wir werden gut essen. Du bekommst vielleicht ein Zelt!«

»Ich habe ein Zelt.«

»Dein eigenes Zelt.«

Flora sah Hamm an.

»Wir werden Euch vermissen«, sagte er augenzwinkernd.

Endo lief auf sie zu, voll kostümiert als Ziege aus dem Klippenbezirk, komplett mit gebogenen Hörnern. »Donnerwetter!«, lautete sein Kommentar.

Sie haben alle meine Darbietung gesehen.

Der Eisenjunge starrte Flora mit großen, bewundernden Augen an, bis ein Mädchen ihn vom Zelteingang hereinwinkte. »Ich bin dran! Ich bin dran!«, brüllte er, begierig auf seine Chance, sich zu beweisen. Und dann war er verschwunden.

Hamm starrte sie immer noch an. »Eine Menge Leute haben zugesehen. Hoffen wir, dass sich nicht die falschen Leute entschließen, sich eine Vorstellung anzusehen.«

»Ohne die Maske bin ich eine vollkommen andere Person. Um wen macht Ihr Euch Sorgen, dass er mir zu große Aufmerksamkeit schenken könnte?«

»Um mich zum Beispiel.« Dann war er an der Reihe, seine Künste zu zeigen, und auch er verschwand durch die Zeltklappe in den Spielkasten.

Flora fand eine Lücke in der Leinwand, wo sie sich ihren Grundlingsgefährten anschloss – Hitzkopf Hannibal, Beinchen und Missa, eine der kleinen Personen, die zu Beinchens Füßen herumkullerten. *Und in seinem Zelt, wenn die Gerüchte wahr sind.* Flora grinste über das Bild des hochgewachsenen Mannes und der kleinen Frau, die einander umarmten. Zu viert standen sie wie eine menschliche Treppe da, in einer Reihe vom Kleinsten bis zum Größten, und verfolgten durch die Öffnung die weitere Vorstellung.

Nicht weniger als acht Nummern waren noch im Gange, aber Flora hatte nur Augen für Hamm. Er stolzierte über die

Sägespäne und ging sofort die Kristalltreppe hinauf. Auf der ersten Ebene blieb er stehen, wo ein Seil über dem Publikum baumelte. Er spazierte zwischen den Menschen hindurch und griff mit zwei starken Händen nach dem Seil. Seine Muskeln traten hervor, und dann kletterte er. *Wie ich.* Hamm erhob sich aus der Menge, und als er sich der gläsernen Decke über ihnen näherte, schwang er sich hin und her, bis das Seil ihn durch die Treppenöffnung katapultierte. Er landete mit katzenhafter Anmut und zu anerkennendem Applaus auf der obersten Ebene. Von dort aus rannte und sprang er – schien für einen Moment der Schwerkraft zu trotzen – und fing mitten im Flug drei kleine Äxte auf, die eine hinreißende Frau ihm zuwarf – *eine Frau mit zwei guten Seiten.* Er jonglierte mit den Beilen, bevor er sie in drei verschiedene Holzpfähle schleuderte; in jeden war der Kopf eines anderen verabscheuten Adeligen hineingeschnitzt. Die Skulpturen waren das Werk ehemaliger Künstler aus dem Zimmererbezirk – die Vorstellung lockte Menschen aus jedem Bezirk der Stadt an. *Außer von den Klippen.*

Hamm beendete seine Nummer, indem er zu dem Seil zurückkehrte und sich wieder ins zweite Stockwerk über das Publikum schwang, wo er mit den Händen am Seil abglitt. *Oh nein!* Er ruderte dramatisch mit den Armen. Die Menge keuchte auf und machte Platz. Eine Frau schrie. Aber gerade als er drohte, in ihrer Mitte auf das Glas zu krachen, schoss ein geknüpftes Netz von exzellenter Qualität hervor, um ihn aufzufangen. Flora erkannte das einzigartige dreieckige Gewebe. *Das hat Anya gemacht, die Ehefrau des Fischers!* Es sprach für das große, schillernde und dehnbare Band, das eigenartige Personen aus Dutzenden von Bezirken und aus über tausend verschiedenen Zelten zusammenschweißte. *Sie alle tragen zu der Vorstellung bei.* Hamm schlug einen einzelnen Purzelbaum und landete auf dem Rücken in Anyas feinem Netz, wo er eine

Pfeife aus seiner Tasche zog und sie mit einer schwungvollen Geste seiner leeren Hand entzündete.

Rauchloses Feuer!, begriff Flora, die die grünliche Flamme von Rajeevs Pulvern erkannte. *Ich weiß, wie er das macht!*

Das Publikum lachte über Hamms Beinahe-Sturz und applaudierte dann ungefähr so heftig, wie Floras Herz hämmerte. Er hatte das Publikum getäuscht. Er hatte sie getäuscht. Sie lachte ebenfalls. *Schurke!*

In ihrem Zelt wartete Wein. Guter Wein. Und ein dampfendes Lammkarree mit winzigen, in Sahnesoße gekochten Kartoffeln. Und Gauk. Und Fridita. Sie alle lächelten.

Prinz Gauk lachte wohlwollend. »Du hast die Geschichte umgedreht, du schlaue Füchsin. Sag mir, dass ich falschliege! Gegenüberstellung. Ironie. Genau das, was ich dir beigebracht habe. Ha!«

Fridita verschluckte sich und spuckte Wein aus. »Das haben wir nicht dir zu verdanken, du alter Bühnendieb. Wer hat die ganze Arbeit gemacht?«

»Fauna?«, warf Hamm ein.

»Ja, ja, natürlich«, gab Gauk zu. »Der Ruhm geht an den Darsteller!« Er hob seinen Kristallbecher. »Ich werde dich aus dieser schäbigen Leinwand befreien und in ein richtiges Zelt bringen.«

»Vorsicht«, sagte Hamm grinsend. »Diese schäbige Leinwand ist mein Zuhause. Du beleidigst mich.«

»Dein Zuhause beleidigt mich! Sieh dir dieses Chaos an. Du hast Wein über dem Tisch vergossen, Kostüme stapeln sich in der Ecke, und ein betrunkener Junge lümmelt sich auf deinem Stroh.«

Alle schauten zu Endo hinüber, der bewusstlos vom Alkohol auf dem Boden lag.

»Mir scheint, er ist an den Jahrgang nicht gewöhnt«, bemerkte Flora, was schallendes Gelächter von Hamm zur Folge hatte. Da Krötchen nicht zugegen war, um einen großen Wirbel um den Jungen zu veranstalten, hatten sie ihn trinken lassen, und er hatte versucht, ihnen zu zeigen, dass er ein Mann war. Er war es nicht.

Fridita erhob sich und fasste Gauk am Ellbogen. »Komm, lass mich dich in dein Zelt bringen.«

»Mein Zelt? Du?«

»Ja. Wir feiern, und wir haben genug Wein getrunken, dass du mein Alter vergessen kannst und ich deine Fehler ignorieren kann.«

Gauk grinste. »Du bist noch genauso liebreizend wie einst, als du aufgetreten bist, und meine Fehler sind klein und lassen sich leicht übersehen.«

Und dann waren sie fort. Hamm warf eine Decke über den Jungen und drehte sich zu Flora um.

Ihr war nicht klar gewesen, dass sie mit ihrer guten Seite, die sie ihm zugewandt hatte, gemogelt hatte, bis er mit seiner starken Hand ihr Kinn ergriff und ihr Gesicht gerade rückte. Er zeichnete mit den Fingern ihre Narben nach, um ihre fehlende Lippe und Nase herum. Normalerweise hätte sie seine Hand weggeschlagen, bevor er ihre beschädigte Haut berührte, aber der Wein verlangsamte ihre Reaktionen, und als er erst einmal angefangen hatte, ließ sie es zu.

»Ihr seid wie ein neugieriger Junge.«

»Nein.« Hamm deutete mit dem Daumen auf Endo. »Er ist wie ein neugieriger Junge. Ich bin ein neugieriger Mann. Und diese fehlenden Teile von Euch sind ein Rätsel.«

»Habt Ihr vor, es zu lösen?«

»Rätselhafte Dinge genießt man am besten ungelöst. Aber nicht hier.«

»Nein?«

Er zog sie durch die Zeltlasche und hinaus auf die Straße, die selbst bei Nacht belebt war, obwohl sie von einer entschieden anderen Menschenmenge bevölkert war als während des Tages. Auch die Gerüche waren anders – Wein und Weihrauch, Schweiß und billige Parfüms. Die Kühle der Schmutzigen Nachtluft zwickte Floras Haut. Zwei Huren standen vor einem roten Zelt neben einem bulligen Symbonesen, der ein offenes, gekrümmtes Kurzmesser an seinem Gürtel trug. Hamm begrüßte eine der Frauen.

»Harimi, ich gebe dir drei Silbermünzen, wenn du dafür nackt neben dem Jungen in meinem Zelt aufwachst.«

»Morgenarbeit?«

»Nein. Er wird nicht mehr zustande bringen, als seinen Kopf zu halten und zu stöhnen. Sag ihm einfach, er sei gestern Nacht ein Mann gewesen. Mach ihm Komplimente, schmeichle, lüge – genauso, wie du es für mich tun würdest. Davon abgesehen kannst du einfach mal eine Nacht tief und fest schlafen.«

»Abgemacht. Obwohl ich dich nie belügen würde, Hamm.«

»Ha! Siehst du. Du hast es gerade getan.«

Hamm ergriff Floras Hand, und sie eilten über das karierte Pflaster des Gauklergeländes im Karnevalsbezirk. Sie konnte nicht umhin zu versuchen, die dunklen Steine zu meiden und nur auf die hellen zu treten, wie ein Kind, obwohl der berauschende Wein dafür sorgte, dass sie ihr Ziel oft verfehlte. *Ein schönes Eichhörnchen bin ich!* Der Rauch der Nachtfeuer verwandelte die Menschen in den Straßen in nebelhafte Erscheinungen, die auftauchten und wieder verblassten, als Flora und Hamm vorbeigingen. Viele waren harmlose Schausteller, die ihren Tageslohn auf den Kopf hauten, aber die gelegentlichen betrunkenen Besucher aus Elfenbein oder Stahl oder sogar aus dem Irrgarten waren mit Abstechern oder Fleischmessern bewaffnet. Die meisten sahen Hamm an und gingen weiter, was gut war, denn Flora und Hamm waren beide betrunken. *Ein Betrunkener ist kein Kämpfer,* pflegte Rajeev zu sagen. *Er denkt nur, er wäre einer!*

»Wie ist es so?«, fragte Flora.

»Wie ist was?«

»Im Vergnügungspalast?«

»Keine Ahnung. Ich bin noch nie eingeladen worden.«

»Aber Ihr seid ein Darsteller der dritten Ebene und so gut in dem, was Ihr tut.«

»Akrobaten und Jongleure sind ununterscheidbar, austauschbar, entbehrlich. Wie Tänzer. Dem vor mir ist es misslungen, eine Axt aufzufangen, und er hat seine Karriere mit drei fehlenden Fingern beendet, aber er hat niemandem gefehlt. Ich bin eingesprungen und habe am nächsten Abend seine Nummer übernommen. Außerdem ist Herzog Karni der beste Akrobat, den die Stadt je gesehen hat. Warum sollte er mich in den Palast einladen, wenn er tun kann, was ich tue, nur besser.«

Sie kamen am nun leeren Spielkasten an. Er war ein gigantischer, mehrzackiger Schatten, wie der gehörnte Kopf eines riesigen Dämons oder der spitze Hut eines Schamanen, und so stumm wie eine Nacht auf dem Knochenacker.

»Können wir uns hineinschleichen, solange niemand hier ist?«

»Nicht hinein. Tamar lässt seine Katzen nachts dort; das hält die Schurken und Vagabunden fern.«

»Wie uns.«

Hamm lachte. »Allerdings.«

»Warum sind wir dann hier?«

»Könnt Ihr klettern?«

Flora grinste in der Dunkelheit. Sie wählten Zeltstangen dicht beieinander und kletterten hinauf, sodass sie einander sehen konnten. Hamm war schnell. Sie war noch schneller. Flora zog sich auf das Spielkastenzelt, gerade als Hamms Hand über dem Rand erschien. Er kroch herüber und warf sich neben ihr auf den Rücken. Das Leinwanddach bog sich unter ihrer beider Gewicht durch.

»Ich bin betrunken.«

»Eine Ausrede, dass Ihr verloren habt«, sagte Flora.

Er feixte. »Ich bin allein mit einer betrunkenen jungen Prinzessin oben auf dem Spielkasten. Habe ich wirklich verloren?«

Flora legte sich links neben Hamm, mit ihrer guten Seite ihm zugewandt, und sie schauten zu der gekrümmten Mondsichel hoch, die dem Symbonesen die Form seines Kurzmessers gestohlen hatte.

»Einer Prinzessin mit Makel.«

»Jeder hat Makel, wenn man nach ihnen sucht.«

»Nach meinen muss man nicht suchen. Sie sind offensichtlich.«

»Sie sind ehrlich. Ihr versteckt sie nicht. Nicht mehr. Ich habe das Gefühl, dass ich Menschen erst kenne, nachdem ich irgendeine Unvollkommenheit an ihnen gesehen habe – das macht sie zu realen Menschen, keinen Schauspielern. Deshalb mag ich die Vorstellung – in einer Vorstellung voller Kuriositäten gibt es jede Menge Unvollkommenheiten, so viel steht fest. Und sobald die Menschen die Bühne verlassen, können sie sein, was sie sind. Hier auf dem Gelände muss man nicht perfekt sein, man muss nur irgendetwas gut können.« Er drehte sich auf die Seite und sah Flora in die Augen. »Mir scheint, Ihr könnt mehrere Dinge gut, und ich bin neugierig darauf zu erfahren, was es sonst noch ist.«

Er rutschte näher an Flora heran und schob sich zwischen sie und das Licht des Mondes, sein Gesicht direkt über ihrem. *Er wird mich küssen!*, durchzuckte es Flora. Ihr Herz raste. Die Männer, mit denen sie in ihrem Leben das Bett geteilt hatte, hatten sich nicht die Mühe mit Küssen gemacht – sie hatte sie nicht in die Nähe ihrer deformierten Lippen gelassen, und ihnen hatte es anscheinend nichts ausgemacht.

Floras scharfer Verstand ließ sie im Stich. »Ich habe bisher nicht besonders viel geküsst.«

»Ich habe nicht besonders viele Prinzessinnen geküsst.«

Er hatte auf alles eine Antwort. *Eine gute Antwort.* Er gab ihr das Gefühl, wieder schön zu sein, wie Mawry es getan hatte, nur anders – *ganz anders* –, und er tat es ohne eine Maske. Sie wusste, dass er viel redete – *Komplimente, Schmeichelei, sogar Lügen.* Es spielte keine Rolle. Wenn es vorgespielt war, fühlte es sich echt genug an und war hinlänglich unterhaltsam, um jeden Preis wert zu sein, den sie morgen zahlen würde. *Eine gute Vorstellung.* Flora hätte beinahe applaudiert. Stattdessen zog sie Hamm auf das Zeltdach herunter und küsste ihn als Erste, und dann erkundeten sie, ob sie in dem, was sie oben auf dem riesigen Spielkasten taten, gut war, während unter ihnen die Großkatzen knurrten und schnurrten.

Kapitel 43

Aufgerufen

»Karni?« Flora starrte von der knarrenden Probebühne zu Prinz Gauk hinab. »Herzog Karni will mich sehen?«

»Allerdings«, erwiderte der winzige Prinzipal. »Er hat von dir gehört. Er hat nach dir geschickt. Du wirst morgen vor ihm erscheinen.«

»Im Vergnügungspalast?«

»Direkt neben unserem eigenen Spielkasten, aber in einer anderen Welt.«

Flora stand auf der Bühne, zusammen mit der großen Besetzung von Darstellern, die Gauk im Laufe der Zeit seit ihrem ersten Auftritt hinzugefügt hatte – zehn Vorstellungen in hundert Tagen. *Eine ganze Spielzeit.* Die gegenwärtige Gruppe von Darstellern schloss eine Horde kichernder Maiden ein, die Flora bei jeder Vorstellung für eine Hochzeit kleideten, zu der es niemals kommen würde; ferner einen jungen Mann in Erwartung ihrer Heirat, der sie zurückwies, wenn er ihre Narben sah; und ein kleines Mädchen mit Brandwunden an den Armen, das Flora rettete, nachdem sie zwei Stockwerke hinaufgeklettert war und das Kind aus einer brennenden Holzfassade der Hammerwerkfestung im Schmiedebezirk herausgeholt hatte. Es war eine große Produktion, um ihren Doppelcharakter herum konstruiert, und der Spielkasten quoll über vor Zuschauern, die das Ganze sehen wollten. Das kleine Mädchen mit den authentischen Brandwunden war schwer zu finden gewesen, behauptete Prinz Gauk, aber Flora vermutete, dass das Mädchen sich selbst verbrannt hatte, um die Rolle zu bekommen – oder schlimmer noch, dass ihre Eltern ihre Arme mit einer Fackel bearbeitet hatten, um ihr zu helfen, die Rolle zu bekommen. *Verzweifelte Zeiten.* Das Mädchen war jedoch eine überdurchschnittlich gute Schauspielerin, und Fridita nahm sie ebenso hart ran, wie sie es bei Flora getan hatte.

»Ich werde dich natürlich begleiten«, fügte Gauk hinzu. »Karni freut sich immer, mich zu sehen.«

»Er freut sich immer, dich zu sehen, wenn du wieder ein Talent hast, das er klauen will«, brummte Fridita.

»Es ist mir eine Ehre. Eine Beförderung für Fauna! Außerdem können wir nichts tun, um sie hier zu halten, wenn der Verrückte Narr sie haben will.«

»Habe ich da kein Mitspracherecht?«, fragte Flora.

»Keines, das zählen würde. Jetzt geh und bereite dich vor.«

Flora stieg von der Bühne aufs Pflaster hinab, wo Gauk wartete, und trat vor ihn hin. Der Augenblick schien mehr zu verlangen.

»Es war eine gute Spielzeit«, erklärte er schließlich. »Eine schöne Darbietung.« Und dann überraschte er sie, indem er seine kurzen Arme ausstreckte. Sie bückte sich und zog ihn an sich, vorsichtig zuerst und dann heftig.

»Danke!«, sagte sie.

»Ich hoffe, dass wir dich hier bei der Vorstellung gerecht behandelt haben«, erwiderte er.

»Das habt ihr. Ich verdanke dir meinen Erfolg.«

»Du verdankst mir die Chance, die ich dir gegeben habe. Den Erfolg hast du dir selbst verdient.«

»Ich bin ein anderer Mensch als bei meiner Ankunft hier.«

»Die Vorstellung tut das – sie verändert Menschen. Nicht immer zum Guten, aber manchmal. Also dann, fort mit dir! Du bist plötzlich eine äußerst viel beschäftigte Frau. Sag mir, dass ich falschliege!«

Flora fand Hamm in seinem Zelt. Sie hatte jetzt ihr eigenes – ein neues, größeres Zelt näher beim Spielkasten, mit einem polierten Holzboden und Möbeln, einer Dienerin und einem kastrierten Sängerknaben in Ausbildung, der täglich kam, um sauber zu machen und Nachttöpfe zu leeren. Hamm stand da und grinste, als sie eintrat. Flora lächelte verlegen zurück. In der Dunkelheit jener ersten Nächte hatte sie unter seinen starken und sanften Händen versprochen, den Akrobaten oft zu besuchen, aber ihr Probenplan war immer voller geworden. Edelleute aus dem Weinbezirk holten sie zu abendlichen Festessen in ihre Herrenhäuser, und Händler aus dem Gewürzbezirk luden sie zu ihren Festen in von Weihrauch erfüllten Räumen ein. Hamm war ein ausdauernder Schurke; er erschmeichelte sich Einladungen, wann immer er konnte, und küsste sie, wann immer niemand hinschaute. Aber sie waren selten allein. *Erst dreimal.* So selten, dass sie sich an jede Einzelheit erinnern konnte. Auf dem Spielkasten – ihr erster Kuss. In seinem Zelt mit dem Strohboden – eine umfassende Erkundung bis zum Morgen, ohne ihn anschließend zu töten. Und einmal in einer Gasse – *da war es dringend gewesen.* Aber dann hatte das Leben als Teil der Vorstellung sie vereinnahmt, überlegte sie, als sie ihn wortlos von der Zeltklappe aus ansah.

Er hatte sich gewaschen, bemerkte sie. Seine normalerweise verfilzten Locken baumelten locker um sein Gesicht wie ein Vorhang, und in dem Lächeln dahinter lag eine gewisse Resignation, die Flora nicht verstand – eine Traurigkeit unter seinem Grinsen. Der Nachmittag kühlte schnell ab, und die

Wärme des Zeltes und der Kohleöfen zog sie hinein. Als Flora die Zeltlasche hinter sich schloss, neigte Hamm den Kopf zur Seite und deutete auf das gute Bett.

»Hast du Zeit für einen letzten Kuss?«

»Einen letzten? Ich bin heute Abend wieder hier.«

»Nein, bist du nicht. Wer würde in ein Zelt zurückkehren, nachdem man ihn in einen Palast gerufen hat?«

»Ich bin mir sicher, er wird mich nicht bei seiner persönlichen Truppe behalten.« Sie wollte ihn küssen, aber die Vorstellung, dass es das letzte Mal sein würde, ließ sie nicht los. »Außerdem hat Gonzalo mich bereits für die Vorstellung hergerichtet; du würdest den Puder und die Creme verschmieren.«

»Ich würde mitkommen, wenn ich könnte, aber sie lassen nur Edelleutchen und andere hochstehende Persönlichkeiten hinein.«

»Wo ist der Junge?«

»Ich habe ihn heute noch nicht gesehen. Wahrscheinlich bei unserem Schamanenkrötchen oder beim Würfeln hinter der Werkstatt des Kulissenbauers.«

»Er hätte einen guten Gemeinen abgegeben.«

»He, er ist ein Eisenmann. Unter den Edelleutchen sind das die unelegantesten. Das Gegenteil der Glasis, trotz ihrer Verwandtschaft.«

»Du hast ihn nicht die ganze Zeit im Blick. Was wirst du tun, wenn er zurück nach Hause geht? Was, wenn er deinen Namen nennt?«

»Sein Onkel hatte mich beauftragt, ihn vor einer Ratte zu beschützen. Sie sollten mir eine Belohnung geben!«

»Was, wenn sie dir nicht glauben? Herzog Glas ist tot. Krötchen versteckt sich. Was, wenn sie denken, man hätte dich dafür angeheuert, ihn von der Abstimmung fernzuhalten? Was, wenn …?«

»Die Abstimmung hat stattgefunden, und es ist so gelaufen, wie sein Eiserner Rat es gehofft hat. So wie ich es sehe, habe ich ihn nicht von vielem abgehalten. Der Rest deiner Sorgen sind einfach ›Wenns‹, und ein Mann kann sich im Leben nicht um die endlosen ›Wenns‹ sorgen. Wenn er das täte, würde er niemals sein Zelt verlassen.«

»Ich muss gehen.«

»Ich weiß.«

»Es ist noch Zeit, mir einen Kuss auf die Wange zu geben«, fügte Flora hinzu und hielt ihm aus Gewohnheit ihre gute Seite hin.

Hamm küsste sie, dann drehte er ihre andere Wange zu sich und küsste auch die verbrannte Seite. »Viel Glück dort oben.«

»Glück ist etwas, dem ich zu misstrauen gelernt habe.«

»Ich habe nicht gesagt, dass du dem Glück vertrauen sollst, aber es schadet nicht, es zu haben.«

Hamm zog ein kleines Fleischmesser und eine Scheide, die man sich um den Knöchel schnallen konnte, aus einer Tasche seines Umhangs. Flora zog eine Augenbraue hoch. Sie hatte ihre Klingen nicht mehr angelegt, seit sie Darstellerin in der Vorstellung geworden war. *Hier ist es nicht nötig zu töten.* Und mit der Zeit hatte sie sich ohne sie sicherer gefühlt. Aber jetzt drückte Hamm ihr den Griff der Klinge in die Hand.

»Es kann auch nicht schaden, das da zu haben. Ich höre, die Leute im Vergnügungspalast können ein übler Haufen sein.«

Der warme Geruch von geröstetem Fleisch und reifem Käse vermischte sich mit dem Gestank der Großkatzen – *sie haben die Ecken mit ihrer Pisse bespritzt, bevor ich angekommen bin.* Tamar befand sich mit seinen Katzen bereits auf dem Schauplatz des Vergnügungspalastes – er hatte den karierten Raum verlassen, bevor Flora eingetroffen war. Sie waren die beiden Nummern, die Karni aufgerufen hatte – die Sängerin und den Bändiger. *Eine große Ehre.* Die meisten Nummern im Kasten kamen und gingen ohne einen Ruf ihres Herzogs. Er war selektiv. »Heikel, wählerisch, anspruchsvoll, kritisch«, hatte Prinz Gauk erklärt. »Der größte Kritiker von Schaustellertalenten seiner Zeit!« Karnis Ruf wurde durch seinen Erfolg gerechtfertigt – Zuschauer kamen sogar aus fernen Königreichen, und sie bezahlten jeder ein kleines Vermögen, um seine vielseitige Sammlung von Kuriositäten, Akrobaten und Darstellern zu sehen. Selbst seine eigenen Darbietungen waren legendär, denn der Herzog war ein unglaublicher Akrobat.

Auf der Bühne und im Schlafzimmer, wenn die Geschichten wahr sind.

Flora tat sich an Lamm und Ziegenkäse gütlich, während sie wartete. Es waren so viele Speisen für sie und den Bändiger da, dass es in den Zelten auf dem Gauklergelände für zehn Mahlzeiten gereicht hätte. Hüfthohe, schwarz und weiß bemalte Holzkisten stapelten sich auf einem Boden aus großen schwarzen und weißen Steinkacheln. Flora setzte sich auf eine Kiste und legte die Beine auf eine zweite, genoss einen salzigen Bissen Lammfleisch, rollte ihn im Mund und quetschte den Saft aus ihm heraus. Es gab Wasser für ihre Stimme und Bienensirup – ein Luxus, den sie nicht mehr gehabt hatte, seit sie auf der Lichtung gewesen war, wo Bienenstockplünderer in schweren Umhängen es um der klebrigen Beute willen mit Wolken stechender Insekten und stacheligen Sumpfbeerenbüschen aufnahmen. Selbst wenn sie und Rajeev Geld gehabt hatten, war Bienensirup auf den Straßen des Irrgartens unmöglich zu finden gewesen. *Anders als hier im Vergnügungspalast.* Der Tontopf mit Sirup war ein Geschenk eines Häuptlings der Kluftinsel, der wegen der »großartigsten Darbietung in Schmutz« übers Meer gekommen war.

Während Flora auf den Kisten ruhte, leckte plötzlich eine lange, rosige Zunge an dem Lamm in ihrer Hand. Flora richtete sich jäh auf und fand sich einer braunschwarz gefleckten Schnauze gegenüber. Sie hatte die Größe ihres ganzen Kopfes. Blassgelbe Augen mit nadelstichdünnen schwarzen Pupillen musterten sie mit gelassener Neugier. Flora ließ das Lamm fallen und kletterte hektisch auf einen dreifachen Kistenstapel. Es spielte keine Rolle – der gefleckte Tiger war ohne Weiteres so lang, wie die Kisten hoch waren, und könnte sie mit einem lässigen Sprung erreichen. Sie suchte nach einem Weg, um an der Bestie vorbei und nach draußen auf den Boden des Vergnügungskessels zu fliehen, aber genau in dem Moment tappte noch eine Katze herein. Es war der grüne Panther, halb so groß wie der Tiger, aber immer noch größer als Flora selbst. Sie erkannte beide aus der Vorstellung, aber da hatten sie sich sicher über dem Glas des zweiten Stockwerks oder unter Tamars Kontrolle befunden. *Nicht allein in einem Zimmer mit mir!* Der Panther hockte sich über dem Lamm auf die Hinterbeine, ignorierte es jedoch, um Flora anzustarren.

»Du bist erkannt«, gurrte eine seidige Stimme von der Tür aus.

Flora blickte auf.

Tamar war ein guter stratanischer Ostwaldname, obwohl das Gauklervolk ihn zu »Tam« verkürzt hatte. Tam stand da und betrachtete sie mit großen Augen, die so gelb waren wie die seiner Katzen, als ein drittes Tier sich an ihm vorbeischob, ein gestreifter Tiger. Er stupste Tam mit dem Kopf an, bevor er sich neben den anderen fallen ließ, um sich zu der Untersuchung Floras dazuzugesellen.

»Wir erkennen einen Strataner, wenn wir einen riechen«, sprach Tam weiter. »Hab keine Angst. Wir finden deinen Duft tröstlich in einer Stadt, die nach Unvertrautem stinkt.

Menschen aus Schmutz würden sie ohne Bedenken verschlingen, täusch dich da nicht, aber es gibt eine Art Verwandtschaft zwischen uns Waldkreaturen.«

»Du bist ein Ostwäldler.«

»Das lässt sich leicht erraten. Schwieriger ist es, dich einzuordnen … Fauna. Vertraut, aber kenne ich deine Familie?«

Er musterte ihre beiden Gesichter und versuchte, sich an sie zu erinnern. Flora musste sich beeilen, sich eine glaubwürdige Lüge auszudenken. *Die beste Lüge enthält ein Körnchen Wahrheit.* »Du kennst sicher die Pinkneys aus Hochzweig – entfernte Verwandte –, aber ich bezweifle, dass du mich kennen würdest. Ich bin nicht aus so gutem Hause und aus dem Westen.«

»Ah, aus der Nähe der Lichtung.«

»Nicht so nah.«

»Wie dem auch sei, wir sind alle Strataner.« Er betrachtete seine Katzen. »Tasha, friss.« Auf seinen Befehl hin fiel der grüne Panther über den weggeworfenen Brocken Lammfleisch her und schlang ihn mit zweimaligem Schnappen seiner Kiefer herunter. Die anderen Katzen zuckten mit keiner Wimper. »Sie ist im Wald fast unsichtbar, meine Tasha. Deshalb ist sie nervös, wenn sie auf dem Glas auftreten muss. Man kann sich nirgendwo verstecken.«

»Das verstehe ich.«

»Du bist gut in dem, was du tust, Fauna. Du beherrschst das Publikum mit deiner Stimme. Sie hat einen vornehmen Schliff, den du dem Ort im Westen verdankst, von dem du stammst, wo immer das sein mag. Und die Menschen sind dir wohlgesinnt, trotz deiner Verunstaltung – oder eigentlich gerade wegen ihr.«

»Du bist ein großartiger Künstler, Tamar.«

»Aber nein. Tasha, Salbei und Bert sind die Künstler.« Er winkte seinen Katzen mit einer kreisförmigen Armbewegung zu, und sie drehten sich zu ihm um und richteten sich auf. »Ich bin bloß Tamar.«

»Man kürzt den Namen hier in Schmutz zu ›Tam‹ ab.«

»Sie versuchen, uns Strataner allesamt einen Kopf kürzer zu machen, weißt du.«

»Das weiß ich ebenfalls.«

»Und wirst du zurückkehren, bevor der Krieg beginnt?«

Flora blinzelte. Sie hatte noch nicht darüber nachgedacht. »Ich habe noch nicht darüber nachgedacht«, gestand sie.

»Ich werde zurückkehren. Und ich werde meine Schönheiten freilassen, wenn ich dort ankomme. Sie gehören in den Wald. Ich gehöre in den Wald – ich habe eine Tochter mit einer Frau in Grünzweig, wo ich früher am Grünen Theater gespielt habe, bevor ich in die Stadt gekommen bin. Ich werde dort hingehen, und ich werde kämpfen, falls der Krieg die Gegend erreicht.«

»Für Stadtsoldaten ist es ein langer Weg, sich durch den Wald zur Ostseite zu kämpfen.«

»Es sei denn, sie gehen außen herum durch die Wüste.«

»Das wird Amora nicht zulassen.«

»Die Sandkönigin?«

Flora fing sich gerade noch. »Ich glaube, das ist ihr Name.«

Tamar neigte den Kopf zur Seite, und seine gelben Augen wurden schmal. »Ah, ja. Evangelin. Das ist der Name. Aber er hat sich seither geändert, hm?«

»Falls die Geschichten wahr sind.« Flora kletterte von ihrem dreifachen Kistenstapel herunter und ging auf Zehenspitzen zwischen den Katzen hindurch. Sie beobachteten sie genauso eingehend, wie Tamar es tat. »Ich glaube, ich bin gleich dran. Werden deine Katzen mich durchlassen?«

»Sie würden dir wohl sogar folgen, wenn du es ihnen befehlen würdest. Sie mögen deinen Geruch.«

Kapitel 44

Der Vergnügungskessel

»Spieler! Spieler! Spieler!« Durch die skandierten Rufe der Menge erbebte die steile hölzerne Haupttribüne der gewaltigen Arena – des Vergnügungskessels.

Ich bin der Spieler.

Flora straffte den Rücken, wie Gräfin Blatt es ihr beigebracht hatte – die alte, gebeugte Benimmlehrerin auf der Lichtung, die Flora mit einem dünnen Zweig auf den Hintern gehauen hatte, wann immer sie ihn zu weit vorgestreckt hatte. *Der Gang eines adeligen Mädchens.* Die Reihen der Bänke erhoben sich gefährlich steil über dem festgestampften Boden der Arena, sodass die über ihr sitzende Menge beinahe senkrecht von oben auf sie herabschaute. Die ganze Arena war bunt bemalt, und die einzelnen Farben kennzeichneten ihre verschiedenen Bereiche – ein kiefernnadelgrüner Bereich, ein butterblumengelber Bereich, ein blutroter Bereich –, mehr Farben, als zu zählen sie Zeit hatte. Bezirksbanner mit kunstvollen Wahrzeichen hingen in regelmäßigen Abständen verteilt und flatterten zum Stampfen Hunderter Füße – ein schwarzes Schaf vor einem weißen Hintergrund, ein geschmiedeter Amboss auf Rot, ein Hammer, ein burgunderfarbener Kelch, ein Knochenhaufen und mehr.

Floras Kopf hämmerte von dem dröhnenden Rhythmus des

Kessels, und ihre Blicke irrten zwischen Hunderten rufender und gaffender Menschen über ihr umher. Die Luft war gesättigt von menschlichen Ausdünstungen, von schweren Parfüms und Pfeifenrauch, die kaum den stinkenden Atem, die Blähungen und den heißen Schweiß aus den verschiedensten Körperöffnungen überdecken konnten. Die erstickende Intensität des Ganzen raubte Flora die Orientierung, und so konzentrierte sie sich auf das Podium, das in der Mitte der hinteren Arenawand mit grünen und roten Seidenvorhängen abgeteilt war.

Die Loge des Herzogs.

Die farbenfroh gewandeten Gäste in der Loge saßen oder standen, wedelten mit den Armen und johlten. Prinz Gauk war dort. Er hockte erhöht auf einer weißen Kiste, Fridita neben sich. Zahlreiche andere steckten in dem bunten Narrenkleid des Bezirks, aber einige waren auch als Großkatzen kostümiert, mit Stoffohren und riesigen pelzbesetzten Fäustlingen als Pfoten. Eine nackte Frau war dunkelgelb bemalt und mit den unverkennbaren schwarzen Punkten von Bert, Tamars riesigem Tiger, gefleckt. Die Hälfte des Gesichts einer anderen Frau war mit ekelhaften roten Streifen mit purpurnen Flecken bemalt, und Flora begriff, dass die Frau sie imitierte. *Sie macht sich über meine Narben lustig.* Und in der Mitte des Ganzen lag der Länge nach ausgestreckt auf einer silbernen Kugel, die zehn Handspannen hoch war, ihr Herzog.

Der Verrückte Narr!

Herzog Karni trug einen übergroßen, geviertelten Wappenrock, hielt einen riesigen Kelch in der Hand und war über die Kugel drapiert wie eine sich lümmelnde Großkatze. Die vier Viertel seines Gewandes zeigten die Ärsche von vier Tieren – einem Traberpferd, einem Zottelschaf, einem Schwein und einem Wolf. *Er verhöhnt die Bezirke Stallungen, Schaf, Schlachter und Kürschner.* Flora betrachtete sein Gefolge. Sie erkannte Herzog

Wein in der Nähe – aber jeder erkannte Herzog Wein. Neben ihm saß der Insulaner-Häuptling, der für ihren Bienensirup verantwortlich war. *Mögen die Götter ihn segnen.* Und bei ihnen war eine hochgewachsene, auffällige Frau – zu groß, mit einer maskulinen Wölbung an der Kehle und breiten Schultern. *Das ist keine Frau,* begriff Flora. Es war ein Mann in Frauenkleidern. Flora starrte ihn an. Er war ein ihr *bekannter* Mann in Frauenkleidern. Floras Herz raste, und dann schäumte ihr Blut.

Anjali!

Beim Anblick des abscheulichen Hundes, der sie an die Piraten verkauft hatte, tastete Flora nach dem Griff des Fleischmessers, das Hamm ihr gegeben hatte. Es war nicht zum Werfen geeignet – ein schwerer Griff und eine leichte Klinge, aber Flora schätzte, dass sie in die Loge springen könnte, bevor Gardisten sie aufhielten. *Ich könnte ihn töten.* Es kostete Flora große Anstrengung, die Hand still zu halten und der Loge stattdessen ihr beschädigtes Gesicht zuzuwenden. *Er wird meine vernarbte Seite nicht erkennen.* Anjali trug ein schimmerndes Miederkleid, das offensichtlich im Gewänderbezirk geschneidert worden war, aber er war definitiv ein Mann – das konnte Flora jetzt sehen. Und sie fragte sich, wie es ihr zuvor hatte entgehen können. *Ich war ein naives Eichhörnchen.* Sie erwog, sich in den karierten Raum zurückzuziehen, aber es war zu spät. Sie stand bereits vor dem Verrückten Narren, und der Kessel brüllte nach ihr. Sie hatte Geschichten darüber gehört, was mit Schaustellern geschah, die die Menge im Vergnügungskessel enttäuschten, und sie schauderte. Es war nicht Karni selbst, den sie fürchtete. Es war unwahrscheinlich, dass er persönlich die Peitsche auf ihren Hintern knallen ließ, wenn sie versagte – *höchstens in seinem Schlafgemach.* Aber seine Macht gründete sich auf seine Fähigkeit, sein Publikum zu unterhalten. *Und die Zuschauer im Vergnügungskessel sind rabiat.*

»Ich bin eine schöne Maid!«

»Und ich bin ein schöner Herzog!«, unterbrach Karni sie. Er sprang plötzlich auf und stand auf der Metallkugel. Der Verrückte Narr neigte sich zuerst in die eine, dann in die andere Richtung, während die Kugel unter ihm hin und her rollte, und Flora begriff, dass das riesige Ding nicht festgeschraubt war. *Er balanciert darauf.* »Ah, aber wo habe ich meine Manieren gelassen? Heißen wir die Sängerin mit den zwei Gesichtern willkommen!«

Ein Chor von Sängern wiederholte seinen Gruß. Anjali war einer davon. »Willkoooooommen, Schön-Hässliche!«

Karni schickte sich an, auf der gewaltigen Kugel zu laufen, rollte sie unter sich an der Bank entlang und durch seine Loge, während Gäste auf dem Podium aus dem Weg sprangen, um nicht überrollt zu werden, darunter der Insulaner-Häuptling selbst.

»Ich habe viel von dir gehört, Fauna, das zweigesichtige Mädchen«, fuhr Karni fort. »Von hier. Von da. Von überall! Du würdest die Dinge nicht glauben, die ich gehört habe – oder von wo ich sie gehört habe. Aber ich werde dir ein ›Wo‹ verraten. Ich habe von meinem Ehrengast von dir gehört!«

Der Verrückte Narr lenkte Floras Aufmerksamkeit auf eine Bank weiter oben in der privaten Loge, und dort saß zu Floras Schrecken Endo.

Der Eisenjunge!

»Kannst du dir die Aufregung vorstellen, als wir ihn gefunden haben? Der Eiserne Rat wird recht überrascht sein, wenn ich es ihm mitteile, was ich tun werde, sobald wir ihn heute Abend hier unterhalten haben, das arme, verlorene Ding – sich ausgerechnet bei den Gauklern zu verstecken. Er kennt dich, weißt du, und er sagt, du seist die Beste! O-ho, ich hoffe es, denn heute Abend haben wir eine so unglaubliche Kessel-Vorstellung! Zuerst die Rückkehr des Eisenjungen! Dann die Großkatzen – solch riesige, wunderschöne Muschis! Miau und raow-wow. Und jetzt du! Und das ist noch nicht einmal alles. Oh nein, das ist nicht alles.« Der Verrückte Narr sprang hoch, machte einen Salto rückwärts, landete wieder auf der Kugel und schwankte, bis sie sich stabilisierte. »Das Tor!«

»Das Tor!«, wiederholte die Menge.

Ein eisernes Tor in der Wand des Kessels schwang rechts von Flora auf, und drei Närrische Gardisten in grünen und roten Lendenschurzen sprangen heraus, mit glitschigen, eingeölten Leibern. Sie führten einen gefesselten Mann an einem Seil in den Kessel. Die Gardisten waren jung und muskulös und trugen eichene Narrenstäbe mit geschnitzten Narrenköpfen am dickeren oberen Ende, aus denen eiserne Stacheln ragten. Flora beobachtete, wie sie näher kamen, und war weiterhin darauf bedacht, der Loge des Herzogs ihre verbrannte Wange zuzuwenden. Der Gardist in der Mitte hielt ein Ende des Seils, und das andere verschwand im Mund des gefesselten Mannes. Er war kahl, und zwei kleine Metallbälle ragten aus seinen Wangen. Das Seil war um die Stange in seinem Mund geschlungen – wie bei einer Pferdetrense.

Krötchen!

Karni bedachte Krötchen mit einem heftigen Applaus und tanzte wie ein aufgeregtes Kind von einem Fuß auf den anderen.

Sie waren zusammen, begriff Flora. Die Närrischen Gardisten hatten sowohl Krötchen als auch den Eisenjungen gefunden.

»Mein Lieblingsverwalter!«, brüllte Karni. Dann sah er Anjali an und riss sich zusammen. »Ich meine natürlich, ›mein zweitliebster Lieblingsverwalter‹, meine üppige Dame.«

Anjali lächelte huldvoll und tat so, als wäre er nicht gekränkt. *Er sollte sich glücklich schätzen, dass er sich nicht selbst am Ende eines Seils befindet.*

Krötchen versuchte zu sprechen, aber er konnte mit dem Knoten im Mund nur murmeln.

Karni legte eine Hand an sein Ohr und tat so, als versuchte er, etwas zu hören. »Wie war das? Was sagt Ihr? Ihr habt Herzog Glas' Neffen beschützt? Wie edelmütig für einen Gemeinen! Und wie schön für Euch, Kröterich. Aber wir alle wissen, was mit einem Verwalter geschieht, wenn sein Herzog stirbt, nicht wahr?«

Die Menge begann wieder mit den Füßen zu stampfen. Karni nickte im Rhythmus mit, während ihre Aufregung wuchs. Der Verrückte Narr war eine Stimmungskanone. Er nutzte die dramatische Pause auf die gleiche Weise, wie Flora es bei ihrer eigenen Darbietung tat. *Damit die Spannung sich aufbaut.* Applaus und Gejohle schwollen um sie herum an wie eine aufragende Welle und erschütterten den Kessel. *Sie spüren, dass etwas kommt.*

»Sollen wir ihn zurück in den Glasbezirk schicken, damit man ihn in festliche rote Bänder zerschneidet?«

»Nein!«, rief die Menge einmütig.

Sie sind ein gut ausgebildetes Publikum, dachte Flora.

»Nein, wahrhaftig«, stimmte Karni ihnen zu. »Bringt ihn zu mir!« Das Trio halb nackter Gardisten zog Krötchen an dem Seil vors Podium, sodass die Trense die Löcher in seinen Wangen einriss. Er sabberte und spuckte aus. Blut befleckte den Boden des Kessels. »Ich liebe diesen Mann. Ich liebe ihn ganz gewiss. Aber Ihr könnt nicht weghüpfen, mein Frosch-Freund. Selbst hier in diesem närrischen Bezirk kennen wir das Gesetz. Und das Gesetz ist das Gesetz, nicht wahr?« Karni betrachtete einen Schmutzwächter, der direkt neben seiner Loge postiert war. Der Mann in dem dreieckigen Umhang hatte sein Notizbuch bereits gezückt.

»Das Gesetz ist das Gesetz!«, rief die Menge.

Krötchen stand aufrecht vor Karni. Er jammerte nicht oder wand sich. Er nickte dem Narren mit seinem kahlen Kopf zu, außerstande zu sprechen.

»Wie schön, Euch wiederzusehen, Krötelchen. Ihr habt Euch gewiss verändert, seit Ihr Herzog Glas so treulos gedient habt. Ich liebe es, was Ihr mit dem Haar gemacht habt. Ich hätte Euch kaum wiedererkannt. Und wir suchen immer noch nach einem irrtistischen Burschen, der Euch in unseren Bezirk gebracht hat.« Karni streichelte die glatte Kugel unter sich und wirbelte sie dann herum, um zu den Bänken aufzuschauen. »Gauk, du klitzekleiner Halunke. Es überrascht mich, dass du meinen Lieblingsflüchtling in deiner drolligen kleinen Vorstellung versteckt hast. Du weißt, dass das ganz, ganz böse ist.«

Gauk sprang entsetzt auf seine Stummelfüße. »Ich habe es nicht gewusst! Ich meine, ich bin nicht so blöd, einen verderbten Verwalter zu verstecken. Ich hätte ihn sofort ausgeliefert.«

»Und den Eisenjungen in Gefahr gebracht? Eine Ratte schnüffelt nach ihm herum, sagt er. Versteckt hat er sich, sagt er.«

»Hätte ich *das* gewusst, hätte ich den Jungen ebenfalls versteckt.«

»Ah, aber wie es sich herausstellt, hast du das auch nicht getan. Die Kostümierung des Jungen war hervorragend, gewiss – du musst mir den Namen seines Schneiders geben –, aber sein Geplapper war nicht so gut getarnt. Wir haben ihn beim Würfelspiel gefunden, ausgerechnet. Ein kleiner, würfelnder Herzog! Er hat das Geheimnis unseres schlüpfrigen Verwalters verwettet und verloren. Der Gewinner hat die Information an mich verkauft, sodass ich sie beide für unsere Vorstellung gewinnen konnte, was uns wohl alle zu Gewinnern macht!«

Der kleine Scheißkerl hat das Leben seines eigenen Beschützers verspielt.

Prinz Gauk protestierte. »Ihr steckt mich zwischen Hammer und Amboss, mein Herzog. Ihr sagt, ich hätte Euch warnen sollen, und Ihr sagt, ich hätte keinerlei Aufmerksamkeit erregen sollen. Ihr fügt zwei und zwei zusammen und kommt auf fünf! Sagt mir, dass ich falschliege.«

Karni wandte sich an die Menge und zuckte die Achseln. Die Menschen reagierten.

»Falsch! Falsch! Falsch!«

»Das Publikum hat gesprochen, und mit dem größten Missvergnügen erkläre ich dir: Du hast falschgelegen, Gauk.« Der kleine Prinzipal erbleichte, während Karni weitersprach. »In der Vorstellung macht das Publikum dich zu dem, was du bist, und es kann dich auch absetzen. Also, es tut mir leid, so ist das Leben eines Schaustellers, mein Miniaturfreund. In den Kessel!« Mit Lendentüchern bekleidete Gardisten erschienen wie aus dem Nichts und zerrten Gauk an den Armen von seinem Sitz, sodass er zwischen ihnen baumelte. Karni richtete das Wort an die Menge, während seine Närrischen Gardisten den kleinwüchsigen Prinzipal die Haupttribüne hinunterschleppten. »Ich mache das Vorrecht meines Bezirks geltend. Wir werden das Urteil über Herzog Glas' Verwalter hier in Karneval fällen, wo man ihn gefasst hat, zusammen mit dem Schausteller, der ihm Unterschlupf gewährt hat. Ich schwöre, dass ihre Verhandlungen zügig und gerecht vonstattengehen werden. Und sie werden fabelhaft unterhaltsam sein!«

Flora sah zu, wie die Närrischen Gardisten Krötchen und Gauk – den Mann, der ihr das Leben gerettet hatte, und den Mann, der ihr ein neues Leben geschenkt hatte – zur Mitte des Kessels eskortierten. Sie sollten für ein Unrecht bestraft werden, bei dem sie ihre Hand im Spiel gehabt hatte. Oder vielleicht auch beide Hände.

Außerdem stehlen sie mir die Schau, dachte sie lächerlicherweise.

»Herzog Karneval!«, rief Flora und benutzte den vollen Titel des Verrückten Narren.

Er richtete seine Aufmerksamkeit auf sie, lächelte sanft und erhob sich auf der Kugel mit ausgestreckten Armen auf ein Bein, wie ein posierender Storch. »Entschuldige die Störung deiner Darbietung, mein gespaltener Schmetterling. Das Leben ist nichts als ein Theaterstück; manchmal leiten wir das Stück, aber heute leitet das Stück uns. Ich muss dich bitten zu warten. Dies ist keine Nummer, die ich hinauszögern kann. Meine Gäste würden nicht dafür einstehen!«

Wie aufs Stichwort erhob sich das gesamte Publikum, und alle bejubelten den Tod von Krötchen und Gauk.

»Oder vielleicht würden sie doch dazu stehen. Haha!«

»Auch ich werde für sie einstehen«, sang Flora plötzlich.

Es hätte vielleicht gereicht, die Worte einfach zu sprechen, aber die Macht des Gesangs war überzeugender. Plötzlich trat Stille ein, als ihre verzerrten Worte durch den Vergnügungskessel hallten – eine Arena, die so raffiniert gebaut war, dass die Stimmen der Darsteller das Raunen des Publikums übertönten –, und Hunderte von Augenpaaren richteten sich auf Flora.

Karni machte ein überraschtes Gesicht, sein Mund zu einem sauberen kleinen *Oh* geöffnet. Er schauspielerte nicht, begriff Flora – *er ist wirklich überrascht.* Seine riesige Kugel rollte langsam herum, bis er herunterfiel.

Der Verrückte Narr fing sich gerade rechtzeitig, um auf der Mauer der Arena vor der Loge des Herzogs auf den Füßen zu landen. »Lass mich hier so klar wie Glas sein. Du applaudierst nicht bloß; du schlägst vor, ihre Stelle einzunehmen?«

»Ja!«, sang Flora.

Karni schaute zu dem Schmutzwachmann hinüber und dachte über Floras Angebot nach. Flora vermutete, dass Karni abgelehnt hätte, wäre die Wache nicht zugegen gewesen, aber angesichts geöffneter Notizbücher würde der Narr das Gesetz befolgen, und das Gesetz besagte, dass sich jede Person, die hinreichend in der Schuld des Verurteilten stand, an seiner Stelle vor Gericht verantworten durfte.

Karni fasste sich, suchte nach dem Drama in dem Ganzen und ergriff dann wieder das Wort. »Diese Vorstellung wird immer interessanter! Wir werden bald herausfinden, was du diesem Mann oder jenem Mann schuldig bist. Aber zuerst musst du wählen, da du nur für einen einspringen kannst, meine Dame. Wird es der haarlose Verwalter sein oder der stummelige Schausteller?«

Flora stand in ihrer beider Schuld. Krötchen hatte sie vor dem Ertrinken gerettet. Gauk hatte sie zu einer Darstellerin gemacht. Beide hatten ihr ein neues Leben geschenkt. *Das ich im Begriff stehe wegzuwerfen.* Es war eine unmögliche Wahl. Einer von ihnen würde abwarten und zusehen müssen, ob sie die Verhandlung überlebte – *was immer die beinhalten mag* –, während der andere neben ihr vor Gericht stand. Das Gemurmel der Menge schwoll an, während Flora überlegte. Es war unklug, ein Publikum zu rastlos werden zu lassen. *Erwartungsvoll, ja, aber nicht ungeduldig.*

»Ich entscheide mich für …«, hob sie zu sprechen an. Die Menge hielt einmütig den Atem an, und sie ließ sie noch einen Moment länger in ihrem eigenen Saft schmoren. »Den Verwalter von Herzog Glas.«

Krötchen schüttelte den Kopf und versuchte, sie davon abzubringen, konnte aber nicht sprechen.

Karni nickte. »Und was schuldest du diesem ehrlosen Vernachlässiger herzogsbedingter Sterbepflicht, das dir erlaubt, für eine solch jämmerliche Seele vor Gericht zu stehen?«, fragte Karni Flora, während seine Närrischen Gardisten ihr bedeuteten, sich zu den angeklagten Männern zu gesellen.

»Ich schulde ihm mein Leben, denn er hat meines gerettet«, verkündete Flora. Der Vergnügungskessel explodierte vor Geplapper. »Ich schwamm in den stürmischen Wellen der Bucht abseits der Kais und wäre gewiss ertrunken, als er von oben wie ein von den Göttern gesandter Retter ins Wasser fiel. Er hat mich an Land ins Trockene geschleppt.«

Karni wackelte vor Aufregung mit den Ohren. »Ooh, ich wette, er ist während seiner Flucht aus dem Möwennest in deiner Nähe gelandet. Vielleicht ist er doch nicht vor seiner Pflicht geflohen, sondern nur in die Bucht gesprungen, um eine glücklose Maid zu retten. War es das?«

»Ich kann nicht wissen, was in ihm vorgegangen ist, aber das ist es, was geschehen ist.«

»Und jetzt kannst du ihn retten. Was für eine Ehre. Was für eine Geschichte!« Karni ging trittsicher auf der Mauer der Arena entlang, trat den Becher eines Mannes in die Luft und nahm einen Schluck, bevor er ihm den Rest über seinen Kopf kippte. »Aaaaalso, wie sollen unsere Strafverhandlungen aussehen, Vergnügliche Kesseler?«

Rufe erschollen aus allen Bereichen. Karni tat so, als lausche er aufmerksam, nickte und deutete in die Menge, als erwöge er sorgfältig die vielen Hundert gerufenen Vorschläge. Aber Flora sah seine Närrischen Gardisten bereits eine quadratische, hölzerne Wand auf Rädern herbeischleppen und an jedem Ende der Arena eine hohe Stange aufrichten.

Sie bereiten meine Hinrichtung vor.

Es drang langsam zu ihr durch – sie hatte sich vorschnell freiwillig gemeldet, und nun würde man sie töten. Und Gauk ebenfalls. Wenn sie durch irgendein Wunder überlebte, würde auch Krötchen verschont werden. Anderenfalls würde man ihn ebenfalls töten. *Eine Verschwendung* – kaum einer oder niemand überlebte die Verhandlungen. Es war nicht anders, als auf der Lichtung gebäumt zu werden. Gemeine Schurken aus dem Zimmererbezirk schwammen nur selten schneller als die Blutegel, und keiner der Höhergestellten hatte jemals zehn Nägel in den Kopf überlebt. Die Verurteilten am Hafen ertranken, bevor sie über die volle Breite eines Schiffes gekielholt wurden. Und selbst die stärksten Verbrecher des Steinbezirks wurden bei dem Versuch zerquetscht, Steinbrocken aufzufangen, die von Katapulten geschleudert wurden. Flora konnte sich nicht vorstellen, dass es leichter war, Karnevals-Verhandlungen zu überleben. Sie hatte ihr Leben weggeworfen, und wofür? Ehre? »Es liegt keine Ehre darin zu sterben«, hatte Rajeev ihr immer eingeschärft. »Es ist sogar ein unrühmliches Unterfangen, und die Toten sehen im Allgemeinen lächerlich aus.« Flora hatte die Grimassen blasser Leichen gesehen und die stummen Schreie der offen stehenden Münder. Selbst ihr entzückender Kapitän hatte mit seinem überraschten Gesichtsausdruck peinlich ausgesehen und abscheulich gerochen, nachdem er seine Gedärme stinkend entleert hatte. Trotz ihrer guten Absichten würde sie einen absurden Tod sterben. *Und sie werden mein Gesicht verspotten.* Sie hatte sich binnen eines einzigen törichten Augenblicks von einer triumphalen Schaustellerin in eine Gauklerkuriosität verwandelt.

Die Gardisten rollten die hölzerne Wand ans hintere Ende der Arena. Sie war viereckig und so hoch wie ein Raum, ihre Vorderseite unheilverkündend zerfetzt und voller vorspringender Splitter.

Ein Hackblock?

»Macht die beiden fest!«, befahl Karni.

Zwei Männer in Lendenschurzen fassten Flora an den Handgelenken und führten sie zu der Wand. *Ich könnte sie töten.* Widerstand war jedoch zwecklos. Die Arena war ein natürliches Gefängnis, und entlang ihrer Wände standen weitere Närrische Gardisten. Die Männer rissen Floras Arme an der hölzernen Wand hoch über ihren Kopf und befestigten gewölbte Holzblöcke über ihren Handgelenken. Es fühlte sich seltsam an, ihren Feinden zu erlauben, sie zu fesseln, eine furchtbare Hilflosigkeit, so schrecklich wie das Ertrinken. Drei Schläge mit einem Hammer trieben Nägel durch die Enden der Blöcke, und ihre Arme steckten fest. Ihre Beine ließen sie frei.

Gauk wurde neben ihr festgemacht. Er drehte den Kopf in ihre Richtung. *Ich verdiene, was immer er zu mir sagt,* ging es ihr durch den Kopf. Sie sah ihn mit einem schuldbewussten Blick und der stummen Bitte um Entschuldigung an.

»Sieh mich nicht so an«, sagte Prinz Gauk. »Der Mann hat dir das Leben gerettet. Ich müsste begriffsstutzig sein, um deine Entscheidung nicht zu verstehen.«

»Du hast mich ebenfalls gerettet.«

»Es spielt keine Rolle. Wir werden heute Abend alle sterben. Du hättest das nicht anbieten sollen. Hast du von den Karnevals-Verhandlungen gehört …?«

»Meine Freunde!«, rief Karni. »Und jene von Euch, die ich weniger mag. Es ist Zeit für die Verhandlung!« Er machte einem seiner Musikanten ein Zeichen, der einen großen Gong anschlug. »Ich habe Eure Bitten vermerkt, und ich habe Eure Vorschläge gehört. Ich gebe Euch die Wand der Schmach!«

Die Menge johlte, fühlte sich gut unterhalten. Herzog Wein setzte sich rittlings auf ein Fass, und Adelige füllten ihre Kelche aus einem schwanzförmigen Zapfhahn zwischen seinen Beinen. Die wohlhabenden Händler aus dem Gewürzbezirk zählten auf ihren Sitzen in der ersten Reihe Wetteinsätze und schoben hektisch Perlen auf einer Stange hin und her. *Sie wetten darauf, wer als Erster sterben wird.* Es schien, als wäre sie aus irgendeinem Grund die Favoritin.

»Ich werde zwei Freiwillige brauchen!«, verkündete Karni und ließ eine Handvoll Münzen aufblitzen. »Wer mag … Gold?«

Überall sprangen Zuschauer auf und fuchtelten mit den Armen, um die Aufmerksamkeit des Verrückten Narren auf sich zu lenken, während er so tat, als ließe er den Blick auf der Suche nach möglichen Kandidaten über die Menge schweifen. Männer stellten muskulöse Arme zur Schau. Eine Frau entblößte ihre Brüste. Ein gut gekleideter, betrunkener Mann fiel über das Geländer auf den Boden der Arena, zur großen Erheiterung der Menge. Närrische Gardisten beeilten sich, ihn zu entfernen.

Aber Karni tippte sich ans Kinn. »Wartet! Bringt diesen besoffenen Burschen her. Ha!«

Als seinen zweiten Kandidaten wählte Karni einen Edelmann aus dem Kürschnerbezirk, der aussah, als hätte er in seinem Leben jede Menge Klingen benutzt. Die Gardisten gaben dem Betrunkenen und dem Kürschner jeweils drei Handbeile mit beschwerten Wurfspitzen und positionierten sie fünf Schritte von der Wand der Schmach entfernt. Karni tanzte auf der Mauer der Arena entlang und hüpfte über Zuschauer, die sich in den Kessel vorbeugten. »Eine Goldmünze für jedes Mal, wenn Ihr Euer Ziel trefft, und drei weitere für den, der das meiste Blut spritzen lässt. Eure Wahl des Ziels, Rum-Säufer.«

Der Betrunkene schaute sich um, als wäre er verwirrt, dann begriff er, dass Karni mit ihm sprach. »Ich nehme den Zwerg, Herr; die größere Herausforderung.« Das Publikum brach in Gelächter aus.

Gauk ist eine kleinere Zielscheibe – deshalb wetten sie darauf, dass ich als Erste sterbe.

Sie beobachtete, wie die Händler hastig ihre Wetten

anpassten, nun, da sie wussten, wer werfen würde. Der Betrunkene trug einen dichten Bart, der seine gebräunten Züge verbarg – er hätte ein Südländer oder ein Insulaner sein können oder ein reicher Schmutzseemann, gebräunt von der Sonne, die sich auf der Bucht spiegelte. Seine schlaff hängenden Kleider hatten aus der Ferne gut ausgesehen, aber das spitzengesäumte Hemd war dünn und wies nur eine einfache Steppnaht auf, und die Pluderhose saß nicht ganz richtig. *Nicht maßgeschneidert.* Noch waren seine Augen rot vom Alkohol, wie Flora auffiel. Sie waren klar und wach. *Er ist nicht reich, und er ist nicht betrunken!*

Als er sich für seinen ersten Wurf positionierte, wand sich Gauk, trat mit seinen Stummelbeinen um sich und versuchte, sich hin und her zu werfen.

»Beweg dich nicht«, sagte Flora.

Gauk funkelte sie an. »Ich habe eine geringe Chance zu überleben, wie die Dinge gegenwärtig stehen, und du willst, dass ich ein regloses Ziel abgebe?«

»Vertrau mir.«

»Ich verstehe, warum du dich dafür entschieden hast, jemand anderen zu bevorzugen, aber du musst begreifen, dass deine Entscheidung mich nicht dazu ermutigt, dir zu vertrauen.«

»Oder vertrau mir nicht, wie du wünschst. Es ist wahr, dass es normalerweise nicht mein Geschäft ist, Leute zu retten. Nur heute.«

Prinz Gauk hatte keine Zeit mehr, weiter darüber zu debattieren. Der betrunkene Mann hob unbeholfen das erste Beil über den Kopf. Der kleine Prinzipal stieß ein Quieken aus, schloss die Augen, blieb aber vollkommen reglos, als ihn das Beil mit einem dumpfen Aufschlag mitten zwischen die Rippen traf.

»Aauuug!«, schrie Gauk und riss die Augen auf. Er starrte auf seine Brust hinab. Aber das Wurfbeil lag auf dem Boden und hatte sich ihm nicht ins Herz gebohrt. *Es hat ihn mit dem Griff zuerst getroffen.*

Das enttäuschte Stöhnen der Menge verwandelte sich in schallendes Gelächter, als der torkelnde Werfer sich an Karni wandte und lallte: »Ich habe ihn getroffen! Wo ist mein Gold?«

Der Verrückte Narr verzog das Gesicht und schloss die Faust fest um die Münzen, aber die Menge schrie: »Bezahlt den Mann! Gebt das Gold her, Herzog Geldsack!«

Karni sah, woher der Wind wehte; er warf den Kopf in den Nacken und zwang sich zu einem Lachen. *Er ist kein Narr, trotz seines Titels.* Nach einem herzhaften Kichern schnippte er dem Mann mit dem Daumen eine Münze zu. Der Betrunkene griff danach und verfehlte sie, sodass sie von seiner Stirn abprallte und auf dem Boden landete. Er ließ sich auf die Knie fallen und kroch auf der Suche nach dem Geld umher, was die Menge zum Rasen brachte.

Der Kürschner schnaubte missbilligend angesichts der jämmerlichen Darbietung und trat mit seinem ersten Beil vor. Als er zögerte, beruhigte ihn Karni.

»Eure Ehre bleibt unversehrt, edler Herr. Sie ist ebenso verurteilt wie der Mann, für den sie eingesprungen ist. Unter diesen Umständen dürft Ihr eine Frau angreifen, so wie Ihr einen Schurken angreifen würdet.« Er drehte sich zu der Schmutzwache um und zog den Mann mit einem spöttischen Ton zurate. »Sag mir, ob ich falschliege.«

Der Wachmann nickte – der Wurf würde kein Gesetz brechen und keinen Kodex der Ritterlichkeit.

»Es bereitet mir kein Vergnügen, eine hilflose Frau zu erdolchen«, log der Kürschner. »Ich bin schließlich ein Ehrenmann. Ich werde nicht zulassen, dass irgendjemand anschließend meinen Namen schmäht.«

»Die Verhandlung wird von unseren Freunden von der Schmutzwache als rechtmäßig bestätigt«, sagte Karni.

»Dolcht drauflos.«

Das Publikum stimmte zu. »Dolcht drauflos! Dolcht drauflos!«

Flora erkannte die Konzentration eines Werfers, wenn sie sie sah. Sie hatte sie selbst. *Wohin würde ich werfen?* Der Kürschner hatte den Gesichtsausdruck eines Jägers und zeigte den Anflug eines Lächelns. Er würde nicht danebenwerfen. Sie spannte ihre gefesselten Arme an und wappnete sich.

Das Beil sirrte schneller auf sie zu, als sie erwartet hatte. Flora stieß sich mit den Beinen vom Boden ab und warf sich zur Seite, schwang sich nach oben und benutzte ihre ruhiggestellten Handgelenke als Hebel. Sie hörte den Einschlag der stählernen Klinge im Holz zur gleichen Zeit, als sie den Knochen in ihrem Handgelenk brechen hörte. Als ihr Körper zurückschwang, schlug ihr Hintern das Beil aus der Wand, wo die gebogene Klinge sich eingegraben hatte. *Das wäre mein Bauch gewesen – ein langsamer, qualvoller Tod.* Das Beil fiel neben dem, das ihren Prinzipal getroffen hatte, in den Dreck. Flora stieß einen Seufzer vorübergehender Erleichterung aus, aber ihr gebrochenes Handgelenk schrie ihr gleichzeitig seinen Schmerz entgegen.

Der Vergnügungskessel explodierte. Karni sah sich erstaunt um und versuchte, sein Publikum zu ergründen. Die eine Hälfte stöhnte, die andere Hälfte jubilierte.

»Was für eine Vorstellung!«, jodelte er. Er sprang von der Mauer, machte einen Überschlag und landete auf den Füßen in der Arena. Er ging an der Menge entlang und hob die Arme, damit die Menschen stehen blieben. »Ich wette, Ihr könnt es nicht erwarten zu sehen, was als Nächstes geschieht, hm?«

»Wir können es nicht erwarten! Wir können es nicht erwarten!«

Der betrunkene Mann holte zu seinem zweiten Wurf auf Gauk aus. Diesmal drehte sich die Axt im Flug richtig herum, verfehlte ihr Ziel aber um Längen und bohrte sich näher bei Flora als bei dem kleinen Prinzipal ins Holz.

»Ein Fehlwurf!«, kommentierte Karni jauchzend das Geschehen.

Flora sah den Kürschner an und stellte sich auf die Zehenspitzen. Sein Stolz war von seinem ersten Fehlschlag verletzt – sie sah es in seiner verkniffenen Miene. Er schaute ihr in die Augen, studierte sie, versuchte, sie einzuschüchtern oder zur Untätigkeit zu verdammen, wie eine Viper vom Südufer. Er warf plötzlich, peitschte die Axt mit einer vollen Streckung seines langen Arms in ihre Richtung. Die Axt kam so schnell, dass sie zischend durch die Luft sirrte. Er war ein erfahrener Werfer – Karni hatte ihn ebenso bewusst ausgewählt, wie er den komischen Betrunkenen ausgewählt hatte. *Komödiantische Gegenüberstellung, um das Publikum zu unterhalten.* Sie hatte kaum Zeit, in die Knie zu gehen, mit der linken Schulter abzutauchen und den Kopf zur Seite zu reißen, bevor die Klinge einen Fingerbreit über und neben ihrer verbrannten Wange das Holz spaltete. Sie hatte vermutet, dass er auf ihren Kopf zielen würde; er war wahnsinnig. Aber sie hatte außerdem richtig geraten, dass er ihre beschädigte Seite anpeilen würde. Er war ein Edelmann – er betete Perfektion an und verabscheute das Groteske.

Er ist berechenbar. Berechenbarkeit war eine weitere Eigenschaft, die Rajeev verachtet hatte. »Die berechenbare Ratte ist eine tote Ratte.«

Das Publikum brüllte, diskutierte offen über den Wettbewerb und stritt über die Vorzüge der vier Teilnehmer. Vornehme Männer in ihren Abendmänteln riefen nach Blut. Adelige Frauen kicherten über Gauks panisches Mienenspiel, als wäre er lediglich eine unterhaltsame Kuriosität, die einen Riesenspaß vorführte. Andere waren Floras Anhänger, und sie war überrascht zu sehen, dass mehr Vertreter der in Seide Gekleideten ihren Tod wollten als der in grob gesponnenen Gewändern. *Ich bin bei den gemeinen Händlern beliebter.* Herzog Wein fuhr fort, Kelche mit dunkelroter Flüssigkeit zu füllen, die Gewürzhändler schoben ihre Perlen auf der Wettstange hin und her, und Karni präsidierte über alledem, ein Unterhalter ohnegleichen. *Noch besser sogar als der kleine Prinzipal.* Der Verrückte Narr manipulierte die Menge mit vorgeblichen Possen und versteckter Gerissenheit.

Er betrachtete das Publikum. »Dies ist ziemlich unfair, würdet Ihr mir nicht zustimmen?«

»Unfair! Unfair!«

Karni nickte, sein Edikt bestätigt, bevor er es aussprach. »Der weinselige Lümmel hat das kleinere Ziel und die zittrigere Hand. Lasst ihn zwei Schritte näher treten!«

»Ihr Bastard!«, blaffte Gauk, der endgültig die Beherrschung verlor. »Ich habe Euch klaglos jahrelang mit Schaustellern gefüttert. Ich war nichts als loyal.«

Karni senkte die Stimme, sodass nur die Teilnehmer ihn hören konnten. »Es tut mir leid, mein Freund, aber du weißt, dass jede Vorstellung ihren eigenen Rhythmus und Schwung hat, und wir müssen mitgehen, hm? Hör ihnen nur zu.« Er legte sich eine Hand ans Ohr, um den Jubel der Menge besser wahrnehmen zu können. »Du bist heute Abend ungemein beliebt. Wer hätte das gedacht! Genieße es.«

Mit diesen Worten wandte er sich ab und gab dem betrunkenen Werfer mit einem hochgereckten Daumen das Zeichen.

Die letzte Axt waberte im Flug. Sie traf Gauk in einem ungeschickten Winkel an der linken Brust, durchdrang seine glitzernde Kostümweste und bohrte sich in sein Fleisch. Flora hörte, wie das Beil auf eine Rippe traf, aber es prallte ab und rasierte nur eine kleine Schicht Fleisch weg. Die rechte Brustwarze des Prinzipals sprang von seinem Oberkörper und schlug einen Purzelbaum durch die Luft, bevor sie zu seinen Füßen landete. Die Menge brüllte, buhte, jubelte und schnatterte von Neuem los. Gauk heulte auf, wirkte aber erleichtert, als er begriff, dass er nicht tot war. Ein kleines Loch in seiner Weste und seiner Brust war erträglich.

Der Kürschner stellte sich zu seinem letzten Wurf auf. Flora folgte seinem Blick, der nach oben gerichtet war. *Götter, er visiert meine Handgelenke an!* Ihre Arme steckten durch die Holzbügel unverrückbar fest – sie konnte nicht ausweichen. *Verdammt!* Er würde sie nicht sofort töten. Er würde ihr die Hände abhacken und sie verbluten lassen.

»Gauk!«, flüsterte sie drängend. »Tu, was ich sage.«

»Ich habe getan, was du gesagt hast, und ich bin dafür um eine Brustwarze ärmer.«

»Du bist am Leben, du undankbarer Kerl. Jetzt hör zu. Wenn ich es sage, spring nach vorn und zieh die Wand mit vor. Aber stemm deine Füße in den Boden, damit die Wand nicht umfällt und uns zerquetscht.«

»Aber …«

Der Kürschner holte aus.

»Jetzt, du kleiner Scheißer!« Flora warf die Beine und ihr ganzes Gewicht nach vorn, als der Kürschner warf. Gauk gehorchte und tat das Gleiche. Sie hielt den Atem an, als die Wand auf ihren Rädern wackelte und sich dann neigte. Ihr Gewicht drückte gegen Floras Rücken. Das Beil überwand im selben Moment die Entfernung zwischen ihr und ihrem Henker und bohrte sich direkt über ihren Handgelenken in den Holzblock, mit dem sie festgehalten wurden, und dort blieb es zitternd stecken.

Es folgte ein Augenblick ungläubigen Schweigens, dann geschah alles gleichzeitig. Die Wand fiel nach vorn, aber Gauk rammte seine Füße in den Boden und hielt den Fall für den kurzen Moment auf, bis auch Flora ihre Beine in den Boden stemmte.

»Helft uns, Ihr Narren!«, schrie Flora den gaffenden Gardisten zu.

Aus ihrer Benommenheit aufgerüttelt, sprangen die muskulösen jungen Männer herbei, um die kippende Wand aufzufangen und wieder hinzustellen, bevor sie Flora und Gauk zerquetschte. Flora schrie fast vor neuerlichem Schmerz in ihrem Handgelenk auf. Die Menge schrie tatsächlich. Die Hälfte der Gewürzhändler verfluchte ihre Götter. Karni war außer sich, rang die Hände und tanzte von einem Fuß auf den anderen wie ein Kind, das unbedingt pinkeln musste. Er schlug Räder zu der Wand hinüber, wo Flora und Gauk gerade aus ihren Blöcken befreit wurden.

»Was für eine Nummer!«, raunte er ihnen insgeheim zu. »Blut oder kein Blut, die Menge liebt euch. Und wenn sie euch liebt, liebe ich euch auch.« Er drückte einen dicken, feuchten Kuss auf Gauks Stirn und auf Floras gute Wange.

»Vergebt mir, wenn ich die Regung nicht erwidere«, brummte Gauk und rieb sich das Handgelenk.

»Sei nicht verbittert, Kleiner. Du hast überlebt. Deine Unschuld ist halb bewiesen. Noch eine weitere, und du bist frei!«

»Eine weitere was?«, fragte Flora.

»Eine weitere Probe«, sagte Gauk. Der Mann, der als Kuriosität aufgewachsen war, kannte die Gepflogenheiten des Bezirks. Er zeigte nach oben.

Die Närrischen Gardisten hatten an beiden Enden der Arena je eine hohe Stange errichtet. Schmale Querbalken waren an eine genagelt. *Eine Leiter.* Die andere war abgeschmirgelt und eingefettet. *Eine Rutsche.* Ein Seil spannte sich zwischen den Spitzen der Stangen.

Karni wedelte mit den Armen der Menge zu, als wolle er abheben und fliegen. »Der Spaziergang!«

Die Menge jubelte. Sie kannten die Nummer. Flora kannte sie nicht, aber sie war nicht schwer zu erraten. *Klettere die erste Stange hinauf, geh über das Seil und rutsch auf der anderen Seite herunter.* Sie schätzte die Höhe ab. *Oder fall herunter und stirb.*

Die Gardisten führten Flora und Gauk zu der Leiter und stießen sie mit ihren stacheligen, narrenköpfigen Streitkolben an. Karni tänzelte vor ihnen her und verbeugte sich. »Hüpft auf meine Latte, meine Lieblinge«, lud er sie ein, zum Entzücken der wiehernden Menge.

Gauk zögerte und starrte nach oben.

»Geh«, drängte ihn Flora.

»Ich weiß, es klingt töricht, wenn ein Mann mit meiner Statur sagt, dass er sich vor Höhen fürchtet.«

Flora schob sich an ihm vorbei und erklomm die Leiter, zog sich mit ihrer einen gesunden Hand müheloser hinauf, als es der durchschnittlichen Frau mit zweien gelungen wäre. Sie hörte Gauk hinter sich ächzen. *Die Gardisten haben ihn geschlagen.* Momente später zitterte die Stange. *Jetzt klettert er.* Flora erreichte die oberste Sprosse und zog sich auf die Spitze der Stange, wo sie sich hinhockte und sich umdrehte, um zu sehen, wie es Gauk erging. Schweiß verklebte ihm das Haar, während er sich abmühte, seinen schweren Leib die Leiter hinaufzuziehen. *Sein Vorankommen ist nicht meine Angelegenheit.* Sie repräsentierte ihn nicht – sie hatte sich für Krötchen entschieden. Sie sprang auf die Füße, testete das Seil und stellte fest, dass es akzeptabel gespannt war. Bei ihrem ersten Schritt durchlief die Menge ein Keuchen. Sie grinste und tat so, als stolpere sie beim zweiten Schritt, was Stöhnen und Ächzen zur Folge hatte. Sie schwankte, dann flitzte sie drei Schritte weiter, so leichtfüßig und trittsicher wie ein … *Eichhörnchen.* In der Mitte des Seils blieb sie stehen und betrachtete die Menge unter ihr; sie spürte die Hitze, die von den überfüllten Bänken aufstieg, roch ihren menschlichen Gestank – die stickige Enge des Vergnügungskessels war ganz anders als das Klettern in einem luftigen Wald oder auch nur in der verrauchten Stadt. Die nach oben gewandten Gesichter und offenen Münder der Menschen spiegelten abwechselnd Entsetzen, Gier und Belustigung. Sie genossen die Aussicht auf Floras möglichen Tod. *Geier, allesamt.* Sie hustete einen Mund voll Schleim hoch und spuckte über ihnen aus. *Amora wäre stolz auf mich.* Gelächter erscholl von jenen, die sie nicht mit ihrem Speichel getroffen hatte. *Sie lieben mich wirklich.* Sie ging weiter und ahmte zum Entzücken und zur weiteren Erheiterung des Publikums Karnis lächerliches Getänzel nach, und als sie den gegenüberliegenden Pfahl erreichte und wie ein Storch auf einem Bein stand, jubelten sie. Einen Moment lang. Dann schauten sie weg.

Flora folgte ihrem Blick zum gegenüberliegenden Pfahl. Gauk war oben angekommen. Er zog sich hinauf und fiel wie ein gestrandeter Fisch auf den Bauch, umklammerte den Pfahl mit Armen und Beinen, während die Menge in Gelächter ausbrach. *Er wird es niemals schaffen,* begriff Flora. Eine Weile bewegte er sich nicht, dann zischten Steine an ihm vorbei. Die Gardisten schossen sie von unten mit Schleudern ab, ungeachtet der Tatsache, dass sie zur Erde zurückkehrten und im Zuschauerraum landeten. Ein fehlgegangener Wurf riss einen Mann aus Stallungen mit dem aufgenähten Emblem eines sich aufbäumenden Pferdes auf dem Mantel nach hinten in die nächste Reihe. Gauk starrte Flora über das Seil hinweg an. Es war eine kurze Strecke, aber für den kleinen Mann hätte sie ebenso gut eine Achtelmeile betragen können.

»Steh auf«, formte Flora mit den Lippen.

Er schüttelte den Kopf und zuckte zusammen, als ihn ein Stein in die Rippen traf, nah bei der Stelle, aus der von der Beilwunde Blut tropfte. *Irgendwann wird ihn ein Stein am Schädel treffen.* Und dann würde er fallen. Flora schaute zu Boden; sie brauchte nur die eingeölte Stange hinunterzurutschen, und sie und Krötchen wären frei. Stattdessen lief sie zurück über das Seil. Sie kam mit wenigen schnellen Schritten an und kniete sich mit einem Bein auf das Seil und einem Zeh auf das flache Ende des Pfahls.

»Gauk, ich helfe dir, aber du musst aus eigener Kraft aufstehen.«

Er blickte zu ihr auf. Sie sah seine Angst, doch sie sah auch Entschlossenheit. All seine Jahre bei den Gauklern standen ihm ins Gesicht geschrieben. Es war ein hartes Leben. Ein Schausteller musste kühn und tapfer sein. Taumelnd erhob er sich auf ein Knie.

Flora wandte sich von ihm ab. »Auf meinen Rücken.«

»Du schuldest mir nichts«, sagte er.

»Ein gerechter Einwand. Aber ob ich dir etwas schulde, spielt keine Rolle.«

»Geh ohne mich wieder rüber. Ich würde dich nur in die Tiefe reißen – wir würden beide abstürzen, und wo wären wir dann, hm?«

»Nicht, wenn du tust, was ich sage, du arroganter Scheißer. Hier oben bin ich der Prinzipal.« Ein Stein sauste an Floras Ohr vorbei.

Gauk nickte. »Na schön. Du bist die Meisterin.«

Er umklammerte ihre Schultern und zog sich vorsichtig hoch. Sie hatte noch nie etwas so Schweres getragen, aber die Technik war die Gleiche – man musste sein Gewicht zentrieren.

»Du musst ein totes Gewicht sein. Keine Bewegung. Genau wie an der Holzwand. Überlass das Bewegen mir.«

Sie lief, eilte schnell über das Seil, weil die Steinewerfer immer noch schossen. Zum Glück war sie hoch genug, und die Narren waren hinreichend schlechte Werfer, sodass die meisten Steine ihr Ziel weit verfehlten. Gauk war ein guter Passagier. Er war in seinem Alter kein Akrobat mehr, aber er kannte sich mit Akrobatik aus, nachdem er ein Leben lang Akrobaten geführt hatte, und er war klug genug, ihre Konzentration nicht zu stören. Glücklicherweise traf der eine Stein, der sein Ziel fand, sie und nicht Gauk. *Er hätte sein Gewicht verlagert* … sie tat es nicht. Der Stein traf Flora am Hintern. Sie verzog das Gesicht, genau wie die Zuschauer – jene, die nicht lachten –, aber trotz des scharfen Schmerzes geriet sie nicht ins Stocken, sondern wurde nur langsamer, um sicherzustellen, dass ihr nächster Schritt gut platziert war. Und Momente später waren sie auf dem gegenüberliegenden Pfahl.

»Jetzt rutschen wir einfach hinunter. Schling Arme und Beine um die Stange. Halte dich mit Händen und Füßen ganz fest, um dich zu bremsen.«

»Meine Arme reichen nicht um die Stange.«

Flora sann darüber nach. »Zieh deinen Mantel aus und schling ihn um den Pfahl. Halte die Enden und zieh fest daran, um deinen Abstieg zu bremsen. Schnell, bevor sie uns hier vom Sockel schießen.«

Gauk tat wie geheißen und schlang seinen Mantel um den Pfahl.

»Ich sollte als Erste gehen«, sagte sie.

»Nein. Wenn ich falle, will ich dich nicht mitreißen.« Der kleine Mann schob sich über den Rand und begann seine Rutschpartie zum Boden.

Flora schaute von oben zu, und als Gauks Griff sich lockerte, keuchte sie zusammen mit dem Rest der Zuschauer auf. Sein Mantel rutschte immer schneller, und irgendwann stürzte er direkt nach unten. Aber er hatte sich hinreichend verlangsamt, dass er lediglich mit einem schmerzhaften Aufprall landete und sich nicht den Schädel brach oder die Eingeweide zerquetschte. Sie rutschte hinter ihm hinab, glatt und mühelos, und landete mit einer schwungvollen, winkenden Geste auf dem Boden.

Die Menge im Kessel brüllte und bejubelte ihr Überleben. »Fauna! Fauna! Fauna!« Flora drängte Gauk aufzustehen, und er erhob sich, benommen, voller kleiner Schnitte und Prellungen, aber am Leben. Sie hielt seine kleine Hand hoch, damit das Publikum ihrem Darsteller-Kollegen applaudieren konnte. Sie taten es, und sie sangen seinen Namen. »Gau-ki! Gau-ki! Gau-ki!«

»Sie skandieren gut«, flüsterte Flora dem kleinen Mann zu.

»Vielleicht können wir sie dazu bringen, etwas zu unserem Vorteil zu skandieren«, keuchte Gauk, der immer noch damit beschäftigt war, zu Atem zu kommen.

»Frei-las-sen!«, brüllte Flora, und die Menge verstummte, um sie zu hören. »Frei-las-sen! Frei-las-sen!«, wiederholte sie.

Jemand in der vorderen Reihe stimmte in den Ruf ein. »Frei-las-sen!«

Der nicht betrunkene Mann.

Der Ruf steckte die Menge an. »Frei-las-sen! Frei-las-sen! Frei-las-sen!«

Plötzlich brachte der Knall einer kleinen Explosion sie zum Schweigen. Rauch erhob sich vom Boden des Kessels, und Herzog Karni trat hindurch, zwirbelte einen Narrenkopfstab.

»Was für eine Vorstellung! Was für eine Vorstellung! Die Zeit ist gekommen, unsere Schausteller zu belohnen! Wie ich gesagt habe, ich bin ein gerechter Herzog. Niemand soll etwas anderes behaupten. Und eure Verhandlung ist abgeschlossen. Du bist frei, kleiner Prinzipal.«

Die Menge jubelte Prinz Gauk zu.

Karni wandte sich an Krötchen. »Auch Ihr seid reingewaschen; Eure Fürsprecherin hat in Eurem Namen die Verhandlung überlebt. Schneidet ihn los!« Ein Närrischer Gardist stemmte Krötchens Mund auf und durchschnitt das Seil, das an seiner Gebissstange verknotet war.

Die Menge jubilierte abermals, aber Gauk rührte sich nicht von der Stelle. Er stand neben Flora. »Und was ist mit meiner Freundin?«

»Oh ja«, sagte Karni. »Deine zweigesichtige Freundin und Retterin. Sie war heute sehr mit Retten beschäftigt. Was wird mit ihr? Was wird mit der vernarbten Sängerin? Der Ausweichenden. Der Kletterin. Der Seiltänzerin. Eine Frau mit so vielen edlen Talenten. Bringt sie zu mir!« Die Gardisten bugsierten Flora an Karnis Seite. Er umfasste ihr Gesicht und gab ihr einen plötzlichen Kuss auf den Mund. »Ich liebe diese Frau! Aber sie ist nicht die, die sie zu sein scheint.« Er drehte Floras hübsches Gesicht der Menge zu. »Nein, sie hat noch ein anderes Gesicht. Und es ist erkannt worden.«

Flora schaute sich um, wie ein gefangenes Eichhörnchen. *Anjali!* Während der Verhandlung hatte die große Mann-Frau eine klare Sicht auf die gute Seite ihres Gesichts gehabt – *die Prinzessinnenseite.*

Wenigstens weiß sie nicht, dass ich eine Ratte bin.

»Seht Ihr, unsere Retterin von Verrätern ist eine ganz besondere Besucherin. Nicht Fauna, nein-nein, nicht irgendeine groß herausgekommene Schauspielerin aus Gauks kleiner Vorstellung. Meine Freunde und Untertanen und übriger polternder Pöbel, diese Frau ist Flora Evangelin, die in Ungnade gefallene legendäre stratanische Prinzessin!«

Bei dem aufgeregten Raunen, das durch die Menge lief, fröstelte Flora. Es war begierig und zornig. Sie waren sich nicht sicher, ob sie es glauben sollten, aber sie waren bereit, Strataner zu hassen.

Karni senkte die Stimme. »Ich fürchte, sie mögen diese Seite von dir nicht«, sagte er mit geheucheltem Mitgefühl zu Flora. »Es ist dieser bevorstehende Krieg, musst du wissen.«

»Ich habe Eure Verhandlung überlebt«, antwortete Flora schlicht.

»Oh, aber du hast nur die Verhandlung der Kröte überlebt. Und du hast es auf eine solch unterhaltsame Weise getan! Doch jetzt wirst du für deine eigenen Verbrechen angeklagt. Du hast zum Beispiel einen sandigen König getötet.«

»Was schert Euch der sandige König?«

»Nichts! Aber sie schert es.« Er zeigte auf die Menge. »Du hast einen Feind getötet, und jetzt lungerst du als groteske Kreatur getarnt herum und rettest Verwalter toter Herzöge. Sehr verdächtig. Vielleicht bist du hier, um mich zu töten! Das bist du nicht, oder? Wie dem auch sei. Mein eigener aufreizender Verwalter hat jeden Plan vereitelt, den du möglicherweise ausgeheckt hattest.« Er warf den Kopf mit gespieltem Gelächter in den Nacken. »Ich habe mir ein blaues Auge geholt, als ich gegen den Krieg gestimmt habe, aber wenn die Stadt hört, dass ich deinen Kopf genommen habe, wird man mich als den loyalsten Mann in Schmutz betrachten. Sieh dir die glänzende Seite dieser Münze an. Du wirst die gefeierte Diva der größten Vorstellung sein, die die Stadt je gekannt hat!« Die Menge verstummte und versuchte, seine geflüsterten Worte zu hören, und der Verrückte Narr war klug genug, die Menschen nicht zu rastlos werden zu lassen. Er hob die Arme und richtete das Wort wieder an sie. »Meine liebreizenden zahlenden Kunden, die waldigen Strataner haben eine Späherin geschickt, um uns auszuforschen. Eine Königs-Mörderin, nichts Geringeres! Sie sind schlau, und wir werden diesen modrigen Baumfickern eine blutige Botschaft schicken.«

Er tänzelte umher und gestikulierte, aber die Menge beobachtete nicht ihn. Flora folgte den Blicken der Menschen zu der Tür des karierten Raums, aus der Tamar zielstrebig in die Arena stolzierte, umringt von seinen drei Großkatzen.

»Für meine Prinzessin! Für Strata!«, rief Tamar. »Fresst, meine Kätzchen! Fresst!«

Bert überwand mit einem einzigen Sprung die nicht unerhebliche Entfernung zwischen ihm und Karni. Die Stärke, Größe und Schnelligkeit des Tieres waren unglaublich. Selbst der wendigste Mann, den Flora je gesehen hatte, konnte weder ausweichen noch ein Täuschungsmanöver machen noch auch nur den Narrenkopfstab heben, um sich zu verteidigen, bevor die Bestie ihn zu Boden riss. Die Großkatze packte den Verrückten Narren mit einem brutalen Biss an der Kehle und schüttelte seinen erschlafften Körper wie eine Puppe, während Anjali entsetzt die Augen aufriss. Die Kette des Verwalters baumelte um seinen Hals.

Tasha, der grüne Panther, machte Jagd auf die ihm am nächsten stehenden schreienden Gardisten, die schnell entdeckten, dass ein Lendentuch nur spärlichen Schutz gegen reißende Krallen bot. Und als Salbei, die gestreifte Tigerin, auf die Arenamauer sprang und sich in die Menge stürzte, brach im Vergnügungskessel Chaos aus.

TEIL IV

DAS KÖNIGSHAUS

Kapitel 45

Der Weg nach Hause

Da die Schmutzwache in Kapuzenumhängen durch die Straße pirschte und Soldaten mit Stahlkappen und Armbrüsten auf den Festungsmauern patrouillierten und zum ersten Mal seit einer Generation die Balliste bemannten, brauchten Flora, Hamm und Krötchen viele Tage, um sich aus der Stadt zu stehlen. Das Freie Feld zu durchqueren erforderte die doppelte Anzahl an Tagen. Der Schweiß und der Gestank der Reise perlten zunehmend von Flora ab, während sie durch das hohe Gras pflügten. Zum Glück führte die Mobilmachung der Schmutzigen Armee dazu, dass die Graslandbanditen sich versteckten. Doch ohne ein Reittier war der Marsch durch das Feld für drei Menschen zu Fuß lang und mühsam. Sie hatten sich gar nicht erst mit der Offenen Straße abgegeben, wo angeblich jede halbe Wegstunde von den Osttoren der Stadt bis hin zu Stratas Ersten Bäumen ein Wachposten stationiert war.

Letzte Bäume.

Sie schliefen abwechselnd und wanderten tagelang, ohne über das hohe Gras sehen zu können, orientierten sich mit steifen, hochgereckten Hälsen an der Sonne. In der Nähe des Pappelzauns der Garnison brachen sie aus dem Gras hervor, und die grüne Barriere erhob sich so plötzlich über Flora, dass ihr das Herz hüpfte. Sie blieb stehen, um die endlose Wand von Bäumen zu betrachten. *Daheim!* Aber irgendetwas stimmte nicht. Die Reihe der Bäume war nicht endlos. Ein kurzes Stück weiter endete die Pappelreihe plötzlich brutal und setzte erst nach über hundert Schritten wieder ein, und dazwischen klaffte eine gewaltige Bresche.

Ein Loch im Wald.

Flora verfolgte den Pfad der Zerstörung von der Lücke in den Pappeln zurück durch das Grasland. Die Offene Straße war kein schmaler Pfad mehr, sondern eine riesige Schneise zerquetschter Pflanzen, die sich wie ein breites Band durch das Freie Feld zog und direkt zum Waldtor führte.

»Götter! Was ist hier passiert?«, fragte Hamm.

»Das Tor zur Waldstraße wurde plattgemacht.« Krötchen sprach mit gemessener Ruhe und wieder deutlicher, nun da die Metallstange aus seinem Mund verschwunden war, aber seine Worte wurden gelegentlich durch die verbliebenen Löcher in seinen Wangen von einem pfeifenden Geräusch begleitet.

»Das Tor, die Garnison und die Straße selbst!«, rief Hamm aus.

Die Männer hatten recht; für Flora sah es aus, als hätten die Götter eine riesige Faust durch den Wald geschlagen und nur aufgewühlte Erde und zersplitterte Bäume hinterlassen. Sie schlichen sich näher heran. Die zerschmetterten Überreste der Garnisonsangehörigen ließen sich kaum von den Holztrümmern unterscheiden, bis auf die feuchten roten Flecken, in die Krähen ihre Schnäbel tauchten. Als sie auf die Waldstraße selbst traten, konnte Flora einen flach gedrückten Brustpanzer erkennen, in den ein einzelnes Loch hineingestoßen worden war. Sie sah ein zerbrochenes stratanisches Haumesser und Scherben zerschmetterten Tongeschirrs, alles in den weichen Boden gedrückt, sodass er eine ebene Oberfläche bildete, als wäre alles von einem gewaltigen Gewicht zerquetscht worden.

»Die rollende Wand«, sagte Flora.

»Herzog Glas hat davon gesprochen«, erklärte Krötchen. »Die Zimmerer haben sie den ›Mawer‹ genannt. Ich weiß nicht, warum.«

Ich weiß es.

Krötchen fuhr fort, sein flinker Verstand verarbeitete die unwirkliche Szene und erwog ihre Konsequenzen. »Der Mawer schafft einen geebneten Pfad, auf dem bereits eine Armee marschieren kann, wenn er direkt vor ihr noch den Wald niederreißt.«

»Was könnte so etwas fertigbringen?«, fragte Hamm.

Flora antwortete: »Giganten, Stahl und ein bestialisch brillantes Genie.«

Es gab nichts zu retten. Mauern, Männer und ihre Kriegsgeräte waren alle von Dornen zerfetzt und von rollendem Stahl platt gedrückt worden. Das einzige Pferd, das Flora fand, war seitwärts in die Erde gepresst, wie die hölzerne Laubsägearbeit eines Kindes. Der erste Anblick toter Strataner erschütterte sie, obwohl sie nur Stücke von ihnen sah. *Mein Volk.* Dies waren Männer und Frauen gewesen, die sich der Verteidigung der Grenze ihres Großen Waldes verschrieben hatten. *Treue Leute.* Sie erinnerte sich an die Grenzwachen, die sie wie unerwünschten Abfall aus Strata hinausgeworfen hatten – die kaltherzigen Kumpane des loyalen Schrot –, Wippler und ein jüngerer Mann, dessen Name ihr entfallen war. *Lasch hatte er geheißen, oder?* Wippler war in der Garnison stationiert gewesen. Sie wünschte keinem ihrer Landsleute den Tod. *Aber da hier bereits alle tot sind, hoffe ich, dass es ihn getroffen hat.*

Eine Wegstunde weiter entlang der neu verbreiterten Waldstraße fanden sie die ersten Leichen, die nicht zerquetscht worden waren. Die Strataner hingen in den Bäumen und im Blätterwerk seitlich des freigeräumten Pfades, die Augen weit aufgerissen und die Münder in überraschter Qual geöffnet, mit Bolzen gespickt wie schamanische Fluchpuppen. Andere waren mit Klingen niedergemäht worden, aber erst nach dem anfänglichen Gemetzel mit Distanzwaffen.

Es waren keine Schmutzigen Toten zu sehen, doch einer von Mawrys hölzernen Kriegern lag auf der Straße, und stratanische Pfeile ragten in seltsamen Winkeln aus ihm heraus. Ein Schlag auf sein gebrochenes Knie schien ihn unschädlich gemacht zu haben – *vielleicht von einer schweren Klinge oder einem stratanischen Streitkolben.* Die Pfeile hatten sich lediglich in sein hölzernes Fleisch gebohrt, was nur dazu getaugt hatte, der Maschine zu zeigen, wohin sie ihre tödlichen Arme drehen und ausstrecken sollte, um die Salve zu erwidern.

Irgendetwas schießt auf sie, und sie schießen zurück.

»Mehr Teufelei!«, rief Hamm.

Es ist kein Teufel. Es ist Mawry.

»Eure Leute sind seitlich an dem Mawer vorbeigekommen«, sagte Krötchen zu Flora. »Aber ich verstehe nicht, warum sie auf eine Statue geschossen haben.«

»Es ist ein hölzerner Krieger«, antwortete sie. »Es müssen Dutzende von ihnen in Reihen hinter dem Mawer her marschiert sein. Aus der Entfernung gehen sie wie Männer und sehen wie Männer aus. Die braven Leute von Klammholz und Büscheldorf haben zuerst Pfeile auf sie losgelassen, wette ich.« Sie seufzte. »Aber sie schießen zurück.«

Flora versetzte dem mit dem Gesicht nach unten liegenden Krieger einen schnellen Tritt gegen die linke Schulter. Sein Arm drehte sich und begrub einen Bolzen im Dreck, wo gerade noch ihr Fuß gewesen war. Hamm und Krötchen tauschten besorgte Blicke.

»Wie die hölzernen Elefanten«, bemerkte Hamm.

Flora nickte. »Ja, wie sie.«

Die Schneise der Zerstörung führte direkt nach Osten, selbst als die Waldstraße eine Biegung beschrieb. *Eine gerade Linie zur Lichtung.* Die Schmutzigen Armeen würden nicht versuchen, ganz Strata einzunehmen, begriff Flora – eine unmögliche Aufgabe. *Sie werden sein Herz einnehmen.*

Sie hörten das Rumpeln des Mawer, lange bevor sie darauf stießen, und eilten vom Pfad auf erhöhtes Gelände, damit sie über die Baumwipfel sehen konnten. Es drohte keine Gefahr, Spähern über den Weg zu laufen. Die Schmutzigen wussten es besser. Drei oder weniger Stadtmänner allein im Wald würden leichte Beute für gerissene Waldmänner sein. Die Schmutzige Armee hielt sich an die offene Straße und versteckte sich hinter ihren unzerstörbaren Kriegsmaschinen. Kontingente von zwanzig oder mehr Stadtsoldaten mochten sich von der Walze wegbewegen, vermutete Krötchen, aber zwanzig gepanzerte Männer, die durch den Wald gingen, würden Lärm machen und Vögel auffliegen lassen; sie würden Bescheid wissen, lange bevor ihre Wege sich kreuzten.

Flora und Hamm erklommen den dreifüßigen Turm auf dem Leuchtfeuerhügel, und das Tal erstreckte sich vor ihnen. Der Leuchtstrahl war vor Tagen entzündet worden, nach dem Aussehen der Asche im Kohleofen zu schließen, aber es spielte keine Rolle. *Dies war kein Überraschungsangriff.* Sie entdeckten mühelos den Pfad von umgestürzten Bäumen, den der Mawer schuf – seine Spitze befand sich weniger als eine Wegstunde entfernt in Richtung Osten, wo die Wipfel von Eichen, Ahorn- und Palponbäumen erbebten und dann vor ihren Augen fielen. Der Pfad kroch vorwärts, pflügte sich durch den Wald und scheuchte alle möglichen Vögel einzeln, paarweise und in hektischen Schwärmen gen Himmel auf. Flora dachte an die dreifach gehörnten Hirsche und die Großkatzen mit ihren aufgestellten Ohren – der ganze Wald würde das fremdartige Dröhnen der gewaltigen Maschine hören.

Alle Tiere werden nervös sein.

»Dort unten bewegt sich noch etwas anderes, näher zu uns hin«, erklärte sie.

Hamm folgte ihrem Blick. »Zwei Gruppen, die in eine Jagd verwickelt sind. Zehn oder mehr waldige Bewohner und noch einmal halb so viele Schmutzsoldaten, wobei die Letzteren diejenigen sind, die Erstere jagen.«

»Sie fliehen direkt am Fuß dieses Hügels vorbei.«

»Es geht uns nichts an«, stellte Hamm fest.

»Es geht mich sehr wohl etwas an! Das sind meine Leute da unten.«

»Deine Leute haben dich verraten, wenn ich mich recht an unsere weinseligen Gespräche erinnere.«

»Einige wenige.«

»Soll ich sie aufzählen? Deine Schwester, deine Mutter, dein Vater, deine Dienerin und deine eingeschworenen Soldaten – wie hießen sie noch gleich, Helle Wachen?«

»Lichtungswachen.«

»Das sind dann der König, zwei Königinnen und die stratanische Armee. Ganz zu schweigen davon, dass es hier im Volk Lieder über deine verräterischen Taten gibt. Wir drei wurden in der Stadt gejagt, aber zwei Schmutzige und eine Verräterin sind hier kaum besser dran. Du hast gesagt, dein Vater, der König, werde dir verzeihen. Es war unsere Hoffnung, die Sicherheit der Lichtung zu erreichen und seinen Segen zu erbitten, nicht uns hier ins Getümmel zu stürzen.«

»Ich habe meine Bestrafung verdient. Ich habe das Bündnis meines Vaters gebrochen, ich habe den Ehemann meiner Schwester ermordet, ich habe die Ehre meiner Mutter besudelt. Sie haben recht daran getan, mich zu verstoßen. Und sie waren großzügig; ich hätte eigentlich sterben sollen. Ich muss Wiedergutmachung leisten, wo ich nur kann. Und ich kann gleich dort unten anfangen.«

»Ich verstehe dich nicht.«

»Ich verstehe, warum du dich dafür entschieden hast, Gauk mit deiner trunkenen Nummer zu beschützen, nicht mich.«

»Weil ich in Gauks Schuld stand.«

»Und ich stehe in Stratas Schuld.«

Krötchen rief ihnen vom Fuß des dreibeinigen Turms aus zu: »Könnt ihr irgendetwas sehen?«

Hamm antwortete: »Bedauerlicherweise ja.«

Sie fingen die fliehenden Strataner am Fuß des Hügels ab und sahen sofort, warum sie den mit Plattenpanzern angetanen Soldaten, die sie verfolgten, nicht davonlaufen konnten.

»Ihr habt eine Schwangere und Kinder bei euch«, sagte Flora.

Die sechs stratanischen Soldaten waren mit leichten Holzrüstungen ausstaffiert und hätten ihren Feinden weglaufen können, aber die andere Hälfte ihrer Gruppe bestand aus Kindern und jungen Müttern. Zwei der Frauen trugen Eichhörnchen-Speere und kleine Obstmesser, aber sie würden kaum einen einzigen Stoß oder Hieb gegen Stahlsoldaten überstehen.

»Wer bist du, vernarbte Frau?«, fragte der Soldat an der Spitze, ein gabelbärtiger Mann aus Flussknick.

»Eine Freundin.«

»Dieser Mann bei dir ist ein Schmutziger, wenn ich das beurteilen kann. Und der andere ist ein Insulaner.«

»Sie sind beide Schmutzige, aber sie haben für Schmutz nichts mehr übrig. Wir haben euch vom Leuchtfeuer aus gesehen. Unser Feind ist euch immer dichter auf den Fersen. Wir sind hier, um euch zu helfen.«

»Wir haben jede Viertelmeile einen Mann stehen lassen, um sie aufzuhalten, aber sie kommen immer näher.«

»Dreht um und lauft nach Grauplers Sumpf. Ihre schweren Rüstungen werden dazu führen, dass sie versinken.«

»Es herrscht keine Regenzeit. Sie werden nicht versinken.«

»Zumindest werden sie langsamer vorankommen. Meine Freunde werden die schwangere Frau und die Kinder wegführen.«

»Ich kenne deine Freunde nicht. Und ich kenne dich nicht.«

»Du weißt, dass ich Stratanerin bin. Du weißt, dass mein Akzent auf die Lichtung schließen lässt. Und weil ich verdammt gewählt spreche, weißt du, dass ich von höherer Geburt bin als du und weit mehr Erziehung genossen habe, aber ich werde nicht behaupten, besser zu sein als ihr, und ich werde mein Leben geben, um euch zu helfen, wenn du nur deinen zeitverschwendenden Argwohn sein lässt und es annimmst.«

Der Mann war verzweifelt – Flora sah es in seinen großen Augen und der Art, wie er sich immer wieder die Lippen leckte. Er nickte. »In Ordnung. Sara, du gehst mit diesen Männern! Kinder, folgt ihnen. Mögen die Götter uns beistehen.«

»Wir werden da oben in Sicherheit sein, wenn ihr dies überstanden habt«, versprach Krötchen.

»Ich werde hoffen. Die schwangere Frau ist meine Ehefrau, und die Kinder gehören zu meinen Männern.«

Obwohl ihr noch immer heilendes Handgelenk sie bremste, schoss Flora durch das Unterholz wie ein Eichhörnchen. *Ein verletztes Eichhörnchen.* Sie brauchte nur ein paarmal über Büsche zu springen und einen Baum hinaufzuhuschen, um ihre neuen Gefährten zu beeindrucken, und sie folgten ihr danach, ohne weitere Fragen zu stellen. Ohne die Bürde der langsameren Frauen und Kinder kamen die Soldaten und leicht bewaffneten

Frauen schneller voran, aber die Schmutzsoldaten würden ihre Blicke womöglich eher hügelaufwärts richten, wenn ihr Vorsprung zu groß wurde. Der Mann hieß Blatt, und die resoluten Frauen in seiner Begleitung waren seine Schwester und seine Cousine, beide mit Soldaten aus seiner Truppe verheiratet, von denen die meisten ebenfalls Blatts oder Wasserquells waren.

»Wir sind am Sumpf«, rief Flora ihnen zu, und sie wählte für sie einen Weg mit so wenig Schlamm und Morast wie möglich und benutzte dabei die tief hängenden Äste, um ihr Gewicht mitzutragen. »Wir stellen uns ihnen auf der gegenüberliegenden Seite entgegen, während sie durch den Sumpf waten.«

»Uns ihnen entgegenstellen? Wir sind zu sechst, und sie sind fast fünfzehn.«

»Wir sind zu neunt«, widersprach Flora.

»Es sind ausgebildete Soldaten«, sagte einer von Blatts Männern.

»Welcher Bezirk? Habt ihr auf ihrer Rüstung ein Symbol von einem Schaf oder einem Ziegelstein gesehen?« Sie hoffte auf Schaf- oder Lehmmänner, die keine berühmten Kämpfer waren.

»Sie hatten lange, zweischneidige Haumesser auf ihren Schilden, ganz zu schweigen davon, dass sie auch an ihren Hüften hingen.«

»Stahl …« Flora nickte grimmig.

Blatt hatte recht; ihre Chancen standen schlecht. Aber nun ließ sich daran nichts mehr ändern. Der Soldat aus Flussknick positionierte seine Männer in einem Halbkreis um den hinteren Rand des Sumpfes auf einigermaßen festem Boden, und sie warteten und lauschten. Flora bemerkte das Fehlen des üblichen Geschnatters von Sumpfkreaturen. *Das fremde Dröhnen macht sie scheu.* Sie und Blatts Männer waren selbst gefangene Tiere. *Und ein in die Enge getriebenes Tier ist gefährlich.*

Die Stahlsoldaten betraten Grauplers Sumpf mit klappernden Schulterplatten, scheuchten Schlammhennen auf und veranlassten Affen, schnatternd in die höheren Äste zu hasten. Die Männer und Frauen aus Flussknick wichen nicht zurück, und als der Stahlkommandant sah, dass sie nicht vorhatten anzugreifen, trat er durch seine vordere Reihe nach vorn. Er war ein großer, mächtiger Mann, der einen mit Stahl besetzten Umhang über seiner Rüstung trug, von der Qualität her zu schließen aus dem Gewänderbezirk – die Kleidung eines Adeligen.

Ein Herzog!

»Ho, Waldleute. Diese Jagd endet jetzt. Ich habe bei Eurer Verfolgung drei gute Stahlsoldaten verloren. Wer ist Euer Anführer?«

Flora verbarg ihre Narben. Es war wahrscheinlich, dass Herzog Stahl von ihrem Auftritt im Vergnügungskessel gehört hatte – *sie nennen mich in der Stadt die zweigesichtige Prinzessin.* Ihre Anwesenheit würde ihnen keinen Vorteil bringen.

»Ich bin der Anführer dieser kleinen Schar«, ergriff Blatt das Wort.

»Und ich sehe, du hast uns in einen Sumpf geführt. Ha! Auch ich kenne meine Geschichtsbücher, Bursche, aber es ist zurzeit nicht nass genug, um uns zu ertränken, fürchte ich. Hier sind meine Bedingungen. Ein Kampf Mann gegen Mann mit mir um eure Freiheit; wähle deinen Mann.«

»Und wenn mein Mann verliert?«

Eine Gewissheit, wenn ein Dörfler gegen einen riesigen, mit Stahlplatten gepanzerten Krieger antritt.

»Dann verliert ihr alle, aber ehrenvoll. Kapituliert sofort, dann hängen wir nur drei von euch. So viele meiner Männer habe ich an euresgleichen in den Bäumen verloren. Ich möchte hinzufügen, dass ein Hinterhalt eine feige Art zu kämpfen ist.«

»Nicht feiger, als sich hinter einer Maschine zu verstecken. Und Ihr habt Dutzende unserer Leute getötet.«

»Oho, du bist mir ja ein ganzer Frecher! Ich schätze, dass du mein Gegner bist. Triff mich in der Mitte.« Stahl wandte sich an seine eigenen Soldaten. »Lasst es gesagt sein, dass euer Herzog sich nicht hinter einer Maschine oder seinen Männern versteckt.«

Blatt überprüfte seine hölzerne Rüstung, borgte sich eine hölzerne Kappe von einem seiner Männer und nahm eine der langen Eichhörnchen-Stechklingen, um sein kurzes, breites Haumesser zu ergänzen. »Ich werde auf seinen hochmütigen Mund zielen«, brummte der Mann aus Flussknick.

»Haut laut gegen die Äste«, riet ihm Flora.

»Was?«

»Über ihm. Der Wald ist unruhig.«

Blatt beäugte die Bäume, aber es blieb keine Zeit mehr. Stahl und seine Männer waren durch den Schlamm gestapft und bildeten jetzt einen Ring. Blatt nickte seinen Männern und den Frauen zu und trat dann hinaus in den Sumpf. Stahl zog sein glänzendes Haumesser und grüßte ihn höflich.

»Es ist mir eine Ehre, dir im Kampf gegenüberzustehen … nenn mir deinen Namen.«

»Blatt.«

»Eine Ehre, Blatt. Ich bin Herzog Stahl aus dem großen Bezirk, der den gleichen Namen trägt.«

»Ich stamme aus Flussknick.«

»Ich werde dich im Kampf besiegen, Blatt, aber das ist keine Schmach für dich. Du hast bereits bewiesen, dass du ein ehrenhafter Mann bist, indem du meine Herausforderung angenommen hast.«

»Ich werde dir deine verdammten Augen ausstechen, Schmutz.«

Stahl lächelte und schüttelte den Kopf. Die Antwort des Waldmannes war nicht die würdevolle Proklamation, auf die er im Gegenzug gehofft hatte. Er senkte das Visier an seinem Helm.

So viel dazu, auf seinen hochmütigen Mund zu zielen.

Sie zogen zu Felde, oder genauer gesagt zu Sumpfe, und wateten durch den Morast aufeinander und auf den Tod zu. Blatt setzte sofort die lange Stechklinge ein und versuchte, Stahl in Schach zu halten. Es war jedoch ein schlanker Holzstock, der wahrscheinlich brechen würde, wenn seine Eisenspitze auf eine Stahlplatte traf. Es war nicht die stabile Stangenwaffe eines Fußsoldaten. Stahl wehrte sie ab, einmal, zweimal, und drängte dann vorwärts. *Wenn Blatt mit der Stange pariert, wird sie unter Stahls Haumesser in zwei Stücke zersplittern.* Stattdessen hob Blatt sein kurzes Haumesser. *Schlau.* Er blockierte Stahls ersten Hieb und schwang seine Stechklinge dann umsonst gegen die Seite des Helms seines riesigen Gegners, sodass es albern schepperte. Stahl schnaubte, dann machte er sich daran, Schläge auf den kleineren Flussmann niederprasseln zu lassen, bis dieser mit einem zerbrochenen hölzernen Brustpanzer in den braunen Matsch fiel.

Stahls Männer johlten. Sie nannten ihn ein mit Scheiße bedecktes Blatt zum Arsch abwischen, während ihr Herzog zurücktrat, damit der Strataner sich hochrappeln und sich ihm erneut stellen konnte. *Sie genießen das hier.* Über ihnen erbebten die Bäume von aufgescheuchten Sumpfkreaturen – schwarzen Eichhörnchen, Himmelslerchen, Fleischaffen …

»Haut gegen die Äste!«, brüllte Flora und setzte den vollen Umfang ihrer Sängerinnenstimme ein, um das Johlen der Schmutzsoldaten zu übertönen.

Blatt schaute sich mit weit aufgerissenen Augen um. Er hatte nie eine Chance gegen den mächtigen Soldaten in seiner undurchdringlichen, stählernen Rüstung gehabt. *Und jetzt weiß er es.* Schlammbedeckt und gedemütigt stakste Blatt durch den Morast von Stahl weg und hob seine Stechklinge. Er brüllte seinen Feind an und schlug wie ein Wilder aus dem Süden gegen die Äste über ihm.

»Ahhhh!«

Der Protest folgte sofort und war einmütig. Affengeschnatter explodierte überall um sie herum.

»Komm aus dem Sumpf raus«, sagte Flora mit ruhiger Stimme.

Blatt hörte sie. Er wich vor Stahl und seinen Männern zurück.

»Kneif jetzt nicht«, rief Stahl über den Lärm der Affen hinweg. »Du kannst immer noch ehrenhaft kämpfen. Ein Sturz bedeutet noch keine Niederlage, aber das Verlassen des Kreises schon.«

Seine Männer fielen lautstark ein und beschimpften Blatt, während sie durch den Sumpf stapften, bis zu den Knien im Morast, aber unbeirrt. Sie hatten vor, die Sache zu Ende zu bringen, wenn ihr Herzog es nicht tat. Flora wählte diesen Augenblick, um ihren Affenruf zu versuchen. *Es kann nicht so viel anders sein, als einen Vogelruf zu imitieren.* Sie versuchte es mit Zorn, und sie brüllte ihn heraus, so laut sie konnte.

Die Fleischaffen waren bereits aufgebracht, bevor der Erste von ihnen sich auf den Kopf eines Stahlsoldaten fallen ließ und von dessen Haumesser in zwei Hälften gehackt wurde. Der plötzliche Geruch von Blut und das abgebrochene Kreischen des sterbenden Affen machten die Übrigen rasend.

Flora riss Blatt aus dem Sumpf. »Raus hier! Auf festen Boden!«

Die Fleischaffen ließen sich zu zweit und zu dritt fallen, Dutzende insgesamt, ganz gesträubtes Fell und schnappende Zähne. Sie klammerten sich an die Stahlsoldaten und griffen mit ihren geschickten Krallen instinktiv nach Lücken in der Metallrüstung. *Eins der wenigen Tiere, das harte Schalen knacken kann.* Der Krawall, den die Soldaten machten, trieb sie noch weiter in die Hysterie und lockte immer mehr von ihnen aus den umliegenden Bäumen an.

»Sie strömen herbei.«

Affen und Teile von Affen flogen umher, abgeschnitten und weggeschleudert von Stahlmännern, und zuerst war es das reinste Affengemetzel. Aber es kamen immer mehr Affen. Scharfe Krallen fanden Risse und Spalten. Blut spritzte hinter Kniekacheln hervor, und Affen bohrten ihre Köpfe unter Beintaschen. Männer ohne Halsbergen mussten wählen, ob sie ihre Kehle oder ihr Rückgrat schützen wollten, und die flinken Kreaturen bissen sich schnell tief in den Körperteil hinein, den die Männer vernachlässigt hatten. Als zwei Soldaten zu Boden gingen und Affen ihre Visiere anhoben, um ihre Augen zu erreichen, drehten mehrere Männer, die noch nicht mitten im Sumpf standen, um und flohen.

Floras und Blatts Gruppe wich langsam vom Rand des Sumpfes zurück, während Herzog Stahl sich durch den Schlamm auf sie zu schleppte, niedergedrückt von einem halben Dutzend Affen, die hektisch in den Spalten in seiner Rüstung bohrten. Der stolze Herzog war noch gründlicher mit braunem Schlamm bedeckt als Blatt. Er sah durch sein Visier zu Flora auf, obwohl er darum kämpfte, es gegen gierige Finger geschlossen zu halten.

»Die zweigesichtige Prinzessin!«, keuchte er. »Ihr befehligt wilde Katzen! Und Affen! Ruft sie zurück!«

Flora zögerte – sie befehligte keine wilden Katzen; das tat

Tamar. *Aber Geschichten neigen dazu, sich zu verselbstständigen.* »Wo ist Mawry, der Ingenator von Zimmermann?«

»Ruft sie zurück!«, schrie Stahl in seinem Helm. »Dies ist keine Art für einen Mann zu sterben!«

»Der Ingenator! Sagt mir, wo er ist.«

»Hinteres Feldlager! Ruft sie zurück!«

Als sie sich rückwärts entfernten, flüsterte Blatt ihr ins Ohr: »Kannst du sie zurückrufen?«

Flora schüttelte den Kopf. »Nein.«

Kapitel 46

Das hintere Feldlager

Sie fanden das hintere Lager einen Tag später in den Überresten von Holzbrand am Fuß der Klippe, dem entzückenden kleinen Dorf, in dem Anjali verprügelt worden war, nachdem er dort aufgetreten war. *Er hat wahrscheinlich jemanden betrogen, oder es hat einem betrunkenen Verehrer nicht gefallen zu entdecken, dass sie einen Schwanz hat.* Die Dorftaverne beherbergte das hintere Hauptquartier der Schmutzigen Armee, und bunte Soldatenzelte breiteten sich von dort wie Blütenblätter in alle Richtungen aus. An jedem der Häuser der Dorfbewohner flatterte das Banner eines Bezirks – Elfenbeins Stoßzähne, die eingefädelte Nadel des Gewänderbezirks, ein Schlachter-Schweinekopf – *sie haben sogar aus dem Bezirk der Aufständischen Soldaten eingezogen.* Die strohgedeckten Häuser dienten dem Adel aus den Bezirken als Miniatur-Hauptquartiere. *Was ist aus den Dorfbewohnern geworden?* Das hintere Feldlager war offensichtlich ein dauerhaftes, während das vordere Lager mit dem Mawer in Stratas Herz vordrang.

Flora inspizierte von ihrem Ausguck auf den Klippen die Grenzen des Lagers. Es waren Wachen in Rufweite voneinander postiert, aber die Kriegshunde hatte man ins vordere Lager gebracht. *Den Göttern sei gedankt.* Sie wandte sich an Hamm. »Ich habe so etwas noch nie mit jemand anderem zusammen gemacht. Es ist das Beste, wenn du hierbleibst.«

»Ich werde hierbleiben«, erbot sich Krötchen.

Hamm protestierte dagegen, dass sie allein gehen wollte. »Ich bin dem Aussehen nach halb Schmutzig, und ich habe den Mantel eines dieser sumpfigen Stahlmänner geklaut, der ihn nicht mehr benötigen wird. Ich werde besser getarnt sein als du. Deine Nummer als zweigeteilte Frau ist berühmt, weißt du.«

»Ich werde keine Maske mehr tragen.«

»Einen Helm mit Visier?«

»Nein. Diese Person bin ich nicht mehr.« Flora schaute auf und begriff, dass er gescherzt hatte. *Ein mageres Mädchen wie ich würde in einem Helm mit Visier lächerlich aussehen.* »Du bist ein Scheißkerl, weißt du das?«

»Ein so vulgäres Wort aus dem Mund einer Prinzessin. Welche Seite deiner Lippen ist die unflätige?«

»Die Seite, die du gern küsst, denke ich.«

»In der Tat.«

Flora legte die Route fest, dann schlitterten sie an hohen Palponbäumen herunter, die neben der Klippe wuchsen, und schlichen zwischen den Wachposten durch zarte Lavendelsträucher. Es roch gut, und sie verspürte beinahe den Wunsch, sich gleich an Ort und Stelle zusammenzurollen und inmitten des duftenden Blätterwerks zu schlafen. Aber dann waren sie hindurch und eilten zwischen den Zelten entlang. Hamm schien nicht weiter aufzufallen, und Flora zog ihren Kapuzenumhang eng genug um sich, dass ihr Gesicht im Schatten verborgen blieb. Ihre Brüste und ihr Hintern stellten ein weiteres Problem dar, aber das ausgebeulte Hemd und die Kniehose, die sie einem Schmutzigen Leichnam abgenommen hatte, genügten.

Die Waldmänner lernten dazu. Flora und ihre kleine Gruppe waren, als sie dem platt gewalzten Pfad des Mawer gefolgt waren, auf immer mehr tote Soldaten aus Schmutz gestoßen. Die dröhnende Maschine pflügte sich mit der Haupttruppe voran, aber die Nachhut behielt ihre Soldaten gegen die beweglichen Strataner und die Gräuel des Waldes in enger Formation. Verschwundene Wachposten, unwillkommene Pfeile von ungesehenen Waldlern im Gebüsch und Stahls unglückseliger Ausfall in den Wald hatten gereicht, um die Städter daran zu hindern, weitere kleine Patrouillen tiefer in die Wildnis hineinzuschicken, als sie sehen konnten.

Die hölzernen Krieger hatten ausgedient. Nach einer Weile hatten die Strataner gelernt, einfach nicht auf sie zu schießen, aber nicht bevor Mawrys Kreationen das Dreifache ihrer eigenen Zahl getötet und Stratas berühmtes Kontingent talentierter Waldbogenschützen beinahe ausgelöscht hatten. Flora und Hamm fanden die hölzernen Statuen stumm auf dem Marktplatz von Holzbrand, unbeachtet, da sie nun ihre Pflicht erfüllt hatten. Es war unmöglich, ihre feinen Gesichtszüge und ihre raffinierte Funktionsweise nicht zu bewundern. Der Mawer war dagegen ein simples, grobes Werkzeug. *Aber was für ein Werkzeug!* Der extreme Kontrast zu den komplizierten Holzkriegern sprach für den unglaublichen Einfallsreichtum ihres Erfinders in Bezug auf Tötungsstrategien.

Und dieser Mann ist in einem dieser Häuser.

»Mawrys Werkstatt wird das größte Gebäude sein und ein Zimmererbanner tragen, wenn es denn überhaupt eines trägt«, flüsterte Flora Hamm zu, als sie vor einem verlassenen Topf hockten, um so zu tun, als bereiteten sie eine Mahlzeit zu.

»Der Mann, der die wandelnden Mörderstatuen gemacht hat?«

»Ja.«

»Vielleicht möchte er in ihrer Nähe sein?«

Flora nickte. »Richtig! Er werkelt gern. Er wird sie reparieren wollen.«

Der von Fackeln erleuchtete Marktplatz bot noch genug Schatten, dass Flora und Hamm sich mühelos zwischen den Rotten von Soldaten bewegen konnten, die fast jeden Bezirk repräsentierten. Sie hatte noch nie eine so gewaltige Armee an einem einzigen Ort gesehen. Die stratanischen Streitkräfte waren im ganzen Wald verteilt, und Soldaten sammelten sich selten an einem Ort, außer beim Erntefest, wenn fünfundzwanzig Männer aus jedem Dorf und je fünfzig aus größeren Städten geschickt wurden, um zu feiern, sich Katzenvorführungen anzusehen und auf der Lichtung an Turnierkämpfen teilzunehmen. Im vergangenen Jahr hatte ihr Vater fünfhundertdreiundzwanzig einsatzfähige Soldaten gezählt, nebst den alten Männern und Knaben, die allein um der Ehre willen teilnahmen. Schmutzens Nachhut allein belief sich auf das Dreifache dieser Zahl. *Man stelle sich die Größe des Haupttrupps vor.*

Der Schmutzige Haufen lungerte herum, polierte Stahlklingen, trocknete Eisenpanzer ab, aß, würfelte, lachte, raufte und versorgte stöhnende Verletzte aus dem vorderen Feldlager – genug Soldaten und eingezäuntes Chaos, um zwei Kletterer vor aller Augen zu verbergen. Flora folgte dicht hinter Hamm, als er sich durch die Menge drängte und glaubwürdige, aber leicht zu vergessende Grüße und Flüche von sich gab.

»Da!«, rief Flora so laut, dass Hamm sie mahnen musste, still zu sein.

Über dem Zimmererhaus wehte ein Banner mit einem Hammer darauf. Der große Getreidelagerschuppen dahinter war nicht gekennzeichnet, und doch standen zwei bewaffnete Männer davor Wache.

»Der Schuppen?«

»Ja, da bin ich mir sicher.«

»Es könnte sich um Vorräte handeln.«

»Nein. Der Schuppen ist in der Nähe des Platzes und der hölzernen Krieger. Und siehst du das da drüben? Er hat ein raffiniertes Schloss an seiner Tür mit mehreren Hebeln. Kein einfacher Handwerker hat das gemacht. Das war Mawry.«

»Aber die Gardisten – je ein Zimmerer und ein Stahl.«

»Hm. Sie vertrauen einander nicht ganz, und du bist heute ein Stahl …«

Hamm wusste genug über Schauspielerei, um widerstrebend zu nicken. Der Stahl-Akzent war einfach genug – abgehackt, und jeder Satz endete mit einem höheren Ton, sodass es ständig klang, als stelle man eine Frage. Das Gespräch war kurz. Der Wachposten interessierte sich sehr für den Duft eines Fleischeintopfs um die Ecke, und Hamms Angebot, an seiner Stelle neben dem Zimmerer zu stehen, gefiel ihm. Es half, dass der Mantel, den Hamm in Besitz genommen hatte, ihm einen höheren Rang zuwies als dem Wachposten.

»Ich werde zurückkommen, Herr. Sobald ich gegessen habe.«

»Das hat keine Eile«, erwiderte Hamm großmütig.

Einer weniger.

Der Zimmerer war nicht so einfach, aber Hamm war ein geselliger Bursche, und er entdeckte bald die Schwäche des Mannes. *Sie haben alle eine.* Er gab Flora mit einem nach oben gereckten kleinen Finger ein Zeichen, und sie kam und zog dabei den Kapuzenumhang enger um sich. Hamm richtete das Wort an sie.

»Mein Zimmererfreund hier hat seinen Sold dabei, den er lieber nicht nach Hause zu seiner Frau bringen würde – sie ist eine echte Bärin, wie es scheint, steckt alles für den Winterschlaf weg und lässt ihm kein verdammtes Kupferstück übrig, um sich mal ein Bier genehmigen zu können. Kannst du ihm nicht was zeigen, das es wert ist, Geld dafür auszugeben?«

Flora zuckte verwirrt die Achseln. Hamm verdrehte die Augen.

»Ihr stratanischen Huren seid für uns Städter so exotisch. Vielleicht möchte er mal naschen, wenn es appetitlich aussieht.«

Gib ihnen zu essen, kämpfe mit ihnen, oder …

»Ahh«, sagte Flora. »Aber wir müssten uns in den Wald verdrücken, um es zu tun. Für eine stratanische Hure bin ich sehr züchtig.«

Der Gardist grinste. »Ich müsste wissen, dass die Sache es wert ist, in diese höllischen Wälder zu gehen«, erklärte er. »Zieh diese verfluchte Kapuze herunter, Frau.«

Jetzt war es an Flora, die Augen zu verdrehen. Sie konnte ihr Gesicht nicht zeigen. »Ich werde etwas Besseres tun«, erbot sie sich, zog stattdessen ihre Kniehose herunter und entblößte im Fackellicht für einen flackernden Augenblick ihren Hintern.

»Donnerwetter! Das ist ein ordentliches Stück Weib«, bemerkte Hamm zu dem Mann, als Flora die Hose wieder hochriss. »Ich werde für dich Wache halten, während du dich vergnügst.«

»Wie kann ich dir trauen, Stahl?«

»Weil ich sie bereits gehabt habe, und sie gibt ihren ehemaligen Kunden eine Provision, wenn sie ihr den nächsten zahlenden Kunden bringen.«

In jeder guten Lüge steckt ein Körnchen Wahrheit.

Der Mann nickte – Hamms zugegebener finanzieller Eigennutz war eine überzeugende vertrauliche Bemerkung und leuchtete ihm unmittelbar ein.

Als Flora eine Hüfte nach vorn stieß und aufreizend eine

Hand darauf legte, sabberte der Mann förmlich. »Weißt du, wo die Rodung ist?«, fragte sie.

»Nein.«

»Andere Seite des Lagers. Geh dorthin und warte, während ich das Geld mit meinem Partner hier teile.«

»Wie viel?«

»Weil du so hübsch bist, den halben Preis des Karnevalsbezirks.« Sie wiegte sich in den Hüften, wie sie es die Tuchtänzerinnen im Spielkasten hatte tun sehen.

Der Mann nickte nun noch eifriger und zog ein paar Münzen aus dem Lederbeutel an seiner Hüfte. *Einige wenige wird seine Frau nicht vermissen.* Er reichte Flora einen Silberling und vier Kupfermünzen, dann lehnte er seine Hellebarde mit der Beilspitze an den Schuppen neben Hamm. »Wenn irgendwelche Zimmerer kommen und Fragen stellen, sag ihnen, ich wäre beim Kacken im Wald und hätte Probleme.«

Entzückend.

»Abgemacht«, stimmte Hamm zu.

»Du bist ein guter Mann … für einen Stahl.«

Hamm zwinkerte ihm zu, was dem Mann ein Lachen entlockte, bevor er davoneilte.

Sobald er fort war, drückte Flora Hamm eine Faust auf die Brust. »Du hattest versprochen, mich nie wieder dazu zu zwingen, mich auszuziehen.«

»Ich bitte um Vergebung, Prinzessin. Es war das Erste, was mir einfiel.« Er grinste. »Es gibt keine Rodung, oder?«

»Im Wald gibt es immer eine Rodung. Wohl eher mehrere. Seine Suche nach der richtigen wird uns Zeit verschaffen, und wenn er eine findet, die ihm gefällt, wird er warten. Wie lange, vermag ich nicht zu sagen – ich bin schließlich keine sehr erfahrene Hure.«

»Für diesen Hintern wird er lange warten. Vertrau mir.«

Der Schuppen war ein einziger großer Raum, und Mawry saß auf einem Teppich in der Mitte und werkelte herum, genau wie Flora es sich gedacht hatte. Geräte, Werkzeug und Materialien lagen in ordentlichen Reihen vor ihm ausgebreitet. Ein Stapel Kinderbausteine ragte höher auf, als Flora es für möglich gehalten hätte – höher, als ein Mann groß war. Gerade eben drehte Mawry einen Arm, der an einer kleinen Stange befestigt war. Ein faustgroßer Ball, der an einer Schnur an dem Arm hing, holte weit aus und schlug seinen Turm um. Die Steine kippten auf den einfältigen Mann, woraufhin er vor Begeisterung in die Hände klatschte.

»Mawry …«, rief sie sanft, schlug ihre Kapuze zurück und bedeutete Hamm, hinter sie zu treten. *Es wird das Beste sein, wenn er mich zuerst sieht.*

Der geniale Idiot sprang auf, überrascht, Besuch zu haben. »Das Schloss. Niemand löst Mawry, Mawry, Mawrys Schloss.«

»Ich … habe es gelöst.«

»Wie?«

Indem ich es mit einer Hellebarde aufgestemmt habe. »Ich habe gesehen, wie du die Hebel bewegst«, antwortete sie, was der Wahrheit entsprach, aber nicht direkt die Wahrheit war.

Mawry sah sie an, dann stöberte er in seinen Werkzeugen und Geräten, bis er ein Tuch fand. Er ging zu Flora und drückte es auf ihr beschädigtes Gesicht.

»Nein. Das brauche ich nicht mehr«, erklärte sie. »Und du brauchst all dies nicht. Wir müssen gehen.«

»Gehen wohin?«

»Nach Hause.«

»Schmutziges Zuhause.«

»Nein. Mein Zuhause. Ich werde dich hinbringen. Es wird dir dort gefallen.«

»Nein! Nicht fertig hier. Die Baumwalze. Die hölzernen Krieger. Sie machen glückliche Herzöge!«

»Die hölzernen Krieger sind am Ende. Die Waldleute haben ihr Vorgehen durchschaut.«

»Mawry, Mawry, Mawry wird sie reparieren.«

Flora schauderte. Sie zweifelte nicht daran. Er würde sie neu erfinden, sodass sie auf eine andere Art töteten. *Oder er wird sie durch eine andere höllische Waffe ersetzen.*

Flora studierte seine Geräte und Experimente und stellte sich eine schwingende, eiserne Kugel von der Größe eines Pferdes vor, die durch Königin Tetras eleganten Spiralturm peitschte. *Zerstörung.* Ein Wasserbach, der durch die Mitte eines schiefen Kastens mit Erde rann, wurde auf halbem Wege umgeleitet, sodass er durch die unglaublich detaillierte Nachbildung eines Dorfes floss. *Überschwemmung.* Stinkende tote Kaninchen, Eichhörnchen und Vögel verwesten in ordentlichen Häufchen neben einem Miniaturgerät mit einem Korb, einem Gegengewicht und einem Wurfarm, um sie damit in Schweinepferche und Schafgehege zu schleudern. *Krankheit.* Mawrys schändliche Erfindungen beschworen alle möglichen Arten von Zerstörung und Verderben herauf, und Flora stellte sich vor, wie jede Einzelne davon auf ihr Volk losgelassen wurde.

»Was baust du, um die hölzernen Krieger zu ersetzen?«, erkundigte sich Flora.

»Etwas Besseres!«

»Was?«, hakte sie nach.

Er tippte sich an den Kopf. »Denke immer noch nach.«

Flora legte ihm eine Hand auf die Schulter. »Du brauchst sie nicht zu ersetzen, Mawry.«

»Denke nach!«

»Er kommt nicht mit«, unterbrach Hamm sie.

Flora verzog das Gesicht, und Mawry beäugte Hamm mit plötzlicher offensichtlicher Verbitterung.

»Ist er ein Ehemann?«

Es wäre vielleicht eine seltsame Frage gewesen, aber Flora verstand die Verbundenheit, die Mawry ihr gegenüber empfand. *Er liebt mich,* begriff sie, *trotz meines Gesichts.* In der Tat, er begrapschte besitzergreifend ihren Arm. *Er denkt, wir gehören zusammen, weil ich einen Makel habe wie er.* Seine irregeleitete Zuneigung war ein Problem. *Oder eine Chance.*

»Ich bin nicht mit ihm zusammen«, erklärte Flora Mawry. Sie sah Hamm an, aber er schaute weg, und sie begriff, dass es der Wahrheit entsprach. *Ich bin in letzter Zeit nicht mit ihm zusammen gewesen.* Sie hatten sich nicht mehr umarmt, seit sie in den Vergnügungspalast gerufen worden war. *Ich werde später mit ihm reden.* »Ich mag dich, Mawry«, fuhr sie fort. Wiederum war Flora sich nicht sicher, ob sie log; sie mochte Mawry wirklich, auf eine gewisse Weise.

Mawry rieb sich den Hinterkopf. »Du magst Mawry …?«

»… Mawry, Mawry. Ja. Vertraust du mir?«

»Ja.«

»Dann wirst du mit mir kommen.«

»Nein. Ich habe Arbeit. Arbeit zu tun.«

Flora fasste ihn an der Schulter an, doch der Ingenator wich zurück und rief: »Nicht gehen!« Er schnappte sich einen Handmeißel und drückte ihn sich schützend an die Brust, wie eine Trostpuppe.

»Leise, Mawry. Sie hören es sonst …«

»Arbeit zu tun! Arbeit zu tun! Arbeit zu tun!« Je mehr Flora ihn festhielt, desto lauter wurde er.

Hamm zog Flora weg.

»Er wird mitkommen«, beharrte sie. »Er wird es tun. Er vertraut mir.«

»Selbst wenn er es täte, werden wir ihn niemals aus dem Lager schmuggeln können.«

»Wir können ihn nicht einfach hierlassen.«

»Nein, das können wir nicht.«

»Aber … er hat mir geholfen. Er ist jemand, der alles repariert.«

»Nein.« Hamm zeigte auf Mawrys Erfindungen. »Dies hier ist das, was er ist.«

Flora drehte sich erneut zu Mawrys schlauen Gräueln um. Sie waren Tod. Sie waren Zerstörung. *Sie reparieren nichts.* Dann hörte sie ein schwaches Keuchen und wandte sich wieder um.

Hamm stand neben Mawry und hatte einen Arm um ihn gelegt. Zuerst dachte sie, er tröste ihren Freund und Ingenator, aber dann sackte Mawry in sich zusammen, und Hamm zog die schmale Stechklinge zwischen Mawrys Rippen hervor. Sie sprang herbei, stieß Hamm weg und hielt Mawry aufrecht.

»Es ist getan«, sagte Hamm, als sie den anderen Mann umarmte.

Mawry wand sich in ihren Armen. »Autsch!«

»Mawry, es tut mir leid.«

»Es tut weeeh!«

Sie ließ ihn auf den Boden sinken. Sein Atem ging flach und schnell, und er zuckte. Er blickte zu ihr auf und hob die Hand, um ihr vernarbtes Gesicht zu berühren, dann zog er sie wieder zurück.

»Mawry, Mawry, Mawry vertraut dir nicht mehr.«

Sie standen unten an der Klippe. Der Fels ragte in den Nachthimmel auf wie eine Festungsmauer, die die Götter in die Erde gerammt hatten. Hamm hielt über die Schulter Ausschau nach Soldaten, während Flora schniefend hinaufstarrte.

»Du hättest ihn nicht …« Sie hielt inne, um sich Tränen vom Gesicht zu wischen.

»Doch, es musste sein«, sagte Hamm.

Sie wusste, dass er recht hatte. Schon bald würden die Schmutzigen ihren kostbaren Ingenator tot auffinden, und die beiden hungrigen und lüsternen Gardisten würden wahrscheinlich wegen ihrer Nachlässigkeit getötet werden. *Der Hungrige tut mir beinahe leid.* Die Schmutzigen würden sich nicht bis oben auf die Klippe wagen, nicht ohne ein großes Kontingent, aber sie würden bald den Fuß der Klippe absuchen, wo Flora und Hamm feststeckten und nach oben starrten wie Kinder, die zusahen, wie Schnee fiel. Tatsächlich hörte Flora bereits zornige Stimmen, die sich am Rand des Lagers sammelten, oder vielleicht bildete sie sich das auch nur ein.

»Sieht schwieriger aus, wieder nach oben zu kommen«, bemerkte Flora und betrachtete den Baum stirnrunzelnd. Ihr gebrochenes Handgelenk hatte zu pochen begonnen, nachdem sie hinuntergeklettert war. »Normalerweise könnte ich hier mühelos hochklettern, aber mein Handgelenk ist schwach.«

Hamm nickte. »Ich weiß einen Weg.«

Schon bald war sie mit einer Ranke verschnürt und halb an Hamm festgebunden wie eine Tuchtänzerin, sodass er ihre verletzte Seite stützte. Die Felswand bot hinreichend Stellen, an denen man sich festhalten konnte, solange sie zur Wand gedreht klettern konnten, und Flora trug den größten Teil ihres eigenen Gewichts. Der Aufstieg war schwierig, aber mit Hamms Hilfe möglich – *nicht schwieriger als das Möwennest* –, und Flora stellte fest, dass das Wissen half, dass eine Armee Jagd auf sie machte, um den Schmerz zu ignorieren.

Blatt und Krötchen trafen sie auf dem Gipfel und halfen ihnen mit willkommenen Händen und leisem Jubel über den Rand. Zu Floras Überraschung hatten sie Verstärkung bei sich.

»Wir haben einen stratanischen Kommandanten mit einem Kontingent von Männern gefunden, die uns helfen!«, sagte Blatt. »Keine Sorge, ich habe bereits alles erklärt.«

Flora schüttelte ihre müden Arme aus, drehte sich um und entdeckte ein vertrautes Gesicht, das sie ansah.

»Wippler …«

Kapitel 47

Die Lichtung

Der Grenzbewohner hatte die typischen breiten Schultern und die größte aller großen stratanischen Nasen. *Ihn kann man nicht verwechseln.* Er war nicht bei den Letzten Bäumen gestorben, obwohl Flora nicht erraten konnte, ob durch glückliche Abwesenheit oder die Schande der Flucht.

Wippler zeigte auf Hamm. »Ist das der Ingenator, Blatt?«

»Nein, nein!«, rief Hamm. »Ich bin auf Eurer Seite. Ihr könnt jeden hier fragen.«

»Es ist wahr«, erklärte Flora. »Er hat den Ingenator getötet.«

Wippler starrte sie an. »Einen Moment mal! Ich weiß, wer Ihr seid!« Sein Blick bohrte sich in sie hinein. »Ja, mit der Stimme erinnere ich mich sehr gut an Euch. Und ich habe Geschichten gehört, seit wir Euch losgeworden sind, und keine davon war gut. Jetzt seht Euch an, was aus Euch geworden ist.« Er schnitt eine Grimasse, während er ihr groteskes Gesicht näher betrachtete.

»Wir sind loyal. Der Ingenator ist tot.«

Wippler deutete auf Hamm. »Er ist offensichtlich kein Strataner, und warum sollte ich einer abscheulichen Verräterin glauben, der zweigesichtigen Prinzessin? Von Rechts wegen sollte ich Euch über die Klippe werfen, weil Ihr hierher zurückgekehrt seid.«

Flora stand am Rand, ihre Gefühle so zerrissen wie ihr Gesicht. Sie dachte an Mawry, den sie unten tot zurückgelassen hatten, der sowohl unschuldig als auch böse gewesen war, ein Kind, das mit hölzernen Soldaten gespielt hatte, aber auch ein erwachsener Mann, der mit seinen Maschinen Hunderte mehr Männer getötet hatte als sie mit Klingen oder Gift *oder sogar mit Affen.* Er war eine geteilte Persönlichkeit gewesen – *wie ich, nur noch stärker.*

Schließlich schritt Blatt ein. »Sie hat uns geholfen, wie ich es Euch gesagt habe, Herr.«

Wippler schnaubte. »Loyaler Blatt, wohin war diese entstellte Frau unterwegs?«

»Zur Lichtung, Herr.«

»Na schön. Ich werde sie selbst dorthin eskortieren – es ist zumindest ein Vorwand, um von diesen verfluchten Kämpfen wegzukommen. Außerdem wird der König darauf erpicht sein, sie zu sehen.«

Flora stieß einen Seufzer der Erleichterung aus. *Dank sei den Göttern.*

Sie erreichten die Lichtung noch bei Tageslicht, nachdem sie auf weniger vertrauten Pfaden abseits der Waldstraße gereist waren. Die Nebenwege und Trampelpfade der Wildtiere waren ausgetreten, oft benutzt und rochen nach frisch aufgewühlter Erde. Flora hatte kurzzeitig beinahe das Gefühl, als wäre sie auf einem Spaziergang durch ihre Kindheit. Singende Käfer bescherten dem ansonsten stillen Wald abgehackte Gesangseinlagen, und Ficundusbäume trugen die tropfenden grünen Moosärmel der Erntezeit. *Es wird in diesem Jahr kein Erntefest geben … obwohl sich Soldaten von der anderen Seite des Großen Waldes auf der Lichtung versammelt haben werden.* Es würde trotzdem Wettbewerbe der Stärke und des geschickten Umgangs mit

Klingen geben, aber der Kampf würde nicht spielerisch sein. Männer würden sterben.

Die Lichtung war fast so überfüllt wie das hintere Schmutzige Feldlager, aber trotz der Tische voller Speisen und der Musikanten und der langen Reihe von Bändigern, die ihre Großkatzen durch raffinierte Tricks führten – die größte Zahl, die Flora je an einem einzigen Ort gesehen hatte –, war es eine ernste Zusammenkunft. *Sie wissen nach nur wenigen Tagen, dass wir diesen Krieg verlieren.* Der Gestank ungewaschener Soldaten, faulender Wunden und nicht abgedeckter Abtrittgruben vermischte sich mit dem Aroma von aufgespießtem Fleisch und duftenden Kiefernholzscheiten. Eine unangenehme Gegenüberstellung des Fröhlichen und des Finsteren. *Man versucht, sie alle bei Laune zu halten.* Flötenspieler machten lebhafte Musik, doch überall hingen Trauerbanner. Zwei davon erkannte Flora sofort. Hadley Läufer war der halbwüchsige Cousin der Läufer-Mädchen gewesen und einer von Amoras Favoriten; das Banner, das seinen Tod verkündete, flatterte vom Turm der Läufer, ein riesiger gegabelter Wimpel aus goldenem Tuch, in dessen Darstellung eines Tuftorbaums sein Name eingenäht war. Ein Banner für Ritter Emmon Moos – den besten Langbogenschützen der Lichtung – flatterte im Wind über dem Bogenschießstand. Außerdem sah man noch Banner mit den Namen von Familien von außerhalb der Lichtung oben an der Waldstraße in Richtung der Letzten Bäume, Banner, die nicht in den Dörfern der Toten gehisst werden konnten, weil der Feind sie erobert hatte. Floras Kopf ruckte hin und her, auf der Suche nach Namen, die sie kannte, aber es war unmöglich, sie alle zu lesen. Einige Banner waren so hastig angefertigt worden, dass sie kaum mehr waren als ein Streifen Stoff, in den mit Kohle ein stratanischer Name hineingerieben worden war. Manche Namen erkannte sie überhaupt nicht.

Um Jahre älter und entstellt, fragte sich Flora, ob man *sie* auf der Lichtung erkennen würde, so wie Wippler sie erkannt hatte. Einige wenige warfen ihr einen zweiten Blick zu, als sie vorbeiging, aber mehr Menschen starrten den muskulösen Hamm an, dessen bronzefarbene Haut es schwer machte, ihn einzuordnen, aber aus dem Wald kam er sicher nicht. Krötchen stammte aus Glas, und seine delikate »Kristallnase« sah weniger stratanisch aus, als gut für ihn war. In Zeiten des Krieges rief die Anwesenheit fremdländischer Männer auf dem Palastgelände des Waldkönigreichs skeptische Blicke und Hohn hervor. Sie mochten Gefangene sein, Botschafter oder feindliche Verräter – alles interessanter als eine vernarbte Frau. Floras Narben erregten überhaupt kein Interesse – auf der Lichtung gab es jede Menge verstümmelter Menschen.

»Die Treppe hinauf«, befahl Wippler, als sie sich der Lichtungshalle näherten. Krötchen und Hamm wurden unten zurückgelassen, damit befehlshabende Adelige, die begierig auf Neuigkeiten waren, sie befragen konnten. Es war das Beste, wenn ihr Vater die beiden nicht sofort sah. Außerdem wollte sie unter vier Augen mit ihm sprechen.

Die hölzernen Stufen waren in wellenförmigen Bogen geschnitzt, die sich nach außen zur Lichtung hin fächerförmig ausbreiteten wie tastende kleine Wasserkaskaden, die sich durch die massiven Türen der großen Halle ergossen, und Flora hatte sie viele Male in ihrem Leben erklommen. Als sie den ersten Fuß darauf setzte, überlief sie ein Schaudern. *Ich bin zu Hause!* Sie stellte sich vor, wie ihr Vater sie loben würde, wenn er erfuhr, dass sie ein Stahlkontingent bezwungen und den genialen Schmutzigen Ingenator daran gehindert hatte, weitere Gräuel zu erschaffen. Er würde ihr ihre vergangenen Missetaten verzeihen. Es war Jahre her, seit sie ihm zuwidergehandelt hatte, und die Krise, die ihr Fehler in der Wüste hervorgerufen hatte, war längst vergangen. Die Beschädigung ihres Gesichts würde ihn natürlich erschüttern – auch sie hatte zuerst den Verlust ihrer Schönheit betrauert, aber dann hatte sie ihre Wunden geleckt und ihn mit der Zeit akzeptiert. *Sobald er sich beruhigt, wird er meinen Schmerz spüren und mich mit seinen massigen Armen fest an sich ziehen.* Das tat er immer.

Glenn Grün, ein mürrischer Mann mit einem schlaff herunterhängenden Schnurrbart von der Ratgebertafel ihres Vaters, stand auf dem Platz des Ausrufers in der Nähe des Throns. *Kein Schnickschnack?*

»Ich präsentiere hiermit den Herrn der Bäume, Truchsess des Großen Waldes und Herrscher über ganz Strata«, verkündete Grün.

Flora und Wippler warteten am Fuß des Podests. Sie zappelte nervös, erpicht darauf, den Grenzbewohner loszuwerden, und beschloss, ihren Vater dazu zu bringen, ihn auf der Stelle wegzuschicken. Grün redete immer noch, und sein Schnurrbart wackelte, während er Titel und Abstammung rezitierte. *So förmlich,* dachte sie. Ihr Vater gab sich normalerweise nicht mit Förmlichkeiten ab, aber andererseits waren dies auch keine normalen Zeiten. Grün beendete seine Rezitationen, als sein Herr in voller Amtstracht durch den mit Vorhängen abgeteilten königlichen Eingang trat.

»Man erhebe sich für König Vernon Evangelin!«

Flora riss Mund und Augen auf. *Mein Trunkel!*

Ihr Onkel Vernon pflanzte seinen Hintern auf den Thron und gaffte sie an. »Bist das wirklich du, Nichte?«

»Was tust du auf dem Thron meines Vaters?«

»Ah, du bist es wirklich. Dann sind die Geschichten also wahr. Du lebst, und du hast dich in der Tat verändert. Andererseits hast du dich auch nicht verändert – du warst mir gegenüber immer ein wenig respektlos.«

Nicht respektloser, als du dir selbst gegenüber bist.

»Wann wird mein Vater zurückkehren? Ich komme in dringenden Angelegenheiten.« *Mutter muss bei ihm sein, sonst würde sie in seiner Abwesenheit auf dem Thron sitzen.* Ihr Onkel hätte den kleineren Ratgeberstuhl neben dem Thron wählen sollen, um Audienz zu halten. Es war respektlos von *ihm*, sich den Sitz seines Königs zu borgen. Aber andererseits hatte der Bruder ihres Vaters immer mehr Ehrgeiz als Verstand gehabt.

»Es tut mir leid, dir das sagen zu müssen, aber ich dachte, du hättest es gehört. Oder das Banner gesehen ...«

Flora rutschte das Herz in die Kniekehlen, und ihr war plötzlich schwindlig. Sie hätte nach Wipplers starker Schulter gegriffen, um nicht das Gleichgewicht zu verlieren, wäre die Vorstellung, den Mann zu berühren, nicht so abstoßend gewesen. Stattdessen stellte sie sich breitbeinig hin und holte langsam und tief Luft. Sie hob einen Finger, um Stille im Raum zu gebieten – der Ernst dessen, was sie im Begriff stand zu sagen, verlangte es. *Lass sie warten.* Als das Gewicht des Schweigens hinreichend drückend war, sprach sie.

»Dann ist mein Vater also tot«, sagte sie gemessen.

Ihr Onkel hatte keinen Sinn für Feierlichkeit. Er begann plötzlich zu plappern, sprudelte dünne, lauwarme Worte hervor wie ein umgekippter Pisspott. »Vor Kurzem. Unter schändlichen Umständen. Und es hatte nichts mit mir zu tun, wenn es das ist, was du denkst. Ich habe meinen Bruder geliebt.«

Flora funkelte ihn an. »Wenn das wahr wäre, würdest du nicht die Notwendigkeit verspüren, es in Worte zu fassen.«

»Aus dir spricht jetzt deine Trauer. Ich werde dir das verzeihen. Aber du solltest besser deine unverschämte Zunge hüten. Du bist nicht mehr so niedlich wie früher.«

Flora hatte das Gefühl, dass ihre Welt kippte, als sie weitersprachen. *Dies ändert alles.* Sie musste festen Boden finden.

»Wo ist meine Mutter?«

»Es geht ihr gut, wie ich dir glücklich berichten kann.«

»Wenn es ihr gut geht, warum sitzt sie dann nicht auf dem Thron? Ich will sie sehen.«

»Mir gefällt dein Ton nicht. Du fährst fort, deinen König anzuzweifeln.«

»Weil du nicht mein König bist!«

Es war dumm, das zu sagen, aber der Tod ihres Vaters hatte sie nicht in eine besonnene Stimmung versetzt. Flora beobachtete, wie das Gesicht ihres Onkels die gleiche Rotschattierung annahm, die er bekam, wenn er betrunken war, und sie erinnerte sich an eines von Rajeevs Sprichwörtern: »Unsichere Menschen sind empfindlich, wenn man sie herausfordert.«

Er hat sich noch nicht auf dem Thron eingelebt.

»Vielleicht hast du recht«, seufzte er schließlich. »Ich bin nicht dein König.«

»Nein?« Flora war überrascht.

»Nein. Du bist nicht mal Stratanerin. Wenn ich mich recht erinnere, bist du verbannt worden …«

Gebäumt …

Ihr Onkel würde sie für das Verbrechen hinrichten lassen, das ihre eigene Mutter festgelegt hatte. *»Wenn du zurückkehrst, erwartet dich der lange Sturz.«* Viel war seither geschehen, aber es spielte keine Rolle. Sie konnte ihrem Onkel schlecht sagen, dass sie sich mit weiteren Morden reingewaschen hatte. Und es war gewiss nicht in seinem Interesse, eine direkte Erbin des Throns am Leben zu lassen. *Ich bin ein Problem für ihn.* Es gab offensichtlich einen gewissen Verdacht, dass er beim Tod ihres Vaters seine Hand im Spiel gehabt hatte, und Strataner, die unglücklich darüber waren, einen Krieg zu verlieren, könnten auf den Gedanken kommen, ihm seine neue Krone zugunsten der Nachfahrin des Großkaters abzunehmen. *Aber das können sie nicht, wenn ich tot bin.* Es war jedoch immer ein Risiko, einen Adeligen hinzurichten, daher würde Onkel Vernon es schnell erledigen, bevor sich Widerstand bilden konnte. Keine Verhandlung.

Die Wände der hölzernen Zelle fühlten sich für sie als Gefangene weniger freundlich an als damals, als sie darin mit Jerimy Moos »mein Gefangener« gespielt und Jerimy sie zu küssen und ihre Brüste zu betatschen versucht hatte. Sie hatte damit gedroht, ihn von ihrem Vater bäumen zu lassen, und er war weinend davongelaufen. *Sieh mal an, wer nun den langen Sturz nimmt,* durchzuckte es sie. *Ich hätte ihn damals küssen und seinen Schwanz befühlen sollen – vielleicht hätte ich dann verstanden, wie albern Amoras Briefe waren, so wie mein Vater es verstanden hat.* Die runden Wände boten genug Platz, um sich zu bewegen, aber viel mehr auch nicht. Flora fragte sich, wie viele Stöße mit dem Beitel es gebraucht hatte, um den Raum auszuhöhlen, der drei Schritte breit in den zehn Schritte tiefen Tuftorstamm gearbeitet worden war. Über Generationen hatte man Gefangenen einen Beitel gegeben und ihnen aufgetragen, den Raum während ihres Aufenthalts zu vergrößern. Wenn sie die Wände so weit ausgehöhlt hatten, wie ihre Strafe vorgab – *einen Fingerbreit, eine Handlänge, einen Schritt* –, wurden sie freigelassen, und danach wurde die Dauer ihrer Strafe ermittelt. Aber nicht in Floras Fall. Sie schleuderte den Beitel gegen die Wand, wo er sich hineinbohrte und erzitterte. *Es hat keinen Sinn zu schnitzen; meine Strafe ist ein einziger Tag.*

Mitten in der Nacht schwang die Tür auf, und eine schwarze Silhouette schob sich aus dem Mondlicht in die finstere Zelle. Flora hob den Arm – man hatte angenommen, dass sie schlafen würde, aber sie war wach und hielt den Beitel in der Hand. *Sie hätten es besser wissen und mir keinen scharfen Gegenstand geben sollen.*

Aber sie wussten es nicht besser – sie wussten, dass sie einen König vergiftet hatte, nicht dass sie der lauernde Tod mit einer Klinge war. *Sie unterschätzen mich.* Sie hatte den Mann binnen eines Augenblicks an der Kehle gepackt, und sie presste ihm den scharfen Beitel gegen sein Augenlid. Er war nicht stark, zum Glück, noch schien er begierig zu kämpfen.

»Wie viele weitere Wachen draußen?«, zischte Flora.

Für einen Moment herrschte Stille, dann erklang eine vertraute Stimme. »Eine ganze Armee, Prinzessin.«

Er hat mich Prinzessin genannt. Sie war des Titels beraubt worden, und die Tirade ihres Trunkels nach ihrer Audienz hatte klargestellt, dass nicht mal ein bloßer Wachmann sie noch mit ihrem Adelstitel ansprechen würde. »Wer seid Ihr?«

»Schließt die Tür, und ich entzünde eine Öllampe.«

»Ich werde mich nicht selbst einsperren.«

»Ihr geht nirgendwohin, Kind, weder auf einen Baum noch werdet Ihr weglaufen, also schließt die Tür und redet mit mir.«

Und plötzlich wusste sie Bescheid. »Schnickschnack?«

»Ich konnte nur für eine kurze Zeit mit Euch bezahlen. Die Wachen sind Vernon zwar nicht treu ergeben, aber sie schätzen durchaus ihre Köpfe. Sie stehen immer noch draußen und sind bereit, Euch auf eine angespitzte Stange zu spießen, wenn Ihr versucht wegzulaufen. Schließt die Tür, damit wir unter vier Augen reden können, ich bitte Euch.« Der Ausrufer und Narr atmete schwer aus, und Flora begriff, dass er die Luft angehalten hatte. »Und bitte, stecht mir nicht ins Auge.«

Schnickschnacks Laterne beleuchtete den Raum, und Flora fand sich von Angesicht zu Angesicht mit ihrem Kindheitsnarren wieder. Er sah alt aus. Die tiefen Falten auf seiner Stirn erzählten von Jahren lächerlicher Gesichtsausdrücke, mit denen er sich selbst verspottet hatte, um den Adel zu unterhalten.

Und Kinder glücklich zu machen. Es waren die denkbar schlimmsten Umstände, und doch segnete er sie mit seinem leicht zu erkennenden Lächeln. Es war ein trauriges Lächeln, und er streckte die Hand aus, um ihre Narben zu berühren.

»Welcher Schmutz hat Euch das angetan, Kind?«

Flora stieß ein leises Schnauben aus. »Das war das Werk einer guten Stratanerin.«

»Einer von uns?«

»Von ebendieser Lichtung.«

»Wer?«

»Es spielt keine Rolle. Erzählt mir von meiner Mutter.«

»Sie lebt, in gewisser Weise. Vernon hat sie vom Nikoblatt abhängig gemacht. Sie schläft mehr, als dass sie wach ist. In seinem Bett. Es war der einfachste Weg für sie.«

Flora runzelte die Stirn. *Sie ist jetzt noch weniger meine Verbündete, als sie es damals war, als sie mich verbannt hat.* »Ich bin überrascht. Ich dachte, sie wäre eine zähe Waldfrau.«

»Man hat ihr ihre beiden Töchter und ihren Ehemann genommen. Sie war allein, ohne einen Erben, und ein Krieg stand bevor. Sie hat zum Blatt gegriffen, um Trost zu finden, und nach dem nächstbesten starken Mann gesucht, der ihren Anspruch auf den Thron stärken würde.«

»Sie hat eine schlechte Wahl getroffen.«

»Es tut mir leid. Wir können vermutlich nicht darauf hoffen, dass sie uns hilft.«

»Wir?«

»Ich bin für Euch da, Kind.«

»Ihr nennt mich immer wieder so. Ich bin kein Kind mehr.«

»So habe ich Euch in Erinnerung. Euer Lachen, Eure Unschuld, aber Ihr wart auch kämpferisch – eine Kletterin, die sich ihrem Vater widersetzt hat, wenn sie es für richtig hielt.

Ein lebhaftes, liebes Mädchen, das es gut meinte, nicht verschlagen oder geschwätzig wie Eure Schwester.«

»Ich bin nicht mehr dieses liebe Mädchen.«

»Da *ist* noch diese Sache mit dem Sandkönig. Aber einige würden Euch dafür applaudieren. Es bedeutet nur, dass Ihr eine Katze mit Krallen seid, oder?«

»Ich weiß es nicht.«

»Ich weiß, dass dort drin ein großartiges Katzenherz schlägt. Ihr wart immer die Richtige für den Thron. Das habe ich gewusst. Genau wie Euer Vater. Es ist eine Freude, Euch wiederzuhaben, und ein Segen für Strata. Ihr könnt über mich verfügen, Prinzessin Evangelin.«

Mein Familienname.

Schnickschnack wartete auf ihre Antwort, den Kopf gesenkt. Es war kein Trick. Sie kannte die Tricks des treuen Ausrufers ihres Vaters auswendig, und diese Art Verstellung war kein Teil davon. Er war ein durchschaubarer Mann mit klaren Gesichtszügen. Flora erinnerte sich an ihre jugendliche Verachtung für den Hofnarren, der ihr Leben lang zu ihrem Vater gestanden hatte, der jeden Augenblick mit ihr darauf verwandt hatte, ihr ein Lächeln zu entlocken, der ihre Geburt und ihre Verbannung miterlebt hatte. Sie hatte Anjali bevorzugt, die halbseidene Sängerin, die falsche Frau, die sie in die Sklaverei verkauft hatte.

Ich habe mich geirrt.

»Ich befehle Euch, mir alles andere zu erzählen, was Ihr wisst.«

Die Nachrichten waren schlimm. Die baumfressende Maschine war nah – vielleicht nur Tage von der Lichtung entfernt. Dreiste Schmutzsoldaten breiteten sich im Wald aus, und die Zahl der Toten wuchs auf beiden Seiten. Nach Stahls

Tod hatte der Eisenbezirk neben Zimmerer das Kommando übernommen, und es hieß, Eisens junger Herzog hole sich jungfräuliche Strataneriunnen in sein Zelt – Adelige und Gemeine gleichermaßen – und schicke sie dann als »benutzt« zurück in Gefangenenpferche. *Der kleine Eisenscheißer!* Die Nachricht vom Tod des Ingenators hatte sich verbreitet. *Am Ende war es so richtig gewesen.* Karnis Dahinscheiden wurde in ganz Schmutz besungen, und ihr Anteil daran spielte eine herausragende Rolle. Es war gar nicht mehr so glanzvoll, Gegenstand eines Liedes zu sein, aber als Schnickschnack die Zeile auskostete, in der der Verwalter des Verrückten Narren schreiend weggeschleppt wurde, um eine brennende Klinge zu schlucken, machte Flora ihm keinen Vorwurf.

Die Wüste blieb still. *Was denkt Amora?* Krötchen und Hamm standen unter Bewachung, aber sie waren gesund und munter – in Übereinstimmung mit dem stratanischen Gesetz wurden fügsame Gefangene nicht getötet oder gefoltert. *Noch ihrer Jungfräulichkeit beraubt.* Ihr Vater war plötzlich in seinen Gemächern gestorben, einen Tag vor der Invasion. Sie hatten seinen Tod und die Ursache so lange wie möglich geheim gehalten, aber seine Lichtungswachen suchten nach jemandem, dessen Stiefelabsatz zu dem roten Abdruck passte, der auf dem Boden seines Gemachs zurückgeblieben war. *Diesen Jemand werden sie hier im Wald nicht finden.*

Flora selbst sollte sich am nächsten Abend bei Sonnenuntergang dem langen Sturz stellen. Bis dahin würde Schnickschnack so viele adelige Familien wie möglich aufscheuchen, um dagegen zu protestieren und die Vollstreckung hinauszuzögern, hoffentlich bis nach dem Krieg, den sie zu verlieren im Begriff standen. *Ich brauche Zeit,* dachte sie. Aber Zeit war ein herzlich knappes Gut.

»Ich habe drei Bitten an Euch, treuer Schnickschnack.«

Der alte Ausrufer richtete sich stolz und gerade auf. »Ihr braucht nicht zu bitten, Herrin. Ich stehe unter Eurem Befehl. Und ich habe meinen Bühnennamen aufgegeben. Ich bin jetzt einfach Nikolas Schnacker, als der ich geboren wurde.«

Daran werde ich mich erst gewöhnen müssen. »Ich habe drei Befehle für Euch, Nikolas Schnacker …«

Kapitel 48

Gebäumt

König Vernons Lichtungswachen holten sie im Morgengrauen.

»Wohin bringt ihr mich?«, fragte sie.

»Zum Turm des Königs«, antwortete der Anführer, ein drahtiger Bursche namens Geschmeidig.

»Werde ich meine Mutter treffen?«

»Du wirst treffen, wen immer der König dich treffen lassen will, Verräterin.«

Das klingt nicht gut. »Ich kenne dich, Geschmeidig. Ich kenne euch alle. Ihr wart gute Männer und meinem Vater treu ergeben.«

»Seit seinem Tod ist alles den Bach runtergegangen«, sagte der Gardist namens Tunt, dessen Tochter Flora gut kannte – *Nathalie Tunt, die beste Diebin von Beerentörtchen aus den Speisekammern der Küche, die die Lichtung je gekannt hat.*

»Es fing an, als sie den Wüstenkönig getötet hat«, warf ein anderer ein, und er wandte sich an sie, um sie anzufunkeln.

Er hat nicht unrecht.

»Seid still«, befahl Geschmeidig seinen Männern. »Wir sind nicht für Geplänkel hier. Lasst uns diese abscheuliche Angelegenheit erledigen.«

Abscheuliche Angelegenheit?

Der Weg die Wendeltreppe um den Turm ihrer Vorfahren

hinauf fühlte sich gleichzeitig vertraut und fremdartig an. *Ich werde diese Kletterpartie heute Abend abermals machen.* Sie betrachtete die dicken unteren Äste auf der Ostseite des Baums. *Mörderäste.* Die uralten Tuftoräste, zu groß, als dass selbst die größten stratanischen Männer sie umfassen konnten, trugen Kerben von früheren Stürzenden auf ihrer Borke. *Stürzenden wie dem armen nackten Enic.* Wenn sie hier ankam, würde sie so schnell sein, dass die Äste ihren Kopf zu grauem Brei zerschmettern, ihr die Rippen ins Herz bohren oder ihren Körper beinahe spalten würden.

Als sie sich dem Zimmer ihrer Mutter im fünften Stockwerk näherten, krampfte sich Floras Magen zusammen. Es ergab keinen Sinn – sie hatte Burgen erklommen und Könige getötet, und doch machte es sie nervös, diese vertrauten Stufen hochzusteigen. *Sie könnte mich begnadigen,* ging es Flora durch den Kopf. Aber sie hatte schon früher dem Tod ins Auge gesehen. Eine Chance auf Leben war nicht der Grund, warum sie bei der Aussicht auf die Begegnung mit ihrer Mutter schauderte. Und dann scheuchten die Lichtungswachen sie am fünften Stockwerk vorbei und weiter hinauf.

Was?

Sie betraten den Königsturm im sechsten Stockwerk, das obere Konferenzgemach, wo Vernon mit dem alten Ratgeber Stoppelfeld an einem massiven Palpontisch saß, auf dem sich Schriftrollen und Landkarten häuften. Stoppelfeld mied ihren Blick, aber Vernon schaute auf, rotäugig und entnervt. Ein halb leerer Weinkelch diente ihm als Papierbeschwerer.

Er ist überfordert.

»Götter! Ich bin all dieses Lesens müde, und da kommt noch eine weitere unangenehme Pflicht. Ich freue mich auf den Tag, an dem diese Schwierigkeiten abklingen und ich weiter einfach nur König sein kann.«

Flora sprach, bevor sie ihre Zunge aufhalten konnte. »Es tut mir leid, dir Ungemach zu bereiten, Onkel. Ich kann wieder gehen, wenn du es wünschst. Ich bräuchte bloß ein Pferd.«

»Pah. Ihr seht es, Stoppelfeld. Sie nennt mich nicht einmal König. Denkt Ihr immer noch, dass man sie zähmen kann? Bringt sie her.«

Vernon erhob sich, ging nach draußen und stieg die Treppe hinauf. Seine Lichtungswachen schoben Flora hinter ihm her, über das siebte Stockwerk hinaus. *Was tun wir …?*

»Man hat mir mitgeteilt, wir hätten weitere Angelegenheiten zu besprechen«, begann sie. »Ich habe Dinge zu sagen, die für einen neuen Herrscher von Interesse sein könnten.«

»Ich bin mit deinen Angelegenheiten fertig, und je weniger du sagst, desto besser.«

Sie passierten das achte Stockwerk, die letzte Plattform mit Räumen – Meditationsräumen, die ihr Vater aufgesucht hatte, um sich zu beruhigen, wenn er zornig war.

Wir gehen immer noch weiter nach oben!

»Warte, ich sollte doch erst heute Abend auf dem hohen Ast sein.«

»Du sollst dort sein, wenn ich sage, dass du dort sein sollst. Und ich sage, dass du jetzt dort sein sollst. Ich kann nicht zulassen, dass sich lächerliche Geschichten verbreiten, die unserem braven Volk falsche Hoffnungen machen, dass du eine Erlöserin seist. Du bist der Grund für diese Schmutzige Invasion, wie ich es sehe, keine Lösung.«

»Erlöserin?«

»Rufst Affen von den Bäumen herunter. Befehligst Großkatzen. Tötest Ingenatoren. Alles Tavernenlieder und Unfug.«

Die Menschen singen Lieder über mich. Flora fragte sich, ob das zu irgendetwas gut war. Ihrem Onkel schien es wichtig zu sein. Sie testete ihn. »Ich habe einen fremdländischen König getötet. Vielleicht bin ich eher ein Gewinn als eine lästige Pflicht.«

»Du bist keine Heldin. Du bist ein entstelltes Mädchen, das dem Schicksal eines Mannes im Wege steht. Es war mir bestimmt zu herrschen. Ich habe es an dem Tag begriffen, an dem deine Schwester weggeschickt wurde. Ich habe pflichtschuldigst abgewartet, bis mein Bruder am Vorabend dieses Krieges von einer Schmutzigen Ratte entfernt wurde – ich hatte meine Hand dabei nicht im Spiel. Aber ich hätte dich los sein sollen, als die Bardin dich mitgenommen hat.«

Flora blieb so plötzlich stehen, dass der Wächter hinter ihr über sie fiel. *Ich habe Anjali nie irgendjemandem gegenüber erwähnt.* Sie hatte ihren Eltern gesagt, dass sie ihren Weg allein nach Schmutz gefunden habe, nur mit einer Verkleidung und der Hilfe argloser Dorfbewohner entlang des Weges, und sie hatten es akzeptiert, oder sie hatten zumindest gedacht, Honri sei derjenige gewesen, der ihr geholfen hatte. Aber irgendwie wusste ihr Trunkel, dass die Sängerin sie nach Schmutz gebracht hatte. *Er hat Anjalis Hütte in dieser Nacht besucht … und dann hat Anjali versucht, mich zu verkaufen.*

»Du hast die Tochter des Großkaters entführen lassen?« Flora sprach laut genug, dass die Lichtungswachen nicht so tun konnten, als hörten sie es nicht.

Ihr Onkel-König schaute seine Gardisten an und begriff plötzlich, dass er zu viel gesagt hatte. »Du hast dich selbst entführt, als du nach Schmutz davongelaufen bist. Wir alle kennen die Geschichte – sie ist in jedem Lied die gleiche.«

Ich kann meine eigene Berühmtheit nicht leugnen.

Als sie den Wipfel des Richtbaums erreichten, blickte Flora hinab. Auf dem Treppenabsatz versammelte sich eine Menschenmenge – winzige, dunkle Punkte in der Ferne, wie Graslandameisen. Sie riefen etwas, das nur ein Wispern auf der

Waldbrise war, als es ihre große Höhe erreichte. *Schnickschnack!* Er hatte von ihrer vorzeitigen Hinrichtung erfahren und Adelige und Gemeine versammelt, um zu protestieren, aber er kam zu spät. *Wir sind bereits auf der Treppe.* Die Büßerplattform schwankte oben auf dem Tuftorbaum, ihr hölzerner Gehweg nicht so breit, wie Flora ihn sich vorgestellt hatte. Und doch fühlte sie sich wohler als die Gardisten, die sie eskortierten. *Ich bin schon über schmalere Straßen gegangen und mit finstereren Zielen.* Die nervösen Lichtungswachen machten neben ihr vorsichtige Schritte, als sie Flora zum Rand begleiteten, und ihr Onkel blieb auf der Wendeltreppe stehen und hielt sich an einem nahen Ast fest.

»Verurteilst du mich von der Treppe aus … Feigling? Dafür wird meine Mutter dich nicht respektieren.«

»Deine Mutter hat dich verurteilt. Ich erspare ihr diese Schande.«

»Die Schande ist, dass ein Strataner Angst davor hat, auf einem Baum zu stehen. Die Schande ist die, dass ein Möchtegernkönig anderen befiehlt, junge Mädchen für ihn zu töten. Du hast nicht den Mumm, Herr der Bäume zu sein. Du bist nicht der nächste Waldkönig, Trunkel, du bist nur ein Grundling.«

Da trat er auf die Plattform, langsam, aber ruhiger, als sie gehofft hatte. Er hatte Wein getrunken. *Genug, um ihn zum Stolpern zu bringen?* Aber dann blieb er hinter seinen Lichtungswachen stehen.

»Du denkst, ich wäre dumm genug, dort hinauszukommen und dir zu erlauben, mich mit in die Tiefe zu reißen?«

Ich habe gehofft …

»So ein abscheuliches Mädchen. Und gefährlich. Ich habe es gewusst, lange bevor die Menschen angefangen haben, Lieder über dich zu singen. Wahrscheinlich noch bevor du es selbst gewusst hast. Deine Mutter hat es ebenfalls gewusst. Sie wollte dich nicht zurückhaben. In der Tat, diese Strafe kommt von ihr. Ich führe sie nur für sie aus. Aber du sollst wissen, dass sie eine gewisse Befriedigung für mich mit sich bringt.«

»Und du sollst wissen, dass die Verlegung unserer Angelegenheiten in meine natürliche Umgebung dir eindeutig zum Nachteil gereicht.«

»Hä?«

»Wir sind beide oben auf einem Baum, und ich bin ein Eichhörnchen.« Mit diesen Worten drehte Flora sich um und sprang.

Ihre erste Tat bestand darin, ihren Kopf freizumachen – ihren Onkel zu vergessen, ihre Mutter und Strata. Sie konnte sich nicht auf die vor ihr liegende Aufgabe konzentrieren, während sie an diese Dinge dachte. Dann machte sie sich an ihr Eichhörnchen-Werk.

Verlangsame deinen Sturz, sagte sich Flora.

Die oberen Zweige waren dünn, und Floras Beine waren kräftig, und sie würden beim Aufprall wohl kaum brechen. Sie spreizte sie, um so viele kleine Zweige wie möglich einzufangen, und sie kratzten über ihre Kniehose. Sie hatte den langen Sturz im Geiste tausendmal durchlebt, als fasziniertes Mädchen, das beobachtete, wie die Verurteilten zur Erde zurückkehrten, und das stets vermerkte, was sie hätten tun sollen, aber nie taten. Jetzt rezitierte sie ihren eigenen kindlichen Rat.

Streck die Arme aus und fang den nächsten Ast.

Es war nicht so leicht, wie sie es sich immer vorgestellt hatte, aber es gelang Flora, die Hände gegen den ersten Ast zu schlagen, bei dem es wahrscheinlich war, dass er ihr Gewicht tragen würde. Ihr angebrochenes rechtes Handgelenk versagte, als sie versuchte, die Finger um das Holz zu legen, und sie hielt sich mit der linken Hand nur lange genug fest, um ihren Abwärtsschwung zu bremsen und sich zur Seite zu schwingen, bevor auch diese Hand abrutschte.

Nein!

Einen Herzschlag lang schwebte Flora mitten in der Luft, und die Welt hörte auf, sich zu drehen. In diesem Moment sah sie alles. Ihr Onkel funkelte von oben auf sie herab, wie ein ängstlicher, zweifelnder Gott. Unter ihr stand der getreue Schnickschnack zusammen mit seiner wachsenden Menge, jetzt nah genug, um sie zu erkennen. *Ich falle schneller und weiter, als ich dachte.* Sie hatte sich außerdem ein gutes Stück weg vom Richtbaum geschwungen, hinaus in einen Raum jenseits seiner Äste. Ein echtes Eichhörnchen saß auf einem der Zweige außerhalb von Floras Reichweite und beobachtete ihren Sinkflug mit skeptischer Miene, als überlegte es, warum sie nicht einfach im Baum geblieben war. *Weil ich jetzt ebenfalls ein Grundling bin.* Sie musste den Sturz nehmen, wie er kam, begriff sie. Ihr Leben im Turm hatte sie nicht darauf vorbereitet, am Boden unter richtigen Menschen zu sein. Wie alle Dinge musste auch sie auf die Erde zurückkehren.

Ich werde jetzt landen, war Floras letzter Gedanke vor dem Aufprall.

Eine dünne rote Spirale aus Blut strudelte im Wasser nach unten und durch das raffinierte Loch am Grund des Beckens wieder hinaus. Flora beobachtete wie gebannt, wie ihr Blut abfloss. *Da geht es hin, mein Leben.* Sie war tot, dachte sie und beobachtete, wie ihre Seele versickerte. Dann atmete sie. Wasser brannte in ihrer Lunge, und sie hob prustend den Kopf, um sich der Länge nach in dem hölzernen Becken draußen vor ihrem alten Zimmer im Thronerbenturm wiederzufinden.

Hier bin ich gelandet?

Wenn sie sich bewegte, stachen ihre Rippen. Ihr Handgelenk hatte wieder begonnen, sie mit Schmerzen zu verfluchen. Qualvolle Knoten in ihrem Schenkel und ihrem Hintern prophezeiten hässliche, purpurne Prellungen so groß wie Äpfel, und Blut floss noch immer aus einer Platzwunde irgendwo an ihrem Kopf ins Becken.

Aber ich lebe!

Sie atmete abermals ein, um sich davon zu überzeugen, dass sie tatsächlich noch lebendig war – eigentlich unmöglich. *Nun, nicht unmöglich für ein Eichhörnchen-Mädchen.* Sie hatte den langen Sturz überlebt, genau wie sie ihn als Kind in ihrer Fantasie ein ums andere Mal überlebt hatte. *Obwohl dies nicht ganz so ist, wie ich es mir ausgemalt hatte,* dachte sie, als sie sich unter dem scharfen Schmerz ihrer gebrochenen Rippen, die sich in ihre Lunge bohrten, krümmte.

Mein Trunkel …

Flora schleppte sich durchs Fenster in ihr altes Zimmer hinein. Das kunstvoll geschnitzte hölzerne Bett war gemacht, mit einer feinen staubigen Decke darauf, und am Fuß des Bettes standen noch immer Mädchenstiefel. *Meine Stiefel?* Sie war überrascht festzustellen, dass der Raum genauso erhalten worden war, wie sie ihn in Erinnerung hatte. Das luxuriöse Federbett führte sie in Versuchung – *nur für einen Moment, um mich zu erholen* –, aber sie erlag seinem Trost nicht, noch verweilte sie in dem hohen Gemach. Stattdessen humpelte sie zum Treppenhaus und ging nach unten.

Die Treppe führte hinaus auf die Lichtung, wo die raunende Menge plötzlich verstummte und sich ihr zuwandte. Einige Menschen starrten auf das ruinierte Gesicht, das sie noch nicht gesehen hatten. Viele hatten ihre Prinzessin noch nie in den Kleidern des gewöhnlichen Volkes erblickt. Nikolas Schnacker biss sich auf die Unterlippe und musterte sie von

Kopf bis Fuß, von ihrem blutenden Schädel bis zu ihrem Humpeln. Sie hielt sich immer noch die Rippen. *Er fragt sich, ob ich sterbe.* Flora straffte sich und hob die Arme, um ihnen allen zu zeigen, dass sie nicht im Begriff stand zusammenzubrechen, obwohl sie das Gefühl hatte, dass dies durchaus passieren könnte.

Genau in dem Moment stolperte Vernon die letzte Treppenflucht des Königsturms hinunter, dicht gefolgt von seinen Lichtungswachen. Er blieb stehen und starrte bestürzt die Menge an. Flora blickte quer über die Lichtung zu ihm hinüber, stand auf der unteren Treppe ihres eigenen Thronerbenturms.

Die Menge schaute zwischen dem aufgestiegenen König und der gefallenen Prinzessin hin und her. Adelige und Gemeine standen zusammen am Treppenabsatz zwischen den Türmen – Läufers und Moose von der Lichtung, Stoppelfelds und Klamms aus dem Tal, Plankens und Munters aus dem Hohen Wald, Birkes und Beechams von den Seen. Nicht alle waren da, um gegen ihre Hinrichtung zu protestieren, aber sie waren alle da, und sie alle schauten zu und warteten. Krötchen stand weiter hinten, bewacht von Gardisten. *Wo ist Hamm?* Ein Kontingent Soldaten unter dem Befehl von Dalbert Mulde – *dem Panther* – ragte lautlos wie Bäume hinter der Menge auf. Es war Schnickschnack, der sprach.

»Volk von Strata …« Seine vertraute Stimme erhob sich über der Lichtung. Sie alle kannten sie, Adelige und Gemeine gleichermaßen. Er war die Stimme ihres Königs gewesen, seit die meisten von ihnen denken konnten. *Jetzt spricht er für mich.* »Eure Thronerbin ist zurückgekehrt, um uns zu führen – ich präsentiere Euch Flora Evangelin, Tochter des Großkaters, Herrin der Bäume und wahre Königin von Strata!«

Königin?!

Es war an Flora, verblüfft zu sein. Sie hatte gehofft, die Lichtung einfach lebend zu verlassen, aber nach einer vollen und geziemenden königlichen Vorstellung bedeutete ihr geliebter Ausrufer ihr vorzutreten und machte einen Schritt beiseite, damit sie auf den Thron ihres Vaters Anspruch erheben konnte.

Und man wird Schnickschnack töten, wenn ich es nicht tue.

Ihr Onkel unterbrach, sein schrilles Organ ein quietschendes Heulen neben Nikolas Schnackers honigsüßer Stimme. »Sie ist verbannt worden! Sie ist keine Evangelin mehr. Seht Euch ihren Nacken an!«

Flora hatte keine Wahl – sie sprach für sich selbst. »Mein Volk. Es ist wahr, dass ich mich meinem Vater widersetzt habe. Ich habe einen fremdländischen König getötet, der meiner Schwester einen jungen sandigen Prinzen versprochen und sie dann in das Bett eines staubigen alten Mannes gezwungen hat. Er hat sein Abkommen gebrochen, und ich habe ihn dafür getötet, denn ich bin von leidenschaftlicher Treue. War ich jung und vorschnell? Ja. Arrogant? Vielleicht. Aber ich habe diese Sünde durch den langen Sturz getilgt. Die Waldgötter haben mir vergeben.«

»Halt! Schweig! Genug!« Ihr Onkel war ganz rot im Gesicht. Seine Lichtungswachen gingen auf sie zu. *Er hat sie ausgeschickt, um mich aufzuhalten.* Aber die Menge behinderte die bewaffneten Männer und rempelte sie an, und sie schienen es nicht eilig zu haben – die ehemaligen Gardisten ihres Vaters hörten sich beide Seiten des Wortwechsels an, genauso aufmerksam wie alle anderen. Vernon fuhr mit seiner Tirade fort. »Sie hat einen König *vergiftet*. Sie hat sich in sein Schlafzimmer geschlichen. Sie ist geflohen, als die heimliche Tat getan war. Das macht sie nicht zu einer leidenschaftlichen Katze, das macht sie zu einer Ratte. Kein Gerede mehr von dieser grotesken Mörderin. Zerstreut Euch unverzüglich!«

Aber seine Worte waren mehr Flehen als Befehl, und die Menschen auf der Lichtung zerstreuten sich nicht. Sie murmelten und diskutierten miteinander. In der Tat, es versammelten sich noch mehr. *Eine Menschenmenge lockt eine Menschenmenge an.* Einige von ihnen forderten lautstark, dass Flora das Wort ergreifen solle. *Meine Anhänger.* Andere betrachteten sie mit Argwohn oder unverhohlenem Entsetzen. *Die Zweifler und die Furchtsamen.* Sie waren ein verunsichertes und verzweifeltes Volk. Ihr Großkater war tot. Ein unaufhaltsamer Feind stand vor ihrer Tür.

»Ich leugne nicht, was ich bin! Ich bin nicht der Großkater. Ich bin kein schönes Mädchen. Aber ich bin auch keine Schmutzige Ratte. Ich bin Stratanerin, ein Geschöpf der Bäume. Ich bin das vernarbte Eichhörnchen, das vier Schmutzige Herzöge getötet hat.« Sie hielt inne, und die Menge keuchte auf. In der Tat, sie war selbst beeindruckt. *So viele?* Das entsprach durchaus der Wahrheit, obwohl sie dem treuen Tamar die Ermordung Karnis zugutehalten musste. »Ich habe den Schöpfer der rollenden Wand aufgehalten – er wird keine Tötungsmaschinen mehr bauen. Wir sind im Krieg, mein Volk, und ich habe für den Großen Wald gekämpft, selbst nachdem der Wald mich verstoßen hatte.«

»Pah!« Vernon versuchte, sie zu übertönen, aber seine Stimme war schwach, und die Menge schrie ihn nieder.

»Wie viele Eindringlinge hat mein betrunkener Onkel getötet? Hat er sich in den Sümpfen Stahlsoldaten gestellt, wie König Draymonds Soldaten es in alten Zeiten getan haben? Wie ich es getan habe? Ist er ins Schmutzige Feldlager gekrochen, um die Maschinen aufzuhalten, wie ich es getan habe? Nein. Er war zu beschäftigt damit, die Ehefrau seines Bruders zu erobern. Er sucht nach einem Thron im Schoß meiner Mutter, statt ihn sich auf dem Schlachtfeld zu verdienen. Braucht Ihr einen Kämpfer oder einen Ficker?«

Schnickschnack sprang auf die Treppe, um an ihrem Ärmel zu zupfen. »Ausdrucksweise, meine Königin. Viele dieser Menschen sind Adelige.«

Ich vergesse immer mein Irrgarten-Mundwerk.

Sie dankte Nikolas mit einem Nicken.

»Lügen!«, rief ihr Onkel, außerstande, ein besseres Argument hervorzubringen. »Sie ist keine Heldin.«

»Ihr braucht nicht mein Wort darauf zu nehmen. Wir alle wissen, dass ich Stratas Feinde töte. Es ist das Gleiche in jedem Lied.«

Die Menschen hatten genug gehört. Sie fingen an, sich auf die verschiedenen Seiten zu schlagen. Schnickschnack fuhr fort, den Versammelten Floras Fall nahezubringen, während Vernon drohte, die Königin herbeizuholen. Es war eine leere Drohung – Nikolas versicherte Flora, dass ihre Mutter nicht in der Verfassung war, öffentlich aufzutreten.

Die Verteilung war knapper, als sie gehofft hatte, mit den mächtigen Läufers, die sich sofort auf die Seite ihres Onkels stellten und mehrere geringere Familien mit sich nahmen. Die Pinkneys aus Hochzweig stimmten für ihre Mutter, wenn auch nicht für ihren Onkel, was zu einiger Verwirrung führte, zum Schluss aber bedeutete, dass sie gegen Flora waren. Stoppelfeld, der generell als gelehrtester Mann auf der Lichtung galt, blieb im Königsturm und bekannte sich als Ratgeber des Königs mit seiner ganzen Autorität und seinem Familiennamen zu Vernon. Wieder andere Adelige von der Lichtung schwärmten rein aus Gewohnheit zum Königsturm.

Aber Flora gewann das Volk für sich – *sie haben Angst und wollen glauben.* Ihre Geschichte war so fantastisch, dass sie eine gewisse Hoffnung gegen die Furcht einflößende, waldfressende Maschine bot, die auf sie zukam. Die Flut des Volkes zog andere wohlgeachtete Familien von außerhalb der Lichtung zu

Floras Turm, darunter verwirrte Dörfler aus entlegenen Gegenden, die sich laut fragten, ob die Lichtungspolitik immer so chaotisch war. Und was sie nicht an Titel tragenden Adeligen anzog, machte sie rein zahlenmäßig mehr als wett.

Der Panther, Dalbert Mulde, befahl seinen Männern, den Frieden zu sichern, während die hässliche Angelegenheit geklärt wurde, was einen derartigen Anfall bei Vernon auslöste, dass er befahl, Mulde von seinen Lichtungswachen verhaften zu lassen, woraufhin Mulde sich schnell auf Floras Seite stellte und sich anschickte, den Platz von allen zu säubern, die sie nicht unterstützten. Nicht einmal sieben treue Lichtungswachen kamen gegen ihr aus dreißig Mann bestehendes Kontingent an, und obwohl Vernons Sieben ihrem Vater bedingungslos gedient hatten, waren sie seinem Trunkenbold von einem Bruder nur mäßig ergeben. Schon bald hatte sich ein Mob gebildet, der von Muldes Soldaten unterstützt wurde und sich am Fuß des Königsturms versammelte. Ihr Onkel und seine loyalen adeligen Familien saßen nun darin fest.

»Götter, ich dachte, du wärst tot«, sagte Krötchen zu Flora, während der Heiler der Familie Munter ihr in der Lichtungshalle einen Verband um die Rippen wickelte. »Was bedeutet hätte, dass ich ebenfalls tot gewesen wäre«, fügte er leise hinzu.

»Ein Baum sollte das berühmte Eichhörnchen töten?« Flora kicherte, aber es schmerzte ihre Rippen zu sehr, wenn sie lachte. Sie wechselte einige Worte unter vier Augen mit Krötchen, in dem Bewusstsein, dass ihre Anhänger sie genau beobachteten. »Wo ist Hamm?«

»Er fühlt sich nicht wohl unter diesem Adel«, antwortete Krötchen. »Bedeutet das, dass du die Königin bist?«

»Ich weiß es nicht. Mein Onkel wird meine Mutter so schnell wie möglich ausnüchtern, und dann werde ich mich ihrem konkurrierenden Anspruch stellen müssen. Aber ich kann mir deswegen jetzt keine Gedanken machen, denn ich muss die Lichtung vor einer monströsen Maschine und einer Schmutzigen Armee retten.« Sie wandte sich an Schnickschnack. »Nikolas, habt Ihr die drei Aufgaben, die ich Euch gegeben hatte, ausgeführt?«

»Ja, meine Königin.«

Kapitel 49

Der Damm bricht

Sie räumten einen Raum in der Lichtungshalle aus und schleppten einen Palpontisch von der Länge zweier Pferde hinein, um Pläne zu schmieden. Flora wählte schnell eine Gruppe von Ratgebern aus, und sie erregte Missfallen, indem sie Krötchen einen Sitz in dieser Versammlung zuwies, obwohl er kein Strataner war. Der erste Tagesordnungspunkt bestand darin, Muldes Unteroffiziere auszuschicken, um Kontakt zu anderen Kommandanten aufzunehmen und Floras Kontrolle über die stratanische Armee sicherzustellen, während das Volk die Nachricht von der wundersamen Rückkehr der Prinzessin verbreitete. Schnickschnack verwandelte Floras Bäumung in ein einfaches Lied, damit seine Botschaft durch den Wald hallte. »Flora Evangelin, die wundersame Retterin Stratas.« *Oder so ähnlich.*

Sie fühlte sich nicht wie eine wundersame Retterin, aber ihre Gefühle waren weniger wichtig als die Wirkung der Geschichte auf ihr Volk. Wenn die Mehrzahl von ihnen ihr Überleben beim langen Sturz als gutes Zeichen auffasste, konnte sie die Kontrolle und die Verteidigung aufrechterhalten. Anderenfalls würden ihre Streitkräfte sich vielleicht im Wald zerstreuen, wenn die Armee von Schmutz erschien, und das würde die Kapitulation der Lichtung einläuten. Die Götter wussten, dass viele Menschen sie außerdem im Stillen »die zweigesichtige Prinzessin« nannten.

»Die Maschine ist nur wenige Tage entfernt, Hoheit«, berichtete Gaston Grün, der Kommandant einer Vortruppe ihrer Waldstreitkräfte. Grün befand sich in einer seltsamen Lage – sein eigener Onkel hatte erklärt, dass seine Familie für Vernon sei, und war nun im Königsturm isoliert, aber Grün war ein praktisch veranlagter Mann, und in Abwesenheit jeglicher Befehle seines Onkels folgte er Floras Führung und ritt auf der Welle der Begeisterung des einfachen Volkes, die seinen Männern Mut machte.

»Machen die Ingenatoren Fortschritte?«, fragte Flora.

»Ja. Euer Entwurf ist brillant! Aber es wird knapp werden.«

»Falls die Schmutzigen es zur Lichtung schaffen, wie sehen dann unsere Zahlen aus?«

»Der Große Wald erstreckt sich über riesige Gebiete, und Waldkrieger sind aus allen Ecken hergekommen, aber die Stadt ist voll mit Schmutzigem Volk. Die Nachricht geht im Wald um, dass sie die Hälfte ihrer verfügbaren Männer jeder Altersgruppe eingezogen haben. Sie sind uns drei zu eins überlegen.«

Ich dachte, es wäre schlimmer.

»Und das ist nur ihr Vortrupp.«

Es ist schlimmer.

»Es sind fünf gegen einen, wenn sie ihre Reserven aus dem hinteren Feldlager herholen. Dank sei den Göttern, dass sie nur wenige waldtaugliche Pferde haben; es wird keinen berittenen Ansturm geben.«

Dafür sollte ich Herzog Glas danken, dachte Flora. *Und mir selbst.*

»Sie haben sich nach Bezirken geordnet – innere Machtkämpfe halten sie davon ab, sich zu vermischen, bis auf die untersten Ränge, die alle zusammen kämpfen. Ihre Schwächsten sind die Schlachtermänner – Pöbel, allesamt. Die Truppen von Eisen und Zimmerer zählen zu den stärksten – ausgebildete Klingenkrieger, keine Rekruten. Eisen hat die Zügel übernommen. Der junge Herzog setzt sein berühmtes Trio von Eisenkommandanten – Schlacke, Toorf und Schmelzofen – ein, um Kriegslisten auszuhecken. Die berühmten Stahlsoldaten sind in Auflösung begriffen – ein Haufen zankender Affen ohne ihren Herzog.« Dies entlockte der Gruppe, die sich um den Kriegstisch scharte, ein willkommenes Lachen. »Aber dieser kleine Sieg hat seinen Preis. Herzog Stahl hat diesen Feldzug als Ehrenmann befehligt. Er hat gefangene Soldaten wie Gäste behandelt und ließ das niedere Volk seiner Wege gehen, nachdem er ihre Dörfer eingenommen und Wachposten aufgestellt hatte. Dieser Eisenjunge ist anders. Die Geschichten, die wir hören …«

»Ich schlage vor, dass wir uns auf einen Schlachtplan konzentrieren, Hoheit«, flüsterte Krötchen, als er den Ausdruck von Schmerz und Abscheu auf ihrem Gesicht sah. »Zu dieser späten Stunde haben wir für anderes nur wenig Zeit.«

»Kriegsverbrechen sollen nach unserem Sieg aufgeklärt werden«, stimmte Flora zu. »Wir können nur Gerechtigkeit walten lassen, wenn wir siegen. Wer ist ihre größte Bedrohung auf dem Feld?«

»Die bei Weitem Gefährlichsten sind die Spiegelmänner«, antwortete Grün.

»Die Glassoldaten?«

»Ja. Ihre Glasrüstung wehrt unsere Pfeile ab. Ihre kristallenen Haumesser schneiden mühelos durch unsere hölzernen Brustpanzer. Und sie werden geführt von gerissenen, vorsichtigen Männern. Während die Böcke einfach herumstolpern …«

»Böcke?«

»Soldaten aus dem Schafsbezirk. Während sie in den Wald hineinstolpern, wo wir sie von allen Seiten angreifen können, tasten sich die Spiegel vor und kundschaften uns aus, bevor sie mit ihren überlegenen Waffen heranstürmen.«

»Ist es Torren Glas, der sie befehligt?«, hakte Krötchen nach.

Grün beäugte Krötchen. *Er vertraut meinem Schmutzigen Freund nicht.* »Ist es Torren?«, griff Flora Krötchens Frage auf, obwohl sie den Namen des Mannes oder die Wichtigkeit seiner Führung nicht kannte.

»Ja, aber seine Unteroffiziere lenken seine Überfälle – ein Mann namens Rand und ein mächtiger Bursche, den sie ›die Mauer‹ nennen. Wir haben nur wenige gute Bogenschützen übrig, und selbst die haben nach dem Tod unserer Besten durch diese verfluchten Statuen Angst, auf irgendeinen Mann zu schießen, dem sie nicht in die Augen sehen können.«

»Um die habe ich mich gekümmert. Es gibt niemanden mehr, der sie repariert.«

Blatt bestätigte ihre Behauptung. »Es ist wahr. Sie stehen nutzlos im hinteren Feldlager.«

»Aber die Furcht bleibt und führt zu unsicheren, zögernden Händen«, sagte Grün. »Die gesamte Schmutzige Armee weitet ihren Radius fächerartig an den beiden Flanken der Maschine aus, die in der Mitte in stetem Tempo den Wald rodet. Sie nehmen uns die Chance, sie von der Seite oder von hinten zu attackieren. Wir würden uns einfach auf sie stürzen, aber die Walze würde bloß durch uns hindurchkrachen. Die Netze wurden auf der Lichtung gespannt, sollte es so weit kommen.«

Flora runzelte die Stirn und versuchte, Grüns Erklärungen zu folgen. Sie wünschte, sie hätte in den Ratssitzungen ihres Vaters besser aufgepasst. *Ein paar Tage sind nicht genug, um alle Details zu verstehen.*

Schließlich flüsterte Krötchen ihr ins Ohr: »Verschafft Euch einen Überblick, und lasst die Kommandanten kommandieren.«

Grün fuhr fort, und Flora nickte immer wieder, während die Worte verschwammen. Als er fertig war, ließ sie Grün seinen Untergebenen Befehle erteilen, und sie wies jeder anderen Person im Raum eine Pflicht zu, die sie in der kommenden Schlacht zu erfüllen hatte – *jeder braucht eine Aufgabe* –, dann zog sie sich in ihre Gemächer zurück.

»Ich fühle mich so hilflos, Krötchen. Ich weiß, wie man tötet, aber nicht, wie man eine Schlacht führt. Ich verstehe mich auf Heimlichkeit, aber nicht auf Kriegslisten. Krieg übersteigt meine Kenntnisse.«

Krötchen saß auf einem Stuhl neben ihrem Bett, als sie ihre Stiefel auszog und den Dreck daraus in ihren Nachttopf leerte. Es hätte seltsam sein können, einen Mann in ihrem Schlafzimmer zu haben, wäre sie tatsächlich Königin gewesen, aber sie fühlte sich nicht wie eine Königin. Sie hatte jahrelang mit Männern gelebt, und es störte sie nicht im Mindesten, jemanden, dem sie vertraute, in ihrer Nähe zu haben. *Warum vertraue ich ihm?* Sie kannte die Antwort. Es ging nicht um Loyalität. Es ging um Ehre. Er war ein ehrenhafter Mann, der sein Wort hielt. Tatsächlich suchte er immer noch nach einem Weg, um die Männer seines toten Wohltäters zu retten. *Zu meinem Schaden?* Obwohl die Glassoldaten nicht gerettet zu werden brauchten, wie es schien.

»Das ist der Grund, warum Ihr Experten habt. Vertraut Euren Kommandanten. Sie werden jeden Vorteil nutzen, den der Wald Euch bietet.«

»Ich sollte eine Retterin sein, aber ich habe das Gefühl, nur darauf zu warten, dass unsere Feinde einmarschieren.«

»Ihr habt ihnen Hoffnung und einen Plan gegeben. Das ist alles, was sie von Euch erwarten, und besser als das, was Euer Onkel ihnen bieten könnte.«

»Welche Neuigkeiten gibt es aus dem Königsturm?«

»Er erscheint gelegentlich am Fenster und ruft Unsinn.«

»Er ist betrunken.«

»Vielleicht stolpert er bei einer dieser Gelegenheiten mal nach draußen, dann können wir ihn ergreifen. Es haben sich weitere Adelige erboten herauszukommen. Sie lassen heimlich Nachrichten fallen.«

»Ich biete ihnen ihr Leben an, aber sie werden ihre Titel aufgeben.«

»Bei allem Respekt, sie sollten ohne Bestrafung willkommen geheißen werden. Wir brauchen ihre Soldaten.«

»Also gut. Tut es.«

»Wippler ist heute Morgen kriecherisch herausgekommen. Wir haben ihn wieder hineingeschickt.«

»Gut gemacht. Keinen Titel für ihn.« Flora schälte ihre verschwitzte Kniehose herunter und machte sich daran, ihre Tunika aufzuschnüren.

»Hoheit«, sagte Krötchen und kehrte ihr den Rücken zu. »Ich werde mich entfernen.«

»Nein. Ich brauche nach wie vor Rat.« *Scheiß auf Rat, ich brauche Trost.* »Ist Hamm gefunden worden?«

»Nein. Habt Ihr erwartet, dass er bleiben würde?«

Ich habe ihn verlassen, als ich die Gaukler verlassen habe, und seither war ich damit beschäftigt, mich selbst und mein Königreich zu retten.

»Ich weiß nicht, was ich erwartet habe.«

»Er ist ein guter Mann. Ich habe ihn dafür bezahlt, einen Jungen zu beschützen, und er hat es getan.«

»Er hat sich dafür entschieden, seinen kleinwüchsigen Prinzipal zu beschützen, nicht mich.«

»Er hat gewusst, dass Ihr Euch selbst beschützen könnt. Prinz Gauk konnte das nicht. Und er hat Euch geholfen, anschließend aus dem Kessel zu entkommen.«

»Verwendet Euch nicht für ihn. Er ist gegangen, und ich will ihn vergessen. Für den Moment jedenfalls. Aber erzählt ihm das nicht, falls Ihr ihn seht.« Sie riss sich zusammen. »Hört nur, wie töricht ich klinge.«

»Ihr klingt wie ein junges Mädchen.«

»Ich bin ein junges Mädchen!«

»Ich habe es als Trost gemeint.«

Ich brauche Trost. »Götter, Krötchen, ich werde mein Volk morgen enttäuschen und dann in nur wenigen Tagen sterben. Ich werde die Königin in der stratanischen Geschichte sein, deren Herrschaft die kürzeste war. Und ich lasse mich hier über einen Mann aus.«

»Frauen haben sich seit dem Anbeginn der Zeit über Männer ausgelassen. Und umgekehrt. Das ist keine Schande. Sogar ich habe das schon getan. Ihr werdet Euch erinnern, dass ich mich peinlich lange darüber ausgelassen habe, adelige Frauen zu begehren, die mich gewöhnlich fanden.«

»Krötchen, wisst Ihr, wie man eine Frau liebt?«

»Ja ...«

»Würdet Ihr gern eine Nacht bei einer Königin liegen?«

»Ja.«

»Dann tröstet mich.« Flora lehnte sich verführerisch auf dem Bett zurück, um ihre Tunika fertig aufzuschnüren. Sie nestelte mit ihrer unverletzten linken Hand an den Bändern herum und mühte sich dann, sie sich über den Kopf zu ziehen, bevor sie aufgab und unter Schmerzen auch ihre rechte Hand einsetzte. Als sie sich das Kleidungsstück endlich über den Kopf gezogen und es weggeworfen hatte, fielen ihre Brüste über die breiten Bandagen, die der Muntere Heiler ihr um den

Leib gewickelt hatte. »Seid nur vorsichtig mit meinen empfindlichen Rippen. Und mein Hintern hat eine üble Prellung; schaut ihn nicht an. Noch meine entstellte Seite … wenn Ihr es nicht wünscht.«

»Wo soll ich dann hinschauen, Hoheit?«

Flora überlegte, während sie ihre Unterkleider von ihren wunden Beinen schob. »Auf meine Brüste. Männer sagen, ich hätte exzellente Brüste.«

Krötchen nickte und schaute auf ihren nackten Leib, während er sich entkleidete – viel schneller und geschickter, als sie es getan hatte –, dann kletterte er ins Bett, um sich zu ihr zu gesellen. Aber er musste aufblicken, um ihre Lippen mit seinen zu finden, und als er das tat, lächelte er kleinlaut, ohne sich von ihrer Missgestalt abschrecken zu lassen.

»Ich habe Löcher im Gesicht«, sagte er.

Flora erwiderte sein Lächeln. »Die habe ich auch.«

Die große rollende Wand hielt knirschend an, drehte sich auf der Stelle weiter, und ihre Dornen warfen Schlamm in die Luft, wie die starken vorderen Gliedmaßen eines Baummaulwurfs Holzspäne aus einem Astloch schleuderten. Jubel erhob sich im Wald, und Flora lächelte auf der Lichtung von der Plattform des Wachbaums neben Winston Moos und Gräfin Birke. Sie wünschte sich verzweifelt, auf einen höheren Zweig zu klettern, um besser sehen zu können, aber mit nur einer gesunden Hand und in der steifen Brise war das zu gefährlich. *Ich kann genug sehen.* Ihre Schmutzigen Gegner standen und gafften hinter ihren eigenen Linien auf einem von den Zimmerern erbauten Turm. Dort befand sich der Eisenjunge, umringt von seinen stirnrunzelnden Kommandanten; Flora erkannte seine schmale Gestalt und seinen schmollenden Gesichtsausdruck. *Sie sehen das Gleiche wie ich, aber ich wette, dass es für sie ganz anders aus-*

sieht. Sie grinste. Der Grüne Fluss war genau an der Stelle über seine Ufer getreten, an der ihre Ingenatoren ihn überflutet hatten. Mawrys Entwurf hatte perfekt funktioniert, aber statt ein Dorf zu fluten, hatte er die Waldstraße geflutet, und der massive, stählerne Waldfresser wühlte in dem Schlamm, den er aufscharrte. Die Schmutzigen Streitkräfte wanderten verwirrt hinter der rollenden Wand herum, und schon bald luden sie die Giganten aus.

Wir haben sie aufgehalten.

Flora konnte gerade noch Kommandant Grün ausmachen und Dalbert Mulde, den Panther. Sie krochen unter ihr über den Boden und führten ihre Truppen zwischen den Bäumen hindurch, einer zu jedem Ende der lahmgelegten Maschine. Sie beobachtete die Bewegung ihrer Männer, kaum sichtbar hinter ihren Schilden aus ineinander verflochtenen Brombeerstrauchästen. Ihr tat der Feind beinahe leid, der die vergifteten Dornen der Brombeerbüsche ins Gesicht geschlagen bekam. *Plötzliche Schwellungen. Blindheit, falls nahe an den Augen. Ersticken, falls nahe an der Kehle.* Sie hatte sich einmal in die Hand gestochen, und ihre Finger waren so stark angeschwollen, dass sie wie fette Würste ausgesehen hatten.

Obwohl die Maschine innegehalten hatte, waren die Schmutzigen jetzt nah – in Marschweite der Lichtung. Aber die Waldstraße war schmal und dicht mit Fallen versehen, und ihre beiden exzellenten Kommandanten konnten sie aufhalten, wenn sie durch den Wald kamen. *Stadtsoldaten sind unbeholfen im Gestrüpp.* Genau in dem Moment erklang irgendwo hinter der rollenden Wand ein tiefes Horn.

Har-uuu! Har-uuuuu!

Ein Horn bedeutete, dass etwas geschah, und Flora wirbelte herum und hielt Ausschau nach den Konsequenzen des Ereignisses, hoffte, dass es den Rückzug des Feindes signalisierte.

Stattdessen erwachte der Wald zu beiden Seiten der Maschine zum Leben. Dutzende Schmutziger Tierbändiger erschienen, dicke, straffe Seile in Händen. Am anderen Ende der Seile schossen knurrende Bestien vor, dürstend nach Blut.

Stallungen ...

Der Bezirk, in dem Tiere gehalten wurden, hatte nicht genügend waldtaugliche Pferde erworben, aber er hatte seine Kriegshunde mitgebracht.

Die riesigen Tiere stürzten sich zuerst auf Grüns Männer, flogen mit der Geschmeidigkeit wilder Bestien durch das Dickicht und gruben die Reißzähne in die ungeschützten Lenden und Kehlen ihrer leicht gepanzerten stratanischen Soldaten. *Nein!* Grün schrie seinen Männern zu, dass sie einen Kreis bilden sollten, aber sie hatten keine Zeit – die Hunde waren bereits zwischen ihnen. Floras bester Kommandant lag mit zerfetzter Kehle am Boden, noch bevor er einen zweiten Befehl erteilen konnte. Seine Wachen schlugen mit hektischen Hieben ihrer Handbeile ein Loch in den dicken Schädel des ersten Hundes, aber dann wurden auch sie von knurrenden Tieren überrannt und kämpften um ihr Leben.

Der Panther war schneller – Mulde schickte seine Männer in die Bäume, gerade als die Hunde ihre Stellung erreichten. Und doch wurden die langsamen Kletterer an den Beinen zurück auf die Erde gezerrt und von Klauen und Zähnen zerrissen, und jene, die sich fallen ließen, um ihren am Boden liegenden Kameraden zu helfen und auf die Bestien einzuschlagen, wurden von einer zweiten Welle von Hunden angegriffen, die auch sie zu Boden rissen, wo sie sich gegen schnappende Kiefer zusammenrollten und ihren Freunden in den Bäumen zuschrien, dass sie Pfeile fliegen lassen sollten.

»Katzen!«, rief Flora.

Jerimy Moos stand ihr als Leibwache bei, einer der vier

Männer, die sie ausgewählt hatte. Inzwischen ein kräftiger Waldbursche, schleuderte Jerimy einen in ein Tuch gewickelten Stein hoch in die Luft. Der Stein flog, und das Tuch wehte herab, eine schwebende Flagge als Signal für Stratas eigene Tierbändiger.

Wenn auch weniger zahlreich, so waren die Großkatzen doch massiger und geschickter in den Bäumen. Sie preschten vor und schnappten sich die Hunde, noch während diese die Schnauzen in das Blut sterbender Strataner tauchten. Krallen blitzten auf, Fell riss, und der Waldboden färbte sich rot. Panther wälzten sich mit den Hügelhunden über den Boden, gruben ihre Zähne in Muskeln und rissen mit rasiermesserscharfen Krallen lebenswichtige Organe auf. Flora sah einen Baumleoparden in einer tödlichen Umarmung mit einem südlichen Dogo, beide hatten die Kiefer um die Kehle des anderen geklemmt. Die zwei großen Tiger schleuderten mit schwungvollen Bewegungen ihrer gewaltigen Pranken Hunde nach links und rechts und brachen selbst die dicksten Hundehälse mit einem brutalen Schütteln ihrer massigen Köpfe. Die Tiere waren schnell – sie bewegten sich, töteten und starben rasch, anders als Menschen. *Kein Lied erzählt von Hunden, die verweilen und eine Totenrede bellen, noch von ermatteten Löwen, die ihrem Feind ein paar letzte Worte gewähren.* Die Schlacht schien nur wenige Momente zu dauern und hinterließ den Wald dennoch übersät mit Leichen von Menschen und Tieren. Das Stöhnen, das sie hörte, kam von ihren sterbenden Soldaten, während tödlich verletzte Katzen und Hunde sich davonschlichen, um leise zu sterben.

Floras Tränen fielen von der Plattform in den Wald, während sie um ihre verlorenen Männer, Katzen und die stratanischen Bändiger weinte, die in Qualen die Köpfe in den Armen bargen, während ihre geliebten Katzen zwischen den Bäumen verschwanden. *Ihr Opfer für Strata.* Aber sie hatte keine Zeit zu trauern. Wie man sie gebeten hatte, preschten die überlebenden Großkatzen weiter, durchs Wasser, um die Maschine herum und mitten zwischen die Giganten.

»Ich gehe da runter«, sagte Flora zu Gräfin Birke und Graf Moos und übertönte dabei das Brüllen der Großkatzen, die Rufe von Männern und das Trompeten panischer Giganten. »Haltet Wache und gebt die Signale. Wenn es dazu kommt, lasst das Netz fallen.«

»Ja, Herrin«, antwortete der ältere Moos.

Er nennt mich »Herrin«, nicht »Königin«, bemerkte Flora. Er kämpfte notwendigerweise für sie, war aber noch nicht überzeugt von ihrem Anspruch auf die Krone.

»Ja, meine Königin«, sagte Birke und warf Moos einen verärgerten Blick zu.

Sie ißt für mich.

Der junge Jerimy trat vor die Leiter, um Flora hinunterzuführen. Drei weitere Lichtungswachen passten am Fuß des Wachbaums auf die Leiter auf.

»Ich komme Euch besuchen, Jungs«, sagte Flora.

Der Größte von ihnen war ein Junge aus der Familie See namens Dwite, mit dem muskulösen, v-förmigen Rücken eines Ruderers. »Es ist schlimm hier unten, meine Königin. Wir haben bereits zwei Hunde getötet. Ihr solltet vielleicht besser oben bleiben.«

Diesem gefällt es, sich um eine »Königin« zu kümmern.

Dwite zeigte auf zwei große Haufen abkühlenden Fells, Blutes und Sehnen. Das Gesicht eines der Hunde war zu einer dämonischen Fratze mit vorquellenden Augen aufgebläht – *einer meiner Jungs hat ihn mit einem Dornenschild getroffen.*

»He, ich habe auch schon Hunde getötet«, sagte Flora und drängte sich an ihnen vorbei.

Die jungen Lichtungswachen sahen einander an, die Augenbrauen hochgezogen, dann beeilten sie sich, ihre Königin zu umringen und zu beschützen, obwohl sie unsicher zu sein schienen, ob sie Schutz brauchte.

Flora traf Graf Marsch und Dorfvogt Eli Munter unter den Alten Bäumen.

»Der Panther?«, fragte Marsch, ein stämmiger, bärtiger Mann aus dem tiefen Wald.

»Er lebt«, beruhigte ihn Flora. »Ein gerissener Teufel, der Kerl. Die Hälfte seiner Männer hat es in die Bäume geschafft, bevor die Hunde sie geholt haben.«

»Grün?«

»Nein.« Sie betrachtete die finsteren Gesichter von Marsch und Munter; sie taxierten sie. »Unsere Großkatzen haben getan, worum wir sie gebeten haben – die Giganten wurden gefressen oder sind in Panik weggerannt. Die Maschine wird sich nicht wieder bewegen. Aber die Katzen werden inzwischen von langen Stechklingen aufgespießt worden sein – wir haben kein Brüllen mehr gehört, seit ich heruntergeklettert bin.«

»Woher habt Ihr gewusst, dass Katzen, die in Vorstellungen auftreten, für uns kämpfen würden?«, fragte Munter beeindruckt.

»Ich bin in Vorstellungen gewesen.«

Marsch war weniger beeindruckt. »Warum habt Ihr den Wachbaum verlassen? Plant Ihr, uns von der Nachhut aus zu führen?«

Feiglinge führen von der Nachhut aus. »Ich lasse den Wachbaum in guten Händen zurück. Moos ist erfahren – einer der wenigen von uns, die schon einen Krieg erlebt haben. Und Birke ist doppelt so klug wie ich. Klüger auch als Ihr, wenn ich es recht bedenke.«

Munter gönnte sich ein kurzes, schiefes Lachen auf Marschs Kosten.

»Ich bin heruntergekommen, weil die linke Flanke gestärkt werden muss«, erklärte Flora weiter. »Da die Grüns fort sind, sind Eure Männer die Zweitbesten, nicht wahr?«

»Ich könnte einwenden, dass sie die Besten sind«, erwiderte Marsch.

»Dann lasst sie antreten und bringt die Plankens ebenfalls mit. Ihr müsst für mich die Schilde der Grüns einsammeln.«

»Ihr schickt mich zur Front?«

»Ich schicke Euch nicht. Ich bringe Euch hin. Jetzt versammelt Eure Männer und folgt mir!«

Marsch rief nach seinem Kontingent und der kleineren Gruppe von Plankens unter Lorenz Planken, und sie folgten ihrer neuen Königin und marschierten mit ihren kurzen, breiten, Unterholz durchdringenden Abstechern in der Hand in den Wald.

Marsch gab einem Dutzend seiner besten Männer den Auftrag, Flora und ihre vier Lichtungswachen zu umstellen, und er selbst trat neben sie.

»Ich entschuldige mich für meinen Ton, Herrin«, sagte er. »Diese letzten Tage waren hart. Es hat sich sehr schnell eine Menge verändert. Es ist eine Ehre, dazu auserwählt zu sein, als Erster in die Schlacht zu ziehen.«

»Grün war der Erste. Diese Ehre geht an ihn und seine toten Männer.«

»Natürlich. Ich meinte, es ist eine Ehre, die Tochter des …«

»Halt!« Flora fuhr zu ihm herum. »Ihr seid ein guter Mann, Marsch – das hat mein Vater immer gesagt. Aber Ihr begleitet keine Tochter; Ihr folgt einer Königin. Ja, ich bin noch jung. Doch keiner von uns kann sich im Moment zu viel Stolz leisten. Heute bin ich außerdem Strata, und Strata braucht die Stärke und Loyalität, für die Ihr bekannt seid, und die berühmte Grausamkeit Eurer Marschsoldaten.«

Marsch strahlte angesichts der Komplimente und reckte seine fassartige Brust vor. *Ich habe ihn richtig eingeschätzt, den Göttern sei Dank.* Sie wusste, dass es hart für einen Mann aus dem tiefen Wald war, Befehle von einem Mädchen entgegenzunehmen, aber sie hatte ihm seinen Stolz zugestanden, während sie ihm gleichzeitig befohlen hatte, ihn loszulassen.

Kapitel 50

Hinein in den Wald

Der blutige Leichnam eines grünen Panthers war im blättrigen Unterholz an der linken Flanke fast unsichtbar, und die toten Männer und Hunde lagen Seite an Seite. *Meine Männer!* Einer ihrer guten Grün-Jungen lag mit dem Gesicht nach oben in der strudelnden Ebbe, seine Kehle aufgerissen, während seine schlaffen Arme in der Strömung hin und her trieben, als winke er ihr zu, als bitte er sie um die Hilfe, die sie ihm nicht hatte geben können. Er war nicht älter als fünfzehn Jahre. *Diese Schmutzigen Arschlöcher!* Das plötzliche Aufwallen von Zorn überraschte Flora. Sie verspürte den jähen Drang, Marsch und Planken über das ausufernde Wasser zu führen, um unverzüglich anzugreifen. *Ja! Triff sie mit einem Überraschungsschlag.* Ihre Männer waren im Vorteil, wenn sie den Feind an der Baumlinie erwischten. *In den Bäumen ist ein Waldsoldat fünf verdammte Stadtmänner wert.* Äste erstreckten sich über das Wasser; sie könnten von Ast zu Ast klettern, um die Strömung zu überqueren und sich von oben auf sie fallen zu lassen. Der Schmutz würde nicht damit rechnen, dass sie von oben kämen.

Wir werden sie von der Nachhut aus überfallen, wie die verfluchten Hunde, die sie hinter uns hergehetzt haben.

Flora hob den Arm, um den Befehl zu geben, und ihre Männer griffen nach ihren Haumessern. Aber irgendetwas stimmte nicht. Flora bemerkte es vor Marsch und ihren Lichtungswachen – vielleicht ein Ast, der sich in eine unnatürliche Richtung bog, oder das unterbrochene Seufzen einer Brise, die ungehindert durch die Blätter hätte streichen sollen. Sie hielt ihre Hand still.

»Panther?«, flüsterte sie.

Dalbert Mulde glitt aus dem Gebüsch; man hatte ihn nicht von den Blättern und Zweigen unterscheiden können, bis er sich nur eine Armeslänge von ihr entfernt zu erkennen gab. *Ich habe ihn lediglich entdeckt, weil ich selbst eine Künstlerin im Unsichtbarbleiben bin.* Er erhob sich aus dem Blätterwerk und schaute auf die tote grüne Katze, der er seinen Spitznamen verdankte.

»Also, das da ist das echte Tier. Ich bin ein plump umherstolperndes Wildschwein im Wald, verglichen mit dieser eleganten Kreatur, sonst wäre ich nicht von einer vornehmen Frau entdeckt worden.«

»Ich bin nicht die Art von vornehmer Frau, die Ihr erwarten würdet.«

»Das ist mir zu Ohren gekommen. Aber Liedern kann man ohnehin nie trauen, was?«

»Ich würde nie der Person trauen, die sie singt – ihre Geschichten sind bloß abstruse Lügen. Aber andererseits steckt in einer guten Lüge immer ein Körnchen Wahrheit, oder?«

»Die Lieder sind gut, das gebe ich zu. Mir gefällt das, in dem Ihr einen Piraten tötet, nachdem Ihr bei ihm gelegen hattet.«

Es war ein Holzbarkassenkapitän, dachte Flora beschämt. *Ich hätte stattdessen Piraten töten sollen.*

Marsch und ihre Lichtungswachen beeilten sich, sie zu beschützen, bevor sie ihren Landsmann erkannten. Marsch fluchte. »Götter, Mulde, wie macht Ihr das?«

»Ich bin gekommen, um nach Grün zu schauen, aber ich sehe, dass hier nichts mehr zu machen ist.«

»Er ist tot«, sagte Marsch. »Unsere neue Königin hat meine Männer erwählt, um die Stellung zu übernehmen.«

»Wir wollten gerade über die Bäume klettern und angreifen«, erklärte Flora.

»Wollten wir das?« Marsch zog eine Augenbraue hoch.

»Es ist gut, dass Ihr es Euch anders überlegt habt«, erklärte Mulde.

Ich habe es mir nicht anders überlegt. Du haſt mich unterbrochen.

»Der Turm beobachtet Euch. Sie haben gelernt, nach zitternden Bäumen Ausschau zu halten, so wie wir im Freien Feld nach sich wiegenden Gräsern Ausschau halten. Mit einem ganzen Kontingent an Männern, die sich durch die Zweige schieben, hättet Ihr niemanden überrascht.«

Götter, ich verſtehe nichts vom Krieg, ging es Flora durch den Kopf. Der überstürzte Instinkt, Rache zu nehmen, hätte ihrem Feind gedient, nicht ihr. *Laßt Eure Kommandanten kommandieren.* »Erzählt uns mehr, Panther«, forderte sie ihn auf.

Mulde nickte ernst. »Dieser stählerne Baumfresser sitzt breit auf der Ersten Straße, aber seine linke und rechte Seite reichen bis in den dichten Wald, wo wir im Vorteil sind. Und sie müssen mit dem Fluss fertigwerden, der über die Ufer getreten ist. Sie haben Baumstammbrücken darübergelegt, damit die Kriegshunde herüberrennen konnten – die von den Göttern verfluchten Zimmerer fällen bereits Bäume. Sie sind wie Baummilben! Aber wir haben jetzt Bogenschützen auf diese improvisierten Brücken angesetzt, und es dauert lange, eine Armee über wacklige Baumstämme zu führen. Sie haben nicht unseren guten Gleichgewichtssinn oder die Schnelligkeit von Hunden, daher geben sie gute Zielscheiben ab.« Er grinste. »Außerdem hat der Fluss sich in seinem neuen Bett noch nicht richtig niedergelassen. Er ändert immer wieder seine Meinung, und ihre Brücken könnten ebenso gut weggerissen werden, wie dort zu bleiben, wo sie sind, während gerade ein Trupp Männer darüberläuft. Das wird die Schmutzigen Bastarde davon abhalten, einen Massenansturm zu organisieren. Und sie können nicht die Straße heraufkommen – die Gruben und andere Fallen werden sie jetzt erwischen, da ihre Maschine nicht mehr alles zerstört.«

»Also drängen sie sich noch immer dahinter zusammen?«

»Richtig. Es ist ziemlich überfüllt da hinten. Die wenigen Katzen, die den Hundekampf überlebt haben, sind in ihrer Mitte gelandet und haben ihre Giganten verschreckt. Das hat für einige zerquetschte Schmutzige gesorgt. Wir haben immer wieder welche vom Waldrand aus abgestochen oder Pfeile in die Menge geschickt.«

»Wie viele sind noch übrig?«

»Echte Soldaten? Eisenfäuste, Spiegelmänner, Stahlsoldaten, Todweber aus dem Gewänderbezirk und dergleichen? Mit dieser Sorte sind sie uns immer noch fast drei zu eins überlegen. Aber es gibt auch noch einen Pulk von unzähligen Rekruten aus dem Volk, die mit Lederwesten, Küchenmessern und Knüppeln ausgestattet sind. Wenn ihre richtigen Soldaten durch unsere Linien brechen, wird dieser Haufen uns überrennen. Und das sind diejenigen, die entlang der Straße unsere Dörfler verprügelt und vergewaltigt haben.«

»Mit Erlaubnis des Eisenjungen?«

»Auf seinen Befehl hin sogar. Er hat sich auf den Hochsitz gestohlen, als Stahl gefallen ist.«

»Dieser kleine Scheißkerl!«

»Man kann ihm nichts anhaben, bis wir seine Armee erledigt haben. Aber wisst Ihr irgendetwas über diesen Jungen, das uns helfen könnte, seinen nächsten Schritt vorherzusehen?«

»Er ist natürlich jung. Und stolz. Aber er spielt des Nachts mit seinem Schwanz.« Marsch kicherte, und Flora versuchte, sich auf etwas Nützlicheres zu besinnen. »Und er liebt das Glücksspiel.«

Mulde nickte. »Gut zu wissen. Ich sollte besser zur rechten Flanke zurückkehren; meine Männer werden mich vermissen.«

Flora legte ihm eine Hand auf die Schulter. »Ich habe die Flüchtlinge aus Hagholz losgeschickt, damit sie Euch zahlenmäßig unterstützen – robuste Grenzbewohner, die begierig darauf sind, unsere Schmutzigen Gäste wiederzusehen, die ihre Häuser zerstört und ihre Familien getötet haben. Ich vertraue darauf, dass Ihr ihren Tatendrang einzusetzen wisst.«

Dalbert Mulde grinste. »Sie sind noch ein wenig grün, aber ich werde versuchen, sie zu beschützen.«

»Kämpft gut, Mulde«, sagte Marsch.

»Meistens. Und Ihr auch.«

»Immer.«

Die Männer fassten sich an den Unterarmen, dann verneigte der Panther sich vor Flora und zog sich in den Wald zurück.

»Warten wir einfach ab?«, fragte Flora ihren stämmigen Kommandanten.

»Ich will selbst einen Blick hinter die Maschine werfen«, erklärte Marsch. »Es ist eine Sache, Muldes Beschreibung zu hören, aber es sagt mir mehr, wenn ich mir selbst ansehen kann, mit welchen Widrigkeiten ich es zu tun habe.«

»Ich will auch einen Blick darauf werfen«, stimmte Flora zu. »Sie werden zwei Personen in den Ästen nicht bemerken. Könnt Ihr klettern?«

»Natürlich. Stamme ich nicht aus dem tiefen Wald? Aber ich kann meine Königin nicht mitnehmen. Es ist zu gefährlich.«

Flora grinste. »Ich bin nur deshalb Königin, *weil* ich gefährlich bin. Kommt!«

Beim Klettern schmerzten mehrere von Floras zerschundenen Körperteilen, aber es war dennoch einfach, auf den Ästen zu gehen. Marschs Wort gemäß war er ein einigermaßen guter Kletterer. Größer und dicker, war er allerdings nicht so geschmeidig wie sie, aber im tiefen Wald, wo das Unterholz so dicht wuchs, dass es undurchdringliche Mauern bildete, war es eine notwendige Fähigkeit, durch die Bäume darüber streifen zu können.

»Wir sind etwa eine Viertelmeile südlich von ihnen«, sagte er, als sie den Fluss überquerten.

»Weit genug. Wir werden uns von hier aus anschleichen.«

»Sie werden wachsam sein und alle Richtungen beobachten. Wir haben sie schon von allen Seiten angegriffen.«

»Nur so nah, dass wir etwas sehen. Mulde hat es auch getan.«

»Dieser Mann kann sich so unsichtbar machen wie ein grüner Panther.«

»Dann werden wir uns so unsichtbar machen müssen wie schwarze Eichhörnchen. Aber weniger Geplapper, ja?«

Sie glitten an den Ästen entlang, wählten dicke Äste aus und traten von einem Baum zum nächsten, wo sie nah aneinander wuchsen. Marsch bremste sie etwas, aber es war klug, vorsichtig und leise zu sein, stellte sie fest. Als sie einmal hinabschaute, standen sie direkt über zwei Schmutzigen Spähern. *Mutig, hier draußen im Wald zu sein.* Sie fragte sich, was sie dort taten, während sie und Marsch sich auf Zehenspitzen über sie hinwegbewegten und bis dorthin vordrangen, wo sie das südliche Ende der rollenden Wand sehen konnten, die mehrere Handbreit tief im Schlamm versunken war. Höher als ein zweigeschossiges Wohnhaus, hatte es sich einen Pfad durch die Bäume gewalzt, ein bizarrer runder Eindringling im Wald.

Von dieser Seite sieht es so aus, als wäre der Mond auf die Erde gekracht.

Die Schneise platt gedrückten Waldes hinter der Walze war dicht gedrängt mit Schmutzsoldaten. Leicht bewaffnete Männer hielten sich in der Nähe der Maschine auf, während die schwerer bewaffneten Soldaten sich in rastlosen Reihen weiter hinten versammelten und sich so weit entlang der neuen »Straße« erstreckten, wie Flora sehen konnte. *Seltsame Formation.* Andere befreiten Baumstämme von ihrer Rinde, um sie als Rammböcke zu benutzen, und sie bauten hölzerne Schildkröten, um sich gegen Angriffe von oben zu schützen. Hammerköpfe befestigten emsig eine breite, hölzerne Rampe an den Metalldornen oben auf der Walze. Untersetzte Männer aus dem Gewänderbezirk in ihren leuchtend gelben Hemden machten sich bereit, eine zweite Rampe über die Erste hochzuziehen. Flora grübelte einen Moment lang darüber nach, dann verstand sie – jetzt, da die Maschine tot war, konstruierten sie Rampen, um auf der einen Seite hinauf- und auf der anderen Seite hinunterzuklettern.

Sie werden darübergehen!

Flora wandte sich an Marsch. »In den Bäumen können sie nicht gegen uns kämpfen, daher werden sie direkt die Waldstraße hinaufmarschieren.«

Marsch schüttelte seinen dicken Kopf. »Aber sie wissen, dass da Fallen lauern. Ohne die Maschine, die sie zerstört, werden die Männer an der Spitze von fallenden Bäumen zerquetscht werden, in Dornengruben fallen oder Schlimmeres.«

»Die erste Welle von Männern, ja. Sie werden die Fallen auslösen. Dann werden sie die Gruben zu Hunderten mit ihren Leibern füllen. Und die zweite Welle – die wahren Soldaten – wird über die Toten hinweggehen.«

»Das ist doch lächerlich.«

»Ihr versteht nicht. Das da vorn sind die Rekruten aus dem Volk. Diese Herzöge scheren sich nicht um sie!«

»He-ho!« Der Ruf erklang aus dem Wald hinter ihnen.

Flora und Marsch wirbelten herum. Die beiden Späher, an denen sie vorbeigekommen waren, näherten sich ihrem Baum mit gezückten Haumessern. Sie bewegten sich, so schnell sie konnten, während sie sich einen Weg durchs Unterholz bahnten.

Marsch zog sein kurzes breites Haumesser. »Ich muss hinuntergehen und mich um sie kümmern, sonst alarmieren sie noch weitere.«

»Ich habe keine Waffe«, sagte Flora.

Marsch zog ein Schnitzmesser aus seinem Gürtel. »Es ist nicht viel, aber es ist scharf, falls sie an mir vorbeikommen. Bleibt hier.«

Flora hatte nicht die Absicht zurückzubleiben, während der Krieger aus dem tiefen Wald für sie kämpfte, aber es blieb keine Zeit zu streiten – die Schmutzigen Späher standen am Fuß des Baums.

Elfenbeinmänner, nach ihren gehörnten Helmen zu urteilen.

Marsch ließ sich in die nahen Farnbeerbüsche fallen, wo sie ihn weder schnell noch zur gleichen Zeit erreichen konnten. Die Elfenbeinmänner zögerten. *Sie sind nicht so dumm, ihn da drin anzugreifen.* Zu viele Schmutzige hatten sich verheddert und waren im Unterholz getötet worden. Und das hatte sich herumgesprochen.

»Komm heraus, Feigling, sonst holen wir Armbrüste, um dich wie ein Kaninchen aufzuspießen!«

»Oder vielleicht klettern wir hinauf und weiden deine Gefährtin aus, während du dich versteckst«, fügte der andere hinzu.

Marsch verschwand für einen Moment im Dickicht, und als er aus einem ganz anderen Winkel aus dem Blätterwerk hervorbrach, stolperten die Männer rückwärts. Mit seinen kompakten Muskeln und seinem schweren Haumesser schlug er einem Mann die Waffe aus der Hand und traf ihn am Helm, schnitt ein Horn ab und schleuderte ihn nach hinten. Er fiel, während Marsch sich dem zweiten Mann zuwandte.

Die kleine Klinge, die Marsch Flora gegeben hatte, fühlte sich in ihrer Hand gleichzeitig vertraut und fremdartig an. Sie hielt sie hoch, als sie sanft auf dem Lehmboden des Waldes neben dem Mann landete, den Marsch niedergeschlagen hatte, und ihr taten die Rippen weh. Sie krümmte sich und stand über ihm, wie sie über dem Stallmeister und dem Kapitän und vielen anderen gestanden hatte, aber sie zögerte. Seit Herzog Glas hatte sie niemanden mehr erdolcht. *Und das war ein grauenhafter Fehler gewesen.*

Der Elfenbeinmann nutzte den Moment, um mit großen Augen aufzuspringen. »Die zweigesichtige Prinzessin!«, rief er.

Ich bin Furcht einflößend, dachte Flora. Sie war eine Mörderin von Herzögen, eine Katzenbändigerin, eine Affenflüsterin und eine Kuriosität. Es schien, dass ihr Gesicht und ihr wachsender Ruf sie wahrhaft monströs gemacht hatten. *Das werde ich nutzen.*

»Es heißt jetzt ›Königin‹, Schmutz«, sagte sie und hob das schmale Messer an die Lippen. Sie leckte mit der Zunge über die Klinge. »Sag es deinem Volk. Sag es ihnen allen!«

Der Elfenbeinmann wollte nichts mit ihr zu tun haben, aber Flora stand zwischen ihm und seinem eigenen Volk, und so drehte er sich um und lief tiefer in den Wald hinein.

Marsch und der zweite Mann umkreisten einander. Der Elfenbeinmann blutete. Marsch humpelte. Beide keuchten.

»Ho, Schmutz!«, rief Flora. »Flieh, sonst hetze ich die Affen auf dich!«

Es war ein schrecklicher Gedanke, von Affen gefressen zu werden, und der Mann hatte seinen Kameraden gehört – er wusste, wer Flora war. Mehr brauchte er nicht zu hören. Er schaute zu den Bäumen hinüber und wich zurück. Er ließ sogar seine Waffe fallen, bevor er über die Wurzeln und Ranken in den Wald hineinstolperte. Flora packte Marsch am Genick, um ihn daran zu hindern, ihm zu folgen.

Marsch war entrüstet. »Aber er wird einen Bogen zurück zur Hauptstreitkraft machen, nachdem er ein paar Schritte gelaufen ist.«

»Wir müssen selbst zurückeilen, um die Lichtung zu warnen. Die Invasion kommt.«

Marschs Blut kochte, aber er war ein praktischer Mann. Er beruhigte sich und nickte. »Ich respektiere Euch«, sagte er. Es war eine eigenartige Bemerkung zu einer eigenartigen Zeit, aber er schien erpicht darauf, seinen Gedanken auszusprechen.

»Dann geht zurück zu Euren Männern und behaltet die Straße im Auge. Ich muss zum Wachbaum.« Flora wartete nicht ab; sie ließ das Klettern sein, da sie am Boden schneller war, und Marsch folgte ihr.

Das Land ihrer Kindheit flog beim Rennen an ihr vorbei. Sie kannte den Wald. Sie liebte ihn. Und doch fühlte er sich fremd und abweisend an. *Unsicher.* Sie kam sich vor wie ein Eichhörnchen ohne seinen Baum. *Wie Beute.* Dann wurde ihr bewusst, dass es still im Wald war.

»Halt!«, zischte sie Marsch an, der hinter ihr aufholte.

Als Mann aus dem tiefen Wald bemerkte Marsch die Stille ebenfalls. Er stand stocksteif da und reckte den Kopf wie ein argwöhnisches Reh. Als er den Blick über die reglosen Bäume gleiten ließ, tastete er nach dem abgegriffenen Knauf seiner Klinge. Sein Mund wurde schmal und seine Augen groß. *Er hat Angst.* Die Männer aus dem tiefen Wald waren abgehärtet, und seine Angst erschreckte Flora.

»Was ist los?«, flüsterte Flora.

»Mynx …«

Flora schnappte nach Luft. »Nein. Die sind nicht real.«

»Natürlich sind sie real.«

»Habt Ihr jemals einen gesehen?«

Er funkelte sie an. »Tretet vorsichtig zurück. Wir gehen …«

Das Unterholz explodierte, als eine Kreatur von unvorstellbarer Größe aus dem Blätterwerk brach. Zerbrochene Zweige und ein Schauer von Blättern regneten auf Flora und Marsch herunter, und sie sprangen hinter einem großen Palponbaum in Deckung, gerade als der massige Schädel dagegen schlug. Der Aufprall der Bestie spaltete den Baum in der Mitte, und eine weitere Welle von Blättern und Trümmern fiel um sie herum zu Boden. Marsch und Flora sprangen davon und huschten hinter einen anderen Baum, als die Kreatur vorbeistapfte, jedes ihrer vier grauen Beine so breit wie der Baumstamm, der sie nur mit knapper Not daran gehindert hatte, Flora und Marsch zu zerquetschen.

Ein Gigant!

So fantastisch Mawrys schlingernde, hölzerne Erfindungen gewesen waren, neben der ächzenden grauen Masse, die jetzt über ihnen aufragte, sahen seine Maschinen wie Spielzeuge aus. *Meine geliebten Bäume sind das Einzige, was mich davor bewahrt, zerquetscht zu werden wie ein Insekt.* Die runzelige, ledrige Haut des Giganten bebte über seiner massigen Schulter- und Oberschenkelmuskulatur, während er durch dichtes Dornengestrüpp pflügte und in seinem Schlepptau armdicke zersplitterte Äste hinterließ. Da er sie bei seinem ersten Angriff nicht hatte niedertrampeln können, schwenkte er ab.

Als der Gigant schnaubte und einen Bogen machte, konnte Flora schließlich seine wahren Ausmaße erkennen. Das Tier war so gewaltig, dass sie plötzlich verstand, wie das Gewicht dieser Geschöpfe in der rollenden Wand ihren Wald plattwalzen konnte. Doch noch verstörender als die Kraft des Tieres war die Koppelung seiner rohen Gewalt mit menschenähnlichem Empfindungsvermögen. Es war zornig. *Nein, nicht zornig,* befand Flora. *Aufgebracht.* So aufgebracht, dass es den Elfenbeinmann, den Flora verschreckt hatte, mit einem seiner Stoßzähne aufgespießt hatte. *Die Elfenbeinmänner haben nach diesem entflohenen Tier gesucht.* Der Gigant hatte sich gegen seine Wärter gewandt, begriff sie, und der Soldat hing noch immer an einem der elegant gewölbten weißen Stoßzähne, die aus dem Kiefer des Geschöpfs ragten. Zu Floras Entsetzen starrte der Mann voller Qualen mit offenem Mund von seiner Elfenbeinstange herunter.

Er lebt noch!

Der Gigant rammte den Kopf gegen einen weiteren Palpon und rieb den tödlichen Stoßzahn an der Borke, um den sich windenden Körper des Mannes abzukratzen, wie eine verärgerte Edelfrau vielleicht Kot an einem Pfahl von ihrem Schuh wischen würde. Der Elfenbeinmann rutschte an dem Stoßzahn herunter und fiel zu Boden, wo er sich herumrollte und nach den feuchten Eingeweiden tastete, die durch sein Wams spähten. Flora verzog das Gesicht. *Diese schreckliche Verletzung kann niemand überleben.*

»Ihr habt Euch geirrt«, flüsterte sie Marsch zu. »Dies ist ein ganz anderes Tier.«

Genau in dem Moment sammelte sich der Gigant. Seine fächerförmigen Ohren blähten sich weit auf, und er riss den Kopf zurück und schwang sowohl einen strahlend weißen Stoßzahn als auch seinen blutüberströmten Zwilling. Flora packte Marsch am Arm und zeigte auf einen größeren Baumstamm, der einen kurzen Sprint entfernt war. Aber der Angriff des Giganten kam nicht. Stattdessen blitzte ein gelbbrauner Streifen aus den Bäumen auf und überwand die Entfernung zwischen dem Unterholz und dem Giganten in einem einzigen Sprung. *Eine Katze?*

Das riesige Katzentier war mindestens so groß wie ein Pferd, mit Pfoten so breit wie die eines Bären. Reißzähne ragten aus seinem Oberkiefer nach unten, jeder so lang wie die gekrümmten Haumesser von Hafenpiraten. Es landete auf dem Rücken des Giganten und grub die Zähne tief in sein graues Fleisch, während es die Pfoten spreizte und sichelartige Krallen ausfuhr, die lange rote Wunden in Muskeln und Fett rissen.

Mynx!

Der Gigant bäumte sich auf und taumelte, bevor er einen Baum fand, gegen den er sich rammen konnte, und die Flanke des Mynx wegschlug. Aber der Mynx klammerte sich mit Vorderpfoten und Zähnen fest und ritt seine gewaltige Beute. Der schwankende Baumstamm schlug gegen den breiten Schädel der Katze, während die eingehakten Krallen des Tieres die dicke graue Haut zerrissen und zerfetzten. Flora und ihr Kommandant aus dem tiefen Wald waren dank des urzeitlichen Kampfes der Bestien vergessen.

»Wir müssen gehen, solange sie beschäftigt sind …«, flüsterte Marsch.

Diesmal zweifelte Flora nicht an ihm. Obwohl sie etwas Derartiges nie wieder sehen würde, ergab eine Flucht allzu viel Sinn. *Ich wünschte, ich könnte mir das weiter ansehen!* Leider würde es keinen Großkatzenpelz für sie geben, wie es ihn für ihren Vater gegeben hatte. Dies würde nur eine Geschichte sein. *Oder ein Lied.* Wenn auch eines, dem man nicht allenthalben glauben würde.

Sie betrachtete noch ein letztes Mal die Großkatze, dann floh sie.

Kapitel 51

Am Ende der Straße

Flora kletterte, so schnell sie konnte, und hakte den Ellbogen hinter die Sprossen der Leiter des Wachbaums, um ihre Hand zu schonen.

»Sie kommen! Sie kommen! Oben an der Straße!«

Ihre Lichtungswachen waren zuerst erleichtert darüber, dass Marsch sie lebend zurückgebracht hatte, aber jetzt beeilten sie sich, im Umkreis um den Wachbaum eine Verteidigungslinie aufzubauen, da er direkt an der Waldstraße stand, mitten in der Bahn der einfallenden Streitkräfte. Gräfin Birke empfing sie mit einem schlichten Nicken, als sie sich auf die Beobachtungsplattform hochzog.

Winston Moos war durch Clovis Klamm ersetzt worden, der unbeholfen niederkniete und sich vorbeugte, um Floras Ring zu küssen, bevor er sah, dass sie keinen trug. Er schaute zu ihr auf, dann wandte er den Blick ab, als würde er denken, es wäre unhöflich, sie anzustarren.

Er ist sich nicht sicher, wie er seine neue und unansehnliche Königin empfangen soll.

»Eure Verbeugung war ausreichend«, sagte sie zu ihm und tat alle weiteren Förmlichkeiten ab. »Wo ist Moos?«

»Moos ist gegangen, um seine Familie in die Lichtungshalle zu bringen«, antwortete Birke. »Es ist das stärkste Bauwerk auf der Lichtung. Ich kann ihm keinen Vorwurf machen.«

Flora zuckte die Achseln. »Ich auch nicht. Aber ich kann jene belohnen, die auf ihrem Posten bleiben. Was habt Ihr gesehen?«

»Wir schauen mit unseren vier Augen in zwei Richtungen. Clovis beobachtet den Norden der Straße.«

»Dort hat es unlängst schwere Kämpfe gegeben«, berichtete Clovis Klamm nervös. »Aber der Panther hat die Mistkerle daran gehindert, die neue Biegung des Grünen Flusses zu überqueren.«

»Es ist eine Finte«, sagte Flora. »Sie kommen nicht aus dieser Richtung. Sie ziehen unsere Männer von der Straße weg.«

Birke nickte. »Clovis, gebt Muldes Männern das Signal zum Rückzug.«

Clovis Klamm hob eine grüne Flagge und winkte in einer kreisförmigen Bewegung damit.

Flora trat an den Rand der Plattform. »Was habt Ihr im Süden gesehen, Gräfin Birke?«

»Ich habe *Euch* beobachtet.«

Flora fuhr herum. »Ihr habt mich durch die Bäume gesehen?«

»Ich habe scharfe stratanische Augen. Es ist, als verfolge man ein Reh.«

»Und was habt Ihr herausgefunden …?«

»Ihr benehmt Euch nicht wie eine Dame«, antwortete Birke. Für einen Moment dachte Flora, ihre Bemerkung wäre eine Beleidigung, aber dann schenkte Birke ihr ein finsteres Lächeln. »Ihr benehmt Euch wie Euer Vater.«

Was würde er tun?

Genau in dem Moment erklangen in kurzer Folge drei Hörner, ein jedes tiefer und lauter als das vorige, bis ihr sonorer Chor durch den Großen Wald pulsierte. Flora spürte die Vibration in der Tuftorplattform, auf der sie stand. Die breiten Blätter um sie herum zitterten. Große Hörner waren Schmutzige Dinge. Sie prahlten mit roher Gewalt. Flora hatte sie am Hafen gesehen – bronzefarbene Rohre, fünf Schritte lang, mit klaffenden Glockenmündern, so breit, wie ein Mann groß war. Strataner benutzten sie nicht; es mangelte ihnen an der Raffinesse von Vogelgezwitscher und übermittelte nur eine einzige Botschaft. *Wir kommen!* Ihr Brüllen erschütterte Floras empfindliche Waldohren – *Eichhörnchenohren.* Und obwohl sie es töricht fand, dass ein Feind seine Absichten lautstark ankündigte, spürte sie angesichts der donnernden Hörner noch etwas anderes.

Furcht ...

Floras eigene Hände zitterten wie Blätter. Sie kamen nicht nur, um sie zu töten – was sie langsam und schmerzhaft tun würden. Sie kamen, um ihr ihre geliebten Bäume zu nehmen. Sie kamen, um die Menschen zu töten, deren Vergebung sie im Augenblick ihrer Sühne so sehr ersehnte. Die Schmutzige Stadt, die sie zu einer harten Frau gemacht hatte, war gekommen, um den Wald ihrer zarten Kindheit zu zerstören. Der Schänder war eingetroffen, um ihr den Rest ihrer Unschuld zu nehmen.

Nein. Ich werde es nicht zulassen!

»Gebt unseren Kommandanten das Zeichen, die Waldstraße mit ihren Männern zu säumen. Pfeile und lange Stechklingen. Wenn sie die Lichtung wollen, soll es für sie ein Spießrutenlauf werden.«

Birke und Klamm beeilten sich, ihrem Befehl Folge zu leisten, und wedelten wild mit bunten Flaggen, gerade als die riesige Rampe mit einem kratzenden Geräusch über die Baumwalze rutschte, das Flora selbst aus der Entfernung durch

Mark und Bein ging. Sie krachte auf der ihr zugewandten Seite der Maschine auf den Boden, so breit wie der gesamte Weg, und Augenblicke später herrschte Chaos auf der Waldstraße.

Eine Flut schreiender Schmutzrekruten ergoss sich über die Rampe und auf die Straße, unter ihnen Fahnenträger mit den Bannern ihrer Bezirke – Hämmer und Schweine, Ambosse und andere –, und sie stürzten kopfüber in versteckte Gruben, mitgerissen und von hinten geschubst von ihren voranstürmenden Kameraden. Die Gemeinen fielen zu Dutzenden in die Fallen, wo sie von spitzen Stöcken aufgespießt und von den Männern zerquetscht wurden, die nach ihnen hineinstürzten. Mulde und Marsch schnitten die Seile der zurückgebogenen jungen Bäume durch, die nach vorn schnellten und auf die Straße klatschten, wo sie Schmutzige Männer zerschmetterten wie Kakerlaken. Ein waagrecht mit einem Gegengewicht aufgehängter Baumstamm fegte in Lendenhöhe quer über die Straße, zerbrach Hüften und schleuderte erschlagene Männer zurück in die heranstürmende Horde. Ein weiterer Baumstamm schwang in Kopfhöhe in die andere Richtung, und zusammen schnitten sie die Männer entzwei. Pfeile surrten aus den Bäumen heran, brachten Soldaten mitten im Lauf zu Fall, die dann niedergetrampelt wurden. Mit vorschnellenden langen Stechklingen wurden alle zur Strecke gebracht, die in die Nähe des Dickichts am Straßenrand liefen. Schwitzende Männerkörper wurden erschlagen, aufgespießt und mit befiederten Pfeilen gespickt. Die Invasoren flehten ihre Götter um Gnade an, während sie zu Hunderten starben.

Und doch kommen immer mehr.

Schmutzsoldaten quollen von der Straße in den Wald hinein, um die in der Minderzahl befindlichen stratanischen Bogenschützen und Speerträger zu überwältigen, bevor sie die Flucht ergreifen konnten. Sie würden im dichten Wald nicht weit kommen, aber sie machten schnell die tödliche Reihe der stratanischen Verteidigung unschädlich, die ihre Zahlen dezimierte. Schmutzige Zimmerer reichten Holzbretter nach vorn weiter, um sie über die Gruben zu legen, damit die nächste Welle von Männern einen Boden hatte, den sie überqueren konnten, obwohl dabei die sich windenden Soldaten eingeklemmt wurden, die bereits hineingefallen waren. Schmutzige Befehlshaber auf der Maschine entfesselten die zweite Angriffswelle, nachdem die erste die Fallen ausgelöst hatte, und der neue Pulk baute seinen Erfolg auf dem blutigen Fortschritt seiner Vorgänger auf.

Flora verfolgte das Ganze vom Wachbaum aus, der über dem Getümmel aufragte wie ein Ausguck für neugierige Adelige, auf dem sie stehen und den Kopf über die Torheiten des niederen Volkes schütteln konnten. Es war unvermeidlich. *Sie werden die Lichtung erreichen.* Jetzt, da sich die Straße mit zahlreichen Feinden füllte, war das offensichtlich.

Die Waldstraße drängte sie wie ein Trichter in die Fänge stratanischer Waldkrieger – Reihe um Reihe muskulöser Waldmänner in lackierten, mit Gelenken versehenen Holzrüstungen und den uralten Eisenholzhelmen ihrer Väter. Stolze Männer der wohlhabenden Familie Klamm, der Lampsons aus dem tiefen Wald, vom Federsee und Cousins aus Hochzweig standen Schulter an Schulter am Eingang zur Lichtung und wappneten sich mit einer waffenstrotzenden Wand handgeschnitzter Stechklingen gegen den herannahenden Ansturm. Die zweite Schmutzige Welle schwärmte über und um die stachelbewehrten Gruben herum und kroch unter den schwingenden Baumstämmen hindurch. Nun säumten immer mehr tote Strataner den Straßenrand, und Flora fragte sich, ob Mulde und Marsch unter ihnen waren. Weitere Feinde strömten über die Walze herbei – die dritte Welle der Rekruten.

Die erste Angriffswelle der leicht gepanzerten Schmutzigen fiel wie eine Reihe loser Dachziegel. Stratanische Stechklingen mit feuergehärteten, rot bemalten Spitzen stießen immer wieder zu und wurden zurückgezogen und hinterließen einen Haufen durchlöcherter Schmutziger Leichen an der Schwelle zur Lichtung. Ihre Soldaten wichen keinen Schritt zurück, und für einen kurzen Moment schöpfte Flora Hoffnung. Sie packte Gräfin Birke am Arm.

Dann brach die dritte Welle über sie herein. Diesmal blieben einige der Stechklingen in den zuckenden Körpern stecken. Manche hingen schwach an müden Armen herunter. Wieder andere waren zerbrochen. Immer weniger durchlöcherten die Lederrüstungen; noch weniger beförderten Männer direkt zu Boden. Stratas beste Männer mussten einen Schritt zurückweichen. Die stratanische Linie brach, und der Schmutz strömte durch die Lücke. Die Kluft schloss sich schnell wieder, und Floras Volk umzingelte die überforderten Angreifer, aber nachdem sie das Schmutzige Volk in ihrer Mitte niedergemetzelt hatten, gewann der Verteidigungswall seine vorherige Stabilität nicht mehr zurück. Die Strataner ließen ihre langen Stechklingen fallen und zogen Messer – breite Haumesser, scharfe, einschneidige Fleischmesser und dünne Abstecher. Und als die nächste Reihe von Männern antrat, wurde es ein Kampf Mann gegen Mann. Der Schwung des Ansturms drängte sie auf die Straße zurück, näher zur Lichtung. Immer mehr Strataner fielen.

Und wir haben noch nicht mal ihre richtigen Krieger gesehen.

»Sie sind am Fuß unseres Baums!«, rief Klamm.

Flora spähte über den Rand. Eine Schmutzige Schar hatte sich unter dem Wachbaum versammelt. Ihre Lichtungswachen waren gefallen, und ihr Blut sickerte in den Waldboden. Jerimy Moos lag reglos da, um eine Schmutzige Stechklinge gekrümmt, seinen Helm schief auf dem Kopf und sein hübsches Gesicht darunter blutverschmiert. Flora wurde es schwer ums Herz. Sie fühlte sich schuldig, weil sie ihn in ihrer Jugend gedemütigt hatte. *Jetzt hätte ich ihm erlaubt, mich zu küssen.* Sie hatte sich sogar am Morgen einen Moment Zeit genommen, um sich vorzustellen, wie Jerimy sie mit einer heißen Umarmung beschützte, wenn niemand hinschaute. Es hatte wie eine Wiedergutmachung gewirkt, ihn zur jüngsten Lichtungswache einer Königin zu machen, den die Lichtung je gesehen hatte – er hatte den Schild so stolz ergriffen, während sein Vater, Graf Hugo Moos, gestrahlt hatte.

Und jetzt habe ich ihn getötet.

»Werft die Leiter auf diese Schmutzigen Arschlöcher, Graf Klamm«, befahl Flora scharf. »Ohne Sprossen sind sie erbärmliche Kletterer.«

Klamm beeilte sich, die Leiter von der Plattform zu lösen. Fünf Schmutzige Männer erklommen ihre Sprossen, als er sie losriss, die Halt gebenden Seile durchschnitt und sie mit seiner Lanze wegstieß. Sie kippte nach außen, schlug gegen Äste und klappte in sich zusammen. Ganze Bereiche des hölzernen Gebildes blieben in den Ästen hängen, während andere Teile ohne die Unterstützung der Seile auseinanderbrachen, und ihre unwillkommenen Benutzer flogen in verschiedene Richtung wie unbeholfene Küken, die in die Höhe sprangen, um ihren ersten erfolglosen Flug zu versuchen.

Weitere sammelten sich am Fuß des Wachbaums, brüllten und gestikulierten. Armbrustbolzen bohrten sich in den Boden der Plattform – *sie wissen, dass wir von hier aus das Kommando führen* –, aber Floras Feinde würden nicht so bald einen Weg nach oben finden. Von ihrem Ausguck beobachteten sie das Wogen der Schlacht. Der Schmutzige Mob stürmte die Straße entlang, zwanzig Mann breit, wälzte sich vorwärts und dünnte aus, als er gegen ihr eigenes Volk brandete wie eine Welle der Markungsbucht, die die Sandburg eines Straßenkindes unterspülte.

Die V-Formation der Strataner an der Straßenmündung stand noch, wurde aber mit jeder Woge etwas kleiner, ihre scharfen Kanten nach und nach immer stumpfer. *Meine Leute schmelzen vor meinen Augen dahin.* Reservisten aus der Lichtung rückten vor, um die sterbenden Männer an der Frontlinie zu ersetzen, aber es waren viel weniger als die Reihen der Angreifer, die sich ihnen entgegenwarfen. Dann endlich, plötzlich, ließ das Schmutzige Volk ab. Es löste sich aus dem Kampfgeschehen und zog sich über die Straße zurück, in Richtung der Maschine.

Floras Traube von Stratanern sackte in sich zusammen, die Hände auf die Knie gestützt und keuchend, während sie sich von dem Blutrausch erholten. Weniger als die Hälfte waren übrig geblieben, und ihre vormals dicke Wand aus Männern war jetzt an manchen Stellen nur drei Reihen tief.

»Wir haben sie in die Flucht geschlagen!«, rief Klamm.

Aber das Schmutzige Horn wurde geblasen – es klang unheilverkündend.

»Nein«, sagte Flora. »Ihre Kommandanten rufen sie zurück. Seht!«

Eine Reihe von Soldaten trat oben auf die Rampe über der Maschine. Dies waren keine einfachen Rekruten – sie waren in voller Rüstung und packten die kurzen Griffe ihrer schweren Morgensterne, die mit spitzen Stacheln versehen waren. Eisenmänner. Zu stolz, um den Stahl ihres konkurrierenden Bezirks zu tragen, waren sie mit minderwertigem Eisen ausgestattet. Aber Eisen war billig, und es bedeckte sie von Kopf bis Fuß. Sie trampelten mit schweren Schritten die Rampe hinunter, während die im Rückzug begriffenen Rekruten einen Weg für sie freigaben und außen an ihnen vorbeiströmten. Die Mitte der Waldstraße überließen sie den wahren Kriegern von Schmutz. Hinter ihnen ergossen sich die gelben Hemden der Männer des Gewänderbezirks auf die Straße, ihre elegant gewellten Klingen erhoben. Die Todesdiener des Knochenackers boten ein finsteres Bild mit ihren Kapuzen und Kettenpanzerschleiern, ihren schwarzen Rüstungen, auf die man die weißen Knochen von Skeletten gemalt hatte. Die unverwechselbare Kneifzange vom Knochenacker marschierte an ihrer Spitze und trug selbst das Totenkopfbanner. Dann folgten die glitzernden Spiegelmänner. *Die Krieger von Herzog Glas.* Ihre polierten Rüstungen spiegelten den Wald und machten sie streckenweise fast unsichtbar. Immer mehr Truppenkontingente schoben sich unter ihren jeweiligen Bannern über die Rampen, enge Formationen professioneller Soldaten. Ein riesiger Rammbock auf einem Fuhrwerk rollte in Sichtweite. Männer mit Schweine-, Hahnen- und Stierhelmen traten für den Schlachterbezirk an. Die Soldaten des Kürschnerbezirks trugen Bären- und Wolfsfelle schwenkten ihre mit Stahlklauen bewehrten Handschuhe und jaulten, und die drei Anführer unter ihnen trugen die Felle von Großkatzen. *Tasha, Salbei und Bert!* Nach dem Krieg würde es keinen Handel mit dem Kürschnerbezirk mehr geben, beschloss Flora. Wenn Schmutz siegte, würden sie natürlich nicht mehr zu handeln brauchen – die Kürschner würden einfach herkommen und sich alles nehmen. Fleischschnitzer aus dem Zimmererbezirk schwangen lange, fein gearbeitete Stechklingen aus Birken-, Eichen- und Ahornholz von den Inseln. Jeder Griff war ein geschnitztes Kunstwerk des stolzen Waffenträgers, die Klingen so scharf wie Rasiermesser. Sie füllten die Straße, die nun von ihrem einfachen Volk verlassen worden war, und stapften über die rangniederen Männer, die vor ihnen gekommen waren und die jetzt sterbend im Dreck oder in den Gruben lagen.

Flora warf einen Blick auf ihre tapferen, aber erschöpften Waldkrieger mit ihren angeknacksten Stechklingen und zerschmetterten Rüstungen. Sie warteten keine hundert Schritte entfernt, während das Schauspiel der anrückenden dreißig oder mehr Einheiten ausgeruhter und komplett gepanzerter Stadtsoldaten sich vor ihnen entfaltete. Sie starrten sie eingeschüchtert an. *Wie sollten sie das auch nicht tun?* Es war ein Prunk, der des Vergnügungskessels würdig gewesen wäre, hier jedoch auf einer noch erhabeneren Bühne und mit einem unendlichen Vorrat an Darstellern stattfand. Flora begriff, dass sie Geschichte miterlebte. *Dies wird in einem Lied besungen werden, aber es wird kein gutes Lied für Strata sein.*

Die Truppen der einzelnen Bezirke bezogen Stellung entlang der Straße, und dann wurde das eine Ende des Rammbocks angehoben. Fuhrknechte zogen eine Hülle aus Sackleinen von einer riesigen Eisenkugel, die den Umfang der Spanne ausgestreckter Männerarme hatte und die von einer Kette an der Spitze des nun senkrecht angehobenen Balkens hing. *Es ist gar kein Rammbock!* Noch war es dazu gedacht, Bauwerke einzureißen. Die riesige Kugel pendelte vom Wagen weg, als der Balken gerade seinen Scheitelpunkt erreichte – *genau wie Mawry es sich vorgestellt hat* –, und sie schwang geradewegs auf Floras versammelte Soldaten zu.

»Lauft!«, rief Flora.

»Sie können Euch von hier aus nicht hören«, sagte Birke.

Ihre Männer versuchten hektisch aus dem Weg zu rennen, aber sie befanden sich in einer dicht gedrängten Verteidigungslinie. Die Eisenkugel krachte durch ihre Reihen, zerschmetterte hölzerne Rüstungen und Knochen. Stratanische Männer flogen durch die Luft. Die Fuhrknechte betätigten Hebel. Der

Balken bewegte sich, und die Kugel schwang auf ihrem Rückweg auf einer anderen Achse in diagonaler Richtung. Diesmal erwischte sie noch mehr Männer und veranlasste die restlichen dazu, die Formation zu verlassen und aus der Bahn zu hechten.

Dann stürmte der Stolz von Schmutz los.

»Schwenkt die Flagge!«, befahl Flora. »Rückzug in den Wald! Sagt es ihnen!«

Birke signalisierte es den Soldaten mit einer großen orangefarbenen Flagge, aber die Eisenmänner hatten sie bereits erreicht. Die Frontlinie formierte sich hektisch neu, um sie aufzuhalten, während ihre Kameraden auf die Bäume zurannten.

Mutige Männer. Sie hatten ihren Kameraden Zeit verschafft, und dann waren sie tote Männer.

Der Schmutz überrannte die Lichtung, und die Soldaten verließen ihre Reihen, um fliehende Strataner zu jagen. Sie waren aufgepeitscht; jeder Soldat wollte einen Mann töten, um daheim in den Tavernen der Stadt damit zu prahlen. Jeder Bezirkskommandant wollte sich eine Eroberung auf die Fahnen schreiben können. Stratanische Männer, die blieben, um zu kämpfen, wurden schnell niedergemäht. Andere schafften es in die Bäume und verschwanden im Unterholz. Die Türme, Läden, Wohnhäuser und Hallen waren von innen verriegelt und verbarrikadiert, aber es würde nicht lange dauern, ihre Türen einzuschlagen.

»Ihr seid die erste Herrscherin in der Geschichte des Waldes, die die Lichtung aufgibt«, sagte Klamm.

»Dann hoffe ich, dass ich recht behalte«, entgegnete Flora. Sie dachte an ihren Kampf mit dem Brixie. Zug und Gegenzug. Das Tier dazu verleiten, seinen Hals auszustrecken. Aber ein Krieg war etwas anderes als ein einfacher Hundekampf.

Oder nicht?

»Salzkrieger in den Läden«, meldete Birke.

»Wartet …«, sagte Flora.

»Todesweber auf den Stufen des Königsturms.«

»Wartet …«

»Kürschnerwölfe haben die Türen zur Lichtungshalle aufgezwungen.«

»Fallen lassen!«

Birke schwenkte die schwarze Flagge.

Die Baumkronen über der Lichtung bestanden aus dichtem Blätterwerk – fächerförmigen Ahornblättern, herzförmigen Palponblättern, die des Tuftors so groß wie der Kopf eines Mannes. Das Netz war dazwischen gut verborgen, aber das machte keinen Unterschied. *Am Boden kämpfende Soldaten schauen nicht nach oben.* In Wahrheit waren es eine Reihe von Netzen – fünf insgesamt, die zwischen den Türmen ausgebreitet waren. Alte Dinger, aber schwer und stabil; der Geistesblitz ihres Großvaters, Hunter Evangelin, der in Zeiten gelebt hatte, in denen sie vielleicht benötigt wurden. *Genau wie jetzt.* Sie waren so groß wie die Fischernetze, die Flora auf den Decks der Schiffe am Hafen gesehen hatte, doch sie waren weitmaschiger und aus schwerem, armdickem Seil geknüpft. Aber sie alle fielen auf Birkes Kommando wie ein einziges Netz herab. Steinerne Gewichte an den Rändern rissen sie direkt zu Boden, und sie fielen auf Eisenmänner, Todesdiener und Hammerköpfe ebenso wie auf Schweinemänner und Weinselige. Sie bedeckten die Truppen aller Bezirke, die auf die Lichtung gestürmt waren.

Die meisten Männer wurden von den schweren Netzen in den Boden gerammt, andere mühten sich wieder hoch, waren aber zu sehr verheddert, um kämpfen zu können. Einige wenige, die auf den Stufen der Türme oder in den Läden standen, waren nicht von den Netzen draußen auf der Lichtung erwischt worden, und glotzten nun ihre gefangenen Kameraden an und fühlten sich plötzlich im Herzen eines feindlichen Landes recht einsam.

»Kehrt zurück!«, brüllte Flora.

Birke schwenkte die grüne Flagge, und die stratanischen Krieger strömten von den Bäumen zurück auf die Lichtung. Weitere ergossen sich aus der Lichtungshalle, aus dem Thronerbenturm und dem Mönchsturm. Mit gezückten, eisenstachelbewehrten Holzknüppeln überschwemmten sie die Lichtung und machten sich an das blutige Werk, Kettenglieder und Panzerplatten zu durchbohren und Schmutzens beste Krieger abzuschlachten.

Flora beeilte sich, nach unten zu gelangen, tanzte auf den Ästen von einem Baum zum nächsten, um den verbliebenen Schmutzsoldaten am Fuß des Wachbaums aus dem Weg zu gehen, die ihren Posten noch nicht verlassen hatten. Sie erreichte den Thronerbenturm und landete auf der Lichtung, inmitten von Schreien um Gnade und dem Stöhnen sterbender Männer.

Es war eine dreckige Arbeit. Es war nicht ritterlich. Für einige Strataner war es eine Art Affengeschäft, Lücken in Panzern zu finden – sie stießen Klingen zwischen mehrschichtige Schulterplatten, unter Beintaschen nach oben oder durch die Schlitze von Visieren, um weiches Fleisch zu finden. Zornigere Waldmänner prügelten die hilflosen Stadtsoldaten einfach tot und übten blutige Rache im Namen ihrer eigenen Toten. Stachelbewehrte stratanische Knüppel sausten auf und nieder, Stäbe mit Metallspitzen fuhren immer wieder nach unten, und Schmutziges Blut floss auf die fruchtbare Erde der Lichtung, wo es versickerte, um die Bäume zu nähren, die zu stürzen die Eindringlinge gekommen waren.

Die dem Untergang geweihten Stadtmänner schleuderten

den Stratanern letzte Drohungen und Beleidigungen entgegen. *Das tun sie immer.* Und wenn sie ihre Haumesser unbeholfen zwischen den Seilen hindurchbohrten, packten Floras Strataner die Klingen mit schwer gepanzerten Händen und entwanden sie ihnen. Die in den Netzen gefangenen Männer mühten sich, die Knöchel von Floras Soldaten mit Abstechern und Fleischmessern zu erreichen und sie so zu Fall zu bringen. *Aber ich kenne diesen Trick.* Am Tag zuvor hatte sie ihre Männer ausführlich angewiesen, gefährliche, gefangene Tiere aus der Ferne zu erschlagen oder aufzuspießen, wie stachelige oder stinkende Katzen, denen man nicht zu nahe kommen wollte. Es gab kein geschicktes Klingenspiel, keinen eleganten Kriegertanz. *Nur den Tod.* Die Kneifzange vom Knochenacker, der Fellabzieher, die Eisenklinge – sie alle starben gleich, hingestreckt und blutüberströmt, und es gab nichts, was sie in den Netzen voneinander unterschied. Es war ein grausames Schicksal für die besten Klingen der bekannten Welt.

Flora berührte ihr Gesicht. *Aber die Welt ist nun mal grausam.*

Es gab kleine, ehrenhaftere Scharmützel in den Läden und auf den Treppen, aber ihre Strataner waren in der Überzahl. Der einzige Ruhm, der für die Krieger aus dem Salzbezirk und die Kürschnerwölfe jetzt noch blieb, war ein Soldatentod durch eine Klinge. *Vielleicht werden sie ein Lied bekommen.* Andere Schmutzige entkamen den Netzen. Die meisten wurden von Waldkriegern überrannt und schnell getötet. Andere schafften es zu den Bäumen, nur um dort zur Strecke gebracht zu werden. Jene, die die Waldstraße entlang flohen, ließen sie laufen – die Rekruten trieben sich immer noch auf der Straße herum, verwirrt, aber gefährlich.

Flora eilte über das Schlachtfeld, nahm alles in sich auf und spürte den Sieg. Ihr Herz hämmerte. Es war ein neues Gefühl. Jubel. Es war Überleben, Wiedergutmachung und Ruhm in einem. Sie wollte ihre Leute sammeln und feiern, aber das musste noch warten.

Sie fand Krötchen in einer Auseinandersetzung mit Ethin Holm, einem Mann aus dem tiefen Wald der nördlichen Sumpfländer. *Behandle ihn schonend,* dachte Flora. *Sein Sumpffürst liegt tot auf der Waldstraße.* Krötchen stand in schimmernder Rüstung über einer Masse in Netzen gefangener Männer.

Spiegelpanzer …

»Ich kenne diesen Mann nicht, aber ich weiß, dass er aus Schmutz kommt!«, bellte Holm und stieß mit seiner blutverschmierten Stechklinge nach Krötchen.

»Die Spiegelmänner müssen verschont werden«, sagte Krötchen und wich keinen Zoll zurück.

Die beiden Lichtungswachen, die Flora Krötchen zugewiesen hatte, betrachteten Holms blutbespritzte Männer mit unsicheren Mienen. Sie konnten ihn nicht aufhalten, aber ihre offizielle Anwesenheit bewirkte, dass er zögerte, und das Zögern verschaffte Flora Zeit einzugreifen.

»Haltet ein!«, rief Flora. »Ich kenne ihn. Entwaffnet die Glasmänner. Sie sind unsere Geiseln.«

Nikolas Schnacker fand sie, ging neben ihr und flüsterte ihr unaufhörlich ins Ohr, welche Adeligen überlebt hatten, welche Familien die loyalsten waren, wohin man die königlichen Schätze gebracht hatte, und andere Dinge. »Es gibt viel zu tun, meine Königin.«

So viel zu tun. So viel zu tun.

Die Schmutzrekruten zogen sich zurück, von Pfeilen aus dem Wald gehetzt. Mit ihrer großen Anzahl hätten sie die Lichtung vielleicht doch erobern können, aber nach dem Gemetzel an den ihnen überlegenen Truppenteilen schwand der Eifer der Gemeinen, Gruben zu füllen, recht schnell. Sie eilten zurück über die Rampen. Flora befahl dem Kontingent aus

Hochzweig, den Fuß des Wachturms zu räumen und Birke und Klamm zu retten. Die Glassoldaten wurden gepackt und gefesselt. Einer von ihnen rang drei stratanische Männer zu Boden, noch während er in dem Netz gefangen war. Schnickschnack blieb neben Flora und erteilte willkommene Ratschläge. Er war genauso beschäftigt gewesen wie sie und hatte ihre Thronbesteigung arrangiert. Man unterstützte sie jetzt fast einstimmig.

»Menschen mögen einen Sieger«, sagte er. »Und noch mehr als das mögen sie es zu leben.«

Er überbrachte außerdem die unwillkommenen Neuigkeiten. Sie hatten zwar gesiegt, aber es war ihnen nicht gut ergangen. Tatsächlich waren sie so geschwächt, dass sie leicht überrannt werden würden, wenn das hintere Lager von Schmutz sich gegen sie in Bewegung setzte. Aber das war noch Tage entfernt. Es gab dringendere Angelegenheiten zu regeln.

»Der Königsturm ist noch immer von Todwebern besetzt«, erklärte Nikolas. »Wir können sie nicht ausmerzen, aus Angst, dass sie die Geiseln töten.«

»Meine Mutter …«

»Und, genauso wichtig, Euer Onkel.«

Flora dachte einen Moment lang nach. »Sagt ihnen, sie sollen meine Mutter freigeben, dann erlaube ich ihnen, den Turm zu verlassen.«

»Und Euer Onkel?«

»Sie dürfen ihn als ihre Geisel mitnehmen.«

»Sie werden einen Handel mit ihm schließen, um ihn wieder auf den Thron zu setzen, sobald sie weg sind.«

»Nein, werden sie nicht.«

Die Nachricht wurde überbracht, und kurze Zeit später kamen fünf Gewändermänner in flatterndem Gelb die Treppe des Königsturms herunter, Floras Onkel in ihrer Mitte. Einer von ihnen hielt ihm ein imposantes Fleischmesser an den Hals, während sie langsam unter den zornigen Blicken von Hunderten von Augenpaaren über die Lichtung gingen.

Der Weber an der Spitze richtete das Wort an Flora. »Wenn sich irgendjemand auf mehr als zwei Schritte nähert, schneiden wir ihm die Kehle durch.«

»Verstanden«, sagte Flora.

Während die Todesweber die Bedingungen ihrer Flucht erklärten, eilte Clovis Klamm mit mehreren seiner Männer den Königsturm hinauf. Kurz darauf erschien er an einem Fenster.

»Geht es meiner Mutter gut?«, fragte Flora.

»Ja!«, rief Klamm herab.

»Tötet sie«, befahl sie der Menge und zeigte auf die Todesweber, die den Rückzug angetreten hatten.

»Aber was ist mit Eurem Onkel?«, flüsterte Nikolas.

»Keine Sorge«, erwiderte Flora leise. »Unsere gelb gewandeten Besucher haben versprochen, sich darum zu kümmern.«

Kapitel 52

So viel zu tun

»Mutter?«

Sprödes Grau hatte Evita Evangelins üppiges dunkles Haar befallen. Rot war in ihre Augen eingedrungen. *Sie ist in zwei Jahren um zehn gealtert,* dachte Flora. Welchen Trost das Nikoblatt ihrem von Sorgen geplagten Geist auch brachte, es war unfreundlich zu ihrer äußeren Gestalt gewesen. Alte Frauen konnten über Königreiche herrschen, überlegte Flora. *Auch beschädigte Frauen.* Aber nicht die alte, beschädigte Frau, die Flora vor sich sah.

Die vermeintliche Königin blickte von ihrem ungepflegten Bett auf – sie hatte es seit Monaten nicht verlassen, wie es aussah – und brauchte einen Moment Zeit, um die Augen auf ihre Tochter zu fokussieren.

»Du bist genauso hässlich, wie alle sagen.« Die Stimme ihrer Mutter war dumpf geworden, aber ihre Worte waren trotzdem scharf, und sie schnitten tief.

Flora versteifte sich. *So viel zu tun,* rief sie sich ins Gedächtnis. »Mutter, ich bin hier, um den Thron zu besteigen. Du kannst nicht herrschen, und du musst deinen Anspruch aufgeben. Nikolas hat die Papiere aufgesetzt.«

»Nikolas?«

»Schnickschnack.«

»Wir haben den Ausrufer ausgetauscht. Wo ist Stoppelfeld?«

»Stoppelfeld ist ausgetauscht worden.« Flora schaute in die unsteten Augen ihrer Mutter. Sie waren leer und suchten nach etwas, das nicht da war. »Das hier braucht nicht schwierig zu sein. Unterschreib einfach. Ich werde dafür sorgen, dass man sich um dich kümmert.«

»Meine Medizin?«

»Kein Blatt mehr. Miststück oder nicht, ich werde dich wieder so herstellen, wie du warst.« *Falls das möglich ist.*

Ein Anflug von Begreifen flackerte auf. Auch von Resignation.

»Ich musste es tun, weißt du. Wenn wir dich nicht weggeschickt hätten, hätte das Wüstenvolk dich getötet.«

»Es gibt so vieles, für das man sich entschuldigen müsste. Wir beide. Aber wir haben keine Zeit. Unterzeichne die Papiere. Es ist das Beste für dich. Es ist das Beste für Strata.«

Es war ein kurzer Fußweg vom Königsturm zu den Ratsgemächern in der Lichtungshalle. *Dem Königinnenturm jetzt,* durchzuckte es Flora, während sie die unterzeichneten Abdankungsdokumente an sich presste. Sie reichte Nikolas die Papiere vor der Tür des Ratssaals und trat ein.

Floras frisch ernannte Lichtungswachen standen hinter Eggie an dem gewaltigen runden Tuftortisch. Floras ehemalige Dienerin saß starr da – *Steif wie ein Ast.* Flora bedeutete den Wachen, den Raum zu verlassen. Sie runzelten die Stirn, gehorchten jedoch, und Flora setzte sich an den Tisch gegenüber der Gemeinen mit der steinernen Miene.

»Weißt du, warum du hier bist?«, fragte sie.

Eggie holte tief Luft, genauso nervös, wie Flora es erwartet hatte. »Ihr werdet mich jetzt töten, nehme ich an. Ich höre, Ihr ruft wilde Tiere zum Angriff und ermordet eigenhändig muskulöse Männer. Hätte das nicht gedacht von dem zarten Schmetterling, der Ihr wart.«

»Die Sachen mache ich nicht mehr.«

»Dann werdet Ihr mein Gesicht ruinieren, so wie ich Eures ruiniert habe.«

»Nein.« *Du warst ohnehin nie hübsch.*

»Dann weiß ich nicht, warum ich hier bin.«

»Weil ich dich etwas lehren will, Eggie. Du bist ein kluges Mädchen. Mal sehen, ob du dahinterkommst.« Flora schenkte sich etwas Wein in einen geschnitzten Evangelin-Kelch. Für Eggie gab es keinen Wein. »Ich habe meinen Hochverrat durch den langen Sturz gebüßt. Meine Mutter hat abgedankt und mich zur Königin gemacht. Mein Volk hat mich daheim willkommen geheißen. Ich habe einen Krieg für sie gewendet, und jetzt lieben sie mich.«

»Ich weiß. Das alles habe ich ebenfalls gehört.«

»Weißt du, wie es sich anfühlt, eine Verräterin zu sein? Von deinem eigenen Volk verstoßen zu werden? Gejagt zu werden?«

»Nein.«

»Ich schon.« Flora schlug die Beine übereinander, nippte an dem Wein und verlieh dem Gespräch durch die Pause mehr Gewicht. »Ich lasse Schnickschnack unter unseren Leuten die Geschichte verbreiten, wie das Gesicht ihrer neuen geliebten Königin zerstört wurde. Er wird sie heute Abend auf der Bühne der Lichtung singen. Er schreibt gerade den Text.«

»Er wird singen, dass ich Euch geschlagen habe?«

»Ja! Du bist wirklich schlau. Du wirst dein eigenes Lied bekommen! Alle im Großen Wald werden wissen, dass du dich gegen deine eigene Herrin gestellt, dass du ihre schöne Prinzessin geschlagen hast, bis sie hässlich war. Wenn ich mich nicht irre, wirst du Stratas meist geschmähte Verräterin sein. Eine Ausgestoßene.«

Eggies Augen weiteten sich, und die Flügel ihrer Schweinenase blähten sich. »Man wird mich jagen.«

»Allerdings. Und Geschichten verbreiten sich schnell. Du wirst dir vielleicht einen Vorsprung verschaffen wollen.« Als Eggie aufsprang, um mit zitternder Hand die Türklinke zu ergreifen, blieb Flora auf ihrem Stuhl sitzen und nahm noch einen Schluck Wein. Sie drehte sich nicht einmal um. »Das wird dir eine Lehre sein …«

Floras neuer Rat war zweifellos überrascht, als die Dienerin aus dem Ratssaal stürzte und an ihnen vorbeirannte. Sie marschierten herein, setzten sich an denselben runden Tuftortisch und maßen einander mit einer Mischung aus Hoffnung, Bestürzung, Misstrauen und Erleichterung, zum Ausdruck gebracht mit höflichem Nicken und gerunzelter Stirn. Nikolas Schnacker zog einige Blicke auf sich – ein in den Rat erhobener Hofnarr –, und Krötchen wurde noch mehr Aufmerksamkeit zuteil, obwohl Flora ihnen nur Ratgebersitze in der zweiten Reihe zuwies und kein Stimmrecht. Gräfin Birke und Graf Klamm saßen recht entspannt auf ihren Ratsstühlen – *sie waren hier schon mal.* Der Rat wäre normalerweise voll von Vertretern aus allen Ecken des Großen Waldes gewesen, aber Flora hatte keine Zeit gehabt, Zustimmung von mehr als zwanzig Diplomaten zu erringen. Sie hielt sich an jene, die sie kannte, und die wenigen, auf deren Anwesenheit Schnickschnack bestanden hatte. *Zehn sind genug.* Aelfraed Pinkney repräsentierte Hochzweig, seit sein älterer Bruder Allard auf der Waldstraße einen Armbrustbolzen geschluckt hatte. Der Name Allard bedeutete »edel und tapfer«. *Aber jetzt bedeutet er einfach »tot«,* und Graf Aelfraed Pinkney saß auf dem Stuhl.

Die Atempause durch den Schmutzigen Rückzug gab Flora Zeit, um ihre loyalen adeligen Berater zu organisieren. Nur wenige sprachen sich offen gegen ihre Herrschaft aus. Wie

Nikolas gesagt hatte, mochten alle Menschen einen Sieger. Aber es wurde leise gemurrt. Die Mönche vermuteten, dass sie nicht länger eine Frau des Glaubens war, was vielleicht der Wahrheit entsprach. Die mächtigsten adeligen Familien fürchteten, dass Floras Führung des Waldes nach dem Krieg vielleicht nicht vorteilhaft für sie wäre. Tanda Heidbrink, die Hüterin des Kassenbuchs, machte sich Sorgen, dass sie mit dem stratanischen Kronschatz vielleicht nicht ebenso gut umgehen konnte wie mit einem Krieg. *Was ebenfalls möglicherweise der Wahrheit entspricht.* Andere fanden, dass der Anspruch ihrer Mutter auf den Thron vorrangig wäre und sie ihn mit Gewalt an sich gerissen habe. *Ebenfalls wahr, aber all diese Sorgen müssen warten.*

Zunächst einmal waren sie nicht an ihr vernarbtes Gesicht gewöhnt, und wenn Flora sie dabei ertappte, dass sie sie anstarrten, schauten sie verlegen weg.

»Es braucht Euch am Anfang nicht peinlich zu sein, mich anzustarren«, sagte sie. »Je länger man eine Kuriosität betrachtet, desto weniger sieht man sie.«

Es herrschte große Beklommenheit, und nachdem sich alle über eine unangenehm lange Zeit gegenseitig beschnüffelt hatten, waren sie froh, als die Sitzung begann. Nikolas applaudierte als Erster.

»Die Heldin von Strata spricht!« Er hielt die Abdankungspapiere hoch, die Floras Mutter unterzeichnet hatte.

Ich bin wahrhaftig eine Königin.

Sie applaudierten, aber Flora tat ihr Lob mit einer knappen Handbewegung ab. »Ich danke Euch, aber wir haben nichts gewonnen. Die Schmutzige Nachhut wird binnen Tagen hier sein. Ich habe gesehen, wie zahlreich sie sind. Zusammen mit ihren überlebenden Rekruten werden sie uns mühelos besiegen.«

Schnell kehrte im Raum Stille ein.

»Was tun wir also?«, fragte der Dorfvogt von den Grenzländern. Wolfi Waldmeister, »der Wolf«, war ein guter Mann, dessen Territorium sich von der Lichtung bis zu den Letzten Bäumen erstreckte. Seine Gebiete waren am härtesten und so schnell getroffen worden, dass er die Garnison nicht mehr hatte erreichen können, um mit seinen Männern zu sterben. Obwohl sich seine Familie zum Zeitpunkt der Invasion weit weg befunden hatte, war einer seiner Brüder zerquetscht worden, und viele seiner Adelsbrüder waren tot oder geflohen.

»Wir zerstreuen uns«, sagte Aelfraed Pinkney. »Gehen in die Bäume. Das ist das, was man in alten Zeiten getan hat.«

Schön für einen Mann, der sich zu seinem Zuhause auf der anderen Seite des Waldes begeben kann.

»Wenn sie die Lichtung erobern, erobern sie Strata«, ergriff Gräfin Läufer das Wort. »Wir werden ohne diese vereinende Hauptstadt niemals alle Gebiete dazu bringen, sich gemeinsam gegen sie zu stellen.«

Flora drehte die Sanduhr um und dachte darüber nach. Sie hatte ihren Vater stundenlange Diskussionen mit zankenden Edelleuten erdulden sehen, aber ihr blieben keine Stunden. Wenn die Sandkörner versiegt waren, würde sie ihnen ihre Antwort geben.

»Ich bin gerade erst Königin geworden, und es wird *nicht* meine erste offizielle Tat sein, die Lichtung aufzugeben. Jene, die den Wunsch haben, den Schutz des Waldes zu suchen, dürfen gehen. Der Rest von uns wird hier sterben.«

Sie murmelten und verzogen die Gesichter, aber niemand widersetzte sich ihr. Das konnten sie nicht – sie hatte ihnen eine Wahl gelassen.

»Bringt zumindest den Kronschatz irgendwohin, wo er sicher ist«, riet ihr Heidbrink.

»Nein«, erwiderte Flora. »Jeder, der diese Lichtung verlässt, verwirkt seinen Anspruch auf sein Hab und Gut, entweder an die Schmutzigen oder an jene, die mutig und loyal genug waren, zu bleiben und zu kämpfen.« Sie ließ sich nicht auf eine Diskussion ein, sondern stand einfach auf und ging aus dem Raum. Sie war stolz auf sich. Sie hatte sich ihren wichtigsten Leuten gestellt, und ihre erste Amtshandlung als Königin war schnell und entschieden gewesen. Ihr Vater wäre stolz gewesen, dachte sie.

Aber als sie in das indirekte Sonnenlicht der schattigen Lichtung trat, zu den Toten und Sterbenden, sah sie, dass noch immer sehr viel zu tun war.

Als Flora hörte, dass Hamm zurückgekehrt sei, empfing sie ihn in ihren eigenen Gemächern. Das war kühn und unangemessen. *Aber ich bin die Königin.* Sie hatte sich mit einem Parfüm eingesprüht, das sie unter den Habseligkeiten ihrer Mutter gefunden hatte. Es roch nach einem modrigen Laden im Gewürzbezirk, aber sie hoffte, dass es den Schweiß ihrer Anstrengungen und Mühen seit der Schlacht um die Lichtung überdeckte. Sie hatte kein richtiges Bad genommen, sondern sich nur mit einem Schwamm das Blut abgewaschen.

»Ich habe nicht gewusst, dass man dich in die Wüste geschickt hatte«, sagte Flora, als er durch ihre Tür trat.

Sie hatte entdeckt, dass im Krieg viele Dinge geschahen, von denen eine Königin nichts wusste. Krieg war etwas Gewaltiges, weit Verzweigtes, das überall um einen herum geschah, und es war unmöglich, alles mitzubekommen. *Wie eine Vorstellung im Spielkasten.* Noch Tage nach der Verteidigung der Lichtung hörte sie Geschichten über verzweifelte Scharmützel und Kriegslisten, an denen sie nicht den geringsten Anteil gehabt hatte.

»Man hat mir erzählt, du seist damit beschäftigt, den Wald zu retten, und wolltest nicht gestört werden.«

»Ich bin außerdem überrascht, dass du zurückgekehrt bist. Dies könnte jetzt genauso gut eine Schmutzige Garnison sein.«

»Dein Hofnarr hat mich losgeschickt, und ich sollte bei meiner Rückkehr bezahlt werden. Ich musste zurückkommen.«

»Er ist kein Hofnarr mehr. Er ist Ratgeber einer Königin.«

»Ich entschuldige mich, meine Königin.« Er hielt inne. »Es klingt seltsam, dich so zu nennen.«

Sie grinste. »Du wirst dich daran gewöhnen. Was gibt es Neues aus der Wüste?«

»Ich habe deiner Schwester persönlich den Brief überbracht«, berichtete Hamm voller Stolz.

Flora neigte den Kopf leicht zur Seite. »Was ist mit dem König?«

»Er war draußen im Sand. Auf der Jagd oder etwas Ähnliches. Amora hat sich unter vier Augen mit mir getroffen.«

Amora, wie? Flora versteifte sich. »Und hast du sie verführt?« *Nicht dass man Amora groß verführen müsste.*

Hamm griff sich an die Brust, als wäre er bestürzt. »Ich war dort, um deine Nachricht zu überbringen.«

»Das ist es, was zählt.«

»Natürlich.« Hamm lachte.

Flora lachte ebenfalls, und sie kicherten zusammen, bis ihre Heiterkeit erstarb. »Und nach dem Abliefern der Botschaft bist du geblieben, um mit ihr zu schlafen?« Flora sprach mit ruhiger Stimme, wie eine Königin es tun sollte. »Belüg mich nicht. Sie wird es mir erzählen, wenn sie deinen Schwanz gesehen hat.« *Sie wird sogar damit angeben.*

Hamm zögerte. »Sie sieht aus wie du, musst du wissen.«

»Aber mit zwei schönen Hälften statt nur einer.«

»Sie ist nicht so interessant wie du.«

Flora seufzte. *Du bist es auch nicht, wie sich herausstellt.* »Was hat sie gesagt?«

»Sie hat gesagt, ich sei hübsch. Ich habe es nicht provoziert, sie hat einfach …«

Flora bedeutete ihm mit einer knappen Handbewegung zu schweigen. »Ich meinte, was hat sie zu meiner Nachricht gesagt? Ich sehe, du hast keinen Antwortbrief in der Hand.«

»Oh! Sie hat gesagt, sie werde darüber nachdenken. Sie werde dir schreiben, nachdem sie sich mit ihrem Gemahl beraten hat. Was stand denn in deiner Nachricht?«

»Das geht nur Schwestern und Adelige etwas an.«

»Krötchen ist kein Adeliger«, brummte Hamm. »Aber ich möchte wetten, er weiß es.«

»Er ist in meinem Rat. Du bist es nicht.«

»Ich verstehe.« Hamm versuchte, ihren Gesichtsausdruck zu deuten. Flora vermutete, dass es nicht allzu schwierig war. »Soll ich gehen?«

»Ja, das sollst du. Danke für deine Loyalität. Sprich mit Nikolas über dein Gold, wenn wir hier fertig sind.«

»Sind wir fertig?«

»Ja.«

Hamm nickte, versuchte aber nicht, seine Ehre zu retten, indem er ihr Geld ablehnte. Er ging zur Tür ihres Schlafgemachs und hielt an der Schwelle inne. »Sie hat außerdem gesagt, sie freue sich, dass du noch lebst.« Dann schlüpfte er hinaus und verließ ihr Leben so geschmeidig, wie er es betreten hatte.

Nikolas ließ die Tür gar nicht erst zufallen. Er hatte draußen gewartet und hielt sie schnell fest, um durch den Spalt zu sprechen. »Meine Königin, es gibt Neuigkeiten und einen Besucher.«

»Schleicht nicht im Flur herum.«

Der alternde Ausrufer trat in ihr Zimmer und wandte den Blick ab, für den Fall, dass sie vielleicht nicht vollständig bekleidet war. *Er ist kein Narr.*

»Wer kommt?«, fragte sie. »Welche Neuigkeiten?«

»Eine Gesandtschaft aus dem hinteren Feldlager von Schmutz. Sie möchten Bedingungen besprechen.«

»Bedingungen wofür? Unsere Kapitulation?«

»Nein.« Schnickschnack versuchte, beherrscht zu wirken, doch auf seinem ausdrucksvollen Hofnarrengesicht erschien ein breites Grinsen. »Die Bedingungen ihres Rückzugs.«

Kapitel 53

Bedingungen

André Weber erschien zu Pferd und unter einer Parlamentärflagge auf der Lichtung, zusammen mit der traditionellen dreiköpfigen Wacheskorte. Es waren nicht die Gardisten in gelben Hemden, die für einen Mann aus dem Gewänderbezirk typisch waren. *Eine diplomatische Entscheidung* – die Gelbhemden aus dem vorderen Lager hatten einen Waldkönig oder so etwas Ähnliches getötet, und sie waren auf der Lichtung nicht willkommen, obwohl ihr Opfer Floras unerwünschter Onkel gewesen war. Stattdessen wurde Weber von Männern aus dem Gelehrtenbezirk geschützt. *Klingengelehrte.* Die Krieger in ihren Roben waren Schüler der Klingenkünste im wahrsten Sinne des Wortes und stellten eine respekteinflößende Garde dar, für den Fall, dass ein rachedurstiger Strataner Floras Verhandlungen störte. Aber Gelehrte Männer waren auch beherrscht. *Denker.* Sie konnten während einer heißen Verhandlung danebenstehen, ohne dass ihr Blut in Wallung geriet.

Flora wusste von ihren Gerber-Freunden viel über die Familie Weber. André Weber war ein ausgezeichneter Redner aus einer mächtigen Familie und obendrein ein respektierter Kämpfer mit der Klinge. Außerdem war er stolz, beinahe arrogant, aber in der Lage, die meisten seiner Prahlereien mit Geld oder Muskeln zu untermauern.

Sie kommen nicht demütig zu uns.

Flora betrat die Halle durch den verborgenen königlichen Eingang. André Weber stand am Fuß des Podests, ein auffallend gut aussehender Mann in einem wallenden, waffenrockartigen Mantel, auf dessen Brust das Familienwappen der Weber prangte. Seine hohen Stiefel ließen ihn größer erscheinen, als er war, und Flora achtete ihn angesichts dieser Zurschaustellung von Eitelkeit weniger. Sie setzte sich nicht hin – *eine schwache Position, um sich mit einem Feind zu messen* –, sondern stand stattdessen vor dem Waldthron.

Weber starrte auf ihr geschmolzenes Gesicht. Einen Moment lang sah sie Unsicherheit in seinen Augen. *Ich bin Furcht einflößend.* Aber er war ein erfahrener Diplomat – so schnell Abscheu und Furcht auf seinen Zügen erschienen waren, so schnell verbarg er sie auch wieder.

»Eure Majestät, die neue Königin von Strata«, sagte er. »Nehme ich an.«

Flora gefiel das Grinsen nicht, das hinter seinen Worten lauerte. »Ja. Nicht länger die zweigesichtige Prinzessin, falls Ihr diesen Titel gehört habt.«

»Ich habe ihn gehört.« Er entschuldigte sich nicht.

»Und Ihr seid ein Baron?«

»Ja.«

»Haben sie niemanden aus echten Adelsfamilien mehr zur Hand, den sie schicken können?« Weber war ein wichtiger Name, aber er war kein Gewand. Es war eine unnötige Beleidigung, doch Flora trachtete danach, Arroganz mit Selbstbewusstsein zu begegnen.

»Ich nehme an, sie wollten keine weiteren Herzöge mehr riskieren«, antwortete Weber. »Ihr seid dafür bekannt, sie zu töten, und Ihr seid *nicht* für Eure Ehre bekannt.«

»Maschinen sind nicht ehrenhaft.«

»Ebenso wenig wie Tricks, Fallen und Netze.«

Wir könnten den ganzen Tag lang Beleidigungen austauschen. »Ich habe die Spiegelmänner als Geste zurückgegeben.«

»Eure Geste wurde vermerkt, auch wenn sie verwirrend war, wenn man bedenkt, dass Ihr bessere Männer getötet habt – zum Beispiel unsere guten Gewändersoldaten.«

»Ich hätte niemanden verschonen müssen. Herzog Glas' ehemaliger Verwalter, Theodor Schmelztiegel, hat mich gebeten, die Glasmänner am Leben zu lassen. Das sollte dafür sorgen, dass kein Preis mehr auf seinen Kopf ausgesetzt sein wird, oder?«

»Das ist eine Entscheidung der Bewohner des Glasbezirks. Die Angelegenheiten eines Bezirks gehen nur ihn etwas an. Ich bin hier im Namen der vereinigten Bezirke von Schmutz. Wir sind einen Tagesmarsch von hier entfernt, und Ihr habt nicht mehr die Männer, um Euch uns entgegenzustellen.«

»Wir haben uns vom ersten Schlag erholt, und …«

»Nein. Wir haben eine Anzahl stratanischer Soldaten gefangen genommen, außerdem eins Eurer Stallmädchen, und ich glaube ihren übereinstimmenden und ernsten Beschreibungen Eurer geschwächten Verteidigung mehr als Eurem Geprahle.«

»Wenn Eure Streitmacht so stark ist, warum verhandelt Ihr dann mit mir?«

»Falls Ihr es noch nicht gehört habt – das Wüstenvolk versammelt sich vor unseren Toren. Es gibt Gerede darüber zurückzureiten, um die Stadt zu verteidigen.«

Amora!

Ihre Schwester hatte ihren in Evangelin-Schrift geschriebenen Brief beantwortet. Flora kannte die Nachricht, die Hamm abgeliefert hatte, auswendig.

Liebe Schwester,

ich hoffe, dieser Brief erreicht dich bei guter Gesundheit.

Ich bin nach Strata zurückgekehrt und habe meine Verbannung aufheben können, indem ich den langen Sturz überlebt habe. Es ist eine lange Geschichte für einen anderen Tag. Ich habe außerdem den Thron bestiegen. Endlich sind wir beide Königinnen!

Das Problem ist, wie du wissen musst, dass Schmutz vor der Lichtung steht. Ich beschwöre deine Treue und deine Kindheitsversprechen. Bitte deinen Gemahl, eure Sandsoldaten zur Stadt zu schicken. Eine Schlacht ist nicht vonnöten. Schlagt einfach in der Nähe der Mauern euer Lager auf. Das sollte genügen.

Ich kann dir versichern, dass, wenn du nichts unternimmst, um den Schmutz daran zu hindern, in den Wald zu kriechen, er als Nächstes in die Wüste kriechen wird …

Amora hatte auf sie gehört. *Oder auf Hamm.* Was es auch war, es hatte ihrer Geschichte eine andere Wendung gegeben.

»Wir haben einen detaillierten Vorschlag für einen Waffenstillstand ausgearbeitet«, fuhr Weber fort.

Das Hin und Her der Verhandlungen kostete einen vollen Tag, und beide Seiten schlossen mehr Kompromisse, als sie geplant hatten. Die letzten Stunden waren angespannt, da Weber drohte, sich vom Tisch zu erheben und zum Angriff zu blasen, während Flora drohte, ihr Volk im Wald zu verstecken und den Schmutzigen den ganzen Weg bis zurück zu den Letzten Bäumen zuzusetzen, wenn sie aufbrachen, um sich gegen ihre Schwester zu verteidigen. Mehr als einmal dachte Flora, sie hätte es vermasselt, aber am Ende einigten sie sich auf Bedingungen, die Weber seinen Herzögen und Herzoginnen zu überbringen versprach.

Die Schmutzigen würden sich zurückziehen – das war das

Entscheidende –, und ihr in alle Winde zerstreutes Volk konnte seine Wunden heilen. *Eine Art Sieg.* Was sie betraf, würde sie den Eindringlingen aus der Stadt erlauben, das Holz einzusammeln, das ihre Maschine umgepflügt hatte – die toten Bäume, aber nicht mehr. Schmutzige Arbeiter würden die Waldstraße räumen und verbreitern. Die Kürschner wünschten, den Handel wiederaufzunehmen, sobald die Spannungen nachließen. Gefangene und Geiseln sollten ausgetauscht werden, aber sie weigerten sich, ihrem entflohenen Verwalter ohne den Segen des neuen Glasherzogs Straferlass zu gewähren, und der Herzog war wieder in der Stadt. Krötchen blieb dicht neben Flora und versicherte ihr, dass viele der Details gegenseitige Standardzusagen nach einem Krieg waren.

Aber ich will noch ein Letztes.

»Ich brauche eine hundertjährige Garantie von Schmutz. Kein Krieg. Keine Bäume. Unterzeichnet von allen Herzögen und Herzoginnen, die sich gegenwärtig in meinem Wald aufhalten.«

»Das übersteigt meine Befugnisse«, antwortete Weber.

»Dann eilt zurück zu Eurer gewaltigen Armee und beratet Euch mit jemandem, der wichtiger ist als Ihr.«

Weber lächelte dünn. Er war seiner Belastungsgrenze genauso nah wie sie der ihren. *Dies ist mein letzter Vorstoß,* dachte sie. Sie konnte um nichts anderes mehr bitten, ohne das Risiko einzugehen, dass die Verhandlungen scheiterten. *Und ich muss vielleicht noch eine Sache einräumen, um den Handel auszugleichen.* Für die Garantie eines Jahrhundertfriedens würde es sich lohnen, ganz gleich, worin die Forderung bestand.

»Ich werde am Morgen zurückkehren«, erklärte Baron André Weber und verabschiedete sich, ritt mit seinen Gelehrten Gardisten davon, um seinen Vorgesetzten Floras Antwort zu überbringen.

Flora versammelte ihre engsten Ratgeber zu einem vertraulichen Treffen. Sie wählte Krötchen, Nikolas und Birke aus. Klamm kümmerte sich um die Beerdigung eines Neffen. Läufer interessierte sich zu sehr für sich selbst, genau wie die Pinkneys. Sie trafen sich im Wohnzimmer des Königinnenturms, wo Flora sich in einen abgenutzten Stuhl fallen ließ, der vor Generationen für einen Evangelin geschnitzt worden war, von einem Auenbach, dessen Familie in der Zwischenzeit ausgestorben war.

»Uff. Wie kann ich vom Reden nur so erschöpft sein?«

»Es ist die Anspannung der Rolle, die Ihr spielt«, erklärte Nikolas. »Es ist schwierig genug, die Rolle der Königin vor einem Publikum zu spielen, und hier spielt Ihr die Rolle der Königin vor einem ganzen Volk.«

»Braucht Ihr Trost?«, fragte Krötchen hoffnungsvoll.

Flora lächelte über den versteckten Vorschlag. »Erst mal nur Rat. Danke.«

Birke unterbrach die schmeichelnden Männer, um eine gewisse Sachlichkeit einzubringen. »Wenn sie Eure letzte Forderung ablehnen, dann leben wir unter der Drohung der Rückkehr von Schmutz. Aber das ist nicht anders, als wir über Generationen gelebt haben. Wir schließen das Abkommen trotzdem.«

»Dann ist es also getan?«

»Ja«, sagte Krötchen.

»Ja«, kam das Echo von Nikolas.

»Es spielt keine Rolle, welche Antwort Weber morgen bringt, Ihr habt diesen Krieg gewonnen«, erklärte Birke. »Man wird Eurer als der Person gedenken, die den Schmutz aufgehalten hat, bevor er die Lichtung erobern konnte, genauso heldenhaft wie König Draymond, der den Schmutz erst aufhielt, nachdem er das gesamte Freie Feld bis zu den Letzten Bäumen gerodet hatte. Alle Waldfamilien werden Euch jetzt zuströmen. Ihr seid wahrhaftig Königin von Strata. Genießt es heute Abend.«

Vielleicht wird es doch etwas Trost geben.

Als sich alle erhoben, um sich für die Nacht zurückzuziehen, sah Flora zu Krötchen hinüber, um seine Aufmerksamkeit zu gewinnen.

Aber während sie darauf wartete, dass sie mit ihrem Ratgeber ein wissendes Zwinkern tauschen konnte, kam ihr ein peinlicher Gedanke. *Ich habe in derselben Nacht das Lager mit ihm geteilt, in der Hamm das Lager mit meiner Schwester geteilt hat. Es war etwas anderes,* überlegte sie halsstarrig. Doch sie hatten beide andernorts Zuneigung gesucht. Sie hatte ihren akrobatischen Geliebten wegen eines Treuebruchs – einer Treue, die sie weder von ihm verlangt noch erwidert hatte – zurückgewiesen. *Dumm!* Hamms Verrat schien größer als ihr eigener zu sein, aber sie hatte ihn während der ganzen Zeit, in der er ihr wie ein treuer Welpe nach Hause gefolgt war, als Mann vernachlässigt. Und sobald er zu einer Mission aufgebrochen war, um ihr zu helfen, ihr Königreich zu retten, hatte sie mit ihrem einzigen gemeinsamen Freund geschlafen.

Was habe ich erwartet?

Krötchen bedachte sie mit dem Blick, auf den sie gewartet hatte, aber sie hatte sich ihr eigenes Verlangen verdorben. Sie schüttelte den Kopf und drückte seinen Arm. Äußerst scharfsichtig, wie er eben war, verstand er sofort, dass es in dieser Nacht keinen verstohlenen Besuch in ihren Gemächern geben würde. Er nickte enttäuscht, aber respektvoll – ein guter Mann. *Ein loyaler, gebildeter, heiratswürdiger Mann,* begriff Flora.

»Ich wollte Euch nur für Euren Rat danken, mein Freund«, sagte sie.

»Ja, es scheint, als wären wir beide aus der Asche unseres

verbrannten Lebens auferstanden. Schlaft gut, meine Königin.« Er berührte ihr vernarbtes Gesicht, lächelte und verabschiedete sich.

»Wir stimmen dem Frieden für hundert Jahre zu«, schnurrte Weber auf dem Podest der Lichtungshalle.

Floras Herz flatterte. *Wir haben gesiegt!*

Weber fuhr fort: »Ich habe fünf Unterschriften auf dem Dokument.«

»Fünf von vierunddreißig?«

»Diese fünf sind jeder Herzog und jede Herzogin im Wald, abzüglich derer, die getötet wurden – Stahl, Stein und der Schlachterbursche.«

Flora nickte, als Krötchen ihr zuflüsterte, dass er den Verdacht habe, der Schmutzige Adel habe den Tod des gemeinen Mannes aus dem Schlachterbezirk arrangiert – man hatte seinen Leichnam zwischen denen, die von Stratanern getötet worden waren, nicht gefunden. »Er war ein Problem für sie, und niemand würde im Chaos eines Krieges etwas davon mitkriegen.« Es spielte keine Rolle; fünf bedeutende Bezirke waren genug. Die Herzöge Kürschner, Elfenbein, Lehm und die Herzogin Zimmermann hatten unterzeichnet. *Und der Eisenjunge.*

»Meine großzügigen Herrschaften werden Euch am Leben lassen«, verkündete Weber. »Sie haben genug Holz gefällt, dass sie hundert Jahre lang nicht zurückzukehren brauchen. Da wäre nur noch ein weiteres Zugeständnis.«

Es spielt keine Rolle. Wir haben gesiegt. »Ja?«

»Versprechen werden leicht gebrochen. Ehen nicht. Und der Eisenherzog hat eine Vorliebe für Waldfrauen entwickelt. Er würde gern eine Herzogin für sich haben, um den Handel abzuschließen.«

Flora erwiderte nichts, aber sie ging im Geiste die heiratsfähigen adeligen Mädchen auf der Lichtung durch. Höchstwahrscheinlich würde es eine der Läufers werden, obwohl sie sich bei dem Gedanken wand, eine ihrer Kindheitsgespielinnen mit dem perversen Jungen in die Stadt zu schicken. Sie schluckte hörbar.

»Abgemacht. Wir werden ihm ein Mädchen von geziemendem Stand suchen.«

»Nein. Er will Euch.«

Kapitel 54

Die Eisenhochzeit

Es war Flora nicht in den Sinn gekommen, dass Schmutz den Krieg gewonnen hatte, aber als der Eisenjunge sie zu Pferd in den Straßen herumzeigte, behaupteten alle Lieder der Stadt, dass es so gewesen sei. Die kühnen Schmutzigen Armeen waren zur Lichtung vorgedrungen, weiter als jede andere Armee in der Geschichte, und sie hatten die verräterischen Strataner dazu gezwungen, ihnen all das Bauholz auszuliefern, das die Städter mit ihrer raffinierten Maschine gefällt hatten. Dann hatte der siegreiche Eisenherzog die bösartige zweigesichtige stratanische Königin an einer Leine nach Hause gebracht – tatsächlich führte er gerade jetzt ihr Pferd an den Zügeln. Sie war Beute. *Gib einfachen Männern zu essen, kämpfe mit ihnen oder fick mit ihnen, dann sind sie glücklich,* erinnerte sich Flora. Sie hatte gegen sie gekämpft, und jetzt wollte der Junge sie besitzen.

Ihr wurde an ihrem Hochzeitsabend gut aufgewartet – fünf junge adelige Mädchen erfüllten ihr jeden Wunsch und spionierten sie aus, davon war sie überzeugt. Ihr quadratisches Gewand hatte die traditionelle graue Färbung von Eisen. *Eine trostlose Farbe.* Im Wald hätte sie eine üppige Schleppe aus leuchtend grünen Blättern gehabt. Sie blickte sich im Raum um. Das riesige Bett, die Gitterstäbe an den Fenstern, die Kommode, deren Schubladen quietschten, wenn sie sie aufzog, und alle anderen Möbel waren aus stumpfem Eisen, stark und hässlich. Sogar die Burg selbst war gänzlich aus Metall geschmiedet, kalt und hart. *Einen Tag lang war ich Königin von weichen, grünen Dingen.* Jetzt war sie lebenslänglich die Herzogin von harten, grauen Dingen.

Sie hatte keine Wahl gehabt. Die Schmutzige Armee war in Rufweite der Lichtung versammelt gewesen, als Weber sein aufgeblasenes letztes Angebot unterbreitete. *Ich habe den besten Handel geschlossen, der unter den gegebenen Umständen möglich war.* Man würde sich ihrer trotzdem als der Königin erinnern, die Strata gerettet hatte, wenn auch nur in stratanischen Liedern. Und ihre Nachfolge war einfach. Sie hatte Amora versprochen, dass ihr zweitgeborenes Wüstenkind, ein Mädchen, in den Wald zurückkehren dürfe, um über Strata zu herrschen, sobald sie volljährig war. Bis dahin würde ein Truchsess den Thron halten. Gräfin Birke war aristokratisch genug und äußerst scharfsinnig. Sie war außerdem eine erfahrene Diplomatin. *Sie wird ihre Sache besser machen als ein mörderisches Eichhörnchen.* Jetzt, da die Schlachten geschlagen waren, war Diplomatie das, was Strata am dringendsten brauchte.

Die Ankleidezofe war kaum alt genug für Puder und Parfüms und erbärmlich schlecht darin, sie anzuwenden. *Dies sind keine Theaterleute.* Flora musste ihr zeigen, wie man das gepuderte Tuch benutzte, um die schärferen Konturen ihrer Narben zu mildern, die zu berühren dem Mädchen sichtlich widerstrebte.

»Diese Wunden tun nicht mehr weh«, erklärte Flora ihr.

Das Mädchen senkte den Kopf und nickte heftig, als hätte sie es gescholten, und das glatte Haar flog ihm um den Kopf, so grau wie der Bettpfosten. *Sie hat Angst vor mir.* Es lag natürlich an den Liedern. *Und an den Narben.* Flora war die mörderische zweigesichtige Prinzessin, die groteske Königin der stratanischen Wilden, und sie waren allein im Zimmer.

»Wie heißt du?«, fragte Flora.

Das Mädchen starrte sie an.

»Dein Name«, wiederholte Flora.

»Annis Geschmiedt.«

»Gefällt dir dieses Kleid, Annis Geschmiedt?«

»Es ist wunderschön.«

»Ja, ja, aber du hast schon viel hübschere Kleider aus dem Gewänderbezirk gesehen, nicht wahr?«

»Dies ist … traditionell.«

»Traditionen sind sehr wichtig, machen wir uns nichts vor.« Flora zwinkerte Annis zu. »Aber ein adeliges Mädchen sollte das Kleid bekommen, das es haben will, meinst du nicht?«

Annis nickte vorsichtig. »Ich habe einmal ein Filamentfadenkleid gesehen …«

»Oh, in der Tat! Zauberhaftes Zeug.« Flora griff sich ans Herz, als wäre sie ganz hingerissen. »Du bist eine Cousine des Herzogs, ja? Ihr scheint hier alle Cousins und Cousinen zu sein.«

»Ich bin mit ihm verwandt. Meine Mutter ist die Tochter des Grafen, der …«

»Du brauchst es mir nicht zu erklären. Du bist in der Eisenburg aufgewachsen, hm? Du kennst ihn gut?«

»Ja. Wir waren beide zwei Jahre lang gleichzeitig im Gelehrtenbezirk.«

»Ich will meinen Ehemann besser kennenlernen, damit ich ihm gefällig sein kann. Und du wirst mir von ihm erzählen, ja?« Flora wandte dem Mädchen ihre gute Seite zu und lächelte. »Du kannst es mir nicht abschlagen, heute ist meine Hochzeitsnacht.«

»Gewiss, Herrin. Aber es gibt da nicht viel zu erzählen. Er ist mein Herr und Herzog und ein prächtiger junger Mann. Das sagen alle.«

»Wie lautet sein wahrer Name?«

»Sein Name?«

»Man hat ihm gewiss nicht den Namen ›Herzog‹ gegeben, als seine Mutter ihn ausgeworfen hat, möchte ich wetten.«

Das Mädchen kicherte über die grobe Ausdrucksweise. »Ferratilis«, sagte sie.

»Ah, ein guter Eiserner Name.«

»Er wurde nach seinem Großvater benannt.«

»Nach dem Mann, dessen Bruder in die Familie Glas eingeheiratet hat?«

»Ja! Nach genau dem.«

»Verstehst du, ein bisschen weiß ich schon über mein neues Zuhause. War unser Ferratilis ein glückliches Kind?« Flora zog Annis sanft näher heran und senkte die Stimme, so wie sie und Amora es früher nachts getan hatten, wenn sie besonders gute Gerüchte miteinander geteilt oder Verschwörungen ausgeheckt hatten. »Oder war er ein unverschämtes Balg wie so viele verwöhnte adelige Jungen?«

Annis kicherte. »Sein Vater hat dafür gesorgt, dass er sich benahm, dessen könnt Ihr gewiss sein! Aber wir haben früher tatsächlich manchmal Unsinn getrieben. Wir sind durch die Burg gelaufen und haben uns in Wandschränken versteckt. Es hat Spaß gemacht … als wir Kinder waren.«

»Und jetzt?«

Annis wandte den Blick ab.

»Komm, komm«, sagte Flora. »Heraus damit. Wie ist er jetzt? Versteckt er sich immer noch mit hübschen Mädchen in Wandschränken?«

»Er ist anders, seit sein Vater gestorben ist und seine Mutter öffentlich bloßgestellt wurde.« Jetzt senkte das Mädchen selbst die Stimme. »Eine Hure hat seinen Vater getötet, müsst Ihr wissen.«

»Ich habe einmal in einer Taverne ein Lied darüber gehört. Es hat ihn verändert, sagst du?«

»Jetzt ist er manchmal … frustriert.«

»Zornig?«

»Ja.«

»Auf dich.«

»Ja.«

»In Wandschränken?«

Annis zögerte abermals.

»Ja.«

»Ich verstehe. Also, wenn ich ihn heirate, werde ich Wandschränke meiden müssen.«

Annis erbleichte. »Ich habe schon zu viel gesagt! Er ist ein prächtiger Junge. Ich meine, ein prächtiger Mann. Ein prächtiger Herzog. Ihr werdet glücklich sein. Ich habe ihn gemocht. Ich tue es immer noch. Aber ich … ich …«

»Pst! Beruhige dich. Du bist nicht anders als jedes andere Burgmädchen und süßer als die meisten. Dies ist guter Tratsch und bleibt unter uns. Wir edlen Damen können Geheimnisse hüten, ja?«

»Ja.«

»Selbst wenn dir jemand sagen würde, dass du ihm alles berichten sollst, was ich sage?«

Annis starrte sie an.

»Du willst nicht, dass ich jemandem erzähle, was du über meinen neuen Ehemann, deinen Herzog, gesagt hast, oder?«

»Nein.«

»Ausgezeichnet! Dann werden wir beide unsere gegenseitigen Geheimnisse wahren. Einverstanden?«

»Ja.«

»Also schön. Erzähl mir mehr.«

»Du wirst zu meiner Linken sitzen, deine hübsche Seite mir zugewandt«, sagte der Eisenjunge.

Flora überragte ihren frischgebackenen Ehemann um anderthalb Handspannen, und es fiel ihr schwer, ihn nicht »Junge« zu nennen. Selbst in der Kleidung eines Herzogs sah er aus wie ein Kind aus dem Karnevalsbezirk, das sich für eine Vorstellung verkleidet hatte.

Dies ist *alles eine Vorstellung.*

»Die pingeligen Adeligen in meiner Halle werden deine hässliche Seite sehen. Denk daran. Du wirst ihnen Angst einjagen.« Er kicherte vor Aufregung, schwindlig bei dem Gedanken daran, sein Publikum mit einer Furcht einflößenden Königin einzuschüchtern. »Sie scheinen keine Angst vor mir zu haben. Noch nicht. Sie versuchen immer, mir vorzuschreiben, was ich tun soll. Aber sie können es nicht, weil ich der Herzog bin. Meinen Vater haben alle gefürchtet, als er Herzog war. Wenn er sprach, haben die Leute nicht an ihm gezweifelt; sie haben sich überschlagen, um seine Befehle zu befolgen.«

Das ist Respekt, nicht Furcht.

»Jetzt müssen sie tun, was ich sage.« Er lächelte sie an. »Jetzt musst *du* tun, was ich sage.«

Das waren die letzten Worte ihres Verlobten, bevor die Eisenfäuste die kalten Metalltüren zum Thronsaal aufrissen und sie zusammen den langen Gang antraten. Ihre Stiefelabsätze klapperten auf dem grauen Metallboden, als sie zwischen den Reihen strenger Gesichter, die sie nicht kannte, hindurchmarschierten.

Die Zeremonie war lang und ermüdend, mit Weihrauchkügelchen, die an Stangen herumgewedelt wurden, Ausrufern, die seitenweise geehrte Verwandte aufzählten, und dröhnenden pedalbetriebenen Flöten, die dem Ganzen die Getragenheit einer Beerdigung verliehen.

Zu Floras gelinder Überraschung waren es nicht Nervosität, Furcht oder Verwirrung, die sie befielen. Ihr vorherrschendes Gefühl war Langeweile. Bewohner des Eisenbezirks marschierten in einer nimmer endenden Reihe vorbei, verbeugten sich oder nickten. Sie sprachen schroff, größtenteils über sich selbst und darüber, wie wichtig sie seien, obwohl das alles für Flora keinerlei Bedeutung hatte. *Diese Menschen sind zahlreich und ermüdend.* Sie ertappte sich dabei, dass sie sich nach der gewaltigen Größe und Heiterkeit des Waldes sehnte oder nach dem lebhaften Chaos des Karnevalsbezirks.

Alles andere, nur nicht das.

Die Witwe des Herzogs erbte den Eisenbezirk nicht, und Witwe Eisen schien sich des Machtwechsels nur allzu bewusst zu sein. Sie zeigte den verkniffenen Gesichtsausdruck einer alternden Frau, die sich ihrer Bedeutung nicht sicher war. Als der Junge Flora vorstellte, hielt sie Abstand.

»Es freut mich, deine interessante Wahl einer Braut kennenzulernen«, bemerkte sie umgänglich, obwohl ihr Lächeln dünn war.

»Und ich bin erfreut, Euch kennenzulernen«, erwiderte Flora.

»Ich spreche mit meinem Sohn«, sagte Witwe Eisen verschnupft.

Der Junge riss die Hände hoch. »Götter, Mutter! Wir haben darüber geredet!«

»Es tut mir leid. Ich bin nicht vertraut mit waldigen Gepflogenheiten. Sollte ich sie umarmen, als wäre sie zivilisiert?«

»Nein. Sei bloß nicht so ein Miststück!«

Flora verneigte sich und trat beiseite, um die beiden sich zanken zu lassen, und sie rief Annis herbei, damit sie sie einer anderen Gruppe metallischer Herzöge vorstellen konnte. Als ihr frischgebackener Ehemann endlich erschien, um sie zum

Thron an der Stirnseite des Raums zu geleiten, packte er sie im Nacken.

»Das ist nicht notwendig«, flüsterte Flora. »Ich kenne den Weg.« Sie nahm seine Hand weg und hielt sie fest. Ihre durchs Klettern hart erarbeiteten Muskeln im Unterarm und in den Händen spannten sich. *Ich könnte deine Finger zerquetschen,* dachte sie. Stattdessen zwang sie sich zu einem Lächeln und ging mit ihm Hand in Hand zu ihren erhöhten, aber sehr unbequemen Metallsitzen.

Flora wartete in ihrem ehelichen Schlafgemach. Der Junge nächtigte dort bereits seit einiger Zeit, und seine groben Möbel ließen auf den Stil und die Fantasie eines Arbeiters in einem Steinbruch schließen. Sie hatte sich mit den Erwartungen abgefunden, die in einer Hochzeitsnacht an sie gestellt werden würden. Sie hatte sich sogar parfümiert und zwei eiserne Kelche Wein zur Vorbereitung getrunken. Das schwere, quadratische Kleid war in jedem Fall unbequem, daher brach es ihr nicht das Herz, es zugunsten leichter Spitzennachtwäsche aus dem Gewänderbezirk abzustreifen. »Euer Körper ist eleganter als alle Kleider, mit denen Ihr ihn jemals behängen könntet«, hatte Krötchen gesagt, als er sie nackt gesehen hatte.

Er kann gut mit Worten umgehen, dieser Mann. Theodor war sein richtiger Name, ein viel besserer Name als Krötchen. Sie hatte ihn in tiefster Nacht sogar Theo genannt, und der Klang dieser beiden Silben hatte ihr gefallen.

Flora hatte sich frühzeitig von der Feier nach der Trauung entschuldigt, und der Junge ließ sich Zeit, sog das falsche Lob seiner Speichellecker auf. Aber er hatte ein paar Ausbrüche gehabt, nicht nur seiner Mutter gegenüber. Annis' Worte hallten in Floras Kopf wider. *Jetzt ist er manchmal … frustriert.* Floras Blick ging zu den Wandschränken des Gemachs. Die Eisenburg besaß viel Stauraum. Der Eiserne Adel hatte zahlreiche Geheimnisse und schien Orte zu brauchen, an denen er sie hüten konnte. *Es ist ein steifes, abgeschiedenes Volk.*

Sie hatte das Innere eines Wandschranks gesehen – ihres Schranks. Aber auch ihr kleiner Herzog besaß einen. *Dort drin ist Annis gewesen, möchte ich wetten.* Sie missgönnte dem Jungen seine Wandschrankspielchen vor der Ehe keineswegs. Tatsächlich hoffte sie, dass er inzwischen ein wenig Erfahrung hatte. *Wie Hamm.* Sie hatte Vergnügen an Männern und der Art, wie ihre Körper im Bett mit ihrem harmonierten. Und sie mochte das pulsierende Gefühl von Verderbtheit, wenn sie ein kleines bisschen gefährlich waren. *Aber nicht frustriert oder zornig.*

Sie erhob sich vom Bett und ging zum Wandschrank des Herzogs. Ein artiges vornehmes Mädchen hätte den persönlichen Raum ihres Ehemannes vielleicht nicht erkundet, aber Flora war nur zur Hälfte ein artiges vornehmes Mädchen, und ihre andere Hälfte war neugierig. Flora zog vorsichtig die Tür auf.

Es war ein Wandschrank. Er war außerdem so kahl, dass sie beinahe enttäuscht war. Ein Waffenrock. Ein Hut. Ein Gehstock. *Ein Gehstock?* Der Junge war weder lahm noch alt. Sie schob alle Sachen beiseite. Der Raum war von beträchtlicher Größe, ein relativer Luxus – die meisten Burgen hatten keinen einzigen Wandschrank in irgendeinem ihrer Zimmer, geschweige denn zwei. *Ich Glückspilz.* Er war groß genug, dass zwei adelige Jugendliche sich darin verstecken und küssen konnten.

Flora beendete ihre Untersuchung und wollte die Tür schließen. In dem Moment fielen ihr die Kratzer auf.

Flache Rillen verschandelten den Holzrahmen innen um die eiserne Tür herum. Flora wunderte sich darüber. Ihr Vater hatte in ihrem Zimmer ihre Größe markiert, indem er das

Holz ihres Türrahmens mit horizontalen Kerben versehen hatte. Aber diese waren vertikal und unregelmäßig. Flora runzelte die Stirn. Es war eher die Art von Spuren, wie sie das Wolfsjunge an der Palpontür der Speisekammer in der Lichtungshalle hinterlassen hatte, als sie es über Nacht eingesperrt hatten. Die dunklen Flecken in den hölzernen Rillen konnten nur Blut sein. *Irgendjemand hat diese Tür von innen mit Fingernägeln bearbeitet.* Nach näherer Betrachtung stellte sich heraus, dass auch die Eisentür selbst auf Augenhöhe voller schwacher Kratzer war. *Was könnte eine Person dazu bringen, Eisen zu zerkratzen?* Sie dachte an Annis. *Nein.* Ihre Fingernägel waren schlecht geschnitten gewesen, aber nicht blutverschmiert. Der Junge würde es nicht wagen, einem vornehmen Mädchen Narben zuzufügen. Flora strich über die Kratzer im Holz. Welche Spielchen Ferratilis Eisen auch mit Annis Geschmiedt gespielt hatte, sie waren nicht so verzweifelt gewesen wie dies hier.

In dem Moment hörte Flora, wie eine eiserne Tür geöffnet und geschlossen wurde. Stiefelschritte im Wohnzimmer vor ihrem Schlafgemach. Sie schob die Tür des Wandschranks zu und zog ihr Umhängetuch enger um sich.

Mein neuer Ehemann ist hier für seine Hochzeitsnacht.

Flora saß aufrecht auf dem Bett, als er den Raum betrat. Sie konnte sonst nirgendwohin. Alle Stühle standen natürlich draußen vor der Tür im Wohnzimmer.

»Meine Mutter mag dich nicht«, bemerkte er.

Flora fand, dass es eine eigenartige Feststellung für einen nackten Jungen mit einem steifen Ast war. Er hatte all seine Kleidung im Wohnzimmer abgestreift und wanderte nackt durch den Raum, als versuche er, sie mit seiner Erregung zu beeindrucken. Sie erinnerte sich daran, dass Theo gesagt hatte, es sei einem Mann unmöglich zu funktionieren, während er Zahlen addierte.

»Wie viele Personen haben an unserer Hochzeit teilgenommen?«, fragte Flora.

»Was?«

»Es war sehr beeindruckend. Kannst du sie zusammenzählen? Es waren hundertvierundzwanzig Sitze auf der linken Seite des Raums und drei mehr als die Hälfte davon auf der rechten. Zweiundzwanzig auf dem Balkon. Das ergäbe …« Sie tat so, als habe sie Mühe mit dem Rechnen.

Er schluckte den Köder, erpicht zu antworten, bevor sie es tat. Er legte die Stirn in Falten. »Zweihundertelf im Saal. Und viele weitere, die draußen auf den Straßen gefeiert haben.«

Flora beobachtete, wie sein Ast wie ein müder Winterzweig verwelkte.

»Beeindruckend.«

»He, zur Totenfeier meines Vaters sind mehr gekommen. Egal. Es ist Zeit für unsere Hochzeitsnacht.«

»Ich glaube nicht, dass du bereit bist.«

Flora konnte es im Kerzenlicht nicht recht erkennen, aber es schien, dass sein Gesicht sich ein wenig rötete. »Unsinn! Zieh dich aus. Ich werde bereit genug sein. Gib mir hier nur einen Moment Zeit.«

Keine Romantik vorher, wie es scheint.

»Es ist in Ordnung, wenn du nicht kannst. Wir können es in einer anderen Nacht versuchen.«

»Nein. Es ist meine Hochzeit. Du sollst in unserer ersten Nacht dein erstes Mal bekommen.«

Flora neigte verwirrt den Kopf zur Seite. Dann lachte sie. »Mein erstes …?«

Er stand stocksteif da, die nackte Statue eines Knaben. Dann zuckte es in seinem Gesicht. Flora begriff, dass er gedacht hatte, sie wäre noch Jungfrau, im gleichen Moment, in dem er zu begreifen schien, dass sie es nicht war. Trotz seiner eigenen systematischen Entjungferung junger Stratanerinnen hatte er sich vorgestellt, dass die, die er geheiratet hatte, unberührt sein würde. *Diese geilen Jungen erwarten, dass junge Mädchen das Lager mit ihnen teilen,* hatte Floras Mutter ihr erklärt. *Und doch erwarten sie, wenn sie Männer werden, eine Frau zu bekommen, die ihrerseits mit keinem Jungen das Lager geteilt hat.*

Er schlug sie so plötzlich, dass sie es nicht kommen sah. Noch hatte sie ihn überhaupt als Bedrohung betrachtet. Sie war schließlich ein mörderisches Eichhörnchen. Aber durch seinen Hieb gegen ihren Kopf drehte sich der Raum, und der Knabe stürzte sich auf sie, bevor sie Kampfhaltung einnehmen konnte.

»Du hast mich blamiert! Du hast dich selbst blamiert!«

Ihr unglückseliges Nachtgewand eignete sich gut als praktischer Stoffgriff in ihrem Nacken, und er riss ihr das Tuch über den Kopf und zerrte sie mit für seine Größe überraschender Kraft vom Bett. »Zorn verleiht einem Menschen Kraft«, hatte Rajeev sie gelehrt. *Er wird zornig,* hatte Annis sie gewarnt. Das Tuch war jetzt eng um ihren Hals und Kopf gewickelt, und das Atmen fiel ihr schwer. Die Kelche mit Wein, die sie genossen hatte, halfen auch nicht.

Jetzt wird er mich vergewaltigen, dachte Flora.

Doch er versuchte nicht, sie auszuziehen. Stattdessen zerrte er sie weiter über den kalten, harten Boden. Sie hörte, wie eine eiserne Tür sich quietschend öffnete. *Den Göttern sei gedankt.* Jemand hatte sie aus dem Wohnzimmer gehört, glaubte sie für einen Moment. *Aber nein.* Das Geräusch war falsch. Es war näher. Es war nicht die Wohnzimmertür.

Der Wandschrank!

Der Gehstock kam zuerst auf ihrem Rücken auf, und sie fiel flach zu Boden. Der zweite Schlag traf sie am Hintern. Der Junge stieß ein Johlen aus und schlug sie noch dreimal in schneller Folge. Sie rollte sich zusammen und kassierte die Schläge auf den Po, aber in seiner Begeisterung lockerte er das Tuch um ihren Hals. Sie konnte wieder atmen, und ihr Kopf begann sich zu klären. *Er wird mich verprügeln und in den Wandschrank sperren.* Sie verfluchte sich dafür, dass sie ihn unterschätzt hatte. Sie hatte ihn für einen dummen Jungen gehalten. Sie hatte den Ernst der Kratzspuren im Wandschrank ignoriert und gedacht, so etwas könnte adeligen Mädchen nicht widerfahren, erst recht nicht einer Eichhörnchen-Königin.

Nie wieder.

Seine Schläge kamen jetzt gleichmäßiger. *Er genießt es.* Sie zählte mit, und als sie zu dem Schluss gelangte, dass er sich in einer Abwärtsbewegung befand, rollte sie sich zu seinen Knöcheln hin. Der Gehstock kam mit einem dumpfen Aufprall auf dem eisernen Boden auf, und Flora schlug ihm gegen die Beine, als er sich vorbeugte.

Der Junge fiel, krachte gegen das eiserne Bettgestell, und Flora griff hektisch nach dem Gehstock. *Schnapp dir die Waffe!* Sie erhoben sich beide gleichzeitig und starrten einander keuchend an. Aber sie hatte den Gehstock. Ihr erster Schlag traf ihn am Schwanz und an den Eiern, und das war kein Versehen. »Es ist eine wirkungsvolle Stelle, um einen Mann zu schlagen«, hatte Rajeev sie gelehrt. Ferratilis Eisen krümmte sich, und sie zerbrach den Gehstock auf seinem Rücken. Das gesplitterte Ende des Teils, das sie noch in der Hand hielt, war scharf, und sie drückte es ihm an die Kehle, bevor er aufhören konnte zu keuchen und sich seine jugendlichen Kronjuwelen zu halten.

Töte ihn nicht!

Sie musste sich ermahnen aufzuhören. Wenn er starb, starb sie ebenfalls. Schlimmer noch, der Pakt, den sie für ihr Volk geschlossen hatte, wäre null und nichtig. Alles, was sie gewonnen hatte, würde verloren sein. Aber auch er konnte sie nicht töten. Die Strataner würden sich auf die Schmutzigen Arbeiter stürzen, die entlang der Waldstraße die gefällten Bäume einsammelten, und das Wüstenvolk würde an die Stadttore klopfen – Amoras zweite Tochter hatte jetzt ein persönliches Interesse am Großen Wald. Es war ein vielschichtiges Netz aus »Wenns« und »Danns«, das sie beide davon abhielt, zusammen in eine mit Spießen versehene Fallgrube zu stürzen. *Nicht so einfach wie das Leben einer Ratte.*

»Niemals«, hauchte sie ihm ins Ohr, während er nach Luft rang, »niemals wirst du zwischen diese Beine gelangen. Ich werde lügen, um den Schein zu wahren. Ich werde schwören, du seist ein großartiger Liebhaber, falls das notwendig sein sollte. Aber du wirst meiner Furche nicht näher kommen als dann, wenn du meine Hand tätschelst, während wir auf unseren Thronen sitzen. Hast du das verstanden?«

Er schüttelte trotzig den Kopf, dann übergab er sich.

Flora rüttelte an seiner Schulter. Sie war stärker, und ohne den Vorteil der Überraschung auf seiner Seite war er ihr nicht gewachsen. *Aber er wird mir gewachsen sein, wenn er älter wird.* »Ich bin eine Mörderin«, rief sie ihm ins Gedächtnis. »Wenn ich erwachsene Männer nicht ermorde, dann verstümmele ich sie zumindest, und du bist noch nicht einmal erwachsen. Ich werde dir den Schwanz abreißen, wenn er sich jemals wieder in meine Richtung streckt.«

Flora drückte ihn auf den Boden, und er spuckte Schleim. Zu ihrer Überraschung begann er zu weinen. Sie ging ans Fenster, warf die zweite Hälfte des Gehstocks hinaus und suchte ihm dann ein Hemd, an dem er sich den Schnodder und Sabber vom Gesicht wischen konnte.

»Hier, säubere dich und geh ins Bett. Ich werde im Wohnzimmer schlafen. Niemand wird davon erfahren.« Sie schnappte sich die Decke vom Bett und nahm sie mit, zusammen mit der Hälfte des Gehstocks. Sie würde nicht schlafen, das wusste sie. Es würde einige Zeit dauern, bis der Zorn des Jungen sich legte. Er würde den Vorteil daran erkennen, die Ehe vorzutäuschen, aber nicht heute Nacht. Für den Fall, dass er im Schlafzimmer einen scharfen Gegenstand versteckt hielt, würde sie nebenan wach sitzen bleiben und den scharfkantigen Gehstock bis zum Morgengrauen umklammert halten.

Kapitel 55

Ein Auftrag?

Vom höchsten Fenster des Eisenturms konnte Flora die Fuhrknechte sehen, die Bauholz durch die östlichen Tore karrten – ein steter Strom aneinandergekoppelter Wagen, die von Gespannen gewaltiger, zotteliger Nordlandpferde gezogen wurden. Ihre zerschmetterten Bäume stapelten sich hoch auf den Wagen, wie die Leichen toter Strataner aus der Schlacht um das Holz, wie die Leute sie nannten. Flora wanderte durch die Eisenflure, ein bloßer Schatten der Frau, die der größten Stadt der bekannten Welt getrotzt hatte. *Ich habe ein schlechtes Geschäft gemacht,* überlegte sie. Obwohl Schmutz die Lichtung hatte stehen lassen, hatte es sie unterjocht und ihre geliebten Bäume genommen.

Flora kleidete sich für einen kühlen Küstentag an. Das Wetter war während ihrer Zeit in der Eisenburg umgeschlagen, und dann noch einmal umgeschlagen, und die Kälte in der Luft deutete auf das Ende der feuchten und warmen Jahreszeit. Der Nebel über der Markungsbucht tastete sich zu den Kais vor, brachte Kälte mit sich und verwandelte die Inseln in der Ferne in unscharfe Schemen. *Die Inseln.* Sie hätte damals beinahe an Bord eines Piratenschiffes eine unfreiwillige Reise zu ihnen unternommen, und sie fürchtete sie. *Aber wie viel schlimmer können sie sein als das Leben einer Ratte oder als Krieg oder als die Ehe mit einem Jungen mit zornigen Geheimnissen?* Die Leute sprachen schlecht von den Inseln – Wilde und Piraten und ein inniger Hass auf das Schmutzige Volk lebten dort. Aber Hunderte von ihnen sprenkelten die Meerenge, alle verschieden. Von einer dieser Inseln stammte Hamm. *Sie können nicht alle schlecht sein.*

Sie war keine offizielle Gefangene in der Eisenburg, aber nach einer neuen Runde von Liedern verabscheute die Stadt sie – es waren die Fallgruben und die Netze, heimtückische Kriegsführung, durch die geliebte Menschen aus jedem Bezirk von Schmutz getötet worden waren. Unehrenhaft. Es spielte keine Rolle, dass eine alles zerquetschende Maschine ebenfalls unehrenhaft war, zumindest nicht in den Liedern, die Laienbarden an den Straßenecken sangen, um in ihren Hüten Münzen zu sammeln. *Menschen mögen Schurken und Helden in ihren Geschichten.* Und sie war der Schurke. Es lag natürlich auch an ihrem Gesicht. Es machte sie zu einem Ungeheuer, und sie konnte nicht ohne Eskorte durch die Gassen gehen, aus Angst, dass alte Frauen sie mit Tomaten bewerfen würden. Kinder flüchteten vor ihr. Männer verfluchten sie zu eigentlich unaussprechlichen Dingen, nur dass sie sie im Vorbeigehen tatsächlich aussprachen. Die drei Eisenfäuste, die ihr zugeteilt waren, berichteten ihrem Ehemann von dem grausamen Spott, und zuerst dachte sie, Ferratilis würde die Schuldigen finden und bestrafen. Aber schon bald begriff sie, dass er sich daran erfreute. Die Eisenfäuste ließen sie nie aus den Augen, es sei denn, sie pinkelte oder badete. Und selbst dann streckten ihre jungen Zofen noch den Kopf durch die Tür, um nach ihr zu schauen. Und es hatte keinen Sinn zu versuchen, in Verkleidung auszugehen. *Ich müsste drei riesige Rohlinge und fünf Mädchen ebenfalls verkleiden.*

Das Frühstück an dem geschweißten Tisch mit ihren Zofen war steif, wie gewöhnlich. Sie konnte keiner von ihnen etwas Persönliches erzählen. Einmal war ihr etwas herausgerutscht, und binnen Tagen hatte der Junge ihre Worte gegen sie verwendet. Annis fütterte sie im Geheimen immer noch mit Klatsch und Tratsch, aber Flora wollte sie nicht zu sehr beanspruchen. Eines Tages würde es wichtige Dinge geben, die sie wissen musste. Sie sorgte dafür, dass ihr heimliches Geschwätz leicht blieb – welche Jungen ein Auge auf welche Mädchen geworfen hatten, welche Familien ihren Zweit- und Drittgeborenen verheirateten und wer in den benachbarten Bezirken zum Tee eingeladen wurde, was natürlich niemals sie war. Sie sagte nichts, was auf Unzufriedenheit hätte hindeuten können. Eine Schaustellerin war sie und geübt darin, Rollen zu spielen. Und die Rolle der unterjochten bösen Herzogin war einfach, besonders an diesem Spielort – die Kostüme, die Kulissen und die anderen Spieler waren allesamt authentisch. Sie brauchte nur zu lächeln oder finster die Stirn zu runzeln, je nachdem, was ihr Publikum erwartete.

Ihr Ehemann lächelte ebenfalls und tat so, als wäre die Ehe, die seine Kriegsbeute war, ein Preis, der den Krieg wert gewesen war. Etwas anderes konnte er sich nicht leisten. Da er sie nicht anfassen durfte, bot er arglosen Mädchen aus dem Volk private Führungen durch seine Burg an oder nahm die Dienste von Huren in Anspruch, denen es nichts ausmachte, sich für ein paar Münzen verprügeln zu lassen. Es schien seine niederen Gelüste zu befriedigen, doch Flora spürte, dass er darüber hinaus rastlos war. Er war politisch schwach – zu jung, um ein gutes Urteilsvermögen zu haben. Andere Herzöge nahmen ihn ohne seine Armee auf dem Schlachtfeld nicht ernst. Und am schlimmsten von allem war, dass sein eigenes Burgpersonal anfing, auf seine groteske Ehefrau zu hören. Allmählich fanden sie heraus, dass Flora nicht bloß ein wilder, Furcht einflößender Feind war, sondern auch eine gebildete Frau und eine ruhige, entschiedene Herrscherin.

Tatsächlich teilte der Junge immer öfter und unberechenbarer aus. Sie gewöhnten sich an, ihm aus dem Weg zu gehen und sich während seiner Wutanfälle an Flora zu halten. Sie achteten auch darauf, wenn Flora nicht seiner Meinung war, was ihn nur noch mehr erzürnte. Sie versuchte, es nicht allzu oft geschehen zu lassen, aber bisweilen waren die Gelegenheiten, ihn zu korrigieren, zu offensichtlich oder zu köstlich, um sie sich durch die Finger schlüpfen zu lassen.

Sie schliefen getrennt, und Flora hatte immer ein Messer unter ihrem Kissen. Sie vermutete, dass er es genauso handhabte. Sie nahm sich keinen anderen Mann. Annis flüsterte ihr zu, dass viele edle Frauen männliche Geliebte hatten. *Oder weibliche.* Aber sie riskierte es nicht. Sie musste die eroberte Ehefrau spielen, und jeder Fehler in der Darbietung konnte die Illusion zerstören. Die Eisenwitwe beobachtete sie genau und fragte ständig, ob sie ihren Sohn glücklich mache und einen Erben produziere. »Du musst wenigstens *das* gut können, wenn er schon bereit war, dieses Gesicht zu heiraten«, hatte sie einmal gemurmelt. Flora vermisste den Sex, aber daran ließ sich kaum etwas ändern, und ihr blieb nur, von den Männern in ihrer Vergangenheit zu träumen und sich selbst zu massieren.

Sie ging immer noch alle zehn Tage zum Markt, wenn auch mit ihrer Eskorte. Die Fäuste ließen sie nur auf den Eisernen Marktplatz, der der Gewandmeile bei Weitem unterlegen war, oder der Karnevalspromenade, dem Offenen Markt von Gewürz und Juwelier und selbst der Tauschbörse am Hafen. *Er ist den meisten Bezirken unterlegen, wenn ich so recht darüber nachdenke.* Aber das war die einzige Gelegenheit, bei der sie irgendjemand anderen sah als die Eisernen Aristokraten, die gerade erst anfingen, sie zu tolerieren. Dann geschah es bei einem dieser Ausflüge, dass ein Straßenkind ihr eine Nachricht zusteckte.

Die Nachricht war um einen Fisch gewickelt. Flora hätte sie beinahe übersehen, aber der Junge fing ihren Blick auf und schob den Zettel in den gesalzenen Weißen Thunfisch in der dritten Reihe des Marktstandes. Zuerst dachte Flora, er würde das Tier stehlen, aber er nickte ihr zu, zeigte auf den Fisch und verschwand ohne ein Wort. Flora schaute sich um, ob ihr Gefolge etwas bemerkt hatte. Aber es war auch für sie eine Gelegenheit, aus der Burg herauszukommen, und sie waren abgelenkt. *Außerdem haben sie nicht die Sinne eines Eichhörnchens.*

»Den da«, erklärte sie dem Fischhändler und zeigte auf den Thunfisch.

Die junge Delba Eisen beeilte sich zu bezahlen, aber Flora riss den Fisch an sich.

»Eure Hände werden riechen, Euer Gnaden«, sorgte sich Delba.

»Ich kann mir über unsaubere Hände nicht den Kopf zerbrechen«, erwiderte Flora. »Außerdem haben sie schon schlimmer gestunken.«

Delba hielt sich eine Hand vor den Mund, unsicher, ob sie kichern oder keuchen sollte.

Flora öffnete den Brief im Kleiderschrank des Eisenturms. Ihr Herz hämmerte schnell. *Wie das eines Eichhörnchens.* Das vertraute Format des Gekritzels brachte ihre Hände zum Zittern. Es war ein Auftrag. Es gab eine Zielperson. Jemand sollte getötet werden – stand die verlässlichste Ratte der Stadt zur Verfügung? Sie sollte antworten, um Einzelheiten zu erfahren.

Sie beeilte sich, zum Markt zu kommen, solange er noch offen war, als die spiegelnde See am westlichen Horizont eine doppelte Sonne untergehen ließ. Flora ging mit ängstlichem Schritt durch die Gassen, während ihr Gefolge hinter ihr her schlenderte, gelangweilt von einem zweiten Ausflug auf den

Platz. Einige Händler waren noch da, aber als Flora durch die dünner werdende Menge brach, sah sie, dass der Fischhändler zusammengepackt hatte und fort war. Sie ließ den Blick über die Gebäude wandern und entdeckte schnell das Zeichen – ein kleiner roter Fisch war auf die Wand gemalt. Direkt darunter saß ein loser Ziegelstein schief, aber nicht so schief, dass er jemanden dazu ermutigt hätte, ihn zu reparieren. Es kostete einige Zeit und einiges Manövrieren, bevor sie ihre Gruppe ablenken und ihre schriftliche Antwort hinter den Ziegelstein schieben konnte.

Ihr Nachricht bestand aus einem einzigen Wort: »Ja.«

Ich bin die Zielperson.

Flora starrte ungläubig auf das zerknitterte Pergament, das sie zehn Tage später hinter dem Ziegelstein gefunden hatte. Dass sie beauftragt worden war, sich selbst zu töten, war erschreckend genug, aber sie kannte auch den Auftraggeber. *Mein liebender Ehemann.* Das Schreiben identifizierte ihn natürlich nicht, und der Kurier würde nicht wissen, wen er beauftragt hatte, um es zu erledigen, oder wer die Zielperson war – Kuriere lasen die Nachrichten nicht, die sie überbrachten. Aber Flora tat es. Die Anweisung lautete: »Lasst es wie einen Unfall aussehen.« Der Eisenherzog war bereit, sich ihrer zu entledigen, schien es, konnte sie aber nicht selbst töten. *Er würde verlieren, was er zuvor gewonnen hat.* Eine Ratte war die Lösung.

Nicht sehr ehrenhaft, Liebling.

Der Eisenjunge hatte nach der besten Ratte gefragt und den Ruf ausgesandt. Mit einiger Anstrengung erinnerte Flora sich an das männliche Straßenkind vom Fischstand. *Ja, ich kenne ihn.* Sie hatte ihn mit Läuschen zusammen in einem Irrgartenversteck gesehen. Und er hatte sie gesehen. Er war eine der wenigen lebenden Seelen, die dahintergekommen waren, wer sie war – die Straßenkinder waren schlauer, als die Menschen ihnen zubilligten –, aber er konnte ihr Geheimnis nicht verkaufen. Es gab viele Geschichten über sie – sie war eine Hexe gewesen, ein gestaltwandelnder Mynx und eine Piratenhure, neben anderen Dingen. Eine weitere ungeheuerliche Geschichte würde keine Aufmerksamkeit erregen. *Niemand würde ihm glauben.* Er würde besser bezahlt werden, wenn sie einfach wieder eine Ratte war.

Flora weinte, und dann lachte sie und machte es sich bequem, um nachzudenken. Es war ein Glück, dass der Junge sie kannte. *Wenn er die Nachricht nicht mir gebracht hätte, wäre er zum Elfenbeinschatten oder zum Roten Stiefel gegangen.* Bei dem angebotenen Preis war der Rote Stiefel am wahrscheinlichsten – *der Mörder meines Vaters* –, und dann wäre sie ebenfalls tot. Wenn eine Stadtratte nach Strata reisen und den Großkater töten konnte, konnte er genauso gut eine Herzogin in Schmutz ermorden. Sie war plötzlich weniger stolz darauf, in die Wüste gereist zu sein, um einen König zu töten.

Ein Klopfen an ihrer Metalltür veranlasste Flora, sich das Pergament in ihr Mieder zu stopfen.

»Ich habe Euch weinen hören«, bemerkte Annis und streckte den Kopf in den Raum.

Flora zuckte die Achseln. »Ich habe meine Darstellerkunst geübt. Ich bin früher in einer Vorstellung vor Hunderten von Zuschauern aufgetreten.«

»Das wusste ich gar nicht. Wie schön! Ihr seid besser, als die Leute sagen.«

Und schlimmer.

»Ich habe eine gute Seite.« Flora teilte ihr Gesicht mit einer Hand ab.

Annis lachte und entfernte sich mit zaghaften Schritten von der Tür.

»Du humpelst«, sagte Flora.

»Ich bin gefallen.«

Flora runzelte die Stirn und schaute ihr forschend in die Augen. Annis wandte den Blick ab, ebenso gedemütigt, wie sie verletzt war. »Bist du auf einen Gehstock gefallen?«

»Ja.«

»Immer wieder?«

»Ich bin sehr ungeschickt.«

»Verstanden. Nimm einige Münzen aus meiner Schmuckschatulle und geh zu Ruggaros Laden im Gewürzbezirk. Bitte um Stummblatt. *Nicht* Niko. Stumm wird den Schmerz ein wenig lindern. Ruggaro wird dir erklären, wie du es kauen und auf die Prellungen streichen musst. Geh jetzt. Ich muss überlegen, wie ich ein paar Dinge in Ordnung bringen kann.«

»Ja, Euer Gnaden. Vielen Dank.«

»Und Annis ...«

»Ja?«

»Ich setze dein Problem mit der Ungeschicklichkeit auf meine Liste von Dingen, die ich in Ordnung bringen möchte.«

Kapitel 56

Gut, besser, am besten

Schmutz wird nicht um mich trauern, dachte Flora, als die steife Brise von der Bucht heranwehte und ihr das schwarze Haar im Nacken fächerförmig anhob. Die Strataner hatten sie einst ebenfalls gehasst. Jetzt liebten sie sie.

Eins von zwei Königreichen ist gar nicht so schlecht.

Die Klippe vor ihr fiel steil zum Meer hinab, wo die Flut ihr grünes Wasser gegen den ausgewaschenen Fels des Steilufers schwappen ließ. Als ihr Mörder hinter ihr den Hang hinaufschritt, konnte sie nirgendwohin. Es spielte keine Rolle. Sie hatte nicht vor wegzurennen.

Es war interessant, eine Legende kennenzulernen, vor allem eine, der niemand anders je begegnet war, oder zumindest war niemand anderem je bewusst gewesen, ihr begegnet zu sein. *Keiner lebenden Person.* Sein langer Mantel war gut geschneidert, aber langweilig, und er hievte den Bierbauch eines Mannes in mittleren Jahren mit sich den Hügel hinauf. Sein Schlapphut war sauber und alltäglich, seine Größe durchschnittlich. In der Tat, weder seine Kleidung noch seine Statur waren irgendwie bemerkenswert. Er hätte ein kleiner Händler sein können. Oder vielleicht ein geiziger Adeliger mit einem schlechten Geschmack in Modefragen – *die Götter wissen, dass es davon jede Menge gibt.* Das war sein Talent – er sah vollkommen gewöhnlich aus.

Selbst sie, ein schlaues und wachsames Eichhörnchen, hätte ihn niemals in einer Menge wahrgenommen. Wenn nicht die Narben gewesen wären, hätte sie sich sogar jetzt noch gefragt, ob er der fragliche Mann war.

Als er näher kam, sah sie, dass sein Gesicht entstellt war, wie ihres, wenn auch an verschiedenen Stellen statt nur auf einer Seite. *Alchemistische Brandwunden.* Er hatte trotzdem eine vollständige Nase, aber das blutige Rot seiner Wangen war noch nicht zu Rosa verblasst, wie es bei ihren Narben im Laufe der Zeit geschehen war. *Sie sind jüngeren Datums.* Büschelweise wuchs ihm sein Gesichtshaar nur auf der verbliebenen gesunden Haut. Sein Schlapphut überschattete sein zerstörtes Gesicht, bedeckte es aber nicht ganz, und Flora hatte den Verdacht, dass die Haut und das Haar auf seinem Kopf ebenfalls zerstört worden waren. Außerdem trug er Stiefel.

»Der Rote Stiefel«, sagte Flora anstelle einer Begrüßung. »Willkommen.«

Er hielt unsicher inne. »Ich mache nur einen Spaziergang, Herzogin.«

»Nein, macht Ihr nicht. Mein Gemahl hat Euch dazu angeheuert, mich zu töten, und das ist es, was Ihr tun werdet. Ihr werdet in Eurer Freizeit spazieren gehen müssen.«

Er blinzelte angesichts der unerwarteten Entwicklung, dann zuckte er die Achseln. »Einige Leute wissen, warum ich gekommen bin. Einige begreifen, wer mich geschickt hat. Macht keinen Unterschied. Die Bezahlung ist dieselbe.« Er zog ein kleines Fleischmesser aus seinem Gürtel. »Haltet still – ich finde es am besten, diese Dinge schnell zu erledigen.«

»Aber ich habe noch mehr zu sagen.«

»Ich bekomme nicht mehr Geld dafür zuzuhören.« Er trat auf sie zu, aber Flora zog ebenfalls ein Fleischmesser. Es war größer als seins. Er hielt inne, und er hörte zu.

Sie beobachtete, wie er seine Chancen abwog, wie sie es so viele Male getan hatte, wenn sie ein schwieriges Ziel vor sich gehabt hatte. Er war älter – erfahrener, aber langsamer. Er war schwerer – gut im Hinblick auf Kraft, aber schlecht im Hinblick auf Schnelligkeit. Er war eine berühmte Ratte. Sie war die mörderische Königin. Oberflächlich betrachtet waren sie einander ziemlich ebenbürtig, aber sie wusste einige Dinge, die er nicht wusste.

»Mein Vater war König Leonard Evangelin«, sagte Flora.

»Der Großkater. Ihr seid sein Kätzchen, hm?«

»Ja. Und Ihr habt ihn getötet.«

»Tut mir leid, aber ich würde es nicht zugeben, wenn ich es getan hätte.«

»Ihr habt es bereits mit Eurem Stiefelabdruck zugegeben«, sagte Flora. »Ihr habt auch Rajeev getötet.«

»Die Ratte? Eine Menge Leute wollten sich diesen Mord auf die Fahnen schreiben.«

»Ihr habt die Narben. Er hat Euch in die Luft gesprengt.«

Der Rote Stiefel berührte seine Narben auf die gleiche Art, wie Flora einst ihre berührt hatte – unsicher. Sie zeichneten ihn, und das gefiel ihm nicht. »Es sind Aufträge«, sagte er. »Das ist alles. Keine böse Absicht.«

»Ich hege böse Absichten gegen Euch.«

»Dann hättet Ihr veranlassen sollen, dass mich jemand tötet, wie eine normale Adelige es getan hätte.«

»Oh, aber das habe ich.« Flora lächelte.

Seine Augen wurden schmal. »Wer?«

»Das Eichhörnchen.«

Er zögerte. »Die Ratte hatte diesen Namen angenommen. Er ist tot.«

»Nein. Das Eichhörnchen hatte den Namen der Ratte angenommen. Ihr habt einen verbrauchten alten Mann getötet.«

Der Zweifel auf dem Gesicht des Mörders war all die Mühe wert, die sie sich gemacht hatte, um ihn auf die Klippe zu locken. »Ihr habt abermals Euren Stiefelabdruck hinterlassen. Törichte Eitelkeit.«

Die Ratte, die Berühmtheit anstrebt, wird eines Tages eine traurige Berühmtheit.

»Es ist der Beweis, den ich brauche, um bezahlt zu werden. Außerdem ist es keine Eitelkeit. Es zeigt, dass ich der Beste bin.«

»Nein. Eine gute Ratte hat niemals blutige Hände. Eine noch bessere Ratte ist gar nicht da, wenn die Zielperson ihr Leben aushaucht. Und die Allerbesten töten nicht einmal selbst.«

Flora hörte Rajeevs Worte im Kopf und begriff, dass sie seit Herzog Glas keinen Mann mehr mit ihren eigenen Händen getötet hatte. Sie hatte Herzog Stahls Leben ein Ende gemacht, dem Leben ihres Trunkels und selbst Mawrys Leben, ohne eine Klinge zu ziehen. Der Rote Stiefel war nicht der Beste.

Ich bin es.

Flora deutete über seine Schulter. Ein Kontingent von Männern ritt den Hügel herauf auf sie zu, ihre dreieckigen Umhänge flogen wie Fledermausflügel hinter ihnen her. *Schmutzwachmänner.* Ihr Anführer würde Cyrill Schaf sein, Annis zufolge ein sorgfältiger, unbestechlicher Mann.

Als der Stiefel sich umdrehte, um nachzusehen, warf Flora ihm einen Lederbeutel vor die Füße. *Ein gründlicher Wachmann wird gewiss etwas so Verdächtiges wie einen Lederbeutel bemerken, wenn er einen mutmaßlichen Mörder untersucht.* In dem Beutel würde Cyrill Schaf den abgetrennten Finger einer Frau mit dem eisernen Ehering daran finden – der Beweis, den ein eitler Mörder vielleicht für den Fall behalten würde, dass mehrere Ratten für ein einziges Ziel beauftragt worden waren und um die Bezahlung wetteiferten. Es war nicht Floras eigener Finger – sie hatte genug geopfert –, und er war so kalt wie die Leiche, von der sie ihn sich am Vortag geborgt hatte, aber er war sehr überzeugend, da er in die schriftliche Bitte ihres Gemahls eingewickelt war, sie zu töten.

Sie grinste. Der Junge würde erzählen, dass er den Befehl, sie zu töten, zum Roten Stiefel getragen habe, was stimmte – Flora selbst hatte ihn ausgesandt –, aber er würde auch sagen, der Eisenjunge habe ihn geschickt. *Wehe nicht … ich habe ihm die Hälfte der Juwelen der Königin dafür gegeben!* Die andere Hälfte steckte in der raffinierten Tasche ihres vertrauten alten Umhangs. Sie klopfte darauf, um sich davon zu überzeugen, dass sie gut gesichert waren, dann glitt sie über den Rand der Klippen.

Kapitel 57

Fliegendes Eichhörnchen

Die Arme hochgereckt, den Hintern eingezogen, die Hüften an die Wand gepresst. Mit einem geheilten Handgelenk war das Klettern wieder eine große Freude, selbst wenn es über Felsen ging statt auf Bäume. Die scharfkantige Felswand bot guten Halt für Hände und Füße – ein einfacher Abstieg für ein Eichhörnchen-Mädchen. Flora erreichte einen Felsvorsprung, der dramatisch über das Wasser ragte, und stellte die Füße darauf, um sich auszuruhen.

Das Meer war ruhig. *Gut zum Schwimmen.* Sie stellte fest, dass sie ebenfalls ruhig war. Sie war keine Königin mehr. Sie war keine Prinzessin und keine Herzogin. *Ich bin tot.* Aber sie hatte einen Krieg beendet. Sie hatte Strata in guten Händen gelassen. Der Eisenjunge würde nie wieder ein Mädchen schlagen – selbst Herzöge wurden hingerichtet, wenn sie Ratten anheuerten. Und es würde viele Lieder über sie geben.

Jetzt konnte sie wieder niemand sein. *Niemand mit einem Vermögen an Juwelen.*

Sie hörte Aufruhr über sich. *Sie haben meinen Finger gefunden.* Die Wachmänner würden den Stiefel in Gewahrsam nehmen. Er würde darauf beharren, dass sie noch lebte. Sie würden ihm nicht glauben, aber sie würden zumindest über die Klippe schauen. Es war Zeit zu springen und zu schwimmen.

Ihr letzter Sprung ins Meer war nicht gut gelaufen. *Aber ein schlaues Mädchen lernt dazu.* Zum Glück waren beim letzten Mal zwei Männer da gewesen, um ihr herauszuhelfen. Sie dachte an Hamm und Theo. Sie hatte ihnen beiden eine heimliche Nachricht geschickt. *Triff mich auf den Inseln.* Gewiss würde zumindest einer von ihnen kommen. Keiner gehörte nach Strata. Sie fragte sich, welcher es sein würde.

Oder ob es beide sein würden.

Flora sprang von den Felsen, und dann flog sie.